民国武侠小说典藏文库·顾明道卷

荒江女侠

（第二部）

顾明道◎著

严独鹤◎评

中国文史出版社

目　录

第三集

第四集

第三集

第一回

远道访故人庵中避雨
客窗谈往事壁上飞镖

这一天正是七月初旬的下午，新秋时候，例应气候稍微凉爽一些，但是天空中虽然不见那炎热的阳乌，而白漫漫的云如雾如烟，好似张盖了一层厚荨，以致天气燠热得很，风息全无。玉琴、剑秋随同云三娘离了京师，向前赶路，已走近了河南卫辉府的地界。三人在坐骑上觉得闷热不堪，尤其是玉琴姑娘，额上香汗涔涔，时常把手帕去揩拭，坐下的花驴也跑得满身是汗。玉琴忍不住对剑秋说道："不料今天天气如此闷热，忙着赶路，实在令人怪难受的，最好觅个歇凉的所在憩息片刻。"剑秋答道："是的，这种天气确是令人难堪，索性烈日下晒，在阳光下虽然铄石流金，非常之热，可是此间也有些野风，吹上了身，凉快一些，人家不妨挺起精神来，和暴日奋斗。最是这样日光既无，风也没有，好似把人家置身在闷葫芦中，气闷得很。又如遇到不死不活不痛不痒的事情，使人徒唤奈何。现在时候已近申刻，若要歇息，恐怕又赶不到卫辉了。"说罢，双目斜睨着云三娘，似乎静候伊的回答。云三娘微笑道："你们怕热，我也未尝不怕热。七夕已过，天气还要这般酷热，真是和出门人作对。我们今夜也不一定要赶到卫辉府的，你们若要歇息也好。"说罢，一手指着前边一条小溪说道："到那边去坐坐吧。"琴剑二人跟手瞧去，果见东南面有一小溪，溪旁有几株大树，正是歇足之处，便一齐说道："很好。"

于是三人催动坐骑，跑到小溪边，跳下马鞍，也不系缰，因为龙驹、花驴等都是骑熟的，不须主人当心看顾。龙驹见到了草地，便低下头去啮草，花驴和枣骝马却去溪边饮水，那三头坐骑都跑得汗水直流，张口吐沫了。玉琴和云三娘便在一株树下席地而坐。剑秋走至溪边，见溪水十分清澈，流水由西向东，汩汩有声，他觉得十分口渴，见了这清洁的水，怎忍得住不喝？遂俯身溪岸，掬水而饮。玉琴和云三娘也同样感到干渴，遂立起身走到剑秋那里，伸着纤手去掬水。玉琴喝了一些水，便笑道："我们到此，可谓人畜两忘了。"

这时花驴正将嘴凑在水里喝个不停，云三娘道："本来天生万物，一视同仁，但是人类倚仗着智力高超，为自私自利计，便奴视其他的一切动物，而想利用它们了。最浅近的如马、牛、羊、鸡、犬、豕，它们的主权都执掌在人类的手中，人类为了自己的缘故，要杀便杀，要打便打，视为自己私有之物，而它们也终身为人奴隶，不能自脱了。若在太古之世，同游于原野，饥而食，渴而饮，何有人畜的分别呢？不过弱肉强食，优胜劣败，世界上难免逃此定理，以致分出来许多畛域来了。即如人类自己，亦何尝不是如此。强凌弱，众暴寡，甲国侵吞乙国，丙国欺侮丁国。自古以来，历史上所载的莫非残杀之事。我们当为许多弱者悲叹！他们的幸福，他们的生命，都牺牲在强暴者手里。他们虽有奋斗之心，而无奋斗之力。虽然他们不能归咎人家，但是不平之极。我们既为剑侠，在这莽莽尘寰中负有一种使命，这便是锄强扶弱，除恶安良，遇见不平的事，总要出来干涉。务使抑平，以致许多含冤负屈的可怜人们，不致束手而受人家的屠戮。古时圣贤所抱己饥己溺的宗旨，和己立立人的学说，和我们剑侠的所为是殊途同归的。人家瞧我们似乎好行杀伐，以致有侠以武犯禁的老话，却不知我们用的杀以止杀的手段，以仁

4

义为归，也绝对不许有越出范围之举。这个范围，也不是人世间一般贪官污吏所假借的法律，这是一种公义，用自己方寸间的良心来裁判，不受任何的冥缚与限制，专和不平的世界奋斗。换一句话说，就是扶助弱小者去和强大者抵抗，打倒不平，消弭祸患。所以我们做的事必要光明磊落，公平正直，才不失为真正的侠义。至于那些桀骜不法之徒，鸡鸣狗盗之辈，结党营私，把持一切，有所希冀，那就是土豪恶霸，为游侠之羞也，在打倒之列的了。韩家庄的韩天雄，天王寺的四空上人，都是一个最好的例子。否则我们和他无冤无仇，何必定要把他们除灭呢？"玉琴、剑秋听云三娘从人和畜生上发挥出一番议论来，与一明禅师平日的教训相同，不觉一齐点头称是。玉琴道："人类由平而不平，再要从不平而达到平，这虽是很难的事，但只要大家起来做，到底也不是十分困难的。可惜世人大都容易趋向于恶，以致大好河山变成龌龊世界，寡廉鲜耻、灭伦反常的事，充斥了世间，无怪荀子有性恶之说了。因此，圣贤豪杰英雄侠士遂被世人所推重，以为凤毛麟角，不可多得。其实圣贤豪杰英雄侠士，同是圆颅方趾之伦，并非真的生也有自来，逝也有所为，不过能不失本心罢了。"剑秋听他们二人大谈其学理，连连点头。

这时忽听空中轰隆隆地擂起鼓来。玉琴举首一望，见西北角上有一团黑云很快地涌上，接着电光一闪，雷声隐隐，又在耳鼓边盘旋。剑秋道："郁极则通，今天实在闷热得厉害，大约要有阵雨了。这里都是旷野，我们还是赶向前去，不要一旦下起大雨，落得一身都湿。"玉琴听剑秋说话，不由使伊想起曾家庄避雨，初遇曾毓麟的一幕情景。那风姿绰绰的毓麟，在伊的幻想里，好似立在伊的面前，一种温文尔雅的态度，如见其人，所以默然不语。云三娘将手拍着玉琴的香肩道："走吧，快要下雨哩！"

玉琴如梦初醒，笑了一笑，三人重又跨上雕鞍，沿溪而行。过了一条石桥，忽然狂风大起，吹得两旁树林东倒西摆，发出怒吼之声来。黑云愈涌愈多，雷声也响得较前重而且密，空中有许多蜻蜓往来飞舞。玉琴当着凉风道："爽快呀！闷热了大半天，现在起了大风，使人凉爽得多哩。"剑秋道："这阵雨一定要下了，那黑云尽管加多，将要追到我们顶上来了。"玉琴举首仰视，果见一团乌云，望不见云脚，如排山倒海价推上，风驰电掣般追来，一道道的电光如金蛇般在乌黑的云堆里闪动，大有山雨欲来之势，遂催动坐下花驴飞跑。但是不多时那黑云已追过了头顶，风势更大，吹得三人衣袂轩举。雨声自远而近，黄豆大的雨点打到身上来了。

云三娘说声："不好！天公要和我们恶作剧哩。"剑秋将马鞭指着前方隐隐的黄墙道："前面不是有个庙宇么？我们赶快到那里去躲一下吧。"三人将坐骑紧一紧，飞也似的跑到那里，果然是一座小小庙宇，庙门紧闭着。三人跳下驴马，玉琴细瞧匾额上写着"天王庵"，不由扑哧声笑起来道："我们刚才破得天王寺回来，此地却又有个天王庵，不要也是个藏垢纳污的所在？如被我们发现什么秘密，也一定不肯轻易放过的。"这时雨点已密，剑秋伸手敲门，把庵门敲得擂鼓般响。不多时，便有一个老尼姑出来开门，云三娘先说道："师太，请你让我们到贵庵中稍坐片刻，我们是过路的客人，忽然逢着阵雨，没处躲避了。"

那老尼姑见来的是女子多数，当然答允，遂让三人入内。剑秋把龙驹、花驴、枣骝马牵到庭院北首廊下拴住，正面乃是一个佛殿。老尼道："这里很是湫隘，殿后有座丹鸾阁，地方较为清洁，请女菩萨等到那边去一坐吧！"玉琴道："很好，有劳师太了。"那老尼在前引导。从殿后走到阁上，一步步地高上去。剑秋瞧那丹鸾阁，虽不甚大，而窗明几净，收拾得十分清洁。正中有一神龛，供着白衣观音像，两旁桌椅均全。壁上挂些对联，还有一张古琴，向南一排窗牖都开着，湘帘高卷，十分幽雅。老尼请三人坐了，有一佛婆献上香茗和果盘来。云三娘微笑道："师太不要忙，我们坐一刻儿便要走的。"老尼道:"不忙。"站在一边,请三人喝茶。

这丹鸾阁地形很高,从窗中可以瞭望到庵外的官道上,此时大雨已倾盆而下,檐溜间飞泻如瀑布一般,一阵阵的凉风吹来,把适才的溽暑都消了。突闻霹雳一声,西北上有一团烈火同地下斜落,那雨越发大了。老尼合掌道:"阿弥陀佛,哪里又有什么恶人起了歹心呐?"剑秋听着,不觉微笑。老尼问道:"你们三位到哪里去的?尊姓大名?"云三娘把姓名说了,又说我们是到卫辉府去的。

玉琴托着一只茶杯,凑在樱唇边,一眼瞧见外边官道上有一骑,从雨中飞驰而来,玉琴眼尖,依稀瞧得出是一个女子模样。心想又有避雨的人来了,瞧伊纵辔疾驰的样子,非有功夫的不办。隔了一歇,见那佛婆匆匆地走上阁来说道:"师太,萧家姑娘避雨来此,快请去招接吧!"老尼一闻这话,不敢怠慢,立起身来,带笑说道:"请三位宽坐,下边有施主人家的小姐到临,贫尼不得不去迎接。"云三娘道:"师太请便,我们在此很好。"老尼遂走下阁去了。

这阵大雨下得很久,约莫有一点多钟,雨点渐渐而小,雷声轻微而迟,天空的乌云逐渐散开。三人坐着听雨,幽穆得很。不多时,云消雨霁,红日反从云中露面。可是日影已西,凉风大至,再不畏暑气侵人了。

云三娘起身走至窗边,瞧着天空,回过头来说道:"阵雨已过去咧,我们赶快上道,今晚可抵卫辉府的。"剑秋答道:"正是,天气凉爽,恰好行路。"于是玉琴、剑秋、云三娘三人一齐走下丹鸾阁。佛婆迎上前来说道:"三位可是便要登程么?"玉琴道:"是的,你家师太何在?"佛婆把手指着东边一间云房说道:"伊正伴着萧家姑娘谈天咧。"他们正说着,那老尼已走了出来,云三娘道:"适才多蒙招待,很是感谢,现在天已不雨,我们要告辞了。"老尼道:"时候不早,你们大概已赶不到卫辉,若不嫌小庵简陋,就请在此屈宿一宵何如?"云三娘道:"多谢师太美意,我们决计要走的。"玉琴即从身边摸出五两银子，递与老尼道："这一些为佛前添些灯油的，请师太哂收。"老尼道："出家人与人方便即是自己方便，哪里敢当这样重谢！"玉琴道："不必客气。"便把银子硬行塞入老尼手中，老尼只得受了，道谢不迭。三人仍从殿后走出，老尼在后相送。

玉琴无意中回过脸来，瞥睹云房西厢有两扇小窗开着，露出一个娇美的俏面庞，在那里窥视他们。玉琴的眼光刚射到伊人的玉靥上，突然缩去。玉琴也不在意，走到外边。剑秋去廊下牵坐骑时，却又见一匹桃花马拴在那里，全身毛色真和才开放的桃花颜色相同，煞是好看。鞍辔非常精美，踏镫都用白银打成的，玉琴不由赞一声"好！"暗想那萧家姑娘大约也不是寻常女子吧。因为要紧赶路，不暇向老尼叩问。

三人步出天王庵，老尼合掌行礼，三人也点点头，各自跃上坐骑，加紧一鞭，向前飞跑而去。阵雨过后，非但气候凉爽，便是路上尘土也不再飞扬，清朗得许多。云三娘等望着晚霞，控辔疾驶，赶到离卫辉城外五里地方的杨柳屯，天已黑了。

那杨柳屯也有许多居民，比较别处村镇来得热闹。有二三家旅店都在那里招接客人。三人跑到一家旅店门前，早有一个店伙上前挽住剑秋的马缰说道："天色已晚，爷们跑了长途，谅必十分辛苦。我们这里的集贤旅馆，是个十多年的老店，房间宽敞，招待周到，请爷们下榻一宵吧。"云三娘第一个跳下马来，剑秋、玉琴也各下骑。云三娘对二人说道："时候不早，我觉得腹中很饥，今夜不必定要赶到卫辉，横竖在那边并无事情要干，我们便在此间住宿可好？"琴剑二人答道："很好。"店伙见已得他们同意，遂带笑带说，代他们牵着驴马，走进店内。

柜台里另有一个中年男子出来招呼，店伙便道："老李，你引这三位客人去看房间吧，我要牵他们的坐骑到厩中去上草料哩。"老李答应一声，引着三人走入里面，跨进一个大院落，三面都是房间，有几间房里已点得灯光明亮。老李招待三人走到左边一间朝东的厢房里，很是宽敞，向东明窗都开着，芦帘高高卷起，房中有两张榻，陈设倒还清洁。云三娘看了，便道："就在这里住下也好。"此时那店伙已将马背上的包裹送来，放在一边，剑秋和玉琴解下宝剑，悬在壁上。三人即在沿窗一张桌子旁坐下憩息。店伙又送上茶来，云三娘道："我们要吃饭了。"遂由剑秋点了几样菜，吩咐店伙赶快预备前来。老李又问明了剑秋姓名，招呼几声而去。凉风习习从窗牖吹入，店伙又送上洗脸水，三人洗过面后，玉琴说道："今天上午闷热之至，若没有这一阵大雨，此刻不知要闷热得如何，令人怪难熬了。"剑秋道："古人说，若大旱之望云霓，北方久患不雨，大有旱荒之象，那雨下得十分畅足，可谓及时雨，一定有许多人在那里喜雨了。"三人正说着话，店伙已将晚餐送上。三人吃毕，洗过脸，大家手里握着一柄蒲扇，驱蚊招风，一得两便。因为不欲便睡，所以一起坐着闲谈。

玉琴又把自己访寻宋彩凤的经过情形重新详述一遍，且说："她们母女俩不知到了哪里去了，现在是否仍在虎牢？我们也须去访问一遭，然后再至洛阳。更不知那邓氏七怪究竟怎样厉害，为什么窦氏母女见他们忌惮，情愿避让？"云三娘道："以前我道经南阳，曾闻有人谈起他们的，听说他们七个弟兄中，要算闹海蛟邓驹和火眼猴邓骐的本领最大了。他们都入哥老会的，所以在那里很有势力，徒党甚众，官吏也奈何他不得。"剑秋道："那些土豪恶霸，平日鱼肉良民，无恶不作，也是天地间的巨蠹。我们此去，即使找不到窦氏母女，务必要把那七怪除掉的。"玉琴笑道："好，好的。人称之曰怪，他们的行为可想而知了。"

这时有一个流萤飞入窗户，玉琴将扇子一撩，流萤便到扇上。云三娘看了说道："世间万物各有其妙用，即如流萤是小小昆虫，古人囊萤读书，卒成大儒，我在云南野人山夜间迷路，不能走出，若没有流萤为导，我不但走不出山路，险些儿还要遇着极大的危险

9

呢。"玉琴道："记得有一次，弟子在卢沟桥被茅山道士、赤发头陀围困的时候，云师曾同余观海师叔前来搭救，以后云师便说有要事赴野人山去，谅必云师在那里定有惊人的逸闻，今夕无事，不妨见告。"云三娘点点头说道："我到野人山去的事，不妨告诉你们吧。野人山在云南西陲，那里山岭峻险，民风剽悍，番人也很多，汉人各自筑堡而居，至于番人却大都住在山穴里。我在幼时曾随先父远游云南，到得那里，先父忽然病倒，孟家堡的堡主孟公藩竭诚招待，取出一种秘制的白药，给先父服后，果然病疾若失，还复健康。先父在堡中一住数月，因此与孟公藩感情十分融洽。孟公藩很谙武术，在那里团团四五十里地方，无论汉人、藩人，对于他无不折服。以后先父挈了我与他分别，直到先父故世，我入山学道后，一直没有到那地方去过。但是孟家盛情款待我们父女的事，我在脑海中永永不忘，常思图报，只苦没有机会罢了。去年我在北京，恰逢有人从云南野人山附近地方前来，我向他问起孟家，始知孟公藩在前数年已脱离五浊尘世。他的儿子孟哲却是一个文人，年纪又轻，所以孟家堡已非昔日情形。孟哲管压不下堡中人，不能做领袖，堡中人欺他文弱，不服从他，而别处的人见孟哲懦怯无能，也就任意欺侮，孟家堡的人就大大吃亏了。相距孟家堡二十余里，有个柴家寨，寨主柴龙是个骁勇的少年，聚了许多徒党，专以武力侮辱各处邻近的堡寨，尤其是对于孟家堡，常来挑衅。因为他妒忌往日孟公藩的威名，现在大有取而代之的雄心。孟哲不敢和他计较，时时退让，隐忍着过去。不料柴龙以为孟哲纯取不抵抗主义，是可欺也。遂向孟哲要求孟哲名下的五十亩田地，把贱价让售给他。因为柴家寨背附野人山，缺少平地，孟哲所有的田地虽然不少，而这五十亩田地和柴家寨毗连，倘然割与柴龙，是与柴龙有利的。柴龙觊觎已久，只因一向落在孟公藩手中，不肯让给他人，所以无可如何。现在他见孟哲好欺，遂有此种要求。孟哲却用他父亲临终时，叮嘱他不可将这田地轻易让给人家，在孟公藩的心思，也是防止柴家寨得了这块土地，势必强大起来，于己反有不利。孟哲也明白这层道理，所以毅然拒绝。柴龙不料他有这么一着，恼羞成怒，不知怎样地勾结了当地官吏，诬陷孟哲杀人。孟哲遂被捉将官里去，监禁在狱，那田地也被柴龙强占了去等情事。我得知孟哲为强暴所冤抑，没有能力反抗，自己和孟家有以前的一回事，人有德于我，不可忘却，遂决意要往那里去援助孟哲。凑巧观海师兄一同在京，他也愿意伴我同行，我们二人就不分星夜跋涉长途，赶到了野人山。我与孟家堡别离很久，所以主人不认识我，于是我们俩先到孟家堡去探问些确实消息。遇见一个老叟，也是姓孟，他和孟公藩是远房弟兄，见我们探问孟家的事，他很诚意地招接我们到他家中去坐地，请我们吃午饭，留在他家住宿。他便把这事详详细细地告诉出来，方知那个柴龙声势浩大，且有异志。因为去年春里，不知怎样地结识了一个年轻道姑，那道姑是从川中来此，生得十分妖艳，且有极高深的武艺。据柴家寨中的人传说，当道姑初来时，曾与柴龙比武，柴龙枉自有了拔山扛鼎之力，还失败在道姑手里。因此他对道姑心悦诚服，和伊同居在一室，把自己的妻子撵掉了，居然喧宾夺主，道姑在实际上做了柴龙的夫人，名义上却说是结拜兄妹呢。大家都唤那个道姑叫作火姑娘，至于真姓实名，却不知道。"

云三娘讲到这里，玉琴目视剑秋笑起来道："原来就是风姑娘的一流人物，在那边作祟了。"剑秋道："白莲教的党羽散布各处甚多，欲作死灰复燃之举，其中也未尝不有人才。无如邪说谈辞，篝火狐鸣，焉能成得大事？不过骚扰地方，荼毒良民而已。所谓教中的四大金刚，就是云真人、雷真人、风姑娘、火姑娘，武术既佳，魔力又大，很想在各处煽惑愚民，秘密集会。云真人已被一明禅师除掉，风姑娘本想借螺蛳谷为根据地，吴驹、袁彪都是很有能耐的人，但被我们遇见后，袁彪脱离邪党，独树一帜。风姑娘也被我们驱走，现在伊已和山东祥姑等联络在一块了。至于雷真人和火姑娘，我们还没有碰见，云师所遇的火姑娘，大约就是四大金刚之一了。"

云三娘微笑道："不错，火姑娘在柴家寨牺牲色相，便是要凭借柴龙，以便扩张她的势力。所以柴龙不久也入了白莲教，事事听火姑娘的主张。而白莲教的徒党渐渐闻风而来，煽惑远近许多乡民，一齐做他们的党羽。柴家寨地少人众，自然要谋对外发展，孟哲所有的那块田地，凑巧毗连他们的地方，柴龙垂涎已久，看到孟哲软弱无能，更增进他觊觎之心。于是遂遣人来向孟哲要求，愿出一百两纹银将这地购下。孟哲不允，柴龙怀恨在心，阴谋陷害。有一天，孟哲的庄后发现两个无名死尸，生前被人用刀杀死，委弃在这里的。孟哲正要报官相验，以便埋葬。不料柴龙突然带领许多寨中人赶到孟家堡，一口咬定孟哲杀害他们寨中的人，用强力把孟哲拘到官里去。那地方没有什么正式的官吏，不过由云南府任命一个理刑厅胡厅长来管理地方税收的事务，以及斗殴等情。此外还有一个李把总，带领百十名兵丁在此驻扎，势力薄弱得很，没有什么多大的权力。地方上的事情本来要仰承孟公藩的意思，现在公藩已死，柴龙跋扈，不受节制。胡厅长事事姑息，不敢得罪他，所以柴龙敢将孟哲拘去，诬告孟哲有意杀害柴家寨人。胡厅长一再审讯，孟哲不肯承认，我们孟家堡中人也联名具保，要求释放孟哲。胡厅长左右为难，既不定孟哲的罪，也不把他释放，只是监禁在那里。柴龙乘机假造契据，要将这田地占去。孟家堡人不服，两边械斗起来。结果孟家堡人势力不敌，死伤很多，这田地却被柴龙强夺过去了。"

玉琴听到这里，忍不住说道："何物柴龙，竟敢如此猖獗！那些官吏要他何用？"

云三娘道："械斗的事，我国人是常常有的，何况是在那边陲之区呢？地方官哪里有这权力弹压得住？怯于公战而勇于私斗，这是我国人一种劣根性。唯有战国时商鞅在秦变法，使人民都一变而为勇于公战。所以秦国不但能称霸于诸侯，且能并吞六国，统一天下。"剑秋道："现在东西各国鹰瞵虎视，渐渐向我中国实行侵略主义，日本窥于东，俄国伺于北，外患日甚，而我国兀自迷梦未醒，只知对内而不知对外，窃恐数十年之后，染指者甚众，我国不自振作，或要受亡国之祸哩。"说至此，玉琴双眉怒竖，似乎十分愤恨的样子。云三娘也叹了一口气，接着说道："此所以李天豪等一般志士都要革命了。"

三人静默了一会儿，云三娘又道："那时我听了老叟的一番言语，知道柴龙本是恶霸一流人，现在又加着白莲教的势力，将来一旦发展起来，未可轻悔，所谓星星之火，可以燎原。我为除恶务尽之计，也须把他们除掉，何况孟哲无辜受害，这层冤狱亟待平反呢！于是要想和观海师兄先至柴家寨去动手。那老叟又告诉我说：'胡厅长对于柴龙勾通白莲教的事，未尝不知一二，可是因为畏忌他的势力，所以逡巡不敢动手。这是在胡厅长手下一个亲信的人告诉我的。'那时余观海师兄便主张先去谒见胡厅长，说明孟哲无罪的原因，且陈述柴龙等的阴谋，表示我们俩自愿代他出力，同去剿灭白莲教的党羽。倘然胡厅长听我们的话，我们前去下手，格外见得名正言顺，可把他们根本铲除了。如其不然，我们只得像平常行侠仗义一样，前去暗中诛恶，再把孟哲援救出狱。我赞成观海师兄的提议，当夜便住在那里，次日上午由孟家老叟为导，立即秘密前去衙署中谒见那个胡厅长。衙署十分简陋，和此间的官衙相较，真有天壤之别。在一间泥土而门窗已旧的矮屋里见到了他。却是个书生模样的人，年纪也有三十余岁。孟老叟先代我们介绍过了，我们遂将此来志愿告诉他听，且言：'蔓草难除，及今图之，犹为未晚，望厅长当机立断。'胡厅长听了我们的话，很是动容，又把我们俩谛视良久，然后告诉我们说，他未尝不知孟哲是冤枉的，庄后杀的人稳是柴龙故意抛在那处的。所以至今没有定罪，只因柴龙势力浩大，实逼至此，自己亦不过虚与委蛇。至于白莲教的事，亦已探访详细，绌于兵力，未敢鲁莽行事，反贻地方之祸。但已暗中饬人前往省府密报，请示机宜，以便应付有方了。我们见他不过懦怯而已，并非糊涂官吏，这事就容易办哩。遂又敦促他即日商同李把总，在今夜督领官兵至柴家寨进剿，将白莲教的首领柴龙和火姑娘擒获，明正典刑，其余党羽，或逐或杀。至于柴家寨中的土人，不从逆者一概免究。起初胡厅长还踌躇不决，不敢徇从我们的请求。我们又极力劝说，担保必获胜利，幺麽小丑，何足畏虑？观海师兄又特地到庭中去舞一回剑，显些本领给他看了，他才敢决定，并请李把总前来商议一切。李把总单名健字，为人很是爽直，他也早恨柴龙蛮横，以为如此土豪早应剿灭，故十分愿意。胡厅长遂薄治酒馔，居然宰了一口羊，杀了数只鸡，请我们在衙中用饭。傍晚时，李把总喝过酒后，先去督促部下前来与我们会合，我们也扎束停当，等候李把总到临。不多时，火把高照，李把总领着一百名兵丁赶至。李把总全副武装，手握大刀，倒也颇具威风。我们二人遂别了胡厅长，跟着李把总向柴家寨暗暗行去。在黑夜中瞧见野人山的山巅高入云霄，障蔽了西南方，山势高峻而雄伟，我们在日里已远远瞧见了。那柴家寨形势较高，在田野间望去，隐约可见堡墙的影子。

　　"我等赶到柴家寨前，叮嘱李把总将火把暂时熄灭，伏在寨前，我们二人先行入内侦察。等到寨中火起时，官军即可攻入，如此可免打草惊蛇。李把总答应了。我们二人飞越入寨，虽然没有人引路，却只顾向房屋稠密处走去。见前面有一处很广大的庄院，料想是柴龙等所居之地，遂从侧面跃上屋顶。见里面第三进院子里灯光大明，烟雾缭绕，有许多人坐在那里，口中喃喃地念经。正中坛上高坐着一个女子，全身白色长帔，如像白衣观音一般，姿色十分美丽，领导着众人，大概这就是传说的火姑娘了。坛旁坐着四个壮男，却不认识，其中有没有柴龙，我们不知道。他们正在集会，宣传他们的邪说，难得遇见了，正好动手。所以余师兄在屋上大喝道："白莲教的女妖火姑娘，胆敢在这里煽惑良民，阴谋不轨，还有那恶霸柴龙何在？快快一齐出来领死。'

"余师兄过意声张，无非向二人挑战，可以认清他们面目。果然那白衣女子一闻这话，向屋上一瞧，冷笑一声，即将外面白衣卸下，露出贴肉的淡红衫子，胸前悬着一个绣花香囊，端的妖冶。将手一指，即有白光一道，从院中里穿射而出。伊也跟着一耸身，从坛上跃到庭中。白光已飞到我的头上，我便飞出银丸，抵住伊的剑光。此时院子里哗声大起，人影散乱，十分紧张。那坐在坛旁的四个壮男，各举兵刃奔出。为首一个年轻的汉子，手舞三尖两刃刀，大喝道："柴龙在此，哪里来的小子，胆敢混入寨中寻事生非！须吃你家柴爷一刀。'道言未毕，余师兄的紫色剑光已如腾蛇般自上飞下，盘旋到他的顶上了。柴龙一见剑光，知道遇到了劲敌，也就不敢怠慢，急将三尖二刃刀使开平生解数，悉力迎战，其余三人也各奋勇相助。那火姑娘的剑术造诣很深，所以我的银丸尽是飞舞刺击，却刺不进伊的白光，我和伊便在屋上大战。颇惜伊有了这样剑术，却不能归正，偏走入邪僻之途，一定得不到好的结果。我与火姑娘战得不分胜负。余师兄的剑光已愈舞愈紧，霍霍地在柴龙头顶上旋转两下，倏地降落，柴龙一颗大好头颅立刻飞去一边。火姑娘见形势不佳，得个间隙，向屋后便逃。我哪里肯让伊漏网！跟手便追，追到庄后，火姑娘已一跃而下。我见伊的飞行功夫也已达到上乘，恐防被伊逸去。所以也不敢怠慢，用力追赶，一霎时已从寨后跑到野人山麓。我的银丸直飞过去，却被伊脚快眼快，早躲入林子里，豁刺一声响，把一株数丈长的老松截为三段，伊却逃进野人山去了。我自恃着艺高胆大，追入山中，说也惭愧，我和伊总是相隔一丈多路，不能追及。都只为山径峻险而曲折，我又是走的陌生路，一时赶不上。若是换了平地，再也不怕伊逃到哪里去了。追了一大段路，忽然来到一个绝涧边，那涧窈深莫测，两边都是巉巉石岩，涧中急湍奔流，轰隆有声，震耳欲聋。此时是黑夜，我也不能瞧得十分清楚，换了白日到此，望下去真使人心悸魂摇。涧的两端有数丈长的距离，中间垂着一根绳索，便是桥了，这便是那地方著名的索桥。因为川、滇等处山谷甚多，交通梗阻，往往两边山崖隔断，中横深涧，不能飞渡。土人在山崖边系上粗大的绳索，辅以扶手的绳，好让人家在绳索上走过去。但是胆小的人若在绳上俯视时，没有不要头眩心悸，失足下坠的。我追到索桥边，见那火姑娘身轻似燕，早从绳索桥上溜过彼岸去了。我志在擒贼，岂肯见难而退？于是一跃上桥，依样溜过去，不料火姑娘躲在桥的尽边头，见我追上索桥，便运动剑光，把那索桥一斩两截，顿时中断。我刚才走到中间，绳索一松，身子往下直坠，不是我夸口说，幸亏我还机警，急忙伸手攀住那一端断下的绳，然而我的身子已虚悬在涧中了，打了一个旋转，险些脱手……"

云三娘讲至此，玉琴、剑秋都代伊捏把汗，玉琴不觉说道："险哪，险哪！以后怎么样了？"云三娘微笑道："古人形容危险，说什么'盲人骑瞎马，夜半临深地'，那时我的危险更要远胜十倍，连忙一手指使银丸抵住火姑娘的剑光，防备伊再要切断那半截下坠的绳索，一手紧把索子猱升而上。等到我上了山崖，火姑娘的影踪早已不见，便向四处搜寻。山峦重复，树林深密，在黑夜茫茫中，从何处去找寻伊呢？然而我的勇气没有减缩，依旧向前面一条羊肠小径中走去。转过了一个山峰，静悄悄地不见有人。风声却怒吼不止，吹得林木摆动成波浪一样，夹杂着猿啼虎啸之声，使人凛然觉到自己的危险。我知道火姑娘早已去远，被伊侥幸漏网了，不如回到柴家寨吧。但是山路崎岖曲折，又在夜间，如何辨认得清回头的路？况且方才追来的索桥，又已中断，教我找求哪条路归去呢？我正在踌躇之际，忽见林中飞出一群流萤，其光熠熠，如一个大玻璃球，将前面的途径照得很是清楚，先在我面前打了一个旋转，便向东北面飞去。我心中不由一动，想到以前老马引途的故事，那么这一群流萤的飞出，恐不是偶然的吧，何不跟那些流萤走去试试？遂即随着一群流萤而行。说也奇怪，那些流萤总是飞在我的前面，好似一盏引路的明灯。行行重行行，走了不知多少路，翻过了几重山峰，天色渐渐发白，那流萤也没入林中了，天明后我方瞧得清楚蜿蜒的山径。俯视柴家寨，正在右边山麓之下，原来已被流萤引导走到寨前来了。我遂从容下山，到得寨中，和余师兄、李把总等相见。始知柴龙授首之后，余师兄又斩掉了他们二个徒党，便觅着火种，放起一把火来，那时众徒党早已四散逃生。李把总见寨中火起，赶即率领官兵呐喊一声，爬登碉楼，杀了几个守楼的人，大开寨门，杀将进来。寨中人大半从睡梦中惊醒，唬得不知所以。李把总指挥部卒擒获住十数名白莲教的党徒，随即将火扑灭，又将柴龙一家前后看住，细细查抄，抄出秘密文件和白莲教作乱的证据。余师兄见我追火姑娘不回，心中未免有些担忧，本想待到天明后着土人引至山中追寻，见我安然回来，自然十分喜悦。李把总又聚集寨人晓谕一遍，教他们安心做事，勿得自相惊扰。白莲教徒一概擒捉鞫讯，以便明正典刑。其余无辜良民以及自首的得免。又把柴龙的头悬挂在柴家寨上，以警奸宄，我们遂奏凯而回。胡厅长设宴款待，已将孟哲释放回堡，孟家堡人欢天喜地，接我们去欢聚了数天。柴家寨的白莲教势力已铲除，地方上少一恶霸，孟哲性命无恙，田地又已归回。我们这一遭总算走得不虚，不欲再在那边耽搁，便束装上道，离开云南了。"

云三娘讲到这里，把这件事告一段落，觉得有些口渴，端起桌子上凉好的茶喝了一口。玉琴道："便宜了火姑娘，倒和风姑娘一样，都被她们脱身逃去。"剑秋道："釜底游魂，末日至时，再被我们遇见，一定不放他们过去了。"

玉琴笑笑，刚才回头，向窗外一望时，忽然月光下一件东西，

17

飞也似的向伊面上射来。玉琴说声不好，急忙将蛛首往后一仰，那东西唰地从伊鼻子前拂过，一阵冷风，啪的一声，正中壁上。三人一齐看时，见是一只四寸长雪亮的钢镖，头上系着红缨，颤巍巍地兀自在壁上摇动。

评：

　　云三娘从闲闲处发挥出一番议论，即达尔文天演淘汰，适者生存之义，云三娘等苦心孤诣，欲补救此弊，确是仁者心肠。此《荒江女侠》之所以异于其他武侠小说也，作者怀抱，亦可于此见之。写雨景如绘，用笔活跃可喜。避雨尼庵，看似闲文，却已暗引以后一场大战，此所谓闲中设伏也。云三娘、余观海至云南之事，首集中曾一提，但未详叙，作者却从此处补述，疏而不漏。白莲教四大金刚已出云真人与风姑娘，此处又略写火姑娘，无非为下文剧战地步。壁上飞镖一结颇觉突兀，然作者早已预伏一切，读者接观下回，便知其妙矣。

第二回

怪老人病榻赠宝刀
莽力士琼筵献炙肉

玉琴一见这钢镖，心中明白，立即跳起身来，向壁上摘下真刚宝剑，使一个蜻蜓掠水式，从窗中横跃而出。方才立定脚步，对面又飞来一支钢镖，赶忙一蹲身，让过那钢镖。这时对面屋上早已飞也似的跳下一条黑影，月光下瞧得分明，乃是一个女子，头上裹着青绢，浑身黑衣，手中横着雪亮的宝剑。一见玉琴，便破口大骂道："姓方的，你们把我全家杀害，此仇不共戴天。今晚你也会撞在我的手里，我必要为我父兄复仇。看剑！"说罢，一剑向玉琴头上劈来，玉琴将剑架住，说道："韩小香，你家老头儿罪恶滔天，自取灭亡之咎。前次被你侥幸漏网，现在还要来送死么？休怪你家姑娘剑下无情了。"韩小香大怒，将剑使开，径向玉琴要害处猛戳。玉琴不慌不忙，将真刚宝剑舞将开来，倏成一道白光。韩小香左劈右剁的，也将手中宝剑使成一道白光。两个人在庭中回旋酣战。

玉琴甫交手，知道韩小香的武艺今非昔比，较前大大进步了。此时剑秋早已握了惊鲵剑，跃出窗户，认得来者即是韩天雄的女儿韩小香。大约伊此来必是为父兄复仇，不知道伊怎会突如其来，寻到这个地方的。他正思想，只听屋上娇喝一声："岳家小子，休要帮忙，你家萧姑娘等候多时了。"面前黑影一晃，早有一个妙龄女子站在庭心里，手握两柄绣鸾刀，刀光湛湛如秋水照眼。全身也是黑色，头上却裹着一块银色绢绸，生得俊俏玲珑。再一细看，原来便是日间在天王庵避雨遇见的小姑娘，恍然大悟，便答道："你们休得逞能，我岳剑秋岂是畏怯之辈？谅你们都是一丘之貉，自来送死而已。"剑秋的话还没有说完，双刀如游龙般已向他头上落下。剑秋便将剑使开，和那女子战在一起，叮叮当当，金铁交鸣，庭中但见白光飞舞，不睹人影。

　　这时，旅店中客人都闻声惊起，只是一个也没有敢出来看热闹的，躲在门窗里向外偷窥。云三娘立在窗槛上，作壁上观，只是微笑。因为伊知道琴、剑之力足够对付，自己不必加入作战，且在旁边看着再作道理。觉得双方都非弱者，而那个使双刀的少女本领更高一筹。且喜剑秋剑术精妙，可以从容应敌，不愧昆仑门下，也不愧是自己得意的弟子。

　　琴剑二人和敌人战够多时，不能取胜，心中不由焦躁。即把平生剑术使将出来，剑光霍霍，一青一白如腾蛟起凤，向前尽顾逼迫拢去。韩小香觉得两臂乏力，剑法渐渐散乱，不能再以支持。没奈何，咬紧牙齿喝声："着！"一剑向玉琴腰里扫去，玉琴向旁边一跳，躲过那剑，韩小香乘此间隙，一跃上室，说道："兰妹走吧！"那女子也向剑秋虚晃一刀，跟着飞身上屋，拔步便逃。琴剑二人扑扑扑如飞鸟般随后飞身而上，忽然一支袖箭向剑秋面前飞来，剑秋把剑向上一拨，那袖箭已坠落屋瓦。不防第二支袖箭又到，剑秋即将头一低，袖箭从他头顶拂过，带去了一绺头发。同时韩小香也返身发出一支毒药镖，向玉琴下三部打去，玉琴双足一蹦，当啷一声，钢镖飞下庭心里去了。这么一来，二人略顿一顿，韩小香等早已跳至店后，飘身下墙，玉琴哪肯舍弃，连忙加紧追赶。但是到得后面，却见东一条西一条的小街，不知她们走向哪路去的。剑秋也已追到，不见小香等影踪，便对玉琴说道："我们道途不熟，谅她们早已去远，我们也无处追踪，便宜了她们，不如回去吧。"玉琴只得怏怏地和剑秋回转庭中。

云三娘手里托着钢镖，笑问二人道："韩小香漏网而去么？"玉琴道："正是。她们倚仗着暗器厉害，但我们没有被打中，以前弟子也受过小香一镖，幸得李鹏灵药，方才保得一条性命。今晚难得伊自来找寻，恨不得把伊一剑两段，好使他们父女早在地下相逢。不料便宜了伊，被伊逃走了。"剑秋道："我想韩小香一定住在此地相近，那姓萧的女子必是伊的亲戚，武艺很好。我们不是在天王庵里避雨时候遇见伊的么？大概韩小香是伊引导而来的。"玉琴把手中剑虚砍一下，恨恨地说道："她们虽然行刺不中而走，可是我却不愿意放过她们呢。明天我们可再到天王庵去，找那老尼问个明白。然后找到萧家去，还敬她们一剑，所谓来而不往非礼也。"云三娘听玉琴说着负气的话，不旨微笑。

这时店主和店中旅客见外边停止战斗，一齐过来问询。剑秋不欲多事，便推说女盗前来行劫，已被我等击退。店主听了，十分惊讶，自言此间地方近来很是平静，店中也一向没有盗窃，哪里来的女强盗呢？旅客们见了琴剑二人英武之概，莫不咋舌称奇，纷纷向店主探听底细，但是店主哪里答得出呢？

纷乱了一阵，云三娘等还进房中，玉琴、剑秋仍把宝剑挂好，大家坐着谈起韩家庄的前事，直到夜深方才各自安眠。一会儿天已大明，三人起身，唤了店小二进来，吩咐预备早餐。洗脸漱口毕，用过早餐，算清了旅费，正要动身，忽然一个店小二急匆匆跑进来，送上一封书信，三人不由得奇怪，剑秋拆开来，和云三娘、玉琴同阅，只见信上写着几行草字道：

久仰荒江女侠英名，恨未识面。昨夕小女无知，有惊

芳躅，今日特遣下人奉函敬邀，望见书后，请即惠临小庄，
一较身手；并专备小筵，聊以洗尘。想英武如姑娘者，必
不却步也。不胜鹄候之至。

云中凤萧进忠启

玉琴看毕，冷笑一声道："甚佳，甚佳！我们本来要去找他，他
却自己写书来请了。那个云中凤萧进忠，必是姓萧的女子的父亲，
韩小香和他们大约是亲戚吧。看他语气，十分骄矜，很有和我们一
决雌雄之意。我们若不前去，反而示人以弱了。"剑秋道："当然去
的。"便问店小二道："那下书的人可在外边？"店小二道："在外边
等候回音。"剑秋道："你去叫他好好等待，我们跟他前去便了。"
于是三人收拾收拾走出店来。只见一个穿着蓝布短衣的壮健男子，
立在一边，店主正和他窃窃私语。他见玉琴等走来，连忙立正，行
了一个礼。剑秋道："你是萧家的仆人么？我们不认识路途，你就引
导我们去吧。"那男子答应一声："是。"店小二牵过坐骑，剑秋把
包裹系在龙驹上，三人耸身上鞍，店主立在门外，恭恭敬敬地送行。

那男子便走在马前，引导三人缓辔行去。却听店主正对旁人说
道："原来昨夜到此的并不是什么女盗，乃是萧家姑娘，不知究竟为
了什么事情。我看这三位客人模样奇怪，虽然很有本领，可是终敌
不过萧家老庄主那样厉害呢。"三人闻言，也不理会，随着那男子行
去。前面有一条小溪，沿溪望东走，不到三里路光景，早见右边岸
上有一座雄大深邃的庄院。庄前有一座石桥，桥上立着几个庄丁，
把手指着他们道："来了，来了！"有一个庄丁立即跑入庄去，大概
前去通报庄主了。

原来玉琴等以前火烧韩家庄，恰巧韩小香跟伊母亲归宁，在母
舅家中，因此被伊漏网得生，没有遭殃。云中凤萧进忠便是伊的母

22

舅，是卫辉著名的富户，更兼着惊人的武艺，在杨柳屯四围远近，提起"云中凤"三个字的大名，哪个不知？他善舞一柄金背刀，飞檐走壁，身轻如燕。因为他自幼得异人传授，所以有此本领。性喜任侠，刚如烈火，为人很重义气，江湖上人流落无依，到他门下吃闲饭的，时常不断。他在家经营着田产，也没有出外去做过什么事情。现在年纪已有五旬以外，所生子女二人，兄名慕解，妹名慕兰，萧进忠便把平生武技，悉心传授与他的子女。

二人也精心习练，寒暑不辍，所以年纪虽轻，武艺已是高人一筹。慕兰善使双刀，说起这两柄双刀，也是很有来历的。不知在哪一年哪一天，还是当慕兰六七龄的时候，有一个盲目老人，跑到他们庄上来，自称有病在身，欲谋枝栖，慕名而来，乞赐一榻之地。萧进忠见他病体瘦瘠，且年又老迈，当然允许。遂另辟一室，使他养病。可是那盲目老人在他们庄上住了一个多月，病魔缠绵，日见加重，自知不起，遂请萧进忠入室，对他说道："承蒙你善意款待，感谢不尽。只是自己疾病深重，日薄西山，一定不会好的了。他日这个臭皮囊，还请庄主代为收殓埋葬，入土为安。但我身外别无长物，唯破包袱中有一对绣鸾双刀，一名银星，一名飞霞，是旷世难得的宝刀，削铜铁似泥，杀人不染血。我一向非常珍爱，随身携带，不忍舍去。现在不愿这宝物落于庸人之手，故在临死之前，奉赠庄主，也是宝剑赠与烈士之意。"

萧进忠便过去从老人床边破包裹里抽出一对双刀。刀鞘已敝，但是拔出刀来一看，银光照眼，古色悦人，刀柄上都刻着刀名，连忙啧啧称美道："果然是宝刀。蒙长者赐赠，荣幸之至。"因此料想老人必然是个非常人物，便向他询问来历，老人长叹一声道："不堪回首话当年。若要谈起过去的事，痛心得很。自憾一生功多罪少，在这时候更觉惶恐，所幸忏悔多年，倘佛氏'放下屠刀，立地成佛'的话为不虚，那么虽至九泉，略足安慰了。实不相瞒，在五十岁以前，我是江湖间一个杀人不眨眼的剧盗，这一对宝刀，也是在当时从一个女子手里夺来的。那女子乃是我的仇人，一目之伤，也是伊给予我的创痕。后来被我用尽计策，乘夜盗去伊的双刀，然后把伊刺死。但伊确是个贞烈而武术高超的妇女，我不该为了我的私仇，把伊害死，至今引为憾事。"

说到这里，又叹一口气，停着不语。萧进忠再要问他时，他不肯多说什么了，萧进忠只得收了双刀而去。隔得二三天，那盲目老人已脱离五浊尘世而去。在他临终的时候，有庄丁瞧见他在床上忽而将身子蜷缩，忽而将身子舒直，好像难过得很，足足有半天光景。最后豁剌一声响，床忽断为两截，老人跌下地来，把方砖地陷入一尺许光景，方才僵卧不动了。从这个事上，可知老人生前练着的功夫真是不错，他的一生必有许多奇事逸闻，可惜他略露端倪，便缄口不言，使人无从知晓罢了。

萧进忠遵从他的遗嘱，并且因为老人是一个无名英雄，今日这样下场，难免兔死狐悲，物伤其类，特地购备一口上等棺木，丰盛安殓，便葬在杨柳屯附近，总算不负死者。至于那得来的一对双刀，便传授给了他女儿慕兰。慕兰爱如性命，朝晚练习双刀，尽得伊父亲的秘传。此外更擅袖箭，这是一种轻便的暗器，大概妇女们用的。伊能在黑夜射人，发无不中。伊既有了高深的武艺，萧进忠甚为夸赞，大家代伊起了一个别号，唤作赛红线。因此伊平日心高气傲，不能受人家半点儿委屈。伊哥哥慕解，虽然比较伊的本领在伯仲之间，然而很能谦逊，没有伊这样脾气大的。

自从火烧韩家庄的消息传来以后，韩小香娘儿俩虽没有同归于尽，可是欲归无家，如此大仇，怎能不报？韩小香母亲便在萧进忠面前哭哭啼啼，要伊的哥哥代韩家复仇。萧进忠初把他妹子嫁给韩天雄时，因为赏识韩天雄的武艺高强，经一个友人做媒而成就的。不料后来韩天雄杀人越货，干下许多不仁不义之事，江湖上侠义之士，对他自有许多贬语。萧进忠也不直他的所作所为，曾向韩天雄规劝，教他悄悄敛迹。无如韩天雄忠言逆耳，不肯听他内兄的说话，两人的感情也渐渐淡薄起来。所以萧进忠以为这次韩家父子被人所诛，也是他们造孽深重，多行不义必自毙，报应不爽。不过碍着他妹子的情面，口头上答应了，却始终没有出去探访过。

韩小香知道伊舅舅不高兴管这事，伊遂在慕兰表妹面前，絮絮地哀诉不休，且言荒江女侠怎样傲慢无礼，怎样耀武扬威，韩家本与她无冤无仇，伊偏要来做出头椽子，邀聚了昆仑门下众人，竟把伊一家烧杀，岂非可恨？慕兰安慰小香说："自己若有一朝碰见了荒江女侠，一定代你们复仇，也教伊知道天下之大，并非无人。"恰巧那天出外，忽逢阵雨，遂至天王庵避雨，无意中和玉琴等睹面。玉琴等是无心的，伊却十分留神，暗瞧三人模样，便疑是荒江女侠在里头了。再向老尼探问他们二人的行踪，使伊心中益信，遂即追蹑在后，得知他们借宿在集贤旅馆，于是回到庄里，把这事告诉了小香，约好在夜间前往一探，相机下手。她们到了旅店中，适逢玉琴等听云三娘讲述云南火姑娘的一件事，她们在屋上迟迟未能动手。玉琴忽然回过头来，小香在月光下恐防被伊瞧见，赶紧趁人家没有防备时，发了一镖，不料未能命中，仇人相见，厮杀了一场，总因本领还不如人家高明，只得三十六着，走为上着。

但是回转后，心上终是放不下，眼看着仇人已在眼前，却不能加以重创，为死者复仇，何等的愤恨！而慕兰也因出世没有败过在人家手中，现在逢见了荒江女侠和岳剑秋，却当着表妹面前，扫了颜面，两人一样的不平，一样的痛心，遂向萧进忠告诉，要求他老人家出来管这件事。如何将荒江女侠等打倒，不但韩家之仇可复，自己的面子也可收回。萧进忠被他的爱女逼着，妹子和甥女央求着，此际再也不能袖手旁观了，遂说道："大丈夫万一要和人家较量，也须光明磊落，先礼而后兵。老夫今番亦欲一睹荒江女侠为何如人，

25

不如请他们到此，设筵招待，把前事讲个明白，然后彼此动手，比较你们黑夜行刺，不是光明得多吗！"

小香、慕兰等听萧进忠这样说法，也无异议，遂由慕解写下一封书信，一清早便差庄丁萧顺到那里去送信，邀请三人前来，倘然他们不来时，立即追赶不迟。琴、剑等凭你什么龙潭虎穴，都蹈惯过的，有柬相邀，岂肯不去？便很坦率地赶来了。萧进忠正在内等候，闻得庄丁通报，便同慕解出门相迎。

刚下石阶，只见前面站立住三个人，一位是侠少年，两位是饶有英气的姑娘。云三娘虽较玉琴年纪长大，而容颜娇嫩，和玉琴如姊妹行。三人的坐骑，早有庄丁代她们牵着。萧顺见了萧进忠，即向旁边一站道："启禀老主人，三位客人已到。"萧进忠一摆手，命他退去。然后向三人一抱拳，含笑相迎，说："猥蒙枉顾寒舍，荣幸得很，但不识哪一位是久慕芳名的荒江女侠方玉琴姑娘？"玉琴即上前答礼道："不敢，不敢！请教老英雄就是萧进忠么？"萧进忠点点头，便命慕解上前相见。玉琴也介绍云三娘、剑秋与他见面。萧进忠向三人面上相视一下，遂欠着身子，让三人入内。三人毫不犹豫地跟着萧家父子踏进庄中。见庄内房屋十分宽大，庭院也很轩敞，庭中两排站立着十数个健硕的庄丁，一色蓝衣打扮，齐向他们行礼，很见严肃。

萧进忠把三人引导至一广大的厅堂，堂上正中已安排着筵席的座位。萧进忠带笑对三人说道："三位道出是间，老夫略尽东道之谊，水酒三杯，不嫌简慢，即请入座。"剑秋便答道："我们还没有先行奉访，难得老英雄盛意相邀，若是不领情事，要惹老英雄笑我们无礼了。"说毕，冷笑不止。这时屏后闪出两个女子来，换着一身鲜妍的衣裙，并肩而立，正是韩小香与慕兰。韩小香见了玉琴，怒目而视，并不行礼，慕兰亦傲然不屑夷视。萧进忠哈哈笑道："你们不打不成相识，有冤报冤，有仇报仇。荒江女侠，老夫也闻名久矣。

现在且请入席，有话以后再谈，何如？"玉琴也很镇静地答道："好，愿闻赐教。"于是萧进忠便请玉琴和云三娘向外坐下，剑秋在左首，萧进忠和慕解坐在右首，小香、慕兰却居末座，正向里面。

众人坐定后，萧进忠向堂后唤一声："献上酒来。"只见有四个庄丁，抬着一把异乎寻常的大酒壶，放在席前。那酒壶通体锡制的，着地有五六尺高，周围也有六七尺宽广，足够容纳七八十斤酒。合计酒壶的重量至少有二百五六十斤重，大概要巨无霸、防风氏那种巨人才有这资格，合配用此酒壶。剑秋瞧着酒壶，想起了闻天声，可惜他今天没有前来，否则尽可畅饮了。萧进忠一摆手，命庄丁退下，自己又将袖子卷起，说道："待老夫来侑酒一巡。"施展右手把那大酒壶轻轻提起，向玉琴、剑秋、云三娘面前敬酒，一个个依次倾毕，然后放在筵旁，神色不变，端着酒杯，说一声："请。"玉琴等也举起杯来喝。

岳剑秋倏地起身离座，走至酒壶边，捋起衣袖，右手搭上壶柄，喝一声起，早把那大酒壶也如提孩子一般地提在手里，向萧进忠说道："我等叨领老庄主的琼筵，理当还敬。"遂也提着酒壶，代众人斟过一遍，放到原处，气不喘，面不变，徐步归座。原来剑秋运用的功夫，也已习练有素，故能从容对付，不肯示弱于人。

萧进忠见了，暗暗点头。遂请三个随意用菜，吃过两道菜后，萧进忠又喝一声："快献炙肉！"只听堂后应声道："是！"这一个是字声音洪亮，宛如起个霹雳，跟着旋风也似的跑出一个莽力士，膀阔腰粗，袒着上身，胸前黑毛茸茸，两臂的筋肉愤起虬结，下身穿着一条青布大裤，脚踏草鞋，行走矫捷，显见得是孔武有力之辈。左手托着一盘酱炙的肉，烧得热腾腾的，最上一块肉，插着一柄明晃晃的匕首，火杂杂地大踏步走至玉琴座前，倏地举起匕首，刺了一块炙肉，左足微屈，右手疾向玉琴樱唇边送去，喝一声："请！"这一下来势凶猛，按有非常力气，叫玉琴不及抵挡。剑秋和云三娘在旁都代伊捏把汗。哪知玉琴不慌不忙，张开嘴来，用银牙看准刀头，咯地只一咬，早把那柄匕首咬住，螓首一低，匕首已脱离了莽力士的手腕，莽力士不觉退后三步。玉琴仰起头来，扑的一声，将那匕首吐出去，那匕首便飞也似的直飞到对面的梁上。上面本悬着一匾，横镌着"世济其美"四个大字，那匕首不偏不歪，正刺在世字上，陷入二三寸，连那炙肉也悬在上面了。

萧进忠等不防玉琴有这种泰山崩于前而不惊，麋鹿兴于其左而不瞬的勇气。且睹伊功夫如此高深，不由心中微馁。玉琴便娇声叱道："何物狂奴，擅敢无礼？照这样地敬人东西，不如敬了自己吧！敢问萧老庄主，究竟怀的何意？"剑秋也说道："大丈夫做事正大光明，你们若要比较高低，也可直说，我们既然到此，愿意领教。"萧进忠面色微愠，遂假意向那力士喝道："我叫你好好献肉，怎么这样不懂规矩？速退！"那力士本来没有下场，借此说话，便追入堂后去了。萧进忠又道："此人徒具勇力，新到我这里为门客，我因特别敬重三位，所以教他献肉，不料他鲁莽成性，有犯玉琴姑娘，抱歉得很。可是话又说回来了，江湖上设宴请客，遇到有能耐的人，不如是不足以尽敬礼。想三位在外走惯，一定能够见谅的。"

玉琴冷笑道："好一个敬礼，老庄主此时也该知道，我们是不好欺侮的了。有什么花样，尽管变出来玩玩吧。"此时小香忍不住，立起身来，指着玉琴说道："玉琴，我与你有杀父之仇，今日相见，必与你拼个死活存亡。"玉琴道："昨夜已领教过了，前次被你侥幸漏网，你应该深自忏悔，一改你父兄的行为，做个好人，以赎前愆。哪知你怙恶不悛，再要与我们作对，也太不知自量了。"萧进忠见二人反唇相讥，已到了拔剑张弩的时候，遂挺身而起，向玉琴说道："玉琴姑娘，老夫年将就木，闭门韬晦，本不喜多管闲事。只是江湖上所重者义气，韩天雄父子与姑娘素无仇隙，虽然他行为也许有些不正当，你们却不该施用残忍手段，把他们全家杀害，火烧韩家庄，夷为平地。幸亏小香母女于事先住在我家，未遭毒手。然而伊是无家可归，伊怎不想报此大仇呢？韩天雄是我的妹夫，小香是我甥女，此事我可不能不管，还请姑娘有以答我来。"

玉琴便道："呀！原来老庄主还和韩家是至亲，难怪你不能不管。但是我可以奉答老庄主说：'韩天雄父子作恶多端，自取灭亡，并非我与他有什么仇冤。'我辈在野剑侠，锄恶扶善，碰在我们的手里，不得不剪除民物之害。况且我初探庄时，小香便把毒药飞镖打我，以致险些儿送去性命，试问他们如此凶恶，我们焉能袖手旁观，坐视毒焰日张呢？"萧进忠道："姑娘总不该把他们一家破灭，未免太残忍了吧，当然，别人家要不能忘此大仇。"

云三娘止不住开口道："老庄主，你责备我们太残忍，这也可谓不明是非了。韩氏父子在民间多行不义，杀人性命，劫人财帛，不知有许多无辜男女断送在他们父子手里，你倒不说他们是残忍么？未免太偏见了。玉琴所以至韩家庄，是为的韩天雄杀了祝彦华妻子，又夺了他财宝，人家急得要自尽，伊遂路见不平，拔刀相助，并非无缘无故，苦苦与韩家父子作对。大破韩家庄的事，我也在内相助，剪除恶霸，扫灭淫秽，自信这件事做得很光明，很合理。老庄主，你当怪韩家父子的不是，却来责备我们，岂是公允？你们若果以为仇在必复，我们一齐在此，无所回避。不过老庄主既算是个江湖上讲义气的英雄好汉，总应该明白是非才是，不能因为和韩天雄是亲戚而抹杀事实，意气用事，还请老庄主细细思量。"

剑秋也道："老主主若是和韩家父子一流人物，那么我们也不必多说废话，若是个明白道理的英雄，那么岂能助纣为虐？我很代你可惜了。"萧进忠见三人侃侃而谈，理直气壮，气得他胡须倒竖，说道："也罢！我就不管这事。今天三位到此也让我萧某多认识几个人。但是你们也知道萧某并非歹人了，且请多饮数杯，何如？"剑秋听了萧进忠的话，便道："好爽快！老庄主不愧英雄本色。"大家遂坐了下来。

韩小香见舅舅被他们一番说话，竟使他软了下来，不肯代伊父兄复仇，心中不甘。碍着萧进忠的面子不再多说，却把臂肘向慕兰擦了两擦。慕兰本来听了三人的大言，心里有些忍耐不住，便举起衣袖，向玉琴一扬，即有一点寒星，向玉琴咽喉直奔。幸亏玉琴眼明手快，把手一抬，接在手里，乃是一支袖箭，便对慕兰说道："此物无用，还了你吧！"一箭还向慕兰头上射去。慕兰也将头一低，这箭直飞到庭中草地上去了。剑秋遂向萧进忠责问道："方才老庄主是不是已认为不管这事了？君子一言，快马一鞭，为什么令爱又使用暗器起来了呢？"萧进忠不防他的女儿有此一着，觉得自己很是扫颜。他本来颇觉气恼，至是勃然大怒，立起身来向慕兰呼叱道："我已说明不管这事，你怎么擅自动手？这不是与我过不去么？你何不将袖箭把你的老子射死了，再也没有人来管教你们了。"

慕兰一直娇养惯的，今天被伊父亲如此叱责，气得伊玉颜变色，立起身便向堂后一走，小香也跟着进去了。

云三娘见他们父女失欢，不便久留，遂向萧进忠告辞道："我们今天到此，诸蒙优渥，且幸得识荆州，我们要紧赶路，就此告别了。"萧进忠也不再留，便道："简慢得很，抱歉之至！"父子二人遂送他们出庄，庄丁牵过坐骑，三人跃上鞍辔，又向萧进忠父子点头作别。过得石桥，云三娘回转头来，瞧见萧家父子兀自立在庄门口，看他们跑路，便微笑道："待我与他们留个纪念吧。"将手一指，放出两颗银丸，即见两团白光，直飞庄门而去。门前东西本有两株大槐树，银丸只在槐树上盘旋数匝，许多枝叶簌簌地落下，不消片刻，两树都已成了秃顶，银丸才飞回去。三人也同时加上一鞭，向东疾驰去了。

萧进忠和慕解看得清楚，知道三人都有高深的剑术，幸亏自己见机，没有翻脸动手，总算保住颜面。慕兰小丫头傲夸成性，险些儿被伊偾事。于是回进庄中，又把慕兰埋怨了一番。不料便在这夜，慕兰和小香瞒着家人，双双负气出走了。等到萧进忠发觉，派人四出追赶时，已是无及。而慕兰、小香这一去，又闹出不少事情来，日后慕兰遇险，还是被玉琴救出，从仇敌一变而为良友。这些事且按下慢表。

却说玉琴等离了杨柳屯，早晚赶路，这一天早到了虎牢，玉琴道："我们路过这里，不如再先去看看宋彩凤母女，不知她们可曾回来。"云三娘、剑秋儿很赞成。于是三人来到铁马桥。一瞧，宋家大门依然紧闭，知道她们始终没有回家，也不再耽搁，径向洛阳赶程。过了数天，已到洛阳，城高池深，果然是个用兵之地。他们正走在郊外没有进城时，见许多人挤立在道旁，十分闹热，像是看什么赛会似的。剑秋便向一人探问，知是邓家出丧，又问那邓家是不是邓家堡的邓骎等七弟兄。那人答道："正是。"

三人听说邓家出丧，颇欲一观，于是各个跳下坐骑，杂在人丛中观看。凑巧旁边有两个老者立在那里谈话，一个道："邓氏弟兄在这洛阳地方，可称独霸一方了。哪知也有人来找他们多事的。邓骎也算晦气星照命，送去了一个妻子。听说邓骎的妻子郑氏，也有很好的本领，怎么失败在人家手里？"那一个接着说道："这就叫强中自有强中手了。"三人听了，十分注意。剑秋便向一个老者问道："请问邓骎的妻子怎样送命的？今天是不是出伊的丧？"那老者答道："正是。至于邓骎的妻子怎样送命，我也是听人传说的，在上半年的时候，听说有一天，邓家堡中晚上来了一个刺客，和邓氏弟兄大战，那刺客是一个独足的汉子。不知他怎会有绝大本领的，郑氏便死在他手里。那汉子也受了伤逃去。邓骎丧失了他的爱妻，十分伤心，将灵柩停放在堡中，直至今日方才出丧，到牯牛山去落葬哩。"

玉琴听了，心中玥白，知是自己以前探寻宋彩凤时遇见的那个汉子了，很佩服他的勇敢，遂把这事告诉剑秋和云三娘，云三娘道："先我而往者，大有其人哩。"剑秋又向老者探询邓家堡所在，老者道："就在城东十一二里，那地方都是邓家田地。"

正说到这里，忽听锣声响，众人喊道："来了，来了!"果然邓家出丧仪仗已到，十分丰盛。邓氏弟兄穿着细麻短褂，都坐在马上送殡。最后又见邓骈提着棒在灵前步行，面上一个很大的青痣，相貌凶恶，身躯雄壮。一个小孩子穿着孝衣，有一个庄丁捎着而走，还不过六七岁哩。等到灵枢一过，看的人纷纷而散，三人也就走去。剑秋道："邓家堡既不在城中，我们也不必入城了，不如寓居郊外，行事较便。"云三娘点点头。于是三人投到一家悦宾大旅店，开了一个大房间住下，歇宿一宵，以便次日如何去到邓家堡见机下手，准备虎斗龙争，有一场大战。

评：

小香复仇，前事重提，火烧韩家庄时本已留此有余不尽之文章，本书写玉琴往寻宋彩凤，即于途中补出此一段事来，恰到好处。旅店一场恶战，描写萧慕兰处较多，盖慕兰武艺尚是与读者初次见面也。怪老人病榻赠刀，其事闪烁，令人深念，亦借此以写慕兰耳。萧进忠柬邀三人前去，读者必以为有一番厮杀矣，读至下文，却又不然，此是文笔曲折处。席间敬酒献肉，写来虎虎有生气，作者亦借此衬出琴剑二人之功夫耳。玉琴等三人在席上与萧进忠对答一场，宛如戏剧中天霸拜山。玉琴语气刚健，恰如其人。而云三娘以子之矛，攻子之盾，尤使萧进忠不能置喙。慕兰、小香一走，又预伏下以后许多情节，好在作者布局虽远，而处处能呼应，文笔无疏漏懈怠之处，好不患说伏之多。邓家出丧，借此虚写独足汉子之事，若隐若现，亦所以为后文地步耳，此作者用笔妙处。

第三回

七星店巧戏火眼猴
邓家堡重创青面虎

　　洛阳邓七怪的来历，著者虽曾在续集中提起，然而简略不详。现在且先把他们再行详述一下，好使读者知道他们究是何许人物。邓氏弟兄的老子邓振洛，是个哥老会中的首领，在潼关一带很有势力的。红羊之役，邓振洛也曾聚集徒众，揭竿而起，响应太平天国，和清庭反抗，颇得石达开、陈玉成、谭绍洸等倚重。不知后来怎样的利禄熏心，乘太平军转战疲敝之际，忽然倒戈起来，太平军在豫省遭他袭击，很受影响。但是后来他忽然忏悔了，总算没有去做清庭的官。然而他已是富甲一乡了，在洛阳地方拥着许多田地产业，结识官场，很有势力。

　　不过有许多哥老会中的人，要寻着他报复前仇，因此他求教了一个异人，把他所居的邓家堡，很精密地大大改造一下。堡的周围分东南西北四个大门，南面是正门，这是外堡，没有埋伏的。至于内堡，却筑成海棠式的形式，分着金、木、水、火、土五个门户，在这五个门户里面，又分为圆形的八个门户，唤作乾、坤、震、艮、离、坎、兑、巽。各个门户中间都置有秘密机关，不使外人轻易飞越雷池一步。只有几门是可走得通而无危险的，然非个中人却不能知晓。这就唤作五花八门，是一个惨淡经营的迷魂阵。邓氏一家便安居在内，有恃无恐，不怕仇人光临了。

在宅子的中央，设有一座小楼，可以瞭望四围的门户，倘有外人到临，在金门有事，楼上便扯起一盏白灯来；木门有事，便扯起一盏青灯；水门有事，便扯起一盏黑灯；以此类推。倘然外人进了乾门，再鸣警钟一响，坤门则二响。这样宅中的人有了这座司令楼，便可知道敌人在哪一处了。堡中庄丁甚多，大都是邓家亲信之人，都谙武艺，所以邓家堡俨如龙潭虎穴，外人不易轻入。

邓振洛共生七子，最长的即是邓骙，膂力最大，善使一柄七星宝刀，是邓氏传家的宝物。因他面上有一青痣，别号青面虎。次即邓骏，别号出云龙，善使两柄短戟。第三个是闹海蛟邓驹，惯舞一对鸳鸯锤。他们弟兄二人深通水性，能在水中张眼潜伏一昼夜不死。第四个即邓骧，善使一对双刀，因他爬山越岭如履平地，故名穿山甲。第五个即邓骋，善使一根杆棒，这种兵器使得精妙时，能使敌人碰到即跌筋斗。因他性情阴险，惯生毒计，故别号赤练蛇。第六个名唤九尾龟邓驰。七弟兄中要算他武艺最低，为人亦最忠厚。第七个便是火眼猴邓骐，其人十分瘦小，如同猿猴模样，本领却是最强。因为邓骐在少时即拜少华山承天寺内的住持空空僧为师，那空空僧便是峨眉山金光和尚门下的得意弟子，与天王寺的四空上人是师弟兄，所以邓骐能通剑术，借着峨眉门下的幌子，在江湖上更有声势。他们七弟兄不似邓振洛行为，专一联络黄河两岸的土豪恶霸、绿林英雄，俨然为一方之雄。

邓骙的妻子郑氏秋华，是山西潞安州名镖师郑豹之女，也通武艺的。秋华还有一位兄弟耀华，有很好的本领，可惜其行不归于正。还有邓驹的妻子夏月珍，是河南剧盗夏云的独生女，夏云爱上了邓驹，把女儿嫁给他为妻。现夏云早已故世了，邓振洛也早正首丘。他辛苦经营了一生，不过界与儿子们罪恶之资而已。

七弟兄中唯有邓骐年纪最轻，尚没有授室，他的性情却非常淫

34

恶，常常到远处去采花，不知害死了多少贞烈的女子。有一天，他单身从开封回来，途中忽见前面有一个妙龄女郎，跨着一头黑驴，向前嘚嘚地奔跑。不由心中一动，把坐下青鬃马紧紧一夹，飞也似的追上去，追出了黑驴，回头一看，使他不禁神魂飞越，原来那女郎穿着一身紫衣，生得一张鹅蛋脸，明媚的秋波，雪白的贝齿，面上薄施脂粉，娇滴滴越显红白，在北地胭脂中实在罕有。瞧见这样秀丽的姿色，他不顾孟浪，轻轻唤了一声："小姑娘，你往哪里去？一人独行不怕强盗么？"那女郎向他斜睇了一眼，睬也不睬，催动黑驴望前紧跑。邓骐疑心伊羞涩，不肯和陌生男子答话，心中暗想："我只要跟着伊跑，不愁伊会走开去。少停到得晚上，我可见机行事了。"遂在女郎前后跟着伊赶路。女郎行得快，他的马也快些；女郎行得慢时，他的马也跑得慢些。这样赶了六七里路，天色渐渐黑暗，前面已到七星店。那七星店乃是一个小镇，镇上也有一家小旅店，那女郎便到旅店内投宿。邓骐心中欢喜，也就入内借宿。那女郎住的东厢房，他住下西厢房，遥遥相对。

这时天还未黑透，邓骐走出房来，见庭中十分宽敞，东西两株梧桐树，枝叶茂盛，遮去了半个庭院。忽闻背后娇声唤道："店家，快拿一盆热水来！"外面早有人答应一声，邓骐回头瞧见这女郎正立在门边，纤纤弓鞋，瘦不盈握，不由向伊笑了一笑。女郎只装不见，随意四瞧，等到侍者端上热水来，伊就缩身进去了。邓骐看得心上痒痒的，在庭中走了两个圈子，走到东厢房窗前，正在呆思呆想，蓦地东厢房的窗开了，那女郎端着一盆用过的水，向外一泼。邓骐急闪避时，已是不及，一件枣红缎子夹袍，已被淋湿了下半截。女郎却说声道："呀！这位先生怎么在此窗外？泼湿了衣服如何是好？"邓骐红着脸，只得说道："不要紧的，姑娘，不知者不作罪。"刚想再说下去，扑的一声，窗已关上了。

邓骐没奈何回到自己房里，把那件枣红缎子夹袍立刻脱下，展开了挂在床头，自己怪自己不留心。又觉得那女郎的莺声燕语犹在耳边，自己虽然湿了袍子，却换得伊几句清脆的说话，也还值得。晚餐过后，他把灯吹熄了，先到床上去睡着，养息一回。心中有事，睡不戍眠。挨磨到二更过后，听听四下人声寂静，店中人都已深入睡乡。他遂悄悄起身，轻轻开了房门，走到庭中。

正是个月黑夜，天上只有数点稀朗的明星。见东厢房里灯光亮着，估料那女郎没有熄灯而睡，这也难怪伊的，小小女子一个人在外边住宿，如何不胆怯？少停，伊见了我，不知要怎样的惊惶，我倒不得不温存伊一番，若是伊不肯就范时，再用强硬手段。想定主意，蹑足走至窗下，轻轻撬开窗户，一个燕子斜飞式跃入屋中，仔细一瞧，房中空空的不见倩影，那个女郎不知到哪里去了。不觉失声道："咦！这个小姑娘难道有了隐身术不成？怎的不见呢？"床后有两扇小窗微掩上，莫不是伊打从窗中逃出去了。不会的，伊一则不见得有这样本领，二则也未必料到我要来侵犯伊啊。

邓骐正自狐疑，忽然背后唰的一声，飞来一颗小石子，不及闪避，正中脑后，痛得他直跳起来。眼前一闪，又有一颗石子飞至，连忙一低头，那石子打向身后墙上，反激过来，落在他的脚边。他才知道那女郎一定是个能者了。恼羞成怒，一个翻身跳出窗来，仿佛窥见梧桐树上一条苗条的黑影，向右一闪，已到了屋上。他遂喝声："不要走！"跟着一耸身跃上屋檐，朝对面一望，不见影踪，翻过屋脊，也不见什么，心中不由十分焦躁。忽听下面厢房内女郎的娇声喊出来道："不好了！有贼子来行窃哩。店家，店家，你们快来！"这一声喊，早惊动了店中人，大家赶紧起身跑来，店主和侍者们都拿着棍棒，大呼："捉贼，贼在哪里？胆敢跑到老子店里来了！拿去请他吃官司。"

这时，邓骐早已跃下，只好装作闻声奔出的样子，忙问店主人哪里有贼，店主道："我也听得那姑娘的喊声而来，不知那贼骨头匿在何处。"又听房旦娇声说道:"那贼脑后高起,有一个红肿小块的。"店主遂敲开东厢房门,和一个店伙闯到里面去了。邓骐把手去摸他的脑后,果然中了一石子,隆然坟起有一个小块了。吓得他躲到房中去,不敢露脸。只听店主从对面房中回身出来道:"原来那贼子已跑去了,可恶的贼子,我正和老婆睡得十分酣熟,他却来扰人清梦。"一个旅客带笑说道:"这不是扰人清梦,却是扫人雅兴哩。"说罢,呵呵地笑起来。

店主又道:"往年有一个小贼也曾光临过一次,却被我们捉住,立在店门前示众,足足三天光景,以后便没有贼来了。想不到今晚忽又有贼想去看那位小姑娘,不是欺伊女流之辈无能么?可惜被他逃走,若撞在我手里时,须吃我三十棍子,再请他吃米田共。"邓骐听了,又好气又好笑。纷乱了一会儿,大家依然各去安睡。

邓骐白干了一下,反吃了亏,色心未死,怎肯甘休?再静坐到四更时候,打量那女郎也已不防了,遂提了宝剑,悄悄地走出房门,来到对面厢房窗下。先用手指蘸了唾沫,把窗纸沾湿,戳了一个小孔,向里一眼张去,却见帐子下垂,床前地上放着一双绣花鞋子,明明那女郎已睡熟在床上了。心中大喜,全身骨头都觉酥软,暗想:"这遭饶伊厉害,总逃不出我的掌握了。"那窗房已撬开过,没有关紧,他遂轻轻开了,飞身入房,杳无声息,蹑足走至床前,一手掀起帐子,见那女郎和衣朝内而睡,一条薄被盖着下身。他即把宝剑轻轻一放,双手向床上一搂,说道:"乖乖,我的小姑娘,你莫惊慌,我与你成好事来也。"哪知手中抱着的又轻又空,乃是一个大枕头,罩着一件衣服,哪里有真的女郎玉体呢?自己眼睛不清楚,看错了。连忙拉起宝剑,向屋里四处找寻,清清楚楚,没有影踪。暗骂一声,这促狭的小丫头,看伊不出,竟有这样胆量和心思,存心和我戏弄。可笑我三十年老娘,今日倒绷婴儿,我要找伊去算账。

遂跃出室来,跳上屋面,想要找见那女郎,看看伊究竟有怎样的本领。谁知屋面上一个人影都没有。此时邓骐又气又急，没法摆布，绕了一个圈子，依旧跳了下来。再一瞧，女郎房中仍不见人，疑心伊或者胆怯，脱身远走了，只得把窗关上，若无其事地回转自己房中。坐定了细想："那女郎真是奇怪，没有本领的，决不会如此戏弄我。但若果然有本领的，何必躲躲闪闪，不和我较量一个高下呢？"不多一会儿，晨鸡四唱，东方已白，他一夜没有睡眠，精神稍觉疲倦，打了两个呵欠。店中人也已起来，大家仍是讲昨夜有贼的事情。他只得喊了侍者打脸水盥洗，匆匆用罢早饭，便付清店账，动身回去。

当他走到庭心时，却听东厢房里女郎正娇声喊道："店家，快拿洗脸水来！昨夜真晦气，不知是鬼是贼，闹得你家姑娘一夜没有好睡。真是生成猴子的性，一刻儿也不肯停息的。"邓骐不觉心中好生奇怪，昨夜那小丫头躲到哪里去的？现在伊不是骂我么？伊明明戏弄我，以后我倒要探知底细，不肯放伊过门哩。遂匆匆出了店门，跨马而去。过后细细探问，始知是虎牢关铁头金刚宋霸先的女儿宋彩凤，无怪有如此本领。便把此事告知邓骉。

邓氏兄弟素知铁金刚的威名，其人虽已作古，他的女儿自是英雄之后，迥异寻常。邓骉遂主张偕同邓骐一同前去，踵门求亲，若是宋家母女能够答应，这是最好的事，邓骐也可得个有力的内助，惬意的娇妻。倘然她们不肯允诺，那么再行伺隙动手，报复前次七星店戏弄的一回事。邓骐一心欲得彩凤，依了他哥哥的主意，邓骏也欲一同前往，于是弟兄三人赶奔虎牢关访问到宋家。见了双钩窦氏，向伊提起婚事。窦氏早知道邓家弟兄平日的行为，岂肯将珍爱的女儿嫁给那形似猢狲的邓骐呢？当然一口拒绝。邓氏弟兄怀恨而云。

到了夜间，邓骉等潜至宋家下手，窦氏和宋彩凤早有准备，两边厮杀一番。宋家母女虽然本领高强，可是邓骉和邓骐都有很好的武艺，以二敌三，支持不下，所以宋彩凤手腕上受了刀伤，邓家弟兄也未得手而去，扬言下次再来决一雌雄。明天窦氏和彩凤一商量，估料他们弟兄众多，自己母女二人，决不能侥幸获胜，不如高飞远引，暂避其锋。

彩凤怀念玉琴，很想一至荒江，找寻玉琴。倘然玉琴已复仇归里，可以邀伊同来，剪除邓氏七怪。于是二人收拾行装，将家门锁上了，离开故乡，去到关外访问女侠了。此事在续集中约略写过，读者总有些不明白个中内容，所以此刻补叙清楚。

后来邓氏弟兄果然重来寻衅，但是凤去楼空，无从下手，徒呼荷荷而归。邓骐既不得志于彩凤，却在郑州地方娶得一个小家碧玉，姿色绝佳，从此天天消磨光阴于温柔乡中了。

有一天晚上，邓氏弟兄正在开怀饮酒，忽然有一个独脚汉子潜入堡中，从土门闯人，杀死了几个巡逻的壮丁。消息报到里面，遂由邓骐、邓驹、邓骏三弟兄出去对付。那独脚汉子撑着铁拐，一手放出一颗青色的剑丸，这是他练习成功的剑术。邓骐知道来人是个劲敌，幸亏自己也谙剑术的，遂也舞剑迎战。邓骏、邓驹左右夹攻，三个人战住那汉子。只见那汉子的剑丸如流星般上下飞舞，闪闪霍霍，异常活跃，愈斗愈酣。邓骐知道难以力胜，不如智取，遂虚晃一剑，向后退下。邓骏、邓驹也跟着退走，一齐退入坎门。独脚汉子奋勇追入，忽然门后蹿出两头木狗来，口中喷出六七支小箭，连续不断，独脚汉子左避右闪，一时避让不及，肩头早中了一箭，喊声啊呀，收转剑丸，回声便逃。此时司令楼上早扯起黄色灯笼，警钟敲着六声。邓骤等率领众壮丁向坎门内外四面包抄拢来接应，邓骐、邓骏、邓驹三人反身追赶，大叫休放走了独脚的刺客。但是那独脚汉子撑着铁拐，非常灵捷。跑出土门时，迎面来了一条黑影，拦住去路。独脚汉子不防有人拦截，定睛一看，乃是一个女子手横双刀，娇声喝道："刺客往哪里去！"一刀向他头上砍来。独脚汉子急忙向左边一跳，已跳出丈外，避过女子的刀。女子见一刀落空，连忙追上去，要砍第二刀时，独脚汉子早已从腰边摘下一件东西，将手一抬，喝声："着！"疾向女子打去，女子急闪不及，正中咽喉，仰后而倒。此时邓骐等早已追至，那独脚汉子连纵带跳的几下子，早已逃得无影无踪。

邓骐先向地下一看，说声："不好了！大嫂已遭毒手。"原来那女子便是邓骡的妻子郑秋华。这夜正轮着伊当值巡夜，所以邓氏弟兄在内喝酒，伊却在木门左右巡察，听得警钟响，又见黄灯高扯，知道土门有事。遂自告奋勇，跑到土门外边来拦截敌人，不料因此断送了一命。邓骡等也已赶到，邓骐便和邓驹追出堡去。邓骡俯身看他的妻子时，见秋华喉间正嵌着一颗小小铁弹，深入三寸，气管已断，芳魂顿杳，不觉放声痛哭。邓骏、邓驰等大怒，一齐追出堡外，见邓骐、邓驹正跳在树上瞭望，在这茫茫黑夜中，敌人的影踪早已远去，到何处去找寻呢？

邓骡丧了爱妻，大哭大嚷道："我们七弟兄在这洛阳地方，总算是个霸主了，何物丑奴，来此行刺？我们枉自有了七个人，还捉他不住，岂非笑话？不但如此，又断送了我的娇妻，此仇不报，非为人也。"邓骐道："那人来得很是奇怪，不知是哪一路人和我们作对，可惜不曾问个明白。"

邓骡把手中棍棒向地上击了一下，恨恨地说道："我因为喝了几杯酒，多吃了许多菜，肚中不争气，正出恭去，赶来得迟了。不然，我的棍棒必要扔他一个筋斗，好把他生擒活捉，问清口供。"邓驹道："我看此人已是残废，胆敢一人到此窥探，必具高大本领，而且决定也是一个有来历的人物。恐怕外边反对我们的不止一个，此番他中了毒箭，虽然逃去，谅难活命。不过以后恐怕从此要多事哩，我们倒不可不防。"邓骡道："人也死了，怕他作甚？我们这个邓家堡，埋伏下五花八门阵，管教他来一个死一个，我青面虎必复此仇。

你们的大嫂死得岂不悲惨?"说罢又大哭起来。邓骐劝道:"大嫂死了,哭也无益,大哥且莫悲伤。我们慢慢打听明白,有我弟兄七人在世,必不放过冤家的。"

于是邓骡便吩咐壮丁昇着秋华尸体入内,预备明日收殓。夏月珍等妯娌们闻得秋华惨死,一齐哀哭,真是乐极生悲,祸从天降了。邓骡伉俪情深,不胜鼓盆之戚,所以秋华的桐棺一直放在堡内没有安葬,等候敌人再来。好久没有踪迹,疑心那独脚汉子早已毒发而死了。四边探听,也无人知道这事的来历,只得徒唤奈何。

后来邓骡代妻子觅得一块牛眠吉地,所以出丧了。这天送丧回家,堡中却到了四个和尚,一个是邓骐的师叔朗月和尚,新近从少华山承天寺前来,因为空空僧很惦念他的徒弟,把一串念佛珠托朗月和尚带给邓骐。邓骐拜谢接过,朗月和尚便介绍他的同伴,方知一个便是赤发头陀,头发金黄,相貌凶恶;一个是赤发头陀的师兄法藏,他们两人以前在卢沟桥助着茅山道士邱太冲,曾和女侠玉琴鏖斗一场,被云三娘、余观海等前来战败。他们就此走到承天寺,一直住在空空僧那里。此番因朗月和尚想到豫、鲁各处走走,他们静极思动,遂一同出山。在途中又巧遇着史振蒙从天王寺逃生出来,他和赤发头陀是相熟的,便把四空上人惨死的消息告知三人,三人一齐大怒,且知又是荒江女侠做的事,他们更是深恨昆仑门下一派的人,尤其对于玉琴恨不得寝其皮而食其肉,为死者复仇,生者泄怒。

邓氏七怪亦微闻女侠英名,他们也很想找到女侠,和伊一较身手,不信小小女子有这般天大本领,无双魄力。当夜邓氏众弟兄便大治酒馔,欢待四位方外人。朗月和尚又谈起祖师金光和尚诞辰,今年本要庆祝的,后因他老人家云游天竺,所以拟在明春补寿,大家都要去祝寿哩。到时,当将昆仑派人如何欺侮我们的事,详细报告他老人家知道,请他出场为峨眉派吐一口气。只要他老人家肯管这事，再也不怕昆仑派中人强横了。这四人中只有朗月和尚曾经亲身上过峨眉山，到过万佛寺，见过金光和尚。他遂谈些金光和尚的逸事，大众听得津津有味。这夜尽欢而散，邓氏弟兄便留四人在邓家堡盘桓数天。

次日，又把堡中所设的五花八门阵各种机关，指点给四人观看，四人看了，都惊为神奇，以为不啻铜墙铁壁，敌人难以飞越了。不料便在这夜出了岔子。他们正要找寻荒江女侠，天下竟有这种巧事，荒江女侠也找到他们堡里来了。

玉琴等在洛阳城外耽搁了一天，探明到邓家堡的路径，但还不知堡中有什么五花八门阵。好在他们闯惯龙潭虎穴，艺高胆大，决心到堡中去一探，乘机好把七怪除灭。所以这天晚上，他们在旅店中用过晚餐，静养片刻，开了后窗，一齐跃出，轻轻越至店外，果然无人知觉。三人遂扑奔邓家堡而来。将到邓家堡后，玉琴正指点着高墙，意欲从墙外大榆树上跳到墙沿，忽见有两条黑影从那株榆树上飞起，跳进高墙去了。玉琴回头对剑秋说道："好奇怪！剑秋兄，你可瞧见榆树上有两条黑影蹿到里面去么？"剑秋道："我却没有留心，师妹好目力。"云三娘道："我也觉得眼前一瞥的，大概也有他人前去窥探，亦未可知。"玉琴道："不知和我们是否同道？"剑秋道："管他什么，少停当会明晓，我们可以从速入内。"

于是三人先飞身跃到榆树上，然后再跳上高墙，俯身下窥，见里面都是平地，只有数处矮屋，大约是庄丁们居住的。至于邓氏弟兄住屋还在里面，四围仍有高墙掩护，但已遥见各有门户。因为每个出入门户上，都有五色灯笼挂着，而且上面隐隐有字，因相隔稍远，瞧不清楚，这好似北京的紫禁城一样。三人不知内中危险，一齐飘身而下，轻轻走至一个门户外面，门上悬着一盏黑灯，上面映有一个红色的"水"字。玉琴道："咦！他们的门户难道分着五行的么？"一探门内，毫无动静。三人鹭行鹤伏地走进水门，见里面更有门户。玉琴一想："这里的门户何其多也。"好奇心生，大着胆，首先往里直闯，不半-脚下一落空，腾挪不及，直陷下去。剑秋跟在后面，急向旁边一跳，没有坠落。早见玉琴踏的地方乃是空心地如陷坑一般，下面有一大铁丝网张着，玉琴正落在网上，一阵铃响，玉琴哪里挣扎得起？剑秋说声不好，眼瞧着玉琴在网上乱滚，自己不能下去救伊。

云三娘要想飞出银丸去断网，又恐误伤了玉琴，便把剑秋衣襟一拉道："剑秋，休要鲁莽，铃声已鸣，里边必有人出来的，我们不如潜伏勿动，等他们来了，再相机救援。"于是二人掩在一株梧桐树后，果然听得足声杂沓，那边走来一队庄丁，手中各个握着灯笼，持着武器。为首一人，状貌凶猛，身躯硕大，手里托着一把七星宝刀，面上有一很大的青痣，此人便是青面虎邓骆了。今夜正轮着他出外巡逻，所以听得铃声，知道有人前来，中了机关，便率同庄丁跑至，果见网中落着一个年轻的黑衣女子，在网上滚动，手中还握着宝剑。可是那网既韧又滑，又望下陷落的，好比蜂蝶触着了蜘蛛织下的网，无法摆脱。

他心中不由大喜，喝一声左右："快捉！"便有二个庄丁跑到坑边，俯身向地上，不知摸着了什么线索，两边紧紧一拉，即将那网拉了起来，可是四围已收得很紧，把玉琴困在网里。青面虎邓骆大喝："哪里来的小女子，胆敢来此捋虎须？咱的妻子新丧，正好把你来补充。"便令左右将网背起，快押到里面去，待咱来此再行搜索，看有没有伊的同党。剑秋至是忍不住跳将出来，大喝："青面虎，休要猖狂，留下人来！"青面虎回身一见剑秋，遂狂笑道："好小子，你就是同党么？快快纳下头颅。"便把手中宝刀一摆，跳过来劈头便是一刀，剑秋将惊鲵剑架住，拨开宝刀，还手一剑扫去，喝声："着！"青面虎急忙将头一低，头上戴的一顶毡笠，早被剑秋剑锋扫落于地。

青面虎哇呀呀大叫："好小子，竟有这么一着！咱决不轻易饶你。"将手中宝刀舞开，径取剑秋要害，剑秋也把剑使动，两人杀在一起。云三娘见两个庄丁背着玉琴已望里边走去，遂即飞身追上，将手轻轻一拉，那两个庄丁早喊一声："痛死我也。"一齐向地上蹲倒下去。云三娘夺过铁丝网，将玉手向网上捻了数下，铁丝已全松断，玉琴跳将出来，说一声惭愧，谢过云三娘。见剑秋正和青面虎狠斗，也将真刚宝剑舞开，上前相助。

　　青面虎见那女子已被救出，勃然大怒，便将宝刀刀法一换，换了他家传的追魂夺命八卦刀法，嗖嗖嗖地上下左右四面飞舞，但见四处刀光，不睹人影。这路刀是邓振洛先从名师传授，后又经自己悟出许多变化而成，共分先后两路，第一路共有八八六十四刀，若是六十四刀使完，再不能杀伤敌人时，继续把第二路刀法使出，一共二百五十六刀，无论敌人怎样厉害，断难抵御得完全的。

　　以前邓振洛在世的时候，曾有一个姓艾的名唤登龙，湖南岳麓山人。生平善使单刀，得异人秘传，一柄刀使得神出鬼没，变化不测，别号神刀太保，是川、湘、滇一带有名的镖师，道出陕、洛，闻得邓振洛的名声，有些不服，遂亲自赶到邓家堡来，要求和邓振洛一较高低。邓振洛无可推却，便在堡中练习场上，两下里各使单刀，交手一场，邓振洛把八八六十四刀使完时，只见那神刀太保精神抖擞，刀法应付自如，没有半点儿间隙可乘，暗暗佩服。遂把第二路刀法接着使开，向他进攻，神刀太保一无惧色，依旧往来酣战，直到邓振洛使至第二百三十二刀时，心中大大焦躁，因为神刀太保的一柄刀虽然渐渐不占优势，然而招架防御仍十分紧密，显见得第二路刀法使完后，人家也不至于败北的。那么，自己没有别的刀法可以取胜了，他遂不得不用他的杀手刀，希冀得胜了。便故意卖个破绽，让神刀太保的刀还砍向自己头上来，他便向后一退，头向下一低，从神刀太保的刀口直钻进来，踏进一步，一刀照准神刀太保腰里扫来。神刀太保当然防到这么一着，便把身子一缩，收转刀来，恰巧邓振洛的头正在他的胸前，忙使个落叶归根式，一刀向邓振洛后颈掠下，却不防邓振洛手中的七星刀非常神速，早使个大鹏展翅式，一刀从底里直翻上来，铛的一声，正和神刀太保的刀口碰个着，顺势用力一磕，神刀太保的刀早被他磕去了手，飞出一丈余外，坠在地上。

神刀太保跳后三步，连忙抱拳打恭道："佩服，佩服！你老人家真是英雄。"邓振洛也很赞美神刀太保的刀法精妙，十分谦逊，设宴款待，与艾登龙结识了朋友。艾登龙一住三天，告别而去。回到岳麓山后，便把神刀太保的别号取消了。以后在邓振洛逝世的前一年，艾登龙曾带了他的儿子小龙，携了许多湘省的土产，前来拜望邓振洛，又在邓家堡住了半个月。其时小龙年纪还不过十岁，和邓骐同年，已有很好的本领了。后来邓、艾二人相继病故，小龙也没有来过，邓骤便得了他父亲的宝刀和秘传，恃着这柄刀横行无敌。双钩窦氏和宋彩凤所以失败在他们手里，也因邓骤的刀法实在厉害，彩凤手腕受伤，逼不得已才高飞远走的啊。

此时琴剑二人见邓骤换了刀法，也就各个使出剑术，把他围住，但见一青一白的剑光和刀光往来飞舞，熔成一片，众庄丁都看得呆了。司令楼上的钟声铛铛地敲了四下，同时又扯起一黑一红的灯笼。众庄丁知道今天有了两起敌人了，一齐赶奔云三娘。云三娘忍不住冷笑一声，赤手空拳和他们对垒，伊心中并不要多伤害他们的性命，所以同他们儿戏。庄丁们的刀枪棍棒碰到伊身上时，都会从自己的手里飞去，云三娘手中反抢了许多兵器。这是伊用的空手入白刃的法儿，非有高深本领的人不能使用。会了此法，能在千军万马中，凭着双手，不携一械，能够杀出杀进，抢夺人家的兵器。玉琴一向羡慕此术，所以在路途中时时向云三娘求教。云三娘一一讲解伊听，且在落店空闲的当儿，实试给琴剑二人观看，指点要诀，二人已领悟了不少。这时众庄丁知道云三娘厉害，一个个退后，不敢上前了。

青面虎把先后两路追魂夺命八卦刀法使完时，敌人的魂没有追到，敌人的命也没有夺去，那琴剑二人的剑光上下盘旋，耀得他眼花缭乱，知道难以取胜，暗想："自己弟兄为什么还不赶来相助，只我一人在此应敌？听得钟声四响，莫不是艮门边也有人来觊觎么？不如待我引诱他们追入坤门，以计取胜便了。"心中一边想法，手中刀法渐乱，虚晃一刀，正想脱出圈子，剑秋一剑已向他下三路扫来。青面虎双足一跳，躲过了剑秋的剑，不防玉琴的真刚剑已从斜刺里刺入，一团剑光如车轮大，已到了他的面上，急闪不迭，右眼已着剑锋，一只眼睛早夺眶而出。青面虎变成独眼虎，痛得他大吼大叫。剑秋的惊鲵剑又乘势砍到他的顶上。青面虎咬紧牙齿，将宝刀拦开剑秋的剑，回身便逃。

琴剑二人随后追来，将及坤门，门里杀出穿山甲邓骥、闹海蛟邓驹，一个手舞双锤，一个挟着双刀，拦住琴剑二人，放走了青面虎。背后又杀出法藏和史振蒙两个贼秃来，一见玉琴，仇人重遇，格外眼红，大喝："姓方的丫头，你们杀了我的师父，大仇未报，今天又到此间来害人么？"舞动手中剑，冲向玉琴便刺。玉琴认得是天王寺漏网的史振蒙，也娇声喝道："贼秃！前次被你侥幸逃走，今天你的末日大概已到了。"丢了邓驹，敌住史振蒙。邓驹哪肯放松，双锤一摆，使个饿虎偷羊式，已打到伊的背上。玉琴的剑回身扫转，恰好把双锤架住。好玉琴，力战二人，施展出伊的神勇来。

法藏随即放出他剑光，如游龙一条，飞向他们头上。突闻泼剌剌一声，云三娘的两个银丸已脱手而出，抵住法藏的剑光。法藏识得云三娘厉害，不敢懈怠，竭力对付，两下里杀成一堆。邓骥和剑秋战到三十余合，稍不留心，只听锵的一声，自己左手的刀已被剑秋惊鲵剑削作两截，只得跳出圈子，返身向坤门一跃而入。剑秋喝一声："哪里去！"紧跟着追进坤门，却不见了邓骥的影迹。耳边听得轧轧地一阵响，黑瑁中照见前面跳出一个巨人来，高可数丈，脚踏双轮，扶摇而至。剑秋心中很有些疑讶，刚才立住脚步，却听又是一声响亮，轧轧之声大作，从巨人身上射出许多小弹丸来，其疾如雨。剑秋连忙将剑使得紧急，一片青光，将这些小弹丸尽行反激出去。不多时，轧轧之声停止，小弹丸一齐放完。他知道又是什么机关，便踏进一步，一剑向巨人扫去，只听豁剌剌一声响，巨人倒下地去，却不防巨人倒地时胸腹大开，胸中装着箭匣，许多毒箭齐向剑秋放来，剑秋躲得虽快，右肩已中一箭，一阵疼痛，立刻神经麻木，不知不觉地倒在巨人身前了。

评：

　　此回首先叙述邓家堡邓氏七怪来历，因大破邓家堡在第三集中亦为紧要情节，不能不引起读者注意。七星店一幕，为大破邓家堡线索之初起，且亦为彩凤高飞之关键。续集中隐约未写，故在此补出之，文笔亦轻灵可喜。久不见赤发头陀，此处重复引出，且将天王寺漏网之史振蒙牵在一起，如此写邓家堡，即使写昆仑与峨眉两派门胜也。树上黑影，为下文预点一笔，甚有情致。青面虎与琴剑大战，勇悍绝伦。百忙中插入神刀太保比较刀法一段，表面似写邓振洛，其实仍是写青面虎。写青面虎，又仍是写琴剑二人，笔法敏妙。琴既遇险，又受伤，读至此令人目眩心骇。

第四回

山洞乞灵药起死回生
古寺访高僧截辕杜辔

　　玉琴见剑秋追赶敌人，恐防他或要中计，便去丢了二人，也就飞身追入坤门。史振蒙连忙跟随玉琴同入坤门去，不肯放松伊。邓驹料想敌人深进必无幸免，见云三娘剑丸厉害，遂上前协助法藏，同战云三娘。玉琴进得坤门，见剑秋已跌倒于地。芳心大惊，知道剑秋已受了重伤，正想援救，史振蒙的剑光又到了身后。伊咬紧银牙，回身和史振蒙力战。幸亏云三娘剑丸厉害，早把法藏和邓驹击败，也跟着追进坤门。玉琴回头，见云三娘正追法藏，便喊道："云师快来，剑秋兄已受伤了。"云三娘便将纤手一指，银丸飞到史振蒙的头上，玉琴才得脱身，跑至剑秋身边，唤声剑秋兄，不见答应，俯身细视，见他失了知觉，谅必受伤沉重。此时正在危急之际，玉琴便代他拾起惊鲲宝剑，在剑秋身上解下一根丝绦，把剑秋缚在自己背上，要想把剑秋救出去。

　　邓驹看得清楚，岂肯放松？便会合着邓骥返身杀转，大叫："休放走了这些小子！"法藏也挥剑上前，玉琴背上驮着剑秋，不便施展身手，挥动双剑，敌住邓骥、邓驹。云三娘见剑秋业已受伤，知道今夜难以得胜，不如速走，再作道理。于是又把银丸一指，两道白光倏忽已绕到邓骥、邓驹身后，二邓急忙退下时，玉琴得个空隙，

48

连纵带跳地蹿出了坤门。虽有几个庄丁上前拦阻，早被伊一一砍倒，直逃出水门来。

云三娘飞舞银丸，战住史振蒙、法藏、邓驹、邓骥四人，估料玉琴已出险地，便将银丸扫一个大圈子，叮叮当当地把四人兵刃逼退，于是一跃退后，娇声喝道："你们如识得厉害，休要来追，这几颗头颅，暂且寄在你们的颈上。"说毕，便飞也似的退出坤门。追着了玉琴，便问道："玉琴，玉琴，剑秋怎么样了？"玉琴摇摇头，带着颤声说道："不好，我们快走。"于是一齐跃出邓家堡，向旷野奔走。不到半里路，忽听背后咻的一声，早有一道白光追来，夭矫非凡，直奔玉琴头上。云三娘冷笑道："他们还不舍得放松人家，苦苦追来，真是太欺人了。"也即放出两个银丸，敌住白光。在黑暗的空中，剑丸和剑光往来攒刺，宛如银龙与明珠齐飞。

玉琴将剑秋放在林中草地上，抚摸着他的身体，剑秋动也不动，好像死过去了一般。又把箭拔下，看他的创口，有一滴滴的黑血淌出来，伊不觉蛾眉紧锁，知道他已受了绝大的重伤。想起以前自己在韩家庄，受了小香毒镖，险些儿丧失性命，也幸有剑秋前来援助，得了李鹏的灵药敷治，方才无虞。现在剑秋的生命危在旦夕，然而伊又有什么法儿可以救治他呢？心中一阵悲酸，忍不住眼眶中滴下几点珠泪。同时又见林外剑光闪烁，咻咻有声，知道云三娘正独力和敌人周旋，自己想要去助战，又丢不下剑秋，所以又着腰走到林子边。

抬头见云三娘的银丸正与白光上下飞舞，不分胜负的时候，忽见西北角上有一个滚圆的青色剑丸，如流星一点，飞也似的过来，直向敌人的白光冲击，这样绕转了几下，敌人的剑光顿时往下被压下去，而云三娘的银丸得了青丸的相助，更是活泼非常。敌人的白光抵挡不住，向后一掠，如彗星的尾巴，突出了重围，很快地退去。云三娘也不追赶，将银丸收转，同时青色剑丸也收敛了。对面走过二条黑影来，到得近身，仔细一看，在前面的一个，相貌丑陋，右手撑着铁拐，张开着嘴，露出一对獠牙。玉琴一见之后，便识得他就是以前在虎牢关地方找寻宋彩凤的时候，所看见的那一个独脚汉子。在后的一个，年纪尚轻，身躯健硕，身穿黑衣，手握双鞭，是个英俊少年。不知这两人此时打从哪里来的，玉琴遂很快地走过去。

独脚汉子瞧见了玉琴，不由大声说道："原来姑娘也前来了。邓氏七怪真不是好惹的，何况他又有峨眉派中的人做他的羽翼呢？但是我们昆仑派素来抱着诛恶除奸的宗旨，对于此事，岂能示弱？"云三娘听得他说出"昆仑派"三个字来，不由心中动了一动，便道："咦！你也是昆仑派中的人么？请教你的大名，你的老师是谁？"独脚汉子答道："我姓薛，单名焕，是山东青州人氏。自幼好习拳术，后来得从昆仑山一明禅师的师弟憨憨和尚学习剑术，方才有些薄艺。此番所以到邓家堡来，一来为要剪除邓氏七怪，二则我认识的宋彩凤母女，也被他们所迫走，不知去向，特来报复。"说到这里，又指着那少年道："此人便是我新结识的朋友小尉迟滕固，一同到来动手的。却不料仍未得利，才从堡中退出，瞧见这里剑光飞腾，知道有能人酣战，所以跑来相助。不知你们从哪里来的，还请见告。"

云三娘呵呵笑道："原来你就是憨憨和尚的高足，那么我们都是自己人。待我告诉你吧，我是云三娘，一明禅师和憨憨和尚都是我的师兄，不过我与憨憨和尚暌违好久了。"独脚汉子听了，便向云三娘鞠躬行礼道："原来就是云师，恕弟子肉眼不识，一向闻得师父时常提起云师的芳名，景慕已久。今日有缘相见，幸甚，幸甚！"云三娘笑道："你在憨憨和尚那里学习剑术的时候，我与你未曾相见，无怪你我不相识了。好。方才我见你的青丸飞向敌人的剑光，进攻时浑圆起脱，不受羁勒，确已有了高深的程度，不愧是我们昆仑派中的健者。现在我代你介绍一个同门的女侠。"一边说，一边便将手指着玉琴说道："这位方玉琴姑娘就是一明禅师的高足，我们都是同

50

道，聚在一起，很是快活。"薛焕遂又介绍滕固与玉琴相见。

云三娘想起了剑秋，便问玉琴道："剑秋呢？此刻他怎么样了？"玉琴道："他卧在林口地上，依然是昏迷不醒，不知如何是好。"薛焕在旁听得，忙问道："怎样有人受伤么？"云三娘道："正是，那就是我的弟子岳剑秋。此番我们三人同入堡中，因为他追敌受伤，所以退了出来，只是他已中了毒矢，无药相救，恐怕性命难保。"薛焕问道："在哪里？"玉琴道："正在林中。"说罢，便领着他们走进林去，指着地上偃卧着的剑秋说道："在这里，他已经失去知觉了。"薛焕低下头去，向剑秋创口细细一看，又抚摸着他的额角，不由摇摇头道："他中了最毒的药箭了。不到二十四小时，毒气攻心，无可救治。"玉琴听了薛焕的话，禁不住眼泪如断线珍珠般滴将下来。

接着又听薛焕说道："我以前独自到此窥探，冒险闯入，也中过一毒箭，幸亏没有剑秋兄那样厉害，仍被我安然逃出。那时我自知性命难保，勉强挣扎着往西南奔跑，乃至天明，毒气渐渐逼拢来，我也昏倒在地。不知怎样的又会醒来，睁眼一看，日已过午，在我身旁立着一个矮老叟，身穿破褐，脚踏芒鞋，面貌很是丑陋，颔下飘着一撮花白胡须。他对我微微笑道：'你已醒了么？肚子可饿？'我就向他询问，矮老叟才道：'老汉在一点钟以前途过这里，见你横倒在地，沉迷不醒。一看你的身上，方知已中了毒矢，危在旦夕。老汉身边恰巧常带着一种返魂丹，功能起死回生，不论什么险毒伤痛，都可救愈，所以把药代你敷在创口上，在旁守候。如今你已苏醒，可保无虞。此丹有大小二种，一种可以吞服，排除血中的毒气和污秽，且能立时使伤者恢复元气。'他说毕，遂从衣袋中取出一个黄色小木匣来，开了匣盖，拈着一粒白色的丹丸，放到我的嘴唇边，叫我速即吞下。我遂听他言语，把丹丸服下，便觉丹田内一阵热烘烘的，顿时我的手足活动，精神复旺，一骨碌爬了起来。那矮老叟又问我受伤的经过，我很老实地告诉他如何受伤的情形，他道：'邓氏七怪名闻黄河两岸，以一敌七，你怎得不受伤呢？'遂引我到他家里去。我遂跟他同走，不过十三四里的光景，已到了一座土山之下，那里有一个山洞，便是矮老叟的居处了。矮老叟待人十分和蔼，请我入内坐地，把煮熟的饭盛给我吃，我感谢不尽，在他洞里住了一夜，方才告辞而去。"

玉琴听到这里，遂问道："那么，矮老人的所在何处？是不是很近的？请你快快引导我们就去，好使我们乞得灵药，救活剑秋兄的性命。"云三娘道："不错，薛焕，请你引我们去那里走一遭。"薛焕诺诺答应。滕固走上前道："待我来负剑秋兄，你们打前先走。"玉琴道："有累滕兄了。"滕固道："理当如此。"于是一伛身便把剑秋背在背上。玉琴提着宝剑，随在旁边保护，薛焕撑着铁拐，在前引路，云三娘紧紧相随，见薛焕虽是独足，然而一跳一拐的行走如飞，比较常人真要快到几倍。可见他的本领不小了。

天明时候，一行人已走到那土山边。玉琴见前面迤逦一带，都是小山，山下都有一个个石洞，有些土人从洞中荷锄而出，去到南亩工作，有些乡妇却坐在洞门口缝衣洗物。原来河南地方在乡间的小民，大都不盖屋庐，却在山下凿洞而居，过那穴居生涯。洞中冬暖而夏凉，土地也十分干燥，所以住在洞里，非常惯适的。

一会儿，薛焕已走到一个山洞口停住，回头对云三娘等说道："请你们暂在外边稍待，我先进去通知他。"云三娘点点头，薛焕遂一拐一拐地走上山坡，步入洞中去了。云三娘瞧瞧剑秋，依然昏迷，面色也十分难看，玉琴双眉紧锁，凝眸无语。不多时，早见薛焕探首洞口，向他们招招手道："请你们进来吧！"云三娘等遂一齐走进洞中。见里面光线也还明亮，收拾得十分洁净，几榻俱全。朝外坐着一个矮老叟，向他们颔首为礼，云三娘等见过了，立在一边。薛焕早命滕固把剑秋放在矮老叟身前，矮老叟立起身来，瞧了一瞧剑秋的伤口，便向桌上取过一碗水来，先代剑秋把伤口洗过。然后从身边取出一个小瓶，倾出二粒绝小的红丸来，在手中研细了，和以清水，敷在剑秋的伤口。立刻血止，渐渐凝结拢去。矮老叟又从衣袋里掏出一个小木匣，取出两粒白色丹丸。先把一粒丹丸研细了，撬开剑秋牙关，把清水冲下。一会儿，听得剑秋腹中一阵雷鸣，徐徐张开双目，叹了一口气，立刻醒转。

众人大喜，玉琴便走前问道："剑秋兄，怎么样了？"剑秋道："好了，好了！那巨人果然厉害，这是他们设下的机关，我自不小心，中了他们的毒矢，以为这条性命总是难保了，怎的会到这里来呢？"玉琴笑了一笑，便把他们如何遇见薛、滕二人，引导至此等事，约略告知。剑秋慌忙立起身，向矮老叟拜谢，又向薛、滕二人致谢道："不逢二位 我等也不识老丈，我这一条命得以起死回生，皆诸位之力。"

遂又向矮老叟叩问姓名，矮老叟摇头道："老汉没有姓名，采药度日，遇有人家疾病，辄施医药。能够出钱的取些药资，无力的我也可以相赠。因老汉孑然一身，生活简陋，无须许多阿堵物。今日本想动身到嵩山去采药，幸亏你们清早便来，否则不能遇见了。可见吉人天相，凡事自有天数。那邓氏七怪作恶多端，将来天网恢恢，必有覆亡的一日。诸位都是风尘奇侠，艺高胆大，必能诛恶锄强的。"剑秋道："邓氏七怪虽然厉害，若是彼此把真实本领一决雌雄，我们也不忌惮他们。不过他们倚仗着安排下的奇巧机关，逢到斗不过人家时，便诈败引诱人家追去，中他们的埋伏。若是不去追赶，却又不能把他们剪除，真是可恶。"

矮老叟听了，点点头道："不错，要灭邓氏七怪，必先将他们的五花八门阵破去。黄鹤和尚可惜你枉费心思，总不免为虎作伥，你今也该后悔了！"玉琴听得矮老叟提起黄鹤和尚，语气之中，好似那黄鹤和尚和邓家堡很有关系的，遂忍不住向他问道："请问黄鹤和尚是谁？"矮老叟道："黄鹤和尚是龙门山龙门寺的住持，今年已有一百零八岁了。道行高深，学术奇妙，一向卓锡在那里。以前和邓氏七怪的亡父邓振洛很有交情。邓振洛知道黄鹤和尚胸有奇才异能，故请他在堡中设下一个五花八门阵，满设机关，外人轻易不得进去，倘然冒险闯入，非死即伤。所以二位虽然勇敢，不免都吃了这个亏呢。

"当时黄鹤和尚因邓振洛说用来防备冤家寻仇，且御贼盗的。黄鹤和尚碍于情面，就答应他而设下的。以后黄鹤和尚去了，一直没有和邓家往来，邓振洛也就逝世。却不料留下这个五花八门阵给他儿子们做护身符，有恃无恐，大胆妄为，这又岂是黄鹤和尚始料所及呢？老汉去年曾到龙门山中去采药，黄鹤和尚殷勤招待，在寺中住了数天，黄鹤和尚向我问起邓家堡的情形，我就把邓氏弟兄为非作恶的事告诉他听，他很是不乐的，深悔昔年一念之错，不该徇情代他们设下这个秘密的阵，间接帮助他们做歹事。所以我方才说他不该为虎作伥，而应后悔了。"

云三娘道："古语说得好，解铃还仗系铃人。那黄鹤和尚既然能够设下这座五花八门阵，自然其中机关尽行知晓，也有破之之法，我们何不就赶到龙门山去找他，请他指示方法，然后行事？"剑秋、薛焕听了，都道："云师说得不错，龙门山离此并不甚远，我们既知道有这么一位高僧，自当立刻前往求教。想他既然嫉恶邓氏弟兄的不是，那么对我们也会表同情的。"玉琴大喜道："我们去吧。"

矮老叟道："你们诚心要去访问黄鹤和尚，也是很好的事。不过，那和尚性情十分乖僻，也要趁他的高兴，并请你们不要说起老汉泄露秘密，否则他必要骂一声丰于饶舌哩。"薛焕道："我们决不说出你老人家的事，请你放心。从这里到龙门山的途径，我尚识得，不如仍旧待我领路，不到三天工夫，可以到达。"云三娘道："我们就此便去也好，只是我们还有坐骑和行李在旅店中呢。"薛焕道："留在那边不妨事么？"玉琴道："那花驴是我心爱之物，留在那边却不放心，倘然失去了，再要找寻，更为费事，不如待我去取了来再走。"云三娘道:"那么,我同玉琴回去,你们三人且在此间稍待,以避邓家堡人的耳目。"剑秋道:"很好,你们早去早来。"

薛焕遂把回去的路径指示一遍。云三娘和玉琴便别了矮老叟和众人,立刻走出山洞跑去。

剑秋等在洞中席地而坐,和矮老叟谈话,剑秋遂听矮老叟向剑秋、薛焕问起云三娘和玉琴,剑秋便把二人来历略说一些,矮老叟叹道:"都是红妆季布一流人物,难得,难得!若得黄鹤和尚指示,邓家堡不难破也。"遂去煮了一锅饭,取出一大盆萝卜干,请三人用午膳。说道:"这里没有好东西吃的,请三位略略充饥吧。"三人谢了,狼吞虎咽地吃了一个饱。那矮老叟却并不吃饭,只喝了一杯清水,取出两个椭圆形的东西,好如马铃薯之类,放在口中细细嚼下,又闭目养神。坐了一会儿,三人也不敢惊动他,跟着打坐。

又等了多时,滕固悄悄走到洞口,遥望见云三娘和玉琴各跨坐骑疾驰而来,转瞬已至洞前。玉琴的花驴后面还牵着一匹龙驹,二人跳下地来,把坐骑丢在山坡旁,好在都是骑熟的,不会跑掉。匆匆地走进山洞,剑秋、薛焕一齐立起,矮老叟也睁开眼来说道:"二位来了么?"云三娘道:"正是。"玉琴道:"我们即时动身吧。"剑秋笑向老叟说道:"贱躯幸得老丈灵药救活,又在此搅扰多时,无物报答,奈何,奈何?"矮老叟道:"你们都是行侠仗义的剑侠,老汉心中也敬佩得很。老汉本来抱着活人宗旨,并不骛利,医治了一位剑侠,就是代老汉云扫灭幺公,快活得很,有何足报?"剑秋知道他是个有道的隐者,不敢把金钱馈赠,所以便同玉琴等一齐向矮老叟告别退出。矮老叟送至洞口,说一声:"前途顺利。"便回身进去了。

玉琴走下山坡,牵过坐骑,对剑秋说道:"剑秋兄受过伤痛,身子必然疲惫,你就坐了龙驹赶路吧。"剑秋道:"我们一共五人,只有三头坐骑,如何分配?"薛焕道:"你们三位有坐骑的尽管请坐,我和滕兄不妨步行。你们不要小觑我是个残废之人,我这条独脚比较世人有双脚的还胜多哩。"说毕，哈哈大笑，一拉滕固的胳膊，说道："我们打前引路吧。"撑着铁拐，一步一步的走得非常敏捷。云三娘笑了一笑，也就和玉琴、剑秋各个翻身跳上马鞍，一抖缰绳，跟着焕、滕二人便跑。

薛焕撑着铁拐走路，忽而走在他们之前，忽而和他们并行谈话，一些儿也不觉得乏力。路中有些人见了都很奇怪道："这一行人好不怪异，三人骑马，二人步行，偏偏步行者又是一个独脚汉子，怎么不让他去坐马呢？难道两只脚的不如一只脚的么？稀奇稀奇真稀奇！"玉琴听着，不由好笑。恰巧薛焕走在花驴旁边，遂向薛焕询问他独脚的来由可是因病而残废，薛焕摇头答道："不是，不是！"遂把他的生平又详细补述了一下。

原来薛焕幼时虽谙拳术，可是并没有高深的本领，在乡里中不过是个任侠少年，性喜好勇斗狠。后来年纪渐渐长大，他的父母相继去世，家中没有恒产，他浪荡着身体，无以为生。于是托了一个友人介绍到天津的永定镖局里去当伙计。开设镖局的是弟兄二人，兄名黄胜，弟名黄震，在北方倒也很有声名。薛焕在那里帮忙，平安无事，衣食差足自给。不料有一年，镖局保护一批客商的货物，运到山西太原府去。黄胜因为货物价值甚巨，所保的又是很体面的巨商大贾，于是自己出马，带着薛焕同行。

半途过娘子关时，忽然遇见一伙剧盗，他们和黄氏弟兄本有夙仇，在天津探知有这一趟买卖，所以纠集同党埋伏在那边山中，半路拦劫，声势汹汹。盗魁是一个黑面大汉，手舞双刀，与黄胜酣战一百余合，黄胜力气不敌，要想退走，却被大汉一刀扫中左肩，跌倒在地。群盗上前，竟把黄胜剁成肉酱。薛焕在后和四五个盗党苦战，瞧见黄胜惨死，心中一慌，手里的刀法散乱，腿上早中了一枪，仰后而倒，一个盗党踏进一步，手起一刀，照准他的右腿砍下，咔嚓一声响，薛焕的一条右腿顿时和他的身体宣告脱离。幸亏盗党以为他不是重要之人，不再杀害，劫了货物，呼啸而去。其余的人早晓得拼命逃走，剩得光身回去报告了。

独有薛焕断了右腿，僵卧在血泊中，奄奄一息，口里兀自哼着，疼痛非常。忽然遇见一个银髯飘拂的老和尚，从那边走来，健步如飞。瞧见了薛焕，便立定脚步问他怎样受伤，薛焕忍着痛，勉强告诉。老和尚听了，便念一声："阿弥陀佛！你这人好不可怜，待贫僧来救你一命吧！"遂从衣袋中取出一包褐色药粉，把来涂在薛焕的断腿之处，又撕下一块衣襟，把薛焕的伤口扎住，果然疼痛渐止。老和尚又道："你是不能行走的了，贫僧负你前去，何如？"薛焕并拢双手表示着感谢。那老和尚卷起袖子，一手提起薛焕，好似捉小鸡一般，绝不费力，举步如飞，向前而行。

次日早上，已到了一座小山之上。那山名唤碧霞山，是太行山的支脉，距离井陉不远。山上有个碧霞寺，便是那老和尚卓锡之处。寺中僧侣不多，地方清静，老和尚便教薛焕睡着休息。过了二天，薛焕伤势虽好，只是断了右腿，变成独足，行走不得。老和尚遂把一支铁拐给他，教他撑着拐练习行走。薛焕没奈何，只得朝晚练习，半个月后，已能和常人一般走路了。始知那老和尚名唤憨憨和尚，是昆仑派中的剑仙，非寻常缁衣之流。薛焕无家可归，热心慕道。于是便向憨憨和尚恳求指示武术。憨憨和尚见其诚恳，遂先教他普通的武艺和飞行术。薛焕苦心习练，天生灵根，多能颖悟，所以事半功倍。一年之后，已将普通武术学毕，且能纵跳如飞，行走迅速，有很高的飞行术。憨憨和尚十分欢喜，于是进一步把剑术传授给他，朝晚练气，尽心指导。

三年之后，薛焕练成一个青色剑丸，运用如飞，能于百里以内取人首级。

一明禅师曾来碧霞寺访问憨憨和尚，见了薛焕苦行习艺，十分赞叹，于是憨憨和尚便命薛焕下山去走走，在外务须行侠仗义，宅心正直，不要败坏昆仑门下之名，将来可以再回碧霞寺，薛焕遂拜别憨憨和尚而去。

有一次，他到虎牢关，那时正是铁头金刚宋霸先遇害的前数月，宋霸先和薛焕相见，非常赏识，要想把女儿宋彩凤许配给他，薛焕当然十分愿意。只是宋彩凤芳心不欲，因为薛焕武术虽高，然而是个残废之人，并且形容丑陋，口边一对獠牙，更是可厌。自己是个千娇百媚的女儿，总想嫁个如意的俊郎君，岂肯嫁此丑汉？所以在父母面前表示不赞同的意思。宋霸先见女儿不愿意，不欲勉强，只得作为罢论，薛焕也就他去。以后宋霸先被韩天雄父子阴谋陷害，彩凤母女出外寻找仇人。薛焕又来过一次，未能见面。直到彩凤母女大破韩家庄回来，薛焕又到宋家一住数天，窦氏待他很是殷勤，彩凤明知他有意于自己，心中对他很觉可怜，稍稍假以辞色，薛焕一缕痴情，袅袅欲起。恰因有事他适，再来时，则凤去楼空，彩凤母女正被邓氏七怪逼走。

薛焕知道七怪作祟，十分怀恨，遂至洛阳邓家堡去窥探，杀了郑秋华，自己中了毒箭。幸遇矮老叟救活，以后又至湖北走一趟，遇见小尉迟滕固。滕固本是麻城地方的盗匪，曾和薛焕酣斗一场，薛焕爱惜他的武艺，遂劝他洗手归正。滕固也觉悟前非，脱离盗党，跟随薛焕同行。薛焕便偕着滕固重至邓家堡，想要剪除七怪，以报一箭之仇。不料邓氏羽翼众多，他们进门时，早被堡中人瞧见，举灯鸣钟，援者大集。滕固和邓骏、邓骋决斗。赤发头陀等一齐出战，薛焕敌住赤发头陀和邓骏、邓驰。那邓骋的一根杆棒果然厉害，使得神出鬼没，战够多时，滕固一不留心，早被邓骋扔了一个跟斗。薛焕大惊，急忙回救，一齐杀出重围，退出邓家堡，恰逢云三娘等，救了剑秋一命，又得知晓黄鹤和尚的去处，这也可称萍踪偶合，不期然而然，其中自有天意了。

赶了二三天路，已到龙门山，大家走上山去。剑秋牵着龙驹和枣骝马，玉琴牵着花驴相并着在后走。瞧那龙门山山势雄奇，峰峦突兀。时当新秋，秋树如沐，白云杳霭，山中景色甚佳。五人一路上山，一路玩赏风物。山坡边松林苍翠如碧海，山风吹动时，又如波浪颠簸。只听得丁丁地伐木之声，走近那里见有一个樵夫正运着斧子连砍树枝。剑秋便向他问道："樵子，我们要向你探问一个信儿，你可知道龙门寺在哪里？"樵夫把手指着背后一座青苍高耸的山峰说道："这是虎头峰，你们走上那峰，在天池背后一古刹便是了。"五人便向樵夫所指的山峰走去。

不多时，已到峰下。石磴参差不齐，草木蔽道，仰视峰顶如在云端。峰形宛如猛虎的头，面向着东；大石突起，又如巉巉虎牙，此名不虚。五人迤逦走上虎头峰，峰上琪花瑶草，古树奇石，别是一种境界。俯视诸峰都如儿孙俯伏。山室在其面，白云团团如棉絮，自山后涌起，天风拂衣，胸襟一清，玉琴不觉喝声彩。又走了数十步，见前面有一大泡，黛蓄膏渟，中有无数绝小的红鱼，很快地游在水草边。池边有一老杉，大仅十人围，高不知其几百尺，修柯戛云，低枝拂潭，如幢竖如盖张，又如龙蛇走至树下，日光不到，凉风飕飕，五人立在那里小憩。驴马见了清水，一齐到池边喝水。剑秋把手遥指着后边一带黄墙道："那边大约便是龙门寺了。"玉琴道："我们快去见那和尚吧！"于是五人牵了坐骑，绕过天池，往后面走去。

果见一座古刹在绿荫丛中，其东正据层崖碧石，嵌空垤块，一带短小的黄墙，已被风雨剥蚀得褪了颜色，但是杂花异草，盖覆墙上，绿荫蒙蒙，朱实离离，很是幽雅。寺门上的蓝底金字的匾额，大半漫漶，龙门寺的"龙"字几已不可辨识。寺门紧闭，阒然无人，只听得寺中轻微的钟声。玉琴道："隐居之乐乐无穷，此间风景也不输于昆仑哩。"薛焕便上前叩门，叩了三四下，寺门呀地开了，走出一个眉清目秀的小沙弥来。见了五人，合掌问道："居士等从哪里来?"剑秋道："我们特从洛阳到此，要拜见你们的住持黄鹤和尚，有烦通报。"小沙弥道："啊呀！你们来得不巧，我师父恰在昨日出门去了。"五人听了，不由一怔。薛焕问道："那么，你该知道黄鹤和尚到哪里去的？几时回来？请你见告。"小沙弥道："我师父时时出去，总不说起上哪儿去的，我们也无从知道。至于他出去后，少则三五天回来，多则半月一月也没一定的，只好对不起居士等，请回驾吧。"说毕，回身进去，即把寺门闭上了。五人走了一个空，不能看见黄鹤和尚，懊丧得很。

玉琴吐了一口香唾道："活倒灶！上庙不见土地，谁耐烦等他一月半月？我们不如回去，再和邓氏弟兄拼命，只要格外谨慎便是。凡事求人不如求己啊！"剑秋道："叫了黄鹤和尚，竟如黄鹤之杳，我们到哪里再去找他呢？"五人没奈何，只得回身，走下虎头峰，没精打采地行着，真是"截来辕于谷口，杜妄辔于郊端"，隐者的高傲不易睹面的了。

五人走到一条石桥边，见方才向他问路的樵夫，正挑着一担柴从桥上迎面走来，一见五人返驾，便笑问道："可是没有瞧见黄鹤和尚么？"剑秋答道："正是。"樵夫道："黄鹤和尚时常出门，且尤不欢喜接见生客。到此访他的人，大都见不到他老人家的面而回去的。"滕固道："你可知道黄鹤和尚常到哪里去的呢？"樵夫摇头道："这却不知。不过以前黄鹤和尚常到宜阳县去的，因为黄鹤和尚喜欢喝酒弈棋，在那宜阳城中有一家酒店的酒是遐迩驰名的，还有他一个朋友是著名的棋手，所以他常要去走走。"剑秋听了，便对云三娘等说道："那么，我们何不到宜阳去访问一下？"云三娘道："好的。"于是五人谢过樵夫的指示，一齐下山，往宜阳进发。

到了宜阳，地方虽小，却很热闹。五人刚从县衙前行过，见一群人围在那里瞧看。五人挤进人丛中一看，却见县衙前石狮子侧，有一口立笼，一个白面书生，年纪不过二十四五左右，站在笼里，已是奄奄待毙了。观众有的叹着道："这件事总是冤枉，孝子哪里肯做强盗呢？"有的道："孝子可怜，若是他死了，可称没有天道呢！"五人听了，好不奇怪，不知是什么一回事，又觉得这事不能不管了。

评：

剑秋追敌中伏，显见五花八门阵之厉害。借此作一挫折，写女侠为剑秋担忧，情不如见。有追兵遂有剧战，似是探堡尾声，然正为琴剑等遇薛焕之池步耳，于是乎剑秋有救矣。矮老叟其人，不可测度，然并非仅为剑秋治创伤，实借此引出黄鹤和尚。插入薛焕小史，带写憨憨和尚，补述初探邓家堡之来由，面面俱到，文笔亦绝不累赘。写龙门山景俱用闲笔，所以舒松文气也。访黄鹤和尚不遇，甚妙！若一访便着，即是俗笔。

第五回

离乡投亲喜逢恩庇
以怨报德惨受奇冤

古时的人以忠孝二字为天经地义。《孝经》上说："夫孝者始于事亲，中于事君，终于立身。"可见能孝即能尽忠，孝的一字为人生的根本。所以地方上出了忠臣孝子，不但有司褒奖，闾里增荣，也许要传之史乘哩。在那宜阳城里，有个陈孝子，乡党中莫不赞美敬重，誉为宜阳之光。

陈孝子名唤景欧，家住驸马东街，自幼在襁褓中即丧椿荫，家中又无片瓦之覆、一垅之埴，好使他们庇而为生，所以穷苦非常。景欧的母亲毛氏，守节抚孤，含辛茹苦，仗着伊十个手指，终日织布，赚下钱来度日。景欧六七岁时，聪颖异常，毛氏是个识字通文的妇女，很具欧母遗风，亲自教他读《千家诗》，朗朗上口，过目不忘。又教他画荻写字，笔力矫健。凑巧对邻有个秦老先生，学问很好，却恨功名无缘，考到头童齿豁，依然是个白衣。文章憎命，富贵无分，只得在家中开馆授徒。见了景欧这样聪慧，便愿不取束修，教景欧到他馆里去念书。从此景欧《四书》《五经》的读上去，到十三岁上已能斐然成章，对答如流，里中有神童之誉。

东邻西舍午夜梦回的时候，常听得毛氏的机杼声和景欧的读书声，互相唱和，一灯荧荧，好似忘记了疲倦和睡眠。毛氏见景欧如

62

此用功，心中差觉自慰。景欧对待他的母亲，能尽孝道，凡是母亲所说的话，无不听从。毛氏有时想念丈夫，潸然泪下，景欧却跪在地上，用好语安慰，和颜悦色，无微不至。早上还要代他的母亲工作洒扫，不让老人家多劳。有一次毛氏生病，卧倒在床，景欧朝夕服侍，目不交睫，医药亲尝，竭诚祷天。果然不到数天，毛氏的病转危为安，渐渐好了。因此大家称呼他为孝子。陈孝子的美名，几于无人不知。

及试时，秦老先生看了他的试作，说道："此子非池中物也，我一生敲门不中，此子必能一试而捷。"遂抚着他的背心道："勉之，勉之！"等到榜发时，果然名列第一。不但他们母子俩心中快活，连秦老先生也觉得吐气扬眉，在他门下有了一个得意弟子了。再试又中，青得一衿，戚觉啧啧称美，大家说陈氏有子，也不负毛氏灯影机声苦心抚子的辛劳。

便有方城地方一家姓周的老人名唤守道，是个宿儒。家中也薄有一些财产，膝下单生一个女儿，芳名苣香，姿容秀丽，体态轻盈，颇有艳名。正在待字之年，乡中一般少年无不垂涎，到他家门上来乞婚的，踵趾相接。可是周守道择婿严苛，一一回绝，所以苣香尚没有许下人家。现在周守道见了景欧才华绝代，孝子神童一身兼全，当然是一乡的俊士，凤毛麟角，不可多得，大有坦腹东床非此子莫属之意。所以托了一个朋友，向景欧代达他的意思，愿将自己的女儿许配给他，庶几郎才女貌，相得益彰。景欧也闻得苣香艳名，自然很是满意。但因老母在堂，不敢擅自做主，遂向他母亲毛氏禀白。毛氏因为苣香出自书礼之家，与自己门当户对，况且景欧虽然学问渊博，青得一衿，然而仍是个寒素子弟，难得有人家肯把爱女下嫁，这种好机会岂可失之交臂？便向周家来的媒妁询问一遍，很率直地应诺，周守道十分喜悦。

两家文定之后，便忙着选择吉日良辰，要代二人早谐琴瑟之好。

63

周守道代他爱女置办妆奁，必美必精，天孙下嫁，吉士求凰，一乡传为美谈。两人婚后，风光旖旎，伉俪爱好，更是不必多说。而苣香对待姑嫜尤能体贴夫婿的孝心，晨昏问省，搔痒抑痛，无微不至，大得毛氏的欢心。对此一双佳儿佳妇，自不觉老颜生花，心头恬适。这样，似乎景欧已由恶劣困苦的环境，渐渐趋入美满快乐的时日。

然而彼苍者天，好像十分吝惜地不肯多给世人享受幸福，与其翼者斩其足，与其角者缺其齿。景欧到乡试的时候，再去考时，却名落孙山了。景欧嗒丧而归，把自己做的文章底稿给秦老先生披阅，秦老先生读了，拍案大骂道："盲主司，如此锦绣文章，偏偏不取，屈杀天下英才了。黄钟毁弃，瓦釜雷鸣，竖子得意，贤士无名，吾道衰矣！"发了许多牢骚的话。景欧又去给他的岳父周守道观看，守道也跺足太息不已。然而苣香却对景欧说了许多安慰的话，叫他不要灰心，再接再厉，一次不中，再有第二次，不如耐心守候。于是景欧深自勖勉，朝夕用功。苣香在旁伴读，往往到宵深始止，和以前他的母亲篝灯纺织寒夜勤读时景象依稀，而境地不同了。哪知第二次乡试的时候，景欧依然不进，十分懊丧，以为自己和功名无分。

其时秦老先生也已捐馆，周守道说他女婿脱颖太早，以致奇才天妒，命途偃蹇了。从此景欧仕进之心渐渐淡薄。每日吟诗饮酒，聊以自娱。在宜阳城内有一家著名的酒肆，唤作一壶天。家酿的好酒遐迩闻名。陈景欧既郁郁不得志，以酒浇愁，遂天天到一壶天来买醉。

有一天，他在酒肆中结识了一个能饮能弈的和尚，便是龙门山的黄鹤和尚了。黄鹤和尚代他相面，说他不是个富贵中人，将来另有奇遇。目下命途晦塞，且有祸殃，嘱他明哲保身，不要多管闲事。景欧知道黄鹤和尚是隐于佛的奇人，十分相信他的说话，两人顿成了方外之交。黄鹤和尚喜欢喝一壶天的好酒，时常到宜阳来，肆中狂饮，景欧无不奉陪。有时邀到家中，竟日弈棋。景欧也到过龙门寺去，过从颇密。

不料这年冬里，景欧的老母毛氏一病不起，溘然长逝。病中，景欧夫妇朝夕奉侍，调理汤药，十分辛忙。景欧常当天求祷，为母延寿，无如毛氏的病非常厉害，沉疴莫救，不得不抛下儿媳，驾返瑶池了。景欧哀毁不类人形，身体也十分尫瘦，百事消极，哀痛无已。专心代他亡母营葬，筑墓于宜阳南门的郊外。不知怎样的，是不是老天故意戏弄他，掘地造墓的时候，忽然掘着了十多巨瓮的金银。真是意外之财，梦想不到的。大家十分惊异，都说是这碧翁翁降福于孝子，可见作善者天必佑之了。

景欧得到这注横财，便成了小康之家，把他亡母的墓造得格外完美。设席祭奠的时候，又哭道："祭而丰，不如养之薄也。"他又筑一卑陋的小屋在墓旁，终年住在墓上，伴他亡母的阴灵，直到一年期满，方才回家。终日戚戚，对人没有笑颜。他说母氏劬劳，做儿子的不报答她的大恩，半途弃养，这个悲痛永永不能除掉了。

恰巧其时宜阳令樊摩古是个循吏，知道里邑中出了孝子，又是个博通文学的秀才，所以异常器重，特地亲自到陈家来拜望景欧。景欧方请画家代绘《挑灯纺织图》，纪念他的亡母，便请樊令题咏，樊摩古是夙喜吟咏的，难得有此好题目，就作了一首七言长歌，表扬毛氏的贞节和景欧的纯孝，传诵邻邑，播为美谈。

明年春间，有一天景欧坐在书室里读经，忽然门外来了一个不速之客，相见之后，方才认得是亡母毛氏的堂侄毛玠，一向住在方城的，和陈家久已疏远。毛氏在世的时候，毛玠曾和他的妻子到此探望，住了数天而去，以后便没有来过了，因此景欧几乎不认识他。又见他衣衫褴褛，形容憔悴，知道他一定很不得意。彼此问询，才知毛玠在去腊曾遭鼓盆之戚，哀伤异常。不料福无双至，祸不单行，又逢回禄之厄，把他的庐舍焚为焦土，剩他孑身一人，托庇无门。想起了陈家有亲戚之谊，于是向邻人借了一些盘缠，跑到宜阳来，还没知道他的姑母早已去世呢。

景欧见他情景可怜，遂留在家中，供给衣食，又教莒香出见。毛玠年纪虽轻，礼貌很佳，而且胸中文墨粗通，以前曾在当地即方城衙门里治过刑名之学。景欧许他稍缓当代谋一枝之栖，因为景欧一则看他的亡母面上，理当照顾，二则宅心仁厚，肯拿赤心来对人，不把毛玠当作外人，视如兄弟一样。

在毛玠自然应该如何知恩报德，哪里知道麟鸾其貌者，鬼蜮其心，蜀道多崎岖，人心多阴险，实在不可测度得到的呢！

光阴迅速，转瞬间春去夏来，鸣蝉吟风，芙蓉映日，景欧被黄鹤和尚邀至山中去避暑，约需勾留十天八天。临去时，嘱莒香好好照顾门户。又托毛玠代为留心，毛玠诺诺答应。他自景欧去后，长日无事，拿着一副牙牌打五关，甚为无聊。

一天，他在午后睡了一个钟头，扒起身来，见炎热的红日，兀自照在西边的墙上，口里觉得干渴，要想出去喝杯酒，无奈身边不名一文。记得景欧临去时，曾给他一千青蚨，对他说："如有缺乏，可向嫂嫂去取。"于是他遂走到内室来，却见四边静悄悄地没个人影，莒香的房门闭上，房里有些水声，知道是莒香在里面洗浴。毛玠本是个好色之徒，仗着自己年轻，在方城时常勾引人家妇女，声名狼藉，所以遭逢火灾之后，无地可容，不得已而投奔到此。初来时，见景欧是个守礼君子，不得不装出假斯文来。外面看去似乎很诚实，实则他很垂涎莒香的美貌，心怀叵测，伺隙而动。但是景欧一直当他是个好人，毫无防闲，任他在宅中穿房越户，如自己手足一般，所谓君子可欺以其方了。此时他想起那"春寒赐浴华清池，温泉水滑洗凝脂。侍儿扶起娇无力，正是新承恩泽时"的四句诗来，不由情不自禁，蹑足走至窗下。把舌尖舐湿了纸窗，用手指戳了一个小孔，向里望去。见莒香玉体嫩泽，双乳圆耸，正在浴盆中细细揩拭，这样竟被他看个饱。莒香方要起身，无意中忽见对面窗上有

66

了一个小孔，小孔外正有一只眼睛向自己身上注视着。不由吓了一跳，桃靥晕红，急忙娇声喝道："外边何人？"这一喝时窗外的眼睛顿时缩去，便听得细微的足声向外而去。

茝香赶紧穿起衣服，走出内室察看，却见内外阒然无人。心中暗忖，宅内并无男子，只有毛玠在客室，莫不是他来窥浴的么？正在狐疑之际，见小婢春兰方洗好了面巾手帕，掇了盆子走来。便问春兰："你可瞧见有什么人到里边来过么？"春兰答道："没有人来啊，小婢刚才到井边去，只见毛少爷从客室那里走到这边来的，不知道他可曾进来？"茝香听了，心里明白，便道："嗯，知道了。你去把面巾晾在竿上吧。"自己立在庭中，呆呆思想。想毛玠无枝可栖，穷极来奔，我丈夫怀着好心把自己人看待他，谁知他竟是狡童狂且之流，有这种卑鄙行为的，以后却不可不防呢。

过了数天，景欧归来，茝香却不敢将真情告诉他听，只说毛玠在此好久，终日坐食，断非善计，最好代他找一个事务做做，好使他不再白赖在这里。景欧听了，以为他妻子算小，不脱妇人家本色，遂漫然答应。

又过了一个月，恰巧有一天他去拜访樊令，知道衙署中缺少一位幕友，自思毛玠既懂刑名，又会办事，难得有此机会，何不代他推荐？便向樊令说项。樊令因为景欧所荐，深信《左传》尹公之她取友必端的故事，所以一口答应，请景欧引他来会面，景欧大喜。这天回家，把这好消息告诉毛玠，毛玠表示很深的感谢，茝香得知，也很快慰。

次日景欧便引毛玠去见樊令，谈吐之下，很是融洽。从此毛玠便吃了公事饭，做了一位师爷。可是他依然是个无家之人，仍只好住在陈家。景欧也想待毛玠稍有积蓄，然后可以教他出去自立门户了。

毛玠既为幕友，对上对下都能博得欢心。他每晚归来，仍就好好敷衍着景欧，色心未死，妄想染指一鼎，往往乘间蹈瑕，向茝香说些风情的话，想勾动茝香的心。可是茝香华如桃李，凛若冰霜，对他不瞅不睬。

但是有一天他的机会来了。景欧有事到开封去，家中无人，毛玠购了些酒馔回来，要请茝香同饮。茝香哪里肯和他勾搭，伪言腹痛，躲在房中不出。毛玠只得独自痛饮到二更过后，已喝得有些醉意，性欲冲动，心中只是恋恋于茝香，想难得有此机会的，岂可失去？可恨伊有了这样秀丽的姿色，心肠为何如此淡漠而坚硬？看来要凭我用勾搭的功夫总是难得成功的。好在宅中除了我与伊，只有一个烧饭的聋妈子和小婢，何不用强迫手段呢？想定主意，遂又把酒狂喝，索性喝醉了，使胆子愈壮。等到壶中涓滴不留时，他的兽性发作，把良心蒙蔽住，一切的仁义道德都一股脑儿抛去。立起身来，寻得一团棉絮，塞在衣袋里，穿了短衣，轻轻走出客室。黑暗里摸到厨房中，取过一柄切菜刀握在手里，听厨房间壁鼾声大作，知道那个聋妈子已是睡熟，更觉放心，一步一步地掩到内室来。

忽见庭中有个很长的黑影，在自己面前一晃，不由唬了一跳，一把切菜刀几乎落地。立定脚步再一细瞧时，原来是一株梧桐树被风吹动了摇曳着，不觉好笑，自己为什么这般虚怯？于是壮大了胆子，摸索到茝香的房前。见屋中有灯火亮着，纸窗上以前戳的小孔早已补没了。又用手指刺了一个小孔，向里张望，只见罗帐低垂，茝香已入睡乡，床前放着一双红色绣花的弓鞋，长不满三寸。只要看了这绣鞋，已使人多么销魂丧魄，毛玠此时色胆包天，什么都不顾了。将手中刀轻轻撬开窗户，双手向窗槛一按，跳进房中，心里却不觉卜突卜突地跳得很厉害。蹑足走至床前，反着手腕把刀藏在背后，左手掀起帐门一看，见茝香裹着一条玫瑰紫色湖绉的薄被，脸向着里，酣睡方酣。他便一足踏到床上，轻轻掀起被角，把切菜刀放在枕边，一手将茝香搂在怀里。

茝香蓦地醒来，瞧见了毛玠，不觉大惊，连忙喝道："你这厮怎样跑到这里来的？还不与我滚出去！"刚要呼唤，只见毛玠很快地将一团棉絮塞到伊的口中，再也喊不出了。自己又被他紧紧抱住，不肯放松，哪里能够摆脱？毛玠指着枕边明晃晃的切菜刀说道："嫂嫂，你如识时务的，不要抵抗，否则我和你大家一刀，同到地下去做夫妻。须知我已思念你好久了，你也可怜我的，给我享受一些乐趣吧。"于是可怜的茝香在毛玠威逼之下，便如一头被絷的羔羊，一任毛玠蹂躏了。

　　毛玠兽欲发泄之后，兀自搂着茝香，故意说了许多温存慰藉的话。且把塞在茝香口中的棉絮取去，茝香一句话也不答，泪如雨下，湿透了枕的一角。将近天亮的时候，毛玠带了切菜刀，走出茝香的房。临去时，还对着茝香微笑说道："请你恕我，以后如有机会，再来幽会，请你再不要坚拒了。"遂走到厨下，把刀放在原处，自到客室中再去畅睡。

　　茝香受了这个奇耻大辱，独自哭泣了一番，很想咬紧牙关，取白绫三尺，了此一生。继念景欧与自己爱好多年，伉俪甚笃，我若糊里糊涂地一死，非但死得冤枉，景欧悲痛之余，也一定不能再活了。不如以后安谋方法，把毛玠驱逐出门为妙。都是景欧太把好心肠待人了，哪里知道世上歹人很多呢？

　　从此毛玠见了茝香，嬉皮涎脸变为狎视态度了。茝香含恨在心，无法报复，伶仃弱质，在淫贼屠刀威吓之下，只得受其奸污。幸亏景欧就回家了，景欧回家后见茝香面有不欢之色，玉容稍瘦，便问她为何事不乐，茝香又不敢把这事说出来，依旧含糊过去。毛玠见了景欧之面，良心上似乎很是惭怍，有些对不住景欧。因为自己遭了灾祸，无地可容，方才投奔到这里来，景欧待他一片好心，亲如手足，又代他谋得职业，可算仁至义尽了。自己没得报答他，却反心怀不良，玷污他的妻子。这种事岂是人做的呢？想至此，好似芒

69

刺在背，十分不安。

但是他的良心早泯灭，所以恶念一来，如镜子照着尘秽，迷失了本心。反而又想，自己如何可以继续向苣香求欢，碍着景欧在家，难达目的，把他看得如眼中钉一般。一等景欧有事出门，他便又去强逼着苣香干那禽兽的勾当。苣香畏他如虎狼，只得要求景欧不出门。景欧渐渐也起了疑心，但因苣香是个守妇道的女子，万万不致于受人的引诱，岂知毛玠用了强横的手段把伊玷污了呢？

这时宜阳令樊摩古升任陕西凤翔府职，由巡抚新调偃师县知县姓蔡名师霸的来此摄篆。那蔡师霸是个著名的屠伯，在偃师地方严刑峻法，妄戮无辜，自以为善治盗匪，足以媲美汉朝的良吏黄霸。很得上峰的信任，所以此次调来宜阳。上任之初，特地制造了两口木笼，放在县衙门前左右，以示其威。毛玠识得新令尹的意思，极意逢迎。蔡师霸大加赏识，许为亲信。衙署人员新旧更替，而毛玠独能擢升，他的手段可想而知了。

这时苣香便在景欧面前说毛玠新得擢升，所入较丰，可以迁徙出去了，景欧亦以为然，遂和毛玠说了。毛玠口头上虽然答应，可是老是不动身的，尽管一天一天地赖下去，假痴假呆，并不实行迁徙，因为他心中总是恋恋于苣香，不肯离去。景欧也奈何他不得，不好下逐客之令。

恰巧在宜阳南城有座小屋，是景欧前年购置的，以前曾租给一家姓陆的居住，现在姓陆的不日他徙，景欧情愿将这屋子让给毛玠居住，毛玠当然不能推辞，勉强允诺。过了几天，那屋子空了。景欧先雇人搬了几件应用的家具过去，然后催促毛玠迁徙。毛玠本是个光身，并无多物，经景欧催促不过，只得悻悻然迁去。面子上只好仍旧向景欧夫妇道谢，心里也知道景欧有些厌恶他了。然而不知他自己做了禽兽之事，以致于此。

毛玠迁后，独自用了一个女仆服侍他，当衙门里公事完毕的时候，一个人回到家中，踽踽凉凉的，没精打采，很是无聊，仍旧时常要到景欧那边来，想乘机与茝香一晤。谁知茝香常和他避面不见，景欧又是常在家中的，形格势禁，没有以前的便利了。眼看着景欧夫妇爱好的情景，不免又嫉又恨，常常垂头丧气地归去，心中盘算怎样可以想个妙计，满足他的私欲。

有一天，他探得景欧出城去祭扫他亡母的坟墓，或要住在墓上不回家的。于是他带了数两银子，先到一家绸缎铺购了一件桃红绉纱的衣料，悄悄地溜到景欧家中，直闯到内室。见茝香正坐在沿窗桌子边缝制衣服，便假意叫道："嫂嫂，景欧兄在家么？"茝香见这讨厌的东西又来了，心中最好避去他，可是毛玠早已一脚踏进房中了，不容伊不见。只得勉强立起娇躯答道："他出城省墓去了。"毛玠笑道："他是个孝子，常常听得他出去省墓时，一住二三天也有的，我可以乘此当儿和嫂嫂欢叙一番。我自从迁去后，无时无刻不思念，嫂嫂的声音常如在我的耳鼓里，嫂嫂的娇容常如在我的眼帘中，恍恍惚惚好像我的灵魂常要脱离我的躯壳，飞到嫂嫂这边来，真所谓一日不见，如隔三秋，爱而不见，搔首踟蹰，不知道嫂嫂也记念我么？"说罢，贼忒嬉嬉地瞧着茝香，等候伊的回答。

茝香听毛玠说了这许多轻薄的话，不由两颊绯红，低着头不答。毛玠便将那购来的衣料双手放在桌上。又对茝香说道："这一些小东西是我送给你的，千万请你收了，不要客气。"茝香道："啊呀！我是不敢当的，请你带回去吧。"毛玠笑道："我与你恩情不可谓不深，难道你还要推却么？须知我今天特地专诚来看你的，光阴一瞥即逝，莫辜负了我的美意啊！"一边说一边在桌子旁坐了下来，茝香一颗芳心忐忑不住，退倚在墙边，对毛玠颤声说道："你不要这样无礼，他今天便要回来的，休要害我。"毛玠冷笑道："无礼么？不是今天第一次啊。我对你一片爱心，满腔真意。你却总是这样的蝎蝎螫螫，见了我似害怕，又似不愿意，唉，究竟不知你怀的什么心？"

71

毛玠正说着话，只见茝香面色陡变，双目向着室外露出十分惊惧的模样。接着便听外边脚步声音，回头一看，忽见景欧彳亍地走了回来，心中也不觉大吃一惊，以为景欧总在墓上，不料他回来得这样早，自己又坐在他妻子的房中，有何面目见他呢？

　　正在尴尬的时候，景欧也已见了毛玠，心中也不觉又惊又奇。他是正直的人，见毛玠擅自闯到他妻子的房内，不该如此无礼，遂向他责问道："表弟，你为了何事走到这里来？君子自重，想表弟也是吾道中人，怎样的如此失礼呢？"毛玠涨红了面孔答道："小弟听说表兄害病，故而前来探望，因为以前走熟的，大家都不是外人，所以一直走到房里来，请你不要见怪。"景欧道："谁说我害病呢？真是笑话！"毛玠究竟贼人心虚，遁辞易穷，便向景欧告辞道："既然表兄不病，这是很好的事，我正有旁事情要干，再会吧。"说毕，便一溜烟地走回去了。

　　茝香知道这事已瞒不过景欧，心中又气又恼，又羞又怨，双泪早已夺眶而出。走到景欧身边哭诉道："毛玠真不是个好人，你把好意待人家，人家却将恶意对你，真是知人知面不知心。毛玠这厮以前早已几次三番来引诱我，调戏我，我总是隐忍着，没有告诉你，恐怕伤了你们两人的情感。所以我常常怂恿你，劝你叫他搬出去，就是这个意思。想不到狼子野心不自敛戢，今天又跑来送我什么东西，我正无法摆脱，幸亏天诱其衷，鬼使神差，你会得早回来的，被你撞见了，也教他无面目再来。我劝你这种亲戚不如早和他断绝了吧。"说毕，呜呜咽咽地哭个不住。因为伊受过了毛玠的蹂躏，又不能向景欧直说，很觉对不起他。

　　此时景欧怒火上冲，拍案大骂道："人之无良一至于此，自古道朋友妻不可欺，毛玠这厮枉自与我为亲戚，他穷极来奔，我好意收留在家，衣之食之，待如手足；又代他在县衙中谋得一职，总算对他仁至义尽了。这厮却如此无礼，好不可恶！人头而畜鸣，真是人心不可忖度了。从此与他绝交，不让他再上我的门了。"又将毛珍放在桌上的东西打开一看，更是气愤，取过一把剪刀，将这一段桃红绉纱剪得一条一条不成样子，掷于地上。莒香只是哀泣，倒在椅中，十分颓丧。

景欧对他妻子说道："你不要哭，我知道你的心，你是贞洁的，我相信你白璧无瑕，我准听你的话，和他断绝关系，你休要悲伤。"莒香听了他说的话，虽然景欧是安慰她的，但是似乎有利刃刺到她胸口，愈觉悲伤，越哭得厉害。这时那聋妈子和小婢也已闻声走来，不知其中内幕，还以为他们夫妇之间发生了勃隙，在旁东拉西扯地胡乱解劝。景欧又说了许多话，方才把莒香劝住。自己便立刻回到书房中，裁笺磨墨，写了一封极长的信，把毛珍痛骂一顿，声言从此两家绝交。写好后遣人送去，但是心内的气一时难以消除，对于世道崎岖，人心不古，更使他消极的心进了一层。然而毛珍却从此足迹断绝，不到陈家的门上来了。

约莫过了一二个月，宜阳城外忽然发生了一件很重大的盗案。因为北门外有一家姓倪的，是个富康之家。他家的长子倪进德，正在山东兖州府做府吏，可称得既富且贵，为一乡之巨擘。不料慢藏诲盗，象齿焚身，在初一的夜里，突有大伙强盗，涂着花脸，明火执仗，拥至倪家行劫。倪家人口虽然不少，可是都不济事的，有的早吓得心惊胆战，东逃西躲，哪里能够和强盗抵抗呢？倪翁和两个幼子一个媳妇，都被强盗杀死，还有二三个下人也牺牲了他们的性命，跟随老主人同到枉死城里去了。家中箱笼物件抢个精光，呼啸而去。独有倪家的次子躲在厕中得免。事后急忙报官相验，请求追缉盗匪，早早破案。这件事轰动了宜阳城。

宜阳令蔡师霸也觉得此事重大，若不好好办理，恐怕自己的小小前程就要送去了。一面自己带了衙中吏胥仵作等，一行人赶到倪家来验尸，又向倪家的次子以及逃免性命的下人详细查问一过，然后回到衙中，和毛玠等众幕友商议捕盗之策。以为自己以前任偃师县时，有善治盗匪之名，所以对于此案必求水落石出，速速破案为妙。况且倪进德倘然知道了这个恶消息，当然也一定不能甘休。

毛玠便说："此次行劫倪家的盗匪，大都涂着花脸，且据倪家的下人述说，内中有几个盗匪都是本地口音，可见此次的盗匪必是本地人勾通外人合伙做的。为今之计，速在本城内外搜查，不难早破。"蔡师霸亦以为然。于是传集三班衙役，限令在三天之内必破盗案。

捕头们知道这位县令是著名的屠伯，雷厉风行，不能稍假的，遂全体出去加紧缉访。果然第二天的早上，在本城南门一家小茶馆中，捉到两名地痞，便是盗党的线索。蔡师霸坐堂严审，内中有一个姓刁名二的，别号小青龙，是本地著名的地痞。以前也曾犯过案件，熬不住蔡师霸特置的虎头夹棍的厉害，只得直招，供称这次行劫倪家的强盗，是自己勾通而来的。其中首领姓褚名混混，别号尖嘴老鹰，很有武艺，是宜阳方城一带的剧盗，现在正在离宜阳三十余里的小柳树村分赃。蔡师霸询得真实口供，便将二人钉镣收监，着令捕役们当日赶到小柳树村去捉拿，谁知盗匪早已闻风远扬了。

宜阳城中的人民知道盗案有了线索，纷纷讨论，大家都痛骂小青龙作恶多端，为地方之害，只一遭终难逃法网了。景欧闻得倪家的盗案，也不胜慨叹。那一天他正和茝香同进早餐，忽然外面来了县衙里几个捕役要见景欧，景欧心怀坦白，挺身出见。捕役便问："你是陈景欧么？"景欧道："正是。"捕役便取出铁链哗啷一声早对准景欧颈上一套，喝道："倪家的案破发了。"还有几个捕役遂在宅中搜索，搜到后园，见一个花台上泥土有些松动，便掘下去一看，搜出一只大红箱子，箱子里贮藏着七八十两白银和几件衣服，正是倪家的失物。捕役瞪着双眼，又对景欧说道："人赃俱获，要你到县里去走一遭了。"此时景欧如坠五里雾中，手足无措，只说："冤枉，冤枉！怎么样的?"捕役道:"冤枉不冤枉,你自己去对县太爷说吧。"遂带了景欧和那箱子一起出门去了。这真是身在家里坐,祸从天上来,犹如晴天里起了个霹雳,是景欧所万万料想不到的啊。

评:

　　方写邓家堡一场大战,却不紧接下去,间间地生出一段访黄鹤和尚之事;此回却又将黄鹤和尚之事搁去,另叙一事,所谓欲赋天台山,却指东海霞,文境绝佳。写景欧母子二人,母慈子孝,篝灯纺线图,恍如目睹矣。景欧以赤心待人,而偏逢淫恶卑鄙之徒,知人之明,乌可少哉! 孝子为盗,不问而知是冤枉之事,然园中赃物何来? 使人惊疑不已。

第六回

仗义闯公署快语惊人
乔装入青楼有心捕盗

　　景欧被捕到了县衙，见蔡师霸高坐堂皇，等候他到来审问。当景欧被捕役拥至堂阶时，蔡师霸即将惊堂木一拍，喝问道："你就是孝子陈景欧么？"景欧一揖道："正是。侍晚不知所犯何罪，老公祖呼唤到此？"蔡师霸又将惊堂木一拍道："你自己犯了盗案还要假作不知，问起本县来么？"景欧道："啊呀呀！想我是个文人，一向言行无忤，邻里皆知，哪里肯学盗跖的行为？此事必有冤枉，还请公祖慎重究察。"蔡师霸冷笑一声道："你自以为是个儒生，又有孝子之名，便不会做强盗么？未免太欺人了。我与你一个见证，也教你好死心塌地，早早承认。"遂喝令左右快带小青龙上来。便见捕役们带上一个瘦长的汉子来，右眼睛有个小瘤，铁索啷当，正是小青龙刁二。

　　刁二一见景欧，便道："陈老爷，对不起，实在我熬不下县太爷刑具的厉害，只得招出你来了。"景欧见小青龙无端硬攀自己，明明是有意陷害，不由大怒，双脚乱跳道："小青龙，一个人总须有良心，是则是，非则非，我与你无怨无仇，为什么你要苦苦诬陷我呢？"小青龙道："唉，你不要这样自己撇清，三十日的晚上，你不是许我劫了倪家，可以分数百两纹银与我，便叫我到小柳树村去约会尖嘴老鹰褚混混的么？我却上了你的当了，非但数百两银子没有到手，而且连性命也将要不能保了。你却躲在家里很安闲地坐地分赃，到底谁有良心呢？那花坛中间的一只箱子，也是你叫我埋下的，其余的尚有许多金银财物，却不知你藏在何处了。"景欧被气不过，又愤然说道："你是个地痞，自己犯了盗案，却来诬陷我，真是禽兽不如。好在公祖明镜高悬，自能判别是非。"

蔡师霸冷笑道："陈景欧，人证与物证俱在，你还要图赖作甚？"景欧道："侍晚实在冤枉，想我是读书守礼之人，怎肯犯法？"蔡师霸道："你做了个秀才，自以为读书人不犯法，好，我今先革去你的秀才，快快与我跪下，在本县面前还敢狡辩么？"左右差役一迭连声地呼喝，景欧只得忍着气跪下。蔡师霸迫令快招，景欧实在也招不出什么，哪里肯招？蔡师霸道："不用严刑，谅你也不肯实说。"吩咐左右抬过那家伙来。堂下一声是字，便见四名差役抬着那虎头夹棍前来，使人见了不寒而栗。

差役便把夹棍套住景欧，一声吆喝，两下里用力猛拽。景欧是个文弱书生，早已晕了过去。差役把冷水将他喷醒，蔡师霸问他招不招，景欧道："我实在冤枉，叫我怎样招法？"蔡师霸道："你还不肯招么？左右与我再夹。"差役们又吆喝了一声，景欧又痛晕过去。这样三次，景欧再也熬不住了，只得招认。

当景欧招的时候，偶见毛玠正在旁边写录口供，不由叹了口气。毛玠也对景欧看了一眼，面上现出得意之色。蔡师霸见景欧招出尚有赃物在后园桃树之下，便把景欧钉镣收监，又令四名差役快到陈家去起赃物。四名捕役奉了公事，飞也似的奔到陈家，来到后园中桃树之下，去掘赃物。园中共有三株桃树，一齐连根掘起，但是哪里有什么赃物？又把其他的树木一齐掘起，也没有一些东西。又赶到景欧房中搜寻，向苣香逼问，可怜苣香已哭得如泪人儿一般，也回答不出什么。四名差役搜寻了好多时候，却扑了个空，只得还去

77

复命。

茝香听说景欧已招认了盗罪，更是痛不欲生，便在这天晚上在房中自缢了。这件事又轰动了宜阳全城，大家都说景欧是个孝子，又是个达理闻道之人，怎样会勾通盗匪去行劫倪家？什么人都不相信，都说这是冤枉的，世间决没有此事。但是景欧自己已招认了，没有人敢出去代他伸冤，只怀着怜惜之心，骇异之情罢了。

茝香的父亲周守道闻此惊耗，赶来探视，见他的爱女业已自杀，抚尸痛哭一场。陈家已无人做主，守道便把茝香的遗尸用棺木盛殓后，便想到监中探问景欧，谁知景欧已被蔡师霸着令站立在木笼中了。

景欧既站了木笼，大家都来围住木笼瞧看，窃窃私语，都说蔡师霸用刑狠毒，景欧为盗是否真实，尚不能一定，三木之下，何求不得？可怜这位孝子遇了屠伯，屈打成招，竟要死于非命，岂不可惜？周守道对于此事，也惶惑不解，以为他的女婿平日的言行，足为一乡之善士，怎会犯此盗案？连倪家的人也有些不相信，不知小青龙如何告他出来。大家各自推测，莫知端倪。

原来其中正有大大的黑幕，关键都在毛玠一人身上。毛玠自从被景欧呵斥、贻书绝交之后，再无面目踏上陈家的门，至于要和茝香幽叙的一层，再也没希望了。心中满腔怨气没处发泄，常常穷思极想，要把景欧陷害。只因为景欧是个贤孝子，一乡著名，平日又规行矩步，温恭善良，无从寻他的事。恰巧最近出了这桩大劫案，捉到了小青龙等两个本地痞，眉头一皱，计上心来。便乘间到狱中去看小青龙，向狱吏诡言自己要盘问小青龙的口供。便把小青龙带到一间密室，教他怎样攀陷景欧，如何如何的说法，务把景欧咬作是个坐地分赃的主谋者；且许他如若攀陷成功，可以保他能够减轻罪名，免脱他的死罪。小青龙本和景欧也有些小仇隙，因为当景欧为亡母造墓掘地得金的时候，小青龙曾去向景欧讹诈，要景欧给他一千两银子。景欧知道他是一个著名的地痞，无理可喻，好在自己与县令樊摩古友善，便向县衙控告。樊摩古立把小青龙拘捕到官，治他诈财之罪，因此小青龙对于景欧自然有了仇隙。一经毛玠唆使，满口允承。

毛玠又教他务守秘密，不能泄露。否则罪上加罪，性命一定不能保了。至于那一些赃物，就是小青龙的，也是毛玠以重金运动了人，乘景欧不觉时偷偷埋在他园里的，好有个证据。所以小青龙被蔡师霸第二次审问的时候，便将景欧拉入盗党。蔡师霸起初也有些怀疑，怎禁得毛玠在旁说了几句话，便立遣差役把景欧捉来，不惜严刑拷打，硬生生地将景欧冤枉是个盗党。

毛玠见景欧业已屈打成招，本想乘此机会，好想法把茞香弄到手，达到他的目的，哪里知道茞香早已自缢。于是他的希望成了昙花泡影，更把景欧痎恨。又恐怕此案若然拖长，也许发生变化，不如把景欧速速置之死地为妙。遂又怂恿蔡师霸把景欧打入站笼，以警余党。蔡师霸对于毛玠言听计从，即将景欧站笼了，站到第二天的下午，景欧怎受得起如此苦楚？本力毂不到，已是奄奄待毙，旁观的人都为之落泪。这时玉琴等一行人因为探访黄鹤和尚，恰巧来到这里。瞧见木笼中站立的是个文弱书生，不像穷凶极恶、作奸犯科之辈，又听得旁边人说他冤枉，遂动了好奇之心，要想问个明白。

于是剑秋等跳下坐骑，上前细细观察，忽见有一个白发老翁，扶杖坙息而来，一见景欧，号啕大哭。剑秋等他哭完了，便将他的衣袖轻轻一拉。老翁回头见了剑秋，知道是外来的人，便说道："老朽正为了女婿女儿的事，十分伤心，十分气愤，你们有何问询？"剑秋指着站笼中的景欧问道："此人便是老丈的女婿么？如有冤枉的事，只要对我直说，或能代为出力，也未可知，请你快快告诉我们。"

周守道便将景欧如何被小青龙攀陷为盗的事，以及女儿缢死的经过，详细告诉，且顿足说道："我女婿是个贤孝子，万万不会犯这盗案，真是冤枉。连宜阳一城的人民都知道他的冤枉，偏偏这位县太爷手段毒辣，听信地痞的诬告，把我女婿屈打成招。不但如此，又把他站入木笼，置之死地而后快。这样的昏聩专制的狗官，可说是灭门令尹，惨酷之至。我本待要到府里去上告，代我女婿伸冤，只是你们看我的女婿已是危在旦夕，恐怕等不到天晚就要毕命，如何是好？"说罢，将手帕频频揩拭。

剑秋听了说道："这事果然冤枉，县官为民父母，怎样可以不审慎将事，辨别是非，而滥用刑罚，罗织人罪呢？"玉琴在旁忍不住也说道："你这老头儿，既然知道女婿受的冤枉，为什么不早去上告呢？现在远水救不到近火，已是不及了。"周守道咳了一声嗽，白瞪着双眼说道："唉，这事快得很，好如迅雷不及掩耳，实在教老朽也来不及啊！"剑秋想了一想，对周守道说道："我们断不能眼瞧着人家白白受了冤屈而死，不如速行拯救，待我去试试看。"遂又回头对玉琴、云三娘等说道："你们且在此少待，我去见这狗官。"说罢，迈步向前，跑到县衙里去。

早有守门的人把他拦住，喝道："县衙重地，莽汉休得乱闯！"剑秋将手臂略略一摆，两个守门的早已跌在丈外，剑秋不待通报，一直跑到堂上，见上面悬着一口钟，不管三七二十一地将钟播动，钟声大鸣，早惊动了全衙的人。原来这正是前任县官樊摩古，仿着谏鼓谤木的意想，特地制造这口钟悬在堂上，使民间如有冤枉不白之事，可以径到这里来敲钟，自己便坐堂受理，不致官与人民两边有什么隔膜。所以在樊摩古任上的时候，起初常常听得钟声，后来却一直不闻了。只因为樊令听讼谨慎，所谓"听讼吾犹人也，必也使无讼乎！"他既然这样的郑重，自然民间没有冤屈的事，而钟声也不鸣了。自从蔡师霸接任以来，这钟声也没有鸣过，这却因为蔡师霸是个酷吏，专制压迫，草菅人命，没有人敢去鸣钟，这钟也等于虚悬了。现在剑秋去雷动那钟，还是破天荒第一遭咧。

　　蔡师霸正在内室披阅公文，忽听得钟声响亮，心上也大为纳罕，不得不出来坐堂，暗想什么人敢来鸣钟。衙役们早已走来伺候，蔡师霸登堂升座。早见有一个剑眉星眼的少年，英气飒爽，立在堂下，向他长揖不拜。便问道："下面是何人到此鸣钟？有何冤屈之事？快快说来。须知本县秦镜高悬，断无有冤枉之事，你若故意捣乱，罪无可免。"剑秋冷笑一声道："县太爷说断无冤枉之事，现在衙门前站笼中却有一个冤枉之人，宜阳一城的人都说他是冤枉，县太爷却偏偏断定他是个盗党。我从来也没有见过孝子会做强盗，恐怕县太爷这面秦镜罩上了一层灰沙，变成糊涂了。"剑秋这几句话说得非常爽快，非常勇敢，犹如陈琳之檄，可医头风。

　　蔡师霸从没有这样被人冲撞过的，气得他嘴边的小胡须竖了起来，把惊堂木一拍道："你是何人？敢说本县的不是！本县执法如山，断无冤屈。那陈景欧为盗的事，人证俱在，自己又招认不讳，他是个案中主使的要犯，既不肯说出余党所在，本县只有把他打入站笼，警一惩百，断不能因他有孝子之名，便信他无盗之实。你是何人，敢说本县的不是？"

　　两边的衙役见蔡师霸发怒，又不知道这个少年有什么来头，敢这样大胆说话，一齐震惊。剑秋不慌不忙地答道："我姓岳名剑秋，山西太原人。路过此间，闻得这事实在大有冤枉，见义不为无勇也，我不顾县太爷怎样尊严，怎样厉害，有话不得不说。县太爷说人证俱在，也须顾虑到说话的人是不是真实，有无攀陷之情，证物是不是即可作为犯罪的铁证，岂可就此断定人家通盗？在县太爷严刑之下的口供，是不是真情实话？须知照陈景欧平日的言行而论，说他会做强盗，也是不近人情的啊！即使他确乎通盗，在盗魁没有捕到，案情没有完全破露之前，也不能将他打入站笼而死。假使将来发现他或有冤枉，那时人已死了，不能挽回，县太爷岂不有草菅人命之罪么?"蔡师霸虽然专制毒辣,可听剑秋的话理直气壮,使他听了再也无话可答,不觉态度稍软。于是可知孟夫子说的"说大人则藐之,勿视其巍巍然"这两句话是真实的。可笑宜阳一城的人,慑于屠伯之威,大家敢怒而不敢言,没有人敢出来说话,代替孝子伸冤。却被一个过路的剑秋侃侃而道,折服了蔡师霸,这却显见得仗义的剑侠自然与凡民不同了。

剑秋见蔡师霸不响,遂道:"现在陈景欧即刻要死,人命不可儿戏,县太爷不如将他放出站笼,暂且仍旧监禁,或再行细心审问;一面赶快将盗魁以及其余盗匪速速想法捉拿到案,逐一鞫讯,就可知道那陈景欧是不是真的通匪了。某虽不才,愿助县太爷一臂之力,听凭驱遣,好使盗魁不得脱身法网,早早伏法,且昭雪孝子的无辜。不知县太爷以为如何?"蔡师霸本来被剑秋数说之后,自知用刑太严,过于专制,也有些情虚,苦无转圜之法,今闻剑秋肯担任捕盗之事,便道:"岳剑秋,你既然自愿相助本县捕盗,姑且从你之言,把陈景欧放出站笼,等候你随同本县的捕役捉拿盗魁到案,再行审问。那时陈景欧如果确实通盗,本县也断乎不能饶恕的。"剑秋道:"很好。"

蔡师霸遂令左右将陈景欧放出笼来,仍旧收监听候发落。一面便把捕头何涛唤到,命他会同剑秋即日前去捕盗,限令三天之内务把凶手缉获,如有衍期,当严责勿贷。何涛答应一声是,明知道蔡师霸叫他监视剑秋,所以便和剑秋紧紧相随。蔡师霸一边退堂进去,衙役们也都散出来。

剑秋便对何涛说道:"在衙前我还有几个同伴,要去交代一番,然后可以随你前去捕盗。"何涛点点头道:"可以,可以!"两人遂走出衙来。云三娘、玉琴等自剑秋进衙以后,听得钟声,很不放心,立在二门口探望。后来见有人释放景欧出笼,知道剑秋在内说话已能成功,周守道也十分快活,以为到了救星,女婿可以死中逃生了。

一般旁观的人，也代景欧放心，大家都忙着探听是怎样一回事。想不到那个外来的客人，却有这样能力，说得这位屠伯回心转意，好不容易，大家都称奇不置。现在见剑秋同何涛走将出来，不胜快慰。大家围拢来探问，剑秋遂把自己如何与蔡师霸陈说的经过约略告知，并说自己已允许蔡师霸前去捕拿盗魁，以便将来对簿时，可以昭雪景欧的冤枉。

玉琴笑道："自己的事情尚没有着落，却又兜搭上一件事来了。"周守道听得剑秋将去捕盗，便对剑秋拱拱手道："足下真是豪杰之士，赴人之厄，济人之急，黄衫儿不是过也。我女婿的性命都赖足下援救了。"何涛道："岳爷等是外来之人，此间谅会没有歇脚，不如到舍间小坐，大家商议捕盗之策。"周守道道："本来我也当招接，不过我女婿的家中已被封闭了。"剑秋道："我们就到那边去吧。"于是何涛当先引路，一行人跑到何家来。

何涛家中本有马既，便先将花驴等三头坐骑牵到厩中去上料，一边让众人到他客堂里小坐。何涛家里有一个妻子和一个女儿，母女两人见有客来，连忙出来敬茶。何涛是个精明干练的捕头，一双眼睛何等厉害，瞧见玉琴、剑秋等五人，男男女女，奇奇怪怪，一望而知都是江湖上侠义者流。遂向剑秋等询问姓名，剑秋一一实说。周守道挂念女婿，又对众人说道："诸位且在此宽坐，老朽要到狱中去看看小婿，去去就来。"何涛道："那么请便。"周守道遂辞别众人，扶杖而去。

何涛便对众人说道："宜阳安静已久，此番倪家的劫案，非但失物很多，而且杀伤多命，案情重大，毋怪县太爷要发急破案。不过陈景欧勾通盗党的事，虽然有见证，有赃物，然而我总有些不信。但是那位县太爷专制异常，他说定如何便如何，所以我等也无能为力，只得赶紧缉捕盗魁到案。"玉琴道："我听得你们都说陈景欧是个好人，我也亲眼瞧见他是个文弱书生，怎会坐地分赃和盗匪勾通呢？这正是笑话了，三岁孩童也不会相信的，大概他有了冤家吧。"

　　他们正说着话，只听外面有人问道："何大叔在家么？"何涛连忙立起喊道："在家，在家！"跟着便见二个捕役押着一个瘦长汉子，反剪着手走了进来。在前的一个便道："大叔，今天我们碰得真巧，在城外测字摊旁捉到了这厮，查问之下，方知他果然是个盗匪，而且尖嘴老鹰也有了着落了。"何涛大喜道："辛苦你们，且请小坐，待我来再问一问。"便走到房中，取出一根很粗的皮鞭，跳将过去，先将这汉子抽了几下，抽得他没处躲避，连声呼痛。然后将皮鞭扬在手中说道："你姓甚名谁，快快实说，你们的盗魁现在避匿何处？"那汉子答道："我姓石名五官，抢劫倪家时，我不过帮他们搬运物件，并未杀人，可怜我也只分到十几两银子，一些儿没有用去。闻得风声紧急，要想逃到别地方去，所以到测字先生那边去测个字，哪一处是个安乐之地。却不料被你们捉来，该是倒霉。可怜我家中尚有七旬老母，二十多岁的年轻妻子，还有哺乳的小儿。倘然他们知道我犯了法，捉拿到官，不知要急得怎样，请你们就放我回去吧！"何涛哼了一声道："你既然有老母妻子，谁教你做强盗！现在噜哩噜嗦的话少说，快快说出尖嘴老鹰褚混混在什么地方！"说罢，将皮鞭一抖，像要打下来的样子。

　　石五官只得说道："他们带了赃物，先到小柳树村，后来听说小青龙等被捕，恐怕两人要把他咬出，所以褚混混避到方城去了。"何涛道："那么，你可知道他住在方城什么地方，又和什么人相识？若能把他捉到，你的罪名也可减轻。"石五官道："他的住处十分秘密，我实在不知。不过听得同党说起他在方城溺爱一个私娼，唤作小白兰花的，常常要到那边去寻欢作乐，或者你们不妨到那边去侦察一下，或能撞见也未可知。"何涛点点头道："你的话可是真实么？"石五官道："句句是实，若有虚言，没得好死。"剑秋走过来问道："你可知此番行劫倪家究竟是不是陈景欧的主使？"石五官道："这事我不明白，我只知道褚混混领我们去的，不知怎样会连累了陈孝子，我心里也很奇怪呢。"剑秋道："很好，以后县太爷审问你的时候，也须这样实说。"何涛便仍托那两个捕役把石五官带到衙里去。

不多时，早见周守道回来了，跑得满头是汗，坐定了，对众人说道："老朽已和小婿见过面，幸喜尚无大碍，只是不能多讲话。他说此事连自己也不明白，大概有人故意将他陷害，但他平日并无仇人。至于和小青龙虽有些小隙，可是相隔良久，不至于便将他攀陷为盗。只有他的表弟毛玠，以前自己待他十分亲密，后来因为调戏他的妻子，所以将他逐去，现在他正是蔡师霸手下第一个红人，不免有些疑心。他托我把这事告诉出来，又教我好好安慰小女茝香，可怜他还没有知道小女已经死了呢。我也不敢对他说明，使他伤心。"说到这里，老泪又簌簌下落。

何涛道："毛师爷工于心计，这人是不好惹的，原来其中还有这件事，这却难说了。且待我们捕到褚混混时，自可水落石出。"剑秋道："不错，我们速捕剧盗为妙。"何涛道："听说那褚混混能够飞檐走壁，挟有很高的本领，我们众捕役自知不是他的对手，现在与岳爷等同去，我们可以得个大大的臂助。"剑秋道："别人怕褚混混厉害，我却不在心上，只要能够使我和他碰见了面，不怕他逃到哪里去了。"

何涛便向周守道告诉方才捉到的石五官的口供，并说："你老人家是世居方城地方的人，可知道私娼小白兰花的香巢筑在何处？"周守道答道："原来那盗贼眷恋上小白兰花！那是我知道的。小白兰花年纪很轻，姿色很佳，确有媚人的魔力，住在城中陈仓街。她的假母老白兰花，以前也是方城地方很著名的土娼，只因后来年华老大，容貌衰旧，门前冷落，车马稀少，所以伊领了一个小女儿亲自教伊歌唱。到了十三四岁时，已出落得十分风骚，实行卖淫了，取名小白兰花，在方城是很红的，毋怪那贼盗要爱伊了。但愿他被色所迷，正在那边，不难发现他的踪迹。老朽是方城人，你们前去捕他时，老朽可以奉陪。不知你们何日动身？"

何涛道："大概明天早上前去。我想你老人家虽肯奉陪，但恐耳目众多，容易泄露，不如分作两起走的好。你老人家请先回去，我们随后到你家中，见机行事。"周守道道："很好，老朽住在三星桥下，你们到那里一问便知。现在我且检点行囊，明日早上先赶回去，在舍间等候了。但愿你们马到成功！"说毕，便向众人拱拱手，告别而去。

这时天色已晚，何涛早已吩咐他的妻子预备酒菜，所以后面厨房里杀鸡作黍，十分闹忙。何涛去掌着灯来，便请剑秋等在此晚餐，且留他们住宿。因为何涛家中本有两间客房，可以下榻留客。况且剑秋等初到此间，还没有投逆旅，理该何涛做东道主的。剑秋等见何涛诚意相留，也就老实不客气地留在这里了。少停，何涛的妻女搬上晚餐，他们便在中间一张大方桌上坐定吃饭。何涛几次探问他们的来历，剑秋等只是含糊答应，何涛只得讲些宜阳的风景和风俗。晚餐后，何涛便领导他们去住宿，云三娘、玉琴合居一室，剑秋、薛焕、滕固三人合居一室，一宿无话。

次日天明，大家起身，洗面漱口。用过早餐，何涛便对剑秋说道："今天我同岳爷到方城去，却不知诸位还有哪一个愿意同去。"玉琴第一个说道："我去，我去！"剑秋道："此次我们去捉拿褚混混，说不定要到娼妓人家去，那边乃是龌龊地方，琴妹去不得。"玉琴将头一扭说道："你说去不得，我偏要去！"何涛道："方姑娘若是一定要去，必须改装男子，方能同行。"玉琴道："改装也好，只要去得成功。记得我在枣庄到鹿角沟去访问年小鸾的时候，也曾假扮一个老姬，别人也看不出破绽。此时我就改装男子试试也好。只是没有男子的衣服，如何是好？"何涛道："间壁文少爷衣服很多，待我去向他告借一件与姑娘穿着，何如？"说罢，便走出门去。不多时，带了一件英白绫绸长衫和一顶黑纱瓜皮小帽，一双镶云头的假鞋。玉琴接过，便脱去外面的褂子，穿上长袍，换了鞋子，将云发重新梳理过，戴上小帽。何涛再授给伊一柄折扇。摇摇摆摆，踱踱方步，笑对众人说道："你们看我像不像？"

大家见伊换了男装，果然如玉树临风，翩翩浊世佳公子，谁会知道伊是女儿身呢？何涛的妻子在后边站着，也看得呆了。薛焕大嚷道："真像真像！活是一个风流斯文的大少爷。哈哈，方姑娘，我见了你，自惭形秽了。"玉琴笑道："我已改扮了男子，你们不能再称呼我什么姑娘、妞娘，不要露出破绽来的么？"又对剑秋说道："剑秋兄，你须格外谨慎，不许再唤我妹妹！"剑秋笑道："不唤妹妹，唤你弟弟，何如？"说得众人都笑了。

何涛道："我们闲话少谈，预备动身吧。"滕固道："我也随你们一同去走走。"剑秋道："好的。"薛焕说道："我这种形状自知够不到去逛院子，那就陪伴云师在这里等候你们的好音吧。"云三娘微笑道："你们出去做事，我在这里也有一件小事要干去哩。"于是何涛、剑秋、玉琴、滕固四人辞别了云三娘，离开宜阳，赶向方城而去。

宜阳距离方城不远。所以第二天的下午，他们已到方城，寻到周家。周守道正前一脚赶到，盼候他们驾临，与众人相见，十分喜欢。且见玉琴已改换了男装，很觉惊异，以她是个女子，怎样也要来捕盗？却不敢询问。何涛对剑秋说道："我们吃公事饭的人，每到一处，容易被人注意。三位都是生客，前去游院，一定不会露出破绽。我趁你们前去的时候，先到此地县衙里下了公文，然后再来相机帮助。今晚还不知道那剧盗要不要到小白兰花家里去，我们切莫走漏风声，打草惊蛇。"剑秋道："这却理会得。"

于是大家坐了一会儿，挨到傍晚时候，剑秋道："我们可以去了，却不知小白兰花家在哪里？"周守道说道："你们出了大门，向西一直走过了一座小桥，左手转弯，那边街道沿着河的便是陈仓街。小白兰花住在陈仓街第六家，门前河中停着一只画舫，很容易认得出，那画舫也是小白兰花家里的。如有客人呼唤，可以坐着船吃酒，船上点着灯，在河中荡漾，很是有趣。"剑秋记好了周守道的话，他们将宝剑留在周家，不能带去，以防给人看出行踪。只有滕固把他的软鞭围在腰里，一齐走出周家大门，慢慢踱到陈仓街来。

进了陈仓街第六家的门前，有一只画舫，在门前泊着，四面点起红红绿绿的灯，有两个娘姨走上走下。剑秋便对玉琴说道："照此形景，说不定褚混混今晚要带小白兰花到船上去游河呢。"玉琴点点头，三人便走到小白兰花的家里。

早见一个很胖的妇人，年纪约有五十左右，面上还涂着脂粉，画了眉毛，穿着青纱的褂子，活像一个老妖怪。一见三人走进，便含笑相迎，说道："客人来了，请楼上坐。"剑秋等从来没有逛过妓院，都是门外汉，跟了妇人走到楼上。见是一排三开间，那妇人一拉右边的门帘，三人便走进一间精美的房间，收拾得十分干净。妇人便请三人坐下，娘姨早摆上四只茶盆，献上香茗，绞上热手巾。妇人便喊道："金宝，你们快来伺候少爷们吧！"外边娇声答应着，跟手便走进三个少女，粉白黛绿，尽态极妍，走到三人身边来伺候。

三人不欲露出破绽，只好虚言和她们敷衍。剑秋拉着他身边立的穿着淡青色褂子的纤手，问道："你年纪很轻，叫什么名字？可就是小白兰花么？"那少女答道："不是，小白兰花是我的姊姊。我是小小白兰花。"剑秋笑道："有了小白兰花，却不道还有小小白兰花，你真是小而又小了。"又向那妇人问道："小白兰花呢，怎么不出来接客？我们都是闻名而来的，必须要见见伊的芳容。你是谁，可就是老白兰花么？"妇人道："少爷，我正是老白兰花。少爷要小白兰花来伺候，请等一刻就来的。少爷贵姓？"剑秋答道："我姓岳。"又指着玉琴和滕固道："这位姓方，这位姓滕。"老白兰花见他们都像富贵子弟。便对小小白兰花等说道："你们好好伺候这三位少爷，我去去就来。"说罢，便走出门去。

那个伺候玉琴的少女名唤银宝，穿着淡红衫子，眉目娟秀，体态风骚。伊瞧见玉琴明眸皓齿，是一个带着女性的风流大少爷，便想放出伊狐媚的手段去灌玉琴的迷汤，扭股糖儿似的，坐在玉琴怀中，把粉颊贴到玉琴的香腮边，放出很亲密的样子，说道："方大爷，我看你大约还不到二十岁吧，家里可曾娶过娘子？"玉琴摇摇头道："没有。"银宝笑着问道："你爱我不爱我？"说罢，携着玉琴的手，拖到床沿上一同坐下。玉琴道："你娇小玲珑，很是可爱。"银宝道："你爱我么？那是我的福气，我有你这样美貌的方大少肯赏脸爱我，不知几世修到的呢。"说罢，又将粉颊凑过来，说道："请你吻我。"玉琴不得已便捧着伊的粉颊接了一个吻。银宝是个十分风骚而卖淫的女子，见了玉琴这样俊美，早已倾服得五体投地，又闻着玉琴的口脂微度，有一种甜蜜的芳香，不觉笑道："你真好，你真好！"却反将玉琴的粉颈勾住，去亲伊的樱唇，又把手在玉琴胁下乱抓。玉琴一则受不住奇痒，二则谁耐烦去和这娼妓多所缠扰，便将手臂向银宝轻轻一拉，银宝早已倒在床上，兀自咯咯地笑个不止。说道："想不到你这样温文风雅的人，嫩臂嫩骨，却生得好大力气。"玉琴道："我怕痒的，不许你乱抓。"银宝笑道："你怕痒么，那么，将来必要怕老婆。"说罢，挣扎着要想起身，却被玉琴一手按住，不放银宝起来。

剑秋和滕固各和小小白兰花、金宝等厮缠了好一歇，还不见小小白兰花前来，心中都觉得不耐。剑秋便将小小白兰花放在膝上，低低问道："你可知你的姊姊现在有什么事，为什么还不出来相见，可是那边已有客人么？请你告诉我。"小小白兰花说道："这几天我姊姊忙得很，因为有一个姓褚的客人，是伊的老相好，现在天天到此，今天要带了姊姊去坐灯船呢，恐怕我姊姊不能出来见客，岳大少你还不如爱我吧。"一边说，一边低头拈弄着自己的辫梢。剑秋又问道："那个姓褚的是个什么样人？"小小白兰花说道："这个我却不知。姓褚的生得身长力大，腰阔膀粗，我见了他便有些害怕，因为他的须髯硬如刺猬，刺到我的颊上十分痛的，却不知我姊姊怎么大胆去和他一同睡的。"这句话说得剑秋笑起来了。

这时忽听得楼下有很粗暴的声音问道："你们已预备好了么？我们便要到船上去了。"接着，便听老白兰花的声音回答道："好了，好了！褚老爷，请你略坐一歇，我女儿正在更衣妆点。"随后便听得噔咚噔咚的楼梯响，走上两个人来。剑秋知道是褚混混来了，连忙将小小白兰花一推，跳到房门口，在门帘背后一眼张出去。只见打先的一个年约四十开外，面色苍黑，鼻嘴很尖，这一张脸生得真像老鹰一般。身长臂粗，显见得孔武有力，穿着黑绸袍子，十分狰狞可怕。背后的一个也是个健男子，手里托着一只鸟笼。一掀对门房门帘，大踏步走进去了。

剑秋想，时不可失，便对小小白兰花很严厉地说道："你快快与我喊老白兰花前来，我有话同她讲。"小小白兰花不知就里，便走下楼去将老白兰花喊得前来。剑秋见了伊，便将桌子一拍道："可恶的七十鸟，你不要欺生，大爷一样有的是钱，为什么你不将小白兰花出来见客，现在不是伊那边有了客人来了么？今晚非教小白兰花出来见见不可！"

老白兰花面上露出尴尬的形色，低低说道："我们哪里敢欺生？实在小白兰花今晚已有了客人，早已定下伊一同去坐灯船，所以不能奉陪，明天爷们再来时就可以了。"剑秋道："放你的狗屁！来不来要趁大爷的便，别的话少说，快去把小白兰花唤来！不然莫怪大爷们要闹得你的院子翻身！"滕固在旁说道："我们也不必定要白相小白兰花，不过要见见伊的面罢了。即使已有客人，也可以到此走一遭。"玉琴也说道："识时务的快去将伊唤来吧。"老白兰花被迫不过，只得说道："那么待我去和褚老爷商量看。"说罢，回身出房去了。

　　隔了良久，方见老白兰花领了一个年可十八九岁的少女走进房来。那少女穿着淡绿衫褂，梳着时式的髻，插着一只颤巍巍金凤，云发漆黑，鬓边戴上一排茉莉花；裙下金莲瘦小，穿着湖色软缎绣花的鞋子；生得雪白粉嫩的瓜子面孔，加着明眸皓齿，琼鼻樱唇，真觉得天生尤物，我见犹怜。毋怪艳帜高张，芳名鹊起，能使一般急色儿颠倒石榴裙下了。小白兰花见了三人，便跟着老白兰花叫声："岳爷，方爷，滕爷。"便姗姗地走到玉琴身边。玉琴遂握着伊的柔荑，和伊细细谈话。小白兰花不得脱身，只得坐在玉琴身旁，银宝却退立在一边呆看。

　　老白兰花的意思，不过教小白兰花来和他们见一见就要走的，还是伊向褚混混再三恳求得来的结果，现在见小白兰花被人家拖住，料想不能立刻就走，恐怕褚混混在那边房里等得不耐烦，一定要吵起来了。便对小白兰花使个眼色，小白兰花立起身来，对玉琴带笑说道："方爷，今晚很对不起你们，因为那边已有了客人，要我坐灯船去，不得不失陪了。"玉琴将伊身子按住，说道："你再坐一刻儿去，那边是客，我们这里也是客，我们也要同你坐灯船去。"剑秋拍着手哈哈笑道："小白兰花，你看这位方爷可好？真要胜过那边老鹰面孔的客人十倍百倍。"滕固也故意大声狂笑道："何止十倍百倍，简直要千倍万倍咧。小白兰花，你好好伴着这位方爷吧。那个强盗面孔的客人，生得这样怕人的面孔，却要来逛院子，真是他没有对着尿甏照照他自己的嘴脸！"说得众人都哈哈笑将起来。

　　笑声未已，忽听对面房里豁剌剌一声响亮，接着又听虎吼也似的声音，大喊道："哪里来的王八羔子，胆敢捋你家爷爷的虎须！再要不识相时，仔细你们的头颅也将被我拧了下来。小白兰花还不走过来么？"小白兰花和老白兰花等听了，一齐大惊失声，好像将有大

91

祸降临到她们身上来的样子。

评:

　　写蔡师霸严刑峻法,如此酷吏,真是屠伯,令人发指。三木之下,不知冤枉煞多少人。补叙毛玠设计一段,亦为不可少之文字。剑秋仗义登堂,痛责蔡师霸,快语快人,不啻读鲁亮侪逸事,令人精神为之一振。捕大盗不在山中,不在河上,偏在青楼妓院之内,甚妙!带写荒江女侠乔装狎妓,与银宝相昵一段,涉笔成趣。不料在厮杀之前,却有此一段旖旎文字。写褚混混先写其声,便觉纸上赫然有一江洋大盗,将小白兰花拖住不放,是绝妙诱虎离山之法,褚混混果自来送死矣。

第七回

破疑案宵小反坐
赠图册机关得明

　　此时小白兰花又想立起身来要走，玉琴仍用手将她按住，说道："那边敢是疯狗叫么？不妨事的，你且坐一刻儿。"小白兰花不得脱身，知道今天事情将要闹僵了。老白兰花便向三人央告道："你们算是照顾我的，请快放小白兰花去吧！那姓褚的生就强盗般的脾气，不是好惹的，你们犯不着和他计较，且让他一步吧！"剑秋也将桌子一拍道："不行，不行！今晚一定不放小白兰花出去，看这厮有什么手段来对付我们。我们什么都见过，红眉毛，绿眼睛，三头六臂，什么都不怕，休说那厮。"滕固也跳着楼板，大声骂道："哪里来的狗娘养的！大爷发怒时，管教将这厮狗腿都折断，来，来，来！试试你家大爷的本领看。"

　　滕固说话未毕，又听对面房里乒乒乓乓地响起来，正在那里摔桌子，摔凳椅，房门都倒将下来，剑秋也飞起一脚，将桌子踢翻，桌子上的茶盆、酒爪，豁刺刺跌个粉碎，唬得老白兰花等只说"天啊，天啊！"这时对面房里已跳出两只疯狂的老虎，正是褚混混和他的伙伴，直冲到这边房里来。见了三人，指着骂道："好小子！你们真是不知利害，敢和你家爷爷争夺！须吃我三拳头。"说罢，使个黑虎偷心势，一拳向剑秋胸前打来。剑秋侧身让过，一蹲身飞起一脚，

93

照正褚混混腰里跌去。褚混混打了个空，幸亏早已防备到这么一着，乘势向上一跃，直跳到剑秋背后的炕床上，躲过了这一脚。玉琴早将小白兰花推开一边，使个飞隼扑羊式，凭空里跳至褚混混炕边，展开右臂，要来抓他的肩窝。褚混混却把左脚使个旋风落叶势，扫向玉琴的头上，玉琴低头一钻，避了过去。

这时褚混混识得他们都是有好身手的人，不敢怠慢，急忙用出平生力气，跳下炕床，又向玉琴一掌打来。玉琴轻轻一跳，早跳到褚混混身后。褚混混收不住，一掌打去，正打在墙上，把墙头打成一个窟窿。回转身来，早见剑秋、玉琴一个在左，一个在右，向他夹攻上来。遂骂了一声："好小子，真厉害！"从身边拔出一柄明晃晃的匕首，向两人猛刺。两个人虽没带兵器，却不把褚混混放在心上，使开空手入白刃的法儿来应战。

褚混混的伙伴和滕固各执了一只桌子脚，两下里打到楼中间去。老白兰花跪在地上哭喊着："爷们快快住手，不要弄出了人命大祸！"小白兰花和银宝等，有的躲在床底下，有的逃到楼下去，吓得面如土色，魂飞天外，只喊："救命，救命！"

楼中间地方较房里宽敞，滕固使开那只桌子脚，如旋风一般，上下左右直向褚混混的伙伴打去，那人抵敌不住，得个间隙，跳到窗槛上，要想逃走，却被滕固一下横扫过去，正打中他的大腿，从楼窗上跌下去。恰巧下面正安放着盛淡水的牛胎缸，那人正跌在缸中，满身是水，昏了过去。滕固随后跳下，一把将他从缸中提起，找到了根绳子将他紧紧缚住，丢在一边。

褚混混在楼上和琴剑二人厮斗，玉琴一心要把褚混混活活捉住，所以专伺他的间隙而进。褚混混虽勇，究竟不是二人的对手，知道今天要失败了，还料不到他们是为了宜阳的血案，特来捕捉自己的呢。剑秋一拳打到他腋下时，褚混混一缩身让过那拳，顺势把手中的匕首使个犀牛分水式，向剑秋当胸刺去。剑秋正撞进来，那匕首离开剑秋的胸前不到三四寸，亟待躲让，玉琴在旁看得清切，早飞起左足，正踢在褚混混的手腕上，一柄匕首飞出去，斜插在壁上，正在老白兰花的身边，吓得老白兰花嘴里只喊"南无救命王菩萨"。

褚混混手中去了家伙，心里更觉惊慌，把两个拳头向琴剑二人虚晃一晃，飞身跳上窗沿，飘身而下，琴剑二人也跟着跳到庭心，喝道："强盗，哪里走！"褚混混便穿出大门，刚想逃走，忽然门外早有一人扬起软鞭，拦住去路，正是滕固。褚混混见有人拦，急使个猛虎出洞势，向滕固撞去，滕固一侧身，手起一鞭，正打在褚混混的背上，打得他眼前金星乱迸，踉踉跄跄，险些儿跌倒。玉琴早如飞燕般自后掠至，疾飞一足，正扫中褚混混大腿，褚混混挡不住，扑通跌倒在地。滕固回转身又是一鞭，向他的背上打下，打得褚混混口吐鲜血，嘴里只是哼着，再也不能动弹了。剑秋提着一棍根子走来，把他紧紧缚住。

恰巧何涛会同本地衙门里的四名捕役一齐赶到，见剑秋等已将剧盗擒住，便向三人拱拱手道："恭喜岳爷等马到成功，狗盗业已被捕。岳爷等本领高深，更使小人非常佩服。"剑秋笑了一笑说道："幸不辱命。"于是把褚混混和他的同伙交给何涛等看管，大家走上楼去。看见小白兰花等已从床下爬出，一个个都吓得呆若木鸡，不晓得是怎么样的一回事。

何涛便瞪着眼睛说道："你们的嫖客姓褚的是个强盗，在宜阳犯了天大的血案，我们奉了县太爷之命，特来捉拿，你们胆敢窝藏匪盗呢！"老白兰花吓得向何涛等说道："我们实在不知，请爷们饶恕。"何涛道："那么，你可知道褚混混住在哪里？"老白兰花答道："褚老爷……"说到爷字，连忙缩住，又道："那个姓褚的做强盗，我们却不知晓，我们只知道他住在城外白马桥，家中并没有妇人的。"何涛点点头。

剑秋便道："起来吧，不干你们的事，可以放心了。"何涛道：

"现在岳爷等请仍回到周家去，我要把这两个强盗送到这里县太爷面前去查审一过，然后再要到白马桥去起赃物，明日方可以押解回宜阳咧。"滕固道："好，我们就此走吧，别在这个地方留恋了。"玉琴把手一握小白兰花的手说道："小白兰花，你果然可爱。但是我们还有事情，只得和你分别了。"小白兰花低着头不响，却把玉琴的手紧紧握住。玉琴将手稍微用力一摆，早已脱离了小白兰花的手腕，大家回身走出房去。玉琴又回转头来，秋波斜盼，对小白兰花笑了一笑，见小白兰花将手指抿着伊的樱唇，凝立着目送他们出去，好似不胜怅惘的样子。

剑秋等离了娼家，回到周守道家里，周守道正在挑灯守候。一见三人回来，便问这事如何，剑秋一一告诉他，周守道听了，不胜欢喜，向三人致谢。他早已辟好两间客室，这天夜里，便请三人在他家下榻。玉琴独居一室，剑秋、滕固合住一室。玉琴第一遭到青楼去逛过，觉得非常有趣，暗想无怪那一辈年轻的王孙公子都喜欢走马章台，问津桃源，向那花丛中做那迷花的蝴蝶了。喜滋滋地和剑秋闲谈了一番小白兰花的事情，方才各自安寝。

次日上午，只见何涛和四名捕役押着褚混混等两个强盗及五七只箱笼，便是起来的赃物了。对着三人说道："昨夜县太爷已将他们审过，那一个姓卫的，名唤狗子，是褚混混的亲信。只是他们虽然承认倪家的盗案是他们做的，却不肯招出同党，我们马上扑到他的家里，却是阒然不见一人，我们搜到里面房里，发现了赃物，遂把它一齐起来，现在正要解回宜阳，就请你们三位一齐回去吧。"剑秋道："好的。"周守道道："老朽也跟你们同去，小婿的冤屈今有昭雪之望了。"

于是大家一齐动身，带着褚混混等回转宜阳。路上无话，到了宜阳，何涛便请剑秋等先到自己家中去坐，让他前去交代了公事，再作道理。于是剑秋等走至何涛家中，见云三娘正和薛焕对坐谈话，一见他们回来，不胜之喜。薛焕便问滕固："那剧盗可曾捕获？"滕固道："捉到了，捉到了！"遂把他们在方城的事约略告诉，玉琴却大讲他们逛妓院的事。又说道："我做了几天男子，很觉爽快，无怪古时的花木兰易钗而弁，代父从军，在外十多年，没有人识破伊。可惜万里归来之后，'脱我战时袍，着我旧时裳'，终究是个女子啊！"于是伊走到何涛女儿的房里去更装，重新对着菱花镜妆饰一遍，还了伊本来的面目。把脱下的衣裳交给何涛的女儿，好去奉还人家。遂回身走出。

见何涛业已回转，对众人说道："那褚混混早已下在监中，小人已见过县太爷的面，怎么那毛玠师爷已捕在狱中了？"云三娘笑道："此事还没有同你们说明，无怪你们要大惑不解。你们到方城去捕盗，立下功劳，难道我们二人守在宜阳吃白饭么？因为我想陈景欧为盗，确是被人诬陷，小青龙不过是个傀儡，内幕必有其人。所以我和薛焕在夜间亲自潜至狱中，寻到了小青龙，逼他吐露真情，且责备他不该受人唆使，冤枉好人。小青龙被逼不过，方才说出是受的毛玠的指使。我们不知道毛玠为何要指使盗匪陷害景欧，于是我们探得毛玠的住处，又乘夜飞行到毛玠家中去查清楚此事的内容。那时毛玠已睡，被我们从床上拖起，他以为我们是飞行大盗光临他家呢，吓得他只喊大王饶命。我们逼他将此案的真相说个明白，且说小青龙已经告诉说是你的唆使，景欧为盗实在是为你所害，但你和景欧有何冤隙，要存心害他，快快实说。我等是江湖侠客，专代人家打抱不平，如有半句谎话，一剑两段。他方才说出自己因为要想法占景欧的妻子，曾遭景欧驱逐，所以衔恨入骨，处心积虑，借这机会害他，却不料景欧的妻子业已自缢，自己的计划依然落了空。于是我们逼他将口供写在纸上，便把他四马倒攒蹄地缚起，悬在梁间，然后回来。次日一早，我们二人马上去见蔡师霸，把这事的详情告诉他，且把毛玠亲笔写下的口供给他观看，那时他不能袒护毛玠了，叹口气说道：'原来此案尚有这么一重黑幕，我实在冤枉了陈景欧。不过，毛玠的心术太险，人心鬼蜮，一至于此！'

"遂立刻着令捕役去把毛玠捉到，又将小青龙从狱中提出审问，我们二人在旁做见证。小青龙便实说道：'陈景欧并非盗党，都是毛师爷教我说的。至于赃物，也就是我分得的，是毛师爷暗中预先栽在陈家园里的。'蔡师霸便问毛玠，哪知毛玠当堂不肯承认，他反说受了我们的威吓，还要避免生命的危险，所以不得不写，这口供并非出自本意。至于小青龙的说话，前后矛盾，显见得也有人逼迫他如此说法，要求县太爷明断。毛玠如此狡猾，倒弄得蔡师霸疑惑起来，他又要用严刑审问，我们遂劝住他说：'现在何涛等已去捉拿盗魁，毛玠既然不肯承认，不如把他暂行收监，以后一齐审问，好对个明白。'蔡师霸听了我们的话，便把毛玠系狱。你们想毛玠狡猾不狡猾，可恶不可恶？这种人断难饶他！"

周守道听了，说道："哎呀！原来其中是这么一回事，我女婿待毛玠亲如骨肉，想不到他恩将仇报，把我女儿也害死了，真是天理不容，神人共愤！"何涛道："现在县太爷快要坐堂审问褚混混，我们不如一同去听听。"剑秋道："很好。"于是一行人一齐走到县衙里来。只听差役正在呼喊站班伺候，蔡师霸坐堂了，剑秋等都立在阶下旁听。

蔡师霸升案坐定，即命差役先将褚混混、卫狗子带上。褚混混戴着手铐，被捕役们推到堂阶，见了蔡师霸立而不跪。蔡师霸勃然大怒，便将惊堂木一拍，喝问道："你就是大盗褚混混么？身犯国法，见了本县还不跪下？"喝令左右将棍重打，早有两个差役握着笨重的木棍走过来，照正褚混混的后腿，连敲几下，褚混混不觉扑地跪倒，左右将他按住。蔡师霸又问道："倪家的劫案是不是你领着徒党去做的？"褚混混道："正是。人也是我杀的，物也是我抢的，今日到此，不必图赖。"蔡师霸又问道："那么在你的盗党里面，可有陈景欧这个人？他是不是坐地分赃的，快快实说。"褚混混道："是不是宜阳有名的陈孝子，他哪里会做强盗？我也和他素不相识，岂有受他主使之理？但我也听得有人诬陷他有份，这不是冤枉好人么？可笑你这狗官，枉自做了一县的父母，偏会听信人家的伪言，将他屈打成招，押入站笼，真是昏聩之至。若被包龙图、海青天在地下听得了这个消息，岂不要笑得肚皮痛么！"

蔡师霸被褚混混这么一说，气得他面色转变，便吩咐左右将石五官和小青龙两个地痞以及毛玠、陈景欧一齐提到，逐一审问口供。小青龙等和石五官都说此案与陈景欧无关，蔡师霸向小青龙喝问道："你今天说此案与陈景欧无关，那么你为什么以前苦苦攀陷他是强盗呢？"小青龙指着毛玠说道："这是姓毛的唆使我如此说的。现在我们都已提到，我也觉悟不该冤枉好人了。"蔡师霸冷笑一声道："今天你才觉悟么？"于是又问毛玠道："陈景欧明明是无辜的人，你却主使盗党捏词诬陷，究竟存的什么心思？你是懂刑法的人，怎么知法犯法？快些直招。"毛玠依然不肯承认，却说小青龙出乎尔，反乎尔，或者他受了别的奸人的唆使，要来害我，请县太爷明断，使小人不致无端受冤。

蔡师霸刚才要追问时，褚混混却在旁大声嚷道："我来说一句公平话，我们行劫倪家，是小青龙勾结我们做的，实在与姓陈的并无关系，不知为什么要牵连他吃官司。我褚混混是个好汉，大丈夫一身做事一身当，何必要去诬陷不相干的人？现在既然不幸被擒，也必不图赖，好在我手中也杀了不知许多人，计算起来，倒也值得。此番砍了头，二十年后仍旧是一条好汉，打什么紧。小青龙，我们要死一同死，算是义气，何苦噜哩噜嗦去牵连人家？"小青龙听了褚混混的说话，便道："褚大哥说得是，我们死在一堆，倒也快活。我年纪有三十岁，死了也不算寿命短，怕什么呢？本来我也没有这种念头，都是那个姓毛的教我害姓陈的，我上了他的当哩。"蔡师霸听得明白，便将惊堂木一拍，对毛玠说道："你听得么？他们都说此案无关陈景欧的事，你却无中生有，含血喷人，险些儿使本县误杀好人，你还不直招，也要叫你尝尝那虎头夹棍的滋味了。"吩咐左右将夹棍伺候，把毛玠上了刑罚。毛玠打熬不住，只得招了。陈景欧在旁听得毛玠招认，心中方才明白，不胜悲愤。

蔡师霸吩咐书吏一一录了口供，将各人定罪，分别送入牢中，陈景欧无罪释放，于是此案的真相大白。宜阳人民闻得这个消息，一齐称快。

蔡师霸因为剑秋等有协助捕盗之功，遂要邀请他们在县衙中留宿一日，设宴报谢。

剑秋等岂肯贪此口腹之惠？再三辞谢，一齐出得县衙。陈景欧和周守道相见，听得苣香身殉的噩耗，抱头大哭，痛骂毛玠无良，把自己害得如此田地。幸亏天网恢恢，疏而不漏，大盗受缚，冤屈得伸。周守道一边安慰他女婿，一边介绍他女婿和剑秋等相见，把剑秋急公好义，挺身出来代他伸冤的事情一一告诉，陈景欧便向五人下拜致谢，剑秋等把他扶起，也安慰他几句话。景欧要请剑秋到他家里去坐，剑秋等一口答应，遂别了何涛，走到陈家，路上看的人拥挤不堪，如观赛会，说什么侠士咧，孝子咧，纷纷传说。

陈家的大门同时也已启封，陈景欧请众人入内，临时雇用了几个仆人打扫收拾，请众人在厅上宽坐，自己走到房中，想起苣香，触景伤情，放声痛哭了一回。遂命下人到饭馆中去唤了一桌上等的酒席，买了二坛子酒来，到得晚上，便设宴请剑秋等饮酒。又向剑秋等说了许多感谢的话。剑秋等对他十分敬重，无非用话安慰他。

酒阑时，玉琴对剑秋无意中带笑说道："我们到这里已有好几天，都为了要访寻那个黄鹤和尚，却救了一个好人，破了这盗案，总算不曾白走。但是黄鹤和尚却依然不见，教我们到哪里去找他呢？"剑秋正要回答，忽然陈景欧向他们问道："你们要访寻的那个黄鹤和尚，可是龙门山中的那一个？"剑秋答道："正是。我们已到过龙门山，未能见面，后来听得人说他时常到宜阳饮酒的，所以我们赶到这里来了，敢是你知道一二么？"景欧道："我与那黄鹤和尚是个方外之交，也曾到过他山中去，他也时常到这里一壶天肆中喝酒，时时和我弈局围棋，消遣永日。但是他别的地方却不大出去，现在他好久没有来了，我正记念他。"剑秋道："呀！他没有来么？那么到了哪里去呢？"景欧道："黄鹤和尚脾气古怪，不肯和陌生人相见，且不喜多管闲事，或者他在寺中没有出去，不过推辞而已。"玉琴道："是的，那个小沙弥和我们说话时候，面上笑嘻嘻的，恐怕黄鹤和尚真在里面，不肯出见，有意说谎，我们上了他的当了。我们明天不如马上回到龙门山去，再去看他，倘然他再推托时，我便不管好歹，闯将进去，把那和尚捉出来，看他到底见不见。"说得众人都笑了。剑秋道："琴妹说得好爽快，不过，我们有事请教他，怎好这样无理呢？"

景欧道："你们要见黄鹤和尚，不如待我伴你们去走一遭，总能够与他见面的，却不知你们有什么事情请教他。"剑秋遂将邓家堡的事略约告诉景欧。景欧便说道："那么，此事不宜耽搁，明天我就奉陪诸位前往。"剑秋道："很好！有陈先生同去，不愁再落空了。"于是这天夜里散席后，剑秋等都在陈家住宿，景欧略尽东道之谊，也不能算什么报答。

次日早上，又请众人用早餐，景欧把家事托付给了他的丈人周守道，立刻就要伴他们同走。剑秋遂到何涛家中，取了行囊，和花驴等三头坐骑回到陈家，于是一同启行。

不多几天，又回到龙门山，大家迤逦上山，走到龙门寺前，云三娘忽然教景欧匿在庙树旁后，说道："仍让我们去叩门，试试他见不见。"五人遂走过去上前叩门。不多时门开了，走出那个小沙弥，一见五人，不觉一呆。剑秋便说道："请问你们师父可曾回来，在此不在此？我们要见见他。"小沙弥摇着头答道："这几天没有回来，只好对不住，你们白走了。"薛焕大声说道："你这话可是真的么？出家人不能说谎，我们特地前来见他，为何终是不见？"小沙弥听了，面上露出尴尬的样子，说道："并非不见，实在没有回来。"剑秋道："好，那么我请一个人来见他，何如？"遂回头喊道："陈先生快来。"景欧便从树后走出，很快地走过来说道："慧觉，你认识我么，师父究竟可在寺中？我们有要紧的事体见他，不是玩的。你老实说。"那小沙弥突然见了景欧，不由面上微红，向景欧行礼道："原来是陈先生驾临，我不能再说谎言，师父正在寺中，没有出去，请里面坐。"剑秋等哈哈笑道："你这小沙弥好不狡猾，见了我们总说师父不在寺中，现在换了一个人来，怎样，你师父已回来了呢，难道会在一刹那间变出来的么？"小沙弥道："请你们不要见怪，我师父不欢喜见生客，教我如此说法，我也不得不说。"玉琴道："我们上了你的当，真是不浅，你师父怎么如此搭架子？"小沙弥道："他老人家是这样脾气的，抱歉得很。"说罢，便上前代他们牵了坐骑，请众人进去。

景欧当先，一行人穿过大殿，绕过回廊，走到一处花木幽深的禅室前面，透出一缕清香。小沙弥早和景欧先走到禅室中去。五人立在庭中等待。一会儿景欧回身走出，对五人说道："黄鹤和尚有请。"于是五人跟着景欧踏进禅室，只见禅室中精雅清洁，宛如名人的书房，禅床前面立着一个老僧，相貌清奇，长髯过腹，穿着一件黄布衲，踏着云鞋，向五人合十说道："贫僧不知居士等驾临，有失迎迓，罪过，罪过！"剑秋暗想："都是你不肯接见生客，累我们到宜阳去兜了一个圈子，遇见了陈景欧。二次到临，方才得见，你还要说什么客气话呢？"便带笑说道："不敢，不敢！我等此来因有要事求教，望上人不吝教诲。"黄鹤和尚道："居士等有何见教？且请坐了再说。"

于是大家告谢坐下。小沙弥早献上香茗和果盒前来，剑秋便把邓家堡邓氏弟兄在地方上为非作恶，以及他们自己的来历，约略奉告。黄鹤和尚肃然起敬道："原来居士等都是昆仑剑侠，失敬得很，贫僧也听得一明禅师的大名，是侠是仙，不可企及。那邓氏弟兄做了土豪恶霸，为害不浅，有违了他们亡父的初衷，可惜，可惜！"剑秋道："他们堡中机关甚多，名唤什么五花八门阵，我们去了两次，都受伤而退，未能将他们剿除，这是大大的缺憾。听说那五花八门阵以前是上人代他们摆设的，布置的，解铃还仗系铃人，所以我们专诚拜访，仰求上人指示破之之法，想上人断不致袒护恶人，而拒绝我们的请求。"

黄鹤和尚听了剑秋的话，捋着银髯，叹口气说道："不错，还是贫僧以前代他们计划的，约有数十年了。当初他们的亡父邓振洛和我相识，他因要防御冤家，所以和我商量，贫僧一时之兴，代他设下了那个五花八门阵，久已忘怀，不料邓氏弟兄借为护符，公然作恶，贫僧不啻为虎傅翼，助纣为虐，岂是贫僧始料所及呢？难得居士等仁心侠骨，前去除恶。承不惜远道贲临，要贫僧相助一臂之力，贫僧岂敢辜负盛意呢？"说罢，立起身来，遂向书架上抽出一本小小图册，展开来给剑秋等看，道："这是五花八门阵的阵图和说明书，你们看了这个图册，很容易破去了。"

大家立起身，凑在一起，向那图上观看。只见上面方的圆的，绘着许多门户，旁边注着小字，还有三角式红色的记号，以及绿色的点线，黑色的直线，一时也看不明白。黄鹤和尚道："待贫僧约略为居士等一讲大略，好在后面有说明书，诸位细细看毕，便能详悉。那邓家堡的外墙是见方的，分着东南西北四个大门，门里并无埋伏，里墙却是圆形的，第一道分着五个门户。唤作金木水火土，那五个门内已有埋伏，只有土门是平安的。第二道门户是按着八卦形式的，乃是乾、坤、震、艮、离、坎、兑、巽八个门户，里面藏着不少机关。有的能致人死命，十分难走，非个中人不易知晓，只有巽门是平安的。那图上三角式红色的记号，便是表明机关所在之处，绿色的点线是表明进去的途径，黑色的直线是表明出来的途径。你们走的时候，须得走了十步，向左一转弯，再走了十步向右一转弯。这样可不致误中机关，避免危险。出来的时候，却先向右转，也是这样十步一转弯的走法，只要记好左右罢了。至于详细的情形，请你们看了说明书，便可知道。不过中间还设有一座司令楼，有人在上面瞭望，倘然敌人入了火门，他们就扯起红色的灯笼，又若进了乾门，便鸣钟一下；进了坤门，鸣钟二下，以此类推。他们很容易知道敌人的所在而向他包围了。贫僧现在把这图册赠与诸位，望诸位前去可以胜利，贫僧感谢不置，因为贫僧也在这里忏悔了。"剑秋接过图册，向黄鹤和尚表示谢意，说道："得了此图，破邓家堡易如反掌了。这都是上人之力。"黄鹤和尚又问他们怎会知道那五花八门阵是他摆设的，剑秋等遵守那老人的叮嘱，不肯直说，只得含糊推托过去。

　　黄鹤和尚又向景欧问起别后情形。景欧叹了一口气，便把自己被毛玠陷害的情形，一一奉告，黄鹤和尚也不胜叹息。便问景欧此后怎样，景欧道："室家已毁，功名无分，我对于这个尘世更有何求？却遇到昆仑剑侠，眼见他们飞剑弄丸，行侠仗义，不胜羡慕，我想跟他们同上昆仑，拜见一明禅师，收我做个徒弟，情愿在山学艺。不知道我的痴望成功不成功？"剑秋道："陈先生有此决心，我们一定带你前去。"景欧大喜道："既然如此，今后我也不再回宜阳，重伤我心，跟你们一起走吧！"剑秋点点头，表示允意。

　　于是景欧便借过笔墨，写了一封信给周守道，说明自己上昆仑山去，一切家事托他代理，自己厌弃尘世，不回来了。这封信便托黄鹤和尚差人代为送去。于是黄鹤和尚便留众人在寺中用素斋，饭后，剑秋等和景欧齐向黄鹤和尚道谢告别，黄鹤和尚也不坚留，送出门外。剑秋等牵了坐骑，拜别了黄鹤和尚，一共六人，走下龙门山，向洛阳进发。

途中无话，这一天早到洛阳城了。正要找寻旅店，以便歇脚，忽见大路上有一顶小轿，飞也似的过来，轿里隐约坐着一位粲者，轿后一头黄骠马，上坐着一个蓝袍少年，气宇英俊，腰下佩着双剑，不是别人，正是在大破天王寺的时候所遇见的那个奇人公孙龙。公孙龙也已瞧见他们，大家不觉一齐惊奇起来。

评：

剧盗就缚，写妓院中一场恶斗，与《水浒传》之狮子楼有同样精彩，且笔笔无疏漏处。云三娘夜探案情，只用虚写，如此则文情便不落窠，亦不嫌繁复。沉冤既白，人心大快，于是轻轻一笔便挽到黄鹤和尚，如此则前两回文字可知并非横生枝节，实为写黄鹤和尚之地步。写黄鹤和尚又为叙述邓家堡地步，文情奔赴，作一小结。景欧弃家习武，为读者意料不到之事，如此安排亦妙。公孙龙为一奇人，续集中曾一显露，但不知其详，令人苦忆。今忽于此回之末，突然出现，行文尽奇诡之能事。

第八回

意马心猿绮障难除
顾前失后刺客成擒

奇人公孙龙以前曾在续集中略露头角，天王寺中突如其来，飘然而去，好如神龙见首不见尾。不独琴、剑等要挂念他，便是一般看书的想也不能不悬悬于其人。现在忽地又和琴、剑等重逢了，少不得先要把公孙龙的来历略略补述一下，好使头绪清楚。

公孙龙世居河北邯郸，生身母早已故世，他的父亲公孙清娶了一位继室赵氏，又生了一个幼子，因此赵氏在伊丈夫面前说坏话，常常虐待他。公孙龙少时又不读书，反喜欢刺枪弄棒，好勇斗狠，和里中小儿成群结队，两边打架。赵氏别的事不教他做，却教他山中去打柴。有一天，不知怎样的，公孙龙和一个小儿打架，一失手，便把那个小儿打坏。那小儿的家人哭哭啼啼，只道那小儿已打死了，遂抬到公孙龙家里来，要他们抵命。公孙清恰才出外，弄得赵氏几乎无法对付，幸经邻人解劝，把那小儿抬到伤科医生那边去医治。

公孙龙知道自己闯出了大祸，后母本来对他厌恶，现在一定不肯饶恕他，没奈何，只得往山上一走。那时他不过十二三岁，单身出外，教他哪里去找容身之地呢？路上有一顿没一顿的，逃到了山东德州地方，却遇见一个老道，执着拂尘，飘着长须，相貌清奇。一见公孙龙踯躅穷途，便问他到哪里去，公孙龙老实告诉，老道便对他说道："可怜的孺子！茫茫大地，你走到哪里去呢，不如随我一起走吧？"公孙龙本是胆大的人，既有人肯收留，他自然很愿意相随，便向老道拜倒，愿拜他为师。老道微微一笑，扶他起来，教他跟着走，行到登州海滨一个山上寺中去。那山名唤小青山，那寺叫作清心寺，就是老道修道之处。

那老道名唤黄一清，也唤作清心道人。庙中人也不多，公孙龙便住在庙中，为道人执役。道人见他很是勤恳，十分喜欢他。这样过了几个月，他在山上读读书，做做事，空闲时在山头玩赏风景，很觉无聊。老道又时常出外，一天，道人自外边归来，饮酒之时，把公孙龙唤来，对他说道："我见你天资聪颖，是个可造之材。现在乱世之时，正要用武，不如待我教授你一番武艺，好使你先有防身的本领。"公孙龙听了，正中心怀，遂拜求清心道人即日赐教。

清心道人又喝了数杯酒，便领公孙龙到一间室中去。室中陈列着刀枪剑戟许多兵器，清心道人便问公孙龙喜欢学习哪一种，公孙龙要学双剑。清心道人道："这样兵器，马上步下都可使用，但是别的兵器也须学习。我今先把双剑教你，其余的可以随时学习。于是选了四把宝剑与公孙龙各执一对，走至后园空地上，便起始教公孙龙舞剑。公孙龙尽心学习，一步步由浅入深，不到半年，公孙龙的剑术大大进步了。道人对他说道："你学的还是第一步，进步得也算不慢。现在把第二步教给你。至于第三步，却非寻常人所可望及，到时再说。"于是便把双剑使开。初起时两道白光，兔起鹘落，后来舞得紧急，并成一团白光，滚开来如车轮大，道人的全身都隐蔽在白光中，不见影踪，剑光到处，似有风雨之声。舞了一回，白光渐渐收小，忽地向东边飞将起来。公孙龙抬头看时，见道人已跃登一株高可数丈余的老松上，双剑抱在怀中，对公孙龙微笑道："此春秋时老人化猿法也，你可精心学习，不难登峰造极。"

于是轻轻一跃，跳下树来。先教授公孙龙几路破敌人的剑法，

107

公孙龙更加用心练习。清心道人又把别的武艺教导他，所以三年之后，公孙龙已学得浑身本领，非常人可及。但是公孙龙以前听了道人的话，始终念念不忘于第三步剑术，想要一起学会。但是他向道人屡次固请，道人总是微笑不答，没有时候教给他，他等得好不心焦。

一天早上，他又走到道人静室中去，要求他教授第三步剑术，只见道人双目下垂，坐在榻上，似睡非睡，不知在那里做什么。于是喊了声："师父！"道人不答。公孙龙又唤了二三声。声浪稍大，道人睁开双目，见了公孙龙，又道："我正在练气，你有何要事来此搅扰？"

公孙龙拜倒道："弟子要求我师把第三步剑术赐教。"道人叹了一口气，说道："你的志向固然很好，可惜你非其人，并非我不肯教你，实在这第三步剑术断非一般红尘中人能够苦心达到的。现在我同你老实说了吧。在唐朝贞元中的时候，魏博部下大将聂锋，有一个女儿，名唤聂隐娘。十岁的时候，被一老尼诱到山中，把剑术隐身术等秘法教授伊，后来聂隐娘学成回家。聂锋本来对于这个女子不是十分喜悦的，所以任伊去休。隐娘忽然认识了一个磨镜的少年，要求伊的父亲允许和这人成为夫妇，伊父亲也答应了，不多时候，伊的父亲也故世了。后来魏帅和许州节度使刘昌裔不睦，魏帅使隐娘去取刘昌裔的头颅，隐娘和磨镜少年共骑黑白二驴而去。但是刘昌裔有神算，预先知道隐娘要来，途中厚礼迎之，隐娘夫妇感他的情意，遂留在许州不回去了。隔了月余，魏帅知隐娘不回，便使部下一个剑客，名唤精精儿，去杀隐娘和刘昌裔。这天晚上，刘昌裔安居无事，忽见红白二幡在他的卧床四隅飘飘然相击，不多一会儿，闻锵然之声，一人从空中落下，身首异处。隐娘也露出倩影，说刺客精精儿已被击毙，遂把死尸拽出堂下，洒上一些药粉，化为一堆水了。魏帅见精精儿不能成功，又使妙手空空儿来，妙手空空儿的神术，神鬼都不能蹑其踪。隐娘事先知觉，遂请刘昌裔颈圈于阗之玉，拥衾而卧，伊自己化为蠛蠓，躲在刘昌裔的腹中。将近三更时分，刘昌裔闭了眼睛，还没有睡熟，忽闻颈上铿然一声，于是隐娘从他口中跃出，恭贺他已脱离危险。并说妙手空空儿犹如俊鹘，一击不中，翩然远逝，决不会再来了，所以尽管放心。刘昌裔仔细看那块玉，果然历历有匕首的裂痕。从此更加厚待隐娘，隐娘不愿多留，夫妇二人便告辞而去。"清心道人把聂隐娘的故事讲了一节，又对公孙龙说道："那聂隐娘便是有了第三步剑术的女剑仙，不过这功夫是可望而不可即的，并非我不肯教你。"

公孙龙听了聂隐娘的故事，津津有味。愈加要学了，遂又恳求他师父道："聂隐娘既能学到，那么弟子也可以学到。弟子情愿苦心熬炼，誓要把这第三步剑术学会，然后无憾。望师父试试弟子，何如？"清心道人道："唉！你怎样向我缠绕不清？我生平不肯多收弟子，教授武术也是适可而止。以前我教授你的师兄雷殷，他也是要学第三步剑术，但是半途中废，不能成功，现在他早已下山去了。照你的剑术，也可下山自己去做一番事业吧，为何偏偏要学剑仙？也罢！我就给你一次尝试。学剑术必须先练气，你在今天晚上从戌时起照我这样跏趺静坐，直到子时过后方止。在静坐的当儿，须得闭目凝神，一志绝虑，不可生妄念，那时如有各种外魔来引诱你，你须要把志向坚定，不受引诱，否则学道未成，邪魔已入，岂不是非徒无益而又害之么？照这样静坐三个月，方能起始学习。不过我有一句话须得向你说明，倘然你果然能够不被外魔引诱，坐过三月，我自然教你，但是一被外魔引诱，你就是失败，到那时候，你也不必再来见我，请你自己下山去吧！"公孙龙暗想："只要我志向立得定，怕什么外魔！"更满口答应，心中喜不自胜，再拜而出。

到了晚上戌时，他就闭了房门，坐在椅子上开始静坐。初起时，心里有许多思虑盘旋不已，屏弃了这个，那个又来，觉得方寸之间总是不能澄清。听得庙中一二晚钟声，渐渐地把散漫的精神归结拢来。

直坐到将近亥时，忽听窗外一声响，两扇窗开了，一个硕大无比的头颅钻将进来，青面獠牙，两只眼睛如铜铃大，伸出了血红的舌头，好像要来吃他的样子。他起初心里一吓，想要起来抵抗，继思山中何来鬼怪，莫不是便是师父说的外魔？我却只要不动心，不去管他，不去瞧他，遂依然将双目一闭，只当不见。觉得一阵阵冷气吹到他的脸上，那血红的舌头也已舐到他颊上，他总是忍受。一刹那间，那硕大的头颅果然不见了。

接着梁上一声巨响，他不觉抬头一看，黑暗中瞧见有一条白花蛇，全身如碗口样粗，长可二丈有余，从梁上垂将下来。他料想也是外魔，仍旧不动心。看看那蛇已到他的头上，先向他的颈里一绕，然后全身盘将上来，好似一条巨索，把他紧紧缚住，不能挣扎；那蛇首又凑到他面上来，腥膻之气难以忍受，但他一心一意要学剑术，把他的一颗心镇住不动。隔了一刻，那蛇渐渐脱离了他的身体，向窗外蜿蜒而去。他吐了一口气，自言自语道："这不是外魔么？侥幸，侥幸！总算我能够不动心，不致失败，再没有别的可怕的东西来吓我了。"

又坐了一会儿，忽然隐隐听得庙门外车马喧闹，人声嘈杂，有五七个公差走向他室里来，手中托着一盘一盘的金银彩帛，放在桌子上，一齐向他跪下道："我们是山东巡抚特遣到此，迎接公孙大爷前去，因为巡抚老爷久慕公孙大爷的才能，要请大爷去做将军，督领三军，征剿登、莱一带的海盗，将来立得功劳，巡抚当保奏于皇上任用。现在送上一些礼物，请公孙大爷哂收，便请公孙大爷即日动身，门外已有车马伺候。"公孙龙听了，暗想哪里会有这种事，明明是外魔来缠扰了，便眼观鼻鼻观心的，不动声色，依旧静坐。隔了一刻，那些人却不见了。

公孙龙心地澄清，坐到将近子时，心中暗想："只要坐过这个时刻，便不怕外魔了。"忽听窗外环珮之声，室门轻轻自开，有两个古装的仙女姗姗步入，年可十六七，服青缎之褂，容眸流盼，神姿清发，正是绝世美人。齐向他敛衽道："上元夫人有请！"公孙龙自思："邪魔又来了，上元夫人请我去做什么呢？"依旧把一颗心镇静着。仙女又说道："上元夫人闻先生学习剑术，欲将秘传告知先生，行宫不远，敬请先生驾临！"公孙龙依然不响，见那二仙女一笑而去。

去后香风满室，熏得他心旌摇摇，暗想："以前我在师父那里，曾经看过一本《汉武内传》，汉武帝好求神仙，西王母遂在七月七日到武帝宫中去，大张盛宴，王母更遣侍女郭密香去迎上元夫人，上元夫人授帝六甲灵飞十二事的秘传。那时酒筵数遍，仙乐齐奏，王子登弹八琅之璈，董双成吹云和之笙，石公子击昆庭之金，许飞琼鼓震灵之簧，婉凌华拊五灵之石，范成君击湘阴之磬，段安香作九天之钧，法婴歌元灵之曲，仙界的欢会，旷世难逢。那上元夫人是个著名女仙，不要伊也懂剑术的么，那么我错过机会了。"

一想至此，忽觉已身在庙门之前，明月当头，人影在地，风吹树叶，簌簌有声。遥望左边峰上有一盏盏的明灯，隐隐有仙乐之声，从风中传来。他遂向峰上信步走去，到了峰巅，见那边有一座琳宫贝阙，凌空而起，乐声就从那边送出。他走将过去，又见方才来的那两个仙女，手里提着红纱灯，对公孙龙带笑说道："夫人知道先生驾临，特命我等迎候。"公孙龙身不由主地跟着她们走去，早走到宫阙之中。说不尽的画栋珠帘，绣闼雕甍，琪花瑶草，明灯宝镜，真是仙界之地与众不同。花园中有许多仙女，正在一间殿上合奏仙乐。一见公孙龙到来，乐声戛然而止，殿上卷起珠帘，只见正中珊瑚宝座中坐着一位仙女，风鬟雾鬓，仪态万方，说不出的妍丽静雅。微欠玉躯，对公孙龙说道："先生立志要学剑术，我有秘传愿奉告先生。"公孙龙不觉对夫人长揖，夫人便请他上殿同坐，款待亲密。又

111

命设宴饷客。咄嗟之间，酒席业已摆上。云芝瑶筍，火枣交梨，正是穷极珍异。

上元夫人和公孙龙相对而坐，殷勤侑酒，席间众仙女竞奏新乐，靡靡然，泅泅然，公孙龙好像处身别一境界，完全忘掉他的本来了。畅饮数杯，不觉玉山颓倒。上元夫人便命左右二仙女过去扶着他，一齐向深宫中去。又有数名侍女熏香掌灯，在前导引，曲曲折折走到一间密室。室中陈设非常华丽，而且满室有一种兰麝的香气，迷人欲醉。上元夫人挽着公孙龙的手，同坐沉香榻上，侍女们微笑退去。上元夫人对他微笑道："我与你有一重姻缘，今日到此，事非偶然，当将秘传教你。"公孙龙见夫人年纪还不满二十，遍体甜香，偎傍之间，足够让人销魂荡魄，情不自禁，方拥抱着夫人，忽觉全身好似风瘫一般，倒将下来。

睁开双眸，哪里有什么仙宫？哪里有什么密室？更哪里有什么上元夫人？自己仍坐在黑漆的室中，身上却出了一身大汗。

忽听窗外有人冷笑道："孺子，凡事不可勉强，魔心已动，无缘证果，你息了这个念头吧！"正是他师父清心道人的声音。连忙跳出去一看，不见道人影踪。回到房中，把灯点起，心里非常懊丧，自思："我的操守不坚，志向不定，敌不住外魔的引诱，已是失败了。那么师父已很明白地对我说过，如若失败，不必再去见他，教我径自下山，我今更有何面目去拜见师父？不如下山去吧！"

想定主意，把几件衣服打好一个小包裹，背在背上，轻轻跃出庙门。明月当头，人影在地，和适才的情境无异。但是回顾左边峰上，哪里有什么灯光呢？便向庙门拜倒，算是拜别师父。立起身来，举步若飞，走下小青山去了。

到得山下，天已大明。公孙龙心想："我是个无家可归的人，现在教我到哪里去投身呢？"忽然想起离开京师不远，在清风店的地方，有一家亲戚，乃是他亡母的妹妹嫁在那里姓沈的，开设一家米行，很是富有。虽然自从他的亡母死后，没有通过音信，若然我去投奔，想姨母必能顾念旧时的戚谊，总不至于拒绝的。心中盘算定了，且取道望河北而行。

这天赶到天晚，在一家小逆旅中住下。晚餐后，自思："我身边分文没有，怎好付得出房饭钱呢？路极无君子，不如将近天明时，待我悄悄一走，便算了事，不过白吃了人家的饭，心中有些过意不去，却也只好如此了，明天我总要想个法儿才是。盗窃非我所愿，不如一路乞食前去，还不失光明态度。想古人沿门托钵，吴市吹箫，英雄落魄，不得已而为之，也是常有的事呢。"想了一刻，因为昨夜未曾睡眠，今日又赶了一天的路，有些疲倦，遂吹灭了灯，脱下衣服，到炕上去睡。忽然觉得背后似乎有个人影一闪，回头看时，却不见什么，以为自己眼花，就躺下安睡。

次日天明起身，忽见桌上有一封书信，不觉大奇，见信封上写着龙徒收阅，拆开一看，信上写着道：

> 汝在山上数年，虽学道未臻绝顶，而所得技艺，已足万人敌。此去务宜洁身自爱，好自为之，毋堕魔道，无耽残杀。他日如有机会，当可重见。兹赠汝雌雄剑二，雄名紫电，雌名清霜，皆古代传下之物，汝当善用之。又白银二十两在汝枕边，可做盘费。前途方长，勉之，勉之！

清心手泐

公孙龙读完这信，回头见炕边墙上悬着一对雌雄宝剑，长有三尺，绿鲨鱼皮鞘，还见枕边果然放着一个纸包，知道昨夜临睡时所见的影子便是他师父来的，怎样自己不觉得呢？又感激他师父待他的恩谊，遂向空拜谢。走过去从墙上取下那一对宝剑，拔出来一看，寒光森森，十分犀利，果然不同凡品，便把来佩在腰间。又把银子藏在衣袋里，把信也藏过，便开了房门，喊店小二进来，打洗脸水，又用过早餐，遂携了包裹出去，到柜台边付了房饭钱，然后动身。朝行夜宿，走了二十多天，方才到得清风店。

他从没有到过姨母家中的，便向人问询姓沈的开的米行在哪里，谁知没有人知道！后来好容易问着一家豆腐店里的老头儿，方知他的姨夫前数年早已故世，那米行也已关闭，现在沈家住在三官弄里第二家。他遂走到那地方，叩门而入，见了他的姨母，几乎不认识了。谈了好多时候，彼此方才明白。于是他姨母便教女儿畹芳出见。那畹芳年纪不过十五六岁，生得端庄流丽。公孙龙还是在九岁的时候和伊见过的，那时青梅竹马，两小无猜。此刻回想当时情景，未免有情。

从此公孙龙暂且住在他姨母家中，畹芳待他很是亲近，如自己兄妹一般。公孙龙心中非常感激，因为他孤苦伶仃，自幼在后母手中过生活，没有人温存过他的。可是他的姨母见公孙龙年纪轻轻，却喜欢驰马试剑，不务正业，心中有些看不起他，常常冷言讥讽。公孙龙虽然觉得，但也无法可想，气闷得很。若没有畹芳时，他别无所恋，早已走了。

这样过了一个年头，正是腊尽春回，恰巧天津有一大商船，许多客人载了货物要到南洋去做买卖，需人帮忙。他遂托人说项，推荐到那边去，情愿到外边去走走，多少得几个钱。于是他别了姨母和表妹畹芳，坐着这船到南洋去了。两年后，果然获利而回，并且在一个岛上服了轻身草，使他的本领愈高。那是在续集中公孙龙自己告诉过琴、剑等众人，此处不必多赘。

他自南洋归后，带了许多闽、粤间的著名土货，送给他的姨母和表妹，且又积蓄得六七百金，所以他的姨母态度也改变了，大有赘他为婿之意。凑巧他姨母有个亲戚，姓谭名永清，新任孟津县，有信前来，他姨母遂教公孙龙前去碰碰机会。公孙龙束装而去，见了谭永清，是一个四十多岁的儒吏，生得白净面皮，微有短髭，待人接物，于严肃之中带着温和。见了公孙龙，年少英俊，十分合意，便留在那边襄助一切，倚若左右手。

过了一年，公孙龙想念畹芳，便向谭永清请了二个月的假，回去探望。谁知到得清风店，恰巧前夜他姨母家中出了一件岔子，乃是他的表妹在夜里被人劫去了。他姨母正在没法想，见公孙龙回来，心中稍慰。遂把事情告知他，细寻线索。

在失踪的日里，只有二个僧人登明募化，被畹芳叱退出去，一个肥白的和尚，贼忒嘻嘻瞧着畹芳说道："小姑娘不要这样无礼，我当接你去快活。"说罢又在门外相了一遍，扬长而去。仔细想来，也许是那两个化缘和尚做的。公孙龙点头说是，遂到市上探问那两个和尚的踪迹。

问到一家小旅店，知道那两个和尚是打从张家口天王寺来的，内中一个肥而白的便是天王寺的住持四空上人，到此募化三日，便在畹芳被劫的夜里去的。公孙龙想事有可疑，莫不是那两个是采花的贼秃？我表妹落在他们之手，凶多吉少，不如待我至天王寺一探，再作道理。遂回家和他姨母说了，即日登程，赶到张家口。在夜间使用轻身术飞入天王寺去窥探。恰巧五剑侠大破天王寺，他协助着琴、剑等除去了四空上人，找得表妹畹芳，不胜之喜，遂背着伊回去。

到得家中，母女重逢，恍如隔世。且喜畹芳虽然被陷淫窟，白璧之体尚未玷污，母女二人更是感激公孙龙救助之德，他姨母遂和公孙龙提起婚姻的事。公孙龙与畹芳早已发生爱情，况又经过这一次巨变，自然愿意早圆好梦。于是他姨母择了一个吉日，代他们正式完婚。婚后，夫妻间的爱好自不必说。

约莫到了一个月，谭永清那边忽差急足持书前来，要请公孙龙即日前去，原来谭永清已得了上峰的委札，升任了洛阳府吏。因为前任的洛阳府把一颗官印失窃了。事后虽知自己得罪了邓家堡的邓氏七怪，必然是他们前来盗去的，可是七怪势力浩大，又不敢去那边搜查，因此撤职而去。

谭永清得知前情，自己也风闻得七怪的厉害，此次升擢，一则以喜，一则以惧，却又不得不上任。便请公孙龙必要同他前去，好使他有了保护的人，然后再可相机查办，为地方上去害。公孙龙接到信后，便和他姨母商量，要带畹芳同行，问伊去不去，他姨母不肯离乡，但答应他准偕畹芳同去。畹芳见伊母亲不去，心中有些不乐，只得随着公孙龙走。隔了一天，两人把行装理好，遂拜别了畹芳的母亲，动身赶到孟津县。谭永清见了公孙龙，便把这事讲了一遍。公孙龙愿意保护，遂一同坐了一只大船，驶至洛阳城外泊住，地方官吏早来迎候。

谭永清携了家眷先行离船上岸，进府衙去，然后再打发一肩小轿和一头坐骑来迎公孙龙夫妇。公孙龙让畹芳坐上小轿，自己跨着马跟着轿子而行，想不到在路上恰遇见琴、剑等一行人。

立谈之间，未能细说，于是公孙龙邀请他们同到府衙去一叙。琴、剑等十分爽快，遂随公孙龙一齐前往。到得府衙，公孙龙下马，邀众人一同进去，先将畹芳送入内里，和谭永清的眷属一起，自己便陪众人在一间厅上坐着谈话。

大家因为以前在天王寺邂逅的时候，仓促间没有多谈，此时遂各把生平来历彼此告知，觉得都是同志，意气相投。大家又讲起邓氏七怪，剑秋、薛焕把他们到邓家堡窥探，以及如何受伤，如何访黄鹤和尚的事，详细奉告。公孙龙也将自己保护谭永清上任，以及前任知府失印的事告诉他们。且言谭永清一向是个廉吏，不畏强御，为民兴利除害，此番前来，颇有意要剪灭邓氏七怪。难得遇见众剑侠，那么可以倚仗大力破去这个邓家堡。剑秋道："我们也要公孙兄

116

相助咧。"谈了一回，不觉天晚。

这时谭永清见客已毕，坐在书房中休息。公孙龙便引剑秋等六人去和他相见。谭永清听说他们都是昆仑门下的剑客，十分敬礼，遂摆上酒筵，和公孙龙坐着陪饮。谭永清对众人微笑道："闻得此地新任官吏，必须要去拜望那邓氏弟兄，先和他们有了默契，然后可以在地方上安然做官，不致闹出什么乱子来。照例不才先要到邓家堡走一趟，孝敬他们一些礼物，以求相安无事。但是不才素性耿介，不畏强暴，此番偏不去谒，看他们想什么花样来对付我。我也要想法把他们除灭，一则代前任太守复仇，因为是他们盗了印信前去的。二则为地方上除去大憝，难得众剑侠到此，可能助不才一臂之力？"剑秋答道："我等此来正是也要除灭他们，可谓不谋而合。太守如有所命，愿随鞭镫。"

公孙龙遂将他们两次察探邓家堡的经过告知谭永清，谭永清方知他们来此和自己的目的相同，真是巧极，不觉大喜。遂请众人暂住在衙中稍待，明后日想定办法，一齐动手。大家答应了，开怀畅饮，喝到二更过后，方才散席。谭永清另辟两间上等的客室，请琴、剑等六人下榻。至于公孙龙，却在里面另有精美的卧室。

谭永清因为自己新上任，有许多公文要亲阅，不肯偷懒，所以仍坐在书房中灯下披阅，夜深人寂，内外人等都已深入睡乡，公孙龙却踅了进来。谭永清见了，便对他说道："贤弟车马劳顿，何不早睡？"公孙龙道："小弟一些儿也不觉疲倦，情愿在此保护，以防万一。"谭永清听了他如此说，也就一笑无言，依旧在灯下披阅公文。

听得外面已打三更，庭中忽有一阵微风，对面的两扇窗忽然轻轻自开，一柄晶莹的匕首赫然横在他的书桌上，心中不由大吃一惊。回顾公孙龙时已不见影踪，却听外面庭中有金铁相击之声。

原来公孙龙早已觉察，一个箭步从房门外跳到庭心，见庭中正立着一个黑影，手臂一扬，光闪闪一柄宝剑已到了他的顶上。公孙龙赶忙使个大鹏翻身，轻轻一跳，已至那人身后，从腰间拔出那一对雌雄剑来使。那人非常灵活，早已回转身，又是一剑向公孙龙下三路扫来。公孙龙便把左手剑往下一撩，铛的一声，把那人的剑格在一边，右手剑使个白蛇吐信，照准那人心窝戳去。那人已收转剑，使个苍龙掉尾，恰好把公孙龙的剑挡住。二人各显本领，将剑使开，在庭中酣战起来，搅成一团白光，杀在一块儿。

谭永清早已溜出书房，唤起下人报信出去，教众人来捉刺客。此时衙中人都已惊醒，琴、剑等众人在睡梦中惊醒，听得窗外有人喊捉刺客，玉琴第一个披衣起来，提了真刚宝剑，门也来不及开了，从窗中跃出。见剑秋恰也从那边客房里开了门跑出来，大家各问刺客何在。小尉迟滕固也提着软鞭跑出，接着说道："刺客总在里面，我们快到后边去。"玉琴道："不错。"于是三人很快地望里边跑，听得庭中兵刃声，跑往那里一看，见公孙龙正和一人大战。

月黑夜也瞧不出是个什么人，剑秋舞动惊鲵宝剑，跳过去喝道："哪里来的小子，胆敢到此行刺，正是飞蛾投火，自来送死！"说罢，一剑向那人劈下。那人回剑迎住，玉琴、滕固也上前助战，四个人把他围住，奋勇斯杀。饶那人怎样厉害，哪里敌得过这四只猛虎？知道自己遇了敌手，今天不但行刺不成，恐怕自己反有危险。三十六着走为上着，遂咬紧牙齿，把手中剑使个银龙搅水，向外一扫，把四人的兵器掠开了，飞身一跃，已至屋面。四人哪肯放他逃生，也扑扑扑地如四头飞鸟，随后一齐跳上。

那人正要往前走，忽然前面飞来两个银丸，捷如流星，那人说声不好，一边将手中剑舞开，护住头顶，一边回转身向屋后奔逃。走至后墙，一跃而下，正想望树林中躲避，忽见前面有一个黑影把他拦住，哈哈笑道："好小子，逃向哪里去！俺老薛等候你多时了。"那人十分心慌，同时银丸也已飞至，再没有勇气迎敌，掉转身往刺斜里要走。忽觉有一件东西向他面门飞奔而来，不及躲闪，正中鼻子，打得他满面是血，眼前一阵昏花，跟着一腿飞至，把他踢倒在地。剑秋、玉琴等也已赶至，见薛焕已把那刺客按在地上缚住。

玉琴不由大奇道："怎的你会在此间等候他呢？"薛焕很得意地笑道："当你们闻讯跑出去的时候，我料想来的刺客总不止一个，他们逃走时，总往后边来的，所以独自跑到这里等候，果然这小子跑来了。被我用小铁弹打得他发昏，然后将他踢倒的。可有别的刺客么？"公孙龙道："没有，只见这一个人。"薛焕遂把刺客提起，夺了他手中的宝剑，和众人一齐回到里面。灯光之下，向那刺客一瞧，原来那刺客不是别人，正是火眼猴邓骐。

评：

此回补写公孙龙小史，非但补续集之阙，亦以见公孙龙实为大破邓家堡中之要角毛。清心道人教授剑术，分作三步写，而第三步故意作态，蓄势甚妙！先以聂隐娘逸事引起公孙龙学道之心，以后却又写出上元夫人来，借用古事，极扑朔迷离之致。公孙龙受外魔引诱，写来又与玉琴昆仑山上受试一幕绝不相同。初以鬼怪毒物慑之，不动；继以利禄诱之，不动；最后以色为饵，且以秘传相诱，公孙龙遂不能自持而失败矣，可知女色之为祸大也。分作数层写来，错落有致。在将破邓家堡之前，忽来刺客，文情似乎生出波折，而刺客却为邓骐。不但书中人出于意外，读者亦为拍案叫绝。文章用两面斗笋之法，足见作者一支笔，早有成竹在胸，故愈写愈有精彩。

第九回

除七怪大破邓家堡
谒禅师重上昆仑山

　　邓氏七怪自从被薛焕、剑秋等两次窥探以后，青面虎邓骎非但丧失了他的妻子，而且自己也受了重创，大大吃亏。史振蒙和赤发头陀又把剑、琴的来历告诉邓氏弟兄。朗月和尚在旁听了，恨恨地说道："那昆仑派中的人自恃其能，专和我们作对，我们一定要想法报复前仇。前夜他们来的时候，我曾独自放剑光进去，可惜总被他们逃脱。他们别的也很平常，只有一个女子的一双银丸，修炼得功夫确乎不错。"赤发头陀道："那就是所说的云三娘，剑术在琴剑二人之上。以前卢沟桥一役，荒江女侠早已被我们包围，命在旦夕，后来也是伊凭空杀将出来，救了伊去。还有一个手托铁钵的丑汉，也有了不得的本领，听说名唤什么飞云神龙余观海。"史振蒙接着说道："不错，那个余观海也同他们来杀我的师父四空上人的。"朗月和尚说道："那些蠢贼，早晚总要一个个把他们除掉，方快我心。"

　　邓驹道："那个名唤剑秋的，已中了我们的机关，受了重伤而去，大概一命难活了。"史振蒙拍手哈哈笑道："那个姓岳的小子，和荒江女侠常常厮守在一块儿，敢怕他们二人打得火一般热，早已成了一对儿，此时死了那个姓岳的，伊就要变作小寡妇，哭得伊伤心咧。"赤发头陀道："那荒江女侠生得美丽可爱，我若然把她捉到时，必要把尹取乐一番。"史振蒙把手摇摇道："我听说师叔法玄以前在白牛山飞天蜈蚣处，也是被伊假意殷勤迷惑了他的神志，遂被伊刺死的。不然他老人家葫芦内的飞刀十分厉害，怎会失败在小女子手里呢？"

邓骐道："我们的堡中事都亏黄鹤和尚摆设的这个五花八门阵，机关秘密，以后他们若然再来时，我们只要以守为攻，专引诱他们来送死，来一个杀一个，方为万全之策。"大众都说："是的。"于是把各门巡视一番，加意提防。却等候了几天，总不见有人前来，以为剑秋果已中毒而死，他们不敢重来了，也就渐渐松懈下来。恰巧洛阳知府因事得罪了他们，邓骐第一个不肯甘休，亲自前去府衙内把印信盗来，悬在司令楼上，洛阳府因此撤职，上峰遂调孟津县谭永清升任洛阳知府。第一天到任，偏偏不去邓家堡拜访，显见得轻视他们，所以邓氏弟兄非常拗气。邓骐便在晚上又独自跑到府衙里来，对谭永清下一警告，吓他一吓，也使他知道邓氏七怪的厉害。却不料剑秋、玉琴等一干人都在那里，自然寡不敌众，被他们擒住了。

当下剑秋便指着他，冷声一笑说道："邓骐，你自以为习了一些武艺，竟敢为非作恶，大胆胡闹，把前任知府的印信盗了去，还不算数，今夜又要前来行刺，恰巧遇了我等，还不是作恶自毙么？"邓骐双目瞪着，一声儿也不响。众人把他推到谭永清那里，向他审问，邓骐招认行刺不讳。且说："我等弟兄七人，意气为重，我虽不幸被擒，他们必要代我复仇，你们的头颅早晚总不能保留在颈项上。"谭永清听他说话强硬，便把他钉镣收监，吩咐狱吏严密看守，等待把七怪一齐捉来时，再行发落。且严禁衙中众人，对于今夜的事不得泄露风声。又向剑秋等道谢数语，方才各自安寝。

次日下午，谭永清命公孙龙特请琴、剑等众人齐到花厅上，大家围坐，商议破除邓家堡的计策。剑秋遂献计道："现在可有两个办法，不使贼子漏网。昨夜邓骐前来行刺，我们把他捉住，他们明知有失，必不放心，今夜一定再有人前来衙中探察的，所以衙中今夜不可不防。"公孙龙听了，说道："是的，今日上午听说已有几个邓家堡中的人到此探听过消息的，今夜他们必然有人前来营救邓骐的了。"剑秋道："所以我想拜托薛、滕二兄在此等候，以逸待劳，且可保护太守，其余的人可一齐前去动手。不过此番破灭邓家堡，有太守的命令，当然是堂堂正正的事情，理该以后给大众知晓，不比我们私人前去，所以要请太守一边还须商请本城的军队，在夜间一同出发，把邓家堡根本铲灭，方才名正言顺。不知太守意下如何？"谭永清听了，连连点头说道："壮士之言，精密之至。仰仗大力，就此行事吧。现在我可请本地的黄守备前来见面，一同商量。"

剑秋道："很好！"谭永清立刻便命令下人把自己的名刺往请黄光寿守备即来府衙会商秘密事宜。不多时，黄守备已跨马而至，飞速入衙，来到花厅上。先和谭永清行过礼后，谭永清便代他介绍和剑秋等相见，且告诉他昨夜擒获刺客邓骐，今夜这里预备要去剿灭邓家堡，故请守备在今夜带领官兵一同前去捉拿邓氏弟兄。黄守备素知邓氏七怪的厉害，自己不是他们的对手，起初有些畏缩的样子，云三娘、玉琴等不免在旁窃笑。经谭永清说明一切，方才答应。今夜黄昏时候率领二百官兵在城外钟家花园会合。谭永清说道："就是这样办，再好也没有了。不过，发动时务须严守秘密，好把他们一网打尽。"黄守备连说："是，是！"坐了一歇，告辞而去。

到得晚上，谭永清特地预备一桌上等的丰盛酒菜，款请众人。好在座中没有余观海、闻天声那辈的酒徒，所以喝了一回，大家要干正经事，即就散席。

玉琴等扎束停当，各挟宝剑，马上就要动身。滕固和薛焕留在衙署中保护谭永清，以防刺客再来。陈景欧是个文弱书生，自然也留在衙中。谭永清十分器重他，便和他挑灯夜话，以解寂寞。薛焕和滕固二人伏在书室两边的暗隅，静心等候。

玉琴、剑秋、云三娘、公孙龙等四人，别了谭永清，悄悄地从后衙走出，出了城关，跑到钟家花园。只见黄守备已带领官兵在园中等候，剑秋和他见面后，叮嘱了几句话，又说道："我们先去，你等少待便来，可把邓家堡前后围住，不要放人逃走。"黄守备连声答应。

剑秋等便施展飞行术，扑奔邓家堡。到了堡前，剑秋当先仍从原处跃入。他在日里的时候，早已把黄鹤和尚所赠的图册看了数遍，仔细记得，所以他们便从土门进去。按着图中的记号，十步一转弯，走准方向，以免误中机关。进得土门，果然神不知鬼不觉的平安无事。

转到巽门，剑秋又对公孙龙说道："我们就要进这门去动手了。虽然得了黄鹤和尚的指示，不致误蹈机关，可是他们一定有提防，将有一番恶战。堡中心有个司令楼，上面有人看守，专司号令，指示敌人所在，譬如我们进巽门的当儿，被他们发现了，便要鸣钟八下，使他们集中拢来，容易对付。公孙兄有轻身飞行的功夫，要请你前去把这司令楼抢下，好使他们失了指挥的机枢。"公孙龙答道："小弟就去。"说罢，将身一跃，如一头白鹤振翼飞起，已到空中，飞向里面去了。

剑秋等走进巽门，果然便听得司令楼上鸣起钟来，但是不多一回时就停止不响，大概公孙龙已在那里动手了。玉琴、剑秋各个拔出宝剑，准备厮杀。不多时，便听门里喊声大起，青面虎邓骆、穿山甲邓骥、出云龙邓骏三弟兄，率领堡丁们，亮着兵刃火把，杀奔前来。

青面虎伤口已好，仇人相见，分外眼红，舞动手中刀，扑奔玉琴。玉琴笑道："狗贼，前次被你占了便宜，今番却不能饶你了。"挥开手中宝剑，和他战住。邓骏、邓骥见剑秋中了毒箭却没有死，好不奇怪。一个舞开双戟，一个摆动双刀，把剑秋拦住厮杀。云三娘依旧立在旁边观战。众堡丁识得伊的厉害，不敢上前，只远远地围着呐喊。邓骁把他的一二两路追魂夺命八卦刀使开来，向玉琴上下左右砍去，玉琴有心要破他的刀法，把伊的真刚宝剑使得神出鬼没，一道白光迎住邓骁的刀光，搅在一起，如飞电穿梭般来来往往，奋勇酣战。

正在这个时候，忽听背后豁剌剌三声巨响，三道白光如箭一般的射至，乃是朗月和尚同着赤发头陀、法藏在内闻得讯息，前来相助。此时云三娘不敢怠慢，飞起两个银丸，抵住三道白光，斗在一起。众堡丁觉得寒光森森，剑气逼人，有的削去头发，有的落下眉毛，再也立不住脚，一齐退开。

玉琴和邓骁战到分际，见邓骁第二路刀法已使完，得个间隙，故意卖个破绽，让邓骁一刀劈入，便将身子微侧，乘势一个旋转，已撞到邓骁肩旁，宝剑一挥，使个枯树盘顶，向邓骁头上扫去。只听邓骁狂叫一声，半个头颅早已随着剑光倏地飞去一边，尸身向后直倒。

邓骏见了，心中不由惊慌，知道难以力胜，不如智取。跳出圈子，望后便走，要想引诱剑秋。谁知剑秋并不追赶，却紧紧困住邓骥，不放他逃走。玉琴杀了邓骁，余勇可贾，十分高兴，把剑使开，来助云三娘战赤发头陀。朗月和尚虽出全力来搏击，却是不能取胜，心中也未免有些惊慌。忽然飞来一个白衣人，正是公孙龙。他听了剑秋的话，飞向里面，听得钟声，早已瞧见那座高高的司令楼，扯着黄色的灯；他便飞到楼边，见一个黑衣少年怀中抱着朴刀，手里执着千里镜，正在眺望，乃是九尾龟邓驰。邓驰方在用心远眺，不防公孙龙凭空飞至，不知是神是仙，把他吓了一跳。公孙龙右手剑起，把他刺倒，又一剑结果了性命。

楼中还有四个堡丁，一个本在敲钟，见了这个情形，惊得他钟

124

也不敢，望楼下一溜烟地逃去。其余三个也想逃生，却被公孙龙双剑齐挥，早把他们一个个结果了性命。又把那扯上的灯笼灭了。且把楼梯拆落，不让他人可以重行登楼。偶抬头，见有一颗方方的印信悬在梁间，知是以前知府失去的那颗官印了，便伸手摘下，缚在自己背后。然后飞出窗户，到这里来助战。舞起双剑直奔法藏顶上，法藏从来没有见过这种奇人，便迎住他厮杀。公孙龙的双剑何等厉害，似两条蛟龙，把他自顶至踵紧紧围住。法藏的剑光一个松懈，被公孙龙一剑劈倒在地，砍去了一只肩膀，将他身上的丝绦解下缚住了，丢在一边。朗月和尚一见形势不佳，便收转剑光，向右边飞跑，云三娘的两颗银丸已跟着追去。

此时赤发头陀已心惊欲走，却被玉琴奋起神勇，一剑刺去，正中他的心窝，仰后而倒，到地下去和茅山道士见面了。

公孙龙擒了法藏，来助剑秋。邓骥眼见众人死的死，逃的逃，心里格外惊慌。要想逃遁时，却又被剑秋的剑光逼住，不得脱身。现在加上了一位公孙龙，叫他如何抵挡得住？被剑秋一剑扫去，把他劈为两段。众堡丁纷纷向前后门逃走。

这时外边喊声大起，火把齐明，黄守备骑着烈马，手横大刀，率领部下官兵赶至，把邓家堡围困起来。众堡丁逃出去时，都被官兵生擒活捉。剑秋、玉琴、公孙龙见自己这边已经得胜，再向里面搜索，却见一个妇女穿着青色的外褂，手里挺着一支梨花枪，同着几个女子，手里都握着兵器，从内杀出，正是邓驹的妻子夏月珍。剑秋一摆手中惊鲵宝剑跳过去，夏月珍早将梨花枪一抖，枪花如碗口大，照准剑秋门面刺来。剑秋把头一低，从枪尖底下钻过去，一剑刺向夏月珍的腰眼。夏月珍急忙收转梨花枪，把枪杆在枪边一横，想拦住剑秋的一剑，谁知剑秋的惊鲵剑削铁如泥，犀利无比，只听锵的一声，夏月珍的梨花枪已被削断。夏月珍玉容失色，回身要逃，早被玉琴拦住，喝声不要走，手起一剑，把伊刺倒在地。

三人杀了夏月珍，跑向内室搜查，见尽是些老弱妇女，不忍多杀，便由公孙龙把他们看管在一起。琴剑二人回到外边，已有数十名官兵不顾高低，闯将进来，有五七个官兵已误中机关，各有死伤。琴剑二人连忙告诉他们堡内机关的厉害，休得任意乱走，自己送命。众官兵遂都不敢向里边走，守在外边了。

　　黄守备挺着大刀，左右两个官兵持着大绷灯，照着他大踏步地走来。一见二人，便把大刀交与一个官兵接去，向二人作揖，说道："恭喜，恭喜，仰仗诸位大力，破得这个邓家堡。"剑秋、玉琴笑了一笑，便引导黄守备以及十数名官兵走进里面，把生擒的头陀法藏交与黄守备。黄守备又和公孙龙相见，遂吩咐几个官兵把众妇女监押在一起，不许漏网。

　　这时云三娘已从屋上跃下，琴剑二人迎上前问道："我师可曾将那个贼秃驴结果性命么？"云三娘摇摇头道："没有，便宜了那贼秃。因为我一路追去，约走了十余里，前面却有一条河流，那贼秃大约懂得水性的，竟望河中一跳，我没有水里功夫，只得便宜他逃生去了。"琴剑二人听了，不觉跌足可惜。

　　于是四人检点邓氏七怪，邓骐是昨夜在衙中早已被擒，邓骉被玉琴所杀，邓骦被剑秋所杀，邓驰被公孙龙所杀，赤发头陀被玉琴所杀，法藏被公孙龙生擒，朗月和尚已被逃脱，还有邓骏，方才正和剑秋交手，后来不知去向，大约也已逃脱。不过还有邓驹、邓骋以及史振蒙，这三人在今夜厮杀的时候，绝未见过，不知在什么地方。玉琴说道："我猜着了，大约那三个贼子到衙府中去的。停会儿我们回去，终可明白。"剑秋等都说："不错。"

　　于是四人和黄守备一齐商量，即请公孙龙和黄守备带同官兵在此看守，剑秋等三人先回去报告破邓家堡的经过。至于那个五花八门阵，明日由剑秋陪着谭永清先到这里察看一下，然后雇用工匠，按着图册的指示，一齐把机关除掉，毁其巢穴。公孙龙和黄守备都很同意。

于是云三娘、玉琴、剑秋别了二人，先离了邓家堡，赶回城中，来到府衙，已是四更过后。他们都从墙外越入，不去惊动他人。到得谭永清的书房，见谭永清正和景欧、薛焕、滕固等坐着谈话。一见三人回来，大家立起相迎。谭永清便问："邓家堡的事怎样了？诸位武艺高强，必然得利。"剑秋便把他们如何破去邓家堡的情形，详细奉告。谭永清等听了，不胜欢喜。玉琴便问："这里可有邓氏弟兄来过？"薛焕哈哈笑道："你们跑去寻厮杀，我们却是以逸待劳，等候他们自己送来。可惜来了三个，逃走了二个，惭愧得很。"剑秋便问怎样的经过，薛焕道："我和滕固兄在书房外边的暗隅中，等候到将三更时分。忽见书房屋上，东西蹿来两条黑影，我们依旧静伏着不动，看他们如何动手。那两条黑影在屋上蹲了一刻，好似静听里面的动静。此时太守正和陈先生谈论经史，那两条黑影倏地奔到檐边，各使个蜘蛛倒挂式，挂在檐边，向里边探望。这时太守谈话忽止，好像也觉察到外面有人了。我们依旧不动，只见那左边的一个，翻身一跳，到得庭中，从他腰间抽出一对鸳鸯锤来，就要动手。那时我就跳出去，把他截住，两下厮杀起来。那西边的一个也跳来相助，白光一道，飞舞而至，是个深谙剑术的人。我就丢了那个使双锤的，和他迎住，原来是一个贼秃。滕固挥动软鞭，便接住那个使双锤的狠斗。此时屋上又来一个黑影，跳下来助战，手持杆棒，十分厉害。我恐怕我们人少，未免有失，如何是好，所以用我全力和他们酣战了一刻，便卖个破绽，跳出圈子，向后便走，假装逃走的样子。那个贼秃便奋勇追来，我就回身，一连发出三个小铁弹，有一颗正中那个贼秃的眼睛，痛得他乱跳，要想逃生，被我一剑扫去，把他杀死。这时滕固也已用出杀手鞭法，一鞭将那个使双锤的打倒，正要捆缚，不料那个使杆棒的奔过去，一连几棒，把滕固兄扔了个跟斗，他们二人便趁此间隙逃上屋去。我就一人在后追赶，滕固兄却不敢离开太守的书房，我追赶了一回，被他们两个在小巷中东绕一个圈子，西转一个弯儿，一个失措，便被他们逃走了。"

剑秋笑道："还是不明地理的苦处。"滕固道："那个使杆棒的便是赤练蛇邓骋，我以前也吃过他一次亏的，以后我总要格外小心，破去他那根讨饭用的杆棒，便不怕他了。"云三娘道："本来杆棒这样东西十分难用，也是十分难御的。"剑秋道："薛焕兄杀死的那个贼秃，便是天王寺漏网的史振蒙。今天他的末日也到了。那么那使双锤的必是闹海蛟邓驹了。邓氏七怪捉到了一个邓骐，杀死了邓骆、邓骧、邓驰，还有邓骏、邓骋、邓驹那三个弟兄，却被他们逃去，余孽未净，是一件缺憾的事。"

云三娘道："我们已破了他的巢穴，那三人虽然逃去，早晚也不得好结果的。"薛焕道："不错，我希望他日我们再有时候遇见那三个贼子，总不肯放他们过门了。"玉琴笑道："我今夜杀得甚是爽快，那个青面虎和赤发头陀都死在我的手里，够了，够了！只可惜逃走了朗月和尚。"云三娘道："朗月和尚大概也是峨眉派中的人，此后怨仇愈深，结果必有一场大开杀戒哩！"玉琴道："最好爽爽快快杀他一场，见个高低，好使那些妖魔一齐消灭，称了我的心。"说得众人都笑了。

剑秋又对谭永清说道："现在那边有公孙兄和黄守备等一同监守，明天要请太守亲自前去察看一回，雇工匠把机关拆掉，然后可以发落。"谭永清道："还要仰仗大力哩。"剑秋道："理当效劳。"于是众人也不想睡眠，谈谈邓家堡的事，转瞬东方已白。谭永清便陪着众人用早餐，吩咐下人去唤了八名工匠。自己便端正动身前往，带着捕役，坐着轿子出得府衙。剑秋挟了图册，跨着龙驹，还有滕固、薛焕二人，也要瞧瞧邓家堡的情形，所以也跨着马随在后面。八名工匠也跟在马后，一齐出发到邓家堡去。唯有玉琴和云三娘没事做，到客房里去休息。

谭永清等到得邓定堡，早有黄守备和公孙龙在堡外迎接。谭永清出了轿，和黄守备说了二三句客气话，大家便陪着进去。由剑秋导引走，到一处处去察勘。大家见邓家堡占地果然十分深广，那个五花八门阵，机关奇险，布置奥妙，若没有黄鹤和尚的图册指示，恐怕剑秋等也万难破去的。剑秋遂按着图中三角式样指点之处，很郑重地督率工匠齐齐拆卸，有许多木狗、木羊以及铁铸的巨人等等各种机关，一一除掉，有许多陷坑也一齐填没，直做到傍晚方才竣事。

谭永清早已和公孙龙、黄守备等抄了一遍邓家的财物，吩咐地方保甲好好看守，带同人犯回去衙中发落。等到剑秋回衙，大家都已竣事了。

谭永清因为破了邓家堡，心中十分快活，便在这夜大摆筵席，邀请琴、剑等一干人，又请黄守备一同相陪。席间举杯庆贺，感谢琴、剑等相助之功，宾主尽欢而散。

次日谭永清又窘着众人去游玩洛阳城内外的名胜之地。洛阳人民已都知道邓家堡被破，七怪的毒焰平灭，莫不弹冠相庆，额手称快。

剑秋等留了一彐，便要告辞，谭永清再三苦留，说邓骐等尚羁禁狱中，须等候省中文书回来，然后可以明正典刑。此时恐防逃去的三怪要来劫狱，所以最好琴、剑等众人在此多留数天。但是琴、剑急欲上昆仑去谒见禅师，无心耽搁。剑秋便问薛、滕二人："暂留此间，如何？"薛焕本不必定要同上昆仑，遂勉强答应，且说以后要到蒙古去游览一番。

玉琴忽然对滕、薛二人说道："你们若到塞外，可否往龙骧寨走一遭？我自从离开那里，心中也时常想起前次我们在山东道上曾与李天豪夫妇相逢一面，但是两边匆匆过去，没有多谈。还有那个胡子宇文亮，多么豪爽，他们都是草莽奇人，革命志士，你们可以和他们相聚，说我等将来或要再去。又有螺蛳谷中的袁彪夫妇，以及欧阳兄弟、法空、法明两个和尚，也是江湖豪杰，你们不到龙骧寨，可往螺蛳谷。"

薛、滕二人听了玉琴说了许多话，什么李天豪咧，宇文亮咧，袁彪咧，都不知是何许人物。薛焕便说道："承蒙指示，我们也很想去走走，但不知姑娘所说的龙骧寨和螺蛳谷在什么地方？我们都不认得，如何好去相见？"玉琴笑道："不错，待我再来告诉你们吧。那龙骧寨是在张家口外分水岭后，那地方山岭重叠，林木丛杂，非常幽险，你们外头人恐怕要不得其门而入。到了那里，如遇见寨中人，只要说起我们二人的名字，他们便会领你们进去的。至于那个螺蛳谷，是在山海关外，赫赫有名的，容易寻找。"薛焕道："好的，将来那两处我们总要去玩玩。"

于是剑秋、玉琴、云三娘带了陈景欧一同向谭永清、公孙龙、薛焕、滕固等告别，谭永清送上三百两程仪，剑秋受了一半。谭永清又因景欧没有坐骑，便送他一匹白马。四人遂辞别而去。薛、滕二人便留在衙中，和公孙龙一起盘桓，夜间依然严防，可是并无人敢再来下手。谭永清把以前知府失去的印信留着，禀报与上峰知晓，等到文书回转，便将邓骐绑赴十字路口，斩首示众；法藏远戍青海之地。其他众人大都是妇女老孺，一齐从宽发落，地方上都称道贤吏不置。从此洛阳四郊盗匪敛迹，市廛安谧，七鬯不惊了。

且说琴、剑等离了洛阳，向昆仑进发。景欧是个书生，不惯超乘，如何追随得上？在琴、剑等已跑得慢了，他还是够不到，稍一加快，便要坠马。走了一天，赶得路程很少。琴、剑等觉得十分累赘。到得客寓，玉琴便嚷道："陈先生是不会骑马的，昆仑山又是距离很远，照这样子骑着老爷马赶路，不知何时方能跑到昆仑，不要把我气闷死了么？"云三娘也笑将起来，说道："可惜我没有你师父的本领，学得缩地之术，好使你们早些上山，免得赶路。"景欧听了十分惭愧。剑秋道："琴妹不要发急，我有一个办法，明天赶路时，陈先生可以坐在我的马上，我好防护着他，一马双驮，便好加鞭疾驰了。"玉琴点头道："你这个办法倒也很好。"于是次日他们动身时，剑秋便让景欧坐在他的马上，自己坐在后面，把行李系在那头空马上，牵着同跑，这样便快得多了。

赶了两个多月，已到得昆仑山。景欧一向在书上闻得昆仑之名，现在亲身到了这地方，果然山势雄壮巍峨，连峰际天，草木蔽道，杳不知其所穷。四人一路上山，指点风景。琴、剑等别离此地很久，旧地重来，觉得青山如含笑相迎。

穿过一个林子，忽见那边石壁之下草中正蹲着一头狮子，毛发蓬松，听得马蹄声、人语声，把它惊起，吼了一声，山谷震动，便张牙舞爪地向他们扑来。坐下的花驴、龙驹等都吓得返身乱跳，玉琴知道这就是山上的镇山神狮，恐怕不认得他们了，不得不按着剑防备。云三娘却娇喝一声，那狮子似乎有些懂得，顿时缩住身躯，敛戢神威，立在一旁，目光炯炯，对着他们瞧看。云三娘又对它说道："神狮，你可认识我们？休要无礼！"狮子听了她的话，回身便走。云三娘笑了一笑，也就照常上山，那狮子只在前边隔开百十步走着，不时回头向他们看。

这时山上忽走下二个青年的和尚，见了他们，带笑说道："师父听得神狮的吼声，知有客来，教我们出来迎接，果然是云师和师兄师妹等到了。"玉琴看时，正是乐山、乐水二沙弥，十分喜悦。乐山、乐水走上前，句云三娘等行过礼后，剑秋道："我等现在一起上山，一见禅师。山色依然，天风拂襟。从红尘千丈中到此，觉得襟怀一清，你们在山上跟着师父，真好福气。"乐山笑道："我们在山已久，倒也惯了，你们恐怕过不惯这冷清清的生活吧！"于是二人领着他们前行，那神狮已走开去了。

乐山瞧着他们的坐骑，说道："此去山径狭窄，且有几处险要，骑马不能过去的。"云三娘道："我也曾这样想，不过没有安排处，如何是好？"乐山道："不要紧的，这里相近有个药师庵，庵中的住持慧通和尚，和我们彼此都是相熟的，你们的坐骑可以寄养在他处，以备他日之用。"剑秋道："好的。"于是乐山、乐水便向右边走去。四人下了马，牵着坐骑，跟着同行。

转过一个山壁，见前面一道小山坡，松林并列，都是参天老树，枝叶苍翠可爱。剑秋等来到山坡上，俯视山下，已有些白云如棉絮般浮在山腰。远远地有个圆镜平铺林表，大约便是山下的天池了。西望雪山崔嵬刻削，数十百个峰头，好像烂银的兵器矗列着，绵亘杳渺，不知其几何里。有一二苍鹰盘旋作势，飞上山坡来，横掠他们的顶上而过。琴剑二人看了，不禁想起那头已死的金眼雕，很是悲悼。

行行重行行，走上山坡，见迎面有个六角小亭，亭上有一块小小匾额，上写着"清心澄虑"四个金字。那亭子已有些圮坏，还可供人休息。转过亭子，见前面山壁之下，绿荫丛中，有一道小小黄墙，墙上有六个"南无阿弥陀佛"斗大的字。乐水指着说道："药师庵到了。"玉琴见那药师庵背山而筑，庵后峻壁摩天，那凌空的山石，怒者如虎斗，高者如鸟厉，突者如虬龙之攫人，倾敧者如牛羊之卧地，其状不一，不由喝声彩道："好个地方！"

众人走到庵前，见一个老和尚正在庵门前，代一头美丽的鹿洗刷上下身的毛。乐山便喊道："慧通老和尚，可好？"慧通见了他们，也走过来说道："禅师好久不到这里来了，这些客人打从哪里来的？"乐山道："他们也是同道，上山去谒见禅师，只是有四头坐骑阻碍着，不能同去，意欲寄存在贵处庵中。不知可能允许？"慧通老和尚便道："可以，可以！出家人与人方便，便是自己方便。"众人都向他致谢。乐山、乐水便将花驴、龙驹等交与慧通，卸下的行李由二人代携着。慧通要请众人入内小坐，云三娘说道："我们急欲去见禅师，这里不打扰了。"说罢，众人别了慧通，离了药师庵，回身向原路走去。

曲折盘旋而上，走了几十步路，听得水声潺潺，前面乃是那条又阔又深的山涧，横阻去路。乐山、乐水轻轻一跃，早已过去，云三娘、玉琴也跟着越过涧去，唯有景欧，眼瞧着急湍奔流，无法飞渡。剑秋笑着对他说道："不要慌，我带你过去。"遂将景欧一把提起，夹在胁下，耸身一跃，早跳过了那山涧。又穿过山洞，从峻险的石磴走上去，方才到得碧云崖。

天风吹人欲倒。景欧到此，便觉得天地的伟大，宇宙的神秘，一切俗念早已消尽。剑秋指着前面的黄墙头，对景欧说道："到了，到了！这便是碧云寺，一明禅师卓锡之处。你能到得此间，煞非容易，可谓有缘。"此时景欧只觉得十分兴起，一齐走到庙门，乐山、乐水前引，走入山门。玉琴瞧着两旁四大金刚神像和弥勒佛，与以前一般无异。又走到大雄宝殿，忽然廊下跳出一头巨獒，要咬景欧，幸亏乐山喝住。此时，有几个火工见了云三娘、玉琴、剑秋，都走上前叫应说："禅师正在后边忘机轩中等候了。"乐山、乐水把行李放过一边，同着众人走到里面轩中。

一明禅师正焚香默坐，一见众人到来，掀髯大笑，起身相迎。剑秋、玉琴见了禅师，先拜倒在地，禅师一边将他们扶起，一边和云三娘相见，便问景欧是谁。景欧便向一明禅师拜倒，告诉自己到山上来的意思。云三娘在旁也代他介绍，一明禅师笑道："我自收得玉琴为徒后，好久不收弟子了。现在你既然如此诚恳，我就破格收取，大约你天性纯孝，必能造就。"景欧听了，又向禅师拜谢。禅师便请大家坐下，对玉琴说道："自从在山东和你别后，又已好多时候，你也较前长成得许多，难得不忘记我，重到这里来，且闻你大仇已复，可喜可贺！剑秋帮着你做了不少侠义的事，可谓良伴。"说到良伴时，捋着银髯，向玉琴微笑。玉琴低头不语。

云三娘把大破天王寺的情形以及自己伴他们到此的经过,一一告诉,禅师只是点头。向琴剑二人询问一二,琴剑二人小心翼翼地对答。

谈了一刻,云三娘又问起虬云长老,一明禅师道:"他却很好,深居简出,一心修道,比较我进步得快了。"于是引他们去见虬云长老。虬云长老不喜多谈,见了他们,也很淡漠,没有几句话说,众人也就退出。

到晚上,一明禅师端整一桌素筵,为云三娘洗尘。剑秋、玉琴、景欧、乐山、乐水五人在旁侍宴。席间云三娘谈起峨眉派怎样作恶多端,且和自己的昆仑一派有仇视之心,怨仇渐结渐深,说不定将来要有一番大大的冲突。一明禅师叹道:"金光和尚为人尚好,剑术也很高妙,可惜他收的门徒都非善类,反而有累于他。并且他又容易听信人言,所以坏了名声,不知自省,而怨恨人家,有何益处呢?"

云三娘又将琴剑二人订婚的经过告知禅师,问他赞成不赞成。禅师哈哈笑道:"好将秋水昆岗剑,长伴瑶台碧玉琴!我也早有此心,既然师妹做了大媒,做主代他们订了婚,那是再好没有的事了,我当然十分表同情的。玉琴这一次下山,所作所为全凭着她的天性,发挥十分得当,使我很是快慰。"玉琴听了伊师父的说话,既感且愧,心中甚是感激,一明禅师也讲些他云游所见的奇闻异迹,众人听得津津有味。席散后,云三娘、琴、剑等都有空室供给他们居留,大家各自道了晚安,回房安寝。

玉琴在山上住了数天,便请一明禅师教授更深的剑术,一明禅师又指教了好些。玉琴早晚练剑,颇有心得。剑秋也跟着云三娘求教。至于景欧,先由乐山、乐水教授他练习普通的武功,景欧虽是个怯书生,倒也很能耐苦,用心地学习,这样约莫在山上住了二十多天。

有一天,玉琴、剑秋正陪着一明禅师闲话,忽然乐山、乐水引着一个年轻的女子走来，说道："徒弟们方才奉了师命，有事下山去，却遇见这位姊妹，正在询问碧云寺，问询之后，方知是从云师家里来的，要见云庐，所以领到这里。"此时剑秋对那女子仔细看了一下，便喊道："你不是桂枝么？何事到此？"桂枝见了剑秋，也道："你是不是剑秋先生？别离多年，几乎不认识了。云师可在这里？我有要紧的事找伊。"剑秋道："你来得不虚，伊正在这里。且先拜见了一明禅师再说。"便引伊向禅师参见，方才拜罢，立起身来，云三娘已闻声而至。便问桂枝："千里迢迢，何事到此？家中可好？"桂枝一见云三娘，便扑倒在地，放声大哭。众人见此情景，非常惊讶，连云三娘自己一时也摸不着头脑，不知是怎么一回事。

评：

　　此回先从邓家堡叙起，交代明白。且多回照前事，提醒读者不少。大破邓家堡前，回环曲折，生出许多文字。至此乃有归结，笔力甚劲，但处处最易与韩家庄、天王寺等相犯。今因邓骐行刺之故，遂分出两路，一攻一守、此文章避复法也。邓家堡一场大战，写得笔酣墨饱，罗罗清楚，而玉琴尤显神勇。作者笔下，真是宾主分明。重上昆仑，景物依然。读此回最好先读过初集，方知作者笔无虚漏。大战之后，有此萧闲文字，使文气为之一舒。

第十回

情海生奇波真欤伪欤
新房演悲剧是耶非耶

云三娘见桂枝对伊哭泣，知道事情不妙，便道："桂枝，你不要哭，究竟为了何事？快快实说。"桂枝含泪说道："老太太已被人杀死，家中也被人占去了。"云三娘听了，大吃一惊道："怎么我的婶母平白地被人家所害么？究竟是哪一个吃了豹子胆，来和我家作对？桂枝你也总算有些本领的，为何如此不济事？快快告诉我。"桂枝瞧着两旁的剑秋、玉琴、乐山、乐水，却涨红着脸，吞吞吐吐说不出什么。云三娘便将伊一把拖起，说道："你跟我到那边房里去细说。"桂枝便跟着云三娘走去，隔了好一刻时候，还不出来。

剑秋、玉琴和乐山、乐水便走到后边去散步，谈谈剑术。等到他们回进来时，见云三娘和禅师一同坐着，桂枝立在旁边，云三娘面有泪痕，很是不悦的样子。见了琴剑二人，便说道："你们好好在此，我明天便要和你们离别了。"剑秋说道："弟子冒昧要问我师，府上出了怎样大的祸事？敢是有什么仇人寻衅？弟子愿随我师同去效犬马之劳。"玉琴也道："弟子也愿跟随云师前往。"云三娘摇摇头道："岭南路途遥远，你们何必多此一番跋涉？况且此事我自信一人足以了之。那时倘然我在家中，决不容那贼子猖狂如此，可惜我的婶母竟死于非命。"说罢，叹了一口气。一明禅师也叹道："这也是一重冤孽，三妹不必过事忧闷。"

琴剑二人见云三娘不肯说出这事情，又不要他们同去，也不敢多问。剑秋虽然是云三娘的门下，却也茫然不知，只料想必有什么宿仇相报而已。

次日云三娘带了桂枝，先到虬云长老那里去告辞，然后和一明禅师等告辞，禅师送至寺门外，剑秋、玉琴、乐山、乐水却送下碧云崖。又到药师庵那里去取了云三娘所坐的枣骝马，又因桂枝没有坐骑，便取景欧骑来的白马坐了。剑秋等再要相送，云三娘止住道："送君千里，终须一别，他日当有机会重见，愿你们前途佳美。"说罢，便和桂枝跨马下山而去。

玉琴、剑秋和云三娘追随时候甚多，以前宝林寺、韩家庄、天王寺、邓家堡诸役，尤得云三娘的臂助，而云三娘待他们情义深厚，绝不以师礼自居，所以此次判袂，未免黯然魂销，直望到云三娘二人的影踪不见，方才怅怅地回上山去。

依玉琴的意思，很想在山上多住数年，修炼一番。但是一明禅师曾对二人说道："你们非出家人可比，还须出去走走，将来要择一个相当时期，代你们成婚，借此使同道一叙。以后你们自有去处，此时且不必急急动什么栖隐崖谷之思。"琴剑二人听了，只得唯唯称是。

又隔了旬余，忽然飞云神龙余观海上山来了。琴剑二人见过礼后，十分快活。余观海道："我到关外去走了一遭，很觉无聊，想起你们在此山上，所以也赶来看看。且和师兄睽违已久，也十分记念。"一明禅师笑道："余师弟，你已数年不到这里来了，一向在外东奔西走，好不疏散。近来酒量可好？"余观海笑道："不可一日无此君，哪一天我不喝酒呢？不过在张家口之后，遇见了一个对手，便是那个矮冬瓜闻天声了。"便将醉闹太白楼的一回事告诉禅师。一明禅师听了，也觉得好笑。余观海也问起云三娘，一明禅师说云三娘为了仇人寻衅，所以赶回岭南去了。

　　剑秋、玉琴又将他们如何访宋彩凤不遇，以及诛灭邓氏七怪的事，约略告诉他听。余观海忽然说道："你们要寻找的宋彩凤，可是母女二人，伊家母亲名唤双钩窦氏的么？"玉琴说道："正是，师叔怎会知道？"余观海道："此番我从关外归来，曾在打虎山的地方遇见她们，大家说起来历，方才知道她们母女俩就是你们要找寻的。谁知她们也在找你，曾到荒江去白跑一趟，我遂把你们的行踪告知她们，现在她们到京、津一带游玩去了。"一明禅师听了余观海的话，便道："你们要去找她们么？"玉琴不响。一明禅师道："你们也可以下山去走走，以后我们当再重会。"余观海道："不错，我此来想借师兄同往大同走一遭，我们一走，你们在此便要无聊，不如也去吧。"谈了一刻话，余观海又去问候虬云长老。

　　这天晚上，虬云长老有兴，便一同到轩中来陪伴余观海喝酒。玉琴从来没见过虬云长老走路的，因为他两足已废，只有一只独臂，比较薛焕，更要残废得多。但是虬云长老移步时，也不用他人搀扶，只将独臂用一根绝细的紫竹，一点一点的，走得和常人无异，可见他功夫之深了。这夜大家喝了许多酒，余观海喝得独多，早已醉倒。一明禅师便叫乐山、乐水扶他去安寝。次日早上，琴剑二人因为余观海和禅师即日便要动身，所以他们也将行李端整好。又过了一天，一明禅师便对二人说道："今天我要陪你们的余师叔同走，你们也跟我们行吧！"二人同声答应，便去辞别虬云长老，带了行箧，跟着禅师和余观海一齐动身。乐山、乐水和景欧送出寺门，不胜依依之情。

　　玉琴、剑秋下得碧云崖，想起了他们的坐骑，他禀明禅师，又到药师庵去取了花驴龙驹。但是因为禅师等没有坐马，所以他们也不敢骑坐。下了昆仑山，一明禅师回头对二人说道："你们既有代步，不妨乘坐，我们是走惯的。待我一用缩地之术，早些送你们到潼关，何如？"玉琴喜谢道："师父既用缩地术，这是再好没有的事，

138

我们也不必骑坐了。"于是一明禅师用起缩地术来，两旁山林都倒退过去，四人跑得非常迅速，一些儿也不觉费力。在夕阳衔山的时候，那峻险的崤山已在面前，原来潼关已到了。一明禅师便和他们向一家旅店借宿一宵。

次日起身，禅师便对二人说道："我已送你们至此，要和你们分散了，愿你们好好去吧！你二人的婚姻，我也放在心中，到时，必代你们做主，好使你们早享琴瑟之乐。"说罢，微微一笑。余观海也嚷道："不错，我早晚也要来道贺的，这一杯喜酒不可不喝。那时候你们别的不要忙，只要代我预备一百斤好酒，够我老余畅饮就好了。"说得玉琴有些不好意思，低垂粉颈，默默无语。一明禅师便付了店饭钱，和余观海先去了。

玉琴、剑秋也就坐上花驴、龙驹，动身向京、津而行。赶了几天路，已到洛阳，二人很惦念公孙龙等，便进城到府衙里来探望。公孙龙和谭永清见琴剑二人到来，十分喜悦，大家见面后，各问别离情况，琴剑二人始知薛焕、滕固在此住了一个半月，业已动身北上。公孙龙由谭永清保荐，任了本地游击之职。二人在衙内耽搁一宵，谭永清张筵款接，宾主之间十分融洽。谭永清的意思要留他们多住数天，但是玉琴急于赶路，所以二人别了谭永清和公孙龙，即就上道。渡过了黄河，早晚赶路。这一天来到汤阴县，天已垂暮，二人便找了一家旅店住下。

黄昏后，老天忽然下起雨来，二人坐着闲谈，玉琴带笑对剑秋说道："我们本来要去寻宋家母女，却到洛阳去破邓家堡，生出不少岔儿来，现在却已赶回原路，真个是为谁辛苦为谁忙？"剑秋瞧了玉琴一眼道："为谁呢？这却要问琴妹自己了。"玉琴笑道："当然为的是曾毓麟和宋彩凤二人的一头姻缘，我已向毓麟说过，以塞修自任，那么无论如何，必要把宋彩凤找到，使我的凤愿可以实践，而我的心事也可以放下了。"剑秋道："琴妹正是多情人，恐怕人家的心理不是这样，那么琴妹又将如何呢？"玉琴听了剑秋的话，面上不由微微一红。

伊本来是侧着身子坐的，现在把身子旋转来，又向剑秋说道："你又要来讥笑我了。前次在曾家庄的时候，都是你发生了误会，鲁莽行事，累我也急得没法想，竟为了你不别而行。如今追想起来，也觉难为情。只因我素性喜悦说什么就做到什么，所以不惜奔走，要去寻觅宋彩凤，难道你还不知我的心么？人家的心理你又怎么会知道的呢？"说时，面上带着三分薄嗔。

剑秋笑道："琴妹的心，我哪有不知之理？我说人家的心理不是这样，是指宋彩凤而言，假使宋彩凤和琴妹一样，别有所契，不用妹妹做媒，那么，毓麟先生的婚事岂非又是镜花水月？而琴妹的一番美意也有负了吗？"玉琴道："各尽其力，成与不成，这却未可预料。不过我总要和宋彩凤谈过，方才可以交代过去。"剑秋道："我也希望宋彩凤能够答应这件事，可使曾毓麟稍得慰情。你想，我们在他家里，大家都是不别而行的，使他多么失望。以后见面时，教我们怎样说法，怎样表明呢？"

玉琴托着香腮听剑秋说话，望着灯光，沉思了一会儿，不由哧的一声笑将出来道："曾毓麟的为人虽然恳挚，未免太近于愚了，他对于我的希望，以前在遇雨借宿的时候，已怀有这种痴心，然而我已向曾母很坚决地回绝过，不料二次重逢的时候，他依然对着我锲而不舍，把他的情意不绝地灌注到我身上，无怪要使你要生疑心了。但是我总怪你万事总应该向我声明，问个究竟，怎么可以拗起气来悄然一走？并且你留给我的书信，其中大半是负气之语，叫人看了，当有何种感想？所以我要说你不知我的心理。"

剑秋笑道："我也只怪自己鲁莽，为血气所驱使，险些对不起琴妹。至于琴妹的心，我怎会不知道呢？"玉琴笑道："恐怕在那个时候实在有些不知道，不然，又何致发生误会？现在我的心迹既已对你表白清楚，然而对于曾毓麟却没有交代，所以总想找觅宋彩凤，把这事成全。你此时还要说什么为谁辛苦为谁忙。"说至此，不觉微微叹了一口气。剑秋道："哎呀！我是不会说话的，你不要错怪我啊！"玉琴把一只手徐徐放下，说道："我为什么要怪你呢？只要你明白我的心便了。"剑秋笑道："明白，明白！前言戏之耳，幸勿介怀。"于是玉琴也就不再分辩。

听窗外雨声淅沥，那雨下得越发大了。二人面对面地静坐了一刻，玉琴说道："如然明天雨点不止，我们只好在这里多耽搁一天了。"剑秋道："恐怕这雨不是一天二天的吧？"玉琴道："那么如何是好呢！"说罢，立起身来，打个呵欠道："今晚我有些疲倦，要早睡了。"剑秋道："左右没事，不妨早些安眠。"室中有东西两榻，于是琴剑二人解下宝剑，脱去外衣，各据一榻而睡。

剑秋睡在榻上，不知怎样地翻来覆去总是睡不着，听听玉琴鼻息微微已入睡乡。自己睡了许多时候，虽然合上了眼皮儿，却是梦也不曾做得一个。又听窗外雨声渐小，檐漏声却依旧滴个不止，深巷寒犬吠声若豹。想起了曾毓麟，又想起以前在曾家庄一幕事情，脑海中盘旋着不释，隔了良久，好容易屏去思念，蒙眬睡去。

忽听窗外一阵足声，店小二走来叩门。剑秋连忙起来开门，喝问："何事惊人睡梦？"店小二答道："外面有客求见，故敢惊动。"剑秋道："咦！此时此地有什么客人？快请相见。"店小二回头说声："先生来吧！"便见庭中走来一人，踏进房中，向剑秋深深一揖道："剑秋兄，别离多时，思念无已，今日重逢，幸何如之！"剑秋向他细细一瞧，灯光下见那人丰姿清秀，翩翩少年，衣服华丽，态度斯文，正是曾家村的曾毓麟，心中不由一呆，便道："原来是毓麟先生，打从哪里来？怎的在此遇见？巧极，巧极！"遂请曾毓麟坐，又去将玉琴唤起。玉琴瞧着曾毓麟，彼此相见，却露出娇羞的样子。

剑秋见玉琴霞飞双颊，暗想："你和曾毓麟又不是第一次见面，一向很是亢爽的，怎么今夜却有女儿态呢?"曾毓麟便带笑对琴剑二人说道:"我自从二位不别而行之后，无时无刻不住思念之心，尤其对于玉琴妹妹，更甚伊人之思，知道你们到昆仑山去的，所以我也不辞跋涉，取道西行，要上昆仑山与二位重逢。不想半途到此，也寄宿在这个旅店中，方才瞧见水牌上有剑秋兄的大名，知道二位也在这里，喜不自胜，所以虽在夜半时候，不顾惊人好梦，特来拜揖。"剑秋道:"前番的事情，我们俩对于曾先生实在抱歉之至，尚祈海涵勿责。琴妹此来也因要力践前言，找寻宋彩凤，要代先生玉成美满姻缘。"曾毓麟不待剑秋说完，却叹口气说道:"曾经沧海难为水，除却巫山不是云。这事我已无心于此，还说什么美满姻缘?只好辜负美意了。像剑秋兄和玉琴妹妹一对儿真是所谓美满姻缘，艳福不浅，令人羡煞!我是个癞蛤蟆，哪有吃天鹅肉的希望呢?唉!落花有意，流水无情，天长地久，此恨绵绵。"说罢，又叹了一口气。此时玉琴却低着头，不则一声。

剑秋听曾毓麟的说话，语语双关，明明是向玉琴诉怨道苦，未免带有轻薄之意，和以前的曾毓麟宛若两人了，心中不觉有些不悦。曾毓麟见剑秋神情淡漠，玉琴又不说什么话，便立起身来，微微一笑道:"我不该扰人好梦，自悔孟浪，我们有话明天再谈吧。"便告辞出去。剑秋也不多留，说道:"好，我们明天再谈。"玉琴却扶着桌子，目送毓麟出房，说道:"毓麟哥哥走好，我们明天会吧!"

剑秋听玉琴对于毓麟这样称呼，未免过于亲近，暗想:"你和我关系如此密切，订婚以前，你称呼我剑秋兄;订婚以后，也是一个剑秋兄。我以为你性情豪爽，不比寻常妇女，所以也不在意，今番你见了曾毓麟，至多也不过称呼一声毓麟兄，却偏生唤起哥哥来，这是什么意思?我真不明白了。"心中不觉有些愤怒，对玉琴看了一眼，见伊似乎很不高兴似的，回到伊自己的榻上去睡了。剑秋想:"又是奇怪，没有人得罪你，为什么一句话也不说?唉!我闻女子的心，好如轻薄桃花逐水流，很容易变动的。玉琴，玉琴！你如果心中仍恋恋于曾毓麟，那么索性对我实说，何必假惺惺作态？天涯海角，我岳剑秋都可去得，何必在此惹人讨厌？本来以前我早已一走了事，让他们二人可以成功一项姻缘，偏偏玉琴又要追来，以致又有今天的事。正是早知今日，何必当初？"想至此，十分懊恼，也就回到榻上去睡。

一觉醒来，天已大明，起身下榻，忽见那边榻上空空如也，玉琴不知到哪里去了，不觉大吃一惊。连忙出去询问店主，一个店小二迎着说道："那位方姑娘在天色方晓的时候，已同昨夜前来拜访你们的一位先生一同去了。"剑秋听说，好似头上浇了一勺冷水。又跑到外面厩中一看，玉琴的花驴和自己的龙驹早已影踪不见，明明是他二人骑着去了。心中又是悲伤，又是气恼。

想玉琴和自己相处有年，也有很深的爱情，又蒙云三娘做主为媒，订下婚约，有碧玉琴和翡翠剑二物交换为证，千不该万不该，伊现在对我一句话也不说，竟效红拂夜奔的故事，和人家一同出走了。如此翻覆无情，那里像我辈昆仑门下的剑侠！我倒要追上伊，问个究竟，看伊有什么话来回答我。"遂摸出身边藏着的玉琴，把来一折两段，抛在地上，跑到里面取了惊鲵宝剑，不管三七二十一地跑出店门，向前边大路上飞也似的追赶。

瞧见前面有个乡人推着小车前来，剑秋便问道："请问你可曾瞧见有二个年轻男女骑着驴马经过这里？"那乡人答道："不错，正有一对儿美貌的男女，像是新婚夫妇一般，打从前边桥上过去，大约是回母家去的。"剑秋听说，又好气又好笑，便加紧脚步向前赶去。

过了小桥，遥见前面玉琴和曾毓麟正跨着一驴一马，厮并着向前赶路。剑秋连纵带跳地追上前喊道："琴妹，琴妹！你有话好说，怎么今天又是不别而行？我岳剑秋并没有什么对不起你的地方啊！"玉琴头也不回，向毓麟骑着的龙驹后股上打上二鞭，二人飞也似的向前跑去。剑秋一时追赶不上，总见他们二人在前相隔百数十步。前边的路渐渐狭小，且有许多树木遮蔽，所以拐了一个弯，不见二人踪影。他气得肚子也几乎穿破。

跑了数十步路，见左边树林中有个小小庙宇，跑到庙前，见自己的龙驹和玉琴的花驴正空着鞍辔，在地下龁草，庙门却虚掩着。剑秋暗想，原来你们却躲在这里面，看你们再能逃到哪里去，便一脚踢开庙门，跑到里面，见大雄宝殿之中，蒲团之上，玉琴和毓麟一块儿相偎相倚地坐着，两个头贴在一起，正在喁喁情话。

剑秋跑过去唤一声："琴妹！"玉琴依然不睬。剑秋将伊的衣襟拉住说道："你怎么不理我？难道不认识我么？"玉琴把身子一缩道："现在我与你脱离关系了。"曾毓麟在旁也说道："姓岳的，休要多来缠扰，谁和你相识？"剑秋心里本来怀藏着一片妒心，满腔怒气没处发泄，此时见曾毓麟说话，怒不可遏，伸手将曾毓麟一把提起，向庭中掷去，曾毓麟的头正撞在一块尖角大石上，脑浆迸流，鲜血四溅，已一命呜呼了。

玉琴见曾毓麟被剑秋掼死，也勃然变色，对剑秋说道："你不该用这种残忍的手段，把毓麟害死，我今必要代他复仇。"拔出真刚宝剑，向剑秋当胸刺来，剑秋把手中剑拦住说道："琴妹，你不要动手，忘记了我师云三娘的说话么？曾毓麟的死，是他自取之咎，这种轻薄的人，何必恋恋于他？不如仍同我一起走吧。"玉琴不答，又是一剑刺来，剑秋只好和伊交战，但是只有招架，并无还手，一步步地退出庙外，玉琴却恶狠狠地追来。剑秋退到树林边，脚下忽然踏着一个陷坑，扑通一声跌将下去，吓了一跳，说声不好，睁开眼来，却见玉琴坐在他的榻畔，把手推撼着他，说道："剑秋兄，你怎样梦魇了，有什么不好？"剑秋向四下一瞧，哪有什么庙？哪里有什么曾毓麟，原来是南柯一梦。

梦中的情景，却不好意思和玉琴实说，只得说道："我梦见一个鬼怪追我不舍，所以梦魇了。"玉琴笑道："你一向不怕鬼怪的，以前我们在东海别墅捕鬼的时候，你也是非常勇敢，怎么梦中倒怕起鬼来？"剑秋也不觉笑道："这个就因是梦啊！"于是二人又谈了一刻话，各自安睡。昡日起身，剑秋想起昨夜的梦境，有些惝恍，背地里摸索身边的碧玉琴，幸喜无恙。

那天仍是下雨，二人不好动身赶路，只得仍在旅店中耽搁一天。午后雨点渐小，听得街坊上人十分热闹，大家走向东边去，都说看审奇案去。琴剑二人不知什么一回事，因为天雨，也懒得去问询。到傍晚时，只听店主在外边和家人大讲奇案。二人听得明白，但是又动了好奇之心，便将店主请进来，要他详细告诉。那店主是个五十多岁的老者，微有短须，手里拿着一根旱烟管，很是健谈。一边坐着吃烟，一边把这案情详告。

原来在这汤阴城中有一家姓彭的富翁，膝下只有一位独生子，名唤怀瑾，生得皮肤白皙，有子都之美，年方十七。自幼早已聘下本城恽家的女儿，名唤瑞芝。生得也是美丽非常，且善吟咏，夙有扫眉才子的雅号。一乡之中，无不艳羡，却被彭家配得，虽然是天生佳偶，可是外面妒忌的人也很不少。

彭翁抱孙心切，便择了吉期，代他儿子成婚，十分热闹，贺客到的不计其数，当晚还有演剧。一对儿新郎新妇，都是年轻貌美，好似神仙眷属，谁见了不啧啧称美？到了次日，依然设宴请客，余兴未尽，直到酒阑灯炧，宾客四散，彭翁顾怜他的儿子，叫怀瑾早些回房安寝。怀瑾走到洞房中，香气扑鼻，红烛高烧，新娘端坐在杨妃榻上，含羞低头，微窥姣容，恍如仙子。怀瑾坐了一歇，喜娘知趣，早轻轻踅开去。

怀瑾正要闭户安寝，忽然听得外面有人唤他，便匆匆出去。新娘瑞芝方才尽管低着头，没有勇气去瞧伊夫婿的面庞，隔了一刻时候，见新郎回进房中，闭上房门，对伊微微一笑，吹灭华烛，拥抱

145

着新娘到床上去，同谐鱼水之欢。绸缪之间，瑞芝觉得夫婿非常有力，似乎是个健者，心中也未免有些奇怪。但是伊早已不胜疲惫，酣然睡去。

及至醒来，东方已白，回顾枕边夫婿，却已不知去向，心中又觉得疑讶。刚才披衣下床，忽然外面哭声大作，跟着许多脚步声跑到新房外面，新房门却虚掩着没有关闭，众人一拥而入。当先便是彭翁，泪容满面，背后随着几个亲戚和男女仆人。瑞芝不知何事，心中正在怙惚。彭翁带着颤声对伊说道："昨夜究竟是怎样的事？怎么我的儿子却赤条条被人勒死，抛在后面黑暗的暗弄里呢？你总该知道的，快快实说。可怜我这块心头之肉，死于非命，岂不凄惨！"说至此，顿足大哭起来。

瑞芝听说，又是惊吓，又是悲伤，也不觉掩面而啼。众人都催伊快说，瑞芝没奈何，便把昨夜的事详细告诉。这时有两个仆人，早已瞧见床后的箱笼都已打开，里面的细软东西都不见了。彭翁听了他媳妇的说话，不觉惊奇道："如此说来，那个再来的新郎，一定是那杀人的凶手冒充的了。好，他杀了人，劫了财物，又来淫人妻子，我儿子究竟和他有什么深仇宿恨而下此毒手呢？"遂连忙报官相验，要赶紧缉捕凶手。

汤阴县亲自至彭家察看。带过新娘细细询问，疑心此案必定有什么奸情。但知瑞芝素来是个守礼教的大家千金，不致有什么暧昧的事。于是细问后来和瑞芝同睡的那人，有什么特别不同之处，瑞芝说伊对于夫婿的容貌也没有认识清楚，身材似乎瘦长的，和先进来的仿佛无异，况且又是熄烛而睡，不能记得。唯有一处地方与众不同，可说是特别的，无意之中触着她夫婿的手，大拇指上多一个细小的骈指。

大家都知道彭翁的儿子并没有骈指，那么凶手必然是个有骈指的人。彭翁才想起他自己的远房侄儿彭基，和他儿子的年纪相同，

146

右手生着六指，昨夜也在这里吃酒闹房。晚上睡在书房里，却一清早悄然而去，事有可疑。况闻他以前也羡慕瑞芝的美丽，曾央求父母请人到恽家去求婚，恽家嫌他家没有产业，不肯允诺，彭基引为憾事，咄咄书空，几成狂痫之疾。现在一定他心怀妒恨，把我儿子杀死，乘此机会，达到他的兽欲。且新娘说凶手生有骈指，身材也仿佛彭基身躯瘦长，若不是他，还有谁呢？遂禀知汤阴县令，立刻饬令差役赶至彭基家中，捉拿凶手。

彭基正在伏案苦思，拟一篇文稿，毫不费力地拘捕到案。汤阴县令遂叫他实招。彭基矢口否认，连称冤枉。但是新娘瑞芝又羞又恨，又悲又气，见彭基是个骈指，遂一口咬定是他。鼓基虽然不肯承认，却也没法辩白。

彭翁要求汤阴县令速将彭基严刑拷打，以便招出口供，可以定罪，偿他儿子一命；瑞芝也泣求汤阴县令把这案审查明白。但是汤阴县十分谨慎，详察彭基的面貌，不像行凶之徒，况且向旁人问得彭基一向是个循规蹈矩的书生，虽然以前曾爱慕过瑞芝，有求婚不遂的事情，然而也不致犯出这种杀人的命案，恐怕其中尚有冤枉，不可不加意审慎。遂吩咐将彭基带回县衙，暂行监押，待以后再加详审。

一边命彭翁好好看住瑞芝，免得伊或要轻生自杀。彭基的父亲赶来代儿子营救，无如有骈指为证，总逃不了这个重大的嫌疑。一般人也以为新郎必是被彭基所害。这个奇案传遍全城。这天汤阴县令又传聚人犯详加鞠讯，彭基总不肯招，而彭家翁媳又一口咬定彭基是杀人的凶手。审了一堂，仍无结果。看的人却不计其数，那店主就是其中之一了。把他这案情告之琴剑二人，猛力地吸着旱烟。

琴剑二人沉思良久，说道："以普通情理而论，当然彭基是个凶手，因为他的嫌疑很是确实，况且一时又寻不到第二个骈指的人，天下也没有这种巧事。但是从另一方面观察起来，第一点，即使彭

147

基妒恨新郎，害死了他，乘机和新娘求欢，那么，他的目的已经达到，何必要劫去新娘的财物？二则，他犯了杀人的罪，应该高飞远扬，岂有心绪握管作文呢？所以，他也许是冤枉的。汤阴县令一时不肯断狱，倒是个良吏，希望这案的真相早日破露，连我们过路之人也觉得早欲得知真情了。"店主微微笑道："此案真是奇怪，据你们二位说来，那彭基是冤枉的。那么又有什么第二个生着骈指的人是杀人的凶手呢？"

玉琴又问道："近来在这城里可曾闹过盗案？"店主道："半个月前，万花街王姓家中曾被盗去不少珍贵之物，至今还没有破案，听说是个飞贼来盗去的。因为有门不开窗不启，一些儿影踪也没有，那个飞贼的本领可算得大了。但是一则为财，一则为色，二件案子是不相关系的。"玉琴听了，对剑秋笑笑，店主也就告退出去。

到得晚上，琴剑二人正用晚餐，忽听外面有人和店主等纷纷讲论，说汤阴县令此刻已另外捉到了此案的真正凶手，是个生骈指的少年，不但手上生着骈指，而且足上也有，奇怪不奇怪？听说明日要当众审问，不可不去一观。琴剑二人听了这个消息，又惊又喜，天下竟有这种巧事，正是无奇不有。但是那汤阴县令一时到哪里去捉来那个凶手呢？明天倘然不走，倒也要去看他一看。

次日早上，仍有些蒙蒙小雨，玉琴对剑秋说道："我们今天不走了，好去看看汤阴县令怎样审这奇案。"剑秋道："好的。"

将近午时，雨已停止，阳光从云中放射出来，像是天好的样子。琴剑二人吃罢午膳，只听街坊上走过的人渐渐闹热起来，嘴里都在谈论那奇案。店主跑进来对他们说道："你们俩可要随我一齐去看审奇案？闻得县太爷今天特地在衙后广场上审问，使大众都来旁听，看看这个杀人的凶手。你们想，一个人生了六只手指，又会生六只足趾，岂非奇怪？不可不看看了。"玉琴道："好，我们就跟你同去。"于是玉琴、剑秋跟了店主走出店门，还有店主的老妻和长子一起同行，走到县衙后边来。

但见人山人海，拥挤不堪。大家都从一个狭小的门里走进去，门口站着地方官和许多差役，手里虽然把着皮鞭，却很和气地让人进去。琴剑二人好得两臂有力，排开众人，从门里挤进去，回顾却不见了店主等一干人，也就不去管他，大踏步走去。见好一个广场，四边都栽着柳树，场中已立着五六百个观众，中间有一个高高的台，台上放着公案，大概是审问犯人的所在了。有几个年轻的人，都爬到柳树上，或立或坐，登高临下，十分得势，所以许多柳树上都探出着一个个人头。只有一株最高的柳树，没有人能够攀缘而上。琴剑二人便轻轻几跳，已到了柳树的上面，坐在粗硬的大枝上静候。见门外的人仍似潮水般地挤进，店主夫妇也挤在人丛中进来，满头是汗，东张西望，好像寻找他们的样子，二人不觉暗暗好笑。

不消一刻，这个广场上已挤满了人，大概总有二千四五百人左右。差役们便把小门关上，下了锁，不许他人进来。但是等候多时，不见汤阴县令出来审案，大家都有些不耐烦了。忽然有一个差役跑到台上，向观众大声说道：“今天对不起你们了，因为县太爷忽染微恙，不能坐堂，要明天再审这案件了，你们可以回家去吧。不过县太爷有个命令，凡你们不论何人走出的时候，须得伸出双手，经过守门的验视一下，然后可以通过，违者便不许走。”众人听了这个说话，大家哗然而散，都要从这个门里走出去。

此时门边站立了十多名捕役，手中各执着铁尺短刀和绳索，声势严厉。来人因为验视双手并非难事，所以乐得听令，都伸出双手，被捕役们看了一过，然后一个个放出去，这时已走了五六百人，忽然有一个长身的少年，穿着一件紫酱色宁绸的袍子，相貌英武，走到门边，不肯伸手出来，却硬要撞出去。捕役们拦住他，一定不肯放他走出，那人退后数步，瞧瞧旁边的墙垣，都是风火山墙，十分高峻。但是墙边的柳树相隔不远，便冷笑了一声，对捕役们说道：

"你们不许我从门里出去，难道我没有别处可以走么？"便耸身一跃，如飞一般蹿到柳树上，又从那里跳上高墙，十分迅速，众捕役不觉呆了。有几个早喊道："不要放走了那厮！"那人正要跃下的时候，忽然从那边柳树上跃出二条人影，如飞鸟般已到了墙上。

评：

　　云三娘虽为书中之宾，却是宾中之主。宝林寺、韩家庄、天王寺、邓家堡诸役，无役不兴，甚为热闹。此时忽又生出岭南一段变端，写得隐约其词，留为后文地步，实亦借此遣去云三娘耳。云三娘去而余观海来，借此微透窦氏母女之消息，而琴剑遂离昆仑矣。处处映带前事，亦即处处提醒读者，便觉全书线索清楚。重提曾家村事，加写雨声极妙，玉琴胸无渣滓，纯为感情所驱使。虽以剑秋相知之深，而不能多谅，吾为女侠徒呼负负矣！清海忽生奇波，真是读者意想不到之事，写来极惝恍迷离之致。末后轻轻一点，方知是梦，意境甚妙！

第十一回

深林追草寇误中阴谋
黑夜登乌龙甘蹈虎穴

这两条人影是谁？不问而知，是玉琴和剑秋了。原来二人听了差役的传令，心中十分奇讶，知道这事并非偶然，另有什么蹊跷。所以端坐在柳树上不动，瞧着下面的观众一个个走出去，经捕役们察验手指，暗想这不是相面，倒是相手了，有些好笑。忽然见那个长身的少年不肯给捕役们看手，却施展本领，逃上高墙，想要逃走。二人哪肯袖手旁观？所以也跃上高墙去捉拿那少年。

那少年见有人追至，并不逃下，因为一则下面并无接足之处，二则挤满着许多人，有几个捕役已高举着铁尺在那里等候他逃下，所以他回身从墙上逃去。琴剑二人在后紧追，那人行走如飞，已转过了那一道风火山墙，旁边便有一带民房，那少年飘身而下，跳至民房上，急急逃遁。琴剑二人也追至民房，许多捕役见有人相助，大家在下面跟着追奔，高声呐喊，以壮声势。

琴剑二人追过了十几家屋面，已赶到那少年的身后。少年知道逃走不脱，便回身相迎，拔出腰间短刀，对二人喝道："你们是谁？敢来和我作对，先吃我一刀！"说罢，飞起一刀，向玉琴头上砍下。下琴也拔出宝剑迎住，剑秋把惊鲵剑挥动，一同向那少年刺击，那少年不慌不忙，一柄短刀上下翻飞，和二人战了数十合，渐觉不敌，被二人的剑光围住，不能脱身。剑秋得个闲隙，让少年一刀劈进来，把剑向上一拦，乘势使个飞鱼掠水式，一剑削去。只听那少年喊了一声啊呀，那一只握刀的右臂竟被剑秋的宝剑砍了下来，几乎脱离两起，忍不住疼痛，身子一晃，从屋面上骨碌碌滚下地来，给捕役们擒住。

琴剑二人也就放剑入鞘，很得意地笑了一笑，一齐轻轻跃下。大众都赶来围住瞧看，见那少年右臂早被剑秋砍落，鲜血淋漓，地上滴着不少血。那捕头把他的左手拉出来一看，见大拇指上多着一个小小的骈指，想不到天下竟有这种巧事。那人情虚图逃，又敢拒捕，一定和此案有关的。捕头又不知琴剑二人是何等样人，遂向二人感谢协助之力，且问姓名，要请他们同到衙中去坐坐。二人不欲多生麻烦，便说道："我们是路过这里的，一时有兴，前来看审奇案，见那人不服命令，上屋逃遁，所以相助你们将他捉住。现在你们可以带他到衙中去细细审问，也许他就是个杀人的真凶手，此案或可水落石出了。"说罢，二人便分开众人，走回旅店去。

那些捕役遂把那少年带去，街坊上看的人十分惊奇，大家又沸沸扬扬地讲起这事来。琴剑二人回到店中坐着休息，玉琴对剑秋说道："那少年本领固然不错，但是他无故拒捕，已猜疑到他不是好人，现在发现了骈指，此人倒有十分之九是此案的凶手了。"剑秋道："是的，那汤阴县令今天所以在广场扬言审案，到后来称病不审，及令观众出去时要验手指，这明明是他用的计策，借此引诱凶手生了好奇之心，使他也来观看，自投罗网，果然那鱼儿上了钩。不过，若没有我们在场时，恐怕那些捕役都是酒囊饭袋，毫不中用，仍旧要被他逃去的呢。"玉琴道："凶手已获，那么那个姓彭的书生可以无罪了。听讼这件事是十分万难的，幸亏汤阴县持重多虑，换了那个蔡师霸，说不定那个姓彭的早已做了刀头之鬼。"

二人正说着话，店主等也已回转。店主听得二人的声音，忙进来对二人连连作揖道："二位真是英雄豪杰，在屋上行走如飞，今天若没有二位相助，恐怕那个凶手也捉不到的。佩服，佩服！不知二位从哪里来，到哪里去？"二人甚是直爽，约略告诉了几句。店主在晚上特地端整了酒菜，宴请二人，店中伙计也纷纷传说出去，格外把二人说得光怪离奇了。

次日，琴剑二人见天色仍有些不好，一刻儿晴，一刻儿雨，难得逢着这种天气，出门人殊觉不便，于是多留一日。

这天下午，汤阴县真的坐堂审讯了，店主等又要去看个究竟，问琴剑二人去不去，二人道："我们不去了。少停等你回来听消息吧。"

傍晚时，店主回来，果然跑到二人这边来报告说："那少年果是此案的凶手，而且是个江湖上的飞行大盗，以前万花街王姓的窃案也是他做的，一切直认不讳。他姓胜名万清，别号粉蝴蝶，一向在河北、河南做那勾当。此番到汤阴来，盗了王姓之物，见本地捕役毫无能力，所以胆子愈大，不肯就走。恰巧彭翁娶媳，铺张扬厉，远近皆知，所以他生了觊觎之心。在那天也赶到彭家瞧热闹，见新娘姿色艳丽，动了淫心，而且又闻得新娘的妆奁甚富，因此他决计下手了。但是在当天耳目众多，通宵热闹，无隙可乘。次日黄昏，他就悄悄地伏在新房的屋面上等候，后来见宾客都散，新郎也闭门安睡，遂轻轻跃下，故意在门外唤了一声，诱新郎到陪弄中，把他用手勒毙，剥了他的衣服，换上自身，便跑到新房里假充新郎，向瑞芝求欢。可怜瑞芝哪里防到这一着，竟发生了天大的祸事。他乘瑞芝睡着的时候，便去开了箱子，把值钱的珍贵首饰一股脑儿带了去。却不道因为骈指的关系，害了无辜的彭基。他得意扬扬，以为有人替死，再也不愁破案，所以逗留着没有他去。不料那捉到第二个生骈指凶手消息传出后，使他生了好奇之心，一想自己是个生骈指的人，难得彭基也是骈指，现在怎么又来一个骈指的人？不信替死鬼竟有如此之多，真是一时觅也觅不着的，所以他也来看审。却没有想到这是汤阴县令用的计策，好赚凶手出来，他果然上当，被人捉住，也不想抵赖，于是老实认罪。此案的真相也就大白，彭基得以释放，胜万清便定了死罪，下入监狱，人心大快。"琴剑二人听了，也觉爽快。

但很代那新娘可怜，一夜新妇，竟闹出了如此奇案，新郎业已惨死，教伊一个人凄凄凉凉的哀吟黄鹄，苦守柏舟，未亡人的岁月怎样度过呢？店主又说："听人传言，那新娘自怨红颜命薄，将要带发修行了。"二人听着，又叹了一口气。

到得次日，天色已好，二人急于赶路，遂付清了旅资，别了店主人，一齐上道，离了汤阴县，向卫辉府进发。跑了两天，远远见山峰高峙，地方甚是荒野。忽然后面尘土飞起，有二骑疾驰而来。二人疑心有盗，便勒住坐骑等待。顷刻之间，已到面前，瞧见两匹马上坐着两个蓝袍少年，腰间各佩着宝剑，满面风尘。收住坐马，向琴剑二人拱拱手道："二位可是上卫辉府去的？"剑秋答道："正是。"一个面圆的带笑答道："好了，我们有了同伴了。"剑秋便道："你们上哪里去？"面圆的答道："我们是弟兄二人，姓蒋，我名猛。"又指着那个少年说道："他是我的兄弟，名刚。我们是南阳人，有事北上，要经过卫辉府。听人传说前面有个乌龙山，山势险恶，山上有一伙强寇，甚是了得，时常拦劫行客。我们正恐万一遇见抵敌不住，现在遇见了二位，有了同伴，胆气稍壮了。"便向琴剑二人叩问姓名，剑秋诡言姓许，是兄妹二人，到天津去的。二少年对他们甚是恭敬，一路同行，谈些江湖上的事，倒也不觉寂寞。

走到将近天暮时，前面有个小小村落，有一家小逆旅，早有店小二出来接客。蒋猛对剑秋说道："我们不如便在这里歇宿一宵吧，再向前去就是乌龙山了，夜间更是走不得，出门人应该小心些为妙。"玉琴听了，暗暗好笑。大家遂跳下坐骑，交给店小二牵去。四人走进店来，柜台里坐着一个胖大的男子。戴着一顶皮帽，额上有个刀疤，相貌凶恶，正和着一个二十多岁的婆娘说笑话。那婆娘略有几分姿色，发边掐着一枝野花，脸上涂着脂粉，一块红一块白的，身上穿件黑色外褂，手里拿一柄明晃晃的切菜刀，正站在柜台东边的大肉砧边切肉。那男子一见有客人到来，连忙立起招接，引他们到里边去。房间都空着，没有什么旅客，剑秋和玉琴拣定了靠左一个上房，蒋氏兄弟指定了对面的一个上房，各自坐定。店主招待很是殷勤。

晚上四人同食，蒋刚却点了一盆大肉馒头，弟兄二人把那热腾腾的馒头一个一个吃下去，且请琴剑二人也吃。玉琴摇摇头说："吃不下。"剑秋取了一个，擘开了，看看里面的肉馅又肥又多，心上有些疑惑，也就放下不吃。晚餐后，大家回房安寝，四下里早已寂寞无声。剑秋对玉琴说道："我们可记得佟家店的事么？今晚不是我多疑，总觉有些不放心，我们可以一个睡上半夜，一个睡下半夜，轮流戒备着可好。"玉琴点点头，笑道："很好。但你未免太小心了。"剑秋道："宁可小心些，你不看见方才店里的一对儿，实在令人可疑。况且那同行的蒋氏弟兄，也不知道他们俩究竟是何许人。"于是剑秋先让玉琴到炕上去睡，自己把灯吹熄了，静坐了一歇，反想起前次的梦境，未免暗自好笑，假使是真的一回事，那么我将如何呢？

他正在出神遐想，忽听上面屋瓦嚓的一声响，他知道那话儿来了。玉琴刚才一觉醒转，摩挲睡眼，正要开口，剑秋跳过去，把伊的玉臂一推，指着屋上低低说道："琴妹，你听。"玉琴凝神听时，只听又是嚓嚓的两响。剑秋道："他们在屋上窥伺，我们不如开着后窗出去，抄他的背后，可好？"玉琴点点头。两人方欲举动，但是屋上屋瓦乱翻，大响而特响，接着发出呜呜的声音，两人不觉相视而笑，原来是两只猫在屋上追逐。玉琴便立起身来，打个呵欠，笑道："剑秋兄，你竟这样胆小，连猫的脚声也听不出了。"剑秋无话可解，

155

也笑了一笑，对玉琴说道："时候还早，琴妹仍去睡吧。"玉琴道："我不睡了，你去睡，若有人来时，好让我一个人杀个酣畅。"剑秋便去睡了。玉琴坐至四更过后，依然不见动静，知道他们自己太易生疑心了，也就拥衾而睡，果然一宵无事。

转瞬已是天明，琴剑二人一齐起来，剑秋很觉惭愧，对着玉琴连说对不起，玉琴道："外面的事情本来也难以忖度的，也未可怪你。"开了房门，蒋氏弟兄便走过来和二人相见，大家用了早餐，蒋刚抢着会去了店饭钱，一起动身。那肥壮的男子送出店门，伺候他们上马，又向他们一揖到地，送他们动身。

四人上路后，玉琴和剑秋心中都想：以貌取人，失之子羽，我们猜疑那店是个黑店，谁知都是好人，可见一个人胸中不能有成见的了。于是对着蒋氏弟兄引为良伴，并不生疑。他们向前走去，前面都是山路，看看那个对面的乌龙山，山峰渐渐相近，路上并没有饭店。跑过一处沿河的地方，有二三人家临流而居。一个中年妇人立在一家面前，叫一个小儿进去吃午饭。四人遂向妇人开口，要向伊买一顿午饭充饥，妇人便说："有，有！"请他们四人下了马走到房里，在一只桌子上坐定。妇人便去煮饭，因为他们的饭不够供客一饱，那小孩子却先到厨下去吃了。

四人坐了一刻，妇人已将饭和菜肴搬上来，带笑说道："这里是荒野之地，并无佳肴，请客人将就用些吧。"剑秋说道："很好，我们在这个地方竟有饭吃，也非容易了。"玉琴瞧着桌上放着的两样菜，一样是萝卜烧小鱼，一样是辣椒豆腐，肚子饿了，不管好歹，盛了饭就吃。四人狼吞虎咽地吃个饱，剑秋取出三两银子交给妇人，那妇人见了银子，眉开眼笑地谢了，接过去。

四人走出门来，跨上坐骑，又向前赶路。约莫走至红日衔山的时候，已到乌龙山下。前面山路曲折，树木众多，四人正向前跑着，忽然铮的一声响，有一物从他们头上飞过。玉琴便道："这是响马的

156

响箭，前面准有强寇剪径了。"四人不管，仍旧往前跑去。只听得树林中一声锣响，跳出七八个强盗来，为首的一个身躯高大，身穿黑色短靠，手握长枪，把枪对四人一指，喝道："你们快快留下行囊与坐骑，才放你们过去，否则一刀一个土中埋，休得怪怨咱们。"蒋刚和蒋猛拔出宝剑，回头对琴剑二人说道："待我们先去抵挡一阵，如若不胜，再请二位相助。"玉琴点头微笑。蒋氏弟兄遂使动宝剑，把马一拍冲上前去，和这七八个强盗交手。战了十多合，众强盗抵敌不住，为首的丢了长枪，望后便退，众盗跟着一齐逃向树林里去。蒋氏弟兄回头对琴剑二人说道："这些草寇真不济事，我们何不就此杀上乌龙山，直捣巢穴，把那个狗盗扑灭？也可代地方上除害。"剑秋说声是。蒋氏弟兄各个催动坐骑，向树林里追将进去，剑秋也将龙驹一拎，跟着追进林中。

玉琴也拍动花驴，要和剑秋同追。不料那花驴忽然掉转身子，向后飞跑。玉琴出于不防，正想把缰绳收住，谁知那花驴今天竟不受羁勒，好如发狂一般，向原路飞奔回去。玉琴十分恼怒，把两足向花驴腹下乱踢，但是也不中用，两臂虽然用力紧收，一时却也收不住。这一个趟子直跑过六七里，方才觉得那花驴的力气渐渐松懈。

玉琴用力一收，花驴便停住不走了。玉琴骂道："可恶的畜生，这样不是和我捣乱么？耽搁了我的事了。"心中牵挂着剑秋等三个人，遂又想把驴子掉转头来追赶三人，可是那花驴死也不肯回身，任你鞭它踢它，它总是倔强着不肯回头。玉琴暗想，这事有些奇怪了，此驴随我以来，十分通灵，以前在张家口曾救过我的性命，此番它忽然强着不肯和我们一起追赶敌人，把我驮了回来，莫不是那边有什么不测的祸患么？愈想愈觉可疑，遂把纤手在花驴头上轻轻拍了数下说道："如若前有灾凶，你有意不追，可对我叫一声。"玉琴说罢这话，那花驴果然狂叫一声。玉琴点点头说道："是了，那么剑秋兄一定要遇着危险，我不救他，谁去援助？即使前面有什么祸患，我也顾不得一切，愿与他同死同生，但是我也不可鲁莽行事，必须要想个法儿救他出来，方是上策。"一边想，一边跳下花驴。

见那西边的夕阳已经坠向山后，寒风吹着衰草深林，凄凄切切，暮色苍茫，归鸦噪空。玉琴心中正在犹豫，忽见前面尘土扑起，隐隐有数骑追来。伊便丢了花驴，窜到林子中去伏着窥伺。那花驴失了主人，又向后边跑去，但是打圈子一般转来转去，好似不肯远离的样子。玉琴伏在一株大树背后，伊在林里可以瞧得到林外路上的人，外面却瞧不清楚林中的人了。转瞬之间，见有三四匹坐骑跑至林前，一个人大声对同伴说道："你们看前边的花驴，为什么空着无人？那姓方的女子不知逃到哪里去了。"玉琴听得出那人的声音正是蒋猛，心中一呆。接着又听一个人说道："我们已把男的捉住，那女的也断乎不能放伊逃去。"又听蒋刚停住马说道："我们安排的计划可算精密而周到，不知怎样的那女子十分精灵，偏偏不上我们的钩，如何好到母夜叉面前去交代呢？"又一个说道："那花驴既在前面，料想那女子决然没有远走，说不定便匿在那个林中，我们不如进去搜他一搜。"又听蒋刚应声道："是。"接着听得众人下马声，脚步乱奔，跑入林中来。

玉琴瞧得亲切，见为首的正是蒋猛，手横宝剑，一步一步地掩入。玉琴早已暗暗掣出真刚宝剑，等蒋猛走近的时候，突然从树后一跃而出，娇喝道："贼子，你家姑娘等候你多时了。"一剑向他头上劈去。蒋猛大吃一惊，仓促抵御，哪里是玉琴的对手，不消几个回合，蒋猛已死在真刚宝剑之下。其余的三个同伴，不识利害，一齐举起刀枪向玉琴夹攻。玉琴挥动宝剑，早搠倒了两个，剩下一个要想回身逃走，早被玉琴追上去，飞起一足，把他踢倒在地，将他擒住。在他当胸一脚踏住，扬着真刚宝剑，喝问道："你们是不是乌龙山的强寇？那蒋刚、蒋猛二人是不是你们的同党？为什么设计来欺骗我们？与我同行的岳姓男子现在哪里？你们可曾加害？快快实说。"那人说道："我们都是乌龙山上的，那蒋刚、蒋猛预先改扮着客人，引诱你们前来，我们早在林子里设下了绊马索和陷坑，有意假败，好使蒋刚、蒋猛怂恿你们同追，坠入计中，不料只捉到那个姓岳的，被你逃脱而去。蒋刚遂先押解姓岳的到山上去，蒋猛便引着我们追来，想不到他却死在你的手里。现在请你饶了我的性命吧。"

玉琴又问道："你们山上的盗魁姓甚名谁？为什么蒋氏弟兄要来诱我们中计？"那人又说道："我们的头领姓穆名雄，别号金刀穆雄，卫辉府一带地方哪个不知，谁人不晓？他的浑家母夜叉胜氏，和他一起占据着这个山头，官兵也奈何他不得。因母夜叉有个兄弟，就是那个粉蝴蝶胜万清，被你们相助着官厅把他捉住的。他到汤阴去做买卖，干得一二庄案件，偏偏被你们擒住。手下人便逃回山上来报告。据着母夜叉的意思，便要前去劫牢，穆雄却以为劫牢难，劫法场容易，于是决定以后劫法场了。但是母夜叉探听得他的兄弟是被两个过路客人动手捉住的，否则决不致失利，所以她急欲复仇。遂由蒋氏弟兄献上这条计策，有意假装着客人，引你们到此入彀的。"

玉琴听了，方才恍然大悟，都是自己好管闲事，结下这个冤家。且喜剑秋虽然被擒，尚未丧失性命，那乌龙山左右也不过和白牛山一样，究竟不是龙潭虎穴，我必须前去冒险救他出来，即使真是龙潭虎穴，我也顾不得了。想定主意，便把宝剑一挥，那人早已身首异处。遂将剑回入鞘中，走出林子，见他们骑来的马早已四散走去，又见自己的花驴却立在前面，没有远离。天色又暗将下来，自思在此旷野，一时到哪里去存身？忽想起方才借用午膳的那个人家在后面不远，我何不到那里去歇息一下，再作计较。遂跨上花驴，向后面路上飞跑而去。不多时早到了那个人家的门前，却见双扉紧闭，杳无声息。伊便跳下花驴上前叩门，只听里面有男子的声音问道：

"外面是哪一个，夜间到此敲门。"玉琴道："是我。"只听男子又问道："你是谁?"接着又听他自言自语道："在这个地方哪里来的女子? 真吃了豹子胆的。"玉琴又说道："我是方才向你们借用午饭的过路客人，请你们开一开。"听那男子答应一声，果然就来开门，手中执着一个烛台，向玉琴照了一照，便道："姑娘请进。"又代伊牵了花驴，一同走入。

那男子把花驴牵到后面天井中去，口里喊道："阿元娘，快出来，有一位客人在此。"那妇人正在右边一间小小的房里，伴伊的小儿同睡，听得声音便出来，见了玉琴，便道："呀! 原来就是姑娘，何事回来? 那三位先生呢? 莫非……"

玉琴把头摇摇道："我们真是不幸，遇见盗匪了，他们都被捉去，只有我一人脱险。"那男子从后边跑出来，说道："姑娘，你们遇见强盗么? 前面乌龙山上的强寇端的厉害非凡，方才我从田中回来的时候，听得阿元娘说起有四位客人，三位是先生，一位是姑娘，在此借用午饭，一同向前面去的。且蒙你们十分慷慨，赏赐银子，我就怪伊为什么不告诉客人前面有盗匪的呢? 伊又说，因为伊瞧见你们都带武器，不像无能之辈，所以没有和你们说起的。"玉琴笑道："不错，这也不能怪伊。"

男子便请玉琴坐地，又教他妻子到厨下去煮粥。玉琴便问男子姓名，男子道："我姓裘，名唤天福，一向在此耕田过活。以前也时常到乌龙山去打柴的，后来山上有了强人，我就不敢去了。那山上的盗魁便是金刀穆雄，本是卫辉府二龙口的土豪，后来得罪了有司，闹翻了脸，便到这山上落草为寇了。穆雄还不算厉害，唯有他的浑家母夜叉胜氏，善使一根十三节的连环钢鞭，非常了得，连穆雄也不是她的对手，可想伊的本领高强了。你们遇见了他们，自然失利了。"玉琴微微笑道："虽然失利，我却要去救出他们来的。"男子脸上露出惊异的神色，说道："不是我看轻你，谅你小小弱女子，怎能到山上去冒这个重大的危险呢？不如报官再说吧。"玉琴笑道："报官有什么效力？官厅若有剿匪能力，何至坐视盗匪猖獗如此？"天福点点头道："姑娘说得不错，现在的官府畏盗如虎，尽向上司蒙蔽了，多一事不如少一事，哪里顾到行旅的不便、地方上的为害呢？"

说到这里，那妇人已端了一大碗小米粥和一碟咸雪里蕻前来，请玉琴吃粥，玉琴谢了。吃过粥后，对他们说道："你们大概早要睡了，夜间的事你们不要管，我自会去，自会来的。"天福又说道："姑娘，若是一定要去时，须记得上山正面的路是走不得的，非但山路峻险，而且有三重关隘，夜间都有埋伏，你一人前去蹈险，倘有不测，如何是好？我想不如从侧面石盘岭越过去，取道既近，危险反少，那边只有一座碉楼，比较容易走些。"

玉琴道："承蒙指教，可惜我不识路途。"天福又道："姑娘，向前走到乌龙山下时，不要向正面上山，可向右边一条斜上的山径走去，那边有一条小小溪涧，只要沿着溪涧行走，不到三四里，便到石盘岭，只要越过岭上的一座碉楼，下得石盘岭，地便平坦，再向左边山路走上去，就到乌龙山上的中心了。"玉琴把天福的说话，一一记好。便道："你们去安睡吧，不敢再惊动你们了。"天福倒也爽快，便和妇人回到房里去。

玉琴一个人盘膝坐着，闭目养神。约近二更时分，不敢耽搁，便飞身从屋上越出，施展飞行术，一口气跑到乌龙山下。记得天福的说话，看清方向，向右边一条斜上的山径走去。听得脚边淙淙的声音如鸣琴筑，正有一条小涧，她便沿着小涧而上，不多时便到得石盘岭。月光很好，运用夜眼瞧见林子那边正有一座高高的碉楼，再蹿过林子，已到了碉楼之下。抬头见碉楼上插着许多刀枪旗帜，壁垒森严，隐隐有击柝之声。那碉楼筑在两个石壁中间，正当要道，没有别的路可以飞越。好玉琴毅然决然地不顾什么危险，飞身一跃，已到了碉楼上面。见距离十数步的地方，有两个小喽啰，正背对背地蹲着在地上打瞌睡。玉琴也不去惊动他们，俯视里边，也不见什么动静，伊就连蹿带跳地越过了那座碉楼，可笑强寇们一些儿也没有觉得。

山上的鹳鸟却在明月之夜，在谷中引吭而鸣，如老人咳笑一般，令人毛发悚然。玉琴壮着胆，跑下石盘岭，从左边山路飞跑而上，已到了乌龙山巅。停住脚步向四下一瞧，见前面有一带高大的房屋，料想必是盗窟，走到屋边，跳上墙垣，见里面各处都有灯火，想盗寇还未睡眠，不知剑秋拘禁在哪里，教伊如何援救？越过了一重屋脊，听得里面一进的屋中欢笑之声，沸腾入耳，灯火明亮，伊就轻轻走到那屋子侧面，伏在屋上暗处，向下观看。

见正中是一间大殿，殿中摆着酒席，有四个人向外坐着，中间的一男一女都在老年。男的鬓毛已斑，想是金刀穆雄。女的年纪比较穆雄稍轻，面貌丑陋，露出一口不齐整的黄牙，方作鹭鸶笑，大约就是母夜叉胜氏了。左边坐着的一个少年，正是那个蒋刚。再向右面一看，见坐着一个女子，不是别人，原来就是飞天蜈蚣邓百霸的妻子穆玄瑛。以前在白牛山被伊漏网逃脱，不料现在此地，大约伊就是金刀穆雄的女儿了。

那么仇人相见，新仇宿冤一齐发作，不知剑秋吉凶如何，心中却有些惶惑。只听蒋刚开口对穆雄说道："我们弟兄二人将这条计策去此诱他们，果然他们不知不觉地堕入彀中，可惜那个女子逃走了。我虽然教弟弟去追赶，但是却不知道此时还不回来，不知追到哪里去了。"穆雄道："我方才又遣周头目带了四名儿郎前去接应，但是也不见回来。"穆玄瑛接着说道："那女子就是所说的荒江女侠，有十分了不得的本领，不要蒋猛反吃了伊的亏，也未可知，伊是我的仇人，被伊逃脱，真是可惜。"

穆雄喝了一杯酒，掀髯说道："谅伊小小女子，有什么天大的本领？我总不信。"母夜叉胜氏又说道："伊杀我女婿正是可恶，若给我见面时，必请她吃一钢鞭。"穆雄又道："我们虽然没有将她捉住，但已捉到伊的同伴，现且监禁着，等到捉得荒江女侠时一起发落。"穆玄瑛道："那个姓岳的名唤剑秋，就是伊的师兄，我们既已把他擒住，不如马上结果了他的性命，免生后患，因为荒江女侠倘然没有被我们追到，说不定伊会冒险到山上来援救伊的同伴。"穆雄道："既然如此，依你之言，便把这岳剑秋砍了吧。"便命左右将那姓岳的推来，两个喽啰答应一声而去。

玉琴在屋上瞧得分明，听得清楚。不多时，早见两名喽啰握着鬼头刀，押着剑秋前来。剑秋虽已被缚，神色自若。推到穆雄面前，穆雄便向他喝问道："岳剑秋，你帮助了姓方的女子把我女婿杀害，结下血海大仇，你们在汤阴的时候，又将我的妻弟粉蝴蝶胜万清擒获，到官府请功，这正是仇上加仇，怨上结怨。今日被我们捉住，这就是报应。"

剑秋朗声骂道："呸，老贼，这有什么报应不报应，你的女婿，你的妻弟，和你一样的都是民物之害，杀了他们也是死有余辜。可惜你们这些草寇还未授首，早晚末日必要到临。我今不幸中了你们的诡计，大丈夫一死而已，何必多言！不过我的同伴还在那里，没有上你们的勾当，伊必要代我复仇的，恐怕你们釜底游魂，不久也要同赴黄泉。"

玉琴在屋上听剑秋说得这样痛快，不觉暗暗点头，徐徐掣出真刚宝剑，准备动手。只听穆玄瑛对伊父亲说道："爹爹不必同他讲理，待女儿把他先行开膛破肚，挖出他的心来，好献祭给亡夫阴灵。"穆雄点点头，才吩咐把剑秋绑在庭中一株树上。穆玄瑛便取过惊鲵宝剑说道："此剑便是姓岳的所用之物，我今就把来取他的性命。"说罢，便将外面的褂子脱下，露出里面绿色的紧身小棉袄，手横宝剑，走至庭中，对剑秋猛喝一声道："看剑！"一剑向剑秋的胸口刺去。

剑秋早已闭目待死，正在这千钧一发的时候，忽听当啷啷数声，几片屋瓦从上面飞将下来，正打中穆玄瑛的手腕，忍不住疼痛，那柄惊鲵宝剑也跟着堕在地上。便见一条黑影如飞鸟般跳落庭中，白光一道径奔穆玄瑛的头上。穆玄瑛不防，猛吃一惊，手中没有兵刃，只好向后跳避。玉琴身手敏捷，早将剑秋身上绳索割断，说道："剑秋兄，我来了，快些努力杀贼。"

金刀穆雄在堂上看得清楚，气得他胡须倒竖，啊呀呀一声大叫，从左右手中取过一柄金背大刀，一个箭步跳至庭中，疾使一个独劈五岳式，向玉琴头上一刀劈下。玉琴把剑向上一迎，铛的一声，把金刀拦开，觉得其势沉重，不可轻忽。便将剑术使出，一刀一剑，寒光霍霍，在庭中酣战起来。

剑秋已将身上绳索脱下，很快地从地上拾起自己的惊鲵宝剑，正要相助，母夜叉胜氏早挥动十三节连环钢鞭，宛如一只雌老虎，打一个旋风向他扑来。剑秋舞起宝剑，迎住母夜叉，一剑向伊腰里扫去。母夜叉喝声来得好，将钢鞭望下一压，铛的一声，剑秋的宝剑直压到下面去，若非剑秋手中握得紧，早已压落了。母夜叉跟着将钢鞭翻起，一鞭向剑秋打来。剑秋说声不好，自己的宝剑来不及望上抵挡，急使一个鹞子翻身，只一跳，跳出六七尺以外，躲过了这一鞭。母夜叉见一鞭不中，怒吼一声，跳过来又是一鞭，使个玉带围腰，向剑秋腰里打来。剑秋把剑格住，心中暗想，这母夜叉果然厉害，比得上韩家庄的铁拐韩妈妈了，我倒不可轻忽，免得失败。遂施展出平生本领，把惊鲵剑舞成一道青光，向母夜叉刺去。母夜叉也将钢鞭使急了，有呼呼风雨之声，尽向青光中上下左右地打去，一黑一青搅作一团。

此时山上锣声大鸣，蒋刚早去聚集着四五十名喽啰，各执刀枪棍棒，赶来助战。穆玄瑛也摆动一对鸳鸯锤，跳过来协助伊的父亲，同战玉琴。琴剑二人身陷重围，自知绝无他人前来援助。所以各出死力拼命狠斗。幸亏他们的剑术日有进步，又在昆仑山上重得一明禅师的指点，更见高深，因此足够应付。玉琴和穆玄瑛父女斗了五六十个回合，不能取胜，暗想不能不用巧了。遂假作渐渐无力的样子，向东边墙角退走，穆玄瑛挥动金背大刀紧紧逼过去，玉琴退到分际，假作脚下一滑，说声："不好！"跌倒地上。穆雄大喜，连忙踏进一步，一刀砍下。不料玉琴使个鲤鱼打挺，疾跃而起，一剑向穆雄腰里刺来，穆雄不防，不及闪避，被玉琴一剑刺中右腰，大叫一声，撒手扔刀，向后而倒。

玉琴大喜，抽出剑来，便向穆玄瑛进攻。穆玄瑛见老父惨死，心中惊怒交并，咬紧牙齿和玉琴力战。玉琴杀了穆雄，勇气大增，一柄剑使得神出鬼没，白光飞绕在穆玄瑛顶上。穆玄瑛抵敌不住，锤法散乱，被玉琴觑个间隙，一剑扫去，把穆玄瑛劈倒在地，又一剑割下伊的头颅，提在手中。

此时蒋刚等见寨主已死，琴剑二人剑术高强，都纷纷逃避去了。只剩母夜叉一人，兀自舞着钢鞭，和剑秋苦战。眼见丈夫和女儿都死在人家手里，十分悲愤。玉琴在旁见母夜叉的钢鞭夭矫飞舞，绝无松懈，久战下去，恐怕剑秋要抵御不住。便将手中提着的头颅，照准母夜叉脸上用力掷去，说声："看法宝。"滴溜溜地打向母夜叉头上。母夜叉还不知道是什么东西。吓了一跳，把手中钢鞭迎着一击，把这颗头颅直打出去，骨碌碌滚落在地上，被钢鞭一击，已脑浆迸裂，血肉模糊了。

母夜叉定神一看，方知是伊女儿的头颅，心中一痛，不觉张口喷出几口鲜血。大吼一声，将钢鞭向剑秋下三路扫去，剑秋即向后一跳，避过钢鞭，正要回手，母夜叉早跳出圈子，一跃上屋，向后边逃去。玉琴也已飞身追上，剑秋也赶紧跳上屋面，一同追赶。早见母夜叉跑走如飞，已从旁边屋上跃下，二人也随后跳下。月光中，见母夜叉奔向左边一条狭窄的山径中去。二人追至那里，恰巧前面有一丛松林，风卷松涛，其声如雷，母夜叉蹿到林子中去了。二人追到林外，已不见母夜叉影踪。

玉琴想要追进去，剑秋道："遇林莫追，饶伊逃生去吧。我也因自己不小心，方才上了那两个贼子的当，追进林中，逢着他们设有绊马索，我遂不幸被擒，亏得琴妹前来救了我的性命。现在倘然林子里有什么陷坑等，况又在深夜，更是瞧不清楚，不要再中了伊的诡计。"玉琴点点头。

二人遂并肩走转，玉琴便将花驴通灵，把伊硬驮回去，又如何把蒋猛杀死，到乡人屋中去暂歇以及得到裘天福的指示途径，然后独自冒险上山来相救的情形，一一告诉剑秋。剑秋对伊不但表示十二分的感谢，而且很佩服伊一种勇往直前的精神。二人回到寨里，此时众喽啰都已四散，只有几个老弱之辈以及妇女们，一时没有走去，二人也不去伤害他们，教他们去将穆雄父女的尸首埋葬在山后。

二人坐着守到天明，剑秋去找得自己的龙驹，遂牵着一同和玉琴从正面山路走下。见果然有三座关隘，形势十分雄壮。二人徘徊片刻，走下乌龙山，回到裘天福家中，见裘天福正立在门外凝望。一见二人到来，十分欢喜，便走上前问玉琴道："姑娘去了一夜，竟救得这位爷回来，真不容易，可曾遇见盗匪？"

玉琴道："当然遇见的，都被我杀死了。"裘天福听了，吐吐舌头。又向玉琴面上相了一下，说道："好姑娘，真高本领。"说话时，那妇人也已闻声走出，对玉琴恭喜，且问道："还有二位爷在哪里呢？"玉琴笑了一笑道："他们却被强寇所害了。"妇人听着说道："可惜可惜，那二位爷都是年轻的公子，却送在强盗手里，他们家中人若然知道了。岂不要哭死？"琴剑二人听了，暗暗好笑。

玉琴又对裘天福说道："我的花驴呢？请你快快牵出来，我们不再耽搁，就要动身了。"那妇人说道："二位吃了早饭去。"玉琴把手摇摇，裘天福遂云牵出花驴，说道："我已喂上一顿草料咧。"又回身到屋中去送上两个包裹，玉琴仍把来拴在驴上，取出四五两碎银，授给那妇人道："昨晚辛苦你们，这一些送给你家小孩子买东西吃的。"妇人千恩万谢地受了。琴剑二人便向他们点点头，说道："再会吧。"一个跨上龙驹，一个坐上花驴，鞭影一挥，蹄声得得，向前飞跑去了。

二人在路上朝行夜宿，无事耽搁，走了许多日子，已近天津。其时已在隆冬时候，北方天气更冷，朔风凛冽，天上彤云密布，大有下雪之意。玉琴忽然对剑秋说道："此处和曾家村相隔不过十数里，我们何不先到曾家去看看他们，表明一切。以后找到宋彩凤，再好论婚。那么我们的态度也不失光明，并且可以把我们订婚的事告知他们，你想好不好？"剑秋也觉得自己有向曾家声明之必要，遂道："很好，我们先到那里去走走。至于宋彩凤母女不知何时找得到哩。"

于是二人取道向曾家村而来。行至村口，却见一座高高的碉楼正筑在村口，一直连绵过去，工程很是浩大。这样竟把曾家村围在里面。一边靠山，一边靠水，没有外人可以飞渡进去。玉琴顾谓剑秋道："剑秋兄，你看他们费了如许大的工程，筑得这座碉楼，明明是用着防盗，大概是曾氏弟兄所发起的吧。"剑秋道："有了这座碉楼，不怕盗匪光临了。"

二人说着话，早到了碉楼门前。门口有四个团丁模样的男子，手里握着长枪，雄赳赳地立在那里，见有二位生客到来，便拦住问道："你们是谁？到哪里去的？"剑秋答道："我们二人和你们村中曾家庄的二位公子相识，现在特来拜访他们的。"于是，便有一个团丁伴着他们，一同走进碉楼，来到曾家庄。

琴剑二人跳下坐骑，恰见曾福从门里走出，一见二人，便带笑说道："原来是岳爷和方家小姐到了。我们二位少爷和老爷太太等天天在那里记念你们，难得前来，快请进去相见吧。"那团丁见他们十分相熟的，便对曾福笑了一笑，走回去。

二人把坐骑交与曾福，一路走将进去，早有下人去通报，只见曾毓麟扶着曾翁一同走出相迎，大家堆着满脸笑容，二人连忙上前拜见，一同来到内厅上。曾翁笑问二人道："这许多时候，你们到哪里去的？我们时常挂念你们。今日难得到此，使我老人不胜快活。"剑秋说道："我们别后也是时常怀念，今日特来请安，且表示我们前次匆匆别离的歉忱。"曾毓麟带笑说道："前番是剑秋兄先走，然后玉琴贤妹跟着又去。我读了你们二位留下的书信，真使我大惑不解，现在想二位早释前嫌了。"说罢，又对玉琴脸上瞧了一眼，玉琴不觉两颊微红，低下头去。剑秋也带笑对曾毓麟说道："便是为了这个缘故，我们特地前来向你们谢罪。"曾翁连说："不敢当，不敢当！"

剑秋又道："我们此番是从昆仑山前来，只因前番我们二人曾到虎牢关去找寻宋彩凤母女，可惜没有找到，遂往昆仑山上住了一个多月。听得宋彩凤母女已到京津，所以特地赶来找寻她们，好完成琴妹的使命。路过这里，遂来拜访。我们还要到京里去呢。"毓麟听了，微微笑道："二位难得前来，且请留在这里吧，不必到京里去了。我且介绍两个人和你们见见，可好？"玉琴忙问道："是谁？"毓麟说道："少停见了，自会明白。"于是便向厅后走去。

不多时听得厅后笑语喧哗，曾毓麟回身走出，便见梦熊的妻子宋氏，扶着曾老太太，慢慢地走来。背后跟着两个妇人。琴剑二人定睛看去时，只见那一个年轻的女子，正是他们东找西访求之不得的宋彩凤，在伊身旁的一个老妇便是双钩窦氏，真所谓踏破铁鞋无觅处，得来全不费功夫，几使二人疑心此身尚在梦中呢。

评：

途中忽来蒋氏弟兄，已见突兀，而旅店借宿一段，写来文笔闪烁，令人追忆初集中之佟家店，其实仍是题前作法，以虚映实，故作疑阵，使读者不易测度耳。路中向乡妇借饭，似是闲笔，不知即为后来玉琴安身地步，且由此得闻乌龙山之间道，文法绝妙。玉琴夜上乌龙山，神勇可爱，描写山上夜色殊佳，且格外衬出玉琴之勇气。三集中以前写剑秋处甚多，此回则专重玉琴，独入虎穴，倍见精彩。出穆玄瑛与韩小香又是不同，所以结束初集中之人物也。写胜氏活似一头雌狮，勇悍之气，跃然纸上，与初集中之铁拐韩妈妈相类，众人皆死而此人独漏网，琴剑仍多树一劲敌矣。玉琴力杀穆氏父女，剑光血影，虎虎有生气。

第十二回

卖解女密室锄奸
钓鱼郎桑林惊艳

窦氏母女本在虎牢安居家中，窦氏觉得自己年纪渐老，女儿正在待字之年，急欲代伊选择一个如意郎君，俾伊终身有托，自己也了却一桩心愿。无如一时物色不到相当的乘龙快婿，薛焕虽然屡次前来，大有乞婚之意，可是薛焕的本领虽然不弱，而形容丑陋，又是缺着一足，宋彩凤怎肯匹配与他呢？后来忽被邓家堡的火眼猴邓骐看上了宋彩凤，七星店的一回事，惹得引狼入室，邓氏弟兄竟赶上门来，缠扰不清。那天夜里，母子两人和邓氏三弟兄在屋上狠斗一阵，邓氏弟兄未能得利而去，宋彩凤手腕上也受了刀伤。知道邓氏弟兄众多，必不肯甘休，自己势寡力绌，不如暂避其锋，免得吃他们大亏。

宋彩凤便想起荒江女侠和岳剑秋二人来，不知女侠已否复得父仇，此时或已返居荒江，横竖自己总要出门，何不径到荒江去访问二人？倘能遇见，好约他们同来对付那邓氏七怪，不容他们再这样的猖狂。遂将伊的意思告诉伊母亲双钩窦氏，窦氏听了，也很赞成。于是母女二人收拾收拾，把家门锁上，离开了故乡，出关而去。

在路上依然乔装着卖解女子，多少得几个钱，贴补些盘缠。她们出了山海关，一路无事，早来到海龙城。伊们出关以后，懒得露

170

面，所以没有卖解过，行囊中的金钱渐渐告乏。见海龙地方也还繁盛。于是母女二人先投下了一家客店，然后到一片广场上来显身手，顿时有许多人围拢来观看。宋彩凤打了一套拳，大家喝彩不已，有些人就将青蚨向宋彩凤身上打来，愈打愈多，密如雨点，宋彩凤施展着双手，接个不住。

正在这个时候，忽然有两个大汉怒目扬眉，挺胸凸肚，从人丛中走进来，对她们大声喝道："呔！你们是从哪里来的？不先到我家双枪将门上来请个安，打个招呼，擅敢在此卖艺，还当了得！快快与我滚开去吧，免得我们动手。"窦氏正帮着女儿向地上拾钱，不防倒有这二个莽男子前来，口出狂言，不许她们在此卖解，明明是倚势欺人。心里有些气愤，便回头对二人说道："动手是怎样，不动手又是怎样？我们路过这里，缺少一些旅资，所以将自己的本领来换两个钱，并不曾踏着你们的尾巴，要你们来此狂吠作甚？"

一个大汉听了窦氏的话，捋起衣袖，走上前来，对窦氏骂道："老乞婆，你敢骂人么？不给你点厉害，你是不肯走的。"说罢，伸开五指，照准窦氏脸上一掌打来，窦氏一闪身让过那一掌，顺势搭住那大汉的手臂，向里一拖，那大汉立脚不住，早跌了一个狗吃屎。背后的一个大汉见了自己人吃亏，很不服气，跳将过来，一拳对准窦氏当心打去。窦氏并不避让，等那大汉拳头到时，将手臂向上一抬，说声去吧，那大汉早又跌出丈外，跌了个仰面朝天。窦氏哈哈笑道："原来都是不中用的脓包，现在该知道你老娘的厉害了。"

那两个大汉先后从地上爬起，气咻咻地对窦氏说道："老乞婆，有本事的不要走，少停你们就知道双枪将的厉害，管教你的小姑娘没有回家的日子。"说罢，匆匆地走出人丛去了。

此时大家议论纷纷，有的称快不止，有的却代窦氏母女捏把汗。早有几个好事的人，走近前来对窦氏母女说道："你们得罪了双枪将的家人，他们此去必然报信，停一刻双枪将跑来时，你们便要吃亏了。不如乘这间隙，快快逃避吧。"又有一个说道："不差，你们还是逃走的好，那双枪将是个好色之徒，到来时必定要把你们这位小姑娘抢去的，那么你不是白白将女儿送给他做小老婆吗？"

窦氏问道："你们所说的双枪将，究竟是个怎样人？他有什么权力可以抢人家的人？"一个就说道："你们是外边人，不知道双枪将的厉害，这也怪你们不得，待我来告诉你吧。那个双枪将是个满洲小贝子，名唤莫里布，他的老子曾做过将军，得过巴图鲁的名号，有财有势，现在虽然故世，那莫里布倚仗着老子的余荫，在这里海龙地方擅作威福，鱼肉良民，专抢人家有姿色的女子，供他取乐。过了些时，却又喜新厌故，又去看想别一个妇女。记得前年本城有一家姓秦的男子，名唤允中，他有一个妻子陆氏，生得千娇百媚，国色天香，伉俪之间甚为爱好。却不料平地罡风，吹拆连理之枝，祸变之来，出人意外。因为有一天陆氏同伊的亲戚一同到观音庙去还愿，中途忽遇莫里布，正是不是冤家不碰头。莫里布色胆大如天，竟把陆氏强抢到他的家中去了，硬说是他的逃妾。那秦允中得了消息，跑到莫里布门上去要求放回，却被莫里布指他讹诈，把他乱棒打出，不放他的娇妻回家。秦允中势力不敌，只得跑到县衙里去控告。哪知知县官平日也很畏忌莫里布的，岂敢得罪？竟不理受。秦允中冤气冲天，回家自缢而死。陆氏被莫里布抢去后，誓死不肯失节，恼怒了莫里布，把伊一顿痛打，可怜那位绝世佳人，便香消玉殒，埋骨黄土了。这件事海龙地方有哪个人不知道？可是秦家夫妇虽然害死在莫里布的手里，哪有人敢出来代他们伸冤呢？你们想想，双枪将的威势好不厉害。你这老婆子若是情愿把你的女儿送给他，那么你不用惊慌，好好地去讨他欢喜，否则不如快走。"

宋彩凤在旁忍不住说道："那双枪将敢如此猖狂，有什么本领？"一个人答道："莫里布考得武秀才，能够懂得些武艺，好使一条花枪。不过他又欢喜抽大烟，一管烟枪常不离身，因此大家代他起了一别号，唤作双枪将。"

宋彩凤不觉笑道："呸！我道是什么双枪将，原来是一支烟枪。"便把嘴凑在窦氏耳朵边，低低说了几句，窦氏点头微笑。这时早听旁人说道："你们不要多谈，招惹是非，快看双枪将来了。"窦氏母女向前边看时，只见一群家将持着棍棒，簇拥着一个瘦少年蜂拥而来，好像要大打出手一般，声势汹汹。那瘦少年面上双颧高耸，白得丝毫没有血色，戴一顶獭皮帽，穿一件枣红缎子的灰鼠袍子，束着一条淡灰色湖绉的束腰带，手里挺着一支花枪。见了窦氏母女，便把花枪一指，问他的手下道："是不是这两个？"一个家将说道："正是。"莫里布又对宋彩凤看了一眼，口里啧啧赞美道："好一个卖解女，果然生得娇小玲珑，煞是可爱。"又指挥着众家将说道："你们快上前把伊抢还家去，你大爷要乐他一乐咧。"众家将答应一声，一拥而上。宋彩凤略略挣扎，早被他们擒住，横拖倒曳地夺去。

莫里布瞧着十分得意，狂笑数声，跟在后面，一起走上。窦氏见女儿已被人家抢去，掩着面痛哭，众人又对伊说道："本来早已和你们说明双枪将的厉害，教你们快走，你们却不识时务，逗留在此，现在人已抢去了，你就是哭死也没用的啊！"窦氏道："我年纪已老，专靠着我的女儿为生，现在被那个天杀的抢了去，我这条老命也不要了。你们可知道双枪将家住哪里？我要去向他讨人。"有一个快嘴的早抢着说道："双枪将便住在大石子街第一家，离此不远，你朝南去，依着右手转两个弯，有一条很阔的街道，就是了。不过你也是白去的，人已抢去，休想讨回来了。"

众人议论纷纷，有几个很代窦氏叫冤，说伊可怜。有几个说："这老婆子还是识相的好，把伊的女儿就送给了莫里布，多少可以得几个钱。"又有人说道："要想莫里布出钱，这不是容易的事，他恃强欺人，不怕你不从，何必要出什么钱呢？"

不说众人闲话，那窦氏便收拾起家伙，走到大石子街去，有几个好事的人一齐跟着去看热闹。窦氏来到大石子街双枪将的门前，见阶沿上立着四个家将，手中挺着棍子，威风凛凛，杀气腾腾。众人不敢上前，都立在远处观望。

窦氏却独自走上前，向四个家将说道："我的女儿呢？快叫你们大爷放伊出来，青天白日怎么可以强抢人家的女儿？"一个家将不待窦氏说完，便圆睁双眼，大声叱道："老乞婆，你要你的女儿，只好问你自己去要，干人家何事？快快滚开一边，休得在此噜噜！"一边说，一边便将棍子打来，窦氏退后几步，说道："你们如此强横，难道没有王法的么？你们不肯放出我的女儿，我可到官厅控告去。"一个家将听了窦氏的话，哈哈大笑。又说道："老乞婆，你要到官厅去控告，赶快去吧，纵使你告到巡抚衙门，也是不中用的。你家的小姑娘，无论如何今夜要被我们大爷乐过了。"窦氏向莫里布大门四周相视仔细，便回身走转客寓中去了。

且说莫里布把宋彩凤抢到家中，便命将伊送到自己新造的几间精美屋子里去。家将们把宋彩凤放在一张杨妃榻上，大家一齐退出去，立在外边伺候。莫里布放了花枪，走进房去，笑嘻嘻地对宋彩凤说道："现在你还敢倔强么？好好奉侍我，方才无事。"宋彩凤斜坐在榻上，假作惊恐的样子，低声向莫里布问道："要把我抢到此间作甚？还不放我出去么？我的妈妈呢？"莫里布走过去，把手拍拍伊的香肩道："既来之，则安之。小姑娘，你已被我抢到家中，还肯放你出去么？你不要痴想，还是好好地陪伴你家大爷快乐一回，我决不待亏你的。至于你的妈妈，我亦可以去把伊去找来，使伊也可住在此间，你们母女俩仍可在一起，不是很好的事么？只要你一心一意地对我便是了。还有一句话要对你说明，你大爷有的一种脾气，不愿意人家违背我的半句说话，打死个把人也是很平常的事，所以你要对我驯服得如羔羊一般，方使你大爷快活。你大爷快活了，有钱给你用，有衣给你穿，什么都可依你的，你就福气无穷了。"

宋彩凤道："大爷的话是真的么？我要你把我的母亲唤来，我就什么事都可依你了。"莫里布听伊说出这几句很柔软的说话，又听伊称他大爷，不觉心花怒放，知道伊已屈服了。便握着伊的手道："小姑娘，我就依你的话，去把你的妈妈唤来，你在晚间也要依我一切。你的芳名唤作什么？我不可不知。"宋彩凤答道："我姓宋，名唤彩凤，我母亲窦氏，便寄寓在本城悦来客店中，请你快快差人去把伊唤来吧，不要失散了。"莫里布带笑说道："阿凤，你千万放心。"说罢，便走出房去。

　　见几个家将兀自挺着棍棒立在门口戒备着，莫里布便把他们叱退道："你们在此作甚？现在没有你们的事了。"众家将只得说一声是，大家倒拖棍棒，退将出去。莫里布又唤过一个家将，吩咐他快到悦来客店里去把窦氏找来。家将得令便去。莫里布回到房中，又对彩凤上下看了一个饱，说道："我的乖乖，你真是生得好模样，待你家大爷抽了几口大烟，再和你细谈。"

　　说罢，便走到对面炕床边横下去，嘴里喊声："阿翠，快来!"即见有一艳装小婢，从后房走出，唤了一声大爷，便坐在一边，代莫里布装烟，烟气氤氲，莫里布吃了一个畅。那小婢回头对宋彩凤笑了一笑，悄悄地走去了。

　　莫里布打了一个呵欠，立起身来，斜乜着眼睛，对着宋彩凤微笑，宋彩凤坐在椅子上，把头低下，似乎害羞的样子。这时他差去的家将回来禀告道："小的赶到悦来客寓，已将那窦氏唤来，现在外边伺候。"莫里布道："很好，快些唤伊进来!"家将答应一声，回出房去，早将窦氏领到房中。宋彩凤见了窦氏，便立起身叫道："妈妈，你来了么？我在此很好，你快上前来拜见这位大爷吧!"窦氏就向莫里布行了一个礼。莫里布说道："老婆子，你的女儿已情愿跟我，包管伊一辈子享福不浅，所以把你唤来，从今以后，你亦可住在这里，莫愁衣食，大爷自会有钱给你，强如你们东漂西泊，抛头露面去卖解，是不是？"窦氏便带笑说道："难得大爷肯如此照顾，这是造化了我的女儿，我也可以托福了。"又对宋彩凤说道："凤儿，你须要好好伺候这位大爷，莫要负了人家的好意。"宋彩凤点点头，却不答语。

莫里布哈哈大笑，便唤阿翠前来，把窦氏领到外边客室中去安身，窦氏谢了，便告退出去。天色已晚，房中点起灯来，莫里布便吩咐下人摆上酒席，要和宋彩凤喝个合欢杯儿。不多时，酒菜早已摆上，阿翠立在身边伺候。莫里布朝外坐着，宋彩凤坐在旁边相陪，却把酒斟满着，一大杯一大杯地敬给莫里布喝，莫里布尽量狂饮，还是阿翠在旁边一拉他的衣襟，低低说道："喝醉了酒不好的，还是早些安睡吧！"说毕，笑了一笑。

莫里布听了阿翠的话，把阿翠拖到怀中，在伊的面上吻了几吻，说道："今晚我要和新人欢乐了，你不要觉得寂寞么？"阿翠挣脱了莫里布的手，说道："我有什么寂寞不寂寞呢？"莫里布又笑道："我总是要你的，你不要吃醋。"阿翠听了，便望后房很快地走去了。

莫里布便吩咐下人将酒席撤去，又横在炕上要抽烟，问宋彩凤可会装烟，宋彩凤摇摇头，莫里布笑道："这件事体，你以后总要学会，才能服侍你大爷。今番只好仍叫阿翠来代劳了。"便又高声呼唤阿翠，阿翠便从后房走出，穿了睡衣，带笑问道："大爷呼唤何事？"莫里布道："你再来装几筒烟吧！"阿翠笑道："我早知大爷过不去这个瘾的，所以睡在后房，听大爷呼唤，便来伺候。不过这位新娘子不可不学会这个。"遂一边和莫里布装烟，一边教宋彩凤看伊如何装法，且说道："这是很容易的事情，明天就可学会了。"

宋彩凤假意在旁瞧看。莫里布有几分醉意，抽烟的时候，伸手去向阿翠身上乱摸乱抓，逗得阿翠咯咯地笑个不住，做出狐媚的淫态。宋彩凤却别转了脸，不去瞧他们。莫里布抽了十几口烟，说道："够了，我要早些睡了。"阿翠把烟枪放下，立起身来，带笑说道：

"不错，莫辜负了佳期，你们也可以早些寻乐了。"说罢，便走向后房去。

莫里布笑了一笑，立起来，走至宋彩凤身边，握住她的柔荑说道："我与你可称有缘，早些睡吧。"宋彩凤道："大爷先睡。"莫里布道："这是要两个人同睡的，怎么教我先睡？你不要害羞。"其时莫里布好像馋猫一般，两只眼睛耽耽地向宋彩凤注视着，若是宋彩凤不动时，他就要拥抱了。宋彩凤回转身来，听得屋瓦咯噔一声响，心中早已明白。

莫里布已将外衣脱下，笑搭着宋彩凤的香肩，说道："阿凤，你扶我到床上去吧，少停包你快活。"此时宋彩凤忽然柳眉倒竖，凤目圆睁，喝一声："淫贼，休要妄想！"乘势把手向后一按，左脚在莫里布小腿上一钩，莫里布不防，早已跌翻在地。宋彩凤掉转身来，一脚踏在莫里布的当胸，先向他耳巴上打了二下，莫里布挣扎不起。宋彩凤早撕下他的衣襟，塞在莫里布的口中，使他不能声张，又将莫里布束腰带将他缚住。

忽听窗外掌声两下，宋彩凤也把手掌拍了两拍，便见窗开处，伊的母亲窦氏，挺着一对虎头头钩，扑地跳将进来，问道："这事怎样了？"宋彩凤指着地上的莫里布说道："那厮真不济事，早已被缚。"窦氏正要说话，又听得后房喊声啊呀二字，接着咕咚一声，好像有人跌下去的样子。宋彩凤忙跑至后房一看，黑暗中见地板上横着一个人，口里哼哼的，便把来提起，回到外房，不是阿翠还有谁呢？

原来阿翠有心要偷瞧他们云雨巫山的光景，所以没有睡眠，搬了两只椅子接着脚，爬在壁上，向房中窥视。因为那板壁上面都是一横一竖的花格子，所以看得出了。不料瞧见了这么一回事，心中吃惊，脚下一软，才跌了下来。窦氏便问："这是谁人？"宋彩凤道："是个淫婢，伊竟敢在后房偷窥，也不能轻恕的。"

阿翠已跌得发昏，又被宋彩凤缚住，口里也塞了布。宋彩凤便问窦氏道："我们怎样处置这两个？"窦氏道："你把这淫婢剥去衣服，将伊吊在梁上，明天好使伊出丑一回。至于那个双枪将，让我来摆布他。"宋彩凤便把阿翠脱个精光，找了根绳子，把伊高高悬起。窦氏即将莫里布的裤子一把拉下，将虎头钩照准他下身只一钩，莫里布要喊也喊不出，早已痛得死过去。窦氏骂道："狗贼！看你以后再能够寻快活么？"

宋彩凤见伊母亲这样爽爽快快地摆布他，不觉又好笑，又有些羞惭。也不去回头细看，便对窦氏说道："我们走吧。明天发觉了，便要多生麻烦，他们一定晓得是我们下手的。"窦氏点点头。两人遂轻轻跳上屋面走了。

窦氏母女回到客寓，时已不早，两人恐怕天明时不好脱身，所以把二两银子留在桌上，携了包裹，悄悄出得客寓。来至城边，城墙很低，所以她们就跃城而出，离了海龙，向前赶路。谈起双枪将的事，窦氏说道："那厮吃了我一钩，大概尚没有性命之忧，不过虽然医治好了，他也再不能和妇人同睡了。"

两人在路上赶了许多日子，早到荒江，问了几个信，方才问到玉琴的家里。见了长工陈四，便问："方姑娘可在家里？"阿四摇摇头说道："你们来找我家姑娘的么？伊自从前一次和岳爷回家后，曾被宾州地方的鲍提督邀请过去，助着他将青龙岗盗匪剿灭，可是他们二人又很匆匆地离开这里去了，以后却一直没有来过，不知道我家姑娘和着岳爷到哪里去的。你们跋涉长途，十分辛苦，只好白跑一趟了。"窦氏母女闻言，十分懊丧，也觉得自己太孟浪了，果然白跑一趟。再到何处去寻找女侠呢？

于是陈四便留她们在家中歇宿，二人也觉得很疲乏，所以就在玉琴家里住了数天。陈四又说："鲍提督也来探访过数次，却不知我家姑娘现在何方，最好伊回家来住。"又问窦氏母女的来历，窦氏约略告诉了他几句。到第四天的晚上，窦氏母女正要离去，忽然有不少饮马寨人前来探望，有团长崔强领导着，跑到方家门前，十分热闹。原来窦氏母女来后，有乡人望见宋彩凤的背影，疑心女侠回来了。传说出去，说得真像有其事一般，所以饮马寨人大家都要来探望女侠了。

陈四和崔强见了面，方知误会，大家乘兴而来，败兴而去。窦氏母女从这个上，可以见得女侠声名籍甚的一斑了。

窦氏母女不欲多留，就别了陈四，离开荒江，向原路走转，一路仍是卖解，并不耽搁。这一天回到打虎山附近的一个村落，正是午后光景。见前边有一座荒落的古庙，庙外有许多乡人，有的手里握着斧头和短刀，有的手里持着棍棒，有的手里拖着铁锄，其势汹汹地环伺在那里。有些人口里却嚷着道："可要来了么？早些把一对儿无耻的狗男女结果了性命，我们便要出村去厮杀了。"窦氏母女不知众乡人为了何事，却立在一边观看。又见庙前掘着一个大土坑，许多人立在坑边，带着笑说道："这倒是鸳鸯坑了。"

又有人指着远处喊道："来了，来了！"大家掉转身去看，窦氏母女跟着来人看去时，见有六七个乡人，押着一对儿青年男女走来，到得庙前，一齐停住。背后一个年近六旬的老翁，怀中抱着一柄雁翎刀，摸着颔下的长须道："诸位，我的女儿虽是我生平钟爱之人，但是因为伊犯了本村的规条，失去了廉耻，玷污我的家声，我是大义灭亲，和伊断绝父女关系。今日情愿把伊和打虎集姓潘的小子一起活埋了，实行本村的规条，好使你们知道老朽并不徇私了。请你们赶快出去和打虎集中的人决死狠斗一下，显扬我村的威风。"大家齐声答应。

窦氏母女见那一对儿青年男女生得非常清秀，足称乡村中翘楚。那女的一双美目中隐隐含有泪痕，低垂粉颈，玉容也十分惨淡，但是那男的却是绝无恐惧之色。究竟不知他们犯了村中什么规条，要把他们活埋，岂不可惜？只见那老翁喝一声："快些动手！"那些乡人发一声呐喊，便要把二人推下坑去。

正在危急的当儿，窦氏母女一齐从人丛中走出，跳到坑边，把手拦住道："且慢！他们都是好好的人，你们怎么可以把他们活埋，究竟犯了什么规条？须得讲明。"众乡人见窦氏母女突然上前拦阻，大家不由喊道："岂有此理！我们执行我们的村规，处置一对儿狗男女，是得着全村的同意的，你们过路之人，何得拦阻？"便有几个乡人要来拖开窦氏母女。宋彩凤略略把两臂摆动，早打倒三四个乡人。大众又是一声喊，各举刀棒，正要上前动手，那老翁却跳过来说道："你们不要动手，这两个妇女大概还不知道那事的内容，待我来告诉她们，自然明白这一对儿男女应该知此活埋的了。"宋彩凤听了，便道："很好，请你老人家讲明一下吧！"

原来这个村唤作张家村，村上住着三四百人家，和打虎山下的打虎集只隔得一条河。本来两处乡民常通往来，不知在哪一年，因着争田起衅，两边纠集村民，发生了一次械斗，各死伤了许多人。于是便结下不解之仇。每隔二三年必要开衅一次，大家拼着老命上前殴打，如临大敌，打死人也不偿命。官厅虽然知道了，也没有力量来禁止他们。

乡人无知无识，勇于私斗，而怯于公战，我国各处乡间常有此等事的。张家村和打虎集也亦难逃此种恶风了。所以二村的人在平时候不但不相往来，而且见了面，怒目相视，往往容易厮打起来。两村也绝对禁止儿女通婚姻，如有违犯的，非但不齿人类，而且要把来活埋，可见村规的严厉了。

那张家村里的人家，大都姓张，村中的乡董是张锡朋，年纪虽老，却会些武艺，一乡中人对他无不翕服。张锡朋膝下有一子一女，子名文彬，已到锦州去经营商业，自立门户。女名雪珍，生得秀外慧中，不像乡下人家的女儿。所以张锡朋要想把伊配一头好亲，虽在豆蔻年华，尚是待字之身，艳名却传播远近，大家都知道张家村有这一个美人儿了。

那打虎集中，却有一家富户，姓潘，也是远近闻名的。潘翁仅生一子，名唤洁民。潘翁夫妇爱若珍宝，自幼请了先生在家教读，要希望他成个文人，舍不得教他去做田中的生活。等到洁民弱冠的时候，丰姿美好，倘然给他穿上了锦衣华服，怕不是一位王孙公子么？不过乡间风气朴实，所以他也不过分修饰，但是在众乡人中已好似鹤立鸡群，迥然不侔了。

洁民闲暇的时候，喜欢到水边去钓鱼，常常整天地垂钓，须得他兴尽才返。他的水性也练习得很好。有一天，正是暮春三月，群莺乱飞，乡间景色宛如大地锦绣，足使人心怡神悦。他早上在书房里读了半日书，午饭以后，见天气很好，便想出去钓鱼，所以他就不到书房里去了。好得他在家中很自由的，父母不去管束他，他就带了钓竿竹篮等物，徐徐走出村去，到河边去钓鱼。钓了好一回，只有些小鱼，并无大鱼可得。他就向西边走去，拣水草深处再去垂钓，果然被他钓得一条很大的鲂鱼。可是再钓时，群鱼好似通得灵性，早已各自警戒，不再来吞他的香饵了。

他一边钓的时候，一边瞧着对岸的风景，很是引人入胜。那边有许多桃花林，芳草鲜美，落英缤纷。有几只小绵羊在那里地上吃草，鸟声繁密，好似唱着甜蜜的情歌。他不觉放下钓竿，立起身子，沿着河岸走去。前面有一顶小小木桥，他也不假思索地从这条小桥上走到彼岸去，那边已是张家村的地土了。照例他本来不想过去的，只因为他已被自然界诱上了，不知不觉地信步向前行去。

且喜四下人声寂静，并没有一个张家村中的人。他往那桃花林走去，树上的桃花鲜艳夺目，灼灼地映得他面上都有些红了。穿过桃花林，乃是一条很长的田岸，正有两个张家村的农民在田中工作。一见洁民，认得他是打虎集中的人，便一齐奔过来，问他到此作甚。潘洁民坦然地回答道："我到此间不过来看看风景，并没有什么事。"

181

一个农人听了他的话，早怒目喝道："你不要打谎，你们集中的人素来不到此间的，你这厮独自跑来探头望脑，明明是来做奸细，还要说没有事么？记得去年我们村中有一人走到了你们集中，却不见回来，过后探听，方知道被你们活活打死的。现在你来得正好，我们可以报仇了。"说罢，便要伸手来捉他。洁民回手和二人格斗，但是他哪里敌得过这两个蛮力的农人呢？所以交手不数下，背上已吃着一拳头，打得他几乎倾跌，回身便逃。

两个农人喊道："逃到哪里去！"跟着紧紧追赶。洁民要想穿过桃花林，打从小桥上逃回去，却不料林中忽又走出一个乡人，把他拦住去路。他无路可走，不得已掉转身躯望南边田岸飞跑，三个乡人合并着一齐追来。洁民心中十分惊慌，因为归路已断，前面跑去，正向村中，倘然再遇见那边的村人，如何脱身？今天看来，自己这条性命已有十分之九保不住了。但是他不顾利害，舍命狂奔。只见前面有一带茂盛的桑树林，他跑到相近，就向桑林中一钻，跑到里面，急欲觅个藏身之处。四顾不得，却见那边桑树下有一只盛桑叶的大筐，筐中堆满着桑叶，他想出一个急智，便分开桑叶，跳入筐中蹲倒了，把身子缩作一团，上面仍用桑叶没头没脑地堆盖着，好使外边人瞧不出破绽。

果然他蹲在筐中，不过几分钟的时候，便听足声杂沓，都从树边跑过，没有疑心到筐中的东西，他暗暗说一声："天可怜见，也许我不致送命吧。"静听了良久，觉得外面没有动静，刚要走出筐来，忽又听得细碎的足声从背后过来，到得筐边，使他吓得只是伏着不敢动。又听有很清脆的声音送入他的耳鼓道："咦！好不奇怪，方才我走去的时候，那筐中的桑叶未满，现在怎么已堆满了，并且地下还落着不少，有谁人来代我采的啊？"便有一只柔软的手伸到筐中来捞摸，正摸着了他的头，外面便惊呼起来。洁民连忙从桑叶堆中挺身而出，却见筐边立着一个很美丽的女子，容光焕然，几使他怀疑这姑射仙子从何而来。

评：

　　此回按下曾家庄，即从窦氏母女叙起，盖自写韩家庄一段文字后，母女二人冷落久矣，所以重起奇峰者，固另有一段绝妙文章在也。双枪将何人？即从旁人口中叙出来历，颇称简洁，及至说出因烟枪而得此雅号，令人喝噱。写宋彩凤收拾双枪将，十分详细，妙哉！姑娘足可媲美三琴矣。但文笔却与迎素阁一段迥异。荒江访琴，读者本知其不能相遇也，然借此略写荒江情景，便不落窠。虽未写女侠，而书中似处处有一女侠在，林中遇险是何等惊慌之事，此身甫得暂避，而莺声入耳。艳色当前，文情又为之一变，是作者用笔奇妙处。

第十三回

蜜意浓情爱人为戒首
解纷排难侠客作鲁连

那女子见了洁民，十分惊骇，张着双臂，退后几步。洁民跨出筐子，便对那女子长揖道："姑娘，千万请你不要声张，救我一命。"那女子便回问道："你是谁人？为什么藏到我的桑叶筐中去？"洁民说道："我姓潘，名洁民，是打虎集中的人。今天出来钓鱼，见这边风景大佳，无意中闯到了这里来，却被贵处村人瞧见，他们必要将我害死，我逃到这里，暂借筐中躲避一下。却有惊了姑娘，多多得罪，还请姑娘大发慈悲之心，不要呼唤，救我出去，今生倘不能报答，来世当为犬马图报。"

那女子听洁民说出这话来，惊容乍定，不由对洁民微微一笑，露出雪白的贝齿，颊上有一个小小酒窝。这一笑足使人销魂荡魄，几使洁民忘记他处身危险之境，立定着身子，静候伊的回答。只听那女子又说道："原来如此，怪不得方才我在那边听得高喊捉人，一齐望南边追去，大约他们已追到吉祥桥去了。我瞧你简直可怜，不忍去唤人来害你，但是我也没有法儿救你出去。"

洁民见那女子吐语温和，并无恶意，遂向伊谢道："多谢姑娘的美意，使我感激得很，不知姑娘芳名为何，可肯见告？"那女子低声说道："我姓张，名唤雪珍。我父亲张锡朋，便是村中的乡董。今天我恰巧在此采桑，遇见了你。"洁民又向雪珍作了一个长揖道："原来是张家姑娘，我总不忘你的大德，现在我要告辞回去了。"说罢，回身拔步要走，忽听雪珍娇声唤他道："且慢！潘先生，你不要跑出这个林呢，此刻，村中人早已惊动，你走出去时，总要给人家瞧见，你也是跑不了的，不如等到夜里走出去吧。"洁民停住脚步说道："姑娘的话不差，不过在此桑林中说不定要被人瞧见，依旧不能逃脱，而且说连累姑娘，也非得计。"雪珍低倒头想了一想，对洁民说道："潘先生，请你在此少待，我去去就来。"洁民点点头，雪珍遂走出去了。洁民在林中等了一歇，不见伊回来，暗想："莫非伊用计骗我去唤人来害我么？"继念雪珍态度诚挚，决无意外，我已到此地步，何必多疑！不多时，雪珍从西边树后悄悄地趱将过来，把手向洁民招招道："潘先生，请你跟我来吧。"洁民绝不犹豫，跟着伊轻轻走去。走了数十步，早穿出这个桑林，前面有个土阜，四下无人。雪珍领着他从土阜背后绕道过去，绿树丛中一带黄墙，乃是一个冷落的古庙。庙后有一扇小门，雪珍向两边望了一望，不见有人走过，便推开小门，同洁民闪身走入，又把小门关上了。

里面乃是一个小园，榛莽芜秽，不堪容身。雪珍打前，洁民随后，披荆拂棘地走过小园，从一个回廊中曲曲折折穿到一个殿上。洁民见殿上塑着王灵官神像，高举金鞭，十分威严，可是蛛网尘封，像是冷落已久的样子。神龛前有一个大木垫，雪珍指着木垫，请洁民坐定，洁民把一块手帕掸一掸拜垫上的灰尘，对雪珍说道："姑娘请坐，我们在此略谈何如？"雪珍点点头，先请洁民坐，洁民也一定要请雪珍先坐，旁边也没有别的可坐之物，于是二人便并坐在拜垫上。

雪珍说道："潘先生，你在此避匿到天晚，可以偷逃出我们的村去。这个庙是个灵官庙，本来很有些香火，有几个道士在此主持。后来因为出了命案，所以被官中封闭，渐渐变成冷落的荒庙了。方

185

才我见有几个村人追你，曾到庙中来搜寻一过，不见你的影踪，才向别处追去。现在我领潘先生来到这里，他们决防不到的。这里又无他人，请潘先生放心吧。"洁民面上露出感谢的神情，对雪珍说道："我很感谢姑娘庇护的大德，终身不忘，我想两村的人都是一国中的同胞，有何深仇大恨，竟永永仇敌相视，倘使都和姑娘这般仁慈友好，两下冤仇便可涣然冰释了。"雪珍两手搓着伊的一块粉红色的手帕子，徐徐说道："这都是老祖宗传下来的恶风，听说以前为了争田起衅，但是后来早已解决了。两边村人却依旧时时要起流血的恶斗，这许多年来，也不知白白地送掉许多生命，真是为着何来？我虽是一个女子，却很不赞成的。无如能力薄弱，不能劝化村人罢了。"说毕，叹了一口气。

洁民道："我的意思也不主张自己残杀，最好把这可恶的风俗改革去，方是两村人民的幸福。我想从前周文王的时候，有虞、芮二国，也是为着争田起衅，两边相持不下，虞、芮二国的诸侯遂跑到西歧来，请文王代他们判决。但是他们两个国君行至文王国境中，见耕者让畔，行者让道，许多人民都有温和谦让的态度，他们俩一见之后，自觉惭愧。所以立刻回去，大家和平了事，不再仇视，而斤斤争夺很小的土地了。这样看来，可惜我们村中的领袖没有像虞、芮二国之君的人，所以常常要拼着死命，起那无目的的闲斗。"雪珍微笑道："不差，可惜当今之世，周文王也没有啊。"洁民觉得伊谈吐很是隽妙，不由抬起头来向伊看了一看，雪珍却被他看得有些不好意思，便低下头去。

两人这样静默了好久，只听庭中小鸟啄食的声音，一角残阳斜照着两边的屋脊上。雪珍立起身来，对洁民说道："我要去了，恐怕时候长久了，他们要来找我的。潘先生在此等候机会走吧，但愿你平安回家。"洁民也立起身来说道："多谢姑娘的恩德。"雪珍又笑了一笑，走出殿来，仍打从回廊走去。洁民随后一路送出去，穿过小园，早到那个小门口。雪珍回身说道："潘先生，请你不要送了，恐怕给他人撞见，这事情便尴尬哩。"洁民闻言，立即止住脚步，又向伊深深一揖，表示感谢。

看雪珍姗姗地走出去了，他又把小门关上，回到殿中，坐在拜垫上等候。很觉无聊，瞑目细思雪珍的声音笑貌，觉得无一处不可人意，且又温柔又多情，在乡村女娃中可算得凤毛麟角，不可多得的了。我今天遇见了伊，真是天幸，否则我的性命恐怕难以保留的了。他的脑海中这样回环地思想着，便不觉暮色笼罩，天已渐渐黑暗。他的思潮一止，就急于要想脱险，好容易待到二更相近，但听村犬四吠，村中人此刻大多早已梦入华胥，他遂走至后园小门口，轻轻开了庙门，走将出来。

见天上满天星斗，四下里却黑沉沉的没有声息，只闻远处一二狗吠声，其声若豹，不觉微有些惴栗，鼓着勇气，向前边田岸上走去。且喜一路没有撞见人，也没有遇到村犬，他便仍从小木桥上走到自己村中，他的心便安静了许多。

走了数十步，见前面有灯笼火把，一群人很快地赶来，两下相遇，他认得这些人有几个是自己家中的长工，其他大半是邻人。当先跑着的乃是长工潘阿富，一见洁民，便喊道："好了！小主人回来了。你到哪里去的？怎么到此时才回来？险些儿把老太爷急死了。他在天晚的时候不见小主人回来，十分焦急，便命我们分头出来寻找。我们走了好多路，这里已跑过一次了。因为在河边发现小主人的钓竿和竹篮，篮里还有一条大鲚鱼，估料小主人必是钓鱼时候走开的。小主人水性又好，绝无落水的事，除非是走到了张家村里去，那么便危险了。小主人，你究竟到哪里去的？"背后的长工和邻人们都这样地向他询问。

洁民暗想，猜是被你们猜着了，可惜我不能把这事老实告诉，不得不说几句谎话了，便答道："方才我钓罢了鱼，曾走到打虎山上去游玩的，因为走失了路，所以弄到此刻才能回来。"潘阿富道："险啊！山里野兽很多，倘然遇见了如何是好？"大家遂簇拥着洁民回到家中。潘翁迎着又惊又喜，便问他到什么地方去的，洁民照样回答。潘翁见洁民安然回来，不曾责备他的儿子，问他肚中饥饿不饥饿，叫下人开夜饭出来给洁民吃，一家人欢天喜地的没有别的话说了。

可是从此以后，洁民的心版上已镌着雪珍的影痕，时常想起了便放不开，惘惘如有所失。一天，他读书的时候，恰巧他的先生把《诗经》上的《秦风·蒹葭》三章细细地讲给他听，他读着"蒹葭苍苍，白露为霜。所谓伊人，在水一方。溯洄从之，道阻且长。溯游从之，宛在水中央"，觉得这三章诗，好像代他作的，他心中的伊人，自然是张家村的雪珍了。张家村虽然只相隔一河，可是因为两边成了仇敌之故，虽近实远，大有可望而不可即的情况，岂非道阻且长么？然而临流默想，伊人的面目如在眼前，岂非宛在水中央么？所以他读了这诗后，益发思念不已了。连他自己也不知道，他和雪珍还是第一次邂逅，为什么这样爱慕不能自己呢？

然而为了两边村庄早已结下冤仇，有此一重阻碍，使他没有勇气再跑到张家村去和雪珍相见，一诉别后渴念之忱。时常到他昔日垂钓之处，怅望对岸，咫尺天涯，对着那清漪的河水，咏着那《蒹葭》三章之诗，很多感叹，他很想如何能够把两村的宿冤消释，化干戈为玉帛，可是他自觉没有这种能力，因为乡人大都蠢蠢无知，对他们有理讲不清的。改革风俗确乎不是容易的事，此念也只好做他的一种幻想而已。

这样光阴过得很快，转瞬由春而夏。有一天，洁民下午无事，走到河边去，听着树上蝉声絮聒不住，天气很热，他对着清澈的河水，不觉动了游泳的兴致。于是脱却上身衣服，只剩一条短裤，跃入河中，拍水为乐。离开这边不远，有一个小小荷花荡，荷花很是繁茂的，他遂鼓足勇气，一直浮水而去。早来到荷花荡畔，鼻子里便嗅得一种清香之气，沁人肺腑。早见莲叶田田，好似环绕着许多翠盖，荷花高出水面，红白相映，很是清艳超俗。

他在荡边游泳了一个圈子，觉得有些力乏，遂浮在水面休憩。却见后面兰桡起处，有一小舟驶来，坐着一个白衣姑娘，恍如凌波仙子，一尘不染。细细一看，正是他寤寐求之、求之不得的张雪珍，不觉喜出望外，几乎疑心处身梦境了。雪珍也已瞧见了洁民，便把船划过来，带笑说道："潘先生，你怎么到此？"洁民见左右无人，遂攀着船舷跳入舟中，老实不客气地坐在雪珍的对面，双手叉着，对雪珍说道："姑娘，你前番的恩德实大有造于我的，使我总不能忘怀，一直思念姑娘，却恨不能过来探望。不料今天在此巧遇，这是何等快活的事！"雪珍也说道："潘先生，自从你逃回去以后，我也时常要记念你的。今天饭后无事，我忽然想起要到这里荷花荡来看荷花，所以独自荡浆前来，恰逢潘先生，使人意想不到，恐怕这正是天缘了。"说到缘字，似乎觉得伊自己尚是一个闺女，如何对着人家说什么缘不缘？不觉玉颜微红，别转了脸，把兰桨用力地划着。那小舟便向东边芦苇深处，因为那边有一带很高的芦苇，过去便是些小小港汊，没有人到临的。

不多时，小舟已隐向芦苇背后，来到一个小港中停住。那边正有一对儿白鹭在水边瞰鱼，此时一齐惊起，泼剌剌地飞到芦苇中去了。二人遂在这里喁喁谈话，大家起先问些家世，后来讲讲彼此的怀抱和村中的情形，不觉转瞬已是天晚。二人虽然相逢不多，可是十分投机，彼此都有了情愫，恨不得常常相聚在一起。可是形格势禁，不能如愿以偿。

那灰黑的暮色好似有绝大的权力，可以使这一对儿青年男女，不得不从沉醉的当儿，要硬生生地分开。于是洁民不顾冒昧，一握雪珍的纤手，说了几句珍重的话，和伊告别。雪珍偷偷地把船摇到对岸，送洁民上岸，且喜无人瞧见，大家说了一声再会。洁民立在岸上，看看雪珍把小船划回去，直望到人和船不见了影踪，他方才废然而返。

　　他觉得这种机会是可一而不可再的，自己虽然爱雪珍，总是一种虚空的妄想，因为他也知道按着村规，两村世世不得通婚姻，凡有违犯的，死无赦。他如何能够去爱雪珍呢？不是自投罗网么？然而天地间最大的魔力便是爱情，明知其不可为而犹欲为之，这正是解人难索了。

　　此后洁民已被爱神的链索紧紧地缠绕着，不能摆脱，所以他对于一切事情都觉得没有心绪，缺少兴味，只是懒懒的似乎要生病的样子。潘翁疑心他身子不好，便请了个大夫来代他诊治，但是那大夫把了脉后，细细询问一过，觉得洁民并没有什么疾病，遂开了些和气通胃的药而去。临走时，却背地里对潘翁说道："令郎并无疾病，或者有什么心事，所以抑郁不乐，请你老人家得便时问问他吧。"潘翁听了大夫的话，隔了一天，便唤洁民来询问，洁民哪里肯把他的心事实说，所以潘翁也问不出什么，只好罢休。

　　这样又过了几个月，已是隆冬天气，他在一天下午，带了钓竿到老地方去钓鱼，但是醉翁之意不在酒，钓得着也好，钓不着也好，他只是蹲着，痴痴地在他的脑海中温着旧梦。过了好久时候，忽然无意中对面溪水中倒现着一个情影，抬头一看，却见张雪珍正立在对岸，对着他笑了一笑。原来雪珍也和洁民一样堕入了情网，不能自已，时常要到这个地方来徘徊。因为伊听得洁民说过他时时喜欢到这里来钓鱼的，所以伊今天信步走来，果然遇见了洁民。

　　此时洁民好似飞蛾瞧见了灯火，被那红的火焰诱引着，不能自主。他遂立起身来，丢了钓竿，对雪珍说道："请你等一刻儿，我就来了。"便很快地跑去，仍从小桥上走到对岸。雪珍早已趋前迎着，对他低低说一声："跟我来吧！"于是洁民跟着雪珍，只向无人的地方和树林深处走去。曲曲折折，一路无人撞见，早已到了以前桑林之处。悄悄地走到灵官庙的后门，一齐推门走入。园中的乱草已是枯黄了，那边大树上正有一群喜鹊噪个不止，和几只乌鸦在那里夺窝。洁民不觉微吟着"维鹊有巢，维鸠居之。之子于归，百辆御之"这几句诗来。雪珍听得他吟着"之子于归"，不觉脸上一红，把门关上，说道："潘先生，你真是书呆子了，快快进去吧。"洁民不由笑了一笑。

二人踏着衰草走进去，来到殿上，依旧并坐在那个拜垫上。大家谈着别离后的苦忌，都若有无限深情。良久良久，洁民对雪珍说道："我们两次相见虽然相逢得巧，可是极不容易，而且距离的时候很长，以后又不知何日再能相见。若要想和姑娘常常相聚，恐怕难之又难，诗人所谓的'一日不见，如隔三秋'，我思念姑娘的心就是这个样子。"雪珍听着洁民的话，微微叹口气，默然无言。洁民道："我们这两个村子早已结下仇敌，设法把来消释。今年虽然尚没有争斗过，但恐不久总要有一番恶斗。我有一句冒昧的话要同姑娘一说，因为今日若然不说，错过了机会，不知以后有没有日子可以向姑娘说了。"雪珍一手拈弄着衣襟，低低问道："你要和我说什么话？"洁民进了一歇，然后对雪珍说道："我直说出来，姑娘不要嫌我唐突西子么？因为我的心旦非常爱慕姑娘，最好常和姑娘厮守在一起。不过若在此间，是绝对不可能的事，非得离开这个囹圄式的家乡，不能有自由的希望。所以姑娘倘然是爱我的，能不能和我一起同去，谋将来永久的幸福？万一姑娘不能答应我的要求，我也不怪姑娘，只该打自己的嘴。"说罢，向雪珍注视着，静候伊的回答。

雪珍问道："到哪里去好呢？"洁民听雪珍问这个话，知道伊已有数分允意，便说道："我已决定想到新民去，因为在那边有我的至戚，可以相助。我要再问姑娘，能不能答应我同走？"雪珍只是不答。看看天色将晚，洁民以为雪珍无此勇气，或者并无深情，大约此事不能成功了，心中焦急不已，额上汗出如淋，不得已再问道："不知姑娘可否爱我？若是爱我的，请你答应我请求，不然也作罢论，姑娘也休笑我的痴想。现在我等你确实的回答。"雪珍此时方才点点头，表示允意。洁民大喜，握着伊的手说道："事不宜迟，我们明天走可好？"雪珍又点点头。洁民遂和伊约定明日垂暮时，洁民仍到这里来和伊会合，然后一同出奔。今晚各自回家，预备一切。

两人约定了，雪珍送洁民出了灵官庙，又在桑林中立谈了一刻，方才握手告别。洁民心中甚喜，好似一件极重大的事情，已经解决了，自然非常愉快。独自穿出桑林，刚要悄悄地走回家去，不料在他们桑林中情话的时候，桑林外边忽来一个颀长的壮男子，立定了窃听二人的私语，等到洁民走出来时，他就飞步追上，喝一声："打虎集中人来此作甚？今天休想逃去了！"洁民见有人追赶，便拔步飞奔，壮男子从后追赶不舍，并且高声呼唤。洁民要想从原路奔去，但是那边又有两个乡人迎上前来，同时那壮男子渐赶渐近，他只得向河边狂奔，对面的两人见了，也抄拢过来，喝道："不要放走了这贼！"洁民逼得无路可走，人急智生，遂向河中纵身一跳。那壮男子追到河边，见洁民已没入水中，遂俯身掇起一块三角式的大黄石，用力向河中掷去，扑通一声，水花四溅。幸亏洁民早已泅到那一边去，没有被他击中。

洁民在水中不敢出头，一口气游了一里路的光景，方才钻出水面，爬到自己的河边，走上岸去。身上早已尽湿，天气又十分寒冷，难以打煞，急忙奔回家中，诡言失足坠河，换了衣服。惊魂初定，一个人独自坐着，思量明天的约，觉得自己到张家村去，是非常冒险的事。今晚又被他们撞见，险些儿遭他们的毒手。倘然明天再去，他们必有防备，更是危险，照例还是不去的好。但是雪珍还没有知道这个事情，伊在明天必定要到那里去守候我的，我怎能失约不去呢？并且难得雪珍多情，答应了我的请求，情愿随我私奔，足与古时红拂夜奔李靖先后媲美，我岂可辜负伊的情爱呢？我亦顾不得什么危险了。不入虎穴，焉得虎子？明天我还是决计要去的。

他决定了主意，倍增勇气，心中也稍安宁。收拾些金钱，又到他父亲私藏的所在，窃取得五百两银子和衣服等东西，一齐藏在篋中，预备定当，然后安寝。但是一夜没有睡得着，黎明而起，悄悄地写好一封书信放在枕边，留给他父母的，大意是说，为了自己已和张家村张姓女子发生恋爱，格于村规不能通婚姻之好，所以不得已一齐出走，望双亲勿念等语。但是潘翁此时还没有知道呢。

洁民在这天便觉得坐立不安，好容易挨到晚上，捉一个空儿，提了行篋，悄悄地从后门出走。天色已黑，无人知觉，遂一直走向张家村而来。他对于这条冷僻的路是已走熟了的，所以一路摸索，早到得灵官庙，仍从那小门里走进去了。见有一个影子，立在回廊边，微微一声咳嗽，正是雪珍。洁民把行篋放下，和伊握手相见。雪珍道："你怎么此时才来？我等得好苦。天已黑了，我一个人冷清清地藏在这个地方，我心里实在非常害怕，况且若再迟了。我家人也一定要寻找我的。"洁民道："请你原谅，因为我也须等到天晚方可前来，以免意外的危险。现在我们快快走吧。"雪珍点点头道："好的。"伊遂回身走到殿中去，取出一个包裹，背在背上，洁民提了行篋，两人一先一后，打从小门里走出来，要想早早脱离他们图圈式的家乡。

不料两旁一声呐喊，冲过十多个乡人来，手中都拿着木棍铁器，为首一个身颀的壮男子大喝："不要放走了这一对儿狗男女！"早将二人团团围住，不由分说，一齐动手。于是二人束手被缚，夺下行篋和包裹。洁民的背上已吃了几下老拳，那壮男子便对众人说道："我们快把他们二人押好，送到乡董那里去。这女子阿雪，便是他的女儿，看他如何发落，然后我们再讲话。"众人都道："很好。"有几个人叽咕着说道："阿雪本是很好的女儿，怎么会跟着打虎集中的人私奔呢？好不奇怪！那厮想是吃了豹子胆，胆敢到这里来引诱良家的妇女，我们一定不能饶他。"众人一边说，一边走，将二人押送到一个很大的庄院门前，便是雪珍的家里了。

原来这壮男子姓罗，大家都唤他罗阿大，是村中的游荡少年，他对于雪珍，平日未常不有垂涎之意，因为张锡朋很看不起他的心，所以想不到手。昨天恰被他在桑林外闻得二人的密约，本想背地里把洁民弄死了，然后自己再向雪珍讲话，不料却被洁民逃去。他遂一不做，二不休，暗地里约好了十多个乡人伏在灵官庙后等待，遂把他们擒住，这样也好使张锡朋出出丑。

张锡朋闻得这个消息，又惊又怒，吩咐将二人推到面前，细细审问。二人已拼一死，据情实告，雪珍的母亲抱住伊女儿大哭，要求张锡朋饶恕伊；雪珍也是很觉伤心，觉得自己对不起父母，无话可说。张锡朋知道村中的规例是断乎不能轻恕的，遂吩咐将二人分别监禁，先到打虎集去问了罪，再行发落。罗阿大等只得退去。

到了天明，锡朋正在聚集村人讨论这事情，忽报打虎集人有一大队杀奔这里村中来了。原来潘翁在昨天晚上，见儿子失踪，十分惊疑，发现了洁民的留书，虽知他不该迷恋妇人，有犯村例，罪无可恕，然而舐犊情深，心上哪里放得下！急叫人四面去追赶，闹到半夜，不见洁民影踪，到明天早上，方才探听得洁民已被张家村人擒住。潘翁遂聚集乡人，把这事告诉明白，以为洁民受了人家的引诱，以致出此下策，即使有应死之罪，亦当向张家村人索还，以便自己处置。倘然任张家村人随意杀害，那就是打虎集的奇耻大辱了。大家都以为是。于是由集中的团总屠云，带领一百数十个乡人，各执刀枪棍棒赶到对岸来，要索还潘洁民。

张锡朋闻得这个消息，怒不可遏，立即下令村人，集合队伍，四下里鸣起锣来，一齐出去厮斗，不使打虎集人独逞威风。于是两村重又开衅，乱杀一阵。张锡朋舞着双刀，督领村人们奋勇前斗，打虎集人抵敌不过，一齐败退过去。张家村上得了胜，不肯甘休，大呼追杀，直追到打虎集中来。那个罗阿大尤其起劲，挺着一支红缨枪，当先追赶，打虎集的村民死伤得不少。

正在危急的时候，忽然从那边河沿上跑来一个丑汉，又瘦又长，身穿破褐，托着一个铁钵，满脸肮脏，好似走江湖的乞丐。见了打虎集人的惨败，遂跳过来拦住张家村追杀的乡民，说道："且慢，你们都是乡民，为什么这样恶斗？杀死了人难道不偿命的么？快些住手吧！"罗阿大杀得性起，喝道："哪里来的乞丐？还不滚开一边，你不去讨饭吃，却来这里劝相打，再不滚开时，须吃我一枪。"那乞丐却笑嘻嘻说道：'你这小子出口伤人，我偏要来劝相打，你待怎样？'罗阿大便手起一枪，照准那乞丐当胸刺去，喝声："着！"乞丐不慌不忙，使手只一接，便把这支红樱枪抢住，轻轻一拽，已到了乞丐手中，一折两段，抛在地上。罗阿大还是不识时务，冲上前对准那乞丐飞起一脚，要想踢他的肾囊。那乞丐只将手一撩，早把罗阿大的脚接住，提将起来，向外一抛，罗阿大早已跌出丈外。恰巧屠云赶过来，趁手一刀，把罗阿大的头从颈上切了下来。

许多张家村人见罗阿大被杀，大家一窝蜂地杀奔那乞丐。那乞丐将手向两边摆动时，众乡民早已四边倾跌。打虎集人见了，一齐反攻，张家村人遂反胜为败，大家争先恐后地退回自己村中。有许多人因着被挤，纷纷跌落河中。张锡朋在后镇压不住，只得后退。幸亏打虎集人得了胜并不穷追，但是张家村已是大败了。父哭其子的，妻哭其夫的，夜间一片哭声。

到得明朝，众乡人要报此仇，大家来向张锡朋请命，且要先把洁民和雪琴处死，以平大家的气。张锡朋被众人所逼，遂也痛斥自己的女儿不贞，吩咐村人便在灵官庙前掘了这么一个大土坑，要把二人活埋，借此激励众人，好再去厮杀。凑巧便被窦氏母女遇见了，上前干涉。

张锡朋把这事向窦氏母女讲了一个明白，教她们不必管账，自己必须要和那边决一胜负，断不能失这颜面的。窦氏母女闻言，不觉哈哈笑将起来。张锡朋不由一愣，问道："你们笑什么？"窦氏道："我笑你们真是愚不可及。本来两村都是好好的同胞，即使有什么龃龉，也是可以讲得明白的，何必要这样世世相杀，常常械斗，牢结着冤仇而不能消释呢？他们两个人彼此有了爱心，却被村规束缚着，不能达到他们的愿望，所以不得已而约会了一同出奔。虽然行为不慎，失于检点，但是若没有这恶劣的村规存在着，不是好好一头姻缘么？彼此不妨请了媒妁出来，玉成其事，何至于要出此下策，而遭遇这个羞辱！你们发现了这事，不能因此觉悟，从事改革，反而两边大动干戈，自相残杀，枉送了许多人命，我岂不要笑你们？现在你们快把这一对儿青年男女放了，然后再细细思想一回，我的话是不是？"

张锡朋听了窦氏的话，觉得很有理由，顿了一顿，说道："只是我们的村规是这样的，他们犯了规例，那是自取其咎。我虽有父女关系，也不能袒护自家人。至于两村的仇隙，早已结得深了，虽也不能消释，只有打个明白，谁输了是谁倒霉，这是没法想的。你们过路之人休要来管这事！"有几个乡人也高声喊道："闲话少讲，我们快收拾这一对儿，好去厮杀。"窦氏刚又要开口说话，忽见一个村人慌慌张张地跑来，向张锡朋报告道："打虎集中的团总屠云和昨天那个助战的乞丐，一齐走过河来了。"大家听得这话，一迭连声地喊道："打，打，打！我们快快预备。"张锡朋问那个乡人道："你可曾瞧见他们有几多人来？"那人答道："只有屠云和乞丐，背后跟着乡人，不过四个人光景。"张锡朋道："那么他们不是来动手的，我们不要鲁莽，待我问明白了再说。"于是便叫众乡人两边排开，等候他们到临。

不多时，大家指着对面河岸上几个渐走渐近的人，说道："来了，来了！"窦氏母女不知是怎么一回事，且立在一边瞧看。那四个人早已走近，屠云佩着双刀和乞丐当先走到，一见张锡朋，大家打个招呼，张锡朋先问道："你们到此何干？今日下午我们要决个胜负。"那乞丐早抢着说道："好大口气，昨天败了，今天还要决胜，敢是恐怕你们村中死的不够。"说罢，呵呵地笑将起来。

众乡人一齐大怒。大家骂道："乞丐，乞丐！都是你这东西来帮助他们，可恶得很！今天到来，不放你走了。"乞丐睁着闪闪双眸，对众人说道："不放我走么？很好。只要你们多备几坛子好酒给我痛饮就是了。"二三个乡民早举着棍棒扑过去，说道："你要喝酒么？先请你吃棍子。"那乞丐把手向两边一拦，众人的棍棒早已脱落了手，一齐跌倒。乞丐大声说道："你们这些乡人，真是又可鄙，又可怜，自己没有本领，却喜欢和人家厮斗，不是白送性命么？老实对你们讲，你们不要看轻我是个乞丐，休说你们这辈东西，便是放着千军万马，凭我一个人也能杀出杀进。畏者不来，来者不惧，你们不要螳臂挡车，自讨苦吃。"张锡朋端相那乞丐，似乎像个异人，本领高强，自己断非敌手，遂把乡民喝住。大家见了这个情景，也不敢胡乱下手。

于是屠云便对张锡朋说道："我们今天到你们村中来，有一个要求，请你们把潘洁民释放，然后两边不妨讲和，若是不肯依从，免不了再要厮杀。"一边说，一边指着那坑边缚着的洁民和雪珍，又说道："你们莫不是要把他们处死？这却不能够了。"乞丐又走前几步说道："姓张的，你也是一村之主，此事应该作个主张。我昨天路过这里，瞧见你们械斗，我本来没有什么偏祖，只因眼瞧着打虎集人被你们追杀甚急，所以帮他们抵挡一阵。以后我向他们细细询问，明白了这事的前因后果，觉得你们这种恶风应该早早改革，以免枉送性命。而且这一对儿青年男女，也没有死罪，不忍他们为了这个恶风而牺牲性命。所以我昨天晚上和今天早晨，我和打虎集人讲了几次，方才把他们劝醒。这位团总屠云和潘翁都能谅解，情愿早日弭战言和。我遂和屠团总赶到你们这边来，要想和你们讲明白，要把这恶风趁此时改革去了，也不负我这一番的多事。”

张锡朋本来听了窦氏母女的说话，也有些动心，现在又给两人一说，早已回心转意，只是碍着众人的面前，还不敢毅然决然的有所主张。那乞丐早已瞧料了几分，遂掉转身向众乡人大声讲话，劝他们不要同室操戈，早把这恶风改革，使两村言归于好。又主张要把洁民和雪珍立即释放，宣告无罪。众乡民听了默然无语，宋彩凤听了，忍不住拍手说道：“是啊，是啊！这话说得好爽快，我们也是要这样劝解他们，谁反对的便不是人。”宋彩凤说罢，一个箭步早跳到洁民、雪珍二人的身边，拔出宝剑，割去二人的绳索，说道：“就此放了吧。”窦氏也握着一对双钩，跳过来卫护着二人。众乡人见了这种武力的调停，哪有人敢出来反对，大家只是面面相觑。

乞丐对窦氏母女相视了一下，又对张锡朋说道：“请你快快定夺吧！”张锡朋见事已如此，遂对众乡民说道：“这几位的话实在说得不差，使我不得不赞成，你们意下如何？”大众见张锡朋已软化，虽有几个倔强的，也不敢公然反对，大半都附和称是。此时洁民已走至屠云面前讲话，乞丐便对张锡朋说道：“现在这事总算和平解决，我把洁民带回打虎集，交给他的父亲，然后再来拜访你。你这位小姐也可以好好领回家中。至于婚姻的事，以后再可妥谈。恭喜你们能从忠告，把这几十年的恶风俗一旦革去，就是你们两村莫大的幸福了。”说毕，便带着洁民要走。

洁民指着窦氏母女说道：“这两位也是我的恩人，要请她们到我们村中去相聚。”乞丐点点头，表示同意。洁民遂走过去邀请窦氏母女，窦氏母女含笑应允。洁民虽要和雪珍讲几句话，可是无此勇气，只好以目示意。众人遂和张锡朋告别，张锡朋要求他们明天再来，乞丐一口答应。于是张锡朋亲自送他们出村，众乡人各自散去，纷纷议论，有赞成的，也有不赞成的，但是这事业已和平解决了，按下不提。

且说洁民和屠云伴着乞丐、窦氏母女回到打虎集，潘翁和集中几个父老出来迎接着，见洁民安然归来，不胜之喜，一齐请到潘翁家中。洁民和父母相见后，即把自己的事告诉一遍，且向潘翁请罪。潘翁因事已过去，正要喜欢，也不加苛责。于是大摆筵席，款待那位乞丐和窦氏母女，且邀屠云和几个父老相伴。大家感谢乞丐相助之力，乞丐托着大觥，畅饮数杯，便向窦氏母女请教姓名，窦氏母女以实相告。那乞丐不觉说道："咦！原来我们是相识的，玉琴常常提起你们的大名，不想今日遇见。"窦氏闻言，估料这乞丐一定也是昆仑派中的人，遂也向他叩问来历。潘翁在旁也说道："昨晚我们屡次请教义士的大名，义士只是不答，今番请义士直说了吧。"

乞丐哈哈笑道："因为我并不是什么达官贵人，何必多留姓名？现在我也不妨直说，省得你们疑心我居奇。我姓余，名唤观海，便是女侠玉琴的师叔，一向隐于乞丐，游荡江湖。此番从白山黑水间倦游而回，路过此间，巧和你们相逢，你们要笑我多管闲事么？"洁民父子说道："原来是一位大侠，灵光侠气，早知与众不同，我们得识荆州，非常光荣。且仰赖义士之力，这一次竟把两村的恶风改去，正是我们两村人民的幸福了。"窦氏母女也向余观海致敬意，且叩问女侠行踪。

余观海道："女侠曾在京师中和我们聚过，一起大破天王寺以后，伊和剑秋、云三娘到你们地方来拜访的。但是你们怎样到这里来的？他们一定碰不到你们了。"窦氏母女遂把她们被邓氏七怪逼迫，不得已而出走，暂避其锋，因此赶到关外来，要找寻女侠。哪知到得荒江，室迩人远，扑了一个空，只得赶回原路了。余观海笑道："玉琴去找你们，你们却来找玉琴，彼此相左，天下竟有这种不巧的事。现在不知他们到昆仑去呢？还是上别地方游览？这却不知道了。"窦氏母女闻言,不胜怅惘,余观海却尽管狂饮。

　　席间又讨论起洁民和雪珍的问题,屠云说道:"这事的起先洁民兄也有些径情直遂,不顾利害,险些闹出大祸。现在却幸亏发生了这事情,释嫌修好,永戢干戈,转祸为福,未始非不幸中之大幸。我们索性把这件事玉成了,成就一段美满姻缘,从此好使两村通秦晋之好,也是一件快事,而且可以为将来留下一重佳话。明日张锡朋本要请余义士等前去,不才情愿偕往,乘此代洁民兄一作蹇修,可好?"潘翁道:"这是求之不得了。明天准要有劳清神。"余观海道:"我当一同说项,包管张家老头儿一定答应,况且他家的女儿早已愿意,更不成问题了。"洁民听了,正中心怀,暗暗欢喜。大家举杯畅饮,直至酒阑灯炧,方才散席。

　　余观海早已喝得醉醺醺地东倒西歪,潘翁吩咐两个下人扶着他到客房里去安寝。窦氏母女却由潘翁的老妻引着,到内室睡眠。到了明天早上,张锡朋已派人持着请帖来请,屠云遂伴着余观海和窦氏母女一同来到张家村,和张锡朋相见。张锡朋向余观海、窦氏母女等感谢调停之力,也摆上丰美的酒席,宴请众人。

　　席间,屠云便代洁民和雪珍作伐,张锡朋唯唯答应,即请屠云转言潘翁,择日文定。余观海笑道:"好爽快!"举起杯来一饮而尽。这一次余观海又喝得烂醉如泥。散席后,由屠云送回打虎集,窦氏母女却被雪珍留着,不肯放走,母女俩便住在那里。彩凤和雪珍谈谈,十分融洽。潘翁得了这个喜信,因为后天是个大吉大利的日子,所以就拣定那天代洁民送盘,便请屠云为媒。

　　到得那天,张家和潘家悬灯结彩,十分闹热,村人都来道贺,一团祥气。余观海两边喝酒,又是喝得大醉,正是壶中日月不嫌其长了。至于洁民、雪珍二人心中的喜欢,是更不待言。他们在起初时候,因为恋爱情深,所以不顾成败利钝,和恶劣的环境奋斗,经过了恶风险浪,做梦也想不到有这样美满的结果,使他们不由不深深地感激余观海和窦氏母女的功德了。

余观海在打虎集又过了一天，再也留不住了，向潘家父子告辞欲行，又到张家村去，向张锡朋辞别。窦氏母女本来亦欲动身，却被雪珍再三挽留，所以要再住几天。便对余观海说，她们俩一时不欲重返故乡，将在京津一带作长时间的畅游，托余观海如遇女侠代为致意。余观海答应了，遂扬长而去。闲云野鹤，来去无定，此去却又不知到哪一处，叫张、潘二家如何留得住他呢？

窦氏母女在张家住了好多天，听说雪珍和洁民将在明春结婚，这杯喜酒却无论如何等不及喝的，遂向张家父母告别。雪珍苦留不得，送了许多礼物，窦氏母女也不客气，受了一大半。宋彩凤和雪珍握着手，恋恋不舍，硬着头皮别去。

窦氏母女离了打虎集，一路进关，到得京师，寄寓在旅店中，盘桓数天。有一天，他们母女俩正游什刹海，忽然背后有一人走上前来叫应他们，窦氏母女回头一看，见是李鹏。大家问起别后状况，始知李鹏年来经营畜业，获利很多，新近在京中和人家合资开设一家杂粮行，所以他时常到京中来的。窦氏母女也把自己找寻女侠的经过，约略告诉一遍。李鹏便请窦氏母女到一家酒楼去用晚餐。宋彩凤向李鹏探问女侠行踪，李鹏告诉说："在天津相近的曾家村曾家庄，女侠有一个寄名亲姓曾的，弟兄二人，兄名梦熊，弟为毓麟。女侠曾搭救过他们的性命，常到那边去居住。你们若一定要找见女侠，可到那里去探听，或有端倪。"窦氏母女把李鹏的话记好，很想到那里去跑一趟，所以这一天和李鹏别后，次日母女二人便离了京师，向天津赶来。

到得天津，向人问询曾家村，方知尚在西南面。伊们在天津住了一天，遂取道向曾家村走来。地方渐渐荒僻，有山有水，风景很好。二人走在路上，见道旁一带枫林红得如美人颊上的胭脂一般，秋风吹动了林叶，嘁嘁作响，远远地有个山头，映着斜日，白云如絮，环绕着山腰。

宋彩凤正看得出神，忽听马蹄响，从枫林中跑出一头马来，马上驮着一个俊秀的少年，形色慌张，一手抱着头伏在马背上，好似逃命的样子。背后跟着蹿出一头胭脂马来，马上骑着一个黑衣女子，手中握着一柄明晃晃单刀，飞也似的追上去。那少年的马正跑向窦氏母女那边来，嘴里喊一声"救命啊"，黑衣女子在后，也喝道："你这厮忘情负义，逃向哪里去？"从怀中掏出一圈锦索，向少年抛来，少年闪避不及，早被锦索套住。黑衣女子乘势望怀里一拖，那少年早从马鞍上翻身跌将下来。

评：

灵官庙一段，文笔如初写黄庭，恰到好处，借《秦风·蒹葭》三章，衬出洁民被追，自是险笔。欲擒故纵，纯为后文留地步。本回写潘、张二人一段奇情艳史，迂回曲折，兜到原文，始补述明白，不落一平笔。又紧接余观海之来，一场风波，乃告平息，有情人竟成眷属矣。借余观海口中说出女侠行踪，于是以前余观海在昆仑报信，方有根据。遇李鹏是文势过渡法，不如是则窦氏母女何从至曾家村？

第十四回

低首作情俘幸脱虎狼口
侠心平剧盗巧成麟凤缘

曾家村的曾毓麟，自从前次琴剑二人先后不别而行，他把玉琴留下的书信，读了又读，心中不胜怅惘。知道玉琴已上昆仑，想不到伊竟是这样的坚决。尚然伊和剑秋早有情愫，那么伊也不妨对我明言，杜绝了我的痴想。唯其处处流露着爱我之情，譬如伊单身冒着危险，到龙王庙来救我脱离虎口，力歼剧盗，似乎非有深情的人不能够如此。所以我的一缕痴情，又袅袅而起，哪知结果如此，怎不令人意冷心灰。大概这些精通武艺的女子，断不肯嫁给我这样文弱的书生，落花有意，流水无情，我又何必这样痴情，惹人讪笑呢？现在伊已去了，我也好息了妄念吧。只是伊在信上又说什么此去便道至虎牢，当为玉成一段美满姻缘云云，想是伊以前和我说过的姓宋的女子了。然而那姓宋的女子也是个有本领的侠女，不知可有玉琴那样的温柔。唉，玉琴，玉琴！我和你相交甚深，你尚且不能接受我的爱情，何况宋彩凤是陌生的女子呢？你虽然很热心地要代我做媒，可是这事情太迂远了。所以他闷闷不乐，十分无聊。他的父母知道他的心病，没奈何，只得用言安慰，想代他另觅佳偶。毓麟很坚决地拒绝，自言此生宁作鳏鱼了。

曾翁因为近来乡间盗氛甚炽，自己的儿子前番被盗劫去，险遭不测，幸亏有女侠来救援。现在女侠已去，不啻失了护身符，恐防再有盗匪到此骚扰，不可不未雨绸缪，早作防备。遂和村中父老们商量了数次，决定大家捐出一笔巨款来，在村的前面筑一道碉楼，可使这曾家村有了保障。于是雇了许多工人，赶紧构筑。工成后，果然坚固得很。梦熊又组织保卫团，教村中年轻力壮的少年加入操练，以防盗寇。好在他本来设立过一个拳术团，所以拳术团中的少年，先自踊跃加入，聚集得一百人左右，势力倒也很厚。梦熊做了保卫团长，骑着马出出进进，甚是威风，村中人都格外尊重他。这样过了许多时日，相安无事。

忽然有一天，那个朱小五有事出村去，到晚没有回来。曾翁等知道朱小五是很诚实的，断不会无故跑去，心上正在狐疑。到得明天，有人发现朱小五的死尸在村外树林之中，喉间被砍一刀，身上亦有刀伤，明明被人杀死。一时侦查不出，那边早有地保报官相验。曾翁办了一具棺木去把朱小五收殓，大家很是奇怪。朱小五身边并无钱财，怎会遇见盗匪？

独有曾毓麟暗暗思量，朱小五这次被人杀害，决非无因。想朱小五以前曾载着玉琴夜入小洪湖，杀死焦大官，救我出来，我遂留他住在这里的。说不定以前或有余党漏网，今番来此报复。小五已死，我倒不可不谨慎些了。于是他就深居简出，在家中吟咏自娱。过了十多天，不见征兆，朱小五的案件也没有破。

距离曾家村的东北面五六十里，有个村庄名唤柳庄，那边的村民和曾家村是很亲近的。庄主柳士良以前曾到过曾家村拜访曾氏父子，相见甚欢。这一天，曾毓麟正在家中侍奉双亲闲谈，忽见曾福领着一个下人，拿着大红名刺，说柳庄有人来请二公子前去。毓麟接过名刺，见了柳士良三字，便问那下人道："可是你家主人特来请我？不知有甚事情。"那下人答道："小的这却不知。小的奉了主人之命，特来邀请二公子到我们那边去一叙。近来我们村中为了防御盗匪，正在赶筑碉楼。昨天听得主人说起要筑得和这里的一样完好，不知是不是为了这事要请二公子前去讨论。"曾翁听了，点点头道："是了。毓麟，你就到那里去走一遭。倘然我们两个村子实行联结，未始无益。那个柳士良也是很谈得来的。"

毓麟又问那下人道："你名唤什么？"下人恭恭敬敬地答道："小的便唤柳贵。现在外面有骡车伺候，请二公子就动身吧。到我们这边去用午饭。"毓麟遂去换了一件衣服，辞别曾翁。曾翁还不放心，便请四名团丁跨着马跟随前去，以便在路中保护。

毓麟坐上骡车，柳贵却和骡车夫同坐，鞭影一挥，径向村外跑去。四个团丁在后跟着，手中各执着大刀，据鞍顾盼，意态自豪。出了曾家村，一路向柳庄赶来。

从曾家村到柳庄，路途虽非遥远，可是相近柳庄那里有一个野猪山，那边地方荒僻，时常发生盗案的。一行人加紧赶路，渐渐跑到野猪山下。那骡车夫忽然赶着骡子不向大路上走，却望山边小径奔跑。曾毓麟见了，心中有些奇讶，背后四个团丁也在马上问道："你们不走大路，走小路做什么？难道赶到野猪山中去么？那边是有强人的，去不得。"骡车夫说道："你们不要发急，我们抄的近路啊。"又赶了数百步路，前面树林丛杂，和柳庄的方向更走得不对了。毓麟在车厢中发了急，便喊停止，团丁也向骡车夫喝道："你这厮故意跑到这里来，居心颇险，快些退回去，不然我们要动手了。"骡车夫不答，但是已把骡车停下。

毓麟刚要喊柳贵前来查问，柳贵早已跳至地上，从身边取出一个爆竹燃着了，轰地一声，山峪响动。毓麟大惊，口中方说不好时，只见对面林子里跑出七八个强盗，为首一个身长一丈有余，面目丑陋，双手持着板斧，好似七煞凶神，当先托地跳将过来，向柳贵喝问道："那姓曾的公子来了么？"听那柳贵答道："来了，正坐在骡车中。"此时四个团丁见情势不好，拍动坐骑赶至前面，要来保护毓

205

麟抵抗盗寇。那长大的盗魁瞧见着，便怒吼一声，舞动双斧直滚过来。斧到处，两个团丁早从马上跌下，一个团丁和他交手，不及三合，也被他一斧砍倒。只剩一个团丁回马要逃，早被其余的盗匪拦住去路，刀枪齐加，剁成肉酱。可怜四个团丁一个也没有生回。

那大汉跑到车旁，伸出巨掌，将毓麟从车厢中一把拎小鸡般抓将出来，夹在胁下，喝道："小子，休得声张！"把板斧在毓麟面上磨了一磨，毓麟觉得冰冷的，鼻子里同时闻到一种血腥气，吓得闭着眼睛，魂灵儿飞去半天，动也不敢动。这样被那大汉挟着前去，一行人立时赶向野猪山去。

在那野猪山的背后，有个山峪，非常隐僻，那里有座古庙，便是盗匪的巢穴了。庙门口有几个穿着青布长衫的大汉，往来梭巡着，这便是盗匪的斥堠，见他们得手回来，一齐欢呼，迎着入庙。

那盗魁走到殿上，放下毓麟，睁圆双眼，对毓麟说道："小子，你也有上当的一天么？现在被我劫到这里，我必代死者复仇。"毓麟一时摸不着头脑，不知盗魁要复什么仇。自己到了这个地步，早晚总要一死了。又听盗魁吩咐左右道："把这小子暂且监禁在里面，等到明天娄大哥前来，再行发落，也教他知道我老牛并不是有勇无谋的了。"左右答应一声，把曾毓麟推出大殿，转到里面去。那里有一间湫小的屋子，开了门把毓麟向里一推，说道："好小子，你且在此等一下，明天再送你到西方去。"说罢，砰的一声将门关上走去了。

毓麟定一定神，瞧瞧屋子里别无他物，墙角边有一堆槁草，大概这就算卧具了。向南有两扇小窗，窗外面都加着铁条，十分严密。还有那两扇门，是很厚的，虽非铜墙铁壁，但是像曾毓麟这种文弱的书生，也没有法儿逃生了。门边墙上挖着一个小洞，可以瞧得出外面。曾毓麟呆呆立着，不由叹了一口气，自思那盗匪和自己并无冤仇，何以存心要害我？又想起前天朱小五的被杀也很奇怪，莫非这就是龙王庙焦大官的余党前来报复么？听他们的口气，将要等一

206

个强盗回来，明天就要把我结果性命的，那么我活在世上只有一昼夜的光阴了。前番陷身盗窟，幸有玉琴前来援救出险，现在女侠不知身在何处，望美人兮天一方，伊哪里会再来救我呢？

想至此，心中一阵悲伤，难过得很，不由落下两点眼泪。遂低倒头坐在槁草上，好似将要被宰的羔羊。斜阳一角，映到窗上来，他知道时候已是日晡。没有吃过午饭，肚子里饥饿得很，也只得忍着。挨到傍晚时，室中更是黑暗，忽听脚步声，外面有人走到室外，从那个小洞里抛进三四个馒头来。毓麟接过一摸，冷而且硬，换了平常的时候，他哪里要吃这种东西，但在此时也只得将就吃了两个，暂充饥肠。

这天夜里，室中也无灯烛，黑暗如漆，他只得横在槁草上睡了。但是心中充满着惊恐和忧虑，神经受着异常的刺激，睡得又不适意，所以一夜没有安然入睡。到得明天早上，他立起来，在屋子中团团地走着，两手时常揉搓着，暗想："在今天便是自己的末日，性命就在片刻之际，不知他们怎样把我处死，一刀两段，倒也爽快。倘然要用毒刑，我将格外吃苦了。"越想越怕，好像热锅上的蚂蚁一般，恐怖到极点。向四司望望，又没得逃走的出路。

正在恐怖的时候，听得外面足声，知道有人来提他去处死了。说得一声不好，两扇门已开了。只见有两个盗匪走将进来，拖着他出去，毓麟强着不肯走，早被二人用力推着他，来到一间小方厅上。沿窗一只椅子上坐着一个少妇，身穿淡蓝色的外褂，脚下金莲瘦小，踏着红绣鞋，倒也生得有几分姿色。一见毓麟进来，便对那两个押送的盗匪说道："你们去吧，姓曾的交给我了。"二盗匪齐声答应，退将出去。那少妇更指着旁边一只坐椅，向毓麟说道："你坐了吧，我把这事情细细讲给你听。"毓麟本来已拟一死，现在不见盗魁之面，却遇见这个少妇向他和颜悦色地讲话，不像杀他的形景了。心中怙惚着，不知这个少妇是个何许人，自己的性命又怎样，为什么不看见那个可怕的盗魁？心里充满着疑问。只得谢了一声，遵着伊的吩咐，在旁边椅子上坐下。

那少妇见毓麟坐了，微微一笑，露出雪白的牙齿，将伊一对儿金莲缩起，盘膝而坐。又对曾毓麟说道："我姓秦，名桂香。我的丈夫便是捉你前来的那个黑大汉，姓牛名海青，别号赛咬金。我们俩都是江湖上的大盗，不过我们一向在鲁北的，还有我丈夫的一个朋友，姓娄名一枪，我们在一起干生涯的。但是我们怎样到此地来的呢？其中也有一个缘故，只因以前在此附近小洪洲龙王庙中的焦大官，是和我丈夫以及娄一枪都是结义弟兄，只愿同年同月同日死，不愿同年同月同日生的八拜之交。焦大官是被你们村上害死的，而你是罪魁祸首，我们得到李进的报告，遂知此中的情形。我丈夫一心要代亡友复仇，所以我们一同赶到这里，把这古庙做了暂时的大本营，想法动手。但打听得你们村里筑有碉楼，组织着保卫团，防备严密，未敢造次下手。前天李进和两个弟兄在你们村口窥视着，恰巧遇见朱小五，李进恨他不该串通外人，设计用酒灌醉他，使他不能报信，以致失利，心中十分懊恨，便将朱小五先行弄死。然后再探听得你们和柳庄十分接近的。我们设法取到了柳士良的名刺，使手下人假扮了柳家的仆人和骡车夫，方才将你不知不觉地诱到这里，而将你活活擒住。本要把你即行处死，只因娄一枪前天到北京去，没有回去，所以把你暂且监禁，苟延残喘。今天我丈夫赶到北京去找他回来，等到回来时，你的性命就不能再保了。"

毓麟听桂香说了这一大番的话，方知自己陷身匪窟，果然是为了以前的宿仇。今天虽然不死，可是一等那盗魁回来时，总是一死，哪里能够侥幸出险呢？不由叹了一口气。桂香又说道："姓曾的，你也不必悲叹，你若肯凡事依从我，我必定想法使你不死，不知你的心里如何？"毓麟听了伊的几句话，暗想："莫非桂香有情于他，不然，她是个杀人放火的女强盗，怎会对我如此和气呢？不如我就将计就计，哄她一哄，以便乘机免脱。"遂假意说道："你真的能够允许我不死，那么你真是一位女菩萨了。"

桂香微笑道："什么女菩萨我却不敢当，不过允许了你大概总不至于使你再上断头之台。"一边说，一边立起身来，走到毓麟身边，问问他家中的状况。毓麟胡乱答着，又说自己尚没有娶妻，有意去握伊的柔荑。桂香以为毓麟也已动了心了，十分欢喜，因为伊本是一个淫荡的女子，见了毓麟丰姿如珠辉玉阔，俨然浊世翩翩佳公子。若和她丈夫牛海青比较，那么一个如玉树临风，一个如黑炭委地，真是不可以道理计了。所以伊早已看上了毓麟，假托着娄一枪没有归来，便雇伊丈夫到京里去找娄一枪，好使伊此闲隙，去和曾毓麟勾搭。

牛海青是个粗心直肠之人，没有防到这一着，立刻动身去了。伊遂把曾毓麟唤来，试探他的意思。现在瞧他很有意的，自思这事就容易办了，禁不住心中暗喜。于是引导毓麟到伊卧室里去坐，毓麟也竭力敷衍着，去博伊的欢心。到了吃饭时候，桂香便吩咐侍候的女仆，将午饭端到房里来，陪着毓麟同食。

午饭后，二人仍坐在一起谈话，毓麟忽然皱着眉头，对桂香说道："承蒙你女菩萨者多爱护，使我感激得很，情愿一辈子侍候你，只是你丈夫不多几天就要回来，我仍旧是一死，因为他们的心肠都是十分狠毒，决没有像你这样慈悲的，岂非辜负了你的美意？你方才答应我可以不死，不知你有何妙法，请你告诉我，也可以使我定心。不然，我心中总是怀着恐惧的。"桂香听了毓麟的话，对毓麟看了一看，将身子偎傍着他，柔声说道："你果肯一辈子侍候我么？我也情愿一辈子跟从你。我已定得一个计较在此，待我老实和你说明了，免得心神不定。我与牛海青的结合，并非出于我的自愿，一向憎厌着这个黑炭团。现在遇见了你，我真心爱上了你，情愿和你远走高飞，到别处去快乐度日。在山海关外有个螺蛳谷，那边有个女盗名唤风姑娘，以前是和我相识的，我想和你一起到那里去投奔伊，可以有个安身之所，不知你的意思如何？"

毓麟听桂香提起螺蛳谷中的风姑娘，好像在哪里听见过的，细细一想，方知玉琴曾经告诉自己怎样破灭螺蛳谷中剧盗的一回事。那么风姑娘已不在那里了，大概伊还没有知道这消息呢，也不敢向伊直说，却说道："难得你情愿跟从我，这是再好没有的事。不过螺蛳谷远在关外，何不随我一起回到我的家中去呢？"桂香笑道："好人，你只是思念你的老家，你家中也没有妻子，何必这样念念不忘？又不知你那里距此不远，他们得到了我们一同逃走的消息，岂肯甘休？一定要追来寻事，倘然我们走到别地方去，他们就找不到我们了。"毓麟听桂香如此说法，也就不再固执。好在只要逃了出去，总可想法脱身，遂连连点头。

桂香见毓麟已肯听伊之言，便又向毓麟说道："现在你总可定心了。今晚你就同我在此间一起睡好不好？横竖那黑炭团早已出门，用不着提防，你尽可放心，明天我再和你一起离开这里罢了。"毓麟暗想："若然我答应了伊，少不得今宵将有一番厮缠，我是个守身如玉的君子，岂可和这种女强盗干那荒唐的事情呢？"遂又向伊央求道："我想今晚便走吧，因为我在此间总是提心吊胆，不能平安。所以恳求早早使我脱离了这个虎穴，将来我和你的日子正长，何必急急于此呢？"说毕，拍着桂香的肩膀，笑了一笑。

桂香把手在他额上一指道："怎么你这样不中用的？我从来没有瞧见过如此胆怯的男子。今晚我一定要你睡在此间，有我做了护身符，难道你还害怕么？你不要小觑我，凭我这身本领，二三十人近我不得，便是那个黑炭团，我也可以抵挡得住，你何必这样要紧走呢？"毓麟苦笑着说道："不错，你的本领果然高强的，但是我心中总是不安，哪里寻得出快乐？你可怜我的，答应我今晚同走吧，以后我不忘你的深情，好好报答你就是了。"桂香见毓麟坚求着要今夜同走，瞧着他可怜的样子，心上不由软了一软，遂说道："既是这样，我就答应你吧。"

毓麟便向伊深深一揖道："多谢女菩萨恩德。"桂香一耸身坐在毓麟的怀中，咯咯地笑道："我瞧你态度斯文，说话也斯文，但是有些书呆子气，你以后不要称呼我什么菩萨菩萨，怪难听的。"毓麟笑道："很好，我就不再这样称呼便了，简捷些便称呼你的芳名可好？"桂香笑道："很好，我也称呼你的名字吧。"毓麟遂假意和伊温存了一番。

转瞬天色已暗，毓麟也巴不得早到黄昏，二人吃过晚饭，桂香便收拾些金银珠宝，预备以后逃到他方，可以过用，路上也不致缺乏盘缠。又换了一身黑衣，腰间带着一圈锦索，毓麟见了，便问这是做什么用的，桂香微笑答道："你问这个么？我自有用处。倘然你要三心二意，背了我逃走时，我就可以用这个来缚你了。"毓麟也笑道："你恐怕我逃走么？你千万放心，我难得遇见你这样真心对我，救我出险，我岂肯忘恩负义呢？"桂香道："人心难测，全凭你的良心。只是你若真的要逃走时，我也不肯放松你的。"说罢，又从伊枕边取出一把雪亮的羊刀，对毓麟晃了一晃，说道："刀子不认识人的，倘有人对我违背，我就一刀把他两段。"毓麟看了，不由打一个寒战，默然无言。

桂香一边将刀插入鞘中，放入包裹里面，一边向毓麟瞧了一眼，说道："你别害怕，我喜欢这样多说的，其实我哪里舍得伤你一根汗毛呢？好人，你别要因此见我害怕。"毓麟也笑道："我害怕什么呢？我知道你是爱我的　所以我情愿跟你同走，我并不害怕的。"于是桂香收拾好了，和毓麟静坐了一回，听听四面人声寂静，约莫已近三更时分。桂香对毓麟说道："我们走吧，路中如遇见人，你只不要开口，有我应付。"毓麟点点头。两人一同走出卧室，桂香在前引导，打从古庙的后门走出。

那边正有一个马厩，虽然有人看守，可是看守的人早已熟睡了。桂香悄悄走入厩中，牵出两匹马来，问毓麟道："你会骑马么？"毓麟答道："还能够勉强坐坐。"桂香遂将一匹黑马让给毓麟坐了，自己也骑上一匹胭脂马，一同跑出山峪来。将近峪口，黑暗中见前面有两个人影拦住去路，喝问来的是谁。桂香听得出是自己手下巡逻的弟兄，便道："是我。"又报了一个口令，巡逻的盗党就说道："可是女寨主？深夜出去何事？"桂香道："我自有要事，此刻不便和你们说。你们好好在此巡风，我就要来的。"说罢，便和毓麟各个加上一鞭，冲过去了。出了峪口，方才缓辔而行。

　　到得天明，二人已跑出野猪山。毓麟瞧着东边的一条山径，知道打从这里去，便是走到自己村里的要道。但是不敢说什么，只跟着望北而行。跑到日中时候，二人腹中都觉有些饥饿，一是找不到客店，毓麟指着前面五六家低矮屋舍说道："那边正有人家，我们何不向他们告借一顿饭吃？"桂香点点头道："好的。"二人跑到相近，一齐下马，把马系在大树之下。跑到一家门前，正有一个二十多岁的农夫走出来，毓麟便向他说明借饭的事情，农人一口答应，请二人走进里面，到得一间和厨房相近的小屋里坐定。屋中黑暗而湫隘，天井中有一个妇人正在那里洗衣服，就是农人的妻子。农人便教伊去赶紧去煮饭，自己从墙上摘下一条咸鱼，又取出几个鸡蛋，到厨房里去相帮着做饭了。因为此地并非客商来往的要道，所以途中没有饭店和客寓，一般乡人都肯招接旅客的。二人坐了一歇，饭已煮熟，农人夫妇一齐搬将出来，放在桌上，代他们盛好了饭，放了筷，说声："客人请。"毓麟和桂香吃了一个饱。桂香便从身边摸出二三两碎银给那农人，农人接过，谢了又谢，一边撤去残肴，一边倒上二杯茶来。二人瞧着茶杯中积垢不少，那茶又是黑而且浓，哪里喝得下？

　　桂香见毓麟吃了饭懒懒地坐着，眼珠不住地打转，正想催他动

212

身，忽然自己腹中一阵便急，再也忍不住，只得向那妇人问道："你们这边有大便的去处么？对不起，我要出个恭哩。"妇人道："有，有。"便引着桂香转到里面去。桂香对毓麟说道："你好好地坐着，不要走开，我就来的。"毓麟点点头，瞧着桂香到得里面去后，暗想此地离开自己的村庄还算不远，这时正是一个好机会，我何不马上逃走呢？遂立起身来，见那农人也正走到厨房里去，他就很快地溜到门外，跑到那大树下，牵过自己的坐骑，跨上马鞍，呼呼呼地一连三鞭，打得那马展开四蹄，向前奔跑。他就将缰绳抢转，掉过马头，向南边取道望曾家村飞跑而去。

不料桂香在大便的时候，忽然放心不下，便叫那妇人去看毓麟可在屋中，不要让他走开。哪知妇人回身出来的时候，毓麟已走出门去了。妇人遂叫伊丈夫去看毓麟走向哪里，农夫听说，连忙跑出门去，瞧见毓麟坐着马向南疾驰，已在一二百步以外了。连忙和妇人回进去报告桂香说："那位大官人已骑马去了。"桂香闻言，大吃一惊，不由喊一声："啊呀，不好了！"连忙草草了事，立起身来，跑至外边，取过包裹，背在背上，拔出那把单刀，奔至门外，从大树下牵过胭脂马。又问农人可瞧见和伊同来的男子望哪里去的，农人把手向南一指，桂香疾跃上马，把马紧紧一夹，朝向南方大路上飞也似的追去。农人夫妇瞧了这种情形，不知是什么一回事，大家连呼奇怪不止。

桂香心里十分怨恨毓麟，紧紧追赶上去。毓麟的骑马功夫甚属平常，而且坐下的马不及那胭脂马跑得快，所以跑不上二三里，早被桂香追及。毓麟回头瞧见桂香跨着胭脂马，早从背后风驰电掣一般地追来，十分惊惶，拼命向前逃奔。但是背后马蹄之声渐走渐响，越追越近。旁边正有个枫林，毓麟便将马一拎，蹿进林中，桂香岂肯饶他？也将马一拍，追入林子。二人在林子里打了几个转，毓麟又跑出林来，桂香跟着追出，距离已近，便高声骂了几句。从腰间掏出锦索，照准毓麟身上抛去，把他拖下马来，心中一喜，暗想这遭他总难以逃脱了。

正要上前去擒住时，恰巧宋彩凤和双钩窦氏也来了。他们母女二人见此形景，疑是盗劫，不觉动了侠义之心，岂肯袖手旁观？于是宋彩凤拔出宝剑，一个箭步跳过去拦住桂香，不让她动手。桂香见毓麟业已到手，平白地忽来这女子上前干涉，无名之火顿高三丈，喝道："人家的事与你何涉？难道你活得不耐烦，自来送死么？"宋彩凤也不答话，冷笑一声，将手中剑使个犀牛分水式，向桂香胸口刺去，桂香回刀迎住。两个人一在马上，一在步下，各把手中兵器舞急，狠斗起来。

此时曾毓麟已从地上爬起，脱去锦索，立在一边呆看，也不想逃走。窦氏早把双钩取出，站立着看自己女儿和那黑衣女子战到三十余合，不分胜负，再也忍耐不住，把双钩一摆，上前助战。窦氏将一对虎头钩使开时，滚来滚去，只在桂香身前身后紧紧地盘旋着，桂香哪里敌得过她们母女二人？早杀得汗流浃背。只得虚晃一刀，将马一拎，跳出圈子，望枫林里便逃。窦氏母女守着遇林莫入的宗旨，所以也不追赶。

毓麟见桂香已去，如梦方醒，便向窦氏母女作揖道谢。窦氏便问："大官人可是遇着盗匪？"毓麟点点头道："正是。我前天被盗匪用计劫到匪窟中去，今天被我想法逃脱，谁知被那女盗追来，险些送了性命。幸亏二位前来援救，把这女盗杀退，救得我的性命，使我心中万分感激。不知二位姓甚名谁？从哪里来？到哪里去？"窦氏说道："我们姓宋，家住虎牢关，我的母亲姓窦，江湖上都称呼我双钩窦氏。"又指着宋彩凤道："这就是我的女儿彩凤。我们此刻是到曾家村去的。相逢甚巧，拔刀相助，这是我们分内之事，何德之有？"毓麟听窦氏通出姓名，方知这就是女侠玉琴口中所说的窦氏母女了，怪道有如此高深的本领，把秦桂香杀得大败而走，不由对宋彩凤仔细看了一眼。

宋彩凤在旁瞧着毓麟，心中也在思想，这个文弱书生怎样陷身匪窟，被他逃走出来，也非容易啊。毓麟等窦氏的话说毕，便问窦氏道："你们到曾家村去，有何贵干？"窦氏道："我到曾家村去拜访曾氏弟兄，因为我们要找寻荒江女侠方玉琴，听人说女侠常在曾家的，所以到他家去探问消息。还不曾请教官人姓名，不知官人是哪里人，可认得曾家村？"毓麟闻言，不由笑出来道："原来二位就是女侠玉琴时常说起的，难得相逢，可谓巧极。你们要到曾家村去寻找曾氏弟兄，我就是曾毓麟……"

窦氏不待他说毕，十分惊异地说道："你就是曾家的二官人么？那么女侠玉琴可在你们府上？"毓麟摇摇头道："伊早已去了。"宋彩凤不觉在旁说道："唉！玉琴姊不在府上么？我们跑来跑去，总是找不到伊，缘悭之至了。"窦氏也道："我们已白跑了一趟关外，不想这遭又走了个空，那么大约伊到昆仑去了。"毓麟答道："是的，还有个姓岳的少年，是伊的师兄，他们先后离此，听说是上昆仑去的。"窦氏顾着彩凤道："那姓岳的就是剑秋了。我们现在要不要赶上昆仑？但是这路程不是太远了些么？"说时，面上露出失望的样子。

毓麟道："二位既已到此，舍间曾家村也相隔不远，可否请到舍间去盘桓数天？我们久闻二位英名，思慕得很，今日相见，真是幸事。何况二位对于我又有救命之恩，务请屈驾前去一叙。二位风尘劳顿，也该稍事休息了。"窦氏母女见毓麟态度诚恳，说话温和，就点头答应。毓麟遂牵着马陪着窦氏母女回转曾家村来。薄暮时候，已到了曾家村，见村口的碉楼大门，早已紧闭，碉楼上站着五六个团丁，正向下面注视着走来的人。

毓麟到得碉楼下，便向上叫喊着道："请你们快快开门，我是曾家的曾毓麟，从匪窟逃回来了。"上面的团丁听得出是毓麟的声音，便下来开了门，让毓麟等三人入内。一个团丁见了毓麟，笑嘻嘻地上前询问缘由，毓麟答道："说来话长，我们以后再谈吧。"于是毓麟便引导着窦氏母女走到自己的门口。只见门外也站立着五六个团丁，手中各举着兵刃，十分威武。一见毓麟回来，大家都很欢迎，纷纷问询，毓麟略答数语，走进大门。早有家人瞧见，连忙进去报告喜信。曾翁老夫妇和梦熊夫妻正在内室坐着谈论营救毓麟的事，听得毓麟的消息，喜出望外，一齐争先恐后地奔出来。毓麟见了父母，连忙上前拜见。曾翁夫妇大家握着他的一双手，心里悲欢交集，滴出泪来。

曾翁先问毓麟道："儿啊，昨天我们自从你失踪后，把我们急得几乎要死，现在你怎样回来的呢？"梦熊也在旁抢着说道："老二，幸亏你回来了，不然，我们这位老爹爹的性命也要跟你一齐送去哩。这两位是谁？怎会跟着你同来？"说着话，一手指着窦氏母女，两双眼睛却滴溜溜地向彩凤瞧个不住，张开着嘴哈哈大笑起来。毓麟便道："代我先来介绍你们相见，然后再将详细情形告诉。这二位就是女侠以前提起的虎牢关的窦氏老太太和宋彩凤姑娘，我幸亏遇见了这二位救星，方才能够平安归来。"曾翁夫妇和梦熊等听了毓麟的话，且惊且喜，一齐向窦氏母女申述羡慕的私衷，窦氏母女谦谢不迭。

大家分宾主坐定，下人献上茶来。于是毓麟又将自己从车中被谎陷身盗窟讲起，直到农家乘机偷逃，枫林被敌所厄，窦氏母女拔刀相助击退女盗，细细说来。当他说到枫林的一节，梦熊等都代他捏把汗，曾翁夫妇齐向窦氏母女道谢，曾母尤其感激入骨，握着宋彩凤的手说道："小儿此番若没有你们母女二位相救，恐怕归不得家乡了，二位恩德不浅。而宋姑娘以女子之身，却能有精通的武艺，难能得很。想起以前方姑娘留居寒舍的时候，夜半忽逢盗劫，多亏伊一人将盗杀退，保得平安，后来小儿毓麟被大盗劫到一个地方去，也幸亏方姑娘前来，闻得惊耗，冒着危险，到那里搭救出来。这样重大的功德，使我们一家老幼永远不会忘记的了。现在宋姑娘和方姑娘一样美貌，一样绝技，正是江东二乔，无分轩轾，无怪二位和方姑娘是同道了。我也感想到一个人生在这种乱世，真不可不有些防身本领。像方姑娘和宋姑娘等，虽然都是女子，而能有高深的武技，所以天南地北，任凭你们来来去去，有恃无恐，而且能够相助人家的困难，得个侠义之名，令人羡煞。我家大儿虽也懂些武艺，却是不够事。次儿又是个文弱书生，偏偏那些狗强盗和我死命做冤家，几次前来缠扰不清，真是可怕之至。"说着话，瞧着宋彩凤的面庞。

窦氏却说道："多蒙老太太夸奖，我女虽然习得一些武艺，但是哪里及得到方姑娘呢？我们此来，也是想寻找方姑娘的。"梦熊道："他们是到昆仑山上去了。听说他们也要来找你们，还有那位姓岳的，说是女侠的师兄，不知究竟和伊有什么关系，怎样如此影踪不离，十分亲密呢？"说着话又呵呵地笑将起来。窦氏道："我们也闻得方姑娘的师叔余观海说过，他们要到虎牢去寻找我们的，可惜彼此不巧，大家白跑一趟。至于那个姓岳的，正是伊的师兄剑秋，帮着伊去寻找仇人，代父复仇的。且喜闻得人说，方姑娘已在白牛山手刃仇人之胸了。方姑娘仁孝侠勇一身兼全，真可算得天地间的奇女子。"毓麟闻言，不由微喟。

梦熊忽对毓麟说道："老二，女侠是不会来的了。这位宋姑娘真是不错，我劝你不要错过了啊！"毓麟不防梦熊发起傻气，乱说八道起来，不由面上一红。幸亏窦氏母女还没有注意梦熊的说话，也不知女侠的前一回事，连忙接着说道："是的，我已见过宋姑娘的武艺和女侠不相上下，所以我特地坚请她们二位到此，共商御盗之策。"曾翁道："昨天晚上我们久候你不归，连忙差人到柳庄去探听，方知你并未前去，柳家也无人来接，显见得有坏人无中生有，设此诡计，将你骗去，其中自然凶多吉少，急得我们一夜没有安睡。今天早上四出探寻，又发现了团丁的死尸，知道你必然遇见了盗匪。听说在野猪山新近有盗匪的踪迹，所以我就差曾福将我的书信送到天津杨参将那里请兵剿匪了。杨参将以前和我有过交情，这地方也在他管辖之内，他必然派兵前来的。等他到了，我们可以一同前去，将盗匪扑灭，永除后患。此刻不必打草惊蛇了。"毓麟道："既然父亲已请杨参将派兵前来，这也很好，因为那边的盗魁方出外哩。我们只要把村庄防守住就好了。"大家这样谈谈说说，不知不觉也有好多时候。

毓麟道："我们不要只顾讲话，忘记了肚皮，她们二位远道前来，腹中想已饥饿，我们快些预备些酒菜，代二位洗尘。"曾太太笑道："不消你说得，方才我已吩咐女仆到厨房里去关照小三子端整了一桌丰盛的酒菜了。此刻想已安排好。"曾母正说着，屏后早闪出一个女仆，对曾太太说道："老太太，酒席已摆在后面花篮厅上了。"

曾翁便首先立起，邀请窦氏母女走到后面花篮厅上，大家坐定。曾太太和伊媳妇宋氏先敬过酒，窦氏见桌上摆满着精美的肴馔，便对曾太太说道："我们是不会客气的，所以到此惊扰，家常便饭，已是很好了的，老太太何必这样客气呢？"曾太太说道："我本来不欢喜客气的，这一些粗肴浊酒，聊表敬礼而已。"毓麟也说道："窦太太说不会客气，那么我们也不必多说客气闲话，且请用酒！"一边说，一边提起酒壶，向窦氏母女二人杯中斟酒。且说道："我蒙二位热心救援，说不到什么报德。此刻先要奉敬水酒一杯，聊表我一点儿感谢之心。"

当他斟到宋彩凤的面前时，宋彩凤连忙双手托着酒杯，等到毓麟斟满了，一边放下，一边却对毓麟带着微笑说道："曾先生叫我们不要客气，那么自己为何如此客气呢？"梦熊听了，拍手笑道："这位宋姑娘说的话真是爽快！老二，你该罚酒一杯。"说罢，不由毓麟分说，便代他斟上一满杯酒。毓麟也只得带笑说道："我该罚的，我该罚的。"拿起酒杯一饮而尽。将空杯对宋彩凤照着说道："我已罚了，请姑娘和窦太太也领情一喝吧。"于是宋彩凤又笑了笑，和窦氏举起杯来，把酒喝下，也回敬了各人一杯。席间大家闲谈时，常要讲起女侠玉琴，因为大家都惦念着伊呢！

席散时，曾氏婆媳掌着灯引导窦氏母女到内里一间客室中去睡眠。室中陈设精美，正是女侠昔日下榻之处。一宵无话，次日母女俩起身，曾太太早差一个年轻女仆前来伺候。早餐后大家出来相见，曾太太等都竭诚款接，宾主之间甚是融洽。曾毓麟也常常在旁陪着谈话，要她们在此多留数天，略尽地方之谊。窦氏母女因为找不到女侠，一时也不想到别地方去，所以答应在此住下。

梦熊伸长着头颈盼望杨参将火速到来，连候二天，不见一兵一卒，曾福也不见回来，因此他大骂杨参将的颟顸无能。他遂想自己带领团丁前去捣灭盗窟，一则早除匪患，二则代四个已死的团丁复仇。不过自己一人恐怕力不足敌，要请窦氏母女也能一同前往，窦氏一口应承。梦熊大喜，便预备明日早上同去剿匪，倘能除得匪患，曾家村的威名可以震慑远近了。

谁知翌日黎明的时候，窦氏母女正在睡梦中，忽被外面的敲门声惊醒。宋彩凤先坐床上一跃而起，窦氏遂问外边是谁，早听得毓麟和他嫂子宋氏的声音，错杂着答道："是我……不好了……快开门……窦太太快请开门！"窦氏母女听他们如此惊慌，不知是什么一回事。窦氏也从床上走下，宋彩凤便拔去门闩，开了房门，毓麟和宋氏急匆匆闯入房中，对二人说道："窦太太和彩凤姑娘，请你们快快相助一下！"窦氏便问道："莫非外面有盗匪来了么？"毓麟说道："正是。现在盗匪正在攻打我们的碉楼，想要夺门而入，大约就是野猪山的盗匪，家兄经团丁到来报告，因为事情紧急，所以他一人先去接应，叫我们来恳求二位出去助战，想不至于拒绝吧？"宋彩凤听说，便答道："可以遵命。"说时，却觉得自己身上没穿外褂，还穿着小衣，见毓麟正向她注视，不觉双颊微红。连忙回到床边去，穿上外面的衣服，从枕边取了宝剑在手，说道："我们去吧！"窦氏也将衣服穿好，带了双钩，说道："可恶的狗盗，如此猖獗，还当了得！待老娘前去把他们杀个一干二净。"毓麟道："全赖二位出力了。"遂执着灯台，引导窦氏母女走到门外。

早又见两个团丁慌慌张张地跑来说道："强寇甚是厉害，攻打甚急，团长教我们来报信，速请窦太太等前往援助。"窦氏母女闻言，跟着团丁便走，毓麟也跟将上来。宋彩凤回头见毓麟在后跟着，对他微微一笑，说道："曾先生，你不要来吧，前面是很危险的。"毓麟道："我虽不能上前相助，却喜看姑娘们杀敌。"窦氏道："那么请官人远远地瞧着吧！"一边说，一边走，已到碉楼下。

见外面火光一片，喊声大起，碉楼上众团丁正在悉力抵御，人声嘈杂，夹着村狗乱吠；村中人鸣锣为号，正在互相喊呼，聚集壮丁，以便抵御。毓麟心中也微微吃惊，一同走上碉楼，向碉楼外看时，只见碉楼外有数十盗匪，各执兵刃，高举火炬，一齐向碉楼攻打。有几个盗匪把梯子架着，爬上碉楼来，梦熊指挥团丁，将石子滚下去，不许他们爬上。

火把丛中，瞧得分明，是那个赛咬金牛海青袒着前胸，手握两柄板斧，杀气腾腾，带领五六个盗匪，正在用力爬上碉楼。背后一匹胭脂马上，坐着一个黑衣女盗，手横双刀，正是牛海青的妻子秦桂香。旁边一匹白马上坐着一个年轻的盗魁，身躯健硕，挺着长枪，大约就是桂香口中说起的娄一枪了。此时牛海青已奋勇杀上碉楼，众团丁拦截不住，早被他砍倒三四个，锐不可当。窦氏立即摆动双钩，跳过去将他拦住，喝道："狗盗慢来！"牛海青杀得性起，刚向前冲，却见一个老妇摆着虎头双钩，当路拦住。他也不问情由，手起一斧，照准窦氏头上劈下，窦氏侧身回避，回手一钩，向他肋下扎去。牛海青将左手斧望下一掠，铛的一响，把窦氏的虎头钩掠开。窦氏接着又是一钩，照准他胸口钩去，牛海青大吼一声，抡开双斧，一上一下地尽向窦氏猛攻，窦氏也把双钩使开，和牛海青在碉楼上酣战起来。

秦桂香和娄一枪见牛海青在碉楼上厮杀，急忙驱动部下盗匪来冲碉楼。宋彩凤便叫梦熊索性把碉楼门开了，带领众团丁杀出来。娄一枪见村人杀出，将马一拍，舞动长枪，直冲过来。宋彩凤迎住他，一马一步，狠斗起来。秦桂香见了宋彩凤，想起前仇，愤不可遏，立即赶上来助战。宋彩凤独战二人，毫不惧怯，将手中剑舞成一道白光，只在二人马前马后，闪闪霍霍地刺击，梦熊指挥团丁抵住其余的盗党。他在后面立着，见宋彩凤和二盗魁狠斗，生恐有失，便从背上取下弹弓，又从腰囊中摸出三颗铁弹，按在弦上，照准娄一枪张弓而发，嗖嗖嗖的一连三弹，如三颗流星飞向娄一枪身上来。娄一枪左避右闪，面门上早中了一弹，跌下马去。梦熊大喜，喝令团丁们将娄一枪缚住，押送入村。部下的盗匪要想赶来救援，梦熊早挥动手中朴刀，上前拦住。梦熊的武艺虽然及不上盗魁，但是对付这些小喽啰却还来得，两下里混战起来。

双钩窦氏在碉楼上和牛海青战到六七十合，伊的一对双钩愈舞愈紧，牛海青想不到这年迈的老妇竟有如许本领，自己手中斧法渐乱，无心恋战，要想逃走。窦氏觑个亲切，等牛海青一斧砍到怀来，便把虎头钩向外一迎，乘势送去，早钩中牛海青的手腕，牛海青大叫一声，把右手斧直掼出去，手上鲜血淋漓。窦氏又使个毒蛇盘鼠式，将双钩一分，向牛海青腰里兜抄进去，牛海青躲避不及，腰间又着了一钩，仰后而倒。恰巧两个团丁奔上前，将手中大刀齐向牛海青身上砍下，把牛海青剁作三段。

双钩窦氏结果了牛海青，即从碉楼上飞身跃下，疾如鹰隼，跑到伊女儿身边，要来助战。宋彩凤忙说道："母亲不必相助，待女儿独自把伊送上鬼门关去便了。"窦氏也就挺着双钩在旁观战。宋彩凤又和秦桂香斗了十数个回合，秦桂香见同党一半儿被杀，一半儿被擒，大大失利。自己的丈夫又被人家杀死，心中怎不惊慌，急欲逃走，无如被宋彩凤的剑光困住，不得脱身。宋彩凤瞧得明白，卖个破绽，故意让秦桂香的双刀卷进来，便向旁边一跳。秦桂香得个空，将马一拎，刚要逃出圈子。宋彩凤已将宝剑向伊腰里刺来，喝声着，但见秦桂香在马上晃了一晃，一个倒栽葱跌下马来。宋彩凤踏进一步，一剑劈下，秦桂香早已身首异处。宋彩凤见这匹胭脂马很好，便牵将过来，其余的盗匪，早已四散逃窜，没有一个存留。于是梦熊便收集团丁，伴着窦氏母女回进村中。

原来秦桂香被曾毓麟假意哄骗脱身逃走以后，她又气又恨，誓要把曾毓麟置之死地而后快。遂懒懒回转巢穴，等待牛海青和娄一枪归来时，就诡言曾毓麟乘隙逃走，牛海青等都是粗莽武夫，问了几句，没有细细查究，哪里知道其中别有隐情呢？于是大家商议着乘这黑夜前来攻打，以报前仇。谁知遇着劲敌，自取灭亡。这也可见得天道好还，作恶者必自毙了。

当宋彩凤等回进碉楼时，毓麟早上前含笑迎接，对二人说道："方才我在碉楼上作壁上观，见二位杀贼神勇绝伦，真巾帼英雄也。敝村幸赖二位大力杀退群盗，平安无恙，一村咸感大德哩。"宋彩凤笑了一笑，也不回答，一路走回曾家去了。仰首天空，星斗繁密，正有一颗流星十分光芒，飞向东南方。曾毓麟又对着宋彩凤带笑说道："我见了流星的光，便要想起姑娘的剑光闪烁，恰和玉琴一样的，明明是一柄宝剑，怎会变成一道白光？真是令人惊奇。向在书上得读古时剑仙逸闻，不能无疑，现在经过亲眼目睹，方知古人之言并非欺人了。"一路说着话，早已回到庄中。宋彩凤把那匹胭脂马交给下人牵去，毓麟知道伊心爱此马了，遂吩咐下人好好饲养。

曾翁夫妇和宋氏正在厅上等候好音，见他们得胜回来，一齐大喜。曾毓麟便将窦氏母女奋勇杀敌的情形，告知他的父母，曾翁等莫不惊叹，又向二人道谢。这一夜大家不能再睡了，谈谈说说，转瞬天色大明。梦熊检点自己的团丁，被杀的有三名，受伤的四五人，酌量抚恤的方法，安慰死伤的家属，计生擒盗魁娄一枪一名，徒党三人，碉楼门前死尸八九具，吩咐乡人一齐拖去埋葬。众乡人都知道窦氏母女相助杀盗的事，无不感激，大家都说到了第二荒江女侠了，纷纷赶上曾家六门，要瞻仰她们母女俩的颜色。

当日曾翁便设宴庆功，次日，又有村中别家富绅摆宴邀请窦氏母女和梦熊弟兄，十分闹热。梦熊更是嘻嘻哈哈，笑口常开。到第三日的早晨，忽然有一队官兵前来，原来就是曾福前去请求的官兵，因为杨参将有事到京里去，所以耽搁了几天，直到杨参将回转津沽，得闻曾福报告，遂派一位韩千总带领三百官兵前来剿匪，但是窦氏母女早已将盗匪歼灭，用不着他们来放马后炮了。可是照例又不能不迎接，便由梦熊出来招接，到庄中请酒，杀了许多猪羊，开了许多坛数的好酒，给众官兵大嚼一顿。

曾氏兄弟将村中杀盗的事告知韩千总，韩千总也不说什么，模样儿很是骄傲。梦熊又把捉来的娄一枪等盗党交与韩千总，韩千总遂命手下官兵好好监押着，预备解回津沽去报功。这天下午，韩千总又带领官兵辞别了曾氏弟兄，赶到野猪山去又将盗窟搜查一遍，早已阒然无人，遂把那古庙封闭起来，回转天津，报告杨参将，都说自己功劳，好得一笔奖赏。可笑杨参将只当韩千总办事能干，哪里知道都是窦氏母女代他立下的功劳呢！

窦氏母女在曾家住了好几天，曾氏一家对她们十分敬重，而曾毓麟又是常常陪着她们谈天说地，更是亲密。窦氏母女见毓麟为人温文尔雅，和他交接，如饮醇醴，不知不觉地令人醉心。何况窦氏母女一向奔走江湖，常和犷悍的武夫、草莽的英雄交接，哪里有像曾毓麟那样的品格潇洒，性情温柔呢？所以格外觉得曾毓麟的可爱了。

　　曾毓麟在没有见过宋彩凤时候，一心爱慕着女侠玉琴，以为天壤间决无第二个奇女子能够像玉琴的为人，因此他自从女侠走后，情绪颓丧得了不得，玉琴虽许他到虎牢关去做媒，要将宋彩凤撮合于他，然而他对于宋彩凤面长面短都不知道，毫无一些儿情感，自然意中不欲。现在却无端会和宋彩凤见面，而且自己的性命又是伊救得来的，觉得伊虽然不及玉琴豪爽，而妩媚则一，并且武艺也很高强，也是一位女中豪杰。相聚多日，渐生爱心。

　　不过他因为对于玉琴的单恋，受过重大的创痕，得了一次教训，所以他对于宋彩凤不敢贸然用情，神情之间若即若离。但是曾太太却非常钟爱宋彩凤，伊知道伊儿子的心思，对于前次向玉琴求婚未成，常常引为绝大的缺憾，玉琴要代毓麟和宋彩凤做媒的事，伊也知道。现在见毓麟和彩凤性情也还投合，若得彩凤为妇，自是佳媳。所以她心中很是急切，等不及玉琴来做媒，遂先和毓麟谈起这事，探探伊儿子的口气。曾毓麟却无可无不可地答应了。曾太太便又去和曾翁商量，曾翁因为毓麟年已长大，尚未授室，早欲遂向平之愿，且因长子梦熊和宋氏结婚多年，尚无螽斯之兆，更觉得抱孙心切，对于这绝好的机会不欲错过，遂要曾太太极力去进行。

　　一天，曾太太遂拉窦氏到伊自己房里坐谈衷情，曾太太先将玉琴好意为媒的事，告诉窦氏，又说了一大篇娓娓动听的话，要求窦氏允许把彩凤下嫁。窦氏本来也早欲伊的女儿配到一个如意郎君，终身有归宿之处，自己也了却一重心愿。现在眼见曾毓麟的人品和学问都够得中雀屏之选，而毓麟的家道又很富有，曾翁夫妇也是十分慈祥，再好也没有了。不过毓麟不谙武艺，未知伊女儿心中究竟如何，因为宋彩凤的脾气很任性的，不能不先得了伊的同意，然后方可应允，遂回答曾太太说，伊自己先要去和女儿一度商量，然后再给回音。曾太太带笑说道："我准等候你的好音便了。"

于是这天晚上，窦氏便将曾太太向伊乞婚的事告诉彩凤知道，且极口夸赞曾毓麟的好处，以及女侠为媒的消息。宋彩凤听了，自思玉琴自己不欲堕落情网，却把别人家来代替么？低垂粉颈，一句话也不答。窦氏瞧彩凤的情态，已有几分默允，否则以前自己也曾对伊提起过婚事，伊却立刻将话回绝的。所以伊又迫进一步，再问伊究竟愿意不愿意，且言自己母女俩奔走江湖，日复一日，也非长久之计。女子生而愿为之有家，劝伊女儿将就一些，不要选择太苛，蹉跎年华。宋彩凤被伊母亲迫紧着问，只得低声说道："这事悉凭母亲做主便了，何必多问？"说罢，把手去挑桌上的灯，别转着脸儿。窦氏暗想，伊女儿如此说法，明明是已表同情了，当然不必再问，遂对宋彩凤一笑说道："你既然不反对，那么我就做主了。"宋彩凤被伊母亲这么一笑，倒觉得不好意思起来，手托香腮，对着灯光默然无语。

窦氏觉得女孩儿家对于这件事终有几分害羞，又想起以前自己和铁头金刚宋霸先初次相逢，两下比武成就姻缘的时候，伊父亲也曾向伊询问，此情此景，大同小异，然而光阴很快，自己年纪已老，丈夫也早被仇人杀害，埋骨地下，今日却谈到儿女的婚姻问题了。人生如白驹过隙，能无慨叹！遂和伊女儿闲谈了一歇，各自解衣安寝。次日早晨，窦氏便去见曾太太，将这婚事答应下来。

曾太太更是不胜感谢，马上把这好消息报告给毓麟知道，母子二人心中大喜。曾太太又去告知曾翁和梦熊夫妇，大家莫不喜悦。梦熊更是嚷着要吃喜酒，闹得一宅中大小上下人等一齐得知这个喜信，大家都向曾翁夫妇及窦氏等道喜。曾太太遂和窦氏商量，要赶紧择吉日良辰，代毓麟和彩凤早日成婚，窦氏自然同意。曾太太便去请人选定了日期，一边忙着预备青庐。窦氏早和曾太太说过，她们一则身在客边，二则家世清贫，所以不办妆奁，一切都由曾太太代办。好在曾太太的目的并不在这个上，丝毫没有问题的。毓麟却

225

喜滋滋地待着做新郎，宋彩凤也时常守在房中。因为自己和毓麟已有婚约，反不能时常聚在一起，引人说笑了。

到得成婚的那天，悬灯结彩，十分闹热，嘉宾满座，车马盈门。天津的杨参将，柳庄的柳士良等都来道贺。村中人也一齐赶来贺喜，争睹嘉礼，足足闹热了三天。大媒一席本来是玉琴的名分，现在曾翁商请柳士良和村中的一位包先生临时代表，一切繁文缛节，在我书上不必细述。婚后二人的爱好正是如鱼得水，甜蜜无比。曾太太和窦氏也都快慰。

新婚的时日不知不觉地过得很快，毓麟在闲中和彩凤时常要讲起女侠，大家很是惦念。却不想到现在琴剑二人旧地重来，相见之后，自然大家有无限的欣喜。玉琴和剑秋尚未知道麟凤姻缘早已成就，还有窦氏母女素与曾家不相熟悉，怎会住在曾家？这个闷葫芦二人急欲打破，遂向窦氏母女询问。窦氏母女便将伊们如何被邓氏七怪逼迫不过，遂不得不远离家乡，出关到荒江去拜访过玉琴，以及打虎集相遇余观海，回到北京又遇见李鹏，方才指点到这里来。玉琴听了，带笑说道："好啊！我们彼此扑了个空，有劳你们跋涉关山，到我这里荒江老屋去，失迎得很！"遂也将自己如何在红叶村与云三娘援救剑秋，大家重又北上同破天王寺，遂到虎牢关访寻窦氏母女，初探邓家堡遇见薛焕，龙门山二次拜访黄鹤和尚，得到地图，回转洛阳重逢公孙龙，一同前去把邓家堡破掉，七怪死去其四，然后上昆仑山参竭禅师，得到余观海上山报信，知道窦氏母女在京津遨游，遂和剑秋再回到京里来，路过这里，因为记念曾家众人，所以便道过来向寄父寄母请安的事，一五一十告诉出来。窦氏母女听得邓氏七怪已被女侠等合力歼灭，十分欣喜。

曾母道："还有一件事情不可不知，待我来报告给寄女和岳先生知道吧。"遂指着毓麟和宋彩凤对玉琴微笑说道："多蒙寄女盛情，要代小儿为媒，现在他们俩早已在这里结婚了。大概你们听得这个喜信一定很快活的!"玉琴和剑秋听得毓麟和彩凤成婚,不觉又惊又喜。玉琴便道:"这真是天缘巧合,可喜可贺,我到虎牢也是为了这件事情,难得毓麟兄和彩凤姊已在这里成了百年良缘,我心里何等的快慰!"说到这里,掉转头来瞧着宋彩凤说道:"此后我不能再称你姊姊,要叫你嫂嫂了,是不是?但是我这个媒人却没有喝着一杯喜酒,你们怎样说法?"宋彩凤听得,面上一红,不好意思回答什么话。毓麟便对玉琴说道:"琴妹务请原谅,水酒一杯,改日奉敬如何?并且剑秋兄远道前来,我们也该代二位洗尘的。"

于是毓麟又将焦大官的余党怎样前来复仇,以及自己陷身匪窟,设计逃生,途遇窦氏母女救助出险,以后还仗着她们母女之力,把盗匪诛掉,保得桑梓无恙的经过告诉琴剑二人。于是二人完全明白了。大家说了一大篇的话,曾翁早吩咐下人们摆上酒肴,请琴剑二人同用晚餐。曾太太又悄悄地对玉琴询问伊的婚事,玉琴想起前情,脸上不由晕红,不得已就将云三娘为媒,自己和剑秋在二郎庙订婚的事告知曾太太。曾太太笑道:"那么,我也要吃你们的喜酒了,不知何日吉期,不可瞒过我的?"剑秋代着回答:"到时我们总要禀知府上诸位的,但是我们一时却还谈不到这事,只好让毓麟兄和彩凤嫂嫂先享伉俪之福了。"说罢,又对玉琴带笑说道:"现在我已改口称呼了,对不对?"玉琴点头道:"对。"

毓麟听说女侠已和剑秋订婚,剑胆琴心,奇男侠女,当然是天生的一对儿,心中不觉又生感慨,便向琴剑二人说了许多恭贺的话。梦熊也在旁抢着胡说八道的,逗引得众人发笑。玉琴虽然豪爽,今宵也觉得有些含羞。尤其是对于毓麟,也不能不使伊的芳心中,发生一种绵绵切切的感想。且喜他已得彩凤为妇,自己可以对得住他了。

直到更深时席散,曾太太早已另外收拾好一间精美的内室,给玉琴下榻,剑秋便宿在曾毓麟以前的卧室中。大家各自道了晚安,回归寝处安睡。

次日起身，庭阶中早堆满着一片白雪，原来昨夜飞了一夜的雪花，老天特地装砌出这个银世界来，改变一番风景。这天天气也很冷，琴剑二人各加多了衣服。玉琴先走到曾太太房中去请安，恰巧毓麟、彩凤也来了，毓麟便对玉琴说道："今天午时我已在后园红梅阁预备酒席，请琴妹和剑秋兄一同赏雪，作为我们补请二位吃的喜酒。"玉琴说道："啊呀呀！这是不敢当的。"宋彩凤说道："玉琴姊，自家人何必客气？"玉琴握着彩凤的手笑了一笑。于是三人又走出来看剑秋，大家坐着闲谈。将近午时，毓麟便引琴剑二人来到后园红梅阁上，阁前堆叠着一座玲珑的假山，上面堆满着雪，变成玉山了。天空中玉龙飞舞，那雪兀自下个不住。四人坐定后，接着曾翁夫妇和窦氏也来了。又听阁下笑声大哗，梦熊又陪着宋氏走上阁来。大家入席坐定，阁上生着火炉，暖烘烘的，一些儿也不觉寒冷。从玻璃窗中望出去，处处都是琼楼玉宇，恍如置身琉璃世界中，大家围坐着开怀畅饮，剑秋见肴馔十分丰美，便向曾氏弟兄道谢，大家彼此敬酒，言笑甚欢，直吃到下午三时左右方才散席。从此琴剑二人住在曾家，因为天寒岁暮，不欲他出，更加曾太太和毓麟夫妇再三挽留，不放他们就走，要他们多住一二个月，所以琴剑二人便在曾家度岁，很是安闲。

转瞬莺啼燕语，又报新年，大地回春，渐成活泼气象。到二月初旬，村中陌上的杨柳渐渐抽出绿色的嫩芽来。琴剑二人静极思动，又想出外去走走，毓麟和彩凤也想跟着他们出去游览一处，大家商定得三个去处，一是螺蛳谷，二是龙骧寨，三是杭州的西湖。

剑秋因为以前在山东道上遇见李天豪夫妇，匆匆未曾细谈，很想到那里去走一遭，可以兼游长城，览居庸关之胜。宋彩凤却想到螺蛳谷去，因为伊曾闻玉琴谈起年小莺和袁彪等众人，欲往一见。玉琴的心里却又不然，伊一向在北边往来，没有到过江南，久慕西子湖的胜景，趁此无事之时，很想一游。毓麟也赞成去游西湖，且说江南山明水秀，风景如画，姑苏台畔有虎阜石湖之胜，西子湖边有六桥三竺的风景。际此春风和暖，草绿花红，正宜游玩山水。于是大家各执一见，不能解决，争辩甚烈。

剑秋说道："最公平的办法，我们可以拈阄。"

毓麟道："很好。"于是他就去取过笔砚来，写了三个纸条，搓作三个小团，向桌上一抛，说道："你们哪一个来取吧。"于是玉琴首先上前拈了一个，拆开一看，却不发表。剑秋道："琴妹拈的什么？快快宣布。"玉琴笑嘻嘻地说道："你们试猜猜看。"于是著者乘他们猜的时候，将要休息休息，以后许多奇情异节，少缓再当续撰四集，重与诸君相见。现在只好请诸君也猜一猜吧。正是：

靴刀帕首，翠鬓红颜。稜稜侠骨，走遍尘寰。

评：

此回从曾家村叙起，所以特写毓麟也，表白毓麟心事如画。毓麟二次遇险，仍是以前伏下之线索。于是知著者在续集中使小白条李进容得免，别有作用。身陷虎穴，忽为情停，他人处此，必且自堕魔障，而毓麟乃能洁身自爱，借此试策，自是不凡。写曾毓麟脱身匪窟，与以前龙王庙丝毫不犯，是作者善于避复处。枫林一段，方落到宋彩凤母女身上，前后呼应，脉络分明。梦熊方欲请窦氏母女相助，共破匪窟，即于夜中自来送死，此文法转变处。写曾太太爱子之心，无微不至，令人想起初集中向玉琴求婚一回情景。麟凤姻缘之成就，有水到渠成之妙，曾毓麟虽不得玉琴，而得彩凤，亦大可慰情矣。琴剑安居曾家村，文章由动而静，及至大地回春，游兴又起，乃由静而动，作者笔墨正酣，固尚有奇文足供挥泪也。

第四集

第一回

神灯妖箓旧事重提
赛会迎仙怪相毕现

在春的含笑中，自然界的景色一切都呈活跃的姿态。和煦的惠风，摇曳的绿柳，烂漫的花，嫩绿的草，使人感觉到一种愉快，游兴也自然跃起。在这个时候，剑秋、玉琴等静极思动，大家整装待发，要离开曾家村做快意之游了。但是他们究竟到什么地方去呢？三集书中末一回不是写到他们想出三处地方，因为意见不一，所以用拈阄的方法来解决这问题么？那么他们是到龙骧寨去呢，还是出山海关到螺蛳谷去呢，还是往大江以南一探美丽的西子湖呢？著者在三集中没有交代明白就此停笔，有劳爱读诸君盼望好久。若是逢着两个似霹雳火急先锋一般的读者，哪里有这耐心等候？要骂我不爽不快了。所以有些人竟有来信要求我快把全部《荒江女侠》赶快一口气作完，愈多愈好，愈速愈好，好让他们读个畅快。并且因为琴剑二人虽已订婚，而团圆佳期尚不知在何日，最好速速宣布。但不知看书快，作书慢，任你数千百万余言的长篇说部，也只消几个黄昏可以读毕了。而著者撰述的时候，却要一回一回地作，一字一字地写；对于书中的情节不能忽漏，书中的人物不能混淆；布局尤须通盘筹划，材料尤须先事搜罗，写景不可草率，情理不可荒唐。心里虽然想快，而笔底却实在快不出。愧无李白倚马之才，日试万

233

言终不可得。况且我是多病之躯，也不能过于笔劳墨瘁，刮骨镂心，不得不著了一集，暂停几时，还去些别处的文债，再来继续，只好对不起诸位爱读者了。想读者都是聪明人物，也不难猜着的啊！

当时玉琴拈着了一个阄儿，笑嘻嘻且不发表，要教他们猜。宋彩凤便道："玉琴姊，你拈的可是螺蛳谷么？"玉琴摇摇头道："不是。"毓麟微笑道："这也不难猜着的，当然是西湖了。琴妹心上本要南游的，所以拈得了很是快活，要教我们猜哩。你们不看伊的脸上笑嘻嘻么？否则伊又要噘起嘴了。"毓麟说毕，玉琴哈的一声笑将出来，就把阄纸展开，说道："被你猜中了。"大家看时，纸上很清楚地写着"西湖"两字。剑秋道："这样称了琴妹的心了。"宋彩凤道："啊呀，我的希望却落空了！"玉琴道："彩凤姊，不要发急，他日我们归来后，一定伴你到那边去走一遭便是了。"于是大家决定，便在后天动身南下，到苏杭一带去游览。窦氏也要出去走走，因为听得女婿女儿一同出门，伊年纪虽老，却也不肯老守在家里的。毓麟的意思，大家都走了，堂上双亲不免要感觉寂寞，意欲将他哥哥梦熊留在家中较为放心，所以教大家把这事不要声张，要想瞒过梦熊。但是在隔日，大家端正行箧，稍有匆忙便被梦熊探知底细，大嚷起来，怪他们不该隐瞒，也要前去走走。毓麟用话阻他不住，曾太太爱子之心并无偏袒，遂也教他跟着同去，且叮嘱他们早日归来，不要多耽搁。又因毓麟没有出过远门，梦熊性子又是鲁莽，便嘱托窦氏当心照顾。窦氏自然一口答应。曾太太又因琴、剑做伴，较为安心。曾翁见琴、剑要走，遂又设宴送行，热闹一番。次日，剑秋、玉琴、毓麟、彩凤两对儿，以及窦氏、梦熊一共六人，带了行装向曾翁夫妇、宋氏等告别出门。这一次琴剑二人一则因有窦氏母女、曾家兄弟同行，坐骑缺少，且不方便；二则江南地方水路较多，有许多处都要坐船，所谓"北人乘马，南人乘舟"，带了坐骑有时反觉累赘，所以便将花驴、龙驹留养在曾家厩中了。

一行人离了曾家村，取道南行，好在没有要事，不必急于赶路。其中要推曾氏弟兄最为快乐了。这一天，到得直鲁交界的一个村子，唤作三道沟。那里虽是一个小小村庄，居民却也不少。他们途经村中，却瞧见家家门上挂着一张五寸多长，三寸阔的黄纸符箓，上写着三个似蝌蚪般的小字，还有两盏白色黑字的小灯笼随风飘着。梦熊指着对众人说道："你们可见这个玩意儿，不知是什么意思？莫非村中正在打醮么？"

剑秋见了这许多符箓，忽然好像想着什么的，向玉琴耳边咕哝着几句，玉琴点点头道："也许是那些妖魔在此作怪。"这时，恰巧有一个中年妇女提了一篮洗好的衣服，从河滩边走回来。剑秋便对众人说道："我们腹中大概都有些饥饿了，不知这里可有饭店？不如便向乡人家中借饭吃吧！"窦氏母女点点头，都说："很好。"于是剑秋便迎着那个妇女开口说道："我们是过路的客人，肚子饿了，想向你家借吃一顿午饭，倘蒙允许，当多多致谢。"

那妇人向他们一行人望了一望，遂答道："可以可以，请你们随我来吧。"众人跟着那妇人走了十数步，见柳树下有数间矮屋，双扉轻掩，门上也挂着一张符箓、两盏灯笼。那妇人一边推开双扉，一边招手请大家进去，剑秋等跟着走进，见客堂里有一个老妇正在纺纱。一见众人步入，很是奇异。那妇人放下篮子，说道："婆婆，这几位客人是来向我家借用午餐的。我们的饭虽烧好，却还不够，婆婆你快去取一腌鱼去烧，待我再去淘米煮饭。"那老妇答应一声，立起身子，离开纺车走到里面去了。同时东边房中走出一个十四五岁的小女儿来，妇人对伊说道："小喜子，你快到后边去切些干菜，帮同烧火！"小喜子答应着，也跑到里面去了。妇人又对剑秋等说一声："大家请坐，不要客气！"自己便到房里去量米了。

剑秋等也将行箧放下，大家坐下。可是屋中坐椅很少，梦熊便一屁股坐向纺车前那老妇坐的小竹凳上去，只听咔嚓一声，那只凳

235

子忽地塌倒下去。梦熊不防，跌了个仰面朝天，连忙爬起身来大嚷道："哎呀！这劳什子怎么如此不中用？却跌了俺一跤。"众人都觉好笑，原来这凳子的脚本来已是半坏，把草绳连扎着将就用的，老妇当当心心地坐着，当然不致翻倒，怎当得梦熊重大的身躯？他又是很莽的人，没有留心，所以凳子支持不住便倒了。毓麟笑道："大哥你怎么如此粗莽啊！"这时那妇人恰好淘着米进来，瞧见了，便道："啊呀！客人受惊么？这只竹凳子本来坏得不好用，早要把它劈了当柴烧，都是老人家不舍得，今天却累客人倾跌了。"毓麟说道："这却不妨事的，不过弄坏了你们的凳子，少停只好赔钱给你们重去买一只新的吧！"妇人笑道："哪里要客人赔呢，笑话了。"一边说一边伸着左手提起那坏竹凳，走到后面厨下去了。不多时又回出来到房里去端出一张很新的白木凳，请梦熊坐，于是大家坐了闲谈。

隔了一歇，闻得后面一阵饭香，梦熊道："我的肚子饿得够了，还不拿饭来吃么？"剑秋笑道："你莫慌，快要来了。"果然，一会儿那妇人和小喜子送上饭和菜来。六人遂坐在正中一张方桌四周，一同用饭。那妇人立在一边看他们吃。梦熊狼吞虎咽地一连吃了六碗还不罢休，再去添时，篮中饭已完了。妇人又教小喜子再盛一篮饭来，梦熊吃了个八九碗，方才放下碗筷。毓麟、彩凤等都已吃毕。小喜子送上面汤水来，大家洗过脸。妇人叫小喜子把那残肴搬进去，自己倒了数杯茶，请他们喝。剑秋便从身边摸出三两银子送与妇人说道："这一些偿还你们柴米的。"妇人把手摇摇，道："客人，你就是要给钱，也不消这许多啊！"剑秋道："不多，不多！请你不要客气，收了吧。辛苦你们了！"妇人遂谢了一声，把银子揣在怀里。

剑秋又对伊说道："大嫂姓啥，你们当家的呢？"妇人答道："我们姓高，我们当家的名唤高占魁，以前在济南巡抚大老爷衙门里当过马弁，现在解职回来。我们家中本是种田的，所以他是在家不出去了，昨天恰才有事他去。"剑秋点点头，又问道："我还有一件

236

事要问你。你们村子上家家挂着符箓和灯笼，这是什么意思？"妇人答道："客人有所不知，近来我们村上都信奉了仙人，这地方也归了仙人管辖，这灵符和神灯都是仙人赐给我们挂的。挂了灵符，可以避免一切灾殃；悬了神灯，天上仙人就赐福给他的信徒。所以我们村上家家都挂的。"

玉琴和彩凤听了，不由笑将起来。那妇人正色说道："二位姑娘休要见笑，得罪了仙人不是玩的！"剑秋道："那么你们信奉的仙人名唤什么，现在哪里？"妇人又说道："那位仙人是个活活的女神仙，名唤清风仙子，现在离开此地六七十里远的伊家镇上九天玄女娘娘庙内。"琴剑二人一听妇人提起那九天玄女庙，心上都不由一动，大家面对面地看了一下。剑秋遂又问道："原来如此！天下竟有活神仙么？"妇人道："是的。前年记得东光吕祖庙里来了两位神仙，一位是吕洞宾仙师，一位是何仙姑，常在塔上显露真身。东光人民都受其福，四乡各镇前去烧香的也是不少。后来不知怎样的，两位神仙忽然绝迹不来了，地方上人十分失望，大概有人得罪了神仙，以致神仙去了。后来那伊家镇的九天玄女庙里来了那位清风仙子，每逢三六九现身说法，劝化世人，所以四处乡村上的男女都到那里去烧香，求仙水。据说那位清风仙子便是九天玄女娘娘的徒弟，道行很深，若然信奉了伊，可以消灾纳福。所以我们三道沟的人都相信了，这灯笼和符箓也是庙里新近发来的。现在大概共有二十多村的人都信奉了。"

妇人说到这里，顿使琴剑二人回想到古塔兴妖的一幕。毓麟却笑起来，道："哪里会有活神仙，这不是一般女巫巧言哄人么？"妇人说道："罪过，罪过！明天伊家镇正有赛会，乃是九天玄女娘娘出巡，听说那位清风仙子也要出来的。大家欢迎伊，要瞻仰伊的仙姿。还有玄女庙里两位道姑，生得年轻貌美，正像仙姑一般。你们倘然看见时，也要拜倒了。我们当家的此番出去，也是到那边去还愿，

237

且观赛会的。"剑秋听了点点头。妇人说毕又道："客人们请宽坐一歇，我要进去吃饭哩。"

妇人走后，窦氏母女便说道："乡人迷信的风气很盛，常常有这种事的。大约那玄女庙里的道姑借此敛钱罢了。"剑秋却说道："事实不是这样简单的，据我所知，其中必有内幕，倘然我把这事告诉出来，你们自会知道。"便对玉琴带笑说道："琴妹，那个清风仙子必然是风姑娘了。"毓麟听了"风姑娘"三字便一怔，道："你们说的风姑娘，是不是螺蛳谷中的那一个，你们前番似乎和我曾经讲起过的？"玉琴点点头道："是的。伊又在这里兴妖作怪，图谋不轨了。"剑秋道："那玄女庙以前我也曾到过的，险些儿把我昂藏七尺之躯断送在那里，至今思之，尚有余悸。"窦氏母女很兴奋地问道："到底是怎么一回事？请岳先生快快告诉我们!"

剑秋喝了一口茶，便将自己和玉琴一同从临城北回，路过东光，夜探古塔，窥探假神仙的秘密，以及自己中了迷香，被九天玄女庙里的祥姑擒至庙中，百般诱惑，不能脱身。幸亏被自己用了离间之计，使她们三姊妹先操同室之戈，然后自己乘隙杀死瑞姑，逃出虎穴来的经过，略述一遍。梦熊在旁不由跳起来道："有这种秘密的地方么？我倒要去见识一下哩!"剑秋摇摇手道："梦熊兄，不要声张!我们本来也想把这一件未了的事顺便结束，为地方除害。你要去的，说话不要多响，免得给人家知道。"梦熊说声："是。"

剑秋又道："那庙里现在只有祥姑和霞姑了，那风姑娘一定在他们庙中。伊自从螺蛳谷漏网以后，就到这里来的。去年我找寻琴妹时，曾在老虎口渡船上遇见一次的，曾和她们恶战一番，乐山、乐水两位师兄赶来帮忙，将她们杀退的。好久时候我没有机会再到此地，竟任她们妖雾重兴，毒焰又张。因为她们都是白莲教中的余党，白莲教的匪首倪全安和翼德真人要想把白莲教重兴起来，做死灰复燃之举。所以四处派遣他们的党徒，暗中把邪说去引诱愚民，阳为信奉神仙，暗中就是收作教徒，扩张势力。这种邪教我们是大为反对的。"

玉琴道："在翼德真人的门下，我们所知道的有四个大弟子，名为风、火、云、雷，便是风姑娘、火姑娘和云真人、雷真人。两男两女都有非常好的本领，也是他们教中最为活动的分子。云真人以前在东光传教，被我师父协助我将他诛掉的。那风姑娘本在关外螺蛳谷，也被我们合力将伊驱走，所以伊就到这里来活动了。我们此番前去，再不可让伊逃走了！"窦氏母女也欣然说道："听你们如此一说，果然别有内幕。我们母女当和你们一起去扫灭妖魔。"说到这里，那妇人已走出来了。

剑秋又向伊问道："请问伊家镇的赛会是否明日举行？从这里前去，打从哪条路走？因为我们也要去看看赛会，并且瞻仰神仙咧！"妇人答道："这赛会听说是很盛的，你们要去瞧热闹么？很好！不过就是明天的事，你们要去时须要赶紧了，此去足有七十里路，没有车儿可以代步，你们怎么走得动呢？"剑秋暗想："别人却不需顾虑，只有毓麟一人，他是个文弱书生，叫他怎能一口气赶这路呢？"遂又问道："那么可有水路去呢？"妇人道："从这里可以坐船，只可到田家店，从田家店上陆行去不过十数里了。你们人多，还是坐船去吧！"剑秋道："那么这里到哪儿去喊船的？"那妇人说道："你们要坐的，我可以代你们去喊。"剑秋点点头道："很好！有劳大嫂了。"妇人便匆匆走出门去。剑秋回头对众人说道："我恐怕毓麟兄不惯赶路，所以托这妇人雇船，可好么？"毓麟听了，脸上不由一红，说道："你们都是有本领的人，带了我这个没用的东西，便觉得不方便了。"彩凤瞧着毓麟，不由微笑。窦氏道："我们坐船去也好，较为适意。"玉琴也微笑不语。不多时候，那妇人跑回来了，对他们说道："我已代你们雇得一艘小船，言明船价一千青蚨，你们若要吃饭，可以预先知照，加补饭钱便了。只是今天摇到田家店，最早要到夜半时候，你们也只可宿在船上了。"剑秋道："多谢你，我们就走了。"说罢，大家立起身来，剑秋和梦熊携着行箧一同走出门来。

妇人说道："我来领你们去。"遂打先走路，大家跟着伊行去。转了两个弯，走过一条田岸，那边便有一条小河。有一小船泊在垂柳之下，一个年纪轻的舟子立在船头上，向妇人打招呼道："是这几位客人么？"妇人说道："是的。小吴，你好好送他们到田家店，自有赏赐的。"那舟子答应一声，说道："客人请上船吧！"剑秋、玉琴、窦氏、彩凤、毓麟、梦熊一齐走上小船。那妇人又对他们说一声："顺风啦！"自己走回去了。船中还有一个妇人，大约是舟子的老婆，捧着把黄砂茶壶和两个积满垢腻的茶杯，走到舱中来献茶。大家哪里要喝这茶呢？但是预料一顿晚餐必须在船上吃的了，剑秋遂先吩咐了舟子，叫他预备得洁净些，舟子连声答应。一会儿解了缆，便开船了。大家坐在舱中谈话，唯有玉琴嫌舱中闷气，便和彩凤坐在船头上闲眺乡野风景。小船不知行了许多路，渐渐见那红日落向山后去，暮色笼罩，一群群的乌鸦在天空中鼓噪着，飞回林去，天要黑了。玉琴和彩凤只好坐到舱中去，梦熊便嚷道："这劳什子的船，我们实在坐不惯的。被他这样一侧一摆地晃摇着，使我有些头晕心烦，方才我吃了八碗饭，险些儿要回出来了！若是骑马，岂不爽快！现在天已晚了，也不知走了多少路，几时可以到达？好不闷气！"说得大家都笑了。

那舟子方在船间上撑篙，接着答话道："客人请耐心，此去田家店还有三十余里哩！我们现在要停了船，端整晚餐请客人吃了然后再摇。"梦熊又是哇呀呀地喊道："怎么摇了半天，只行得一半路呢？我要上岸走了，你们坐船去吧！"毓麟道："大哥怎么这样性急？无论如何总要到的！你一个人要上岸走，你又怎会认识路程呢？我们此番出来，一切都要听剑秋兄的主张，否则请你还是先回去的好吧！"梦熊被毓麟这么一说，方才不响。这时船已停了，天也黑了，舟子点上一支蜡烛来，自去船艄烧饭。隔得不多时候，已把饭和菜肴送上来。玉琴将烛光照着一看：一碗是小鱼，一碗是煎蛋，还有两样素菜，还算洁净，大家便端着饭碗就吃了。梦熊却只吃得一碗便说不要吃，大概他坐不惯船，以至于此，所以大家也不勉强他。

晚饭吃毕，又隔了些时方才开船。大家对坐着，听河中流水的声音以及后艄咿哑之声，他们也准备不睡了，闭目养神地坐着。直到下半夜方才到得田家店。这时梦熊已伏在小桌上睡着了，大家也不惊动他，在夜间也不好上岸，仍坐在船中各打瞌睡。转瞬天明，舟子早将早饭烧好，先送上面汤水来。毓麟把梦熊唤醒，大家洗了脸，吃了早饭，带着行箧离船上岸。毓麟取出三四两碎银付给舟子，打发他们回去。梦熊上得岸，伸了一个懒腰，吐了两口气，说道："坐了这许多时候的船，屁股都坐得疼痛了。"剑秋在船中时早已向舟子问清路径，所以也遂当先走路，一行人走向西南方去了。

在日中的时候，己到伊家镇。那里居民甚多，地方热闹，比较三道沟、田家店便见繁盛，差不多和东光一样。他们到了镇上，见人来人去，十分拥挤，先找到了一家饭店，进去吃饭。里面的客人坐得很满，都是从四乡来的。当他们用饭的时候，店小二便问道："客人莫不是来看赛会的么？今天的赛会非常盛大，可算十数年来所未见的。现在时候，娘娘和仙子快要出庙了。你们用了饭赶快去看！在小店的后面东溪桥，很是空旷，客人可以早些到那里去占个地方。"剑秋和毓麟都点点头。此时外边又拥进十数个乡人来，他们正从玄女庙烧了香出来，要在这里吃饭。店小二端了一张破桌子，请他们到天井中去吃，因为屋里也没有空座了。大家说道："娘娘已出了庙，一切导子已排好，快要出巡了。"剑秋等听说，忙将午饭赶紧吃完，将行箧寄在店中，大家走出店来。

寻到东溪桥，已见那边挤满了不少乡人等候赛会到临。梦熊和剑秋一个在前一个在后，挤到人丛中去，找得地形高些的地方，立着等候。此时看的人益发多了，"会来了，会来了！"的谣言也出了好多次，遂见有几个会中的人走前来，赶开塞满在路中的乡人，说道："娘娘驾到了，你们快快让开些，休得冲犯！"于是看众由喧哗而渐归平静，隐隐听得一二大锣的声音，那赛会果然来了。大众又争先恐后延颈企首观看，不免略有喧声。隔得一歇，赛会的仪仗已到：旗咧，伞咧，还有一对对的行牌，应有尽有，挨次而过。跟着来了十多匹马，马上坐的都是乐人，吹吹打打的很是好听。背后便是高跷，许多乡人都化装着各种状态：有的是老渔翁，有的是滑稽小丑，奇形怪状，引得观众好笑起来。还有扮着荡湖船的、杀子报的，足上缚着两根高高的木棒，脚便踏在上面，离地约有三尺多高，最高的有四五尺，摇摇摆摆地在路上走着，不会倾跌，也是他们练就的一种技能了。高跷过后过了几只亭子，便听得锣鼓铙钹的声音敲得震天价响，大家都说道："抬阁来了！"接着抬阁到临。许多乡孩扮着各种京戏，什么《翠屏山》咧，《三娘教子》咧，《铡判官》咧，很是好看，都由强健的男子抬着而走。剑秋等看得很是好玩。大家又指着背后说道："犯人来了！"便见许多男女乡人，穿着大红的衣服，披散了头发，手上套了手铐，三三两两地走来。梦熊便问剑秋："这是什么一回事？"窦氏说道："这也是乡人的迷信，他们中间有疾病的，便到庙里去许愿，求菩萨保佑，若是病好了，便要来扮着犯人在会中游行，以还心愿。"剑秋叹道："乡人的知识真不开通，有了疾病不肯请医服药诊治，反去求仙问卜，有的喝仙水，有的请女巫来瞎嚼一番，往往把病人耽误而送掉了性命。虽是可笑，实亦可怜。最好有地方之责的，赶紧要想法把乡人的知识开通，迷信祛除，才好呢！"说着话，又听得吹喝的声音。见有六七个乡人赤裸着上身，臂上挂着很重的铁香炉，钩子深深地嵌入肉里。他们眉头也不皱一皱，将臂膊挺得笔直，向前飞跑，以示英武。还有臂上挂着锣的，一记记地敲着。这些玩意儿，也是乡人许了愿做的。据他们说，只要有了信心，神佛必然保护，便不会痛的。但是也有人因此臂上溃烂起来，受了许多痛苦，大家反说他不能诚心所致，只好埋怨自己，不能怪及菩萨。诸如此类，可见乡人的迷信根深蒂固，不易劝化。

庚子之乱，义和团起事大杀洋人，闹出八国联军攻陷京、津的大祸，使我国外交上多受一重大大的损失，原因也由于此。所以移风易俗，开通民智，欲使国家富强，非先从这方面着手不可了。臂香过后，跟着有一班细乐，几个会中的人一对对儿地很静肃地走着，观众都轻轻说道："仙子来了，快不要声张！"剑秋等忙留心看时，见四个乡人抬着一肩彩舆，舆中坐着一个古装打扮的仙子，果然非常美貌，端端正正地坐在上面，乃是大众所说的清心仙子了。大众都合掌敬礼，有些人甚至于跪下地来。琴剑二人躲在人丛中瞧得分明，那清心仙子不是螺蛳谷中的风姑娘还有谁呢？背后香烟缭绕。接着又有两肩彩舆到来，上面坐的正是霞姑、祥姑。她们也装作神圣不可侵犯的样子，目观鼻、鼻观心地过去了。剑秋和玉琴心中暗暗好笑。

宋彩凤在后面一拉玉琴的衣襟，问道："琴姊，你瞧方才过去的清心仙子是不是风姑娘？"玉琴对伊点点头。又听一阵锣鼓声响，有许多乡人开着花脸，乔装了什么王灵官咧，八臂哪吒咧，二郎神咧，手中握着钢叉，举着铁刀，跳跳跃跃地跑来，算是驱鬼的。看得梦熊张开着嘴只是笑。这一群人过后，便有一对对儿的皂隶扮着鬼脸走过去。玉琴笑起来，道："这真奇怪，他们一对对儿地面对面紧瞧着，板起面孔，怎样不会笑出来的呢？"窦氏道："这就叫作扮皂隶。他们扮的时候不能笑的，倘然笑将出来，就要触犯神怒了。"梦熊伸着舌头说道："这个样子换了我，一定不行的。"接着又听细乐声响，便有一对对儿的宫扆和提香，九天玄女娘娘的宝座由十六个人抬着来了，众人连忙合掌顶礼。

宝座过后，却只有二匹马，马上人担着大旗缓缓地过去，看的人就一哄而散。顿时拥挤起来，相打相骂的也有，倾跌的也有，堕履失簪的也有，乱得不成样子。剑秋看着笑道："真叫作害人不浅，我们也来凑热闹了。"正说着话，有几个无赖样子的长大汉子，故意挤轧，冲撞到玉琴、彩凤二人身边，伸出手不怀好意。玉琴正看着那边，忽觉有人冲到面前，一只手伸上来时，不由大怒，便将玉臂一抬，说声："去吧！"早将那人直抬出去，翻跌了一跤。宋彩凤也照样把两臂向左右一分，两个无赖早踉踉跄跄地退下去。他们吃了苦头，心中还有些不信，难道像这般花娇玉媚的年轻姑娘，竟有这样大的气力么？跟着联结在一起，用出气力，又向玉琴、彩凤怀中撞来。二人已有预备，待他们近身时，各施身手，把众无赖左拦右格地直打开去。恰巧有一个退跌到窦氏脚跟边，窦氏骂一声："贼种！瞎了眼珠，敢撞到老娘身上来了！"只一抬腿，把他跌倒在地。此时梦熊也睁起眼睛大声骂道："你们这些狗养的，休要不识时务，乱冲乱撞，再要来时，俺老子也不肯轻饶的。"说罢将起衣袖，提着一对拳头向左右晃了一晃。那些无赖已经吃着苦头，又见梦熊声势十足，料他们都是有本领的，谁敢再上？只得自认晦气，逡巡着退去。

于是琴、剑等众人看罢赛会，也就回饭店里去，取过行箧，付了饭钱，便问店家："这里可有借宿的旅店？"店主说道："有的，有的！镇东有个招商旅馆，是镇上最大的逆旅了。"便叫店小二引导众人前去。剑秋等到得那里，果然房间很是清净，遂定了两个房间住下。窦氏母女和玉琴合居一室，曾氏兄弟和剑秋共住一室。

到了晚上，晚餐过后，六人聚在一起商议如何去破玄女庙。剑秋道："我和琴妹不能露脸，因为风姑娘认识我们的。现在我想得一条计策在此，不知你们赞成不赞成？"众人道："有何妙计？我们无不赞成。"剑秋瞧着玉琴微笑道："那九天玄女庙内的祥姑和霞姑等，

244

都是妖冶荒淫的女子，风姑娘和她们也是一丘之貉。她们不但借着邪教异说去欺哄愚民，还要凭着她们一些的姿色，诱惑一般少年云雨荒唐，朝夕淫乐。所以我便想在这个上下手，包伊们入我彀中。"说到这里，又对着毓麟说道："毓麟兄翩翩年少，风流潇洒，倘然给她们瞧见了，一定不能自持。所以我们要破玄女庙，须得仰仗毓麟兄的力量。"曾毓麟被剑秋这么一说，面上不由微红，连忙接口说道："剑秋兄休要取笑！你也知道我手无缚鸡之力，是个文弱之辈，怎说要用得着我呢？"玉琴和彩凤听了，都瞧着毓麟微笑，窦氏和梦熊也觉剑秋的说话有些离奇。

剑秋正色说道："毓麟兄休要发急，你们也不要好笑，我说的实在是真，并非取笑。因为那玄女庙中机关很多，以前我虽然从里面脱身出来，可是一切都没有明了，况且风姑娘和霞姑、祥姑等本领都是不差，倘然逞着勇气冒昧前去，说不定要吃她们的亏的。现在我就用以毒攻毒的方法。对不起，毓麟兄，只得借你做个幌子，还请彩凤嫂嫂也改扮了男人，明天一同先到庙里去烧香，不妨到处乱走。风姑娘等见了你们这般的美男子，好似猫捉老鼠，一定不肯放过你们，而要用手段诱惑你们的。你们不妨假作受了她们的迷惑，随她们去，不必回来，见机行事，察探她们的秘密，认清她们的途径。到了夜间，我们自会前来接应，里应外合，破除她们便较易了。"

毓麟道："原来如此！剑秋兄既然神机妙算，有了稳妥的安排，我当然肯去冒险，况有彩凤妹妹做伴，我更不怕了。"彩凤听说剑秋要教伊乔装男子和毓麟同去探庙，这是一种很有趣味的尝试，便欣然答应道："我去，我去！"玉琴却说道："可恨风姑娘等认识我的，否则我也必要前去看看她们怎样的轻狂和荒淫。"剑秋笑道："你是不能这样去的了，请你耐心些，明天晚上我们一同去厮杀便了。"梦熊在旁边嚷起来道："我和伊们是不认识的，我要跟我兄弟和弟妇一同前去，探探她们的香窝艳薮，一广我的眼界。"剑秋却对梦熊笑笑，没有开口。

毓麟说道："大哥还是在夜间和剑秋兄来吧。不是我说你，你的性子十分鲁莽，倘然和你同去，万一露了马脚，如何是好？"剑秋听了，点点头，也说道："梦熊兄，探庙的工作用你不着。我说一句话，请你不要生气。我所以请令弟前去，其中自有作用，你自己不妨用面镜子照照你自己的面孔，风姑娘等可能爱上你么？即使你去，又有何用？"这几句话，说得大家忍不住都笑了，尤其是玉琴，伏在彩凤的肩上吃吃地笑个不住。梦熊涨红了脸，说道："不是这样讲的，我自己知道生得不好，但是我也不想什么风姑娘、雨姑娘等和我来勾搭。我只想到庙里去看看，所以我情愿做你们的下人，跟着同去，总不妨事的。"玉琴又笑道："啊呀！哥哥做起兄弟的下人来了。梦熊兄这样要去么？"剑秋见梦熊坚执要去，便对梦熊说道："你若一定要去也可以的，但须听我一个主张。"梦熊听剑秋肯放他去，喜得跳起来，道："什么主张我都依的，请你快快说吧！"剑秋却笑了一笑，还不肯就说，先附在玉琴耳畔低低说了几句，玉琴已掩着口笑起来了。

评：

　　玄女庙之事，自在初集中一现以后，阒寂久矣。三姊妹之香窟艳薮，常盘旋于读者脑海中，续集老龙口一战，略一提起，即又放过，直至此回始，旧事重提，即用神灯妖篆间引起，文章有剥茧抽丝之妙。借村妇口中述及清心仙子，描写乡人迷信，而白莲教之邪说，在各处传播甚盛，可以见之。义和团之起衅，其远因亦种于白莲教之余风遗孽，神怪之说，深入愚民脑际，由来久矣。剑秋数语，可谓要言不烦。移风易俗，固不容缓。剑秋欲探玄女庙，却以毓麟为幌子，可谓善于用人，而毓麟南下，亦殊不虚此行矣。大家不愿梦熊同去，而梦熊偏要随行，其妙；剑秋于此，乃忽有主张提出，更妙。

第二回

改意谈天书蛇神牛鬼
有心探密室粉腻脂香

梦熊瞧了这个情景，哪里忍耐得住，又嚷起来道："剑秋兄，究竟你有什么主张，快说快说，不要只有你们两个人心中明白啊！"剑秋便带笑说道："我要叫梦熊兄去吧，万一你不小心泄露秘密，却不是儿戏的事，倘然一定不放你去，你又心中不快活。所以我想得一个方法，说了出来只要梦熊兄能够照此遵行，便不致误事了。"梦熊将手拱拱道："剑秋兄，你说话不要迂回曲折使人难过，莫如大刀阔斧般爽爽快快地说了吧！"剑秋道："那么我直说了。我要请你暂时做个哑子，你依不依？"梦熊道："依的，依的！我已说过一切都听你的主张，只要放我前去，当然依的。做哑子不难，不难！只要不开口。若要叫我做瞎子时，那么恕不遵命了！"

毓麟笑道："大哥须知做哑子也不是容易的事情，倘然你在旁边听我们讲话，一个忍耐不住，便要脱口而出，不知不觉地拆穿西洋镜了。"梦熊摇摇头道："断乎不会的！我只闭着嘴，一声儿也不响，此去倘然说一句话，回来的时候你们可以把我的舌头割掉就是。我譬如嘴上生了一个疔疮，自然不会说话了。"说得大家也笑将起来。剑秋道："梦熊兄既然这般说法，明天你一准可以同去。装作仆人也好，只要装得憨些。"梦熊道："憨么？本来你们常常说我憨的。只要我多憨些就是了。"说得大家又笑将起来。

剑秋又对毓麟、彩凤二人说道:"贤伉俪到了那边,最要紧的事情是要把庙中的出入的要道探知明白,以便我们下手的时候不致误中机关,受他们的欺骗。"二人点头答道:"我们当照剑秋兄的说话行事。你们进来时大家拍掌为号,里应外合,将这玄女庙破去,才不虚此行了。"玉琴也带笑说道:"你们都是聪明人,自有随机应变的方法,并且你们此番前去,一定很有趣味的,她们必容易上你们的当。你们不妨和她们游戏三昧,玩耍一下。可惜我不能跟你们同去啊!记得以前我在方城乔装男子,到青楼中去厮混,捉住大盗褚混混,也是非常有趣的。可笑那个小白兰花,竟被我哄得伊入魔呢!现在凤姑娘等都是荒淫的女妖,见了你们贤伉俪,好似鱼儿见了香饵,你们不去找她时,她们自己也会上你们的钩了。"毓麟笑道:"玉琴贤妹譬喻得很好,那么我们变作香饵哩!"剑秋道:"安排香饵钩金鱼。你们到了庙里,请放出手段来吧,那条凤鱼不要被伊漏网而去啊!"大家谈谈说说,已是更深,于是各去安寝。

次日起身,吃了早餐,毓麟便取出自己的衣裳,教彩凤改装。彩凤遂对着镜子,先将头发拆开,毓麟立在伊的背后,代伊梳就一条大辫。剑秋、玉琴立在旁边看着,面上都露出微笑。彩凤等辫子梳好以后,便立起来,脱下伊自己的衣服,将毓麟的一件灰色绉纱的棉袍穿上,外面又罩了一件黑缎的马甲;头上戴了一顶小帽,脚下也换上毓麟的缎靴,在鞋头里塞上一大团棉絮。这样在房中摇摇摆摆地走了一个打转,说道:"你们瞧着像不像?"窦氏在旁见了,笑嘻嘻地说道:"真像,真像!凤儿,可惜你是个西贝的男子,否则我有了你这样一个好儿子,更是欢喜了。"

彩凤把嘴一噘,道:"男女不是一样的吗?你有了女儿总恨没有儿子,若是有了儿子没有女儿时,你要不要可惜没得女儿呢?"窦氏笑道:"你不要生气,本来儿女是一样的,只要能够孝顺便好了。"

彩凤又走到毓麟身边，和他一起并肩立着，向玉琴问道："姊姊，你瞧我和毓麟哪一个俊美？"玉琴见彩凤、毓麟并肩立着，宛如一双玉树，风姿绰约，无分轩轾，便道："你们都俊美！"毓麟把手拍着彩凤的香肩，笑道："我哪里及得凤妹的俊美呢？"梦熊早在旁喊起来道："你们不要在这里比较什么俊美了，早些去吧！"毓麟道："大哥，你今天须要做哑子，怎么又开起口来！"梦熊道："我又没有和你们到得庙中，此刻为什么便要我装哑子，不许开口呢？"毓麟道："无论如何你总该留心些！并且今天我是主人，你是下人，你当听我的命令，否则你就不能同去。"说罢又对着剑秋说道："是不是？"剑秋点点头。梦熊道："啊哟！我是要去的，我做哑子就是了。"玉琴笑道："那么你就哑起来吧！"梦熊果然闭了嘴，不敢说话。窦氏遂取过一双小皮篋，将自己的双钩，彩凤的宝剑，以及梦熊的单刀一齐放在其中，盖上了交给梦熊，说道："大公子，请你代我们提着，不要忘记在哪里，并且不要泄露，晚间我们就要使用这些家伙的。"梦熊接过说道："你们放心交给我就是了。"彩凤又将三支镖暗暗藏在贴身袋里，然后携着毓麟的手，说道："我们现在是弟兄了，走吧！"于是毓麟、彩凤、窦氏、梦熊四人和琴、剑告辞，走出店门，向九天玄女庙走去了。

梦熊提着皮篋，身上穿了短衣跟在后面，果然像个强壮的男仆。一路问了两个讯，早已走到九天玄女庙的门前。但见庙门很是高大，油漆新髹。一带黄墙也像最近修理过的，都有新的气象。门前两株遮荫大树，枝叶蔽天，树下拴着几头牲口，还有几顶小轿歇在那里。照墙里放着香烛摊，有许多乡人都从摊上购了香烛跑进庙去。窦氏对毓麟等笑道："我们既然前来烧香，不可不买一些了。"毓麟点点头。

四人走到香烛摊边，摊上人忙撮着笑脸向窦氏问道："老太太，要买香烛元宝吗？这里都有。"窦氏遂向他们买了许多香烛纸锭大元宝，毓麟付去了钱，对梦熊将手向香烛一指，梦熊遂上前取了。跟着毓麟等走进庙去。庙里烧香的人很多，庭中大香炉里烟雾冲天。四人踱到大殿上，见正中神龛里供着九天玄女娘娘的神像，庄严、美丽兼而有之，旁边还挂着许多彩幡，面前拜垫上有许多乡人正在那里拜跪，早有一个庙祝走过来向他们招呼。毓麟假作专诚来烧香，吩咐梦熊将带着的香烛、元宝一齐交给他。庙祝一边代他们去烧化，一边对他们说道："爷们请到后面彩云殿上去听这里的霞师讲仙法吧！"毓麟听了，遂和彩凤、窦氏走到里面去，梦熊依旧跟在背后。穿过一个庭心，早到得彩云殿前，果见殿上一排排地坐着许多善男信女，在那里听讲。正中高坛上坐着一个道姑，姿色也很美丽，只是瞧伊的眉梢眼角，很含淫荡之意，口讲手指地向众人说法。毓麟等立在一边，听伊所讲的，都是称道九天玄女娘娘如何灵验，以及吕洞宾仙师的异迹，劝众人信道入教。至于什么教，那道姑虽然没有讲得明白，但是毓麟自然已知道是白莲教。风姑娘等无非借此诱惑一般无智识的民众，好叫他们归依邪教，使白莲教的声势可以渐渐重张。其时坛上的道姑也已瞧见了他们，一双妖媚的眼睛时时向毓麟、彩凤脸上瞟着。因为到这里烧香的人，大多是些愚笨丑陋的乡人，使她们难动美感。现在忽然来了这一对儿眉清目秀、珠圆玉润的佳公子，宛如鹤立鸡群，自有一种光彩放射出来。这光彩便将那道姑的眼光吸引住，动了伊的美感，使伊不得不偷眼来看。心中也暗暗惊讶，哪里走来这一对儿美男子呢？几乎使伊的说法都要讲错了。正在这时，殿后早又走出两个艳装的道姑来，其中一个穿绿衣的，便是昨天赛会中所见的那个风姑娘了。

原来风姑娘自从在螺蛳谷失败以后，便回到关内，想起师兄云真人在山东播教，潜植势力，不知他那里成了什么局面，遂到鲁省来访问云真人。找到玄女庙遇见祥姑、霞姑，问询之下，方知云真人已死在人家手里。谈起情形，风姑娘便料到他们仇人也是琴剑二人了。祥姑、霞姑本来觉得云真人死后，山东方面缺少主持的人，教务不免因此停顿，便请风姑娘在此代替云真人暗中进行一切。风姑娘自然答应，于是白莲教的邪说又渐渐兴盛起来。风姑娘和霞姑等都是生性淫荡，一夕无男子不欢的女妖，所以一方面将邪说去诱惑人民，一面又把艳容去引诱一般急色儿。那个九天玄女庙表面上看起来似乎是庄严神圣之地，其实内里却是藏垢纳污，是个香窝艳薮，不知害了多少子弟。然而地方上那些乡愚，正被她们深深地迷惑，拜倒在玄女娘娘和吕洞宾等众仙师宝座之下，求福祷病的忙个不了，谁知道其中的暗幕呢？有些桀黠之辈，都被风姑娘等花言巧语说动了心，投入了白莲教，希望将来的富贵。一年以来，收得徒党三四百人，都是陇近各处的乡氓，所以潜势力也很不少。

去年她们又在老龙口无意之中遇见了剑秋，两下厮杀了一阵，剑秋得乐山、乐水之助，将她们杀退。她们回庙后大家谈起，那剑秋果然是她们共同的仇敌了。风姑娘恨恨地说道："只要我等不死，将来总还有遇见他们的日子，代师兄和瑞姑报仇的。"近来风姑娘等借着神灯妖符去诱惑人民，又募得款项将玄女庙大加修葺，焕然一新。至于内中的机关，也重新布置一过。这几天忙着赛会，引动各处的乡人都来进香看会。特地又把玄女庙大大开放数天，三人轮流讲演仙法，招罗一辈信徒来听讲，以便劝他们入教，扩充自己的势力，待时而动。却不料因此又惹起琴、剑等注意了。

这一天轮着霞姑在彩云殿讲法，风姑娘和祥姑一齐装饰着走出来，看看今天有若干人来听讲。恰巧遇见了毓麟和彩凤一对儿立在那里，正如傅粉何郎、掷果潘安，好多时没有遇见过这种风流美少年了，不觉四道秋波向毓麟等身上射来。毓麟也已瞧见了她们，却装作不知。窦氏嘴里却咕着道："这里的香烟真盛，玄女娘娘必然很灵验的。我倒要求个签，问问心事哩！"风姑娘听着窦氏的说话，借此机会，连忙和祥姑走上前来，带着笑向窦氏问道："老太太要求签

251

么？我来领你去。"窦氏道："很好！你们两位就是庙中的女师吗，请教法名？"风姑娘笑道："不敢，不敢！贱名清心。伊是我的师妹，名唤祥云。"窦氏笑道："好个清心、祥云！老身等有缘相见，何幸如之！"于是风姑娘和祥姑娘迎着窦氏等四人走到大殿上，庙祝见了风姑娘等亲自招待，便上前告诉说窦氏等已在此烧过香了。风姑娘便又对窦氏说道："原来老太太等已在这里进过香，有失招待，不胜抱歉！"窦氏笑道："不要客气！"风姑娘又陪着窦氏到神座之前，教别的乡人向旁边让开些，以便窦氏求签。众乡人见了风姑娘，口中嚷着清心仙子，有的竟向伊合掌顶礼，一齐退到旁边去，面上都露着惊异之色，向她们呆呆地看着。窦氏本来不要求什么签，不过借此要和风姑娘说话罢了，现在弄假成真，只得走到神座前，俯身下拜，取过签筒摇了几摇，跳出一支签来。风姑娘忙代伊拾起，交给庙祝去对认签条。窦氏立起身来，风姑娘便和祥姑一齐对窦氏说道："老太太，请你们到里面去坐着歇息一下吧！"窦氏道："多谢清心师的美意，老身等诚心到此，正要观光呢。"

风姑娘、祥姑遂引导四人走入殿后，沿着回廊曲曲折折地行去。来到一个月洞门前，上面镌着四个朱红色的小字："别有世界"。门里花木幽深，真是别有佳境。四人跟着步入，乃是一个小小花园，叠着玲珑的假山石。正在春天时候，园中花木开得姹紫嫣红，十分烂漫。那边有一个小轩，轩前放着许多花盆，收拾得十分清洁。风姑娘等招待四人入内，在一只红木的方台边坐下。台上放着一只果盘，早有一个佛婆托上几碗茶来，放在窦氏等面前。风姑娘便请他们用茶，且开了果盘，取过瓜子、蜜枣、青豆等食物敬给他们吃。梦熊既然装了仆人，此时自然不能和他们同坐，只好立在一边，又不能开口，睁着一双三角眼睛，向风姑娘等骨溜溜地瞧着，并且张开大嘴，露出焦黄的牙齿。风姑娘瞧着他的丑陋形容，便笑向窦氏道："这是老太太家里的贵下人吗？"窦氏道："正是。"遂回头向梦熊做做手势，意思教他到外边去玩吧。梦熊点点头，挟了皮篓，欣然向外而去。

窦氏带笑道："这是我们的哑仆人。他是个哑子，性子又是傻得很，不过自幼便跟从我们，忠实可靠，所以我们不论到什么地方，他都随着走的。"祥姑便问窦氏道："敢问老太太是何处人氏，府上尊姓？"窦氏答道："我们姓宋，一向住在北京，此番为到临城来拜访亲戚，所以路过此间。昨日得观盛会，今天遂来烧香，求玄女娘娘的祝福。"风姑娘笑道："原来老太太是远道到此，难得得很！我们庙中的娘娘，十分神灵，时常有仙人前来降坛示异，因此信仰的人很多。这几天正在宣讲仙法，老太太等此来，真所谓有缘之人。"

说到这里，就指着毓麟和彩凤问道："这两位公子是不是老太太的令郎？"窦氏点点头道："是的。"又指着毓麟说："这是我的长子荣林。"指着彩凤说："这是我的次子彩文。他们一起跟我出来的。"风姑娘一边将眼睛瞟着毓麟和彩凤，一边又对窦氏说道："老太太有此一双佳儿，可喜可贺！我看老太太等都有仙骨，将来都是了不得的人，何不在小庙暂住几天，听过了仙法再行动身南下，岂不是好？况且明后天的夜里，上八洞神仙中的何仙姑要到这里来现身说法，老太太等不可错过这个很好的机会。如蒙不嫌简慢，肯在此小作勾留，贫道等当扫榻以待。"窦氏听了风姑娘的说话，明白伊的意思，正中自己的心怀，也就含糊答应着，并不推辞。

这时，一个信祝拿着一张黄色的签条进来，风姑娘先取过一看，脸上微微一笑，对窦氏说道："这是一张上上签，大吉大利。老太太可识字吗？"窦氏摇摇头。风姑娘遂双手奉给毓麟道："那么请大公子详了讲给老太太听吧。"毓麟笑笑，接在手中和彩凤假意同看。风姑娘又问窦氏道："不知老太太求的什么事，可能告诉我们？"窦氏笑道："不瞒二位女师说，只因两个小儿年纪虽已长大，却还没有订过婚姻，都因为他们生性古怪，眼光非常高傲，非要姿色十分美妙，性情十分温和的姑娘，不能遂他们的心愿，这样，他们的婚事也就耽搁下来了。但是老身望孙心切，早日要代他们成婚，所以此番南下，虽然是探望亲戚，也为了婚姻的关系。不知可能成就了美满姻缘，遂向娘娘面前求一灵签指示，现在既然得到了上上签，大约前途很可乐观了。老身心里怎样不快活呢！"说到这里，回头向毓麟、彩凤问道："签上说得怎么样？"

毓麟微笑道："母亲你快活吧！签上的语句都是很好的，大概此行不虚了。"窦氏胡乱诌了这几句话，哄骗得风姑娘、祥姑二人十分相信。风姑娘又笑道："恭喜老太太！这两位公子都是美好的郎君，此去姻缘当有成就，不知谁家的姑娘有福气，能够匹配得两位公子？"说罢，伊的一双水汪汪的眼睛，又对着毓麟、彩凤二人睨视了一下。窦氏听了伊的话，便有意说道："若是二位女师不见怪时，我敢斗胆说，倘有人家姑娘像二位这样美丽的得为老身媳妇，那就心满意足了。"说时哈哈笑将起来。二人被窦氏这么一说，脸上微有些红云。风姑娘却很得意地又对毓麟微微一笑。这时霞姑已从外边走来，风姑娘遂代伊和窦氏等众人介绍。霞姑笑道："方才我在坛上宣讲仙法的时候，已瞧见了老太太和两位公子都有仙骨，非常人可比。我们难得相逢，大家可谓有缘。"毓麟忍不住笑道："真是有缘了！大概玄女娘娘暗中指点我们到此的。"风姑娘道："不错，我们庙里的玄女娘娘非常灵验。我们都是娘娘的弟子，娘娘有天书三卷，要指点给有缘的人知道，我们时常在夜间向娘娘祝告，娘娘便为显现法身，指示天书中的道法。二位公子倘然要明白天书中的秘密，求前途的幸福，何不拜在娘娘门下，以求呵护？这里的香烟非常兴盛，相信的人也非常之多，不过众人的根底尚浅，缘法尚少，不似两位公子生有仙骨的，容易悟道。"

毓麟道："承蒙谬赞，我们极欲得知天书的内容，请你们指点可好？"风姑娘听了毓麟的话，满面笑容，又说道："只要二位公子有真的信心，必能达到愿望。请你们住在此间，待到晚上，我们当相助二位公子向娘娘祈祷，求伊的指示。倘然娘娘允许你们的说话，将来明白了天书中的意思，一生幸福无穷了！"彩凤道："很好！我们就请三位女师指教一切吧。"风姑娘道："二位公子有此信心，必能得娘娘的允许，待到夜间你们自会知道。"窦氏笑对毓麟、彩凤二人说道："你们既然愿意求天书，那么我们只好在此庙中耽搁了。只是有扰女师，如何是好？"祥姑道："老太太不要说这些话，你们不嫌小庙龌龊，在此下榻，荣幸之至！"窦氏笑了一笑，也就不说什么了。风姑娘又问霞姑："外面听讲的人是否都已退去？"霞姑答道："早已散了。现在日已近午，大家都要吃饭去了，大殿上烧香的人也逐渐减少哩。"

风姑娘遂叫祥姑到厨房里去，吩咐赶紧添几样上等的素肴，好请客人吃饭。祥姑答应一声，走到里面去了。风姑娘和霞姑陪着三人闲话一番，不多时，祥姑进来，报称午饭已开在外面餐室中，请老太太和公子等去用午饭。于是风姑娘、祥姑、霞姑陪伴着窦氏、毓麟、彩凤等三人，一同走到餐室里坐定吃饭。风姑娘又吩咐厨房里另外盛几样小菜，请宋老太太带来的哑仆人吃饭。窦氏等将午饭用毕，遂到外面去四处散步，见梦熊也吃好了饭走将出来，腰间仍紧紧地挟着那个皮箧。三人见了，不觉好笑，暗想梦熊真有些傻的，叫他看管了这皮箧，他就一步不离地带着同走了，人家还疑心内中必然藏有重价之物，哪里知道都是杀人的家伙呢。梦熊见了三人，很想说话，但是恐怕泄露秘密，不敢启齿，只好忍住了，向毓麟等做手势。毓麟也做着手势告诉他说，自己等众人今晚要耽搁在庙中了。梦熊听了，知有可乘之机，很是快慰，他就坐在大殿旁边看热闹。风姑娘等又陪着窦氏等三人，到里面轩下坐着谈话。

窦氏假意问问风姑娘等以前的历史，风姑娘等岂肯吐露实话？自然捏造了一些虚假的事情告诉他们。风姑娘等又夹夹杂杂地讲些仙法，毓麟等知道白莲教的势力已增加得不少了。这样不知不觉已将天晚。风姑娘遂对毓麟和彩凤说道："二位公子若要求见玄女娘娘天书，必须要换个清洁幽静的地方，不在外边的，现在要预备起来了。"毓麟说道："很好，你们要我们到什么地方去都可以的，请你们不吝指教。"彩凤道："但愿我们今晚得睹天书，那么真可说得有缘，也情愿一辈子拜倒在娘娘门下了。"

风姑娘微微一笑，伊以为二人都已堕其术中，今夕何夕，见此良人，好遂于飞之乐了。便又向窦氏说道："今晚我们要陪伴二位公子到一个地方去拜求娘娘的天书，那地方老太太是不能去的，我们只得失陪了，且等到何仙姑降坛时，老太太也可有缘得见仙人的。现在我教佛婆奉陪老太太，如有什么呼唤，尽可吩咐伊。至于卧室，早已打扫好一间清洁的客房，请老太太下榻。还有老太太的下人，我也吩咐庙祝招待他同在一处睡了。"窦氏点点头道："很好！但是小儿跟你们到什么地方去呢，老身可能知道？"风姑娘道："这一个地方现在老太太虽不能去，将来自会知道近在眼前，并不远的。"窦氏假作惊异道："啊哟，就在眼前么？老身倒不明白了！"祥姑忍不住将手向轩中东边一指，说道："就在那里。"三人跟手一看，见东边靠墙，乃是一座神龛，龛里供着一个坐的吕仙金身，并无什么特异之处，心里明知那里有机关了。

毓麟仍旧装作呆木的样子，问道："这是吕洞宾仙师之像，有什么地方呢？你们不要和我们开玩笑。"风姑娘道："大公子，决不骗你的，停一会儿自会明白。"此时一个佛婆早走进轩来，风姑娘叮嘱伊好好伺候老太太，不可使老太太寂寞，晚膳也要特别丰盛，休得怠慢。佛婆笑嘻嘻地瞧着窦氏等三人，诺诺答应，便要领窦氏到别处去。窦氏摇手道："老身要在此看他们走到什么地方去了，然后我的心里可以不疑惑呢！"

风姑娘道："好的，我们就引导二位公子去吧。老太太不妨在此旁观，但请不必惊奇，那里是我们拜见娘娘的地方，所以十分隐秘，外面人不能轻易进去的。也请老太太不要见怪，缓日老太太或能一同进去，也未可知。"窦氏道："你们去吧！明天我听候你们的好音。不过小儿是不懂什么的，全仗女师们的指教。"风姑娘又笑道："老太太放心便了！二位公子是有缘的人，与众不同。"

风姑娘说话时，霞姑早走到那吕仙龛前，在龛前栏杆上轻轻旋转了三下，只见那吕仙的金身渐渐儿腾空而上，到了龛的上面，龛后却露出一个门户来，里面黑魆魆的，因为天色暗了，更是瞧不清楚。风姑娘把手向毓麟、彩凤二人一招道："请二位随我们进去吧！"又对窦氏点头说道："恕我们失陪了！"

毓麟、彩凤毫不迟疑地跟着三人步入神龛，从那小门里走进去，方见里面远远的低下之处，有一盏红灯亮着，原来里面乃是一层层的石级向下面走去的。风姑娘又把手向旁边一个螺旋形的铜钮拨了一下，那门又变了墙壁了。遂携着毓麟的手说道："你们随我来吧，足下当心些。"霞姑、祥姑也各扶着彩凤的一条臂膊，慢慢从石阶上踏下去。走完石阶，早到一个地室。前面一带甬道，每隔十多步路，便有一盏红灯亮着，两边转弯去似乎有几个房间。风姑娘等引着二人走到前面一盏红灯之下。旁有一个门户，风姑娘将手一推，门开了，见里面是一间很宽大的起坐室，四隅悬着粉红色的纱灯，器具陈设，非常奢丽。有二个十三四岁的女婢，打扮得也很妖娆，正在那里捉迷藏，一见他们进来，连忙上前叫应。风姑娘便教她们快去献茶，二女婢对毓麟等看了一看，面对面地笑了一笑，走将出去。

风姑娘等遂请毓麟、彩凤坐下，有一搭没一搭地和他们闲谈。二女婢早送上茶来，且托着一大盘糖果敬给二人吃。毓麟和彩凤留心瞧着风姑娘等渐渐露出淫声浪态来了。彩凤故意问道："我们要如何祈求娘娘，方才得见天书呢？"霞姑道："二公子不要心紧，少停我们自会伴你们去祈求的。"毓麟暗想自己和彩凤只有二人，她们却有三个，怎样分配得平均呢？不要闹出二桃杀三士的故事来么。但愿她们自己吃醋起来，那就更好了。毓麟心中正在这样想，风姑娘却带笑对霞姑、祥姑说道："停会儿我伴大公子去，但是你们中间哪一个好陪伴二公子呢？"霞姑、祥姑听了这话一声不响，好像有话说不出来的样子。风姑娘道："你们不如拈一个阄儿呢，谁拈得的谁伴二公子，可好吗？"毓麟、彩凤在旁听着，心中暗觉好笑。彩凤忍不住又说道："她们不好都伴我吗？何必拈什么阄子呢！"风姑娘笑道："二公子有所不知，此事只好一个人陪伴的，少停二公子自会知道，其中自有妙用哩！"说罢咯咯地笑将起来。这一笑多么妖媚，满怀春意早已透露出来了，二人始终假装痴呆，似乎不觉得的样子。风姑娘又问霞姑、祥姑道："这样可好？"祥姑道："也只有这样办法了。"

风姑娘等遂从身边摸出一个康熙通宝的白铜钱，说道："我把来抛在地下，正面向上的请霞姑相伴，背面向上的请祥姑相伴。"二人齐说："很好。"风姑娘便将那铜钱向上一抛，落到地上时兀自打着转不停。霞姑、祥姑都睁大着眼睛，全神贯注地瞧着。那铜钱转了几下，徐徐停住，却是背面向上。风姑娘便道："那么二公子可请祥姑陪伴了。"此时祥姑面上露出欣喜的笑容，而霞姑却现着懊丧之色。风姑娘又拍着霞姑的肩膀说道："今晚有屈妹妹了，明天晚上你可以奉陪二公子的，只差一夕罢了。妹妹倘然感到寂寞时，昨夜我陪伴的那个人儿，由你引导他去吧。如此可好？"

霞姑没精打彩地答应了一声。风姑娘又嘱咐二个女婢说道："你们把我房中的人送到霞师的房里去，然后再来伺候我们，将酒菜送到我房里来，我要伴大公子喝酒哩。"两女婢应声而去，霞姑也跟着快快地走将出去。彩凤微笑道："这样有劳你们两位女师了。"祥姑上前握住彩凤的手腕，说道："不要客气。我们得伴二公子，非常荣幸，可说有缘千里来相会。我们的缘法真是不错！二公子若要早睹天书，请随我去吧！"遂携着彩凤的手，回头对风姑娘和毓麟说道："我们先去了。"遂走出室去。

　　室中只剩下风姑娘和毓麟二人，粉红色的灯光映到风姑娘的绛襦上，益觉得艳丽。换了别的登徒子一流人物，此时此景，早已情不自禁欲亲香泽了，但是毓麟一则是个见色不乱的君子，二则他是有为而来，所以任你风姑娘怎样妖媚，他心上不会为伊诱惑的。但是他不得不和风姑娘假意周旋，所以他就走过去一握伊的柔荑，问道："他们都去了，我们到何处去呢？"风姑娘对他笑道："大公子莫慌，我当引导你到一个好地方去。"毓麟道："很好！那么早些去吧。"风姑娘又立着迟延了一会儿，然后和毓麟手携手地走出室去，在甬道里走得十几步，向左面转了一个弯，见那边红灯之下，又有一个门户。风姑娘开了门，领着毓麟踏进去，原来是一间华丽的闺房。室中陈设都很富丽，点着两盏琉璃灯，靠里一张红木雕花大床，湖色绉纱的锦帐垂着红色流苏，灿烂的银钩床上堆叠着一叠锦被和两个鸳鸯绣花大枕，在灯光下照眼生缬。只要一瞧这大床，便充满着无限艳意了。毓麟便问风姑娘道："好一个美丽的所在，是不是女师的卧室，怎么教我到这地方来？"风姑娘含笑指着妆台旁的一只嵌大理石的红木椅子对他说道："大公子你请坐了再说。我们既是彼此有缘，我如何不把好意来待大公子呢？"毓麟只得在椅子上坐下。风姑娘把外面的道装卸了，露出里面艳丽的内衣。又对着镜子略略梳理一遍，敷些香粉，颊上点了两点胭脂，回转头来对毓麟启齿一笑，道："你看我如何？"毓麟也笑道："清心师，你果然美好。"

　　这时小婢早端上酒菜来，放在中间一张小圆桌上，退出去了。风姑娘遂去取出两个玻璃小杯，一双象牙筷儿，分开了放在桌上，对毓麟说道："请过来，待我奉伴大公子喝一杯酒吧！"毓麟笑道："多谢你了。"遂走过去和风姑娘对面坐着。风姑娘伸出纤纤玉手，提着酒壶代毓麟斟上一杯酒，自己也斟满了，笑盈盈地举着酒杯对毓麟道:"大公子,请尝尝我们庙里酿的玫瑰酒,味道好不好?"毓麟呷了一口,咂舌赞道:"妙,妙!"风姑娘也喝了一口,请毓麟用些菜。毓麟一看,桌上放着八只碟子,都是火腿腌鸡熏鱼糟鸭皮蛋之类,和日间所用的素菜大不相同了,便假意说道:"你端整着这样精美的下酒之物来请我,叫我何以克当呢?"风姑娘道:"休要客气,我们都是有缘的。今宵须得痛饮一番,尽平生之乐。"遂劝毓麟多喝几杯。

毓麟自己不敢多喝,但是心中很想借此把伊灌醉,少停琴、剑来时,可以下手较易。遂也代风姑娘斟酒,要请风姑娘多喝几杯。谁知风姑娘十分狡猾,不肯多喝,只是春风满面地和毓麟有说有笑。毓麟见伊不肯多喝酒,知道这事情就难办了,遂问风姑娘道:"我们喝过了酒,可以去求娘娘得睹天书吗?"风姑娘道:"早哩!须到下半夜,我可以指点你。此刻我们在此快乐一番,岂不是好?"毓麟瞧着风姑娘的面庞微微一笑,不说什么。

风姑娘脸上本涂着胭脂,现在又喝了两杯酒后,益发红了。伊的妖媚的眼波流动得非常厉害,似乎有一团火焰在里面烧着,照到毓麟的面上身上来。伊搁了筷子,对毓麟说道:"大公子尚没有成过亲吗?此去论婚,必能得着一个美人儿,将来闺房之乐,甚于画眉。可喜可贺!决不会想到这里的女道士了。"毓麟道:"清心师说哪里话!你们都是修道之人,将来白日升天,名列仙界,岂是我们凡夫俗子所能比较的呢?"风姑娘听了毓麟的话,扑哧一声笑道:"你太恭维我了!你也是有仙骨的人,若蒙不弃,我愿终身陪伴公子。他日共登大罗之天,岂不是好?"毓麟见风姑娘已说出伊心中的本意来了,不得不勉强奉承伊。遂说道:"清心师若能如此,真是平生幸事了。"风姑娘荡着媚眼对他说道:"好个平生幸事!你真是有缘的人了。"

此时那小婢又走进来,添上一壶酒,问风姑娘道:"可要用饭?"

260

毓麟有意思要挨磨时光，便说："我们再喝些酒，可好？"风姑娘道："好的。"便叫女婢慢些盛饭。但是毓麟虽然说了这话，仍旧不敢多喝，遂问风姑娘以前的身世。风姑娘还不肯实说，却说了一大篇鬼话：说伊自己是个名门闺秀，只因虔心修行，所以到此庙里来作道姑。毓麟一边听一边几乎笑将出来。隔了一歇，风姑娘见毓麟不喝酒，自己也不喝，那么这样尽是对坐着，岂非辜负良宵？所以伊再也忍不住了，遂去门边一拉响铃，女婢立刻走来，风姑娘便叫伊预备送饭上来。不多时女婢托着一盘菜，提了一小锅饭来，风姑娘又陪毓麟吃饭。毓麟正有心事，勉强吃了一碗，风姑娘也吃了一碗，便叫小婢撤去。洗过脸后，小婢又奉上两碗茶来，带笑问风姑娘道："可还有事么？"风姑娘把手一摆，道："没有你的事了，你去吧。"小婢轻轻退出。

风姑娘将门合上，走到毓麟身边握着他的手，将身子紧靠在毓麟的肩上，说道："时候不早了！"毓麟也道："不错，此时已过二更，你可以引导我去求见天书了。"风姑娘把手在毓麟面上一摸，笑道："大公子，你果然要见天书么？时候尚早哩！"遂附在毓麟耳边低低说了几句，将伊的粉颊贴到毓麟的面上，便有一缕香气透进毓麟的鼻管，几乎使毓麟不克自持起来。连忙镇定心神，但是他的脸上也露出尴尬之色。风姑娘道："你若然不是傻子，必能同意的。须知我还是一个处女，今晚愿将我这千金之体，来奉献给你，使你快活，难道你还有什么不愿意吗？好人，快答应吧！"

毓麟知道此时已在紧急的当儿了，风姑娘的淫心已动，决不肯放他过门，好像一刻也不能迟延了，但是琴、剑等为什么还不来呢？彩凤在那边又作何光景呢？窦氏和梦熊都隔离在外边，他们可能进来吗？自己是个文弱之人，毫无抵抗能力，被伊这样包围住，如何是好？便觉得这一种冒险之计，也不是千稳万妥的了，倘若失败怎样是好？此时他心中突突地跳跃不已，无法解去他当面的难关，只盼望玉琴和剑秋早一刻前来，好解去他这个脂粉的包围，正像大旱之望云霓了。但是四下里寂寂无声，不见琴剑二人前来，亦不听得窦氏母女的声音，自己一个人已做了风姑娘妆台边的俘虏了。

风姑娘见他不乐，便把他身子摇摇道："你转什么心事呢，为什么不响声？我想二公子此时早已得到无穷的乐趣了。不料你面貌美，性情却是这样傻的。难道我和你坐到天明不成？"毓麟勉强对伊笑了一笑，才要说话，风姑娘早把他搂抱到伊的怀中。毓麟慌忙说道："且慢！"但是风姑娘已将他轻轻抱到大床上，对他肩上轻轻拍了一下，说道："傻子！慢什么呢？"毓麟抵拒不得，风姑娘早代他脱去外边的衣服，两人并头横倒在鸳鸯枕上了。

评：

写彩凤改装时，风情旖旎，妙在处处顾到。玄女庙乡人佞神，以及风姑娘等用心诱惑，略一点缀，已如目睹。盖昨日赛会已详焉，此处当从简矣。以天书相诱引，荒诞可笑。但在以前迷信神权之际，此等事亦殊数见不鲜也。写风姑娘在密室以色香取魅毓麟，令人回忆昔日之剑秋。毓麟为风姑娘包围，已至紧要关头矣，令读者为之急然。然在好色之徒读之，殆将与风姑娘同笑毓麟之傻，然而毓麟岂真傻哉！

第三回

运奇谋大破玄女庙
访故友重来贾家庄

彩凤随着祥姑从甬道上向南走去，也走到一盏红灯之下立定。面前有一个小小门户，祥姑将门轻轻推开，和彩凤走入。只见室中灯光明亮，乃是一个很美丽的卧室，并且鼻子里嗅到一种非兰非麝之香气。彩凤知道这就是祥姑的香窝了。祥姑拉着彩凤的手，请伊在椅子里坐下，对伊带笑说道："二公子，我来陪你喝一些酒，可好？我们是难得相见的，今晚也是天缘，理该快活快活。"彩凤道："多谢女师美意，叫我何以克当呢？"祥姑道："不要客气！"

这时室门开了，也有一个女婢走进来伺候。祥姑遂叫伊将酒菜快快送来，小婢答应一声而去，隔了一刻，将酒菜送到房中，一一放在桌上，祥姑便伴着彩凤饮酒。彩凤恐防祥姑要看出伊的破绽，故意和祥姑有说有笑地着意温存。祥姑见彩凤知情，心中更是欢喜，以为今宵得到一个美郎君了。遂代彩凤斟酒，劝伊多喝几杯。彩凤诡称伊有胃病，不能多饮，反代祥姑一杯杯地斟着，要伊尽量多饮。祥姑中了伊的计，一杯一杯地喝下去。彩凤又假意问道："我们何时可以求见天书呢？"祥姑斜乜着眼睛，对彩凤笑道："二公子，你要求见天书，少停我自会教你，且不要性急。"彩凤笑道："我一切听你的说话便了。"

祥姑的酒量很好，所以喝了许多酒还没有醉，却用伊的莲钩在桌子底下伸过来钩拨彩凤的双足。彩凤暗想："这女妖已动了淫念，今宵逢到了我，管叫伊死在我的手里，决不让伊漏网脱逃了。"遂也故意把自己的脚和伊钩了一会儿，又对着祥姑微笑不语。祥姑忍不住，对彩凤说道："我总想不到像你这样一个美郎君，却还没有娶妻，未享闺房之乐，不知你对着春花秋月，动什么感想？"彩凤道："女师有所不知，只因在我们的家乡实在没有美妇人可以配偶，所以懈怠下来了。此去求亲，尚不知成功不成功！可惜女师修道中人，我斗胆说一句冒昧的话，若是有像女师一般的女子和我配成一对儿，那就心满意足了。"

祥姑听了彩凤的话，逗得伊情不自禁起来，遂对彩凤带笑道："二公子倒有意于我吗？倘蒙不弃，待我侍奉枕席可好？"彩凤道："你说的话是真的么？我有了你，也不想南下了。"一边说一边又代祥姑斟酒，劝祥姑再喝几杯。祥姑着了迷，一连又喝了三杯，已有些醉意，便立起身来，按着桌子一步一歪斜地走至彩凤身前，向彩凤怀中一扑，勾住伊的颈项，说道："二公子，你不要求什么天书了，你爱我的便和我同睡一宵吧！"说罢把伊的香颊贴到彩凤的面庞上，醉眼蒙眬地做出许多媚态。彩凤见了，觉得祥姑真是妖艳，自己幸亏也是个女儿身，否则不要被伊诱惑入彀么？现在伊却反入了我们的彀了。又想到毓麟是风姑娘一起去的，他们的情景必然和我们仿佛，似风姑娘这样的妖淫，岂有不用狐媚的手段去诱引毓麟的呢？毓麟虽是赋性诚实，然而在这紧要关头，被风姑娘美色相诱，武力相迫，他是一个手无缚鸡之力的文弱书生，又将如何去对付呢？想到这里，又不觉代毓麟担忧。只有自己早把祥姑解决了，好去解毓麟之围，且好接应母亲和琴、剑等众人进来。

此时祥姑见彩凤低头不语，便又道："我亲爱的二公子，你怎么呆起来了，究竟你爱我不爱我？"彩凤忙道："我岂有不爱你呢？"

264

便把双手将祥姑抱起，走到床边，放在床上，自己回转身来，瞧着壁上挂的双股剑，胆气顿壮。祥姑伏在床上，身上好似瘫的一般，软绵绵的毫无气力，只张开双臂昵声说道："二公子，你来吧！"

彩凤将祥姑衣纽解去了数个，祥姑以为彩凤已被自己诱惑上了，所以半合着双眸，一任伊宽衣解带。谁知彩凤说一声且慢，倏地回身向墙壁一蹿，摘下双股剑握在手里，回到床边。祥姑一则已醉得模糊了，二则双眼半开合地静待彩凤来和伊温存绸缪，所以竟没有觉得，兀自展开臂，娇声说道："你快来吧！"彩凤说一声"来了！"一剑已向祥姑颈上砍下。祥姑真如睡在梦中，还用双臂要来勾抱彩凤，剑锋着在伊的头上，方才喊得一声"哎哟"，伊的头已滚落在床上了。

彩凤见祥姑业已授首，想不到如此容易，心中十分快活。便将外边长衣脱下，挟着双剑开了门，走到外面甬道里来。红灯依旧亮着，遂蹑足走向前边来寻找毓麟。却见前面有几个黑影一闪，遂轻轻击了一下掌。前边也回击了一下，便知自己人来了。走过去一看，首先的乃是伊母亲窦氏，背后跟着女侠玉琴和傻梦熊。遂低声问道："你们来了么？居然被你们走进密室，很非容易！"窦氏道："是的。在你们进来的时候，我已留心看得开门的诀窍了。"

原来窦氏在外边吃了晚饭，被佛婆引了伊去睡眠，然而伊睡在床上哪里睡得着？眼见伊的女儿女婿跟着人家入了虎穴，不知他们能不能随机应付？倘然将事弄糟了，露出破绽，我女儿或者还能自卫，而我这位文质彬彬的女婿，怕不要吃亏吗？所以伊睡到二更时，再也忍耐不住了，轻轻地从床上爬起身，开了窗跳到外面庭心，听听四下里沉寂得很，遂很快地走到那个轩来。心中又想："这个时候玉琴和剑秋不知有没有前来，为什么不见有一些动静？"伊正在想时，听轩外微有足声，一个很大的黑影向轩中摸索而来。心里知道是梦熊了，便轻轻唤了一声，果然是他。走进了轩中，便说道："我在外边等得好不心焦！他们怎样了？"窦氏答道："他们都在里面，我是不知道啊！"梦熊将兵器递上，说道："我们不要再等，马上杀进去吧！再迟了我的兄弟要有危险呢！"窦氏将一对虎头钩接在手里，答道："你说的话不错，但是玉琴、剑秋怎样还不来呢？"

正说着话，忽听轩外早有人低声说道："我们来了！"窦氏听得是剑秋的声音，心中很喜，便道："很好，你们请进来吧。"刚才说罢，忽见两条黑影一闪，琴剑二人已立在面前，手中各挺着宝剑，低声问道："密室在哪里？"窦氏把手指着里面的神龛说道："就在这个里面，我女儿女婿故意被她们谎骗进去，已有好多时候了，我正想入内窥探动静呢！"玉琴道："伯母可知道神龛里的机关是怎样的？"窦氏道："我已窥得秘密，可以进门，只是里面究竟如何，我却不能知道，我想彩凤在内必要接应的。不过她们有三个人在内，所虑的彩凤一人恐怕被她们缠绕住不能脱身，那么毓麟又是个不通武艺的人，未免要有危险了。"玉琴道："不错，我们进去吧。"

四人遂举步走至神龛里，窦氏伸手将神龛外面的栏杆照样转了三下，那神像便冉冉上升，背后便露出一个小门。窦氏当先将门开了，第一个跨进去。玉琴、梦熊跟着走入，见里面乃是一层层的石阶。窦氏说声："留心些，幸亏前面有盏红灯，不致误踏。"这时剑秋在门边低低说道："你们进去吧，大约足够对付了。我还有一些要紧的事情呢。"说罢，回身去了。玉琴要问也来不及，伊心里和窦氏一样暗暗奇怪：剑秋走到哪里去呢？但也不能管了，一步步走下石阶，来到甬道，向前偷偷地走去。正要找寻麟、凤二人在什么地方，恰巧遇着彩凤了。彩凤又问玉琴道："剑秋兄怎样没有前来？"玉琴道："本是同来的，不过到了这里他又走开去了。"说时面上露出不高兴的样子。

彩凤道："我们四人也足够对付。"梦熊一手握着单刀，一手挟着弹弓，向三人说道："我虽然武艺不甚高妙，然而凭着我的一张弹弓，也可相助一下的。快去找那些道姑吧！不然我的兄弟和她们睡在一起，那就糟了。"三人听了他的话，几乎笑出来。彩凤道："别多说，你不是哑巴吗？怎样开起口来了？我们走吧！"遂指着左手甬道里远远的一盏红灯，说道："那边有个门户，大约就是风姑娘的卧室了。那祥姑已被我将酒灌醉，就用伊的剑将伊杀死了。现在庙里只有风姑娘和霞姑二人，我们足够对付哩。"

于是玉琴等跟着彩凤，蹑足潜步走到那个红灯下的小门前，彩凤一看，这室子十分严密，除了这扇门没有别处可以进去的。遂叫梦熊等不要声张，自己伸手在门上轻轻叩了数下，故意叩得很急。这时风姑娘正把毓麟包围住，要和他同成好事儿的当儿，急然听得门上叩门声甚急，风姑娘陡地一怔，口里咕着道："哪一个敢来戏弄老娘，打扰我们的好事？老娘决不开门的。"毓麟听得门响，料想是他们到来了，心中窃喜自己可以解脱围困。又听风姑娘说决不开门，不由心中一惊，便带笑对伊说道："我想你还是开的好，看看是何人，也许有些事情，倘然无事，你不妨呵斥一番，也使他们不再来缠绕。"风姑娘道："这里没有人敢来戏弄的，莫非霞姑……"伊的话还没有说完，门上又敲起来了。风姑娘骂一声："哪个小鬼头来打搅，仔细你的手指头要被我拧下啊！"遂勉强丢了毓麟，怒气冲冲地过去开门。却见当门而立的正是那个二公子，又见他手提双剑，背后还跟着窦氏等三人，心里突地一跳，明知事情不妙，急忙退转娇躯，很快地取出两柄宝剑来。这时候，彩凤已飞起一脚把门踢开，和玉琴冲进室去。灯光下，风姑娘瞧见了玉琴，不由心中更怒，恍然大悟，将剑指着玉琴，恶狠狠地说道："原来是你这鬼丫头又找到我们门上来了。好，好！我与你拼个你死我活。"

玉琴也冷笑一声道："螺蛳谷中被你漏网，多活了几时，今番我来送你和那姓吴的一起去吧，免得你再在世上害人。"说罢一剑向风姑娘胸口刺来，风姑娘连忙将双剑架开，二人就在室中叮叮当当地

267

狠斗起来。彩凤恐怕风姑娘恨极了，乘间要向毓麟下毒手，不可不防，所以伊横着双剑，立在毓麟面前，保护着他。毓麟躲在彩凤背后，瞧玉琴和风姑娘三柄剑在空中飞舞，寒光闪闪，冷气逼人，离开自己不过几步路，心中未免有些害怕，幸亏彩凤在旁边防护着，稍觉放心。风姑娘斗了十数回合，觉得室中地方小，不便施展身手，要想冲出门去时，又见窦氏挺着虎头钩立在门边，暗想不好，今晚我要失败在他们手里了。祥姑、霞姑在哪里呢？并且祥姑不是拥着那个二公子去的么，怎样他会脱身前来？莫非祥姑也遭逢不测了么？想到这里，心中有些胆寒起来，勇气也减了许多。渐渐退到壁间，一手架住了玉琴的剑，一手将剑向壁上一个铜环上轻轻一点。玉琴也不知伊有什么作用，却把真刚宝剑舞得更急，将伊紧紧逼住。

隔了一歇，外面甬道里有个道姑挺着双剑赶来，这就是霞姑了。风姑娘适才向壁上铜环一点，就是她们装着的机关，在紧急时彼此通信的，所以霞姑赶来了。窦氏喝一声："妖精！向哪里走？老娘今夜来一齐送你们上鬼门关去吧！"使开虎头钩便和霞姑在甬道里厮杀起来。梦熊站在一旁，取出弹子扣在弓弦上，想得间放它一下，无奈她们杀在一起，地方又窄，恐怕误中自己人，所以只自等着。

风姑娘和玉琴又战了十数回合，觉得玉琴的剑术更比昔日进步了，自己有些敌不过，不如退到外面去，引伊进入机关，以便取胜吧。好在门边已空着有路，遂发个狠，将剑向玉琴头上左右扫去。玉琴见来势凶猛，略退一步，风姑娘趁势一跃，已跳出室来，向前面甬道中逃去。玉琴哪里肯放伊？急忙跟手追出，彩凤也同时追出室来。见风姑娘正在望前面奔跑，且回头说道："我们到外面去厮杀吧！"玉琴喝声不要走，正飞步追上去时，只听弓弦响处，风姑娘喊了一声："啊呀！"扑通跌倒在地。玉琴大喜，追到伊的身边，风姑娘要想挣扎爬起，玉琴剑光下落，红雨飞溅，风姑娘已身首异处了。原来梦熊在无意中发了一弹，风姑娘没有防备，正中后脑，所以伊就因此而送了性命。喜得梦熊大喊起来道："我的子弹准不准，灵不灵？居然被我一击而中，须知哑巴也不是好惹的啊！"

玉琴杀了风姑娘，回身又奔到霞姑一边来相助窦氏，宋彩凤也挥剑进攻，霞姑本来和窦氏杀个平手，现又加上玉琴和彩凤二位女侠，教伊怎能抵敌得住？况又见风姑娘被杀，心中早已惊慌，急思逃生，遂虚晃一剑，回身向后面甬道中逃去。玉琴当先挺着宝剑便追，窦氏舞着双钩也追将上去，彩凤恐怕庙中尚有余孽，不敢离开，便和梦熊把守在这里。毓麟早走到门边探出头来瞧看，向彩凤问道："她们杀到哪里去了？"梦熊早嚷着答道："老弟，你放得胆大些，走出来吧！难道你还怕那无头的道姑再来迷惑你么？"说罢将手向前面地上一指，毓麟跨出房门，跟手仔细看，看见那风姑娘已横尸在血泊中了。

彩凤故意问他道：'这道姑死了，你可惜不可惜？方才你们快乐得怎么样子，只有你知道的了！"毓麟听说，面上不由一红，忙道："凤妹！你休要取笑我。古人云：'目中有妓，心中无妓。'我遵守了你们的主意，不得不虚与那道姑委蛇一番。我被伊正缠绕得走投无路之时，幸亏凤妹来了，解了我的围困，像我这样行事，未免有些危险性，几乎上了你们的当了。"彩凤笑道："谁叫你上当呢？你要不要怪我来打扰你们的好事呢？"

毓麟将彩凤的左手紧紧一握，又说道："你还尽向我取笑作甚？难道我和你离开了这一会儿的时候，你就要喝……"说到这里，顿了一顿，彩凤把眼一睁道："喝什么？"毓麟笑道："喝什么呢？当然是喝那酸溜溜的醋啊！"彩凤听了，把手一撒，向毓麟啐了一声。梦熊站在旁边，听他们夫妇俩彼此戏言，却忍不住哈哈大笑起来。笑声未已，瞥见那边红灯下有一个人头从黑暗里一探，梦熊喝了一声："捉妖！"跳过去抓住一个小婢，拖将过来，正要举刀下砍，彩凤忙把剑架住道："我认得的，这是在室中伺候我们的小婢，伊没有罪的，何必要杀伊呢？"那小婢见了彩凤，趴跪在地上叩头哀求道："二公子饶了我的命吧！"彩凤遂唤伊立起，叫伊不要声张。

这时后面甬道里脚声响，瞧见窦氏和玉琴走将回来，彩凤便问道："那个霞姑怎样了，你们追得着么？"玉琴摇摇头道："被伊逃走了！说也惭愧的，我们追上去时，穿过了一条甬道，地形渐渐向高，不知怎样的，见伊在墙上用手一按，便有一扇铁门从上落下，将我们挡住了，不得追去，我们用脚向门乱踢了数下，我又将宝剑在门上剁劈一回，不料那门是很厚的，好容易被我剁穿了一道裂缝，向门里张望时，黑洞洞的也无灯光，料伊早已逃生去了。我们只得走回来，还是到别处去搜寻吧。"

彩凤道："这真是便宜了那女妖。我们现在捉得一个小婢在此，不妨向伊问个下落。"玉琴便仗着宝剑向小婢喝问道："这里可有什么别的机关？那霞姑向后面逃到哪里去的？庙中还有什么人？快快实说！"那小婢见了他们手中都挟着兵刃，早已吓得瘫软，便说道："现在我们庙里三位女师，一个风姑娘已被你们杀掉了，一个是霞姑，还有一个祥姑，其余只有佛婆和几个帮助的佣工了。我是在这密室里伺候女师的。密室中有六个房间，都是她们行乐之处，现在第六号卧室，还有一个病少年睡在那里呢！"玉琴道："我问你霞姑逃到哪里去，你为何不说？"小婢道："我实在没有瞧见，方才我在后边听得声音，出来看看时，便被这位爷捉住了。"玉琴便将手指着后边问："这条甬道是通到哪里去的？"小婢战战兢兢地又说道："这条甬道里有一秘密途径，是她们特地造成的，以防紧急之时可以从那里逃到庙后，走出地面到别处去。这是一条逃生的甬道。其余除了大殿上略有一些机关，也不再有了。"玉琴听了小婢的话，知道庙里果然没有其他能人了，遂和毓麟、梦熊、窦氏母女押着小婢，从甬道里走到外边来。

毓麟、彩凤因为不见剑秋，都向玉琴询问。玉琴道："他本和我同来的，方才走向这里密室时，他忽然回转身，走到别外去了，我也不知他究竟为了何事，心中很是纳闷呢。"窦氏道："老身想他必有缘故，少停自会明白。我们且去寻找他看。"玉琴道："在这庙中只有风姑娘等三人，两个死了，一个逃了，他又去对付谁呢？此时还不见他的影踪，好不奇怪。"

玉琴的话方才说毕，只听对面屋上有人说道："奇怪！真奇怪，我在这里呢！"大家听得出这是剑秋的声音，玉琴便喊道："你这人真有些奇怪，我们到密室里和那些女妖血战一场，现在死的死，逃的逃，你却躲在这里袖手旁观做什么呢？难道你出了主意，便不肯动手么，还是你怕凤姑娘厉害么？"玉琴说罢，屋上又说道："不要发急，我来了。"便见一条黑影如飞鸟一般地落在地上，走进轩来，正是剑秋，一手握着惊鲵宝剑，一手反藏在背后。

玉琴又问道："你究竟在此干什么呢？"剑秋遂把反藏的手伸出来，说道："你们试瞧这是什么，便知我在那儿干什么了。"大家定睛看时，乃是霞姑的一颗头颅。玉琴不觉奇怪道："这是我们在密室内追不到的霞姑，正在可惜被伊漏网逃去，却不知剑秋兄怎样守候着的？"彩凤道："这小婢不是说霞姑从地道里逃出庙后去的么，难道剑秋兄未卜先知，预先在那儿等候的吗？"

剑秋很得意地笑道："岂敢，岂敢！只因我想到以前跟随瑞姑从这里出去的时候，知道地室中有一条秘密隧道，通到庙后用作出路的，此番玄女庙虽然重新改造过了，可是这条出路总是存在的，所以我不跟琴妹等同入，回身便寻到庙后地道出口的所在，坐在那大青石上等候。料想你们在里面必然动手起来了，伊们不能取胜时，情虚胆怯，必要走到这里来的。果然等了一歇，坐下的大青石忽然摇动起来，我遂伏在暗中，在旁监视着，见那青石动了几下，渐渐移向一边，地下露出一个小穴来，穴里钻出一个人，正是霞姑。我就乘其不备，从后一剑刺去，正中伊的后背，伊大叫一声，向前跌倒，我抽出剑锋，又向伊颈上一剑，把伊的头颅割了下来，再等一歇，不见动静，大概无人出来了。心中惦念你们，遂回到这里来，你们果已从室中出来。不知风姑娘和祥姑是给谁结果性命的？"

玉琴答道："祥姑是被彩凤姊用计刺死的。风姑娘和我酣战了一会儿，当伊逃走的时候，被梦熊兄一弹打倒，而我将伊杀死的。现在三人都已授首，且喜我们此行不虚，诛却妖人，为地方除害了。"剑秋便把霞姑的头颅挂在窗边，又对梦熊笑道："恭喜恭喜！你装了好多时候的哑子，到底也成了一弹之功。"梦熊笑道："当我装哑巴的时候，非常难受，现在大吐其气了。"

窦氏便到那边去，将佛婆唤起，点上一支蜡烛，一同走到轩里来。那佛婆从睡梦中起身，还不知道这一幕事，但见了许多人手中各执兵刃，十分吃惊，又不敢询问，心中却想风姑娘等都到哪里去了，这些人是不是来行劫的呢？回头一眼看见了窗边悬着的头颅，不由喊了一声："哎哟！"身子向后倒退几步，险些跌下。梦熊跳至伊面前喝问道："你这老乞婆，在此通同女妖欺骗良民，你可知道后面可还有人住着？你们所称的仙子早已被我们一齐杀死了，你也要跟她们去么？"

佛婆见梦熊是个哑子，此时却会开口说话，又见他手中握着明晃晃的刀，吓得伊连忙向他跪倒，磕了几个响头，颤声说道："大王饶命，我不过在这里伺候客人烧香吃饭度日，别的事一概不知道的，千万不要杀我，庙中所有的财物都在她们房中。"梦熊又大喝道："老乞婆！你不要缠错了，称呼我什么大王！须知我们并非是来行劫的，要什么财物！"剑秋也说道："你快快直说！庙中还有什么人，可有什么人往来？"佛婆道："庙里只有她们三个人，可怜现在都被你们杀了。里面只有我和两个小婢，外面住着两个香司务和一个看门的，都不懂武艺，此外没有别人。有时候也有道姑和男子到来，可是都从远道来的，数宿便去，我们也不知道详细。爷们不信时，可问这个女婢，便知我佛婆不打谎语了。"剑秋遂叫佛婆快去把那些人唤来，玉琴也吩咐那女婢把密室中的那个病少年，以及别一婢女引来询问。佛婆答应了，立起身望外走去。那小婢走到里面去时，玉琴也跟着伊同走。

不多时，佛婆引着香司务前来，一齐向剑秋等拜倒。剑秋问了他们几句话，见他们都是愚笨的乡民，一半已吓呆了，期期艾艾的回报不出什么话。剑秋料想风姑娘等在此也没有什么大组织，不必查根究底了。便对他们说："此来为扑灭白莲教的妖孽，你们既然不知情的，休得害怕。"众人唯唯称是，站在一旁不敢退去，心中却怙惚着，不知剑秋等男男女女是何许人物。佛婆见密室已破，遂将风姑娘等在此引诱少年，荒淫作乐的事约略告诉，并说庙中被伊们迷死的男子已有好多人，尸身都葬在后园中。她们所以造这密室，与和尚们造地穴一样的用意。又说以前闻得还有一个瑞姑，是她们三姊妹支持这庙的，后来不知怎样瑞姑死了，换了一个风姑娘前来，于是庙中的会哩，讲经哩，渐渐热闹起来。

佛婆正说着，见玉琴掌着灯，手里挟着一包书，背后两个小婢扶着一个弱不禁反、病容满面的少年走将出来，见了众人还勉强作揖行礼。玉琴把灯火和书放在桌上，吩咐佛婆端过一张椅子给那少年坐下，便带笑对剑秋等说道："这人我已问过他了，姓柯名云章，却是一个德州地方的秀才先生。他到这里来，是为着他母亲痼疾难愈，闻得这里的仙水很灵，所以特地到这里来向玄女娘娘烧香求仙水回去，不料被风姑娘等诱入密室，不放他出来，在里面已有两个多月了。被她们迷惑得生了病，还兀自不肯舍弃，你们看他竟病到这个样子了，真是可怜。这不是风姑娘等罪恶之一么？"

说罢回转头去对毓麟说道："你看看危险不危险？倘然你没有别人保护，到了此地，也要'来时有门，去时无路'了。"毓麟笑道："我若是一个人，哪里肯到这地方来呢？即使不幸而落在她们手里，

273

我也宁可早些死的，所谓'士可杀，不可辱'。"那姓柯的少年听了毓麟的话，咳嗽了几声，接着说道："我起初也想一死的，但是一则她们很严密地看守住不由我死，一则还存着侥幸之心，希望有一日重见青天，谁知我后来竟病倒了，她们还不顾怜我，尽向我缠绕不清。现在幸亏遇见诸位义士侠女诛却妖姑，救了我出来，心里真是说不出的感谢。他日病体若能治愈，感诸位再生之德，没齿不忘的。"说到这里，又咳嗽起来。

佛婆道："柯少爷，老实对你说了吧，此次你真是大大的运气哩！去年济南来一个少年，也被她们诱入密室不放出来，可怜那少年竟死在这里。在将死之前，他还背地里向我哀求，要我私自负着他放他出去，因为他想念家人，尤其是对于他新婚不到三个月的妻子。但是我哪里敢放他走呢？到后来他喊了一日一夜，终于死了，尸骨也埋在后园泥土中。你若没有爷们来救你时，怕也不和那少年一个样子么？"姓柯的少年点点头，说道："正是。"

剑秋对他说道："我们救了你，明天你也代我们做一件事。便是倘然官中有人到来，你可将庙中道姑邪说诱人，密室荒淫的事一一告知，因为你是一个最好的证人。伊们都是白莲教的余孽，想在这鲁省里煽惑愚民，重张毒焰，我们特地到此为民除害，达到了目的，我们就要走的。"姓柯的少年听了，点头说道："谨遵侠士的吩咐。"他说时，心中很欲一问剑秋等的姓名，但他始终不敢冒昧询问。

剑秋见时候已近四鼓，遂叫佛婆取过笔砚来，他又在墙上写了两行大字道："玄女庙道姑为白莲教中之女妖，性既妖淫，事又秘密，在此将邪说引诱四乡愚民，作死灰复燃之举，实属为害非浅。我等道出是间，尽歼主谋之徒，此后请将玄女庙封闭，以杜塞乡民佞神迷信之途。但望不必多所株连，妄兴大狱，反为良民滋累也。剑白。"

玉琴看了，便对剑秋说道："你倒交代得十足道地，但是这样东西也不必留着了。"说罢，便将放在桌上的那包书打开，一看原来是两本账簿，上面都写着信教的姓名籍贯。给剑秋、毓麟等同看，且说道："这两本书是我从风姑娘室中找出来的，那些愚民受了邪说的诱惑，都已入了教了。我想若然被官中得去时，必要株连的，不如把它烧个一干二净。自古道：'蛇无头而不行'，那些人倘然知道风姑娘等除去了，无人再去引导，自然不散而自散了。"剑秋、毓麟齐声赞成。于是将簿子撕开了，即在烛上点着火焚讫。剑秋又对众人说道："转瞬天色将明，我们要早些赶路，也不必回到客寓里去了，免得惹人动疑。不过我们尚有些行李留在那边，并且房饭钱也没有付，不如待我去走一遭吧。你们在此等候我回来，一清早便离开这里，可好？"毓麟等都说："很好，不过要有劳剑秋兄了。"剑秋说一声"理当效劳"，走出轩去，一耸身上屋去了。

这里大家坐着等候剑秋回来，玉琴便向毓麟、彩凤二人问起密室中和风姑娘等怎样周旋的情形，二人照实讲了。彩凤带着笑向毓麟说道："我与祥姑是没有什么道理的，但不知你和风姑娘却怎样？我来打破了你们好梦，你心里又怎样？"毓麟忙分辩道："风妹不要说这些话，我不过照着剑秋兄的吩咐，一样和她们敷衍而已。你和祥姑是没有什么道理，难道我和风姑娘却有道理吗？又说什么好梦不好梦，岂非笑话！难道你还不相信我么，还是有意取笑我呢？"彩凤只是笑着不答，玉琴也瞧着毓麟微笑，倒使得毓麟有些儿发窘了。

梦熊却在旁边将各人的兵器收拾好，且代玉琴将真刚剑洗拭干净，插入鞘中，口里却嚷着肚子饿了。窦氏便吩咐那佛婆和一个香司务，快去厨房里煮一锅粥，端整些粥菜。佛婆答应着，便同那香司务走到里面去了。窦氏又叫一个香司务到密室里端出一张榻来，让姓柯的少年可以睡卧。他们又等了一歇，看看东方渐渐发白，剑秋已带来行李，从屋上跳下。于是窦氏吩咐佛婆等将粥端上，大家便在轩中吃了一顿早餐。彩凤仍旧换了女装，恢复了本来面目。天

275

色已明，急于离庙，众人遂带着行李，又对香司务和佛婆小婢等吩咐了几句话。

剑秋又对那姓柯的少年说道："我的话谅你记得了，我们现在去哩。你以后好好地保养吧！"那姓柯的少年从榻上勉强爬起，泥首相谢。剑秋一挥手，和玉琴、毓麟、梦熊、彩凤、窦氏等一齐举步走到外面来。佛婆在后相送，看门的早开了庙门在一边侍候着。剑秋等走出玄女庙，又对佛婆说道："你们进去好好侍奉那位柯家少年，不得有误。少停这事发觉了，自有人来处置的。"佛婆答应一声，躲在庙门里张望他们行路。

剑秋等离了玄女庙，急忙赶路，不识途径，一路向乡人打听，虽然耽搁了些时候，觉得此行全得胜利，把玄女庙破除了，风姑娘也杀死了，两重公案一起清结，很觉爽快。一路赶到济南，在大明湖坐舟游览，一会儿到泰安，又上泰山观日出。毓麟弟兄跟着他们一起游览，增加了不少见闻。尤其是泰山之游，畅观了不少古迹和奇景，可知读破万卷书果然是好，而行万里路便足以畅快胸襟，苏子由称太史公文章有奇气，确是不虚了。

隔了几天，方才到得临城。剑秋对玉琴说道："好多时候不见神弹子，我记得前年伴同琴妹探听飞天蜈蚣的消息，一起南下，在贾家庄遇见了闻天声，很有趣味。以后我虽也到过一遭，他却不在家，只遇见着瞿英和贾芳辰。"玉琴道："这一对儿小儿武艺高强，性情活泼，使人家很欢喜的，现在想已长大不少了。"他们一边走向九胜桥贾家庄时，一边玉琴将小神童当筵献技的一回事讲给彩凤等听。又对梦熊说道："梦熊先生精于射弹的，此番你可以见神弹子的本领何如了。"

梦熊笑道："他既名神弹子，当然本领比我高强，我这个起码弹子，怎及得上他呢？"一会儿已到了贾家门前，门上人通报进去，贾三春亲自出迎。琴剑二人和贾三春阔别已久，却见他魁梧奇伟的状貌依然如故，似乎发胖些了，而颔下一撮短须更觉浓厚。一见琴、剑等众人，连忙抱拳作揖道："女侠等好久不见了！你们奔走风尘，想遭逢了许多奇闻异事，老夫蛰居乡里，局促如辕下驹，很是惭愧。"又对剑秋说道："前番听说大驾曾光临舍间，恰我到杭州去，不巧得很，幸恕勿迎之罪！"

剑秋忙说道："贾老英雄说哪里话来？我等仆仆天涯，也不知忙些什么。所得无几，也是非常惭愧的。"贾三春又说："不要客气！"遂招待他们到里面景贤堂，分宾主坐定。下人献上香茗，接过他们带来的行李。剑秋便代窦氏母女、曾家兄弟介绍与贾三春相识。贾三春听了他们的来历，也很敬重。又问起闻天声来。至于女侠复仇的事，前次已有剑秋告诉了瞿英，贾三春回家的时候瞿英已转告给他了。琴剑二人遂将闻天声助着他们大破天王寺的事略述一遍，且说自从那次分离之后，好久没有见面了，不知他行踪何在，很是惦念。

贾三春又带笑向琴剑二人问道："我有一句冒昧的话要问二位，因为你们俩都是昆仑门下的剑侠，又是志同道合的生死之交，老夫很想吃你们一杯喜酒，不知你们二位有没有订了鸳盟？"剑秋和玉琴听贾三春问起这事，微笑不答。毓麟却在旁代着答道："鸳盟已订，合卺则尚未有日。"贾三春用手摸着颔下短须，哈哈笑道："此事愈早愈妙，怎么二位还要迟迟有待呢？"

剑秋遂将云三娘做媒的事告诉一遍，且和玉琴取出白玉琴和秋水剑两件宝物给贾三春看。贾三春摩挲一番，啧啧称赞道："好物，好物！这价值连城的东西恰被二位所得，又恰和二位的大名相合，良缘天定，非偶然也。"仍把来还与二人收藏。又说道："诸位远道到此，承蒙下访，老夫理该做东道主，请诸位在此多住几天，不嫌简慢，当扫榻以待。"剑秋也说："老英雄不要客气。"

这时天气将晚。贾三春吩咐下人一边去打扫客房，一边知照预

277

备一桌丰盛的筵席，摆在后园飞鸾阁下。琴、剑不见瞿英和贾芳辰两个，心中很是奇怪，忍不住便向贾三春问道："令爱近来可好？还有那个小神童瞿英，今在何处，怎么不见呢？"贾三春被玉琴一问，不由叹口气，说道："承蒙女侠垂念，感谢之至！但是提起他们二人，令人气恼。因为他们俩最近在外边闯下了一个大祸，使老夫正在为难之际呢！"琴剑二人听了，不由一怔，不知道瞿英等闯下了什么祸，静候贾三春把这事告诉出来。

评：

　　写彩凤与祥姑一番周旋，视毓麟与风姑娘，文章似犯复而实不同，祥姑至死不悟，可鄙可笑。然不死于剑秋之手，而殒命于彩凤剑下，已便宜许多时日矣。窦氏等入密室，一处处写来，笔意周匝。风姑娘至此了结，颇觉爽快，然断送于梦熊一弹，亦为读者所不料。霞姑逃生而终为剑秋所杀，至是方悟剑秋不同入密室，自别有其故。此回当与初集中十三、十四、十五三回同读，写柯云章足为一般牺牲于玄女庙中之少年写照，借此作一证人，甚妙！重访神弹子，写来处处反顾前文，甚为细到，末后一结，更形突兀。

278

第四回

挑衅斗骄全村罹巨劫
逞能负气小侠做双探

山东民气强悍，匪气嚣张，尤其在兖、曹之间，更是盗匪的渊薮。在那绿林中确有不少艺高胆大的英雄好汉，他们过惯了草莽生活，月黑风高，杀人放火，好似出柙的虎兕，不怕触犯什么法网的。而那地方的安分良民，因为要防护自己生命财产起见，每个村庄也组织了民团，筑起了碉楼，实行自卫。子弟们也是驰马使剑，好勇斗狠，武士道的风气很盛。

在那临城附近，有一个天险之区，名唤抱犊崮。地势生得非常峻险，外面人也轻易不得上去，因为那山四壁高峻，无路可通，只有当中绝狭的一条小径，只容一人侧身而上，连一头牛犊也走不上去的。山上却是平地，良田很多，树木茂盛，相传古人抱犊上山而耕的，故有此名。山上常有盗匪借着这地方盘踞逞雄，附近的人也都不敢上去采樵，视为畏途；便是官军也很觉进剿不易，只求他们不出来打家劫寨、骚扰城乡，也就不闻不见，多一事不如少一事了。

新近抱犊崮有一伙强悍的盗匪占据着，为首的共有三个头领：大头领姓赵名无畏，别号插翅虎。他的妻子姓穆名帼英，便是河南卫辉府金刀穆雄的幼妹。他们夫妇都有非常好的本领，赵无畏善使三截连环棍，舞动时水滴都泼不进。其妻穆帼英却善使双斧，因此得了一个别号叫作女咬金。二头领姓钱名世辉，三头领姓李名大勇，都有非常好的武艺。山中儿郎们也有四五百人，所以这股土匪在鲁西一带要算最厉害的了。他们的山上既然田亩很多，对于粮食一项不愁缺乏，所以每年也不过下山干几趟，扩充些人马和军械，都在境外地方的，至于附近乡镇，他们却并不行劫，所以一般土人尚没有受着匪祸，只是不敢轻易惹动他们罢了。

不料这年在抱犊崮之西，有个张家堡，堡中人民也有二三百人，大半是农民以及渔户。其中有一家姓张的弟兄两人，兄名家驹，弟名家骐。他们的叔父张新，以前曾在福建漳州为都司，家驹、家骐因为自己的父母早已没有了，遂跟着他们的叔父一向在外。张新膝下只有一女，并无儿子，因此把这一对儿小兄弟宠爱，很如自己所生一般。二人身体很强健，常常喜欢使枪弄棒。张新自己也是武人，见他们爱学武艺，便请了一个拳教师在署中，每日教他们兄弟二人练习武技，有时自己高兴，也亲来指导。家驹、家骐专心学习，他们的武艺也与日俱长。张新见了，当然欢喜，预备将来送他们去考武场，好博得功名，荣宗耀祖。后来张新带兵去剿一处土匪，家驹、家骐自请随往。张新也就带了他们同去，和大股土匪在途中相遇，大战一场，家驹、家骐舞着兵刃，帮助他们的叔父向盗匪猛冲。果然初生之虎气吞全牛，杀得很是勇敢，连砍杀土匪十数人，土匪败退而去。

张新大喜，抚着他们的背，说道："二侄真是我家的千里驹了。"家驹、家骐听他们的叔父称赞自己，也觉得自己本领不弱于人，那些土匪不在他们的眼里，未免生了些自负之心。张新贪功心切，意欲直捣土匪巢穴，遂带着部队向前面山谷中挺进，却不料中了土匪的埋伏，加以地理也不甚熟悉，便被匪众围困住。张新和他两个侄儿挥动大刀，左右厮杀，但是土匪愈杀愈多，自己的官兵死伤不少。

张新知道轻进偾事，未免心里有些惊慌，要想突围而走，忽然半空里飞来一支流矢，三中张新的面门，大叫一声，跌下马来。家驹、家骐吃了一惊，连忙把张新扶起，勉强坐上马鞍，弟兄二人各出死力保护着他，杀开一条血路逃回来，所带的官兵也伤亡大半。

家驹、家骐把他叔父异回署中，可是张新已昏迷不知人事。张新的夫人发了急，连忙请良医前来代他医治，拔去了箭头，敷上了金疮药。无奈张新所中的是毒箭，并且又在要害之处，呻吟了一夜，竟弃了家人而长逝。在易箦之际，兀自喊了一声："气死我也！"张新的妻子、女儿和两侄一齐躃踊大号，遂由家骐做孝子，即日棺木盛殓，一面将剿匪的事报告上司。上司便调了一个继任的人前来，于是家驹、家骐等待张新的奠期过后，便奉着婶母和堂妹，护着灵柩坐船回到故乡来。虽得着一笔清廷所赐的抚恤金，然而张新却为着地方而殉身了，因此家驹、家骐对于盗匪深嫉痛恶。

回到了家乡，长日无事，便在门外场地上练习武艺。那村中的少年子弟，大都喜欢武的，见他们弟兄的武技果然超群异类，况又是将门之子，所以大家十分佩服，都来相从。张家本来是村中的大族，只因他们弟兄一向随着张新在外，不免和邻里亲戚生疏，后来时日一多，他们弟兄二人竟隐隐地在乡中做了领袖。正合着孔老夫子所说的"后生可畏"一句话。

他们弟兄二人听得四边匪氛甚盛，便要将保卫桑梓之责自任，遂募集经费，将村中所有旧时坍败的堡墙重加修葺，又添购了许多兵器，教导众少年一齐练武，组成一队精壮的团丁，以便防护。他们对于抱犊崮的一股土匪尤其嫉视，家驹、家骐曾有一度要联合各地乡村举行大团练，安靖地方，其实借此要和抱犊崮的土匪对垒，后因有几处不得同意，未能成功。他们弟兄尝对人夸言道："无论哪一处的土匪，倘敢来侵犯张家堡的一草一木，断不肯被他们蹂躏的。"这件事抱犊崮上的赵无畏也有些听得风声。

张家弟兄见堡垒重筑一新，众团丁服装兵刃俱已整齐，大有跃跃欲试之势，很想立些威名，只因抱犊崮上的土匪并没有来侵犯，也就相安无事。恰巧有一天，抱犊崮上有两个新入伙的弟兄在外劫得财物回来，误走途径，闯到了张家堡。家驹、家骐正督令着七八十名团丁在堡外空地上练习战斗，两匪见了不免有些心虚，回头拔脚便奔。却被家骐瞥见，吩咐团丁追上去，将两匪捉住，抄得赃物，指为匪类，推到他们弟兄面前来查询。两匪也就承认是抱犊崮的土匪，要求释放。家驹、家骐把他们痛骂一顿，说他们任意乱闯，危害乡村，便将他们的赃物截留下来，又将他们的耳朵和鼻子一齐割下，喝声滚蛋，在他们身上狠狠地踢了几下。两匪抱头鼠窜而去。过后堡中的老年人知道了这事，都有些心慌，告诉他们弟兄二人说："抱犊崮的盗匪非别处蕞尔小丑可比，不要因此闯出祸来。"家驹、家骐冷笑道："他们敢在这里称霸道强，旁若无人么？官军都见他们忌惮，以致他们尽管猖獗，养痈成患，岂是地方人民的幸福？我们弟兄正要前去扑灭他们，倘然他们不怕死，敢来侵犯我们张家堡时，包管他们自取灭亡。"

父老们听二人说得嘴响，虽然果有本领，不是无能之辈，然而素闻土匪凶悍之名，心中仍是惴惴的，恐怕自己堡中敌不住他们。家驹、家骐却意气自豪，一些儿也不馁怯，吩咐各团丁时常戒备着，一有警报，立刻集中在一起和土匪抵抗。在夜间，前后堡门把守严密，以防盗匪夜袭。又命工匠特地赶制四架槛车，等待盗匪来时，把他们生擒活捉，解送官府请奖。四架槛车做好了，便放在堡前示威。照着张家兄弟二人的举动，明明是骄气凌人，有意和抱犊崮上的土匪挑衅的。

有一天，忽然接到抱犊崮上差人送来的一封信，张家弟兄拆开读道：

我等抱犊岗上众弟兄仗义疏财，替天行道。历年以来，从未骚扰四周近处村庄，因在本山境内保护有加，以示亲善也。今不料汝等张家堡不知厉害，有意挑衅，擅敢将我山上弟兄割鼻裁耳，故施羞辱，且将财物扣留。是可忍，孰不可忍？今限汝等于接到此信后，二天之内，着将为首之人予以严惩，并须堡主亲自来山谢罪，更献纳损失费二十万，方不得究。否则本头领等当兴问罪之师，玉石俱焚，鸡犬不留，到时莫怪我等无情也。切切毋忽！

赵无畏白

家驹、家骐看罢这信，大怒道："狗盗敢轻视我们张家堡么？我们早预备和这些狗盗见个高下了！"遂将这信撕得粉碎，抛于地上，并不作答，并将来人舌棒打出。

那人只得跑回去复命，告诉张家兄弟如何强硬无理，又将堡中防御严密，以及槛车示威的情形告诉一遍。只气得赵无畏三尸暴跳，七窍生烟。大骂："张家小子还当了得？料你们也没有知道插翅虎的厉害呢！"

原来起初时候，赵无畏见他山上的弟兄被人如此凌辱，已是十分发怒，便想去兴师问罪。经二头领钱世辉在旁解劝，以为近山各村庄平日和山上素来无怨无仇，各不侵犯，此番张家堡有这种行为，也是年幼无知之辈惹出来的祸殃，最好先礼而后兵，派人下一封书信前去，着令他们的堡主亲来谢罪，可以将他们责备一番，且可得到二十万钱。倘然再有不服，都是他们自取其咎，不能再怪山上众弟兄的屠戮了。不料家驹、家骐强硬到底，反又讨上一个没趣，连钱世辉和李大雄二都怒发冲冠，抚剑疾视了。赵无畏更是忍耐不住，一心要出这一口气，吩咐部下众儿郎，今夜一齐出发，攻打张家堡，大肆屠杀，务使鸡犬不留，方快心意。他自己和妻子穆帼英率领三百儿郎攻堡前。李大雄、钱世辉二百人攻堡后。在下午日落的时候，全体饱餐了晚饭，各个整顿兵刃、火把，以及硫黄、松香引火之物，暗暗分两路下山，向张家堡进发。

这天张家弟兄又将抱犊崮下书的人打回去后，知道赵无畏决再忍耐不住，自己的村堡和他们相离很近，说不定今天他们便要前来侵犯了，这却不可不防的。二人遂将自己善用的兵器取出，张家驹使一对短戟，张家骐用一柄大砍刀，全身穿着武装，英气呼呼，点齐八十名精壮团丁，都是平常时候经过自己亲身教授的豪侠少年，对他们训话一番。且说："抱犊崮盗匪跋扈非凡，借着天然的形势以自固，以致外间人不敢深入，日后必为地方之害，所以自己诱他们出来厮杀，好把他们剿灭。望众弟兄努力杀贼，保卫村堡。"众团丁莫不诺诺答应，摩拳擦掌，准备土匪到来决一雌雄。二人又去安慰父老们，叫他们夜间尽管放心安睡，不要慌张，包管土匪有来无去，杀得他们片甲不留。又命其他强健的男女没有加入团中的，也帮助端整石子、弓箭，助守堡墙。众乡人见事已如此，也只得一切都听张家兄弟命令行事，希望侥天之幸，仗着张家弟兄的勇敢，保得村庄无恙，便要谢天谢地谢神明了。

到得晚上，张家弟兄率领六十团丁守在堡前，又命二十团丁防守堡后，如遇匪来，鸣炮为号，然后鼓锣迎战，大家都照着去办。这可怖之夜到来了，杀气笼罩在张家堡上。天空里星斗无光，野风很大，黑沉沉的大地瞧不出什么来。张家弟兄抖擞精神，和团丁们潜伏在堡上向堡外窥望，近处无声无息，远处却听得隐隐狗吠之声。距离堡外二三里路，正有一队黑物轻轻而动，这就是抱犊崮上的一队魔君了。

赵无畏挺着三截连环棍，和他的妻子穆帼英当先，督令着儿郎们悄悄地向前进行。远远已望见张家堡的黑影了，他知道堡中必然也有防备，少不得有一番恶战，倒要试试那两个张家小子的本领，究竟怎样的厉害，竟敢来捋他的虎须。于是，他足下加紧，待到离堡半里光景，遂回头喝一声："儿郎们！快快举起兵刃，亮着火把，一鼓作气，冲进堡中去，杀他一个落花流水吧！"

群匪齐声答应，于是灯笼火把一齐亮起，呐喊一声，跟着赵无畏夫妇二人杀奔堡前而来。此时，张家弟兄吩咐四十团丁一齐随他们出战，余众守在堡上，也把灯笼亮起，一声号炮，开了堡门冲将出来。家驹挺着双戟，将团丁一字儿排开，见一簇盗匪火光照耀，当先一人黄布扎额，身穿黑色短衣，面貌却很白净，手中握着三截连环棍，向他们大踏步赶来。家驹虽不认得赵无畏，料想这也是个头领了。遂将戟一指，高声喝问道："你是谁人？可叫赵无畏来纳命，咱们小爷预备的槛车在此！"

赵无畏圆睁双目，也喝道："好小子，休出狂言！咱就是插翅虎赵无畏，今夜前来问罪。"家驹忙笑道："什么插翅虎，你到了此间管叫插翅难飞！咱们小爷偏不怕你的。"呼的一戟，刺向赵无畏的胸前去。赵无畏一棍扫开，回手向家驹头上打下。家驹便将左手戟去架开棍子，觉得沉重非凡，便使开画戟，左右进刺。赵无畏也把三截棍舞开来，上下翻飞，尽向家驹迎头盖顶地打去。家驹知道这三截连环棍是十八般兵器中很厉害的家伙，并且见赵无畏十分凶猛，所以也不敢怠慢，用出平生之力和他鏖战在一起。两人一来一往地战了二三十个回合，不分胜负。家骐在后瞧得清楚，见赵无畏果然凶猛，便将手中大砍刀举起，冲过来要想助战。却听匪中一声娇喝道："不要脸的小子，你们想要两对一取胜么？老娘来了。"

接着又有一个近三十岁的妇人，浑身青衣裤，鬓边戴着一朵大红花，头上用青帕裹住，火光中照见伊的面孔，也有几分姿色，手里却使着两柄银斧，飞跃而至，手起一斧，便向家骐腰里扫来。家骐把大砍刀望下一压，铛的一声，早将来斧扫开，使一个独劈华山，一刀向那妇人头上砍下。那妇人却十分灵捷，早已收转斧，望上架住。家骐刚要收回大刀，却不防那妇人已将双斧卷向他胁下而来，只得拖地向后一跳，跳开五步路，让过了双斧。那妇人乘势又把双斧旋转着，望他上三路扫来。家骐见那妇人很有几路好的斧法，而且勇若虎豹，捷如猿猴，料是赵无畏的压寨夫人了，莫要小觑了伊。遂将他师父所传的刀法舞起来，和穆帼英战住。众盗匪见四人狠斗不休，因为未得头领命令，只是在旁呐喊着，不即上前攻堡。堡中团丁见盗匪势众，张家弟兄又未能将他们头领击败，自己保护堡门要紧，也未敢上前。家驹、家骐一边和赵无畏夫妇酣战，一边也觉得抱犊崮的土匪果然厉害，未可轻视，心中十分焦躁。

正在这紧要的时候，忽听堡后鸣起号炮来，张家弟兄听了，知道后面也有土匪在那里攻打了。心中不觉有些担忧，因为后面把守的人较少，不知能够抵敌得住么？自己这里又恰逢劲敌，一时不能取胜。又隔了不多时候，只见后面火光冲天而起，隐隐有喊哭之声。家驹知道事情不妙，因为他一向知道家骐的武艺比较自己高强一些，便对家骐大声说道："兄弟，你在这里抵御，我到堡后去看看。"说罢便将双戟架开赵无畏的三截连环棍，奋身跳出圈子，回头便跑。

赵无畏喝一声："小子哪里走！"刚想追赶，家骐已抛了穆帼英过来拦住他。赵无畏说道："也罢！且将你这小子的性命结果了再说。"遂舞棍又和家骐厮杀起来。穆帼英哪里肯放松，舞着双斧赶上来双战家骐。好家骐，毫无惧怯，将大刀使开了，刀光霍霍，和二人拼命狠斗。此时赵无畏见堡中已起了火，黑烟越来越多，料想李大勇等已得手了，便回头喝令众儿郎上前攻堡。众盗匪一闻号令，立刻上前动手。众团丁虽然不怕，迎住众匪恶战一场，可是自己方面又被家驹带去了十人，人数实在太少，反被群匪包围住，喊杀连天，早被数十土匪杀入堡中去。堡上的人因见堡后已被攻破，心中

286

胆怯，各自纷纷逃生去了。这时堡前堡后先后起火，火光映得满天通红，家骐手里虽然尚能抵挡得住，可是苦于不能脱身，又见自己的团丁渐杀渐少，堡中又已失陷，心里又惊又怒，咬紧牙齿，将大砍刀向二人猛砍。二人见张家堡已破，勇气倍增，把家骐紧紧困住，不放他走。战到后来，家骐力气渐渐缺乏，刀法松懈，口中却还是大呼杀贼。却被赵无畏觑个空隙，一棍向他下三路扫去。家骐的大刀正被穆帼英双斧拦住，跳避不及，腿上早着了一棍，向前跌下地去。穆帼英大喜，踏进一步，一斧砍下，不防家骐猛吼一声，跳将起来，一刀向上面猛刺。穆帼英急避让时，肩上已被刀锋掠着，连衣带肉削去了一小片。赵无畏急了，接着又是一棍，将家骐再打倒在地。穆帼英左肩虽伤，右手无恙，所以连忙一斧砍下，于是这位小英雄便死在土匪手里了。赵无畏见他妻子已杀了家骐，马上过来看伊的伤处，幸亏没有伤骨，其势尚轻，便在家骐身上撕下一块布，将伊的伤处裹住，率领众匪一齐杀入堡去。

当家驹得了报警，回到堡后去接应时，因为堡后实在太空虚了，他们弟兄事前没有防备到土匪用两路夹攻之计，以致被李大勇等一攻即破，杀进堡中来，将堡中人民乱砍乱杀，四处放着火，声势汹汹。家驹虽然勇敢，但是众寡不敌，已难抵御，眼看着许多土匪们冲进堡来，四处去焚烧，自己堡中呐喊声和号哭声同作，一处处的着火，烈焰飞腾，知道村庄已破了，心里好不难过，舞着双戟，向那边冲去。见有一小群盗匪正在那里放火，他大喝一声杀过去，一连刺死了四五个。前边一带火把照得墙壁通红，当先一个土匪，黑布扎额，裸着前胸，手里飞舞着一柄大斧，带领二三十土匪向这里赶来，就是李大勇了。家驹喝一声："狗盗休要逞能！"舞动手中戟和他战在一起。李大勇是个勇莽之辈，素有赛樊哙的别号。此次他和钱世辉同攻后堡，首先爬上堡墙。堡上人少，被他挥动大斧杀死了七八人，一路杀来，好不爽快，现在遇到家驹，正是劲敌。所以两人如恶虎一般地往来猛扑，杀了八九十个回合，不分胜负。家驹暗想："抱犊崮上的土匪怎样个个如此厉害的呢？"只得死战不退。

在这时，赵无畏等已从堡前杀入，堡前堡后都陷入匪手，团丁们也死伤殆尽了。家驹一边厮杀，一边瞧着这情势，知道他的兄弟一定凶多吉少，心里更是难过。斜刺里又杀出一个盗匪，摆动手中双刀，大喝："不要放走了这张家小子！咱们要将这堡里人杀个罄尽呢！"这正是钱世辉，遂助着李大勇双战家驹。家驹杀了许多时候，盗匪愈聚愈多，自己已战得精疲力尽，只见赵无畏提着他兄弟的首级杀来，大喊道："小子，你看这是谁的人头？今夜你也不免了。"

家驹看了，不觉大叫一声，嘴里喷出一口鲜血，手中一不留心，钱世辉的双刀已从左边卷进，急忙招架住，手上正着了一刀，一柄戟握不住了，早堕在地上。李大勇等大喜，你一斧我一刀地向前逼进。家驹退后数步，大喝："谁敢犯我！"将他右手的戟，向自己喉咙里猛刺一下，鲜血直喷，渐渐仰后而倒。赵无畏见家驹已自尽了，自然欢喜，和众盗匪四下里去劫掠焚杀。可怜张家堡里男女老少一齐同遭大劫，逃得性命的不过十数人罢了。家驹的婶母和伊女儿恐受盗匪污辱，一齐投井而死。赵无畏等焚杀到五更时分，见张家堡几乎变成白地，火焰尚在四处肆威，他遂收齐队伍，带着劫来的财物，奏着他们的得胜歌回山去了。张家堡这一回的屠烧，远近各处都瞧见这里的红光，知道遭着土匪的光临了，但是没有一个村庄敢去救援。这也是平时没有联络之故，不能实行守望相助之义。

到得天明，张家堡逃来的人到各处报告凶耗，且到兖州府去请剿。这消息传到了九胜桥，小神童瞿英和贾三春的女儿贾芳辰大为不平，便来见贾三春谈起此事，说："抱犊崮土匪不当劫掠附近村庄，此次张家堡受了惨祸，以后这里各村庄难免不再受他们的蹂躏，我们理当想法和张家堡人报仇，并除匪患。"

贾三春说道："你们不要发急，这一件事闹得大了，官中断乎不能装聋作哑，置之不理了！他们自会派兵去进剿的。"瞿英忍不住说道："那些官兵都是不中用的脓包！平常时候对着一般小民作威作福，野蛮无理，坐縻仓廪之粟而不羞，若要叫他们去剿匪时，便如耗子见了大猫一般，畏首畏尾，不敢前进了，反而到乡间来骚扰一番，有什么用呢？"芳辰也说道："哥哥说他们见了土匪如同耗子见大猫，我却说土匪是凶猛的硕鼠，官军是躲懒怕事的煨灶猫，叫他们去捕鼠，反被鼠咬了呢！总而言之，官兵是靠不住的。以前张家堡张氏兄弟曾经发起和各村庄一同联络，组织民团，这本是很好的事，无奈注意的人较少，以致不能成功。倘然联络了，何至有今日之祸？我们鉴于张家堡的惨杀，应当快快起来，自己去把他们剿灭，何必要等无用的官兵呢？父亲是这里有名的人物，岂能坐视盗匪愈益猖獗？不如待我们二人跟随父亲，一同冒险到抱犊崮去将匪首擒住，肃清匪众，也好叫他们知道尚有九胜桥贾家英雄，且使官兵大大的惭愧呢！"

贾三春听了二人的说话，微微叹道："你们二人的话固然说得不错，但是你们也不免蹈着好勇轻敌之弊。张家堡的所以得祸，亦因张氏弟兄仗着自己的艺高，把盗匪太看轻了。我已查得起祸原因，起先张家弟兄修筑堡墙，精练团丁，已有凭着己力去剿匪的宣言，继则截劫盗党以挑衅，且闻他们特制四架槛车，说要生擒匪首，未免傲气凌人，自遭杀人之祸。我看你们不必多事吧！只要他们不来侵犯这里便是了。"芳辰见伊的父亲不赞成她的说话，反说他们多事，心里便是不服，鼓起两个小腮说道："张氏弟兄虽是有意和匪众挑衅，蹈了傲者必败之病，但是匪众如此猖獗，我们岂可坐视？父亲有了很好的本领，怎样也怕事起来？"贾三春连忙说道："胡说！你们年纪尚轻，童子何知！你们不去闭户读书，精练武术，预备将

289

来的成功，却想管什么闲事呢？"

芳辰一团高兴前来请命，却不料反被伊父亲叱责，讨得一场没趣，只得和瞿英退去，回到书房里，大家不说什么。瞿英坐在桌旁，取出一本《古文观止》摊开来，看着不读。芳辰也在他的对面坐下。这几天因为贾三春请的老先生忽然有了感冒，卧病在床，不能教读，所以二人自己温书。芳辰心里十分懊恼，对瞿英说道："父亲不愿意管这事，我们白白地多说了几句话，却怎样呢？"瞿英抬起头来，瞧着芳辰的面上含有一些薄怒，也懒懒地回答道："既然大伯不许我们多事，我们也只得罢休，让那些狗盗去猖獗，倘然要来侵犯这里时，我和你当然不放过他们的！"芳辰听了瞿英的话，将脚向地上一踏，道："他不许我们管闲事，我们偏要管闲事！难道必要等到土匪杀到我们这里来，方才对付吗？这却也来不及了。偏偏你也不争气，被我父亲一说，把适才的豪兴就一齐打消了，使人真是生气。"

瞿英见芳辰说得甚是激烈，顿时两道蛾眉竖了起来，两个小腮益发鼓得起了。只得轻轻带笑问道："你又要来怪我了，依你又怎样办呢？"芳辰道："你和我的心思不同，你赞成我父亲的说话吧！不要再来问我了。"说罢，将身子一扭，回转脸去。瞿英连忙立起身来，走到伊的面前时，芳辰又将身子一转，面对了墙，仍是不响。瞿英又走进一步，伸着头去瞧伊时，芳辰不觉扑哧一声笑了出来，索性将身子回转来，和瞿英相对着，小腮依旧鼓起，说了一声："谁和你取笑呢！"瞿英道："好妹妹，你受了你父亲的气，却想出在我的身上？须知我也很怄气呢。依你又怎样办呢？快快说吧！"于是芳辰开口说道："你过来，我和你轻轻地说。"瞿英遂走上前，将自己耳朵凑到芳辰的樱唇边，听伊说话。芳辰在瞿英耳上悄悄地说了许多话，瞿英只是点头，等到芳辰说完了，瞿英带笑说道："一切我总听你的吩咐，我当谨守秘密。"于是芳辰的两腮不复鼓起，已还嗔作喜了。

两人在书室中读了一会儿书，吃过饭后，又到后面院中练习了一会儿武术，看看天色已晚。贾家的晚饭是吃得很早的，瞿英和芳辰跟着贾三春等同将晚饭吃毕，瞿英独自回到他的书室里，因为平常时候瞿英总要在也自己书室中读一黄昏的书，然后安睡，和他的老母并不同睡一起的。但是这个晚上，他到了书房中虽然展开了书卷，双目却是闭着静坐养神。不多一会儿，便见芳辰走来，换了一身绿色短衣裤，腰里挂着一对蜈蚣短铜棍，轻轻对瞿英说道："我们走吧。"瞿英道："好的。"于是瞿英立起来，将长衣脱下，罩上一件黑背心，从壁上摘下那柄龙雀宝刀，连鞘子背在背上；又从抽屉里取出一小囊梅花针系在腰边，熄灭了火，一同走出来，把书房门反带上了。到得庭心中，听听外边没有人声，遂各将身子轻轻一跃，已到了屋上，向左边屋上越过去，已到外边的围墙，飘身而下，并肩向左边路上走去。这时月色很好，田野间景色隐约可睹，两人走出村子，幸喜没有撞见一个人，遂加快脚步，飞也似的向前奔跑，到二鼓以后，已到得一个峻峭雄险的山下，那就是著名的抱犊崮了。

原来芳辰年幼好武，不服伊父亲的说话，偏偏要去抱犊崮和盗匪较量一下，代张家堡复仇，伊方才凑到瞿英耳朵边说的话，便是要叫瞿英同去，瞿英也是一个年少好动的人，正中他的心怀，便相约着在夜间一同冒险去探抱犊崮了。

瞿英到得山下，见山势果然峻险，并且知道上面的要口只容一人过去，那里必然有盗匪把守，况又逢月明之夜，无处藏隐，此举很是危险，不觉有些踌躇。芳辰初出茅庐，急欲试技，什么都不顾到，见瞿英忽然立定了，向山上张望，便将他肩胛一拉，道："哥哥，快上去吧！不入虎穴，焉得虎子了。我们去打老虎，那头领不是别号插翅虎的么？遇见了我，倒要看看他是怎样一个人物，有没有生翅？也好把他的翅膀都扯将下来，叫他做个没翅虎。"

瞿英听芳辰说话，忍不住一笑，遂不再踌躇，伴着芳辰，壮着胆一同上山。山路甚是崎岖不平，两旁怪石矗天，奇形怪状，在月光下望去，好似一个个妖魔在那里等候着张吻噬人，倒好似象征着山上的那些悍匪了。两边松树最多，被风吹着，呼呼地发出很大的声音。二人一心来找匪首，一点儿也不觉惧怯，并且反觉得这山中月景好看得很。但是恐防被山上人窥见，沿着松树之下，或是大石之旁，鹤伏鹭行地向上走。走了不少山径，前面渐渐狭窄，山石更是嶙峋。月光大半已被山壁蔽住，知道要隘快到了。前面又有一条山涧，流水淙淙，在那寂寞的夜里，如奏着音乐，以慰山灵。二人渡过涧去，前面都是很高的石磴，二人连蹿带跳地走了十数级，只见对面有两道山壁挡住去路，似乎不能上去了，及走到壁下抬头一看，两峰之间月光照下来，在地上现出一个弯曲的线形。原来壁间正有一条非常之狭的石径通到上面去，但是很高远的，望不出什么，而且很是曲折，大概这就是抱犊崮鸟道了。两人爬上去，很留心地走着。走到一半时，却见前面横插着一扇很厚很大的铁闸，把去路挡住。二人无计可想，立定脚步。

芳辰对瞿英说道："怎样走上去呢？"瞿英从背后拔出那柄龙雀宝刀，说道："待我来试试看。"便将宝刀向那铁闸乱剁，一下却被他穿透了几个洞。瞿英喜道："多谢这宝刀之力，我们可以设法了。"遂将脚踏在刀穿的孔洞上，一脚一脚地爬上去，已爬过了铁闸。芳辰也照样爬了过来，见里面有铁闩关上。瞿英伸手拔去了铁闩，以防下山有路。又向上面走得十数步，方才到达平地。前面又有一个堡垒，堡上插着旗帜，二人走到堡下，正想越过堡去，瞥见背后有一个人影一闪，跟着有人高喊一声道："快捉奸细哪！"二人陡吃一惊，一齐回过身来。

评：

此回从抱犊崮说起，所以写盗匪之猖獗也。以张家堡为引子，方可生出以后一大段正文来，便有线索。写张家弟兄亦颇出色，然虚骄之气，咄咄逼人，全堡毁灭，祸由自取，可为骄者戒。匪风之炽，官军之阘茸无能，经贯芳辰一骂，出自小女子檀口，更觉痛快。写芳辰负气，瞿英睨就，活现出小儿女神情，妙在能得天真。双探抱犊崮，至此乃开始挥写，瞿英、芳辰年轻勇敢，又为琴剑之缩影。深山夜景，写来如绘，冒险入虎穴，有声有色。

第五回

蜈蚣棍群惊娇女
问罪书独难老人

瞿英连忙从腰边囊中摸出一支梅花神针，见有一个人向东边拔步便逃，瞿英瞧得清楚，跟着一扬手，那人早喊了一声啊哟，扑通跌倒在地。瞿英跳过去，手起一刀，便将那人杀死，忙和芳辰避入林子后面山石背后伏着不动。等候了好一刻，却不见堡上有何动静，知道堡上的人正在熟睡，大约没有听见那人的喊声，所以如此。二人遂又从石后走出，轻轻一跃，到了堡上。原来是一道矮矮的堡墙，堡后有几处小屋，大约是守堡的匪党住的。里面都没灯光，已深入睡乡了。二人再向前面走去，中间是一条石子砌的大路，两旁都是田畴，远远有些房屋，却四散着地分成一处处，好似蜂房一般。二人不管三七二十一地顺着这条大道走去，走了二三百步都是平地，暗想山下的人哪里知道山上有这种好地方呢？那些土匪拥着这山头南面称王，虽是绿林强暴，却也足以自豪了。前面已见有很高大的房屋，隐隐有些灯光，估料这就是盗窟了。二人更是放出精神，向前悄悄走去。到得面前，见两扇很大的寨门紧闭着，里面也不听到什么声息。

二人方想打后面那里入去，忽然屋后一条路上脚步声响，走出五六个土匪来，手里都拿着灯笼和兵刃，乃是山上的巡逻队。此时二人躲避不及，只得挺身相见。巡逻队虽然一夜数次照例巡逻，可是仗着抱犊崮形势险恶，半山又有一个铁闸，非有能人不能飞渡，山上从没有出过岔儿，所以他们走着并不十分严密注意的。不料现在陡地瞧见了两个人影，齐吃一惊。一个队长将手中大刀向二人一指道："你们是打从哪里来的奸细，怎敢如此大胆？休得乱闯！"说犹未毕，瞿英早已一摆手中龙雀宝刀，跳过来当头就是一刀。贾芳辰也将蜈蚣棍舞动，杀入巡逻队里。这区区五六个土匪如何是二人的对手？那队长和瞿英抵敌不到三合，已被瞿英一刀搠倒在地。

一匪见情势不佳，连忙退后数步，将手中锣拼命地敲起来。铛铛的一阵锣响，早惊动了寨里寨外的人。钱世辉睡在外面，闻得锣声，知道山上有外人到了，连忙披了一件短衣，从床头取过双刀和几个匪徒首先杀来。

瞿英见钱世辉的模样，知道是盗首了，便和芳辰丢了巡逻队，同向钱世辉进攻。钱世辉使开双刀，战住二人。起初他心中以为来的乃是两个小儿女，料他们也没有什么多大的本领，不料交起手来，一个在左，一个在右，刀如雨点，棍如龙腾，把他紧紧围住，宛如两头小小猛虎一般，杀得他只有招架，不能回手，心中遂大惊起来。幸亏这时背后火把大举，赵无畏和李大勇率领寨中盗匪，大开寨门，赶来接应。

赵无畏初时听得外面锣声，暗想谁人吃了豹子胆，敢到自己山上来捋虎须？不得不出去看看。也许自己前次屠杀了张家村，有人前来代张氏弟兄复仇也未可知。所以挟了三截连环棍，会合了李大勇带领儿郎们出来接应。一瞧钱世辉正被两个十三四岁的小儿女围住厮杀，心中很是奇怪，暗想："我们在此抱犊崮称霸一方，绿林中英雄也都敬畏数分，哪里来这乳臭小儿到此骚扰？"一边想一边看钱世辉手中刀法已渐听散乱，那个童子舞着一柄宝刀，刀光霍霍，十分夭矫，只在钱世辉头上胸口打转，功夫十分了得。自己若不去援

295

助时，恐怕钱世辉要败在他们手里了。遂虎吼一声，舞开三截连环棍杀上前去，喝道："乳臭小儿，休要猖狂，可认识赵爷么？"

瞿英见了，便回身将刀迎住，说道："好！你就是赵无畏么？快快献下头颅，免得小爷动手！"赵无畏闻言大怒，更不说话，呼的一棍对瞿英头上打来。瞿英将刀望上来架时，不料这三截棍乃是软硬之物，也是武器中最厉害的家伙，他一刀去拦时，赵无畏乘势将棍一送，第一节棍恰向瞿英头上落下。幸瞿英眼快，连忙将身子向后一跃，退出七八步外，方才躲过那一棍。赵无畏见一棍不中，又是一棍向瞿英下三路扫来。瞿英轻轻一跳，躲过这一棍，却已跳至赵无畏身旁，喝声："着！"一刀直刺赵无畏的胁下。这一下是非常之快，而且出于赵无畏所不料，看看龙雀宝刀的刀头已将刺进了，赵无畏的棍尚未收转，万万不及招架，只好闭目待死。谁知东边黑暗里飞来一件东西，正中瞿英的右肩，瞿英喊声"啊哟！"手中一松，呛啷啷宝刀落地。赵无畏大喜，退后一步，收转三截棍正要向瞿英打下，芳辰瞧得清楚，丢了钱世辉忙跳过来将蜈蚣棍敌住赵无畏。瞿英趁这时候也将自己宝刀拾起，但是一摸右臂上已中了一支镖，赶紧将镖头拔出，而因臂上着了伤，一时不能使动，只好左手使刀了。

跟着黑地里跑来两个女匪，一个年纪轻的手中挟着双斧，就是赵无畏的妻子赛咬金穆帼英了。还有一个年纪已老，丑陋得如鸠盘荼一般，握着一支粗重的竹节钢鞭，原来此人就是母夜叉胜氏。伊自从乌龙山上被玉琴、剑秋将伊的丈夫和女儿杀死，自己抵御不过，逃生出来，一时无可托足。在曹州府亲戚家里耽搁了多时，静极思动，想起了穆帼英嫁了赵无畏，这几年占据了抱犊崮，甚是得意，何不到那里去投奔？遂离了曹州，跑到抱犊崮山上来。赵无畏夫妇见胜氏到此，很是欢迎。谈起穆雄等惨遭荒江女侠杀毙，都觉悲伤。赵无畏且安慰胜氏道："那两个狗男女在外边东闯西奔，专和我们绿林中人作对，将来我若遇见了他们，一定不肯放过的。他们若要到抱犊崮来送死，这也是很好的事。"从此胜氏就住在山上了。今夜闻得锣声告警，赵无畏先出去，穆帼英遂去唤醒了胜氏，一同到外边去瞧瞧到底来了什么人。所以二人打从屋边儿转来，黑暗中望到亮处更是明显，正当赵无畏一棍扫空，瞿英刀到赵无畏胁下之时，穆帼英大吃一惊，不及前救，急忙发了一镖。穆帼英的镖法虽然不很高明，然而瞿英的全副精神正贯注在赵无畏身上，所以不提防中了一镖，而赵无畏反得脱险了。

穆帼英发过镖后，见那个童子虽已击中，尚在拾起地下的刀，再作挣扎，遂使开双斧赶过来和瞿英厮杀。李大勇也舞着大斧来助赵无畏，母夜叉胜氏摆动竹节钢鞭来助穆帼英。钱世辉见大家已出来助战，遂抱着双刀立在一旁休息着观战。其余的匪党也举着灯笼火把刀枪棍棒围成一个大圈圈，不让来人逃走。瞿英虽然勇敢，却因右肩着了伤，左手使刀有些不得劲儿。况又逢着穆帼英和胜氏都是凶悍善战的女匪，宛似两头噬人的雌狮，避开了左面的斧，又来了右面的鞭，只杀得他汗流浃背，手中刀法逐渐松懈。一个不留心被胜氏一钢鞭扫中后股，身子望前一冲，扑地跌倒在地，早被穆帼英夺下了宝刀，赶上两个匪党把瞿英活活缚住。

芳辰正竭力抵住赵无畏、李大勇二人，见瞿英业已被擒，心中慌乱，虚击一棍，向后跳出圈子，回身便跑。四五个匪党前来拦袭时，却被芳辰的蜈蚣棍一一打倒，飞也似的向山下逃去。钱世辉和李大勇接着便追，赵无畏也带领数十匪徒在后紧紧追上。穆帼英和胜氏见敌人只有一个小姑娘，已有三人追去，必可取胜了，遂押着瞿英先回寨中去了。钱世辉和李大勇同追芳辰，在月光下瞧着芳辰短小的影子向堡的一方跑去，飞行功夫着实不错，二人也将脚步加紧。看看将至堡下，芳辰身体轻捷，只一纵身，已到了堡墙上。钱世辉正要跳上去，却见芳辰回身立定，把左手蜈蚣棍高高举起向他一指，便不知不觉地臂上中了一样东西，痛彻骨髓，手中的刀握不住，早坠在地下。李大勇跟着赶上来时，芳辰右手的蜈蚣棍又向他一指，便有一小枚绝细的蜈蚣针向李大勇头上飞来。李大勇急忙闪避时，耳边已着了一针，痛得他直跳起来。

在这时候，赵无畏也已赶到，见钱、李二人都受了伤，不由大惊，忙问怎的。二人便从耳上臂上拔出两枚蜈蚣针来，见针身狭而小，宛如一条小小蜈蚣，伤处的血汩汩地流将出来。赵无畏说道："不料这小娃娃竟有这样厉害的暗器，倒也神通广大，莫怪他们敢上这里来寻衅了。"又瞧堡上人影已杳，月色空明，想伊早已去了，自己若再追去，恐怕反要吃伊的亏，且回去细问那被擒的童子，当能水落石出，知道二人的行径了，遂一同回至寨中。

胜氏、穆帼英见三人回来，便问："你们追那小姑娘怎样了，为何空手而归，莫非被伊逃去了么?"赵无畏点点头道："是的。不但放跑了伊，钱、李二弟兄都受伤了。"穆帼英听了便道："啊哟，那小姑娘竟有这样厉害么! 你们三个人追一个，仍被伊脱身而去，这不是笑话么?"遂赶快到里面取出金创药来，给二人在伤处涂了，包扎好。

大家来到聚义厅上，灯火大明，堂下排列着一二十徒党，赵无畏在正中虎皮椅上箕踞而坐。他用的三截连环棍搁在椅背上。穆帼英、钱世辉等分坐两边。便吩咐左右将捉来的童子推上查问。接着便听左右吆喝一声，有两个匪徒握着鬼头刀，将瞿英推到阶前。瞿英虽已被擒，面上却神色自若，立而不跪。

赵无畏伸着二指喝问道："瞧你这厮年纪轻轻，还是个乳臭小儿，胆敢在这夜间冒险上山来做奸细，究竟是谁人指使的? 还有那个小丫头是准? 快快直说。你们可晓得抱犊崮的威风么?"瞿英说道："呸! 强寇不要自夸。我既然不幸跌翻在你们手里，大丈夫一死而已，何必多言!"赵无畏听瞿英说得十分倔强，便回头对钱世辉等冷笑道："你们看这小儿，说话倒也强硬，如何发落？把他砍了吧。"

穆帼英在旁也指着瞿英问道："你这小孩子，须知道你的性命就在眼前，你若不说，转瞬之间就要身首两处。倘然说了，我们自会饶你，放你下山的。人死不能复活，你该仔细思量思量，不要逞着一时血气之勇。"瞿英哈哈笑道："你这贼婆娘，休要用鬼话来骗我。当知我既来此，岂是贪生怕死之徒？要杀便杀，你家小爷的头儿预备送给你们了。只是你们这些狗匪狗贼狗强盗，也如釜底游魂一般，早晚自有人来收拾你们这些狗贼的。今天也算小爷倒灶，便宜了你这狗头。"

赵无畏和穆帼英等本想哄骗瞿英的口供，反被瞿英"狗贼""狗强盗"地骂了一顿。瞿英骂得虽然畅快，然而他们心里却都怒火直冒起来。赵无畏便大喊道："你这小子一味蛮骂，不懂好歹，你既然情愿送死，好，我们也不再问你的口供，就把你砍了吧。"钱世辉、李大勇等又一齐喊道："砍了吧，砍了吧！"那两个监押瞿英的匪徒听三位头领已有吩咐，一声答应，便将瞿英推到庭心东边一株大树之下。一个人把瞿英按倒在地，拉住发辫用力向后面一拽，瞿英的脖子便伸了出来。一人双手将鬼头刀举起，摆着坐马势，一刀向瞿英颈上砍将下去，只听咕咚一声，栽倒在地。

赵无畏等以为瞿英已经完了，大家站起来看时，却见跌倒的并非瞿英，乃是用刀砍瞿英的人，一齐奇怪起来。接着又听那个拖住瞿英的人口中喊了一声"啊哟"，两手一松也跌下地去，月光下瞧得清清楚楚。大家正在莫名其妙的当儿，穆帼英抬头一看，早见西边屋面上立着一个小小人影，刚要喊出来，同时那小小人影已如飞燕一般跳到庭心中，要去救助瞿英。伊忙将双斧一摆，跳过去拦住那人，叮叮当当地杀将起来。

原来此时来救瞿英的，仍是芳辰了。因为芳辰方才在堡上用蜈蚣针击伤了钱、李二人，被伊乘机脱身逸去，一个人独自循着原路，跑到铁闸那里，忽然立定脚步，瞧瞧后面没有人追赶前来，遂在一块大石上坐下，把一对蜈蚣棍放在足旁，一手支着头，默思："我们是两个人一同来探山的，那些狗盗果然本领不弱，我们众寡不敌，瞿英哥哥受了伤，竟被他们擒去了。我虽然侥幸逃脱，打伤了两个狗盗，他们遂不追来，然而我又怎样能够独自回家呢？一则对不起瞿英哥哥，二则给我父亲知道不要怪我么？唉！瞿英哥哥和我是很好的，此番前来探抱犊崮，也出于我的主张，现在遇到了危险，他已被人家捉去，我却偷生逃回，扪心自问，怎样对得起他呢？料想他落在强人之手，一定凶多吉少，我不去救他，更有谁去援救？我义不忍让瞿英哥哥死而我独生，我们要死也要死在一块，这样我方才对得住他。现在别的问题我不能管了，只有回转去想法把他救出，倘然不成功，我也不愿生还了。"

想到这里，勇气陡增。抬起头来，山边的明月正映在伊的脸上，有一鹳鸟张开车轮般的大翼，从伊的头顶上掠过，向下面山谷中飞去，叫了一声，好如老人咳笑，听了使人毛发悚然。伊从石上立起身，握着蜈蚣棍悄悄地又向堡前飞奔而来。其时守堡的匪徒都已惊起，开了堡门在那里巡查。芳辰走到近处，躲在一株树后，举起蜈蚣棍，一连放出数枚蜈蚣针去，打倒了几个匪徒。还有两个眼见同伴们好好地行路，不知怎样的纷纷跌倒，骇极返奔。芳辰赶紧追上去，手起棍落，将那两个也打倒。堡上已没有人了，便走进了堡，回到寨前，遥见正面有些灯火，估料必有人守在那里，遂溜到侧面去，悄悄跃上边墙，向里面高大的去处跑去。芳辰的飞行技术已练得很好，况且人又轻小，宛如一头小狸奴，走在屋上一些儿也没有声息。

伊到得前面灯火明亮的地方，乃是一座厅堂，伊遂伏在西面瓦楞上向下偷窥。正当赵无畏询问瞿英口供的时候，伊本想找到了瞿英的踪迹暗暗把他救出，无奈瞿英强硬的说话已触动了盗匪之怒，眼瞧着瞿英被两个匪徒推到庭东树下去，要把他执行死刑，瞿英的性命正在呼吸之间。伊在屋上看着，一颗芳心不由很急地跳动起来，不能顾虑到什么了，立即把手中蜈蚣棍的机关一按，放出一枚蜈蚣针将那握刀砍瞿英的匪徒打倒在地，接着又发一针正中那个拖住瞿英发辫的人的咽喉，跟手也跌翻了。芳辰连忙飞身跳下，想要出其不备地去救瞿英。

谁知恰被穆帼英挡住，心中大怒，几乎将一口银牙都咬碎了，使开蜈蚣棍只向穆帼英的要害打去。穆帼英也将双斧飞舞着，和芳辰酣战起来。李大勇和钱世辉连忙过去看住了瞿英，不让他挣扎起来。瞿英倒在地下，双手反缚着，又被匪徒严密地监视，一些儿也不能活动。眼瞧着芳辰和穆帼英厮杀，他心里一边代芳辰发急，恐防伊孤身一人，敌不住这些狗强盗；一边却又很感激芳辰。因为伊方才不是已逃走了么？现在重又前来要把自己救出，虽然不能如愿以偿，可是伊的情意，伊的勇敢已使他非常感佩了。母夜叉胜氏见穆帼英一人战芳辰不下，便舞动那支竹节钢鞭，大喝一声，向芳辰身边扑过来。好芳辰一些儿也没有畏怯，一对蜈蚣棍上下翻飞着，用出平生之力和这两个女魔王恶斗不退。赵无畏挺着三截连环棍立在阶上观战，见芳辰小小年纪竟有这样超群出类的武艺，他心里也十分惊叹。

看看斗到七八十个回合，芳辰力气来不得了，手里招架多而进攻少了，但是伊已并着一死，再也不想逃生，一面抵敌，一面将蜈蚣棍按住，发出两枚蜈蚣针。胜氏早已防备及此，闪身躲过。又一枚蜈蚣针正射在穆帼英头上的绢帕，穆帼英吓了一跳。

赵无畏喝道：'你这小丫头又要用暗器伤人么！'一摆手中棍过来助战。三个人把芳辰围住，芳辰见自己的蜈蚣针射不中敌人，心中未免也有些慌张，又加上赵无畏，教伊如何抵敌得住？拦开了穆帼英的双斧，胜氏的钢鞭已向伊的头上打下，连忙收转蜈蚣棍向上招架时，而赵无畏的三截连环棍又从下三路扫来，跳避不及，小腿上着了一棍，跌倒地上。胜氏早将伊一脚踏住，过来两个匪徒用绳索把芳辰双手缚了，推到瞿英那边去。瞿英瞧了，不觉微微叹了一口气。

这时天色已明，穆帼英从地上拾起那对蜈蚣棍，又在伊的绢帕上取下蜈蚣针，对赵无畏说道："这种家伙果然厉害，很使人不防的。莫怪钱、李二位头领吃亏了。"赵无畏看那蜈蚣棍时，有三尺多长，形式正像蜈蚣。因为四周都有很尖的钢刺，握手的地方又作载形，棍头上有一个小孔，果非寻常的兵器。穆帼英握在手里连说："好玩，好玩。"不料伊无意中按动了柄上的机捩，便有一枚绝细的蜈蚣针从棍头上发出来，唰的一声，几乎射中赵无畏的面门。赵无畏倒退两步，说道："险哪！你怎么这样不留心？若不是我避得快时，也要吃一针了。"钱、李二人也过来观看，都说这小丫头怎有这样的特制的棍子，我们都吃亏了。赵无畏便吩咐将蜈蚣棍放在一边，和众人回到厅上去。

李大勇便说道："这两个小娃年纪虽轻，本领很好，闹了这么一夜工夫，好容易将他们捉住，不如马上砍掉了吧，免得后患。"赵无畏略一沉吟，说道："且慢，本来我想把他们杀却了，但是瞧他们的光景，必然有来历的，必须查问一个明白，以便对付。那童子是不肯说的了，不如将这个小丫头问问看。"穆帼英笑道："你还不怕人家骂么？"赵无畏哈哈笑道："咒骂由人咒骂，强盗我自为之。若怕人骂，那还做什么强盗？现在一般惶惶然的封疆大吏，总该有些德政施行出来，使得人民讴歌赞美了，然而哪一个不是背后怨声载道，闹得一路哭呢？"说罢便叫人把芳辰推上厅来。

这一番赵无畏却换了温和的口气对芳辰说道："你们俩究竟是哪里来的，姓甚名谁？我们抱犊崮上和你们有什么怨仇而劳你们来窥探？你们尚是未成年的儿女，竟敢闯入虎穴，胆量也是不小，并且你们的武艺也可算得高强，寻常的人断不是我们的对手。我若杀了你们，未免可惜，你们家里当有家长的，你们到此，他们可知道呢？不要凭着一时血气之勇，送掉你们的小性命啊。"

芳辰本来也想不说的，后听强盗的说话很是恭顺，而且有几句话说到伊的心坎里，所以伊就老实告诉出来了。赵无畏对于神弹子贾三春是久仰声名的，知道是一位江湖前辈的老英雄，遂和众人商量，怎样把二人处置。

穆帼英道："贾三春和我们山上是近邻，平日无怨无仇，此番他放纵儿女来此胡闹，也决不能宽恕他们的。不如唤他前来，让他赔了罪然后放去，这样可以显得我们山上的威严。"赵无畏道："江湖上人最重义气，我们虽然在此和贾三春毫无关系，可是他也并没有来撩拨过。这二人前来探山，老头儿是不晓得的。既然不是他的主使，我们也只好认作胡闹，和孩子们又有什么计较呢？反见得我们气量不大，有意认真，不如先行释放他们回去，附上一封书信向他问罪。他若愿意道歉的，我们就此了事，否则我们再和老头儿算账。"钱、李二人也都赞成赵无畏的主张。穆帼英也只好同意了。

赵无畏当即教人写了一封书信，吩咐四个健儿押送瞿英、芳辰二人下山到九胜桥贾家庄去，交回贾三春。二人所有的兵器也都送回去，看贾三春如何答话。四人奉了命令，立即带了书信和兵器，推着瞿英、芳辰在这朝暾初上的时候一路下山。瞿英和芳辰虽然保全了性命归去，可是心中大大的不愿意。因为他们出来探山，本是私行的，现在这样回去，一则非常惭愧，二则给贾三春知道了，非但要将他们自己痛责，而且多了一个难问题教他老人家应付，倒不如死在山上爽快得多了。然而身不由主，只好硬着头皮回家去。

这天早上，贾家上下人等都已起身，却不见芳辰和瞿英起来。芳辰的母亲跑到芳辰的房里一看，不见了伊的女儿，同时瞿英的母亲走至瞿英室中一看，也不见了伊的儿子。两位老母一齐惊疑起来，连忙报告与贾三春知道。贾三春听了忙进去一找二人的武器，不见了龙雀宝刀、蜈蚣棍，便拍案大叫道："不好，他们必是不听我的说话，背地里瞒了我上抱犊崮去了。"贾夫人听了抱犊崮三字，知道是强人盘踞的所在，忙问："怎的，怎的?"贾三春遂将昨日芳辰向他请求到抱犊崮去的事告诉了她们，且说此刻不见前来，一定凶多吉少，他们仗着艺高胆大，冒险前往，岂知那些盗匪并不是好惹的，他们俩究竟是小孩子，寡不敌众，如何敌得住人家呢? 唉，完了，完了! 我这条老命也只好和那些狗盗去拼一下子了。"

　　贾三春说罢，须发怒竖，把脚向地上一跺，竟跺碎了一大块方砖。贾夫人和瞿母听了，一齐掩面哭泣。贾夫人且埋怨贾三春道："本来人家生了女儿，都要教她读书学刺绣，斯斯文文地养在深闺，偏有你自己懂了一些武艺，却不惜工夫地去教伊使枪弄棒，现在就闹出了这个天大的祸殃，我们只有这一个女儿，竟送到强盗手里，不知伊死得如何凄惨，恐怕这就是报应了。"一边说一边捶胸大哭。贾三春心里本来气恼悔恨得了不得，又给他夫人怪怨，又听着二人这样的痛哭，便把袖子一拭老泪，大声说道："我贾三春枉自做了一世的英雄好汉，今天却弄得如此下场，正是报应。我也管不得什么了，现在我就上抱犊崮去找他们吧。"立刻回身跑出去到书房里取过他一对多年不用的黄金锏，并带了弹弓弹囊，回身跑到厅上。贾夫人却和瞿母走了出来，把他拦住道："送了他们两人还不够，难道你这样大的年纪又要去饶上一个么? 不要去吧。"贾三春又把脚一顿道："怎么不去? 人家害了我的女儿，我若不去复仇，还有何面目住在这里呢?"贾夫人把他袖子拖住道："强盗如此厉害，你一个人又怎样去呢?"贾三春把衣袖一挥，摔脱了贾夫人的手，头也不回大踏步地往前走。

　　正在这个时候，门上人早跑进来报告道："老爷不要走，小姐和瞿少爷一同回来了。"贾三春听说，便立定脚步，问道："真的么?"

门上人道："小的安敢说谎？是抱犊崮上的匪徒送来的，现在快进来了。"接着，果见芳辰和瞿英垂头丧气地走了进来，背后跟着四个健儿，一齐来见贾三春。其时二人手上的绳索早已解去了，见了贾三春，叫了一声，涨红着脸，立在一边不敢说话。贾三春瞧了他们一眼，说道："好，你们的胆子这样大啊！"贾夫人和瞿母见儿子女儿都平安回来，悲喜交集，便拖了二人的手到后面去问询了。

一个匪徒把宝刀和蜈蚣棍放在桌子上，又将一封书信双手奉上，说道："贾老英雄，这是敝寨主给您老的信，要听您老的回音的。"贾三春将头点了一下，接过书信，撕去了一边，抽出一张八行红笺来，展开一读，上面写道：

三春老丈大鉴：久仰您老的英名，如雷贯耳，一向不曾到府拜望为憾。咱们在这抱犊崮上聚集众弟兄，敢学梁山泊宋公明等替天行道的故事，对于附近乡村，从来不敢骚扰。前因张家堡张氏弟兄无端向咱们寻衅，所以咱们下山动了一回手。这也是他们自取其咎，不能单怪咱们无情的。不料昨夜山上忽来一双小儿女，不知是来做奸细还是刺客，和咱们恶斗一番，杀死咱们的弟兄，伤我钱、李二头领，最后被咱们所擒。本待处以死刑，但问询之下，始知是您老的女儿和义侄，他们借口代张家村复仇，不自量力入山寻衅。咱们因为一则您老的骨肉，二则您老也没有知道这事，所以未敢损害，特遣部下护送回府。不过山上无端受人侮慢，众弟兄无以解嘲，想您老必有赐教也。专此，即请大安。

抱犊崮赵无畏拜首

贾三春一口气把这信读完，眉头略皱一下，便从身边摸出十两

305

银子，赏给那个匪徒，且对他说道："你去回报你家头领，在三天之内我必有回信的，你们去吧。"四人答应说："是。"便回身走出去。

贾三春便将那信放入书房中书桌抽屉里，将自己的武器和芳辰、瞿英刀棍也一同放好了，走到后面去。见芳辰、瞿英正和他们母亲讲话，瞿英的肩上已包扎好伤处了。贾夫人见贾三春走将进来，面上一无笑容，忙抢着说道："他们二人虽然倔强，不听你的说话，可是昨夜已吃过一番苦了，闹出了这个乱子，以后自知警戒，你也不要再来责备他们了。"贾三春不答，走到上首椅子边坐下，对芳辰说道："你且将昨夜如何前去，如何被擒的事详细告诉我听。"

芳辰遂一一老实地告诉了出来，且说道："这件事都是我的不是，不关瞿英哥的事。他本来不肯去，是我强迫他去的，父亲若要责打，孩儿自当承受，不要错怪瞿英哥哥，他的肩上已受了镖伤呢。"瞿英也说道："伯父，我是自己情愿去的，妹妹并没有强逼我。我不该带伊同去，伯父若要责打，侄儿自当承受，不要单怪妹妹。"芳辰连忙说道："你怎的这样说！我已说过都是我的不是了，干你甚事呢？"说罢把嘴一噘。瞿英道："祸是我们一同闯下的，怎好怪在妹妹一人身上？天下岂有此理？"贾夫人和瞿母听他们辩论起来，忍不住破涕为笑。贾夫人道："你们这一对儿倒有这样亲密，彼此回护。既然如此，我们也不忍来责备你们了。"

贾三春叹了一口气，说道："祸已闯下了，我责备你们也是无益。不过我所恨的，你们为什么隐瞒了我出去冒这个险。我也明白的，都是芳辰首先起的意。"说到这里，又指着芳辰说下去道："我已对你说过，不要多管闲事，你偏偏不听我，也许你以为我年老怕事，所以你负着气，拖着瞿英侄儿同去了。不知你们一则年轻，二则人少，岂能有这力量去灭除他们呢？现在他们把你们送回来，表面上说是我的面子，暗地里却对我大大怀疑，我将如何去应付他们，不是一个很难解决的问题么？"

芳辰道："土匪的本领我们也已见过了，并不见得怎样厉害，不过他们依仗着人多地险而已。父亲不如去约几个老朋友帮忙，一同入山去，索性把他们除去了，代你的女儿雪耻，岂不是好？"贾三春听了，睁着眼说道："你倒说得这样容易。现在你们去休息一会儿吧，这件事只好待我慢慢想一个稳妥之计对付他们了。"说毕，立起身子来到外边去。

可是他嘴里虽然这样说，心中一时却还没有什么办法。三天的光阴是很容易过去的。到得此日，贾三春正独坐在书房里，想来想去，想不出一个很好的计较，十分沉闷。恰巧琴、剑等一干人来了，所以见面之后，剑秋、玉琴惦念着瞿英和芳辰，向贾三春问起时，贾三春便把此事详详细细地告诉了他们，问他们可有什么意思。玉琴道："老英雄若然不去见他们讲明这事，未免示人以弱。倘然一人前去，又有孤单之虑。好在我们既已到此，情愿相助一臂之力，跟随老英雄同去，将那些狗盗扑灭了，也是很爽快的事。"贾三春点点头道："很好。"

剑秋略一沉吟，道："老英雄，我倒想得一个较稳的计策在此，不知道老英雄可以谓然？"贾三春大喜道："剑秋兄，请你快说吧。"剑秋笑了一笑，刚要说时，忽听厅后一片笑声，跳出两个人来。

评：

瞿英、芳辰初出茅庐，便与强寇恶战，刀光棍影，活虎生龙。作者极力写出二人之武技，倍见热闹。芳辰既已杀出重围，重又折回，写其芳心顾注瞿英处，弥觉天真可爱，救瞿英一段，亦有声势。赵无畏不杀二人，而送之回庄，且下书贾三春，实为引起下文地步。写贾三春与贾元人情形如绘，如此方不觉三春之老迈。瞿英、芳辰各为他人洗刷，引咎自责，小儿女亲爱直率情态，跃然纸上。

307

第六回

竞雄犊崮三弹显奇能
卧底贼巢群英除巨害

　　玉琴、剑秋回头看时，正是瞿英和贾芳辰。芳辰跑到玉琴身边，握住了伊的手说道："荒江女侠，你好久没有来了，我们思念得很。去年剑秋先生一人来此住了数天，我们曾向他问起你，他却说不知你在何方。今天怎会一起来的呢？"玉琴道："我们也是时常想念你们。此番我们同作江南之游，所以便道来拜访的。我再代你们介绍介绍我的同伴。"遂说了窦氏母女毓麟兄弟的姓名和他们相见。谈起窦孝天和宋霸先，贾三春也是一向闻名的，并且他曾和宋霸先在北京姓林的家里叙过一次的呢。芳辰见来了许多人，尤其是对于玉琴、剑秋，是伊心里佩服的剑侠，因此格外高兴，又对玉琴说道："我父亲大概已把抱犊崮的事告诉你们了。我一时好勇，拖着瞿英哥哥同去冒了一个险，闯下了祸，害得我父亲想不出对付的办法。我也在背地里想，大丈夫一人做事一人当，我杀不过他们，既已被擒，他们若然把我杀了倒也爽快，偏偏他们问明了来历，竟把我们送回来向我父亲理论，这不是弄到父亲身上去么？我看那些狗强盗本领也不过如此，我们吃亏的是寡不敌众。现在你们来了，可以帮着我们上山去把那些狗强盗杀个精光，看他们还能够耀武扬威吗？我们二人去了一次，已认识山中途径，情愿做你们的向导。"玉琴笑道：

"很好。刚才你父亲已告诉我们这事，我们可以随你们同去的，因为诛恶锄暴是我们的本旨啊。"

芳辰再要说时，贾三春喝住道："大人在此讲话，你且站在一边，少说些。"芳辰被父亲一说，便倚在玉琴怀中，一手拈着头上的双丫髻，对着瞿英只是嘻嘻地笑。瞿英却立在剑秋身旁，静听他们说话。贾三春便向剑秋说道："剑秋兄，你方才说有一较稳的计策，请你赐教。"

剑秋道："抱犊崮的盗匪虽然厉害，但是老英雄一世威名，也不可丧在他们手里。此次他们故意将令媛等送回，下书诘责，明明是要试试老英雄能不能对付，否则他们若是真心诚服的，一则应当自己来了，二则函中语气不当像老英雄所说的如此傲慢。所以老英雄最好上山去走一遭，表面上可说谢罪，暗中也不妨警戒他们数语，试试他们的真心如何。他们若是领教的，也就罢休，否则趁此机会把他们驱除，将来老英雄和人家讲起时也理由充足了。愚见如是，不知老英雄尊见如何？"贾三春听得剑秋这样说，不觉大喜道："这两天老朽也是这样想法，所虑者一人入山，倘然翻起脸来时，恐要吃他们的亏，所以踌躇未决。现在经剑秋兄这么一说，老朽决定明日到山上去见他们了。"

剑秋道："老英雄若然前去，我和玉琴师妹当随老英雄一同前往，见机行事。不过在去的时候，我们可以乔装作老英雄的徒弟，以免被他们窥破行藏。"贾三春道："你们二位能够劳驾同去，这是老朽之幸了。"瞿英、芳辰听了也一齐欢喜。贾三春对于此事已决，心头顿时宽松了不少，遂引众人到后堂去和贾夫人瞿母相见。贾夫人等见了玉琴也不胜欢迎，且闻琴剑二人肯伴贾三春同至抱犊崮，知道他们都是有本领的，也十分放心。当夜贾三春便设宴为琴、剑等众人洗尘。贾夫人且吩咐下人打扫两间客房，为众人下榻，竭诚款待。大家讲些过去的事情，津津然很有回味，真可谓宾主尽欢。

次日上午，贾三春便预备上抱犊崮去了。剑秋便教玉琴改扮男装，玉琴以前乔装过，很有经验了。因为伊的身材正和毓麟差不多，便向毓麟借了一套衣服鞋袜，到室中去更了装走将出来，又活似一个浊世佳公子。毓麟看了，不由暗暗喝彩。玉琴对彩凤说道："上次到玄女庙，姊姊装了男子，此番上抱犊崮比较爽快呢。"窦氏哈哈大笑道："好姑娘，瞧你现在的样式，不是一个很好的美少年么？"剑秋道："琴妹前次乔装入青楼，今番是到匪窟，所以我却嫌太斯文了。我们是老英雄的徒弟，不妨来得豪莽一些。"玉琴道："斯文的人一定不会武艺的么？这也未必见得。"彩凤指着毓麟笑道："他就是现成的例子。"梦熊却抢着说道："你们要鲁莽的人去么，那要算我最合配了。你们若是让我去时，装哑好，装聋也好。"说得众人都笑起来了。剑秋对梦熊看了一看，说道："前番玄女庙你没有闯祸，今天若要同去也不妨事，不必再装哑巴，只要少开口便了。"梦熊见剑秋肯让他去，好不快活。

于是众人各将兵器暗藏在身边，贾三春也带上黄金铜和弹弓弹囊，伴着剑秋、玉琴、梦熊一齐走出庄来。临行时，贾三春对瞿英、芳辰说道："宋老太太和曾先生等在此空闲无事，你们可以陪伴他们到红杏观去逛逛。"又对毓麟说道："此地也没有什么名胜可游，不过在村口有一个红杏观，观里有两株巨大的杏树，据说是元朝时候所种植的，至今已有数百年了，年年开花，绚烂夺目，甚是好看，是一个古迹。现在正当盛放之时，你们大可前往一游。那边且有园林，比较在舍间枯坐好得多了。"毓麟道："谢老丈美意，谨祝老丈胜利回来。"贾三春点点头，遂同剑秋等三人大踏步走出村去。

路上谈谈说说，走得不多时候，早已望见那连峰际天的抱犊崮，云气笼罩着，团团都成紫色。待至近时，却又变黄色了。这时日已近午，剑秋说道："我们要上山了，大家戒备着。既然我们算是贾老英雄的徒弟，理当让贾老英雄打前走，我们跟在后面，不可露出破

310

绽。"梦熊闻言，立刻退到贾三春背后，说道："师父请！弟子来了。"贾三春不由笑了一笑，他自己遂打前走着。渐渐走入峻险的山路，忽见前面树林里有几个人影晃动着就不见了，玉琴便道："我们须得留心，山上有人窥见我们了。"剑秋道："我们明说是来拜访的，那么仍当做出坦然无疑的态度。"贾三春说一声："是。"依旧昂着头，挺起身子迈步前进。

将近林子边，果然林子里一声唿哨，跳出十数匪徒来，手中各执兵刃，大声喝道："呔！你们这些人往哪里去的？上面是我们的山寨，你们胆敢任意乱闯。莫非来做奸细的么？"贾三春立定脚步，就对他们说道："不要胡说。我是九胜桥贾家庄的神弹子贾三春，特地到此拜访你家赵头领的，请你们让开路径，引导我们上去。"内中有一个匪徒听了，便点头道："原来是贾老英雄。我们头领正要见你，待我引导你们上山去。"说罢，那匪徒便和两个同伴走过来引路。贾三春等一行四人跟着便走。其余的匪徒喊喊喳喳地说了几句话，走开去了。

贾三春跟着引路的匪徒走了许多路，只见上面撑天的山壁，遮得阳光都没见，在那山壁中间，有一条非常狭小的山径通到上边去。贾三春回头对剑秋等说道："抱犊崮的险要全在这个上，它的得名也在此。你们试看这样狭的路，庞大的牛怎样走得上呢？"梦熊早嚷起来道："师父，我不去了。我是个胖子，身体差不多和牛一样大，不要走到中间被山石挤住了，弄得不上不下，如何是好？"贾三春正要回答，引路的匪徒听了早已笑将起来，回头说道："傻子，你只管放心。你看看这山路，狭小得似乎走不上去，其实一个人总可以容你走上走下的。否则我们山上人怎样上去下来呢？"贾三春道："我的徒弟是有些傻的，说出话来总带些傻气，你们不要见笑。"一边说，一边已打从这条狭小险恶的鸟道一步步上去。

走至一半，但见旁边有一座大铁闸高高吊起。贾三春知道这就是匪徒的防御物了。瞧那铁闸又厚又重，十分坚固。琴剑二人也同样估量着。过得铁闸，走完这鸟道时，上面又吊着一个大铁闸。贾三春暗想："芳辰说山上有一个铁闸，怎么现在有了两个？大约是匪徒添设的了。"走上了山头，都是平地，又穿过了一个堡。将近寨门，一匪徒早已抢先飞步奔去报告消息了。所以贾三春等走到寨前的时候，赵无畏已和钱世辉、李大勇迎将出来。两旁排列二十名校刀手，手中的刀都是光亮耀目。一见贾三春便打恭说道："不知贾老英雄到来，有失迎迓。"贾三春也作揖答礼说道："久仰寨主威名，今日特地上山拜见，果然不虚。"赵无畏哈哈大笑，一拉手就请贾三春等进寨去。

贾三春带着剑秋、玉琴、梦熊，毫不迟疑地从容步入。大家到得堂上，分宾主坐定。赵无畏先代钱、李二人介绍过，贾三春也代剑秋等三人介绍一遍，只是没有说真姓名。三人也坐在下首，一声不响。静听贾三春和匪徒们讲话。贾三春喝过了敬上的茶，又对赵无畏说道："寨主赐下的信早已拜读过，前晚小女等年幼无知，冒险入山，多多有犯，辱蒙寨主施以不杀之恩，遣送回舍，老朽当然不胜感谢的，所以今日特来谢罪。不知寨主意下如何？"

赵无畏说道："贾老英雄，咱们这个山头已有多年，对于山下各村好如乡邻一般，从不侵扰。老英雄的声望也是咱们素所钦佩的，彼此客客气气不敢惊动。前天晚上，不知怎样的来了一对儿小儿女，不问青黄皂白将咱们山上弟兄任意杀伤，并且向咱们口出恶言，故意挑衅。咱们实在忍耐不住了，两下动起手来，遂被咱们擒住。咱们本当即刻杀却，但查问之后，方知是贾老英雄的令嫒和义侄，毋怪本领着实高强。咱们想平日和您老并无仇隙，他们都是年龄很小的人，一旦杀却，不但使老英雄增加许多悲哀，且也非常可惜，所以特地护送回府。但是咱们想小儿女何以平白无端地冒险到山上来，莫非有人唆使？然又想您老很光明的，决不至于如此。心中总未免

312

有些疑惑，遂附上一函，请求您老回答，加以解释。咱和您老当然愿意和平了结，不过令嫒等杀伤了山上众弟兄，教咱怎样对得起他们，又怎样对其他的众弟兄解释过去呢？今日您老到来，非常快慰，谅必有以见教。咱愿听您老怎样地处置吧。"

赵无畏滔滔不绝地一口气把他的话讲完了，面色很是严厉，静候贾三春的答话。贾三春也正色答道："这件事果然是小女等的不是，老朽已向他们切责，但据他们说是为了张家堡受了山上的祸，很有不平之心，所以他们背着老朽黑夜上山来冒犯虎驾了。又有什么人唆使呢？假若老朽有了这个意思，难道肯自己鬼鬼祟祟地蝎蝎螫螫地躲在后面，反教他们年纪小的人到山上来么？天下宁有是理！寨主若然把他们杀了，也只好算他们自取其咎，老朽又有什么话说？现在寨主要教我处置，真教老朽为难。杀了人除非偿命，教老朽还想得出什么别的法儿？但是寨主等屠了张家堡一村的良民，倘有人要你们偿起命来，这又将怎么办呢？"说毕，冷笑了一声。

赵无畏见贾三春态度倔强，言语之间很不服气，他心中也有些着恼，便说道："照您老说来，他们上山虽非您老唆使，而您老也深表同情的。又提起什么张家堡的事，大概你们很有意思要代张家堡复仇吧。不错，前晚令嫒口中也说过为张家堡复仇而来的。那么还说什么令嫒等的不是，都是咱们的不是了。您老要叫我们偿张家堡一村人的命么？哪里知道这是张氏兄弟自己招的祸殃呢？您老休要错怪我们的不仁不义，可知……"

赵无畏的话没有说完，贾三春抢着截住道："原来寨主是要讲仁义的，那么任凭张氏弟兄怎样不是，你们屠杀一村的良民，把全堡烧成白地，恐怕再不能说什么仁义了。老朽虽不敢说为张家堡复仇，却不能不说一句公平的话。"

赵无畏听了脸色一沉，厉声说道："不要多讲废话了，请问您老今天前来，是为令嫒等请罪呢，还是为了张家堡事而向咱们问罪呢？

313

这倒要讲个明白。"贾三春道："这样的时世，也讲不得什么罪不罪。寨主等洗劫了张家堡，也没有什么人来定你们的罪。所以老朽此来并无成见，听候寨主怎样吩咐吧。"

赵无畏不由冷笑道："咱们招迎您老前来，并非听您老教训的。咱们前日把令嫒等送回，反送错了。至于张家堡的事，咱们早已做下，您老又将怎样奈何我们呢？"钱世辉在旁也忍不住说道："您老虽是江湖上的老前辈，然而咱们寨主也是不好欺侮的。此次令嫒等上山，杀死了许多弟兄，咱们虽把他们捉住，仍旧遣人送回，不敢损伤。只问您老怎样一个办法，可算得十分和气的了。您老到来，却没有说一句不是的话，反把张家堡的事责备我们不仁不义，您老试想，叫我们怎样过得去？"

贾三春道："老朽本已向你们道谢，表示歉意，寨主仍要老朽给他一个办法，老朽实在没有办法，所以这样说啊。"赵无畏道："好，咱们不必再讲废话，在三天之内，请您老再给咱们一个满意的答复。否则过了三天，山上众弟兄忍耐不住，那么九胜桥将为张家堡之续，您老莫怪我们不仁不义了。"贾三春道："老朽并没有什么满意的答复给你们了，三天之后等候你们的驾临吧。"说毕便要起身告辞。

赵无畏道："且慢。您老到了山上，总得喝一杯酒回去。咱已吩咐厨下预备了，请吃了下山吧。"贾三春道："多谢盛意，我们叨领佳肴了。"赵无畏遂叫左右快快摆上酒菜，一会儿，一桌很丰盛的筵席早已摆在堂中。赵无畏就请贾三春在第一位坐了，剑秋等挨次而坐，自己和钱、李二人在下首坐了。斟过酒，举杯相劝。贾三春等也就不客气，老实吃喝，大块肉大碗鱼烹煮得很是入味，大家因为方才的说话几乎翻脸，所以酒席上只略讲些江湖上的事，也没有多话可谈。梦熊却只管酒咧肉咧吃得既醉且饱。

散席后，贾三春方向赵无畏等三人道谢告别，三人在后相送，大家走下堂来。贾三春一眼瞧见了庭中竖立着一根高高的旗杆，上缚着一面大红旗，旗上绣着四个黑字："替天行道"，独独地在风中招展着，不由冷笑道："既然做了绿林生涯，偏要假仁假义，说什么替天行道，无非学那梁山泊宋江等欺人的故事，待我来除了它吧。"说着话，就将弹弓取出，拈了弹子向着那大红旗嗖嗖嗖地一连发出三弹，一弹把旗杆上的葫芦顶，扑的一声打落下来，一弹正中旗上的"替"字，穿了一个洞，一弹正中缚旗的绳索，那绳索在风雨烈日中已是好久，经不起这一弹，立刻迸断，那面替天行道的大红旗已就飘飘地落下来了。剑秋等三人看着，不由暗中喝一声彩，两旁侍立的校刀手一齐愤怒，正待发作，却见赵无畏等没有吩咐，所以只是睁大了眼睛不敢动手。

赵无畏见了，心中也有些吃惊，冷笑道："神弹子果然名不虚传，今天毁了咱家的旗，三天后咱们到府上来算这笔账吧。"送到寨门外，赵无畏又道："您老慢请，恕不再送了。"便教左右引导他们下山。贾三春也说了声"再会！"遂和剑秋等一路下山走回去。匪徒跟着送到了山下，也就停止了。

途中贾三春便向剑秋道："老朽和他们说的话可不错么？"剑秋道："说得很好。这种狗盗断乎不能向他们示弱的，老英雄已算十分客气了。"贾三春道："只是三天之内，他们必要兴师动众，到我们村里来骚扰了。"三琴道："当然不能让他们前来的。明天晚上，我们可以先发制人，把他们先剿除了，看他们再能够猖獗么。"贾三春道："女侠说得是，全仗诸位帮助了。"梦熊道："贾老英雄的弹法真是神乎其技，方才连发三弹把他们的大旗击落，先向他们下个警告，爽快得很。"玉琴回头笑道："曾先生，你也是善于此道的，现在瞧到老英雄的神弹了，佩服不佩服？"贾三春道："原来曾君也精弹术的，失敬失敬。"梦熊道："啊呀！我哪里敢说会用弹子，像老英雄的技术方称得神弹，我真如小巫之见大巫了。"

四人谈谈说说，将要走到村口时，前面有两条岔路。一条向左，是回九胜桥的。一条向右，是通到临城那边去的官道。这时那条官道上尘土大起，有五六骑疾驰而至。四人立定脚步，闪在道旁，瞧见第一匹是浑身胭脂色的桃花马，绣花的鞍鞯，白银的踏镫，上坐着一个二十多岁的艳装少妇。头挽凤髻，鬓边斜插一支碧桃，手中握着一张宝雕弓，虽有几分姿色，而眉梢眼角稍露杀气。背后跟着一匹黑马，上坐一个老妇，面貌很是丑陋，额上且有一个刀疤，腰里围着一条竹节钢鞭。在二人背后的数骑上坐着几个健儿，带着不少鸟、兔等小动物，似是出猎回来的样子，从四人旁边飞也似的跑过，直向抱犊崮的路上而去。

剑秋、玉琴目光敏捷，认得那个老妇正是金刀穆雄的老妻母夜叉胜氏。自从乌龙山被伊侥幸逃脱以后，不知怎样在此间遇着。那个少妇又是何许人？同时胜氏的马奔过了十数步，伊也在马上回转头来偷窥琴剑二人，一双三角眼中好似有凶恶的烈焰在那里发射出来。但是他们几匹马跑得非常之快，渐走渐远，转了一个弯，被树林掩蔽住便不见了。剑秋见贾三春也在那里细细打量，他就向贾三春说道："老英雄，你瞧这一行人，觉得有些奇怪么？内中有一个老妇，就是乌龙山悍匪金刀穆雄的妻子。不知他们是不是上抱犊崮去的？"

贾三春点点头道："我听人说，赵无畏有个浑家名唤赛咬金穆帼英，大约就是方才那个少妇了。你们瞧这情景，早已知道不是寻常人家的驯良妇女了。我女儿也说过，他们山上有一个老妇，使用竹节钢鞭的，本领十分了得。方才那老妇不是腰里围着一条钢鞭么？哪里会有第二人呢？"玉琴听了，便对剑秋带笑说道："原来那母夜叉也在抱犊崮上，这是很好的事，我们可以把他们一起除掉了。料伊也已瞧见我们呢，回山去必然提起，他们也知道我等在贾家庄上了。好，两边准备厮杀一番吧。前次玄女庙里杀得并不醺畅，现在有了强硬的对手，可以大大地舒展一下筋骨了。"

316

于是四人走回九胜桥。到了贾三春家中，见窦氏母女和毓麟正伴着两个伟男子坐在厅上谈话。窦氏一见他们回来，便代那二人介绍与贾三春、琴、剑等相识，始知那一个面色稍白，身穿蓝袍的姓解名大元，别号摇头狮子，那一个穿黑袍的姓马名魁，别号小蝎子，都是陕州人氏。而小蝎子马魁乃是窦氏的丈夫铁头金钢宋霸先的徒弟。

原来今天琴、剑等伴着贾三春上抱犊崮去后，瞿英和芳辰听了贾三春的吩咐，便陪着窦氏母女、曾毓麟三人一齐到那红杏观去游览。在观内盘桓多时，方才走回。不料在途中遇着两个汉子，急匆匆走来，毓麟和瞿英走在前面，不防一个汉子忽然一把拖住了毓麟，向他问道："请问你，到抱犊崮怎样走的？"毓麟听得那人问抱犊崮，不由一怔，他又不识途径，如何作答？那男子却催急着道："快说，快说！不说时咱便孝敬你一拳。"说着做出扬拳要打的样子。瞿英在旁瞧得不服气，便将手臂把那男子拖住毓麟的一条胳膊只轻轻一抬，那男子的手早已被他直抬上去，退后了二三步。他是不防的，便对瞿英看了一眼，说道："好小子，倒有些道儿的，可知你家马爷也不是好惹的啊。"

正要上前动手，窦氏母女和芳辰早走上来，那男子瞧见了窦氏和彩凤，便向二人仔细相了一相，说道："这位老太太可就是虎牢关的宋师母么？"窦氏听了这一声话，也向那男子凝神看了一下，方才说道："正是。你莫非就是小蝎子马魁？好多年不见你面，几乎不认识了。"马魁忙向窦氏拜倒行礼，又和宋彩凤行过礼，说道："师母、师妹，自从师父改世以后，我就离了镖局，一向在川、陕一带厮混，好久没有来府上请安，荒唐得很。想不到今日竟会在这里相逢，真是幸事。"

窦氏又问道："你在外可得意，现在要到什么地方去？"马魁顿了一顿，然后答道："咱们想上抱犊崮去。"说到这里，便代那同行的男子介绍道："这是咱的结义弟兄摇头狮子解大元，以前也曾在营里吃过粮。可是咱们二人说也惭愧，东飘西泊，常常不得一饱，没个安身之处。此番咱们二人到这里来，是因解兄和抱犊崮上的头领李大勇以前相识的，屡次叫他去入伙，没有答应。现在穷极无路，遂约了咱一同到山上去投奔。师母知道了，也要笑咱没有出息么？"窦氏点点头道："不错。如你这样方当壮年的好男子，只要能够熬苦，什么事不好做？何必要去投奔盗匪，做他们的小喽啰，空负了七尺之躯，太不值得了。"马魁被窦氏这么一说，脸上不由涨红了，连说："是，是！"那解大元也有些局促不安。

窦氏又说道："你们也是不得已而如此，但是我劝你们不要去吧。他那里不久就要被人除灭了，你们犯不着去送死。"马魁听说，很是奇异，便问道："师母怎样知道？"窦氏微微笑了一笑，说道："我们现在住在贾家庄，你不如和贵友跟我们一起去吧，少停把这事细细告诉你，自会明白。"马魁喜道："谨遵师母之命！"于是窦氏又代毓麟、瞿英、芳辰等介绍过，马魁方知毓麟就是他师母的坦腹东床，忙又向毓麟深深一揖道："原来尊驾便是咱师妹的夫婿，方才咱向你问路时多多冒犯，请你不要见怪，咱本是一个粗鲁之人。"毓麟也说道："马兄不要如此，区区小事，何足介怀！"窦氏笑着对彩凤说道："小蝎子多年不见，他的莽撞情态，依然如此。"彩凤笑了一笑。于是马魁和解大元就跟着窦氏等到了贾三春家中。

大家在厅上坐定，窦氏先将自己复仇的事约略告诉些，然后把抱犊崮盗匪猖狂的情形，以及玉琴、剑秋陪伴神弹子贾三春上山的经过，一一告知二人，又将玉琴、剑秋的来历略述一遍。二人素来也闻那荒江女侠的大名，也知道女侠又有一位同伴姓岳的，都是昆仑门下著名的剑侠，一向很是景慕，常恨不得一见。今闻琴剑二人都在这里，而神弹子贾三春又是江湖上前辈英雄，可说群英济济，会于一堂，自己能在此和他们识荆，岂非平生荣幸的事呢？马魁遂喜滋滋地对窦氏说道："如此说来，我们在途中幸亏和师母等巧遇，否则咱们二人真的像是飞蛾扑灯，跑到山上去送死了。"于是他们坐着互相谈话，等候众人回来。瞿英和芳辰却走到里面去了。

窦氏代他们一一介绍毕，马魁、解大元对贾三春、玉琴、剑秋等三人说了许多景仰的话，三人也各谦谢。芳辰和瞿英听得众人回来，赶紧跑出来探听消息。大家团团坐定，便由贾三春把上山情形报告一遍。大家听了无不称快，而芳辰更是高兴，一扭身跳到玉琴膝上，坐在伊的怀里，勾住了玉琴的粉颈，说道："很好，很好！你们夜里到山上去时，我和瞿英哥哥也要跟你们同往，一雪我们前番的耻辱。"

玉琴笑道："我准带你同去。你的蜈蚣棍好不厉害，赵无畏也在称赞你们的本领高强呢！"剑秋对瞿英、芳辰二人说道："你们前次上山，半山里不是有一个铁闸么？方才我们上去，却瞧见两个厚重硕大的铁闸，大约是他们防备人家再去，所以又添了一座铁闸。而且据我的推想，铁闸那里夜间必有人看守了。那么我们即使要上山去，却难以过得这二重铁闸，不知有没有别的小径可走？"芳辰道："这抱犊崮大众所以认为天险之地，便是为的只有此一条山径可通，别处难以飞越啊。前次那个铁闸我们也无法度过，幸赖瞿英哥哥的龙雀宝刀把它剁破了，方能上去。此番他们加厚了，不知能否破得。况又有人把守，那么更难上去了。"玉琴道："这样说来，夜间既难上去，白昼去也好。或者等到三天期满，让他们过来送死，以逸待劳。不过村里的人要受些虚惊了。"贾三春听众人议论，却摸着短髭很沉默地不语。

剑秋双目瞧着解、马二人对众人说道："我倒又想着一条妙计了。"玉琴、芳辰听得，一齐大喜道："快说，快说！"毓麟在旁笑道："我猜得出的，大约剑秋兄又要仰仗这新来的二位相助了。"马魁听了，早嚷道："你们如要需用咱们，咱们当唯命是听。可惜咱们的武艺浅薄，不足相助你们呢。"剑秋道："二位休要客气，我们正要借你们一臂之力。方才我听说马兄等本来是赶到山上去入伙的，那么便请二位照常前往，投奔赵无畏。明天夜里，可请你们暗中至铁闸那边，杀死把守的盗匪，里应外合，共破山寨。这样，他们虽有天险，也无用了。"马魁点头道："很好。咱们准依岳先生的计划，愿为先驱，决不误事。"贾三春开口说道："剑秋兄所说的妙计，实获我心。老朽心里也是这样想法，但老朽以为山上盗匪众多，且皆凶悍，恐怕马、解二人前往尚嫌力弱势孤，最好多两个人前去，方克有济。"剑秋道："老英雄说得不错，我们四人都已露脸，此间只有宋老太太和毓麟夫人，他们都不认识的，不如有劳二位走一遭吧。"

窦氏笑道："要我们母女前去卧底么？玄女庙里我们已乔装改扮了一遭，现在又到盗窟去做奸细。好，我们是不论什么地方都肯去的，请你们吩咐便了。"剑秋见窦氏母女已能同意，十分欣喜，便又对马魁说道："你们四人可以一起去了。好在马兄本来是宋老太太的高徒，现在有屈你暂时做伊的长子，带了你母亲和妹妹同行的，那么不会露出破绽哩。"马魁瞧着窦氏母女说道："啊呀！像我这种没有出息的人，怎好算作我师母的儿子。不但师母不肯承认，就是我师父在地下也要痛斥我呢。"说得窦氏和彩凤都笑将起来。剑秋笑道："这本是一时权宜之计啊。"马魁就对解大元说道："这个全仗你怎样去说了。"解大元道："马兄放心，包在咱身上。他们决不会生疑的。"

众人正说着话，忽见门口下人来报，外面有兖州府的许守备要见庄主。贾三春听了便道："我一向不和官府中人通声气，许守备和我素昧平生，何事下访？却不得不接见了。"一边说一声"请！"一边对剑秋等说道："现在只得请诸位暂在老朽书房中一坐吧。"于是剑秋、玉琴、梦熊、解大元、马魁都避到书房里去，窦氏母女、毓麟、瞿英、芳辰都到后厅去和贾夫人、瞿母等闲谈，玉琴也在这时换去了男装。贾三春自走出大厅，已见下人高高地擎起一张大红名帖，背后跟着那个许守备，紫棠色的面色，年纪约有三旬左右，身穿枣红棉袍，系着一条蓝绸腰带，外罩元色京缎的马褂，脚踏粉底快靴。

见了贾三春，便作揖道："这位就是贾老英雄么？"贾三春忙答礼道："不敢，不敢！老朽就是三春。不知守备光临，有失迎迓，罪甚，罪甚！"一边说，一边请许守备走进大厅，分宾主坐定。下人早献上香茗。许守备先对贾三春说了几句仰慕的话，便接着说道："贾老英雄对于张家堡被抱犊崮土匪洗劫的事，谅已早悉。那些土匪啸聚山林，目无王法，驻军早欲征剿，只因抱犊崮形势险要，上司没有紧急公文，不免因循坐视，以致酿成巨患，故有今日之祸，惭愧得很！现在兖州府咨报后，即商同敝人克日进剿，肃清匪患。敝人久慕老英雄的大名，且因九胜桥邻近抱犊崮，老英雄或能知其底细，故在出兵之前，先到老英雄府上来请求指示。如蒙老英雄俯赐南针，不胜幸甚！敝人幼时从关中大侠黄面虎吕明辉学武，明辉师和老英雄是湖海至交，常常谈起老英雄的能耐，一向佩服，只恨未识荆州。今日乘便拜见，足慰平生。"

贾三春听了许守备的话，便道："呀！原来许守备就是老友明辉的高足，辱承下问，愧不敢当。但天下真有巧事，老朽这里，私人方面也正是向抱犊崮盗匪实行除恶之计呢。"便将瞿英、芳辰双探抱犊崮，赵无畏下书，自己登山理论，以及昆仑剑侠玉琴、剑秋前来相助的事，约略告知许守备。许守备听了大喜道："那么我们官军能有众英雄相助，破抱犊崮易如反掌了。众剑侠何在？敝人渴欲一见，敢请老英雄介绍！"贾三春答应一声，便命下人去书房里请剑秋等出见。

一会儿剑秋等五人走至，许守备慌忙从椅上起立。贾三春代他们介绍一过，大家坐着把抱犊崮土匪剿除的计划决定。约好在明天夜里，先由这里贾三春等众人入山，马魁等为内应，同时许守备率领官兵在二鼓以后，须赶至山下包围进攻。这里的人臂上各缠一白布以为记号，到那时庶不致误。许守备当然无不同意，坐谈多时，便起身告辞。众人送到门外，见有两个小卒牵着一匹白马过来。许守备向众人作了一个揖，翻身上鞍，鞭影一挥，奔回兖州去了。

贾三春回到厅上，玉琴和芳辰等都走将出来询问，贾三春把这事说了。芳辰说道："那些官军到现在方才梦醒了么？他们自己没有能力去剿匪，却来这里求人相助，真是可笑！"贾三春道："官军本来是怕事的，不足为怪。此番大约因为张家堡的事闹大了，所以这官样文章不能不做一做了。他能来虚心请教，尚属难得，所以我答应他合作。那么我们破了山头，将来一切善后事情都让给官军去办，我们反可脱身事外，岂不干净呢？"剑秋也说："许守备来得真好，我们就便宜他去得一次功劳吧。现在马兄等赶紧要陪同宋老太太们上抱犊崮去，你们到了山上一切当心，明天夜里只要把铁闸吊起，我们便可登山了。"马魁诺诺答应。窦氏也对宋彩凤说道："我们就预备去走走吧。"

说毕，母女俩遂到里面去收拾一个衣包，带了兵器出来和众人告别。曾毓麟却叮嘱彩凤诸事谨慎，似乎有些依依难舍的样子。彩凤笑道："那几个狗盗也不在我娘儿俩心上，你放一百二十个心吧。这次不比玄女庙，用不着你斯文公子效劳的。山中只有母夜叉，没有年轻貌美的道姑，你坐在家中安心等候，我们就要回来的。"琴剑二人在旁瞧着，不觉微笑。窦氏母女便随着马魁、解大元去了。

一天的光阴很快地过去，到得次日薄暮的时候，众人提早吃完了晚饭，各个端正兵刃。天色黑暗了，贾三春立即偕同剑秋、玉琴、梦熊、瞿英、芳辰出了庄门，赶向抱犊崮去。唯有毓麟守在家中，好不沉闷，深愧自己是个怯书生，毫无本领，不能追随同往。贾三春等跑到抱犊崮下，已近二鼓时分。大家鹤伏鹭行地从鸟道上走上去，早见上面那座大铁闸在山石中间紧紧盖住，不能飞越。大家只好鱼贯般站着等候，第一个是贾三春，剑秋第二，玉琴第三，芳辰第四，瞿英第五，梦熊第六。等候了好一刻，不见上面有何动静。

玉琴有些焦躁不耐，对剑秋说道："到了这个时候，他们为什么还不来开这铁闸？我们等不及了，不如就用宝剑去剁开吧。"剑秋答道："也好。"玉琴遂和剑秋一个拔出真刚，一个拔出惊鲵，正待上前动手，忽听上面轧轧地响，铁闸开了。众人大喜，一个个蹿将上去。第二重也早开着。大家早到得山上，只见地下乱躺着几个死尸，马魁和解大元立在前面。

剑秋正要询问，马魁急遽地上前说道："不好，我们的行径不幸已被他们看破，窦氏母女正被他们包围着呢。"众人闻言，也不暇细问，跟着二人便向前奔。到得堡前，却见前面灯火明亮，钱世辉手横双刀，带领数十盗匪旋风也似的赶来，一见解大元，开口骂道："你这贼子是到山上来做奸细的么？好，你已把他们放上山来了，管叫你们来时有路，去时无门！"解大元摆动手中朴刀，便和钱世辉狠斗起来。马魁也将手中一对莲花锤使开了，跳过去助战。贾三春对瞿英说道："你在这旦照顾一下吧，我们要去救援窦氏母女哩。"

众人越过这堡，赶紧向山寨跑去，早见前面一群盗匪高声呐喊，灯火照耀如同白日，把窦氏母女围在垓心。窦氏被母夜叉战住，宋彩凤却和赵无畏战在一起。恰巧这时宋彩凤脚下一滑，跌将下去，赵无畏大喜，举起三截棍，恶狠狠地向彩凤头上呼的一棍打下，好如雷霆万钧，其势不可抵御。

评：

琴剑既至，而贾三春可上抱犊崮关矣，对答数语，不屈不挠。即以张家堡事反诘，三春殆有恃无恐欤！临行时三弹，不但显出神技，且先声夺人，足寒赵匪之胆，此是本回最精彩处。窦氏母女游红杏观，似为闲文，但借此引出解、马二人来，紧接许守备请谒，俱为抱犊崮一篇文章，腾挪作势。回末故作险语，令读者为彩凤姑娘急煞。

第七回

买剑龙飞何来老道士
品茗虎跑忽遇怪头陀

  当赵无畏举棍击下的时候，彩凤不及跳避，闭目待死。便是窦氏在旁眼瞧着自己女儿的生命已濒于危，而伊被母夜叉的钢鞭缠住，不能脱身去救助，口中只喊了一声"不好！"忽然外边有一样东西横空飞至，扑地正中赵无畏的嘴巴，只打得赵无畏直跳起来，连忙用手去掩住，口中鲜血直淌出来，一只门牙已被击落。彩凤趁这当儿，一个鲤鱼打挺，早从地上跃起。原来贾三春等恰巧赶到，见彩凤正逢危险，不及前救，贾三春连忙发了一弹，果然击中了赵无畏，救得彩凤性命。

  众人跟手杀进圈子。赵无畏吃了一弹的亏，瞧见贾三春，便一摆手中棍，跳过来骂道："你这老头儿，胆敢派了奸细前来做内应，咱与你势不两立。现又弹伤咱齿，须吃咱一棍。"说着话，一棍已向贾三春胸前捣来。贾三春早从腰里抽出黄金锏，架开棍子，哈哈笑道："草寇，你今番识得老夫的厉害了。"便使开双锏和赵无畏酣斗起来。穆帼英本来在旁观战，今见情景不妙，舞动手中双斧杀上前来。彩凤迎住，便和伊战在一起。李大勇使开手中大斧，向琴剑二人冲来，剑秋一挥惊鲵剑与他战住。玉琴抱着真刚宝剑和芳辰立着，看贾三春使动双锏，十分紧急，年纪虽老，武艺确乎纯熟，不禁使伊想起宾州的鲍提督雪地斗盗的一幕。"老当益壮"，古人的话实不我欺了。梦熊却握了一张弹弓，也想献献本领，只是一时没有机会。

玉琴又瞧母夜叉胜氏一支钢鞭使得神出鬼没，和窦氏的双钩一个半斤一个八两，杀得难解难分。伊遂舞动真刚宝剑跳过去，说道："老伯母，待我来结杲伊的性命。"窦氏遂跳出圈子，让玉琴去战胜氏，自己去助彩凤。胜氏见了玉琴，双眼已红，将钢鞭指着玉琴骂道："你这小丫头！苦苦与我们作对，前番把我的丈夫、女儿一齐害死，此仇还没有报，今日相见，必与你拼个死活存亡。"玉琴笑道："母夜叉，你家老头儿正在鬼门关上等候你去，所以你又碰在我的手里，待我把你一起送了去吧。"胜氏闻言更是大怒，将一支钢鞭使得呼呼的，化作一团黑影滚向玉琴身上，玉琴也将真刚剑使成一道白光，两个人狠斗起来。

这时忽听山上山下号炮四响，喊声大起，赵无畏等不知缘由，未免有些惊慌，剑秋却知道守备等官兵已到了。这天许守备照了在贾家庄所定的计划，调齐五百名官军，会同一位柴千总，在下午时候从兖州秘密出发，黄昏时潜至抱犊崮下。估料贾三春等已到了山上，遂亮起灯火，下令攻山。他自己握着一柄方天画戟，和柴千总奋勇先登。因为半山的铁闸都已吊起，所以一直杀上了山头。到得堡前，瞿英见官军已至，解、马二人双战钱世辉不下，遂一摆手中龙雀宝刀过来助战。钱世辉识得他的厉害，又见官兵杀至，心中大惊，便将双刀用力一扫，跳出圈子，便向自己山寨奔逃。瞿英一抬手，射出一小支梅花神针，正中钱世辉后颈，狂叫一声，倒下地去。瞿英赶上，一刀将钱世辉的头颅割下，血淋淋地提在手里。

其余的盗匪，有几个被解、马二人杀死，有几个望山寨中逃去，许守备见了瞿英，看他小小年纪如此勇猛，很是惊异，便问马魁："贾老英雄等在什么地方？"马魁道："他们都在寨中。"许守备点点头道："很好。那么烦你引导我们进去吧。"于是马魁、解大元、瞿

325

英三人在前，许守备、柴千总率领官兵在后，过了这堡，杀到里面来，放炮为号，要把抱犊崮群盗一网打尽。此时贾三春便对赵无畏说道："草寇，你快快受缚吧，官军到了，今夜就是你的末日。"赵无畏虽知情势不佳，可是他们已无路可逃，不能不咬紧牙齿做困兽之斗。李大勇和剑秋战得长久，他虽十分勇敢，怎当得剑秋的剑术神妙，所以战到分际，被剑秋觑个间隙，一剑刺进他的胸口，结果了性命，便来助玉琴双战胜氏。

芳辰本在旁边闲着没事做，见了瞿英，十分高兴地说道："瞿英哥哥，他们在这里厮杀，我与你杀到寨中去看看吧。"瞿英答应一声，遂和芳辰冲进山中去。许守备、柴千总和解、马二人反把众盗匪围住，砍瓜切菜般地乱杀。众盗匪虽然死命抵敌，一则官兵势足，二则自己的头领被人困住，他们哪里是许守备和解、马二人的对手，因此死的死，降的降，缚的缚，渐渐解决。

穆帼英被窦氏母女左右夹攻，饶伊勇武，此时也难抵敌。手中一个松懈，却被窦氏一钩钩中了左肩，喊得一声"啊呀！"窦氏已望怀中猛力一拽，穆帼英立足不住，身子直跌过来。宋彩凤顺势一剑扫去，削去了伊半个头颅，鲜血直射，倒在地下死了。胜氏暗想情势不妙，三十六着走为上着，不如逃走了，以后再可报仇。但是琴剑二人猜得出伊的心理，怎肯再放伊逃生，青、白二光一前一后地把胜氏密密裹住，步步进逼。胜氏仅把钢鞭上下左右地一阵横扫，要想脱出剑光的包围，无如力气已尽，早被玉琴娇喝一声，一剑削去，正中胜氏的手腕，当啷啷钢鞭落地，剑秋跟着使一个风扫落叶，一剑刺中胜氏的大腿，跌倒在地。玉琴上前一脚踏住，手起剑落，这一个凶悍万端、杀人不眨眼的女妖魔便伏尸地下了。

赵无畏见自己人都已被杀，遂将手中连环棍紧一紧，一棍向贾三春下三路扫来，贾三春闪身一跳，躲避这棍时，他趁这空儿跳出圈子，回身向寨中便逃。贾三春喝声："哪里去！"立即随后追赶。

剑秋、玉琴恐被赵无畏逃脱，也一同追去。到了寨中，里面一重重房屋很是曲折，两三个转弯便不见了赵无畏。贾三春回头对琴剑二人说道："我们不认得门径，竟被这贼子逃走了，如何是好？"玉琴道："不要这里也有机关的，这样却便宜了他了。"剑秋立刻跳到屋顶上，向四下里一看，不见影踪，又跳来对二人说道："不要管他，我们且到后面去搜查一下再说。"于是三人望里跑去。

只听东边门里有笑语之声，瞿英、芳辰正从门里走出，瞿英背上扛着一个人。见了三人，瞿英便将背上的人一掷，说道："这贼子已被我们捉得了。我们俩正在寨中搜寻可有余党藏匿，却见这厮慌慌张张地逃来，我便上前拦住，他还想上屋逃遁，被芳辰妹妹发出蜈蚣针把他打倒，才将这厮擒住。母夜叉等怎样了？"玉琴道："很好。这厮被你们捉住，正可一雪前次的耻辱。母夜叉等都被我们除掉了，一个也没有逃生，可称得爽快。"

这时许守备等大家都到了，寨里照得一片灯火之光，贾三春便将地下绳捆索缚的赵无畏交给许守备道："盗魁也已被擒，现在交与守备，让你去得个头功可好。"许守备带笑说道："多谢老英雄和诸位剑侠相助之力，敝人不胜感幸的。这一遭破了抱犊崮，剿灭悍匪，也为地方上除去了巨害，诸位的功德不浅啊。"众人说话时，柴千总已率官军在寨里搜抄了一番，抄得无数赃物以及许多军械、粮食。不多时天色已明，贾三春等便要回去，对许守备说道："这善后的事，我们只得交托守备了。"许守备答道："当然，这是敝人的责任。此番有劳老英雄等费力，缓日敝人当到府相谢，且与诸位侠士一叙。"贾三春和剑秋都笑道："这些小事，不足挂齿，请许守备不要放在心上。"众人于是别了许守备、柴千总，下山回去。

途中剑秋、玉琴向窦氏母女问起，他们怎样被山上看出破绽的事，窦氏说道："昨天我们上山入伙，因为李大勇和解大元是熟识的，所以一经介绍，他们便深信不疑，留我们住下。次日听他们正在商议三天期满后，如何来攻打九胜桥的事，母夜叉胜氏因前天和穆帼英出猎回来瞧见了你们，遂告诉赵无畏等知道，恐防你们要上山来寻衅，叫他们在夜间好好防备。所以这天夜里赵无畏教手下盗匪一律严备，且请钱、李二人亲自出巡。我们知道你们必要来的，想要接应你们，必先破去这铁闸。挨到晚上，见寨中人静，我们母女俩遂会合了解、马二人，悄悄地溜出寨来，不料即被钱世辉等窥见，于是我们卧底的计划穿了。赵无畏等闻讯赶来，我急了，一边同我女儿抵住他们，一边教解、马二人赶紧去抢破铁闸。"窦氏说到这里，马魁也嚷着道："可不是么，幸亏我们脚快手快，赶紧把铁闸那里把守的人杀掉，吊起了铁闸接应诸位上来，否则钱世辉已率匪党随后追来，倘被他围住了，你们又不能上山救援，我们四人寡不敌众，岂非很危险的么？"解大元道："这也是天意啊。"

梦熊道："你们都杀得热闹而痛快，只有我却杀了几个盗党，此番便宜了那个许守备，生擒了盗魁回去，可以得一大功了。"瞿英笑道："这功劳还是我和芳辰妹妹让给他的呢。"琴剑二人因杀了母夜叉，更觉快意。

众人谈谈说说回到了贾家庄，贾夫人和瞿母以及家人们都含笑相迎。贾夫人便将伊预备的点心吩咐下人端出来给众人充饥。贾三春遂对瞿英、芳辰说道："我年纪已老，本来不欲多管闲事，今番都因你们二人到山上去，惹下了是非，使我不得不亲自应付。幸有诸位前来帮了老朽的忙，才侥幸把这抱犊崮破去。但是我们重开了杀戒，以后你们二人须要格外谨慎，免得多结冤仇，自惹烦恼。不要自恃自己能懂武艺，便不管三七二十一地去向人家挑衅。"芳辰和瞿英诺诺答应。玉琴闻言，将一双妙目瞧着剑秋，微微一笑。这天众人都觉得有些疲倦，大家休息休息，没有什么事。邻近各乡村闻得抱犊崮巨害已除，无不称快，但他们尚以为官兵去剿灭的呢。

许守备把盗窟肃清了，命数十官兵暂守山头，自己回去告知了兖州府，即办好公文，把赵无畏槛送赴省。他自己便端整了四样厚重的礼物，带了马弁，挑了两桌上等的好菜，赶到贾家庄来见贾三春等众人，谢他们相助之力。遂在庄上大宴群英，尽欢而别。贾三春把他送来的礼物一概璧谢，许守备见他们真心不受，也只得带了回去。

又隔了二天，玉琴等便要告辞南下，剑秋和窦氏知道解、马二人无枝可栖，要商量他们安置的法儿。据窦氏的意思，因为此次抱犊崮，他们二人也有一臂之力，而解大元又曾吃过粮的，不如就荐给许守备让他们二人从军去，许守备当然不会拒却的。谁知马魁偏不赞同。他说："我们闲散惯了，无意功名，并且现在的官兵卑鄙龌龊得很，谁高兴与他们一起厮混？"剑秋见马魁不欲当兵，脑中便又想着一个去处，就对马魁说道："山海关外有个螺蛳谷，那里我有一个朋友姓袁名彪，别号摩云金翅，雄霸一方，在关外很有声名的。你们不如到那里去，他必然欢迎的。"马魁听说，便向窦氏看了一看，说道："岳先生，那边不也是绿林么？"剑秋笑道："确乎是的，不过他们于这生涯和别的绿林不同，且暗中怀着兴汉拒满的宗旨。你们到了那里，自会知道我的话不虚了。所以我敢介绍你们前往。"窦氏道："你们既然不愿意吃粮，又无别的去处，那么还是到螺蛳谷暂住吧。"马魁、解大元见窦氏亦赞同，于是他们的主意也决定如此。剑秋立即代他们写了一封介绍书，交给马魁。贾三春取出五十两纹银，送给二人为盘缠。马魁、解大元谢了收下，遂和众人告别，动身北上，到螺蛳谷去投奔袁彪了。

这里贾三春又留琴、剑等在此多住几天，玉琴见天气很好，急于去游西湖，所以贾家父女再三留不住，只得设宴饯行。琴、剑等六人别了贾家庄，起程南下。这一天将到徐州，剑秋便对玉琴说道："前边有个官渡驿，是个繁盛的小镇，我们就到那边去歇宿吧。"玉琴道："此刻尚在上午，我们很可以赶到徐州，你却要急急歇宿做什么？"剑秋笑道："我当然有事的。前年我南下时，记得就住在官渡驿龙飞旅店之内，遇见了少年夏听鹂，那夜便和飞毛腿唐闾重逢，被他引至红叶村，坠身石窟，幽闭了多时，后来幸亏琴妹和我师云三娘前来援助出险，但是我那头可爱的金眼雕却牺牲在姓贾的火箭之下。以后我把死雕托给店主，便在云龙山下购地而葬。现在路过这里，我想要便道去一看。"玉琴道："呀！原来你为了这个缘故么。这金眼雕很有大功于我们，它在螺蛳谷曾救了我的性命，和我的花驴一样使人心爱，可惜这雕不幸早死了，无怪你很痛惜的，时常要想起它。那么我们就到那边去歇吧。"剑秋便将金眼雕的事告诉窦氏母女，二人听了也连呼可惜。曾氏弟兄是见过的，也不胜叹息。

众人到了官渡驿，剑秋早到了那个龙飞旅店，便一齐进去投宿。店主见了剑秋，尚能认识，连忙带笑上前招呼，很殷勤地接待他们住下。众人看定了东西两大间上房，剑秋、毓麟、梦熊住东边一间，玉琴和窦氏母女住西边一间。把行李放下了，大家聚在东边房里，剑秋就向店主问起那金眼雕，店主答道："那死雕早已埋葬在云龙山下，少停爷们用过饭后，在下可以引导往那里一观的。"剑秋说声"好"。遂点了几样菜，由店主出去关照。隔得一刻，店小二早将饭菜搬上来。大家坐在一桌吃罢了饭，店主遂走进来，要引导剑秋去看。大家都要去，于是一行六人跟了店主走出店门，向南面走去。走出了镇，地面渐渐荒野，四面都是山脉，走了不少路，方才到得云龙山下。店主领着剑秋等走进一个林子，指着山石下一个小小土馒头说道："这就是了。"大家立定身子，凝神看着。墓前有一块小小石碑，上面刻着"义鸟金眼雕之墓"七字。剑秋看着，叹息了一回，谢了店主的费心，便和众人走回来。玉琴瞧得到剑秋的脸上很有惋惜的情绪，遂用话去安慰他。

走到将近龙飞旅店门前时，见有许多人围着一个大圈子，乱嚷嚷地不知说些什么。剑秋、玉琴首先推开众人，和毓麟、彩凤等挤进人丛看时，见中间立着一个二十多岁的男子，身穿一件灰色长衫，脚上踏着一双双梁布鞋，脸上生得几个肉疙瘩，手里抱着一柄光闪闪的宝剑，地下放着一个绿鲨鱼皮鞘，见剑秋等众人入内，便又大着声音说道："诸位，方才我已说过一遍了，诸位倘再不信，不妨让我再说一遍吧。从前三国时吴大帝有宝剑六口，名曰'白虹''紫电''辟邪''流星''青冥''百里'，都是宝锷霜锋。此剑就是'流星'宝剑，含金铁之英，吐银锡之精。诸位试瞧，此剑一拔出鞘，便觉湛湛如秋水照人，可知非寻常之物了。此剑斫石切玉，削铁如泥，吹毛能断。我一向佩在身边，视若至宝。只因现在欠了人家的钱，债主逼得我好苦，不得已欲将此剑出售于人，索价八十两银子，并无虚价。者位若有识货的人，不要错过这个机会啊！"说毕，他从地上取了一大块钢铁，把剑随意向钢铁削剁，那钢铁果然像泥一般地籁籁下落。又拿过一把鸡毛，凑着剑锋只一吹，那鸡毛便绝齐地切作两截，飘飘坠地。剑秋等看了，都知道真是一口稀世难得的宝剑。

　　旁边有几个乡人却乱七八糟地说道："这剑大约是好的，你们不瞧寒光森森，令人有些肤栗吗？"一个人道："徐州城外淮阴侯庙里也有一口宝剑，和此剑差不多的，不过铁锈了些。为什么他要卖这大价钱呢？若是三吊钱的说话，我就要买了。"又一人道："他索价八十两银子，三吊钱能够买得动么？那是我也要买了回去，挂在我家小儿的床上，到可以压邪镇恶哩。"那男子见还没有人要买，回转头去，瞧见背后恰巧有块大青石，便握着宝剑走到青石边，对众人说道："待我借这块大石试试我的宝剑利与不利。"说着话，做出举剑欲砍的样子，众人连忙退得远些，只见剑光下落，砉然一声，那大青石已剁作两块，剑秋不由喝一声："好剑！"

　　男子听得有人喝彩，忙回过身来说道："哪一位赞美此剑，荣幸得很，快请一见！"剑秋遂和玉琴、彩凤等走上前，男子对剑秋看了一眼，拱拱手道："我看先生真是一位能用此剑的人，倘蒙买下，此剑也可得一新主了。"剑秋问道："你姓甚名谁？何处得来这柄宝剑？一旦卖去岂不可惜？"男子叹了一口气道："此剑随我多年，是亲戚送给我的。今日把剑出售，当然可惜，不过一文钱逼死英雄汉，我也是不得已而出此。先生要问我姓名时，我实在不欲告人，请恕我吧。"剑秋点点头道："你索的价不算多，但我们是旅行的人，身边带钱不多，你若能再低廉一些，我就买了。"男子道："先生真心买时，我就减作六十两银子何如？"说罢将剑插入鞘中，双手奉上。

剑秋接过，回身对着宋彩凤笑嘻嘻地说道："嫂嫂喜欢用剑的，一向还没有好的宝剑，这流星剑果是利器，我代你买了送给你吧。"彩凤笑道："岳先生，这是不敢当的。"玉琴道："不要客气，你买我买总是一样的。"彩凤遂将宝剑接过。曾毓麟笑嘻嘻地向伊道贺，彩凤道："你且慢贺，我要你出钱的啊。"毓麟道："唯命是听，只要你有宝剑，区区阿堵物值得什么？"剑秋便对那男子说道："我们住在龙飞旅店之内，请你跟我来，到店里去拿钱吧。"男子答应一声，跟着剑秋等就走。众人渐渐散去。

剑秋回到店里，有几个好事的人还跟来观看，店主便用好话请他们出去。那男子一直跟了剑秋等走到里面上房门口，彩凤抱着宝剑和玉琴、窦氏带说带笑地走进西边房中去，剑秋和毓麟抢着开箧取银。结果大家拿六十两银子付给那男子手里。男子谢了一声，把银两揣在怀里，又向两边看了一下，方才告别出去。晚上，毓麟因为彩凤新得宝剑，便吩咐店主端整了一桌酒菜，宴请众人，表示贺喜的意思。大家开怀畅饮，彩凤因为新得了宝剑，当然芳心喜悦无限，所以多喝了几杯酒，玉颜酡红，微有醉意，和玉琴讲着剑术。毓麟瞧伊只是微笑。梦熊喝的酒最多，早已醉倒了。剑秋先扶他进去安睡。窦氏见大家都有些醉了，唯有伊一人没喝，时候已是不早，便叫散席。

剑秋和毓麟回到自己房间里去睡眠，窦氏、玉琴、彩凤也走入西面的上房。彩凤又将那柄流星剑抽出鞘来在灯光下把玩，玉琴也将真刚宝剑取出来，两道寒光耀得室中一道道的光明，在壁上屋底闪动不已。彩凤觉得这流星剑端的不输于真刚，便对玉琴说道："我虽然得了这宝剑，但也很代那个男子可惜，料他也是懂武艺之辈，一旦将宝剑脱售，如何舍得？换了我时，宁可没饭吃饿死，也不肯卖去的。"窦氏道："你没有听得那人说欠了债没得还，遂不得已而出卖的吗？"彩凤道："无论如何总可惜的。"玉琴笑道："若不是这样，姊姊哪里得来宝剑？大约物各有主，此剑应该归你的了。"三人略谈片刻，彩凤便将流星剑悬在床头，玉琴也把剑放在自己枕边，大家脱了衣服，玉琴、彩凤同睡一床，窦氏睡在横边小榻上，熄了灯。

　　一会儿，玉琴、彩凤都已深入黑甜乡里，窦氏尚没有睡着，听得外面屋檐边有鼠子叫打的声音，不多时便沉寂了。店中内外都已熄火安睡，寂寂无声。窦氏也微有倦意，闭目睡去。不知在什么时候，陡觉眼前一亮，蒙眬中睁开眼皮瞧时，见有一个黑影已走至彩凤床前，手中一晃，便有一条亮光射出，正向床头取下那柄新买来的流星宝剑。窦氏起初疑心来的是刺客，现在经这亮光一闪，早认得那人就是店外卖剑的无名男子，连忙掀开锦被一跃而起，大喝："贼骨头，胆敢偷到老娘这里来吗！不要走，吃我一钩。"一边说，一边从床边摘下尹的两柄虎头钩，那男子早已取得宝剑，纵身跃出窗去。窦氏连忙随后跳出，那男子很快地已跃上屋顶，窦氏刚想呼喊，却见屋面上又有一个黑影一闪，把那男子拦住，叮叮当当地厮杀起来。

　　窦氏心里有些奇怪，跃上屋瞧时，正是剑秋和那偷剑的男子战在一起。原来这天夜里曾毓麟多吃了些菜，肚皮不争气，时时作痛，所以睡在床上没有安眠。听剑秋、梦熊二人鼾声如雷，辗转至三更时分，腹中更痛，再也耐不住了，想要上茅厕去，遂披衣起来。恐防惊醒他人，悄悄地开了门，刚才探出半个身体去，却见屋面上有一条黑影蹿将下来，如飞鸟坠地，一些儿没有声息，跑至西边上房窗前，在那里撬窗。毓麟疑心是刺客，吃了一惊，不敢声张，连厕所也不敢上了。蹑足走至剑秋榻畔，把他唤醒，告诉他说对面房里有刺客前去，不知他们可能觉得。剑秋听了，急忙跃起，取过惊鲵宝剑，开了窗跳至庭心中，恰听窦氏在房中呵斥，连忙先跃上屋，防刺客逃逸。果然那男子逃上屋来了，便拦住他厮杀。

窦氏舞动双钩来助剑秋，且对剑秋说道："那厮将剑卖给了我们，夜里却来盗回，乃是个贼骨头，骗人金钱，不可放他逃走。"男子不响，将他手中的宝剑使开，力敌二人，本领倒也不弱。这时玉琴和彩凤都已闻声惊起，彩凤一摸那柄流星宝剑已不见了，心中大气，忙擎了自己的剑和玉琴一同飞身出窗，跳到屋面上。那男子瞧见他们一齐来了，他已领教得剑秋和窦氏的武艺，知道他们都是能人，今夜遇见了劲敌，不敢恋战。好在自己的剑业已取到手中，三十六着走为上着，遂觑个间隙，使个白蛇吐信，一剑向窦氏手中刺去，想来削窦氏的虎头钩。窦氏收转双钩，退得半步时，那男子倏地一跃，已逃出丈外，往后边奔逃。·

彩凤娇声喝道："贼子，你偷了宝剑想逃到哪里去！"四人一齐追来。那男子跑到后墙，飘身而下，四人哪里肯轻易放他，扑扑扑地也跟着跳下。店后有一小路，过去便是旷野，那男子飞也似的向小路跑去，跑得非常之快，四人加紧脚步在后追赶。看看前面有一个林子，彩凤恐防他逃到林子里去，便不容易寻获，且喜自己的镖囊系在腰边，连忙摸出两支金镖，纤手向上一抬，两支镖便望那男子的背后一上一下飞去。那男子觉得背后风声，知道有暗器来了，将身子一侧，第一支镖恰从他颈边拂过，不防第二支镖飞来，正中左腿，立脚不住，咕咚一声跌倒在地。彩凤大喜，当先跑过去把他一

334

脚踏住，喝一声："贼子，今夜送你上鬼门关去吧。"举剑向那男子颈上砍下。

这时忽然在伊背后来了一条拂尘，把伊的剑拦住。自己手中陡觉一震，呛啷啷宝剑落地。回头看时，星光下见是一个老道，道冠道袍，童颜鹤发，颔下三绺银髯长垂过腹，手中握着一柄拂尘，立在伊的身后，对伊说道："姑娘，你体上天好生之德，饶了小徒吧。"彩凤见这老道双瞳中发出奕奕的光，知非常人，一时倒反呆了。剑秋等本和彩凤同追，当彩凤用镖打倒盗剑的男子，跳过去动手之时，他们都觉得背后唰的一声，有一黑影很快地从他们身边掠向前去，就是这老道了，以为那边来了助手。剑秋忙上前说道："我们本不欲和人家开衅，只因……"剑秋刚说得一句话，老道早已哈哈笑道："不用说了，我都知道。小徒娄震学习了武艺，偏偏不肯向上，犯了观中的规条，贫道将他痛责一番。他倒不受教训，趁贫道不在山上时，偷了流星宝剑逃亡外出，直到贫道回山方才知道，因此贫道特地出来找他。闻人传说他在外边常把这宝剑做幌子，哄人出钱购买了去，当夜或稍缓一二日，他就施展本领盗了回来，再去欺骗别人。如此不肖，玷污了我山上的名声，因此贫道跟踪到此。恰巧遇见你们买了他的宝剑，一同走入店去，贫道知他夜间必然要来盗还的，遂预先到那里伏在屋上偷瞧，你们一切的经过，贫道早都看到眼里，所以不用你再说。现在见这位姑娘用镖打倒了他，要将他结果性命，贫道不得已出而阻止，并非袒护我的徒弟。因贫道愿意把他带回山去重行教导，使他熬过一回苦，或者可以觉悟前失，改过自新。唉！贫道一生传授了两个徒弟，不料传之不得其人，都与贫道的宗旨不合。娄震的师兄程远，别号踏雪无痕，所习的本领比较他要高出两倍，可惜下了山被人家引诱，走入魔道，竟在海外做了海盗。贫道一时也寻他不得，以后仍想把他找回山去管教。不比你们二位在昆仑门下，能够出人头地，为你们师父增荣的啊。"剑秋、玉琴听这老道说出"昆仑门下"四字，好像认得自己的，不由十分惊奇，估料这老道也是个非常的人物了。

剑秋便道："请问仙师法名，怎样知道我们二人是昆仑门下？"道人又笑道："你们不认识我么？我却早已见过你们的了。"琴剑二人闻言，更是惝恍迷离，摸不着头脑，自思生平实在没有遇见过这老道，何以他说认识的呢？老人见二人兀自怀疑，遂又说道："可记得东海别墅一回事么？当你们俩半夜捕鬼的时候，贫道也曾在那里作壁上观。后来那一个飞步逃走，要想做漏网之鱼，经贫道追上去将他擒住，揭去他的鬼脸放在林中，等你们来把他捕去的。不过贫道没有露脸罢了。那时恰巧贫道路过那里，协助你们除去了那两个小丑。以后我探听之下，便知你们是昆仑门下的剑客，不禁为老友一明禅师庆贺了。为什么我收的徒弟不如人家呢？自愧无知人之明了。"

琴剑二人听老道提起东海别墅捕鬼的事，确实觉得那时是有第三者在内相助，但恨不能得见一面，很为疑讶。原来就是这老道在那里游戏三昧么？且闻他说禅师是他的朋友，于是一齐向老道拜倒道："仙师是我师父的友人么？幸恕失敬！"

老道把二人扶起说道："现在贫道把我的姓名告诉你们吧。贫道就是青岛崂山一阳观的龙真人，和你们的师父一明禅师是很契合的，禅师时常到崂山上来小住，贫道也听他谈起你们的义侠仁孝，可敬之至。你们都是有根底的，前途深长，可喜，可喜！"

剑秋道："蒙仙师这样奖掖后进，惭愧之至。弟子等也曾听禅师说起仙师大名的。"龙真人叹道："我哪里及得上禅师！便是为了那两个畜生，心里也气恼得很。我有两口宝剑，一名'流星'，一名'百里'，是我在幼时从滇中得来的。那'百里'剑赠给了我的大徒弟程远，因他违反了我的教训，深自懊悔。不料这'流星'剑又被娄震盗下了山，借作骗人财物的东西，真是污了我的宝剑。现在我带这畜生回崂山去，这流星剑既已卖给了你们，我就送与爱剑的人吧。"剑秋道："这是仙师的宝物，我等不知，一时高兴买了下来。现在明白了真相，仍请仙师收还罢了。"龙真人指着彩凤说道："就是这位姑娘用的么？我瞧伊武艺很好，我愿意将剑赠送与伊，这也是伊的缘法。你们不要客气。"剑秋见龙真人说话坚决，都是真意，便教彩凤拜谢，从地上拾起那剑。

龙真人又喝令娄震立起，将身边的六十两银子取出来奉还。娄震只得摸出银子双手还与剑秋，剑秋不肯拿，龙真人道："你不肯拿时，我这柄剑仍无异卖给你们了。"剑秋方才谢了取下。龙真人便对四人说道："好，我们后会有期，再见吧！"于是他就带着娄震，回头便走，且说道："你这畜生腿上有了镖伤，待我到前边去代你医治吧。你以为外边没有能人么？今夜吃了苦头哩。"娄震垂头丧气地跟着龙真人去了。

剑秋等立着，瞧龙真人等走入林子，才一齐回入店中。且喜无人知道，只有曾毓麟立在庭中呆呆地瞧望。一见他们回来，心中大喜，便问可曾将刺客追获。剑秋、彩凤把这事告诉了，他也代彩凤喜悦。大家回到房旦再行安睡，梦熊却睡得正甜，一些儿也不觉得。直到次日天晓大家起身，听他们讲起昨宵的事，方才嚷道："你们何不告诉我一声？也好使我瞧瞧热闹，得便赏他一弹。"玉琴道："只来了一个，还怕我们战他不过，却要唤你起来相助么？"毓麟道："大哥多喝了酒，睡得如死人一般，便是有人来将你扛了去，恐怕你也不会醒的啊。"说得大家都笑起来。

于是剑秋见了店主，将房饭钱付讫，离了官渡驿南下。途中坐船的时候多，一路无话，早已到了江南。其间虽曾经过扬州和苏州，他们也没有耽搁，坐着帆船赶至杭州，觉得江南山软水温，和北方大异。况又正当春日，青山含笑，大地如绣。玉琴等游目骋怀，大家十分有兴。又想起"北人乘马，南人乘舟"这句话确乎不错。江南水道纵横，港汊纷歧，旅行的人大都坐船。挂上一道风帆，水天辽阔，纵其所如了。他们一到杭州，便住在城外清泰旅店里，仍开了两个房间，都在楼上。因为三月中四处来杭进香的人很多，游客也不少，所以旅馆住得很满。他们的两间是相并着的，在最后一个院子里，后面便是一个小小天井。北面一条短墙，墙外就是街了。

当夜大家坐定了，商议明天先去游湖还是先去游山。玉琴、彩凤主张先游湖，剑秋、梦熊主张先游山，毓麟和窦氏则无可无不可。争论不定，于是又要拈阄了。毓麟道："我们到了此地，山要游，湖也要游，畅观胜景，何争一日之先呢？"剑秋写了两个阄儿让玉琴来拈，玉琴拈了一个，解开一看，上面写着一个"山"字，不由把嘴一噘，丢在桌上。剑秋看了笑道："前次被你拈胜，今番要依我了。"玉琴道："便宜了你。"剑秋取过买来的西湖地图看了一回。夜深了，各自安睡。

次日一清早起来，用了早餐，六人也不雇轿，也不坐马，叫一个本地人引导着往游南山净慈寺、法相寺、石屋洞、烟霞洞各处胜地，一一都去游观。途中岚影苍翠，野花媚红，山径曲曲弯弯，引人入胜。四顾幽秀清丽，疑非人间世了。玉琴回顾毓麟已跑得额上出汗，便问道："毓麟兄，你跟着我们跑可觉得乏力么？"毓麟摇头道："不。"彩凤笑道："他也只好说'不'了，做了一个男子汉，怎会走不过女子呢？"窦氏道："这却不能如此说道，毓麟是斯文公子，不能和你们走惯天涯之人比的。"毓麟脸上不由一红，道："你们太小觑我了。我虽没你们那样精通武艺，可是走走山路总行的。况且这里的山不比北方的山荦确峻险啊。"玉琴道："毓麟兄不必发急，我是说着玩的。"一边说，一边已走至虎跑泉。

虎跑泉是在定慧寺内，相传昔有二虎跑地作穴，泉水从穴中涌出，因此得名。清高祖南巡时曾至此一游，所以泉旁立着一块御碑。泉水共有三井，游人都将制钱抛投，左右转侧而下，井底亮晶晶的都

338

是钱。六人坐在厅上啜茗，一尝清泉佳味。僧人们端出果盘来敬客。

这时忽然外面一声高喝道："慧觉老和尚快快端整美酒嫩鸡，洒家来也。"声如洪钟，惹人注意。剑秋等回头一看，见有两个出家人大踏步走将进来。首先的那是个形容丑恶的怪头陀，头上戴着金箍，短发氄氄披在颈后；双目突出，好似缢死鬼一般，满裹着血筋，一张阔口，唇边露出两只獠牙，短髭绕颊，密如猬刺；额上有一条很深的刀疤；身穿灰色布衲，脚踏芒鞋；肩着一支铁禅杖，杖头系一青布包裹。背后一个和尚年纪还轻，一张雷公嘴，生得尖嘴尖脸。一齐走到厅前，向琴、剑等众人望了一下，口里又喊："慧觉老和尚何在？洒家来了，还不迎接，更待何时？"

厅侧客室里便走出一个老僧，面貌很是慈祥，见了怪头陀，先向他行礼道："不知师父驾到，有失迎迓，且请到里面坐。"怪头陀把杖头包裹取下，交给寺中一个僧人接去，又将铁禅杖向地上一拄，咚的一声，石上爆出火星来，便拖了禅杖，跟老僧进去。此时梦熊也觉瞧得有些奇怪，便问剑秋道："你们瞧那怪头陀倒有些蹊跷，不知哪里来的，他一双眼睛真是可怕。"剑秋点点头道："这双眼睛是多吃了人肉所致，我以前见过一人，也是如此的。"便对玉琴说道："那东华山的混世魔王樊大侉子，不也是这个样子的么？"玉琴答道："正是。我料那头陀也非好人。"

毓麟道："相貌如此凶恶，当然是盗跖之流。我若在夜里遇见了他，一定要当他是个鬼了。"梦熊不觉哈哈地笑将起来。剑秋刚要说话，忽见那边客室里一个光溜溜的头颅探出来，正向他们窥视。尖尖的雷公嘴，就是方才一起来的年轻和尚了。玉琴指了一指，说声"咦！"那头颅又缩进去了。于是众人心里一齐起了大大的猜疑。

评：

母夜叉胜氏死于琴剑之手，此玉琴姑娘新得爽快也！赵无畏为

339

瞿英、芳辰所缚，擒贼擒王。归功于一对儿，不但借此雪耻，亦了结双探一重公案，二人往螺蛳谷安排，甚妙！南游途中顺便一访雕墓，使读者回忆此忠勇之金眼雕，其奋翅搏击之健态，犹恍然在目，岂仅剑秋为之惘然？东海别墅捕鬼一幕，故留不尽之笔，三集中仍未补述，几疑疏漏。至此方点明一笔，而龙真人武术之高超，不问可知矣。虎跑品茗，正作清游，忽遇怪头陀，奇文突起。

第八回

黄昏寂寂铁杖惊书生
碧海茫茫扁舟追剧盗

梦熊此时忍不住喊起来道："哈！你这尖嘴和尚鬼鬼祟祟的，向人家张望什么……"刚要再说下去时，剑秋早向他摇摇手，叫他不要声张。梦熊不知剑秋有什么意思，只得缩住口不说。幸亏室里也没有反声，剑秋便对众人说道："我们归去吧，时已不早了。"

于是付去茶资。大家立起身来，走出虎跑寺，取道望湖边而归。梦熊遂大着声音说道："那两个秃驴必非善类，生得奇形怪状，好不可怕。"窦氏道："那怪头陀所携的铁禅杖足有七八十斤重，他能够用这东西，本领必然不小，大约又是江湖上的怪杰。"剑秋道："瞧了那头陀，要使人想起韩家庄的铁拐韩妈妈，伊的铁拐好不厉害，我们险些着了伊的道儿。"玉琴道："那时候我们的剑术还是浅薄，换了现在，我们却不怕伊，无论如何必要和伊拼个上下，不必有劳云三娘了。还有那母夜叉胜氏的一支钢鞭，也不输于铁拐啊。"

众人且说且走，毓麟和彩凤指点着道旁风景说说笑笑，更是兴浓。玉琴和剑秋、梦熊、窦氏谈论着怪头陀，伊的眼睛很锐利的，无意中回头一看，恰见离开他们背后数十步路之处，那个雷公嘴的和尚偷偷掩掩地跟着他们行来。伊便将玉肩向剑秋的肩上一碰，轻轻地说道："你瞧那秃驴，果然有些蹊跷，在后面跟上我们来了。"

剑秋听着，也回头瞧了一眼，连忙别转脸来，装作若无其事，低低对玉琴说道："琴妹，我们别睬他，让他尽跟，索性让他知道了我们的住处，只要好好防备，他们也奈何我不得。"玉琴点点头，仍泰然地走着。窦氏母女、毓麟兄弟却都没有觉察。在夕阳影里，一路走回清泰旅馆，天色已黑下来。

一行人将进店门时，琴剑二人又留心向后面一看，果然那和尚一直跟了下来，远远地立在那里窥探他们入内。琴剑二人绝不声张，直等到了里面，大家坐下休息。曾毓麟伸了一个懒腰，喝了一口茶，先对众人带笑说道："今天我喝了虎跑寺的泉水，觉得旅馆里的茶没有味了，无怪古人卢仝、陆羽以品茗试泉为生平第一要事咧。"彩凤笑嘻嘻地对他说道："你游得快活么？两条腿可跑得乏力，总算被你赶上的。"毓麟道："如此清游，胡可多得？虽跑折了两条腿，也是快活的。"

玉琴冷冷地说道："毓麟兄真快活么，可知道今天我们又遇到尴尬事了。"毓麟怔了一怔，说道："有什么尴尬事？莫非在虎跑寺遇见的怪头陀要来寻衅么？"梦熊在旁嚷道："我早知他们不是好人的，吃人肉的贼秃当然非盗即贼，但是他们与我们素不相识，要来寻我们作甚？"彩凤道："方才那个贼秃向我们张望得着实有些不怀好意。"玉琴道："姊姊不知道，那个雷公嘴的秃驴在我们归途中曾蹑足追踪到店门口呢。"彩凤道："呀！那贼秃跟随我们至此的么？那是一定有意窥伺我们了。"

剑秋低着头，好似寻思一般。窦氏问他道："岳先生，你们可有些认识那两个么？"剑秋道："我也正在思索，实在不认得。"玉琴道："大约他们总是金光和尚门下一流人，我们以前在宝林寺、白牛山、天王寺、邓家庄等各处和峨眉派结下冤仇，便是我们不去找他们时，他们也是时时刻刻地要来报复。也许我们不认识他们，而他们认识我们呢。不然那贼秃和我们偶然邂逅，便来跟踪做什么呢？"

窦氏道："这样说来，今晚我们却不可不防了。"琴剑二人都点点头。

　　毓麟听了，脸上露出懊恼之色，说道："此次我同你们南下，玄女庙、抱犊崮纠缠了好多时，你们都杀得辛苦。现在到了明媚的西子湖边，正好及时行乐，探幽选胜，谁料又要生出岔儿来，未免令人扫兴。"玉琴微笑道："此次不是我们去兜搭在身上，乃是人家找来的，避也避不掉。然而在我看起来好如家常便饭，没有什么惊天动地的大事情。"窦氏道："好姑爷，你放心吧，有我母女俩在此，管教那贼秃猖狂不得，决不使你损伤一发的。况且又有岳先生和玉琴姑娘相助，你尽管高枕而卧，不用多虑。"玉琴道："伯母说得甚是，放着我们这几个人，还怕敌不过那两个秃驴么？"

　　毓麟听大家这样说，心中稍慰，点头说道："你们不要笑我胆怯，我是只会拿笔杆儿的人，前番两次遇险，幸逢玉琴妹和彩凤妹舍身奋勇将我援救，我是感激不尽的。今夜仗你们去对付吧。"彩凤把手指向毓麟脸上，羞着道："你真是个怯书生，还要叫人家不要笑你，不怕害羞么？今夜我拼着不睡，保护你何如？"剑秋笑道："甚佳甚佳。毓麟兄，你有了这位武艺超群的嫂嫂做保护人，何畏之有？以后你快快拜伊为师，学习起来吧。在这个叔季之世，丈夫上马杀贼，下马草露布，文武都用得着的啊。"说得众人都笑起来。

　　梦熊却嚷道："我游了一天，身子倒不觉十分疲惫，肚里却饿得很，快快吃了晚餐再奇对付之计吧。"剑秋道："不错，我的腹中也觉空空的，要想吃喝呢。"遂和大家点了几样菜，吩咐店小二早为准备。店小二先将灯掌上了，接过菜单出去知照。不多时，已将酒菜送上楼来。大家坐定，将晚饭用过，又闲谈了一番。窦氏道："我们如何防备，要不要先说妥？"剑秋道："这里只有毓麟兄一人可照常安睡，我们五人可分在两间房里埋伏，专等秃驴前来，不要声张，看他们怎样下手。"彩凤道："我和母亲及玉琴姊一同潜伏在这房里保护毓麟，好叫他放心大胆。"剑秋道："很好。我与梦熊兄伏在间壁房中，若有风声，互相接应，不要放走了秃驴。"

于是大家取出兵器，穿了短装，准备停当。剑秋、梦熊走至隔壁房间里去。大家把门窗关上，彩凤便对毓麟说道："你安睡吧，少停秃驴若来，有我们抵挡，你切不要声张。"毓麟诺诺答应道："谨遵妹妹吩咐。我真是疲倦得要睡了。"又向玉琴说道："恕我无礼。"遂先脱下长衣上床去睡。窦氏和玉琴、彩凤又静坐了一歇，养息着精神，听听店里人声渐静，约莫已过二更时分，玉琴遂将桌上的灯扑地吹灭，伊和彩凤各挟宝剑伏在毓麟睡榻左右，窦氏却伏在桌子底下，等候动静。毓麟虽然睡了，可是心里有些警戒，哪里睡得着！瞑目想起了那怪头陀的情状以及那柄铁禅杖，总觉得有些恐怖。虽有琴、剑等众人在此，仍未能帖然安宁，只是在床上翻身。

彩凤起初以为毓麟已入睡，及听他时时翻身的声音，忍不住低低说道："做什么还不安睡？请你放下一百二十个心，我和玉琴姊姊都在你床边做保驾将军呢。"毓麟道："多谢，多谢！我正睡着哩。"彩凤道："呸！你睡了还会开口答话吗？"这句话说得玉琴在旁听了，不由扑哧一声笑了出来。彩凤又要开口时，窦氏道："你们别声张了，那东西快来哩。"于是大家屏息无声，再听店里已是十分静寂，一般旅客大都已入睡乡。

这样等候了好久，忽闻窗外微有一阵风声，两扇窗顿时开了，一条伟硕的黑影如箭一般地射进室来，双脚落地杳无声息，已至毓麟床前，呼的一禅杖打下。毓麟是醒着的，如何不觉得，只急得他失口喊声："啊呀！"但是禅杖落下时，当的一声，已有一剑从毓麟旁边飞起，挡住那禅杖，乃是彩凤的流星宝剑了。同时玉琴也已一跃而起，一道白光径奔那黑影头上。那人见室中已有戒备，忙将禅杖收转，架开玉琴的剑，回身便走。窦氏已从桌下跳出，喝声"着！"双钩向那人脚下左右卷来。那人将禅杖望下用力一扫，当啷两声，窦氏的虎头钩早已荡开，一耸身跳上了屋面。玉琴喝一声：

"不要走！"和窦氏随后跃出，见屋上立着两人，就是那怪头陀和尖嘴和尚了。

玉琴挥动真刚剑向前进刺，那尖嘴和尚一摆手中两柄烂银戒刀，拦住便战。这时剑秋已从那边房里跃上屋顶，怪头陀见他们都来了，大吼一声，抢起铁禅杖向剑秋当头打来。剑秋舞着惊鲵剑敌住，窦氏也使开虎头钩来助剑秋。五个人在屋面上叮叮当当狠斗起来。彩凤本要出外助战，却被毓麟将伊一把拉住，央告道："好妹妹，你别出去战了，在我这里防御着吧。我见那怪头陀实在害怕，请你别走，他们大约敌得住的。"彩凤见毓麟发急，也不忍走开，恐防真有余党入室。所以仗剑站在毓麟床前，听屋上厮杀的声音。梦熊却因一则自己对于登高的技能不济事，二则估料怪头陀凶悍，非己能敌，不敢冒险，取过弹弓立在窗槛上，想得间发他一弹。但是他们已杀到后边去了，影子都望不见呢。

原来那怪头陀和剑秋等战上数十合，觉得剑秋等果然名不虚传，自己一击不中，反给人家拦住。倘然惊动了地方，这里是个繁华热闹的大都会，将有牵连的事情，不如走吧。因此且战且退，到得后边，蓦地将禅杖一扫，打开剑秋的剑和窦氏的钩，望后一跃，早到了短墙上，说声："走！"一翻身跳下地去了。那尖嘴和尚也将双刀一紧，架开玉琴的剑，跟着飞身跳出墙来，已到了后街。剑秋、玉琴、窦氏一齐跟在后面跳出来。那怪头陀蓦地一回身，便有两个飞锤嗖嗖地向他们头上飞来。三人左避右闪，躲过了第一锤，那第二锤恰巧飞到玉琴耳边。玉琴左手一起，把飞锤接住，正想回击时，那两个贼秃已趁这隙儿，一个转身窜入旁边小巷里。三人追去时，已不见了影踪。这里两边都有小巷，不知走向哪一条。玉琴还要搜索，前面灯火照耀，却来了一队巡夜的兵丁。

剑秋不欲多事，一拉玉琴衣袖，说道："回店吧，不要追了。"玉琴、窦氏遂随着他跃上围墙，来到自己屋顶上，仍从窗里飞身跃入。这时彩凤已将灯点亮，毓麟坐在床上，梦熊也走了过来。店中亦有少数人闻声惊起，向楼上探问，但都没有瞧见剑秋等回来。剑秋遂伪言屋上有贼，已被他们驱走，叫楼下人安心睡眠。楼下人听说没事，也就各自归寝，不再查问了。

彩凤见他们顷刻之间已回来，便问道："刺客逃走了么？"剑秋道："竟被他们走了，便宜了这两个贼秃。"窦氏道："那怪头陀的铁禅杖果然不错，老身的双钩也急切近他的身不得。有此好本领，可惜不归于正，也是徒然。"玉琴将接住的飞锤在灯光下细看，足有八九斤重，锤形甚小，作八卦式，是铜制的，角上都有棱尖，锤中镌着"法喜"两字，大约是那怪头陀的名字了。玉琴便将锤给大家看，且说道："这锤有棱角，很不易接，稍一不慎，手上便要划碎。方才我用二指把锤夹住，真是侥幸。"大家接在手里传看，都说厉害，险些儿着了那贼秃的暗算。

彩凤指着毓麟说道："都是你拉住了我，不放我出外助战，否则那贼秃既有铁锤，我也要还他一袖箭呢。"毓麟道："方才那怪头陀跳进来的时候，不问情由便向我床上兜头一杖，你们想，叫我这文弱之身怎禁得起这七八十斤重的禅杖一击？怎不令我骇杀？幸亏彩凤妹妹代我挡住了，保得无恙。想你们三人足够对付的，自然不肯放伊出来了。"玉琴笑道："不错，你谢谢伊吧。"毓麟果然在床上向彩凤作了一揖，道："多谢妹妹。"彩凤微笑道："你这人真似吃奶的孩子了。"

剑秋将飞锤放在桌上道："那怪头陀想是来行刺的，他们总是和我们有什么冤仇，不然何至于一见面就跟踪前来下毒手呢？"玉琴道："我早说过了，他们定是峨眉派中人。明天我们只要到虎跑寺去一问究竟，便知端的了。"剑秋点点头，梦熊把飞锤取了去，说道："这个东西你们留着没用，不如给我带回去做个小玩意吧。那铜是很好的，制得甚佳，我想那贼秃轻易放出，中不着人，岂非太不值得

346

呢?"剑秋道:"你瞧锤上不是有一个小小的环么?本来可系铁链的,不过系了链便放不远呈了。"梦熊道:"不错,不错!"玉琴道:"你既心爱此物,就送与你吧。"梦熊大喜,便将飞锤放入衣袋。

窦氏道:"此刻将近四更,我们还可安睡一刻,料他们不敢再来了。"于是大家放下兵刃,各自回房解衣睡眠。次日早上起来,天色阴沉有雨意,剑秋便和梦熊上虎跑寺去探听。玉琴等在寓中坐着闲谈,没有出去。到午饭时二人回来了。玉琴、彩凤忙问二人可曾探得底细,有没有遇见怪头陀。剑秋答道:"哪里会再见?我们跑到寺中找那慧明老和尚,向他问起情由,原来他也和那两个秃驴并不十分熟识的,只知那怪头陀名唤法喜,尖嘴和尚名唤志空,常在江浙沿海走动。他们富有多金,不知从哪里得来的。以前曾一度捐出五百两银子给寺中修理大殿,所以他们每至杭州,便借宿在那里。性情粗暴得很,慧明和尚见他们很是惧怕,只将好酒肥肉款待他们,直等到他们去。至于他们的来历,因他们很守秘密,实在不知晓,他不敢详询。昨天二秃驴来后,志空在我们出寺的时候就跟着出来的。到晚上他们就到了老和尚出来,不知上哪儿去,今天并没有再住。他既然如此说法,我也不必把夜间的事告诉他听了。只苦了我们二人的腿,白跑了一趟咧。"玉琴道:"暂时便宜他吧,将来再遇见时,他那双凶恶的红眼睛我总认识他的,再和他算账。"剑秋道:"只好如此了。"

窦氏道:"这事已过去,我们别谈。莫忘了我们来游西子湖的啊。"剑秋道:"不错,今天大有雨意,我们俩在归途中曾飘着数雨点,明日再行出游吧。"这天众人吃了饭,便在旅馆里坐着闲谈,没有出外。到傍晚时,天上的云散了开来,屋上映着一角淡淡的残阳,玉琴喜道:"明日大概可以天晴,我们可以一游湖上了。"夜间大家恐防万一怪头陀再来行刺,仍各当心防备。然而一夜很平安地过去。

次日天晓,玉琴、彩凤首先起身临镜梳妆,各换了一身新衣,

347

益见清丽。毓麟和剑秋瞧着，心中甚乐。大家用过了早餐，遂走出店来。到得湖畔，雇了一只较大的游艇，一同坐上。舟子打着桨，便向湖心摇去。波光潋滟，其平如镜，许多小艇来来往往，上面坐着惨绿少年，红粉佳人，都是来游湖的。四周岚影苍翠，好似美人在那里临镜晓妆，梳伊们的凤髻，娇媚可爱。玉琴瞧着，不由喝声彩。他们都是在北方久居的人，现在见了这山明水秀的西子湖，不觉都沉醉在大自然的怀抱里了。先到钱王祠、白云庵两处游览一过，遂至三潭印月。大家在九曲桥上徘徊着，又到潭边，见三潭相对着立在水中。相传这是宋时苏轼在杭设立的，倘在月明之夜到此，那么月光映潭分塔为三，十分好看的。剑秋等游玩良久，遂又回船，望丁家山一带摇去。到午时已至孤山放鹤亭了。大家坐在放鹤亭上饮茗。遥望保俶塔如簪花美人，临风玉立，很令人心旷神怡。众人又往谒林和靖墓及鹤冢，还有亭下的小青墓，摩挲古碣，发思古之幽情。

此时毓麟便滔滔地把林处士梅妻鹤子的故事告诉众人听，继又讲着冯小青的一段历史。玉琴、彩凤听了，心里都觉惨然，眼眶里几乎掉下泪来，毓麟又吟着小青的四首绝命诗道：

稽首慈云大士前，莫生西土莫生天。愿为一点杨枝水，洒作人间并蒂莲。

春衫血泪点轻纱，吹入林逋处士家。岭上梅花三百树，一时应变杜鹃花。

新妆竟与画图争，知在昭阳第几名？瘦影自怜秋水照，卿须怜我我怜卿！

冷雨幽窗不可听，挑灯闲读《牡丹亭》。人间亦有痴于我，岂独伤心是小青！

348

青冢黄昏，美人千古。这几首绝命诗流传人间，正够动人哀思。

彩凤点头叹道："像小青这般遭遇，自是红颜薄命。但古今来痴心女子甚多，岂独一冯小青呢？"玉琴道："小青的身世固是可怜，然我总怪伊是个弱者，受大妇那样的虐待，一些儿不会抵抗，以致幽闭孤山，终生不得再和冯生见面，到底忧郁而死，不过徒为后人所悲，对于伊自己一生的幸福，却完全断送了。为什么不毅然决然地和大妇脱离呢？"彩凤也说道："小青果然是弱者，但是冯生也何尝不是弱者呢？假如他自度没有力量制服那大妇，那么何必多此一举，白白地害了人家一个多才多貌的好女子呢？"毓麟笑道："你们俩说得也不错，可是古今女子大都是弱者。诗人吟咏的，小说家所写的，很多很多。像小青处于伊的环境中，心里未尝不想抵抗，无如伶仃弱质，尽人摆布，一些儿没有反对的力量。那时社会上也没有人对伊表同情，肯出来助伊的。自然不得已，只有一个死字是伊可怜的归宿了。这种是消极的反抗。你们都是一剑敌万人，巾帼中的英雄，当然和伊不可同日而语了。"

彩凤道："是的，换了我时，一定不肯这样地忧郁而死，为仇者所快心。须要搅他一个落花流水，不退让的。"伊说到这里，不由脸上一红，又说道："呀！我也不肯做人家的小星了。"玉琴道："倘然我在那时的说话，一定要把那大妇浸在醋瓮里，叫伊喝一个饱，再把小青救出来，使伊和冯生见面，让他们二人很平安地住在一起，成就一对儿神仙的眷属，岂不爽快？"毓麟听了玉琴的话，不觉笑道："爽快，爽快！可惜冯小青没有遇见玉琴妹妹啊。"玉琴道："不是我说废话，若然现在我遇见了这等事，自然起了不平之心，要干涉一下的。"剑秋笑道："琴妹，你倒好像古押衙了。物极必反，我料再隔数十年或是百年，中国的妇女必有解去束缚，放任自由的一日，再没有冯小青这种人了。"玉琴叹道："这也难说啊！"

梦熊在旁听得不耐烦，却嚷道："这一个姓冯的女子已死了好几百年，你们却还在这里议论些什么？游了半天，我的肚子也很饿了，快些吃饭吧！吃饱了好再去游玩。我的兄弟酸溜溜地一肚皮的书，你们要听他讲书时，不如夜间回到旅馆里坐着再听吧。"剑秋道："好！梦熊兄要吃午饭，我们腹中也有些饥饿，就在孤山用吧。"梦熊一噗，把众人的谈话剪断，才一齐回到放鹤亭上。点了几样菜，三斤酒，大家吃了一个饱。毓麟抢着把账付去。

　　大家下了孤山，仍坐着小艇向前面各处去游。到了岳坟，大家上岸，走进岳王庙去拜谒武穆遗像。剑秋自认为岳王后裔，向岳王焚香下拜。玉琴等也对此民族英雄都肃然起敬。又看了精忠柏及坟前竖立的四奸铁像，一则流芳百世，一则遗臭万年。游罢出来，心中很多感慨。又到玉泉去观鱼，上栖霞山游栖霞洞、紫云洞，一个凄神寒骨，一个暮云凝紫，都是瑰琦不可名状。岭上又多桃花，又有桃溪，满目绛英，煞是好看。游罢了栖霞，回到岳墓前下舟，在湖上返棹归去。见夕阳映射水面，鳞鳞然作黄金的颜色，又好如霞彩绮縠，可爱的西子披着艳丽的衣裳，把她的明眸送人回去。大家都觉得目醉神醉，说不出什么话来。

　　回转了客寓，都说快哉快哉，尘襟都被湖水涤净了。夜间各自早睡。次日又去游灵隐、天竺、韬光等处，登北高峰长啸，再游宝石山、葛岭而归。又次日往江边一带遨游，在云栖吃午饭，登六和塔观钱塘江。又次日游城隍山、紫阳山、凤凰山等处，又至城中走了一遍。这样他们在西子湖边一连游了五六天，天天徜徉在青山绿水间，几乎把别的事都忘却了。

　　他们本是来游西湖的，自然要把西子的面目看个饱了。其时各处来此进香的人也很多，到处都见游人。他们在灵隐曾听人家说起普陀山风景的佳美，玉琴心里很想乘便往那里一游，向众人征询同意，剑秋首先赞成，毓麟夫妇也愿同往，窦氏和梦熊当然也没有说话了。

他们在杭又流连了两天，刚要准备动身到普陀去，忽然店小二领进一个人来和他们相见。大家一看，认得是曾福。曾福见了众人，一一叫应。毓麟兄弟不由一呆，便问曾福怎样找到这里来的，家中可有什么紧要的事情。曾福禀告道："大少，太太前几天忽然患了寒热病，十分沉重。虽请大夫前来诊治服药，可是服了药后如水沃石，一天不好一天。老爷和老太太急得没法想，恐防大少爷和二少爷在杭游玩，一时不归，因此打发我星夜南下来寻找大少爷等，请你们赶紧回家去。我赶到此间，走遍各处旅店方才找到，真不容易啊。"梦熊听了不觉跳脚道："哎呀！我的浑家有了重病吗？曾福，瞧你这样说法，路远迢迢的，一来一往要耽搁许多时日，即使我马上赶回家去，恐怕伊也早已长逝了。啊呀，我的妻呀！"他说着，顿脚大哭起来。剑秋连忙劝道："梦熊兄，这事先要定行止，不要先哭乱了你的心。"毓麟也说道："大嫂子病虽沉重，并不一定是死的。父亲母亲因我们在外边不知道，当然只有先打发曾福来叫我们回去。你哭有什么用呢？"梦熊听说，收住眼泪道："回去，回去！那么我们今夜就回天津去吧。"毓麟道："哥哥，你又来了。今日时已不早，我们来得及就动身么？要走，明天走也不为迟。"于是他又向曾福详细问了一遍，叫曾福便在此间住下。

毓麟便对剑秋、玉琴说道："我们本想跟你们一起去游普陀，现在出了这个岔儿，老父有命，不能不回家乡，只好半途分手。你们去游吧。"又向彩凤道："我不能不伴大哥偕归，你心里如何？"彩凤还没有回答，窦氏早说道："你们弟兄俩都要回去，一则路中要人保护，二则彩凤也未便不归，老身和女儿当然也伴你们一齐回去了。"剑秋道："你们既然都回去，不如一齐走吧。普陀之游只好俟诸异日了。"毓麟道："有了岳母和彩凤妹妹伴送我们回里，你们二位难得到此，正好往游普陀，何必要跟我们同回？这真是煞风景的事。"梦熊又说道："兄弟说得不错，你们二位大可不必回去。况且这是小事情，也许我们赶回去时，我的浑家病已好了。那么你们俩不是跟我们上了当吗?"玉琴笑道:"这样说，梦熊兄何必哭呢?"毓麟、彩凤又再三劝琴剑二人不要同回，仍去游普陀，玉琴才道:"既如此说，我就让你们先回去。我和剑秋兄去游了普陀山，再回津沽来望候你们。"彩凤道:"这样我们也安心了。"这天晚上，大家到酒楼里去畅饮一回，方才归寓。

　　次日早上，梦熊、毓麟和窦氏母女以及曾福带着行李和琴剑二人别了，动身回天津去。琴剑二人自毓麟等去后，他们俩又在杭州游了一天，才也别了西子湖，动身向定海县去。到得那里，雇了一只帆船驶至普陀。风和日丽，海不扬波。二人付去舟资，很活泼地跳到岸上，找得一个引路乡人，领导他们上山。只觉得山上风景又清丽又雄壮，与别处不同。白华庵门前有两株香樟大树，三人都不能拱抱，是数百年的老物。石凳清洁整齐，一路走上去，寺院林立，钟声频闻，顿使二人想起昆仑山的一明禅师来。到得文昌阁才坐着略事休息。又至普济寺游览，殿上小龛内供着十八尊真金罗汉，寺前有御碑亭。二人徘徊片刻，遂至法雨寺。天色将晚，寺中僧人留他们在此下榻。夜间进餐都是素馔，笋菰菘韭，烹煮也很精美，可称山中佳肴，别有风味。

　　晚餐后，二人到客房里各据一榻，解衣安睡。晨间听得远近禅院内钟声递响，清心宁神，加着山鸟弄吭，清风习习，使人遍体清凉。二人遂去遨游古佛洞、梵音洞，上佛顶山畅游一天，晚上仍回到法雨寺歇宿。第三天又至千步沙海滨去散步，见许多渔船正开向东面去。海涛汹涌，一望无际，小浪打至山下，濒洞有声。二人立着，对着前面的大海出神地遐想。天风吹着玉琴的云鬓和缟袂，飘飘欲仙。

　　剑秋侧转脸来瞧着玉琴，不由微笑。玉琴打了一个呵欠，回头见剑秋正对伊紧瞧着，不由脸上一红，走了几步，又回身过来对剑秋说道："海阔天空，安得驾一叶舟，挂轻帆，乘长风破万里浪，快意当前！一览瀛海之奇观，探冯夷之幽宫呢？"剑秋拍手说道："琴妹这话说得好畅快，我也有此想。缓日我们回去的时候，可以取道海路，坐船到上海，游罢了苏州，再坐海船北上津沽。其间经过东海、黄海、渤海，虽不能说乘长风破万里浪，比较在内地乘小舟、坐驴车就来得爽快。将来倘有机会，我们俩真的可以到海外去走一遭。明朝时候，宦官郑和三下南洋，收服异邦，生擒番酋，石破天惊，到海外去做一番事业，区区之心，窃慕于此。"玉琴听了点头说道："剑秋兄，你若果有此志，我当追随同行的。"

于是二人又在海边上席地坐下，指点着海景和远近的岛影谈古说今，直到夕阳西下，海上风云变色时，方才回寺。他们在山上游了七八天，兴尽思返。二人因要打从海道走，便托寺僧代他们去雇一帆船开至上海。寺僧就对二人说道："你们二位不如仍从定海县回到杭州，再从那里北上吧。何必海行冒险呢？"剑秋道："海行有什么危险？我们又不怕风浪。"寺僧道："风浪还是小事。"玉琴道："那么又有什么大事呢？你这和尚说话太蹊跷了。"寺僧道："二位有所不知，近来海盗非常猖獗，时出抢劫，这里的海面不大安静。而且这些海盗都是有非常好的武艺，官军也不敢进剿，所以近日到山上来的人很少。否则在这个时候，正是香火盛的当儿，山上何至如此冷落？这是你们二位亲眼所见的，出家人安敢打谎？"玉琴听了便笑道："嗯，原来为了海盗之故。但是我们却不像官军那样地畏盗如虎，我们很想见见那些海盗有怎么样的好本领呢。难道他们都有三头六臂的吗？一样是个人，怕他作甚？"寺僧见玉琴这样说，不觉瞪着双眼，说不出什么来。

剑秋道："你不要奇怪，我们决定要从海道走，遇盗不遇盗，不必多虑。就请你代我们雇一艘帆船，决不有累你的。"寺僧见他们如此坚决，毫无畏惧，估料不出他们的来历，只得代他们去雇船，回来复命道："这里的船因怕海盗抢劫，大都不肯受雇。问了许多船户，方才雇定一艘，但是船资须要加倍，不知你们二位意下如何？"剑秋道："多花些钱算着什么，请你知照船上人，我们明天一早动身。"寺僧答应退去。玉琴就对剑秋说道："我们此去，海中不生岔儿也就罢了，倘然遇见海盗，一定不要放过他们。"剑秋答道："是的，我们以前逢见的都是陆路盗寇，海上的还没有交过手呢。"于是二人在法雨寺又耽搁了一宵。

次日早晨，剑秋取出银子谢了寺僧，吃过了早餐，寺僧引了一个舟子与二人见面，好引导他们下山。琴、剑两人行李很是轻简，由舟子负着。二人别了寺僧，跟着舟子向山下走来。到得海边，见有一只半旧的渔船停在那里，问询之下，始知这只渔船也是寺僧再三商量，许了重资，方才肯载二人动身的哩。二人走到船中，虽觉简陋，总算聊胜于无。坐定后，舟子送上一壶茶，解了缆，离了普陀山向海中出发。正遇顺风，挂着一道布帆，望前驶去。

阳光照在海面上，鳞鳞然作金色，渔船被波浪推动，一上一下地颠簸着。二人在船上远眺海中风景，雪白的海鸥掠着舟上的帆边三三两两地飞过，白羽映清波，很是鲜丽，增添人家的兴趣。舟行不多路，忽见前面有一帆舟，舟上立着几个商贾模样的人，面上都露出惊惶之色。还有一个商人倒在船舷旁，一臂已断，血迹淋漓。玉琴忍不住向船上人问道："你们是到哪里去的，为何这等形状，莫非遇见海盗了吗？"说时两船靠拢过来，那边早有一个老者颤声答道："正是。我们一伙人是从海门开到温州一带去贩货物的，却不料行至半途，忽遇海盗，把我们所带的金钱一起劫去，又把我们的同伴杀伤，凶恶异常，实在可怕。现在我们都变得进退狼狈了。"剑秋道："海盗在哪里？"一个商人指着东北面海上数点黑影说道："那就是盗船，他们刚才行劫了去的。"玉琴道："可追得着吗？"老者向玉琴瞧了一眼，说道："他们坐的是打桨的小舟，我们是帆船，况且向东北去，又是顺风，追是追得上的。不过我们都不是海盗的对手，追上去不是送死吗?"

玉琴道："你们也太可怜，海盗煞是可恶，待我们追上去，把你们被劫去的金钱夺回来就是了。你们且少待吧。"遂吩咐自己的舟子快追。舟子犹豫不肯答应，玉琴拔出剑来叱道："快追!"舟子瞧见这样情景，吃了一惊，不敢不依。又加上了一道帆，那船便如奔马一般地向东北方驶云。剑秋、玉琴立在船头上，大家横着宝剑，心中充满着不平，不顾一切地去追海盗。海风吹动着他们的衣袂，海浪打到船边，看看前面的盗舟渐渐追及了。这时海盗也已觉得背后有人追赶，三只浪里钻的小船一齐回过身来，准备厮杀。琴剑二人向前仔细瞧时，见三只盗船上长长短短地立着十数个短衣扎额的健儿，各个怒眉竖目地举着兵刃。正中一艘船头上，首先立着一个黑衣大汉，头上戴着一顶笠帽，赤着一双脚，手中高高举起一对雪亮的钢叉。右边一只船上，首先立着一个锦衣华服的美少年，抱着一口宝剑，神情安闲。左边船上，当先立着的乃是一个秃驴，身穿蓝绸的短衲，脚踏草履，右手挺着一支镶铁禅杖，威风凛然，杀气满面。原来就是在虎跑寺蓦地相逢，后来到清泰客栈里行刺不遂的怪头陀。

评:

　　以毓麟之怯，反衬琴剑之勇，两面写来，衬托有致。写铁杖，写飞锤，怪头陀之勇悍遂活现纸上，但忽来忽去，行踪不明，使读者大费猜想。将游普陀，忽来曾福，似出一岔子，扫人游兴，但作者借此可遣去毓麟等四人，专力描写琴剑矣。归舟忽遇海盗，奇峰突起，但即以怪头陀为线索，文章便自连贯。

第九回

虎斗龙急飞镖伤侠士
花香鸟语舞剑戏红妆

　　一击不中，翩然远逝。琴剑二人本疑那怪头陀是个空空儿之流，忽来忽往的，究竟不知是什么一回事，以后可能再有一天重逢。却不意在这茫茫的大海上面又见面了，怎不诧异呢？所以玉琴又将宝剑一指道："贼头陀，那天晚上胆敢存心不良，来栈行刺，侥幸被你逃脱。今又在海上纠众行凶，抢劫人家的财帛，原来你是一个罪恶滔天的海盗。"那怪头陀见了二人，一双凶恶的红眼发出火来，也大喝道："小丫头，你是我们峨眉派的仇人，屡次欺侮我党，杀害我党。好，现在你们敢是把头颅送上来了，须吃我一禅杖。"

　　怪头陀正说着话，剑秋已怒不可遏，耸身一跃，已跳至那只小船上，使个蝴蝶斜飞式，一剑向怪头陀头上劈去。怪头陀飞起禅杖，当的一声，迎住剑秋的宝剑，回手一禅杖，对准剑秋腰里打去。剑秋侧身避过，又是一剑向怪头陀肚上刺进，怪头陀又把禅杖驾开。两人便如猛虎相扑地狠斗起来。玉琴也舞动真刚宝剑，跳至黑衣大汉的船上和他交手。黑衣大汉勇猛非常，一对钢叉上下左右地飞舞，好如两团白雪，叉上的铁环叮叮当当地响成一片。玉琴的宝剑也成一道白光，秋水四合，把两团白雪裹在白光中，往来刺击。

　　唯有那美少年却并不动手，只抱着剑立在自己的船上作壁上观。

356

他觉得琴剑二人的剑术神妙，都是有真实本领的人，不禁暗暗佩服。他在身边摸出一样东西拈在手里，踌躇着还不即发。那黑衣大汉和玉琴战了多时，看看敌人真是劲敌，虽然是个女子，而伊的武艺只在自己之上，不在自己之下，久战下去自己恐怕要吃伊的亏，遂想用别的方法去对付。玉琴不知那大汉心里的意思，尽把剑紧紧逼着。因为那大汉的钢叉柄上绕着一种软藤，宝剑削不断它，那大汉又很狡猾，不让钢叉的头和剑尖碰着。又斗了十数合，玉琴觑个间隙，陡地飞起一足，正踢中那大汉的腰窝。哎哟一声，一个翻身，连人带叉跌到海里去了。

玉琴大喜，挥动宝剑向后面四五个盗党砍去。众盗都纷纷跌落水中，只剩了玉琴一个人在这小舟上。正要回身来战那美少年，忽然觉得那小舟大大地摇晃起来。低头一看，船边有几个人头探出来，正在扳动这舟。伊说声"不好！"连忙把宝剑望船边只一掠，早削落了几个手指。方知道海盗们都通水性的，要在海里暗算自己。这时候船艄底下又钻上一个人来，正是被自己踢下去的黑面大汉。刚要奔过去用剑刺他，不防那大汉已展双手将船艄握住，用力一扳，那船便倒翻过来，船底朝天。玉琴立脚不住，已跌到海里去了。

剑秋一边和怪头陀厮杀，一边留心瞧到玉琴被海盗暗算翻落海中，心里不觉大吃一惊。接着便见那黑面大汉双手挟住了玉琴钻出水面来，大喊道："我已把这小丫头擒住了。"同时几个落水的海盗也已浮出水面，一盗早取得玉琴的真刚宝剑在他手中，又有两盗把那小舟翻过来，大家跳到船上去，都说这小丫头可恶，累我们落了一回水。那黑面大汉也挟着玉琴爬至船上，掷下他手中的钢叉，取过一根索子将玉琴缚住。回头对那美少年说道："你们在此对付这男子吧，我先把这小丫头带回岛上去哩。幸亏劫来金钱都在你船上，没有损失啊。"说罢，吩咐手下盗党划回去。

黑面大汉一声令下，众盗把桨划动，那只浪里钻便飞也似的冲着海浪向前边驶去。剑秋十分发急，自己又被怪头陀一支禅杖缠绕住，急切不能脱身，喊了一声："不好!"急把剑使一个银龙搅海，分开禅杖往怪头陀腰里刺去。怪头陀见这解数厉害，连忙退后一步，收转禅杖来驾格时，剑秋乘势一跃，跳回自己的船上，要想吩咐舟子去追前面的浪里钻。恰在这个时候，那美少年把手一抬，便有一件东西很快地飞奔剑秋咽喉而来。剑秋一则没有防备，二则心慌意乱，急闪不迭，正中他的左肩。顿时就觉得一阵麻木，从肩膀麻到胸口，心里模糊起来，身子蹲了下去，眼前一黑，不知人事了。

美少年哈哈大笑，对怪头陀说道："法喜师父，那厮已中了我的毒药镖，一定不能活了，我们也可省得动手。高大哥业已回去，我们一齐返舟吧。"怪头陀答应一声，两只浪里钻回转船头，立刻追着那前面的小船一同去了。

这里剑秋船上的两个舟子瞧了这个情景，早已吓得面如土色，战战兢兢地躲在船艄边，不敢动弹。直等到海盗们去远了，便立起身子走到船头上，见剑秋蹲在那里，口中呻吟着，一动也不能动，唤他也不应。肩头上淌出黑色的血来，一只亮晶晶的红缨钢镖，一半儿插在他的肩窝里。一个舟子忙嚷道："哎哟! 这位客人敢是中着海盗的毒镖了。我们以前在定海县看草台戏，有一出唤作《茂州庙》，就是做的黄天霸捉拿一枝桃。黄天霸是本领非常好的英雄好汉，但是一个不留心中了一枝桃谢虎的毒药飞镖，险些儿送了性命。幸亏讨着救药方才转危为安，保得无恙。我瞧这客人方才和海盗战的时候，一口剑青光霍霍，端的和黄天霸有些不相上下。现在也中了毒镖，没有救药，如何是好?"

那一个舟子笑道："老三，你真是个戏迷，亏你记得清楚。你看见过黄天霸的吗?"那舟子笑道："黄天霸不是现今的人，我如何能够见他? 不过我在戏上看见了，便想得出他的为人。还有一出《连环套》捉拿窦尔墩，也是他的好戏。"那一个舟子道："你不要讲黄天霸了。我们把这客人怎样办法呢？本来我们不高兴出来做这生意的，都是山上法雨寺的和尚再三商量，许了我们的重利，方才把舟驶出的。不料半途果然遇见了海盗，出了这个岔儿，一死一伤，正是晦气。我们没有送了命，还是大大的便宜。我想法雨寺的和尚总知道这两个人的来历，不如把他送回去交代一个明白，死也好，活也好，脱了我们的干系。"那一舟子点头道："是的。"于是二人下了一道帆，拨转船首，挂上偏帆向原路驶回。

此时那商人的船还在后面徘徊着，直等到剑秋的船过来，舟子把经过的情形告诉了他们，一齐咋舌惊骇，没奈何也只得驶开去。

当剑秋的船将要驶至普陀山时，忽然对面来了一只大船，桅杆上挂着一面杏黄旗，二有丝绣的黑色"飞海"二字。船头很阔，一只藤椅上坐着一个道人，面目清朗，微有短髭，身穿杏黄色绣花的道袍。两边立着四个戒装佩剑的娇婢，情状怪奇。两船相近时，那道人一眼瞧见了渔船上蹲伏的剑秋，立刻喝令渔船停住。那个舟子估料不出道人是怎么样的人，不敢不依，便把舟靠拢来。道人立起身，指着昏迷的剑秋问舟子问道："你们是哪里来的？这少年如何受伤？快快直言告诉给我听。"

舟子便将剑秋和他的同伴如何单舟追盗，如何和海盗恶斗，以及一个被擒一个受伤的详细经过一一奉告。道人听了，点点头道："如此说来，这人也是个侠义之辈，他中了人家的毒药镖，命在呼吸之间，我怎样可以袖手旁观不救他活命呢？且喜身边带得救药在此，大约也是这个人命不亥死吧！"

遂吩咐一个侍婢道："你与我把这人抱到船上来。"遂有一个年轻侍婢娇声答应，将双袖卷起，露出雪白的粉臂，跳到渔船上，施展双臂将剑秋轻轻托起，跃回大船，放在道人面前的脚下。一个侍婢过来，把剑秋的衣服解开，露出他的肩膀，把那支红缨钢镖拔下，只见上面一个很深的小孔，四周都已红肿，小孔里慢慢地淌出黑色的血来。道人仔细看了一下，便从他身边取出一个小小的金瓶，揭去上面翡翠的瓶盖，倒出一些白色的药粉在他的手掌里。又吩咐侍婢取过热的清水，先用一块软布蘸了水，把剑秋的伤口洗涤干净，然后将他手中的药粉用水化了，蘸在一块清洁的布上，把布卷好塞在剑秋的肩上小孔里，外面又用布把来包扎好。剑秋完全失去了知觉，尽道人摆布，只是昏昏地睡着，一些儿也不知道。

　　舟子在渔舟上看得呆了。那道人便对舟子说道："此人遇见了我，也是他命不该死。再隔一小时，他就可以醒过来了，只是还须服药方可无患，待我带回去把他完全医好吧。你们可以放心回去。山上和尚若然查问，你们仍可老实说的，决没有事。此人可有什么东西留在你们舟上？"两个舟子听道人这样说，也不敢不依，便将剑秋的行箧和宝剑送上大船。道人瞧见了那柄惊鲵宝剑，暗暗点头，吩咐一个侍婢把剑秋的东西和那只拔下的钢镖一齐收藏好，又取出三两银子赏给那两个舟子，打发他们回去。然后叫两侍婢把剑秋好好弄至舱中去睡息，下令驶回岛去。自己也回到舱内，取酒痛饮。

　　果然隔得一小时后，剑秋口里呻吟了两声，悠悠醒转，睁开眼来见了这个形景，不由大大惊奇。想起方才自己和玉琴追赶海盗，正和他们大战，玉琴中了暗算被海盗们捉去，自己又受人家一飞镖立刻痛得昏晕过去，大概是一种毒药飞镖，此后便模模糊糊地不晓得了，却是又怎的又在这船上？前面坐着的那个短髭的道人又是谁呢？旁边还立着四个戎装佩剑的娇婢正在侍候那道人饮酒，好不奇怪。想我从前在邓家堡中了毒箭，幸亏找着一个不知姓名的矮老叟，将我救活，现在又逢到了何人呢？

　　他瞧着道人正要开口时，那道人也已回过头来瞧见了他，便把手向剑秋摇摇，说道："你不要讲话，危险的时期没有过去，等我再给你服了药，方才稳妥。此刻你仍旧睡着不动好了。"剑秋听道人如此吩咐，只得仍自睡着。一会儿见道人饮酒已毕，那四个侍婢取出乐器，吹的吹，弹的弹，在道人面前奏着很好听的歌曲。道人却闭目坐在椅中，静听雅奏。剑秋更觉奇怪。到晚上时，这大船泊在一处海岸边，舱中点起五色明灯，有几个健儿走入舱来听道人吩咐。道人却换了一种话说了几句，剑秋觉得非常难听，一句也不懂，像是闽粤之间的土语了。道人又在舱中摆上许多酒菜，四个侍婢陪他畅饮。剑秋不能吃什么东西，有一个侍婢给他喝了一口清水。黄昏后，道人等熄了灯火，各自安寝。

剑秋听得舟外风涛之声，想想自己所处的境地，大有迷离惝恍的样子。又想玉琴陷入盗手，此时不知性命如何。我一则受了重伤，二则正不知被他们载到什么地方去，以后却不知能不能再和女侠见面，恐怕又是很难的了。所以他心中非常凄惶，一时不能安眠，听道人们都已鼾声如雷，深入睡乡了。直到下半夜，他方才蒙眬睡了一觉。

次日醒来，见红日射到舱中，道人等都已起身，这船正向南面驶行。这天，剑秋依旧喝口水睡养休息，听道人对他的娇婢说，须再服一次药后，方能进食。说也奇怪的，自己的大小便竟一昼夜不通，当然危险的时期没有过去啊。薄暮时，渐渐驶进一个海岛，岛边有很宽广的港湾。这大船驶入港时，两旁停着许多大小船只，有几艘和自己坐的一样，大桅杆上都挂着一盏黄色的灯笼，各个钻出许多甲士，向着这船欢呼行礼，岸上也早放起三个号炮，好似欢迎他们回来。这船便在岸边停住。道人吩咐两个健儿把一张绳床弄着剑秋上岸，便见道人已坐在一肩绣花的轩轿里，四个人抬着他走。那四个侍婢各跨上一头黑驴，跟着轩轿而行，自己的绳床也紧随在后。黑暗中走到一处，黄墙金阙，是很大的建筑物，又像庙宇，又像宫室，门前灯光照耀。有一小队甲士，手里都握着红缨长枪，立在那里警备着，一见道人到来，连忙举枪行礼。道人出得轿，四个侍婢带着剑秋睡的绳末一齐走入门去。里面门户重重，十分广大。

又有一队少女，各提着鹅黄色的纱灯，款步来接，一直到得一座大堂上，点着五色的琉璃灯，四壁绘着许多彩色的龙虎图形，华丽夺目，正中供着一个全身羽士的仙像。

剑秋正在很错愕地审视，那道人却吩咐一个侍婢持着烛台，引导着把自己抬到堂的东面去，道人自己却举步走入堂后去了。他们把剑秋曲曲弯弯地抬到一个小小庭院里。向南有三间平房，那娇婢开了左边的室门，把自己抬进去，烛台放在桌上。借着亮光，见这屋里陈列着床榻几椅，像是一个客室。两健儿放下绳床，把剑秋扶到榻上去睡。那娇婢遂对剑秋说道："你在这里静睡着，不要动弹，待我去请示了再说。"伊说毕，便同两健儿带着空绳床回身出去，剑秋当然只得安心卧着。

隔得一刻，那娇婢托着一碗热腾腾的水走来，取出两粒黑色的药丸放在桌上，把剑秋扶起说道："这两粒丸药是郑王给你吃的。你吃了必要大泻，然后再吃一粒，肩上换一次药，便可进饮食，三天之后，可恢复健康了。"剑秋谢了一声，娇婢遂将药丸取过，叫剑秋和水吞下。服过了药丸，仍叫剑秋睡下。

不多时，有一个女仆提着一个便桶进来放在榻后，侍婢便和女仆一同走去。一会儿伊又来了，和那女仆扛了一张藤榻前来，对剑秋带笑说道："我奉郑王之命，来此侍候你的。你如需要什么，请你对我说，不要客气。"剑秋点头说道："有劳你了。"那侍婢又忙着将榻子放在一边，铺好枕褥，那女仆又搬了不少应用的东西前来，放在室里而去。时候已是不早，那娇婢把房门关上，换过一支红烛，将身边佩剑取下，悬在壁间，坐在榻上，对剑秋睇视着。剑秋瞧伊身穿青罗衫子，鬓边插一朵淡红色的鲜花，脸上薄施脂粉，倒也生得秀丽，暗想："救我的道人很是奇怪，大约是这岛上的主人了，但是他为什么叫一个在他身边服侍的娇婢来伴我呢？"只听那娇婢对他说道："你服了药，闭上眼睛，安心睡眠一番，把恶血泻出后便好

362

了。"剑秋点点头，遂闭上眼睛，一会儿果然睡去了。

直到下半夜醒来，觉得腹中大痛，想要大解，张眼见桌上烛台半明，那个娇婢横睡在那边榻上，鼻息微微。剑秋不欲去惊动伊，他自己挣扎着起身，但是那娇婢已醒了，见剑秋在榻上坐起，连忙一骨碌翻身下床。伊的外衣已脱去，身上只穿一件薄薄的湖色小衣，酥胸微露，云鬟半偏，睡眼惺忪，玉靥晕红。轻轻走到剑秋面前说道："你要大解吗？"剑秋道："正是。不知茅厕在哪里？"娇婢笑着将手一指那边的便桶，说道："这里不比北方，你不必上厕的，只要坐在这个东西上好了。你不要自动，待我来扶你。"遂伸着粉臂来扶剑秋下床，剑秋也觉得自己丝毫无力，只得由伊扶着。走到便桶边坐下，腹中又是一阵疼痛，立刻泻下许多粪和血来，小便也通了。不多时，肚中已出干净，顿觉身子轻松得多。娇婢送过一张草纸，剑秋揩了起身，那娇婢仍过来扶他到榻上去睡。等到剑秋睡下时，伊就坐在他的脚边，问道："你可觉得适意吗？待我来代你捶一回腿吧。"剑秋忙道："谢谢你。我现在很觉舒适，不用捶，你请到那边去安睡吧。"娇婢不答，却捏着两个粉拳，便至剑秋的两腿上一起一落地轻轻捶着。剑秋见伊十分诚意，也未便峻拒，且觉伊捶得自己十分松快，遂让伊这样捶了。捶着捶着，自己也不知在什么时候睡熟了。

等到醒来时，天色已明，那娇婢也已不在房中，自己已觉得腹中有些饥饿，遂穿衣起身，虽然脚步稍软，比较昨日已好得多了。坐在椅子里，瞧瞧屋中的器具，大都是藤和竹制的，自己的行箧不知何时已放在他的榻下，他的惊鲵宝剑也已和那娇婢的佩剑一起并挂在壁上，心里觉得稍慰。但一想到玉琴的生死问题，心里突突地跳动，十分难过。现在自己已和玉琴远隔两地，且不知道怪头陀等是哪里的海盗，他们将玉琴擒去，一定要加害于伊的，那么玉琴形单影只，又没有我在伊身边，一个人怎样能够逃生？伊的性命不是

363

凶多吉少了吗？我和伊相处数年，奔走南北，行侠仗义，几次三番遇过危险，却都能化险为夷，出死入生的。大破天王寺之后，我师云三娘为媒，我们俩便缔结了鸳盟，满拟将来一对儿长为比翼之鸟，白头偕老，情天常圆，谁知今番在海上遭逢着这个岔儿，同命鸳鸯，竟作了分飞劳燕！若是能够像以前那样的暂时分散，自然日后总有重逢的一天。但是假若伊不幸而死于海盗之手，那么今生今世我不是再难睹伊的玉颜吗？早知如此，我们倒不如和毓麟、彩凤等一齐回转了津沽，便没有这事了。他这样想着，心中如焚，又充满着悲伤的情怀，从身边摸出他常佩的那个定情的宝物白玉琴来。

在手掌上玩着看着，正当出神的当儿，忽听庭院中纤细的脚声，那个娇婢已走将进来，见了剑秋手里的白玉琴，便问道："你从哪里得来这个东西？好玩得很，能不能送给我？"剑秋忙说道："这个东西是我家传之物，常常佩在身边，恕我不能送你，请你不要见怪！"那娇婢便一声不响地从伊身边取出一粒白色的丸药，倒了一杯热水，送到剑秋面前，说道："你吃了这丸药，便完全没有事了。你中了人家的毒药镖，若没有遇见我家郑王，恐怕此时你早已不在人间了。"

剑秋将白玉琴藏了，对那侍婢带笑答道："你说得不错，我很是感谢你家主人的，但不知这个岛名唤什么？你家主人又是怎么样的一位人物？我听你们称他郑王，难道他做过什么王吗？到底是怎样一回事，请你告诉我听可好。大约你家的主人必有非常好的本领，可是他一边称王，一边又穿着道服，使人看了好不奇怪，你快告诉我吧！"

那娇婢摇摇头道："你说我家主人有非常好的本领，果然不错，但他的号令十分严厉，轻易不许我们在他背后讲他的事的，如有故违，将有不测之祸。你若要知道真情，请你自己问他。他若高兴和你说时，自会给你知道。现在你也只可称他郑王便了。你不要再问我，免得被人听见。快些用药吧！"剑秋见伊不肯说，也不能勉强

364

伊，累伊受祸，遂取过药丸，和水吞下。娇婢又说道："今天你可以吃东西了。你的肚子想必很饿，待我去唤他们送来。"剑秋点点头，伊就回身走出去了。

隔得一刻，伊和女仆端上早餐来，伊自己坐在一旁伴剑秋同食。吃毕，有那女仆搬去，伊又叫剑秋去睡着养息。剑秋听伊的话，便去睡了。可是白天哪里睡得着！那娇婢便坐在剑秋榻前伴他，剑秋便向伊问道："你姓甚名谁？是不是也能武艺的？这个你可告诉我，总不要紧的吧。"伊笑了一笑，一手拈着衣角答道："在我郑王身畔，共有四个侍婢，也是伊的女徒，你在船上瞧见的，我就是四人中的一人了。我们的武艺都是郑王教导的，虽不算好，也不能说平庸。我姓傅，名琼英，还有那三个同道的姊妹，一名琼华，一名琼秀，一名琼丽。我与琼华年纪最轻，你猜猜看，我可有几岁？"剑秋道："你是不是十六岁？"琼英道："琼华是十六岁，我还要比伊小一岁。"剑秋道："那么，你是十五岁了？以后我就唤你的芳名可好？"琼英点头道："好的。我也没有请教你先生的大名呢，我已告诉了你，你必要告诉我的。"剑秋道："我姓岳，名剑秋。山西人氏，一向在北方，此番我和同伴南下，游了普陀山回去，在海中遇了海盗，遂和他们厮杀起来，不幸中了他们的毒药镖，而我的同伴也被他们捉去。我蒙你家郑王把我救活，住在此间，但我心里非常挂念我的同伴，日内即须拜别郑王，前去探听盗踪，搭救同伴的性命。"

琼英道："岳先生，你的同伴既被海盗捉去，此时一定遇害，哪里等得及你去救他呢？"剑秋听了琼英的话，皱紧眉头，一声不响。琼英又道："你好好休养着吧，不要多忧多虑了。"剑秋将牙齿一咬，右手向榻边一拍，只吓得琼英直立起来，问道："怎的？怎的？"剑秋道："无论如何，我必要去想法援救的。倘然他们把我的同伴杀害了，我也要杀尽那些狗盗，代我同伴复仇的。"琼英微笑道："你到了岛上，若要离开，须得郑王允许，方可自由。他若不让你走，恐怕你也走不成的。"剑秋道："他留我在此何用？我若见了他的面，当和他说明一切，他自然同意。"琼英重又坐下，说道："你耐心住着，见了郑王再说。不过郑王如此优待你。你不要忘记他的情谊啊！"剑秋道："当然，不会忘记的。"

琼英和剑秋说了一刻话，便走出去了。午时又走来，和剑秋同用午膳，一天到晚地伴着他。剑秋究竟受的是外伤，已服过道人的药，创口早已凝结，精神回复得很快。又次日，若无其事走下地来，急欲一见郑王，谢他援助之恩，可以向他告辞，离开这岛去找玉琴。谁知消息沉沉，郑王仍没和他相见。他屡次催琼英去传话，琼英说道："郑王不高兴见人时，说也无用，反而逢彼之怒。他若想着你，自会请你去见的。我如有机会，总代你说。"剑秋没奈何，只得静候见面。可是过了两三天，仍不见动静，他心里十分气闷，暗想再不见时，自己只有悄悄一走。所苦的这里不知是什么地方，又是在岛上，四面是水，茫茫大海，我一个人没有舟楫，叫我怎样走呢？琼英瞧得出他面上忧愁的形色，便常常讲些笑话逗剑秋喜悦，很是娇憨动人。无奈剑秋一心一意放不下玉琴的安危问题，虽有美色当前，并不心动，只觉得琼英会说会话，带着三分孩子气，如小鸟一般，很有些令人可爱而已。

一天饭后，庭心内花香鸟语，天气清朗，剑秋却仍闷坐室中。琼英指着壁上的惊鲵宝剑，对他说道："岳先生有这口宝剑，武艺一定很好。我从郑王也学得一二剑术，左右无事，不如便在这庭心里和你比试一回，看看你的本领怎样高妙。"剑秋摇摇头道："我的本领，也属平常，不必献丑了。"琼英一定要比试的，哪里肯歇，已向壁上摘下伊和剑秋的两柄剑来，把惊鲵剑递送到剑秋手里，说道："请你比一回，只要彼此手里谨慎些，大家就不会受伤了。"

剑秋听伊如此说，暗想，照这个样子，自己倘再不答应，不但使伊讨没趣，也许伊要疑心我胆怯了，我就和伊戏弄一番，也可试试伊的本领好不好。遂立起身来，说道："你既然定要比试，我只得遵命了。"琼英大喜，便把自己衣衫扎束好，握着伊的宝剑走出房门，一个箭步蹿到庭中，娇声唤道："岳先生，快些来啊！"剑秋也就将长衣脱去，提着惊鲵剑，走到外边。琼英见剑秋到来，便退后数步，把剑使个解数，一剑向剑秋下部扫来。剑秋把剑望下架开，踏进一步，轻轻地回手一剑，看准琼英鬓边刺来。琼英倏地一跳，已到剑秋身后，又是一剑从他头上劈下，说道："岳先生，看剑！"剑秋赶紧将剑收转，使个丹凤朝阳，恰巧碰在琼英的剑上，铛的一声，琼英的剑直荡开去，倘然剑秋顺势一剑削时，琼英的剑早成两截了。但是剑秋并不想伤伊的剑，所以也就缩住。琼英见剑秋果然身手灵捷，料他不是弱者，便把伊所学的神化太极剑术使将开来，立刻左一剑右一剑的，好像有数十百道剑光，数十百个人影团团儿将剑秋围住。换了别人当此，早已招架不来，但剑秋识得伊使的太极剑是武当派的剑术，想这小妮子果然有些本领，所以伊要逼着自己和伊比试，这倒未可轻忽。失败在这小女子手里，岂不要被人耻笑吗？遂也把自己的剑术施展开来，抵住伊的进攻，青光和白光闪闪霍霍地在庭中飞舞着。

战了二十多个回合，琼英卖个破绽，故意使剑秋撞进来，剑秋明知故犯，跟着逼进，琼英早使个蝴蝶斜飞式，一剑向剑秋耳边削来。剑秋早把身子一侧，躲过这剑，又踏进一步，将惊鲵剑使个蜻蜓点水，向琼英胸中刺去。琼英闪避不及，叫了一声"哎哟！"正要望后倒下去时，剑秋的剑早已收住，舒展左手将琼英一把擒住，轻轻提将过来，当啷一声，琼英已将剑抛在地下，乘势倒在剑秋怀里，一手抚着伊的酥胸，喘着说道："险哪，险哪！岳先生，你的剑术果然高妙。若是我和你真的动手时，方才这一剑我还有命活吗？"剑秋见伊已是佩服他，很觉得意，便拍着伊的香肩，笑道："琼英，你别惊，我和你戏耍的。你的剑术也着实不错啊。"琼英却合着星眸，依旧倒在剑秋怀中，驯伏着不动，芳香直透入剑秋的鼻管。好剑秋，竟能坐怀不乱，微微一笑，一松手，将琼英放下地来。琼英脸上红红的，对剑秋横波一笑，低头拾起宝剑，一溜烟地跑到房中去。剑秋也跟着步入，各把剑仍悬在壁上。

剑秋穿了长衣坐下，琼英倒了一杯香茶，双手送到剑秋面前。剑秋忙谢了，接过一饮而尽，将茶杯放在桌上。琼英纤手一掠鬓发，傍着剑秋坐下，笑嘻嘻地说道："岳先生，方才我使的一路剑，名为神化太极剑，是郑王教会我的，据说比较外边别人使的太极剑变化繁复，很有几路令人难以招架的剑法，竟还不能胜你，那么你的剑术果然非常之好，真是一位异人。倘给郑王知道，必要惊奇你了。"剑秋道："请你不要告诉郑王，他知道了，又多麻烦，我急于要去找我的同伴哩。"琼英闻言，默然不答。剑秋恐防伊总要泄露的，很是后悔。

到得次日晚上，琼英从外边走来，带笑对他说道："好了，好了！郑王今夕要请你去相见了。只是你须格外谨慎，郑王的性情喜怒无常，很令人难以捉摸的。"剑秋点头答道："我理会得。"隔了一歇，便有两个戎装的健儿走入院子里来，一见剑秋，忙立正行礼，说道："郑王有请岳先生。"剑秋立起身来，整整衣襟，跟了两健儿走出去，琼英紧随在后。刚走到外面走廊里，又有两个小丫鬟提着两盏杏黄色的纱灯迎上前来导引。剑秋跟着她们转了几个弯，前面有一宽敞的厅堂，堂上灯烛辉煌，鼓乐繁响，堂下站立着七八个健儿，见剑秋到来，便高声向堂上禀道："岳先生来了！"剑秋遂昂然走上堂去见那岛上的奇人。

评：

　　海上酣斗，一被擒，一受创，令读者徒唤奈何！于是琴剑又告分离，文情又生波折。绝处逢生，忽遇道人，极惝恍迷离之致。岛上治伤，乃有慧婵侍疾，娇小倩影，跃然纸上，写来又与玄女庙中情景，截然不同，用笔甚妙！郑王何人？若隐若现，琼英口中不即说出，乃使人不可捉摸。写剑秋把玩白玉琴，神情颇妙，于此知玉琴固时在剑秋心上，亦时在作者笔端也。比剑一段，写得恰到好处！

第十回

飞觞醉月秘史初闻
扫穴犁庭芳踪遽杳

　　"思明堂"三个龙飞凤舞铁画银钩的大字匾额，先赫然映入剑秋的眼帘。五彩锦屏之前，端整着一桌丰盛的筵席。正中镂花大椅上坐着那个道人，身上仍穿着一件杏黄锈金的道袍，旁边立着三个娇婢。在他的右首坐着一个少妇，身穿绣花的衣服，年纪虽有三旬左右，而容颜仍是娇嫩如处女一般；髻上戴着一只颤巍巍的珠凤，更见富丽。堂的两边有两面着地的大玻璃镜，映着灯光，又是明耀。

　　剑秋见了道人，便向他深深一揖，称一声郑王。那道人见剑秋英气凛然，仪表不凡，也就和少妇立起答礼，指着左边的一个客座说道："壮士请坐！"剑秋谢了坐下。琼英向三个侍婢笑了一笑，便立在剑秋身后。剑秋遂向道人说道："小子在海上误中了狗盗的毒药镖，幸蒙遇见郑王把我援救，再生之德，没齿不忘！"道人笑道："壮士说哪里话来？见死不救，岂是人情？这是我分内的事，壮士不必放在心上。但不知壮士怎样遇见盗匪，又从哪里来，壮士的来历能否真实见告？"

　　剑秋答道："小子生平略知武艺，是太原人氏，姓岳名剑秋。此次和我的同伴来游普陀，归舟时在海途中遇见客商被盗劫掠，一时仗义心热，便和小子的同伴单舟去追海盗，和他们剧战一番，不料

370

同伴被擒，小子也中人家暗算，这是我们没有本领，以至于此，惭愧得很。"道人听了，便哈哈笑道："岳先生，你不要这样很客气地自称'小子'，四海之内皆兄弟也，我是很喜欢结交天下英豪的。当救你的时候，我见过你所用过的宝剑，便知道你也是很有来历的人，所以把你载至岛上，又叫我的侍婢琼英专诚伺候，等你将养痊愈后，再和你细谈一切，彼此剖心相告，方不负此一段意外遇合因缘。岂知岳先生依然见外，一味客气，把庐山真面隐瞒着，难道以为我不足与话吗？"

剑秋听道人这样说，心中暗吃一惊，想他莫非本已知道我的出身来历？刚要回答，道人又说道："昨日琼英无知，要和你比赛什么剑术，竟败在你手，伊跟从我学的神化太极剑，虽然小妮子功夫尚浅，然而也曾出去对付过能武的人，现在你能视若无物，可见岳先生必定是有来历的剑客，但不肯以实相告罢了。我闻中原有昆仑、峨眉两派的剑术，而昆仑剑侠更是出奇超群，很令人羡慕，欲一识其人，岳先生敢就是昆仑剑侠吗？"

此时剑秋方知琼英已说了出来，那么不能再瞒隐不露了，遂即把自己的来历直说。道人鼓掌而喜道："好！我这一双眸子果然还不虚生，岳先生正是昆仑门下的高材，幸亏没有失礼。当然琼英不是你的对手了。"这时众人都是惊喜，琼英更对着剑秋很得意地微笑着。道人说道："你既然实言告诉了我，那么我也不妨把我在岛上的事情奉告一二，免得你猜疑不置。"剑秋道："正要请问郑王的历史。今蒙见告，小子当洗耳恭听。"

道人遂说道："我就是延平王郑成功的后裔，所以自幼抱着宗族的观念，一心要继我祖之志，驱逐胡虏，光复神州，使我黄帝子孙脱去异族的羁轭。而太平天国的失败，也使我非常痛心。我在这琼岛上经营部伍，制造战舰，要想等候中原有事，可以乘机起义，已有二十多年了。然而年华渐老，事业无成，一腔雄心也减去不少。

蒙部下推戴，冠上我'郑王'二字的尊号，不得已而效虬髯之称王海外。岳先生可要见笑吗？又因我少时从武当门下学得剑术，因此我仍是道家装束，自誓此生倘不能成就我的志愿，那么我就没有脱去道袍的日子了，所以我的名字也不愿意告诉人家了。我的别号是'非非道人'，你就称我为'道人'吧，不必称什么郑王。我真是愧不敢当的。"

剑秋听得"非非道人"四个字，好像自己曾听什么人提起过的，正在思索，道人又说道："我这个小小琼岛，是琉球群岛之一，远不及台湾蕞尔之地，成不了什么霸业，非先联络内地豪杰一同揭竿而起，彼此响应，决不能摇撼清室。虽然现在的清室已没有平定三藩时那样的武功盛大，然而正当太平天国和捻匪覆灭之后不远，一般人民在经过一番战乱以后，都想暂时度些平安的日子，那辍耕陇畔，彼可取代的思想，自然也消沉了。记得我以前曾在海上援救过一个童子，乃是太平天国忠王李秀成的幼子，在我岛上长大的，我也曾将剑术传授给他，所以武艺很好，思想也不错，是一有志的青年。后来他就辞别了我到内地去，我曾把联络中原豪杰的事托付他。但是，他去后消息杳然，不知怎样了，有时我很想念他。现在逢见了你，可称和他一时瑜亮。倘然你肯在此相助我时，使我多添一支得力的膀臂，将来我若不幸而赍志以没，也好把这个小小根据地托给你，不知你意下如何？"

剑秋听了，忙说道："这一重大的责任恐怕我担当不下的。并且小子漂泊天涯，如闲云野鹤，消散惯了，也恐没有这种雄心和勇气啊。郑王所说的姓李的少年，莫非是龙骧寨的李天豪吗？"道人见剑秋知道李天豪，面上露出惊异之色，答道："正是的。岳先生怎样和天豪相识？"剑秋道："那么，郑王就是天豪兄所说的'非非道人'了？我和天豪兄是在塞外邂逅的，那龙骧寨在张家口外崇山峻岭之中，很是隐秘，外人不易轻至，他和一个壮士名宇文亮的一同占据在那里，又联络邻近的白牛山上的绿林，厉兵秣马，积草屯粮，正在积极扩充。小子曾在龙骧寨里住过好多天，因此知道一切。只是年来为着别的事情，没有重去罢了。"

道人听了剑秋的话，不禁喜悦道："此子果然不负我的，但他何以不到琼岛来一谈呢？不知他现在可有室家？"剑秋道："天豪兄已娶得宇文亮的胞妹霞姑为妇，也是一个巾帼英雄。"道人点头道："这样很好。今天我听你告诉这个好消息，真使我快慰的。现在且喝酒吧。"剑秋正谦辞间，堂下有人唤道："单将军来了。"接着便见一个身躯伟硕的壮士大踏步走入，面如锅底，须如刺猬，十分雄武，见了道人，俯首行礼。道人便代剑秋介绍，方知此人就是单振民，是岛上的一员勇将，道人非常信任他的。单振民听说剑秋是昆仑剑侠，也很表示敬意。道人便请单振民入席相陪，又指着他自己身旁的美妇人说道："这就是我的第十六宫吴姬。"剑秋方知是郑王的宠姬。大家遂举杯轻饮，肴馔很是丰富，大半都是海货。堂外皎皎的明月也把伊的娇脸窥到里面来，月色灯光，非常明丽。席间，郑王又吩咐宫中女乐前来一奏清曲。道人令下后，屏后便姗姗地走出四个少女，掌着异样的宫灯，背后一小队女子手里捧着各种乐器，一齐走出来，向道人行礼后，排列在席前。一个美貌的少女催动羯鼓，笙箫琵琶，众乐齐响，吹弹得非常好听。道人对剑秋说道："这就是唐明皇所奏的《霓裳羽衣曲》了。你听了觉得如何？"

剑秋答道："此曲只应天上有，人间能得几回闻。果然非常悦耳，非寻常之曲可比。"道人点点头，便用手一拍吴姬的香肩，说道："今夜我觉得甚乐，你可舞一回，请岳先生指定。"吴姬嫣然一笑，立起身来道："那么，我到里面去换了衣服再出来舞吧。"道人道："很好。"吴姬便闪身走入屏后。《霓裳羽衣曲》奏毕，吴姬已换了一身紫色绣银花的衣裙，走将出来，香风四溢，手里挽着一条五色的丝带，走到筵前，将丝带旋转着摆动柳腰，施展玉腕，翩翩跹跹地舞将起来，靡漫的乐声在旁和着，进退疾徐，无不中节；舞得人眼花缭乱，倩影和带影也分别不出了。非非道人见剑秋虽然看着听着，却是正襟危坐，好像不动心的样子，暗暗点头。吴姬舞罢，放了丝带，重复入座，道人一摆手，众女乐也就退去。

道人便又叫琼英上前斟酒，且对剑秋带笑说道："岳先生，你要说我太享乐吗？唉！本来这个道不道、王不王的海外孤臣，满怀着宗社之痛，不得已而醇酒妇人啊。况且食色性也，我的耳目口鼻和常人无异，当然难避女色。岛国无他乐，只有此耳！想岳先生当不以为狂悖的，且不知岳先生可有过家室？"剑秋答道："小子流浪江湖尚未成家，平常时也不想及此。"道人哈哈笑道："难得，难得！在我身边有四个娇婢，也是我的女徒，都能武术，而琼英容貌美丽，性情娇憨，尤为此中翘楚，还是个处女，所以我叫伊伺候岳先生，虽经过得数天光景，而我瞧这小妮子一片痴情，已对于你有十二分的爱慕。倘然你先生有意，收伊做个姬妾，使伊得伺奉英雄巾帼，也是琼英之幸了。"

道人说到这里，琼英恰巧斟酒到剑秋面前，玉靥晕红，代剑秋斟满了一杯酒，美目向剑秋流盼着，说一声："岳先生请用一杯！"剑秋听了道人的话，本想一口回绝，但当着众人之面，不忍使琼英过窘，遂答道："多蒙郑王如此看得起我，万分感谢。可是小子独身已久，守戒之期未满，容我稍缓再定吧。"道人点头道："也好。"剑秋遂举起杯一饮而尽。道人和单振民一边劝着剑秋喝酒，一边问问他昆仑门下的情形，剑秋应对得十分佳妙。直到酒阑灯灭、月影移西，方才散席，仍由两个女婢提着纱灯导引剑秋回转客室，琼英也跟着剑秋归寝。

剑秋在室中略坐一歇，因为多喝了些酒，便想解衣安睡，见琼英低头坐在对面，只是一声儿不响，剑秋遂问伊道："琼英，你为什么不开口？"琼英仍是不答。剑秋有些知道伊的心事，暗想："小妮

374

子情窦已开，很是钟青于我，大约因为我方才没有直截了当地答应郑王，所以伊失望了，恼恨我了，倒也怪可怜的。"便走到伊身边，握着伊的柔荑说道："琼英，你是很活泼的，为何此时竟像木偶一般，可是有些恼我吗？"琼英把伊的头倒在剑秋臂上，低声说道："你嫌我丑陋吗，守什么戒呢，莫非故意谎人？"剑秋道："你不要疑心，这是真话。因为我学道以来，曾对天立誓，十年之中不破色戒，所以我一时不能答应郑王，似乎辜负人家的美意，不过我并未拒绝，将来我也许不负你的。"琼英道："那么，你还有几年戒期呢？"剑秋道："只有一年了。"琼英微笑道："你不要骗人，我也是好好的女孩儿家，你休得轻视于我。"剑秋笑道："你待我很好，我哪有不知之理，必不哄骗你的。"琼英叹了一声道："这却由你吧！"两人又闲谈了一刻，方才各自安睡。

次日非非道人又请剑秋去相见，要留剑秋在岛上共同计划。剑秋不好答应他，也不好向他谢绝，只说自己须要去找得他的同伴，杀却海盗，以复一镖之仇，然后心头气息，再定行止。道人见他的意思很是坚决，便叫部下到浙江海面舟山群岛那里去访问盗踪，早日回来报信，打发了好几个人去，且嘱剑秋耐心等候。剑秋当然只得安居在琼岛了。

有一天，非非道人邀他一同坐着镇海战舰到海面去巡弋，剑秋本觉得无聊，出去海上宽散宽散，也是很好的事，自然应允。琼英和三个娇婢也随着同往。镇海舰上挂着三道大帆，在洪涛中向前驶去，势如奔马一般，非常迅速。剑秋和道人坐在船头上，看着滔滔的巨浪，指点着远近一点一点的岛影，心里觉得异常雄壮，然而一想着了玉琴，怅望大海，心里又触起许多忧烦。这时，忽见南面有一舰外国的兵轮在海中鼓浪而行，烟囱里黑烟缕缕，比较他们坐的镇海舰快上数倍，而且庞大得很，船头上隐隐安放着几尊大炮，桅杆上悬着一面蓝地红条的国旗，向东边开过去。隔得不多时候，那

375

兵轮早已不见，只瞧见水平线上一缕黑烟罢了。道人指着那黑烟的去处，说道："这是欧罗巴洲英吉利国的兵轮，竟在这亚洲的海面上耀武扬威地驶着，外国人的势力渐渐侵略到中国来了。你方才看他们的兵轮，不用人力，也不用风力，却用着火力，开足了轮机，快得异乎寻常。我们坐的镇海舰，可算是帆船中的大王了，然而哪里比得上人家的兵轮？倘然我们的帆船和他们的兵轮交战起来，速率上已望尘莫及，岂能获胜呢？况且他们的兵器又不是我们的刀枪弓箭可比，胜负之数不待战而可定了。我料数十年后，外人的军备更要进步，中国若不急起直追，力求御侮固边之术，那么不要说在我们的领海里没有我们翱翔的余地，恐怕他们还要深入堂奥，撤我藩篱，喧宾夺主地把我国的王权尽行夺去啊！像满奴那样的颟顸无能，真是大可虑的。所以我汉人先要努力革命，取回政权，方才可以维新图强呢。"

剑秋听了道人的说话，很是感慨，点头称是。天晚时回转琼岛，道人又设宴款待剑秋。次日道人便陪着剑秋在岛上各处游览。又次日，道人在海上阅兵，大小战船一齐出来，在波涛中操演，军容严整，真是有纪律之师，非乌合之众。剑秋对道人说了不少赞美的话。道人道："他日我若能驱此健儿到故国去逐走胡奴，那么我志得酬，虽死不恨。"剑秋道："我看满奴的气运已衰，我汉人中间很有许多志士在那里暗中进行革命的事业，只可惜一般人民的头脑还是不清楚，革命的思想尚未普遍，还要国内执笔之士在那里鼓吹革命思想，灌输入他们的脑中去，方才可以义旗一举，四海响应。"道人说道："不错，我情愿做一个陈胜，为革命前驱啊！"剑秋道："有志者，事竟成。我预祝郑王成功。"

阅兵回来，剑秋觉得郑王很有雄才大略，无怪他要称雄海上，不甘屈居人下，但是他的行为未免有些奇突，虽然说是醇酒妇人，大丈夫不得志于时，然而一个人要创造大业，若先沉缅酒色之中，那么温柔乡里也足够消磨人的壮志啊！我瞧他也只能成一方之霸而已。他说愿为陈胜首先发难，这也许是可能的事哩，他叫我留居此间帮助他一切，但我却无志于此，将来李天豪、宇文亮、袁彪等倒可以彼此联络着做一番革命事业的。现在我只望早日得到海盗的消息，好去寻找女侠，把伊救出来。万一不幸而伊不在人间，那么我只有披发入山，从此不愿意再在尘寰中立足了。

隔得数天，道人请他去会面，因为差出去探问的人已得着消息回来，据说那天在海面上行劫客商的众海盗乃是丽霞岛上的。丽霞岛是舟山群岛之一，一向常有盗踪。海盗的头领姓高名蟒，别号翻江倒海，精通水性，使一对钢叉，有万人敌；手下盗党都是很厉害的，盘踞在那丽霞岛上，时常在海面行劫，或是骚扰沿海乡村。官兵惮他勇猛，也不敢去进剿。所以他们日益猖獗了。至于掳人的事，却不知晓。剑秋既知海盗所在地，便向道人请命，要告借一舟，让他前去丽霞岛搭救同伴。道人说道："他那里人手既多，地势又是不明，你一人前去，恐怕寡不敌众，不能得胜，不如待我亲率健儿，助你同往，庶克有济。"剑秋听道人肯亲自走一遭，大喜道："多蒙郑王不惜劳驾远出，热心相助，使我更是感激了。只是此事宜速不宜迟，小子要求今天立即动身，不知郑王意下如何？"

道人见他如此着急，一笑允诺，把岛事托付了单振民，遂下令镇海、潜海两舰预备出发。他和剑秋带了琼英、琼华、琼秀、琼丽四个娇婢以及二十健儿一齐下舟，便在这天下午动身出发。在途中，道人仍是饮酒作乐，态度很是安闲。剑秋却恨不得自己坐的船，风帆之外再加上翅翼，一飞就飞到丽霞岛，便想起昨天所见的那艘英国兵轮来了。同时觉得碧眼儿的猛飞突进实在是令人可惊可爱的，中国若不努力从事于改良，他日难免要吃外人的大亏哩。琼英趁着空隙，悄悄向剑秋询问他一心要搭救的同伴究是何人，是男是女？剑秋不肯直言，仍是含糊回答。舟行两天，已近丽霞岛，杳小的岛影已显露在前面。道人遂对剑秋说道："我们还是黑夜动手，还是白日进攻？"

剑秋道："若要救我同伴，自然黑夜上去为妙。倘和他们明枪交战，恐防他们要逃走的。"道人道："既然岳先生如此主张，我们不宜再向前进，不如缓缓而驶，黄昏时到岛边上岸，较为隐秘。"于是下令两舰卸落两帆，慢慢驶行。这样又行了一段海程，非非道人正和剑秋立在船头上向前眺望，四婢旁侍，忽见对面有许多小舟很快地驶来。剑秋连忙指着说道："这些小舟来得可疑，莫非海盗已经探知我们的行踪，前来抵御吗？"

道人点头说道："大概是的，这里海面上常有他们的船只来往，耳目很灵。我们这两舰正向他们的岛上驶行，他们当然要起疑心而来阻止了。"便回头对琼英等说道："你们好好预备吧！"琼英等四人立刻走进舱中去，脱了外面的衣服，换成一齐粉红色的紧身短靠，头裹青帕，脚上套着尖细的铁鞋，手里各横执着明晃晃的宝剑。剑秋看了很是欢喜，他自己也拔出惊鲵宝剑，准备和海盗厮杀。那边潜海舰上的众健儿也已得令预备。道人却笼着双袖，仍是从容不迫，熟视无睹。

此时对面的小舟已和两舰渐渐接近。剑秋瞧得清楚，只见小船上七长八短的果然立着许多海盗，手中各执兵刃，一齐呐喊起来。当先一只较大的船舶，众桨飞动，箭一般地驶来，船上立着的黑面大汉，手里横着两柄钢叉，正是前番将玉琴擒去的剧盗，大约就是所说的盗魁翻江倒海高蟒了。仇人相见，怒不可遏，剑秋叱咤一声，身子一跃，已跳上那舟，两脚立停，一剑已向高蟒胸口刺去。高蟒把手中叉架开，说道："原来是你！没有死，又来寻衅了。"剑秋也说道："狗盗，你把女侠用暗算擒去，现在伊在何处？快快把伊释放，方才罢休，否则我把你一剑两段，以泄我恨！"高蟒喝道："原来姓方的丫头和你是一对儿的，你不放心伊么？现在伊已做了我的

378

老婆了，你还来找伊做什么？前次你中了毒镖，侥幸不死，今番前来，一定性命难保了。"

剑秋闻言，更是发怒，咬紧牙齿，挥剑进攻。高蟒也将双叉使开，叮叮当当地战在一起。这时候左边飞来一舟，舟首立着一个雷公嘴的和尚，握着双刀。右边也有一舟很快地驶上，船头上立着一个年轻汉子，赤裸着上身，胸口黑毛茸茸，面貌也生得和高蟒一样丑陋，手中挺着一柄九环大砍刀，一齐向镇海舰杀来。琼英、琼华便跳到左边的船上，敌住那个雷公嘴的和尚。琼秀、琼丽也跳到右面的舟上，和那年轻汉子接住厮杀。非非道人却很镇静地作壁上观，瞧他们战了多时，不分胜负，道人便从他身边掣出一柄短小的竹叶剑在他手中一转动时，只见一道金光，道人一耸身，如黄鹤一般，早飞到左边的船上。

琼英、琼华见了，闪身让开，雷公嘴的和尚急忙将双刀抵住金光。但是这一道金光非常夭娇，分不出剑的光和道人的影。雷公嘴的和尚只觉得眼也花了，手也乱了，一对双刀不知向哪里招架。不消三个回合，金光飞到他的头上，那贼秃狂呼一声，身子倒在船头上，一颗光头早已不在他的颈上了。高蟒瞧得清楚，大吃一惊，料这道人必是个异人，自己不是他们的对手，况且今天羽翼少了，不如仍用水底功夫取胜吧，遂把钢叉向剑秋面上虚晃一晃，剑秋让避时，高蟒一个翻身跳到海里去了，接着小船上众盗党一个一个跟着跳下去。

剑秋明知海盗们仗着水性又要来翻船了，只苦自己没有入水的功夫，仗着宝剑，双目向水中注视着，很留心地防备。果然看见船艄边水底伸出几只手来，搭住着正要扳动。剑秋连忙跳过去，将惊鲵剑向下只一扫，便有十数手指堕在船里。此时琼英、琼华也已双双翻身跳入海波中去，潜海舰上也有八九个健儿执着兵器下海去和海盗们厮杀。海浪更是汹涌，一阵阵鲜红的血直冒上来。剑秋方知琼英等都谙水性，小小女子竟有这样多能，倒也难得。他遂跳到那边小船上去助琼秀、琼丽。那裸身汉子急了，一刀向剑秋顶上猛力砍下，剑秋把剑望上迎着刀锋顺势只一削，即听呛啷一声，那汉子手里的一柄九环泼风大刀早截作两段，刀头落在船板上。汉子更是惊惶，一翻身滚入海中，琼秀、琼丽都娇喝一声，跟着跳下去。剑秋见非非道人门下的四个娇婢一样都能水性，非常惊奇，只不知她们在水底可能战胜海盗。回头见非非道人已回镇海舰，自己也就回到舰上。道人对他笑道："狗盗敢在我们面前卖弄水底本领，多见其不知自量了。琼英等年纪虽轻，却自幼熟悉游泳，水性非常好的，我料一定能够对付得下，你请放心。"剑秋点点头。

一会儿果见琼秀、琼丽浮出水面来，琼秀手中高提着一颗血淋淋的人头，便是那汉子的首级，爬到镇海舰上来报功。接着又见琼英、琼华也从波涛中钻出娇躯，琼英口里衔着伊的宝剑，手中托着一物，和琼华也回到舰上来。道人便问："贼魁高蟒怎样了？"琼英答道："高蟒那厮果然厉害，不愧'翻江倒海'之名，在水底和我们交战，更是勇猛，我等围他不住，后来被婢子乘闲一剑刺去，把他的左目剜了出来，但是却被那厮漏网逃去了。婢子等特来请罪！"说罢，把手中托着的一只眼睛献上，道人笑道："今天你们作战得非常勇武，使我很是欢喜。高蟒虽然逃去，非你们之罪，且喜已挖了他一目，以后料他不能再猖狂了。你们很辛苦，快到舱中去换衣服吧。"琼英等四人答应一声，一齐回到舱里去。其时众健儿也都杀了众盗回舰上来。

剑秋见海盗们死的死逃的逃，海上已没有阻挡，对道人说道："高蟒已逸，二盗被杀，料想盗薮中虽有羽党，决没有力量抵抗我们。只是我的同伴尚不知下落，是否被他们幽禁在岛上？须往那里寻找一遍，小子的心方安。"道人说道："不错，正要捣其巢穴。"遂命两舰向前快驶。在落日大海时，两舰已到了丽霞岛，傍岸泊住。

琼英等四人都已换了衣钻出船舱，琼英立在剑秋一边。剑秋回过头去瞧伊，伊也在那里凝视剑秋，四目接触着，琼英微微一笑，低下头去。非非道人遂让琼秀、琼丽和健儿十人留守舰上。他和剑秋带了琼英、琼华以及健儿等一齐走到岛上。岛上海盗的羽党早已得知消息，只有十数人上前来抵抗，早被他们毫不费事地解决了。剑秋捉住了两个盗匪，吩咐两名健儿看守着，他和道人等闯到盗窟中去搜寻。盗窟宏大非常，四面都找，到天色渐黑，仍不见玉琴的影踪。非非道人却把这盗窟里的武器粮秣以及金银贵重等物一齐捆载了，命手下健儿运回舰上。剑秋一心在玉琴身上，不见了玉琴，心中自然异常懊丧。道人说道："此时还不见你的同伴，大约他早被海盗所害了。"剑秋不答，便叫把那生擒的两个盗党推来审问，也许他们知道一二的。

二盗党遂说："此间岛上共有二三百徒党、三个头领，大头领是翻江倒海高蟒，二头领是高蟒的兄弟高虬，三头领是踏雪无痕程远，在这岛上盘踞多年，去年新来了两个头陀，一个名唤法喜，别号怪头陀，一名志空，别号雷公，他们是四川剑锋山万佛寺金光和尚的徒弟，属于峨眉一派的，只因怪头陀曾在外边做了奸淫的事，无颜回见金光和尚了，索性住在这里，也做了海盗。众人中间要算高蟒、怪头陀、程远三人的本领最是高强。高蟒精通水性，能在海底潜伏三昼夜，生啖鱼虾过活。怪头陀的一柄铁禅杖使得神出鬼没，还有他的飞锤也是百发百中的。程远精剑术，善用毒药飞镖，中者无救，所以远近官兵都奈何他们不得。不幸现在失败在你们手里。"

二盗的话没有说完，剑秋忍不住问道："前天你们岛上不是擒回一个姓方的女子的吗，如今伊在何处，曾否被你们杀害，为什么不见？快快直说！"二盗又道："不错，前数天高蟒曾生擒一个美貌的女子回来，听说是什么昆仑门下的女侠，怪头陀称伊仇人，一定要把伊杀害。但是高蟒和程远商量之后，却把那女子关在水牢里，怪头陀和程远有些不欢。隔得一天，程远和那女子忽然失踪了，高蟒十分不悦。那一天，怪头陀忽又不别而行，所以岛上少了两个能人，高蟒势孤力薄，以致有今日之祸，若是那两个不走时，你们也未必能够得胜的啊。"

剑秋听得女侠性命安全，心中稍慰，只是伊又不知走到哪里去了。还有那个程远，他的姓名很是耳熟，却记不起是何人，自己中的毒药镖就是他发的了，不知他怎样和玉琴相识，会一齐走的，倒是一个很大的疑问。我好容易找到这里，不料仍是扑个空，好不令人闷损。他这样想着，非非道人和琼英等也都听得清楚。道人笑一笑，便把二盗放去。他们见岛上已是空虚，不欲多留，于是回转舰上。

道人对剑秋说道："原来岳先生的同伴，是个同门女侠，无怪你急欲找寻了。可是这件事真不巧，伊又和人家一同走了。伊既是一个巾帼英雄，决不吃亏的，你放心吧。我们今晚在此停宿一夜，明日仍请岳先生同返琼岛何如？"

剑秋搔搔头说道："蒙郑王雅爱，本当跟随左右，效犬马之劳，只因我与女侠已定鸳盟，不见伊人，方寸已乱，所以我还想到内地去找寻，大概伊必然回到大陆去的。我们在天津有一个很好的友人，我若追寻不到，将来到那里去必能重逢了。明天我想和郑王等告辞，他日若有机缘，我当偕女侠重来琼岛拜谢大恩。"剑秋说毕，向立在旁边的琼英瞧了一下，见琼英低着头，面上露出怨色，却又觉心里有些不忍，但是他无论如何决定要去追寻女侠的，也顾不得了。

非非道人知道剑秋已有决心，勉强留他不住，且亦留之无益，落得做个人情，送他走了。至于琼英的事，剑秋既有女侠当然落花有意，流水无情，不必再提了，遂点头答应。便在船上设筵代剑秋饯别。酒至半酣，又命琼英等四人取出乐器，奏起《阳关三叠》来。琼英一边弹着琵琶，一边眼眶里早滴下泪来。剑秋听着瞧着，心中不胜悲伤，恋恋的情绪几乎遏抑不下。他也没有什么话可以安慰琼英了。

次日清晨，非非道人早吩咐两个健儿从岛上找得一只帆船，送剑秋回转宁波上岸。又取出百两纹银赠给剑秋为路费，因剑秋所带的行李放在琼岛，不能带去啊。于是剑秋向道人及琼英等道别，离了镇海舰，跳上帆船，望东边驶去了。非非道人也就率领二舰回转琼岛。

评：

非非道人之事仅在初集上一见，读者怀念久矣，至此方揭开庐山真面，令人称快。文情虽似推展，而暗中正在处处收结，却能使人不觉。琼筵初开，先闻清乐，继睹妙舞，写来殊为热闹，而龙骧寨借此又虚题一过，疏而不漏，甚妙！海上巡弋，忽遇外轮，借此生出不少感慨。非非道人诚有心人也，但其行为似稍放浪，故借剑秋数语，做一解释。琼英等四女子海底剧战，虽用虚写，而其技能已可概见。非非道人亦只一露身手，遂令人仍莫测高深。玉琴消息，借海盗口中略述一遍，扫穴犁庭，已遂剑秋之愿，而女侠芳踪杳然，不但剑秋失望，读者亦将为之代唤奈何矣。

第十一回

鸳鸯腿神童吐气
文字狱名士毁家

广场上围着一大群人在那里瞧看，一迭连声地喝彩。圈子里正有一个年轻力壮的汉子赤着上身，两臂肌肉结实，一对拳头又粗又大，下身紧着一条蓝布裤，脚蹬薄底快靴，脸上却有一个大疤，正是一个朔方健儿。指着他面前的一具石锁说道："我的拳术承蒙诸位赞许，真个非常的荣幸。现在又要试试我的力气了。"遂运用双臂，身子微微一矬，把那石锁提将起来，两臂向上一伸，那石锁便高高地提过他的头上，然后徐徐放下，再举起来，再放下去。这样一连三次，又把身子旋转来，连打十几个转身，将石锁轻轻放到地上，面不改色，气不发喘。众人拍起手来。

那汉子带笑说道："我这个不算数，待我再来使一下千斤担。"走到他身后放着的千斤担地方，只用一双手把那千斤担举将起来，向他肩头上一搁，那千斤担两头是两个大圆石，中间贯着一根竹竿，约有二三百斤重，那汉子左右手轮流使着，演出各种手法，旁观的人都咋舌惊奇。最后那汉子突然间将千斤担一个失手，向上一抛，约有一丈光景高，向汉子头顶上落下，众人都代他捏着一把汗。那汉子却很镇静地等那千斤担落下时，也不用双手去接，把肩头只一挺，恰巧接在竹竿中间，两端的大圆石晃了一晃，便停在他的肩头下了，那汉子方才用手一托，轻轻地放在原处。众人又拍起手来。

那汉子便向大众拱拱手，说道："在下缺少了盘缠，在此卖艺献技，多蒙诸位赏识，惭愧得很。现在要请诸位帮助，请慷慨解囊吧！"汉子说了这些话，看的人都是面面相觑，没有一个人拿出钱来，有几个反而渐渐溜开去了。他等了一歇，又说了几句好话，却不见有人肯解囊相助。本来密密层层地围着一个大圈子，可是现在这个大圈子稀了薄了。汉子见此情形，不觉十分气恼，便开口说道："诸位在此看了好多时候，竟一些儿也不肯相助吗？不要怪我说句得罪的话，偌大一个青州城，竟都是一毛不拔的吝啬鬼，白看人家费气力，算你家老子晦气，鬼迷了好多时。你们不要走，老子不一定要你们钱的。只要你们敢来和咱比一比拳头。若是咱输了，老子这口气方才得消。倘然你们一个个都走了，青州城里竟无一个好男儿，都是不中用的脓包了！"

汉子这样骂着，人丛中忽然走出一个十一二岁的童子来。这童子生得面目清秀，头上戴一顶黑色的小帽子，身穿京灰竹布的小长衫，走到里面，指着汉子问道："你骂谁？"汉子冷笑道："咱就骂你们青州人便怎样，为什么你们白看人家费力，不肯出一个钱呢？"童子也冷笑一声道："好，你敢骂我们青州人吗？你以为青州城里真个没有人吗？谁叫你到这里卖什么艺，献什么技，出钱不出钱，由得人家，你岂可这样谩骂？究竟你有多高大的本领？你家小爷偏不服气，倒要和你较量较量，使你看青州人是不是不中用的脓包啊！"

汉子听了童子的话，对他看了一眼，露出藐视的样子，说道："你是个小小孩童，咱不屑和你计较，难道青州真没有人，却让你这童子出来吗？快去，快去！"童子又道："你倒说得这样好大的口气。就是因为我们青州的大人不屑和你动手，所以由小爷出来撵走你这王八羔子！"汉子哇呀呀地叫起来道："你也骂起来了！既是你这样说法，老子却不能不和你较量了！老子的一对拳头却不识得人的，

385

打死了休要怨人！"

童子笑了一笑，立刻使个金鸡独立，说道："来，来，来！"汉子便跑上来，一伸拳使个饿虎扑羊来抓童子。童子却并不回手，轻轻一跳，已跳至汉子背后。汉子抓不着他，回过身来，又使个猛虎上山，双拳一起，向童子顶上击下。童子低头只一钻，从大汉腰里钻了过去。汉子双拳落了空，心中格外恼怒，回转身骂道："促狭的小鬼，你逃来逃去做什么？看老子打死你！"一边说，一边竖起双指踏进一步，看准童子面门点来，要挖他的眼睛，这一下来势又快又猛，童子要躲避也来不及，口里喊得一声"啊哟！"身子向后一仰，跌倒在地。汉子虽没有挖着他的眼睛，见他业已倒下，心中甚喜，连忙跨进一步，双手握着拳头，一脚提起，要来踹他的胸脯，冷不防童子双腿齐起，使个鸳鸯分飞，向汉子足踝上只一扫，喝声："去吧！"那汉子一翻身跌出丈外。童子早已霍地跳起，哈哈笑道："你这没用的脓包！还敢说青州没有人吗？"那汉子也早翻身立起，满面羞愧，对童子熟视了一下，说道："好！真有你的，老子三年后再来领教！"说毕，便和他的两个同伴收拾收拾，走开去了。旁边看的人都说："好爽快！程家的小神童果然不错，代我们青州人出得气了！这卖艺的自以为本领高强，竟不料栽翻在童子手里，也是他的倒灶。"

那童子攀走了汉子，得意扬扬地踱回家去，走入庭院时，有一个五十多岁的老叟在那里浇花，童子上前叫声"爹爹"，老叟回转头来放了水壶，对童子后背相了一相，问道："远儿，你到哪里去的？为什么你的背心上沾有泥迹？莫非你又去和人家打架的？"童子知道这事也瞒不过，只得立正着说道："爹爹，方才我走到街上去游玩，瞧见广场上有一个卖艺的汉子在那里耀武扬威地骂我们青州人，都是不中用的脓包，孩儿听了不服气，遂和他比武，被我用醉八仙的拳法把那汉子打跑了，孩儿一些儿也没有受伤，不过睡倒在地时，背上略沾些泥，忘记揩去罢了。"

老叟听了童子的话，微微叹口气，便对童子说道："远儿，你跟我进来，我有话同你讲。"童子遂跟着老叟走到里面一个书房里，老叟坐在太师椅上，童子立在一边，听老叟说什么。老叟咳了两声嗽，皱皱眉头，说道："远儿，大智若愚，大巧若拙，而大勇若怯，孟夫子说：'抚剑疾视者流为匹夫之勇，一人之敌，不足为大勇。'所以一个人有了本领，千万不可好勇斗狠，目中无人，一言不合，便和人家拔剑而起，挺身而斗。贤如子路，孔老夫子尚且要说：'好勇过我，无所取材。'又说他要'不得其死'，可见好勇足戒了。我程望鲁年纪已老，膝下只有你一个幼子，你的母亲早已不在人间，你的姊姊又远嫁在徐州沛县，家中只有你我二人，形影相吊，其余的都是下人了。我虽然一向在仕途中供职，可是因为年老多病，无意再贪俸禄，遂告老还乡，在家中养花栽竹，以乐天年，此后只希望你长大起来，做一个有用的人，荣宗耀祖，被人家说一声'程氏有子'，那时我就死在九泉，也当含笑了。只因你从小却是身强力壮，喜欢习武，我以为尔不为治世能臣，即为戡乱名将，好男儿理当文武兼全，所以我就请了河北名拳师王子平来家教你的拳术。虽然不上两年，他因要组织镖局而辞去，但是你已学会了许多拳法，仍是终年练习不辍，你的武艺便与日俱长，里中人爱重你，代你起了个别号，大家提起了'小神童程远'，没有不知。我就恐怕你有了名，反而阻碍你的上进，不免要生出自负之心，故在教你读书的时候，常常警戒你的。谁知你今天又在外边多惹是非了。须知泰山高矣，泰山之上还有天；沧海深矣，沧海之下还有地。你的师父王子平也说过的，他的一支双钩可以称得天下无敌，岂知有一天被一个干瘪老头子用一根细小的竹竿把他打败了。江湖上尽有能人，况且这辈卖艺的人靠什么的？一朝被你打跑，他岂肯甘休，势必再要来报复的。你不想结了一个冤仇吗？唉！你这样不肯听我的话，叫我灰心了！"

程远是天性很孝的，他把那卖艺的汉子撵走，也是出于一时高

387

兴，他又听得那汉子临走的时候说过"三年后再来领教"的一句话，料想那汉子吃了亏，当然要再来报仇，可是他恐怕说了出来，更要使他的老父担忧受惊。事已做了，悔亦无及，遂对他的父亲点点头说道："孩儿自知不是，一时没有想到，蹈了好勇之过。今后愿听爹爹的训诫，再也不敢到外面去多事了。"程望鲁见儿子已认了错，也不忍深责，遂说道："你既然觉悟自己的错误，很好，希望你以后不再如此，我心里就可稍安了。只是你时时要防备着啊！"程远答应了一声，便退出去。从明天起，他就在家中读书，不敢到外边去乱跑，早晚仍很勤地练习功夫，以备将来可以对付那个卖艺的汉子。

光阴过得很快，看看三年已将满了，程远不忘这事，格外戒备着。恰巧他的老师王子平保镖南下，归途时路过山东，想会程家父子，便弯道青州来探望。程家父子十分欢喜，便留王子平在家盘桓数天。讲起这件事，王子平便说自己现在没有要事，不妨在此多住数天，倘然那卖艺的前来寻仇时，自己也可相助一臂之力。程望鲁听了，自然欢迎，王子平在程家一住半月，却不见有人前来，也没有什么消息，这不过是一句说说的话，谁知道他们来不来？王子平虽说没事，可是开设了镖局，终不能在外多时逗留，所以他决计要辞别程家父子，动身北上了，程家父子当然也不能坚留，便在动身的隔夜里设筵为王子平饯行。王子平大喝大嚼，吃了不少。散席时，已近三更，他就回到客室里去睡眠。

当他走到庭院东边的时候，忽听屋瓦咯噔一响，他心中一动，把手中烛台向上一照，却瞧不见什么，接着又听呜呜叫了两声，知道屋上有猫，也就不疑，闭门熄灯而睡，但是他的肚里不争气，作痛起来，使他难以入睡。一会儿，一阵便急，再也熬不住，遂起身下床，开了房门，刚要想举步走到厕上去时，忽见那边一条黑影很快地蹿到里面去了。他的眼睛何等尖锐，此时来了夜行人，一定是来复仇的，自己既然在此，程远又是他心爱的徒弟，不能不管这件事，也就蹑足跟着跑到里面。程远和他父亲分开住的，他睡在下首的房里。王子平瞧得清楚，早见有黑衣的人在那里偷撬程远的房门，他就一声不响地伏在黑暗中窥探动静，见那人刚在将门撬开的时候，程远房左的短窗一开，程远已托地跳将出来。

　　那人回头见了程远，便喝一声："好小子！你可记得三年前的一句话吗？今晚你家老子前来收你去了！"程远也喝道："狗养的，休要夸口，你家小爷等候多时了！"那人便把手掌一起，使个大鹏展翅式，很快地落到程远身旁来抓程远。好程远，绝不慌张，身子一侧，躲过了这一抓，右腿一抬，使个旋风扫落叶，一脚向那人足踝上扫去。那人双足一跳，早躲过了这一扫，右手掌一起，又是一个黑虎偷心，向程远心口打去。程远把右臂一拦，格住那人的手臂，自己使一个叶底探桃，去抓那人的肾囊。那人把双腿一夹，要想夹住程远的手。程远早收了回去。这样，两人在庭心中一来一往地狠斗，足有五十回合光景，不分胜负。

　　王子平瞧着暗暗欢喜，他徒弟的拳术确有非常进步，小小年纪已有这个功夫，将来未可限量，所以他也不上前相助。那汉子见程远毫无破绽，自己不能取胜，心中好不焦躁，得个间隙，退后两步，倏地从他身边掣出一柄晶莹犀利的匕首，恶狠狠地向程远身上猛力刺去。这时王子平恐怕程远有失，叱咤一声，跳将出来，疾飞一足，正踢中那人执匕首的手腕。那人出于不防，当啷一声，那柄匕首早已飞出去，坠在地上。那人回头见了王子平，手中的匕首虽然失去，可是心中的怒火格外直冒，双拳一起，使个双龙夺珠，照准王子平的脑袋打来。王子平把两臂向上一分，那人的双拳早已直荡开去，身子晃了两晃，知道来了能人，刚想变换拳法，王子平早已一腿飞去，喝声"着！"那人急忙跳避时，腿上已带着一些，禁不住仰后跌倒。程远大喜，正要上前去踏住那人时，对面屋上忽然很快地飞来一件东西，飞向他的面门，忙将头一低，那东西从他头发上面擦过去，骨碌碌地滚落在庭阶上。

程远呆了一呆，那人早已从地上爬起，一飞身跳到屋面上去逃走。程远要想追时，被王子平一把拖住，说道："不要追了，放他去吧。"程远听他师父这样吩咐，也就遵命立住。其时家中下人已闻声惊起，程望鲁也照着烛台同家人出去瞧看，很是惊讶。程远便告诉他父亲说："原来就是那卖艺的汉子前来复仇。自己在床上恰巧没有睡着，听得声息，便开窗出来接住相斗，幸亏师父前来帮助，方把那人打倒。但是屋上又有暗器飞来，大约尚有余党在上面接应，因此让他逃去了。"于是父子二人齐向王子平道谢。

王子平对程远说道："你的武艺真是不错，那人的拳法如疾风骤雨，很难招架，而你能从容对付，临敌无惧，难得，难得！我所以叫你不去追赶，因为人家在黑暗中不知多少，且有暗器，一个不留心便要吃他们的亏，还不如让他逃去。他这次又失败了，也知我们不可轻侮，以后也许不会来了。"程望鲁听着，抢着说道："王君的话不错，冤家宜解不宜结，还是放宽一步的好。"程远见他们如此说，也就唯唯称是，便取了烛台在地下照着，拾起那个匕首，一看柄上刻着一个"汤"字，大约那卖艺的汉子姓汤了。又去阶石边寻得一块光滑的鹅卵石，却不知是谁在上面使用这个暗器搭救他的同伴，又不知那姓汤的究竟是个何许人，是不是江湖上寻常卖艺者流，这个闷葫芦一时却不能知晓。但是隔了三年，那姓汤的本领并不见得十分高强，竟要来复仇了，岂非可笑？然而今番他们不仅是一人到来，且挟有兵器，自己若没有师父在此相助，那么胜负之数也未可一定啊！于是王子平再到厕上去出了恭，大家仍旧各自归寝，下半夜很平安地过去。王子平又在程家连居三日，方才告别回去。

程远因为姓汤的已来报复过，败北而去，大概不敢再来，所以渐渐放心。但隔得不到七天光景，有一日，是个阴天，程远在下午读罢了书，从书房里走出来，走到庭心里，瞧见他家中养着的一头大狸猫正伏在一株树下，窥伺在他前面地上走着的一只喜鹊，那喜鹊正走在地下觅食，哪里知道强敌觊觎，大难临头，仍是一步步地踱着，很安心似的，一些儿也不觉得，可说毫无防备。所以那狸猫张大着一双虎视眈眈的眼睛，等到那喜鹊渐渐走近时，便突然将身子向前一跳，两只前爪向前一扑，其快无比，喜鹊要避也来不及，早被狸猫攫住，一口衔了，跑到墙角边去大嚼了。

程远瞧着这狸猫捕喜鹊的姿势，心中一动，顿时想着了一记拳法。他正站在庭心中想着，忽然外边闯进一个二十多岁的少妇来，略有几分姿色，头上梳着一个高髻，插着一朵红色的花，身穿品蓝色的女外褂，黑裤子底下一条窄窄的金莲，不知是何许人，怎样闯到里面来的？他正要旬问，那少妇将手指着他说道："程远，程远！你好欺侮人！胆大妄为！你仗着在家坐地之势，又有你的师父相助，把人家打倒，全不想人家两次受了你的欺，岂肯罢休！"程远听了这话，知伊是姓汤的一党人跑上门来找自己说话了，便答道："不错，是你家小爷打倒了人，又怎样呢？你来找我作甚？"

少妇冷笑一声道："我就是因为不服你的本领，前来领教领教！"程远知道这事已无退避，便将长衣一脱，使个金鸡独立之势，预备少妇进攻。少妇也就奔上前，使个五鬼敲门，向程远面门打来。程远将头一侧，跳在一边，回手一掌劈去。那少妇身子也很灵捷，伊向后一仰，躲过了这掌，早已飞起一足来踢程远的肾囊。程远轻轻一跳，已至少妇身后。少妇回过身来，程远却已一扑而前，学着方才那狸猫捕鹊的方法，双手抓住少妇的肩窝把伊提将起来，正想趁势望外一掷，但见那少妇虽然被他拎了起来，而伊的身躯却挺得水平线一样的直，一双小足紧紧地并在一起。程远心里不觉有些奇怪，两臂用力，身子一弯，把那少妇一掷丈外，但那少妇跌下去时，立刻爬起，对程远说道："你这小子果然厉害！老娘去也。"回身便走，非常迅速。

程远走出门外去瞧伊时，早已不见影踪，心里未免有些怙惬，想这少妇的本领倒在姓汤的之上，自己虽然把伊摔了一个跟斗，可是却不能就说伊败北的，不知要不要再来，他们的党羽共有几个？自己倒要好好地提防呢。也没有将这事告诉他的父亲。恰巧明天程望鲁到城外华严寺去访晤寺中的住持圆通上人，程远也跟了去，因为程望鲁是这寺的施主，而圆通上人能琴能弈，毫无俗气，所以程望鲁时常到寺中去弈棋的。

　　这天父子二人到得寺内，他们是走熟的，不用通报一径跑到圆通上人的灵房里，却见圆通上人正陪着一个童颜鹤发的长髯道人在那里讲话。圆通上人见程家父子到来，忙合十相迎，又代他们介绍与道人相见，方知这位长髯道人乃是青岛崂山一阳观中的龙真人，是一位有道之人，大家遂坐着闲谈。程远坐在下首，龙真人对程远相了一相，面上露出惊异之色，自言自语道："可惜，可惜！"

　　程望鲁和圆通上人都不明白龙真人的意思，程望鲁忍不住先问道："请问真人有何可惜？莫非……"龙真人指着程远向程望鲁说道："实不相瞒，我就是可惜令郎。令郎相貌不凡，精神溢于面宇，正是个神童，将来未可限量，只是现在他的寿命不满三天了。我岂不要说可惜呢！"程望鲁听了龙真人的话，不觉大惊，忙问怎的。程远心里却有些不信，圆通上人却很惊讶，问龙真人："何所见而云然？"龙真人笑道："这事须问他自己，最近他可曾和人家动过手吗？"圆通上人道："这位程公子是青州有名的小神童，拳术很好，也许和人家较量过的。"

　　程望鲁说道："有的。大约前十天的光景和人家动过一回手。"遂将卖艺的来此复仇，王子平相助击退的事告诉一遍。龙真人道："原来令郎是大刀王五的高足，当然虎生三日，气吞全牛。不过我看他并非在这个上。试问他在此一二日内，可又曾和别人动过手？"程远起初听了还不相信，今闻龙真人一口说定他最近一二日内和人家动过手，好像已烛照往日的事一般，知道不能瞒过，遂将自己和少妇动手的情形完全吐露。龙真人听了，点点头道："对了，对了！可是你已受着致命的重伤，难道自己还没有觉得吗？"程远尚没有答话，程望鲁早顿足说道："哎哟！远儿，怎样和人家动过手，自己受了伤，还隐瞒着不告诉人呢？"

程远道："孩儿实在不觉得，所以没有禀知你老人家。现在真人说我受了重伤，我还不明白呢。"龙真人道："你试解开衣服来看看便知。"程远真的立在地上，将身上的衣服一齐解开，龙真人过去，指着程远的肚子上面两小点豆一般大的黑色的影痕纹说道："你们请看，这是什么？"

程望鲁和圆通上人走过来瞧得清楚，程远自己也瞧见了，好不奇怪，心中正在暗想，龙真人遂说道："方才我听了你的说话，已知你怎样受伤的。大凡不论和什么妇女交手，须知防伊的一双小脚，有本领的妇女她们足趾上都暗暗缚着锐利的刃锋，或者穿着铁鞋尖，趁你不防的时候，暗中伤害，最是狠毒。你把那少妇拎起来的时候，伊的身子能像水平一样地直挺着，那么掷伊的时候更不容易了。大概伊趁你掷伊的当儿，乘你不防，伊的足尖已轻轻点及你的肚子，而你不知不觉地受了伊的暗算。所以伊虽跌了一跤，就此走去。你受了这个重伤，三天后一定发作，而且迟则无救的。贫道见了你的面色，所以窥知其隐。"

程望鲁听了，急得什么似的，便问龙真人可有救治之法。程远被龙真人一说提醒了，他自己也就十分发急。圆通上人便道："龙真人，你是有道之人，老衲一向知道你精通剑术，内功高明。你既然瞧得出他受了伤，一定能够有法儿救治的。可怜程老居士平日为人很好，以前是个清宫，只有一位小公子，倘然不救，岂非可惜！请你务须代他们想个法儿，救救这位小公子吧！"程望鲁也苦苦相求。

龙真人方点头道："见死不救，是说不过去的事。待贫道救活了这位小公子吧。"遂叫程远把外面的长衣脱了下来，横卧在那边禅床上，龙真人连用双手在程远的身上按摩，约有半点钟的光景，又在程远肚皮上骈指推了七八下，程远四肢异常舒服，便觉喉间一阵奇痒。龙真人将手放开，说道："你起来吐吧！"程远翻身立起，走到痰盂边，吐出三口黑色的瘀血来。龙真人便道："伤血已出，可以无恙了。待贫道再开一张方子，连服三天药，包你不会再发。但在三天之内须好好静养，不要劳动。"

于是龙真人向圆通上人借了纸笔，开了一张药方交给程望鲁。程家父子自然感谢万分，程望鲁且叫程远向龙真人叩头，拜谢救命之恩。圆通上人对龙真人带笑说道："你既然救活了小公子，不如收他做了徒弟，以后你们也可常常来往。"程远听说，正中心怀，果然要龙真人做他的师父，因他听得圆通上人说龙真人精通剑术，这真是自己无从学得的。龙真人却说道："一则程家小公子已有贤师，二则我现在尚有些俗事羁身，势不能在此耽搁，将来再说吧。况且他若要跟从我学艺，非到山上去不能成功。老居士只有这一个爱子，也肯放他远离吗？"

程望鲁听了龙真人说的话，果不舍得父子相离，他的意思，最好龙真人能够住在他们家中教授武术，但龙真人已声明过是不可能的事，所以他也就主张稍缓再说了。父子二人在寺中盘桓多时，将近天晚时，方才告别回家。程望鲁因他儿子已得出死入生，此行真是不虚，心里非常喜悦。然而程远却因不能追随龙真人学习剑术，心里反有些怏怏不欢，回去后，照着龙真人的说话，连服了三天药，身子仍然很好，若无其事，这都是龙真人的功德，心里很是感激他，想念他。自己仍在读书之暇练习武艺，防备姓汤的再要来报复。其实，他们以为程远受了暗伤，必死无疑，不再找他了。

程望鲁因为出过了这个岔儿，轻易不肯放他儿子在外乱走，要他儿子涵泳仁义，浸淫诗书，养他的气。但是程远心里仍是念念不忘在练习功夫的一端，岂肯弃武就文呢。程望鲁自己却忙着付印他的《东海诗集》，因为他的诗词非常之好，所作也很多，友人称赞他能够"追踪杜工部"，大家情愿相助锓刊之资。程望鲁好名心重，一经友人的怂恿，于是把他的诗集整理一过，付诸剞劂了。

光阴过得很快，程远的年纪长大起来，益发出落得丰神俊拔，是个美少年，青州人见了，都啧啧称赞说他是个"跨灶之儿"。程望鲁的《东海诗集》也已出版流传人间了。在这时，忽然有一家姓官的托人到程家来说媒。

原来在这青州城里有一家满人居住，主人翁官胜是满洲皇室中的贝勒，生有一个爱女，正在及笄之年，待字闺中，想要择个佳婿。官胜有几次看见过程远，现在由小神童而变成美少年，心里格外欢喜，他以为坦腹东床，非此子莫属，一心要想把自己的爱女配与他，所以就托一个乡绅到程家来做冰人，以为自己是皇室贵胄，他女儿的相貌也生得不差，天孙下嫁，降格相求，程望鲁十分之九能够答应的。

谁知程望鲁素来嫉恨他，因为官胜在青州仗着是个满人，作威作福，鱼肉良民，好像是个恶霸，不肯和他缔结朱陈之好，一口回绝，且说了几句轻视的话。那乡绅讨了一场没趣，回去在官胜面前捏造了许多坏话，气得官胜咬牙切齿，说道："他这样看不起我，我必给他一个厉害，方肯罢休！"从此求亲不遂，结下了一个冤仇，可是程望鲁梦梦的不放在心上了。

又过了一个月，程望鲁接到他女儿的来信，招伊的弟弟前去游玩，因为伊的婆婆六十大庆在即，当有一番热闹。程望鲁遂端整了一份厚重的礼，且叫一个男下人伴送程远到沛县去。程远因途中恐遇强暴，故带了一柄短剑在身，以防万一。可是路中平安无事，到了他姊姊的家中，见了姊夫秦康，送上礼物，姊弟相见，不胜快活，程远便住在那里吃寿酒，秦康又陪着他出去玩。住了一个多月，却

395

没有接到家中的信，挂念老父，急欲回里，遂带了下人，和他的姊夫姊姊握手道别，赶回青州去。谁知家中竟出了天大的祸事，他的老父又不在人间了，大门上贴着十字花的封皮，竟无路可入。他心中怎不惊惶？立在门口彷徨着，恰巧邻家张老爹扶着拐杖走来，一见程远，便道："你的父亲已犯了灭门之祸，你还不快快逃生，却回家来作甚！"程远便问老丈此语怎讲，张老爹叹了一口气，说道："此间非谈话之地，你跟我到那边冷僻无人的小巷里去，待我细细告诉你吧。"

程远点点头，遂跟着张老爹悄悄走到那小巷中，张老爹方才告诉他道："原因虽然为着令尊印的那本《东海诗集》，而祸种却仍是你啊！"程远听得不明不白，急问道："怎样我是祸种呢？"张老爹道："难怪你不明白。我起初也不知道，后经人家说了，方明底细。原来这里的满人官胜，前次曾托一个乡绅到你家里来说亲，要将他的女儿许配给你，但是你父亲很坚决地拒绝，他遂此恨你们，要想方法来陷害你们，恰巧尊大人的《东海诗集》里有一首《泰岱诗》，中间有两句措辞不稳妥，便被他指为诽谤当今皇上，大逆不道，奏了京中的大臣，平地里兴起文字狱来，山东巡抚遂着令青州府将你父亲捉拿到案，严重治罪。可怜你父亲是个年老之人，怎经得起这个风波，三木之下，气愤交并，便死在狱中了。官府便将府上查封。这正是前十天的大事。你侥幸不在这里，没有被捕。现在老朽告诉了你，不如快快逃走吧！别的话我也不说了，我要走哩，免得被人撞见。"

程远听了这个消息，不觉滴下泪来，心中又是愤怒，又是悲伤。他老父业已受了不白之冤，化为异物，从此父子俩再也不能相见了。他转了一个念头，把脚跺了一跺，忙问张老爹道："老丈可知官家住在哪里？"张老爹答道："便在兵马司前。"说着话，张老爹早已扶杖而去。程远回到自己家门前，又对着封皮望了一望，跺跺脚，从身边取出十两银子，交给那个下人，对下人说道："你该知道老爷被人害死了。我已无家可归，你不必再跟我，不如到别处去帮人家吧。"那下人接了银子，问道："那么公子走到哪里去呢？"程远摇摇手道："你休要管我，我自有去处的。"说毕，一抹眼泪，抛了下人，大踏步向兵马司前走去。

评：

　　每集有一陪客，即别有一段小传以点染之，初集有李天豪，续集有袁彪，三集有公孙龙，四集乃有程远，妙在写来各有不同。程远在童子时即有此本领，殊为难能。卖艺人复仇，作两起写，颇见精彩，见猫捕雀，遂生悟心，亦颇自然。程远受伤由龙真人口中说出，颇妙！亦为下文上山习剑张本。

第十二回

做刺客誓复冤仇
听花鼓横生枝节

兵马司前乃是一条很阔的街道，但因为它在城东，比较上冷僻一些，一边是人家，一边是沿河，在相近巷口那里有一座高大的房屋，黑漆的大门，街沿石很高，对面河边立着一个很大很高的招墙，招墙里有"鸿禧"两字。墙后弯转去的地方便是河滩，是隐秘的所在。这天忽然有个少年伏在那里徘徊着，好似等候的样子，他脸上微有泪痕，而眉目间透露着一段杀气，不时用眼瞧着那个大门墙。阶石上立着一个二十多岁的下人，反负着手，向巷口看了一看，口里自言自语地说道："怎么主人还不回来呢？王大人在里面等得不要心焦吗？"停了一刻，那下人走进去了。但是那招墙背后伏着的那个少年却依旧守在那里。这还有谁呢？当然就是那无家可归、蒙冤不白的程远了。

约莫又隔了一个钟头，便瞧见巷口飞也似的有一肩绿呢大轿向这里跑来，四个轿夫抬着轿，吆吆喝喝，好不威风，中间坐着一个蓝袍大褂的老者，嘴上一口八字须，戴着一副玳瑁眼镜，手里拿着一个翡翠的鼻烟壶，嗅着鼻烟，傲睨自若。大轿抬到那门墙前，轿夫便喊着："快开正门，大人回来了！"

到这个时候，程远瞧得清楚，轿子里坐着的不是他仇人官胜还有谁呢？他就虎吼一声，一跃而出，抢到轿子边，一手抓住轿杠，只一按，前面的两个轿夫早已立不住脚，跌倒在地。轿向前一倾，官胜坐不稳，便从轿门帘里跌出来，被程远当胸一把揪住，一手从衣襟里掣出他身边带着的防盗短剑，向官胜晃了一晃，喝道："你这胡虏，我父亲与你何仇何冤？你竟敢兴起文字狱陷害我老父，并且害我无家可归，我与你有不共戴天之仇。世间有了我，便没有你。你以为仗着势力便可横行无忌吗？狗贼！你今天逢了小爷，死在头上了！"官胜认得他就是程远，此时吓得他魂不附体，急喊"救命！"可是程远的短剑早已刺入他的胸腹，鲜血直射出来，溅得程远面上都是红了。程远拔出短剑，又照官胜头上砍下去，咔嚓一声，官胜那颗头颅已切将下来，提在程远手中。

四个轿夫吓得目瞪口呆，有一个伶俐些的早逃过去，喊着道："救命哪！有刺客杀人哩！"程远仰天吐了一口气，也不顾轿夫的呼喊，他自己提了人头，口里衔着短剑，大踏步走出兵马司前去，官家的下人闻讯跑出来一看，他家的主人躺在血泊中，脑袋已不翼而飞呢，大轿横倒在一旁，忙问怎的。轿夫指着巷口走的程远的背影说道："刺……刺客！……刺死了老爷！"

几名家人听得老爷被刺客刺死，正是祸从天降，莫不大惊，一齐同轿夫随后追来。程远听背后有人追赶，回身立停，瞧了一瞧，见他们等到自己回身时，吓得倒躲起来，哪敢上前来捉他，不由哈哈笑了一声，掉转身便走。大家见他拔步走了，仍悄悄地跟将上来。有一个认得程远的暗暗告诉同伴说："这是程家的小神童，武艺好生了得，不知他刺死了老爷，走向哪里去。"便叫一人从间道抄出去，到衙门中去报捕。可是程远却一径走向府衙去，道旁瞧见的人，无不惊讶，跟在后里瞧热闹。等到程远走至府衙前时，背后已跟着许多男男女女，拥挤得很。府衙里也早有捕役闻得消息，带着铁尺、短刀以及锁链等物走出来。大家围住程远，口中只是呐喊，却不敢近他的身。

　　程远冷笑一声，走上石阶，捕役中间有一个老练些的，瞧了程远的情形，也有几分明白他的意思，便大着胆走上前问道："姓程的，你杀死了人，却跑到这里来，莫非自首吗？"程远说道："正是。你们的狗官何在？我要见他。"捕役便带笑说道："很好，你真是个男子汉大丈夫不害人的，杀了人，束身归罪。待我们领你去见老爷，吃官司保你不吃苦。"于是他们把程远带到里面去，官家的下人及轿夫也一齐跟着进去做见证，瞧热闹的人也都一拥而进。捕役连忙上前拦阻驱散，但是已有好多人溜入里面去了。青州府得禀报，暗吃一惊，不敢懈怠，赶紧坐堂，吩咐把姓程的带上来。他心里也明白，程远必是为父复仇，然而不能不问，现在眼瞧着程远挺身上堂，手里提着一颗血淋淋的人头，英风满面，坦然无惧，心里不觉也有些胆怯，便勉强壮着胆将惊堂木一拍，喝问："程远何故杀人犯罪？"

　　程远把手指着他说道："狗官！你们自己做的事难道还不明白吗？官胜那厮因和我父亲有了一些小仇隙，竟兴起文字狱来害人。我父亲的老命不是白白地送在那厮的身上吗？你这狗官真是吃屎不明亮的。我此来为父报仇，杀了官胜，大丈夫一身做事一身当，特地到此自首。"青州府听了程远的话，点点头道："原来你是代父复仇，故把贝勒杀害。但是你该知道，你父亲自己文字不检点，诽谤当今，自取其咎，岂能怪恨人家呢？"青州府的话还没有说完，程远大喝一声道："狗官！谁耐烦和你多讲，你家小爷已把官胜杀了，报得杀父之仇，随你怎么办吧！这颗头颅也交给你了。"说着话，将手一扬，那颗人头直抛过去，啪的一声，正打在青州府的头上，溅得他一脸的血。青州府又惊又怒，战兢兢地说道："反了，反了！左右快把他拿下！"一边说，一边早已回身逃入堂后去了。捕役们见此情形，不敢得罪程远，遂上前说道："程公子，你既到此，请到监里去坐坐吧！这事以后自有发落。"程远仰天打了两个哈哈，跟着捕役们便走。捕役把他送入监狱，将好酒好肉款待他，不敢怠慢。这时程远心中已满拟不再活了，安心坐监，听由官府把他如何治罪。青州府备文上报，官家将官胜头颅领回，缝上尸身，用棺木盛殓，自然怨恨程远，必要使他定一个死罪。然而大多数的人民都很可惜，以为他是第二个徐元庆，不愧孝子，既然他自首，决没有死罪之理。然而他是文字狱主犯的后人，当然不会轻恕的。

程远在狱中糊糊涂涂地过了一个月光景，恰逢狱中犯人大闹起来，许多狱囚都越狱飞逃，乱得不得了，他自然也就趁势一走，不情愿再做傻子，坐着等死了。他遂逃出了青州城，向冷落的村庄走去，想自己将到什么地方去呢？若去投奔他姐姐，恐怕他日泄露了风声，依然不能安身居住，反而害了姐姐一家。还是到别地方去吧，可是身边分文全无，又没有栖身之处。正在野径上徬徨，忽听背后有人喊他道："程远，你到哪里去？"程远回转头看时，正是龙真人，心中大喜，连忙赶过去，向他拜倒。龙真人伸手将程远扶起，程远刚要把他的事情告诉，龙真人却微笑道："你不必再说，我都知道了。今天我正从青州出来，在此遇见了你，真是巧事。现在你已是家破人亡，不能再在青州安身，茫茫天涯，将到哪处去？"

程远道："弟子正为着这事踌躇未决，敢请真人指示。"龙真人道："你前次要拜我为师，只因我不能住在你家，而且你不能随我到山上去，我遂没有答应。现在你已没有了家，不如跟我同回崂山，我当把剑术传授示。"程远听了，不胜欢喜，又向龙真人下跪，唤了一声师父，说道："弟子愿随师父同行。"龙真人点点头，于是程远便跟着龙真人一路回到崂山去。那崂山在即墨县境，是沿海的一座高山，有句古语说得好："泰山自言高，不及东海崂。"它的高度也就可想而知了。

程远随着龙真人一路上山，看着山上的风景，顿觉胸襟一清。到得一阳观里，龙真人便安排了一个寝处与他。因为程远于武艺上已有很好的根底，不必再从下层做起。但因程远一心要学剑术，遂把静坐练气之术教导给程远，使他先行自修。程远遵着龙真人的秘传，天天早晚习练，早晨日出的时候，又至山顶上去吞英吐气。这样过了半年，龙真人方把削好的柳枝给他试舞，须要脱手即去，招手即来，使用得悉如心意。当这个时候，龙真人每日又和他讲解一小时。看看过了一年，程远的功夫已有大大的进步。

一天，龙真人从他的道房里捧出一柄绿鲨鱼皮鞘的宝剑来，叫程远拜跪如仪，告诉程远说："今日把宝剑赐你习用。"又说明了宝剑的来历，便说："此剑名唤'百里'，削铁如泥，刹石立碎，苟能运用，百里之内取人首级，如探囊取物一般。"程远受了剑，向龙真人拜谢。龙真人又教训了程远一番，且教程远宣过誓，方才能够使用。从这天起，程远天天精心习练。三年后，已有很好的剑术。龙真人自谓收得一位得意高足，薪传有人了，很优待他。程远一面受剑术，一面又习得两种本领。他在山上时，往往于夜间在山径深涧之中习练飞行术，久而久之，他的飞行功夫已超绝顶。

因为有一天，山上下了大雪，山坡上铺满了一白无垠的雪。程远提起双足，便在雪地上跑过来跑过去，捷如走兽，雪上一点儿痕迹也没有。众伴侣大都惊叹，代他起了个别号踏雪无痕。此外他又练习得一种很厉害的暗器，乃是追魂夺命毒药镖，有百发百中之能。这是他瞒着龙真人抽暇练就的。后来被龙真人知道了，龙真人很不赞成，遂训诫程远，教他非至不得已时不可妄用此物，因为彼此相杀相斗，本是人类不得已的事，杀以止杀则可，杀以引杀则不可。用暗器已抱着不光明的态度，何况还要敷上毒药，使人立刻有性命之忧呢？程远听了龙真人的话，唯唯受教。他在山上苦修了若干年，龙真人觉得他性质虽很聪慧，若要修炼到至上之域，便嫌他根底尚浅，非神仙中人，所以也有此意思想遣他下山。恰巧有一天，从济宁州到了一个急足，来向龙真人下书乞援。

原来在济宁州有一家富翁，父子二人都以慷慨好义著名，姓叶，父名一德，精通武艺，曾考中武秀才；子名飞，自幼也随父亲尽心习练武艺，且善射，有百步穿杨之技，真是一位少年英雄。在他们的家乡很有一些小名声，济宁的民团也是他们父子二人做的主干，一向倒也平安无事。有一天，却不知从哪里来了一个怪丑的大盗，在济宁城内连偷了数处，都是门不开、窗不启地，丢失了钱财，并且有一家壮丁很多，起来和盗抵抗，反被那盗杀伤多人。报官请捕，也不能破案。于是叶氏父子格外防备，且将想法帮助捕快捉盗。

果然有一夜，那大盗光临他家屋里来了，首先发觉的乃是叶一德，他正在书房里静坐看书，尚没有睡眠。那大盗早已在屋面上徘徊，只因他也素闻叶氏父子的大名，见下面有灯光，尚不敢鲁莽下手。但是叶一德非常心细，早已觉察到屋上有人，一面暗暗牵着壁上设置的警铃（那警铃是通到里面的，这里牵着，里面便发出响声，使人知道了）。他牵过铃后，悄悄地从墙上摘下他用的一柄七星剑，拿在手中，一开后窗，扑地跳上屋面去，见屋上立着一个高大的黑影，便喝一声："狗盗！胆敢闯上我叶家来吗？管教你送死了！"那大盗也早闻声，回转身躯，一摆手中双刀，跳过来说道："老贼！谁怕你厉害？胆小的也不敢上你门了。照刀！"使开双刀，向叶一德身上砍去。叶一德不慌不忙，使开那柄七星剑，和那大盗在屋面上一来一去地奋战。只见屋底下灯笼火把霎时都明，叶一德的儿子叶飞手中挟了一根杆棒，带着弓箭，领着家中的壮丁前来助战。叶飞抬头见他父亲正在屋面上和一个浑身黑衣状貌奇丑的大盗狠命相扑，他遂大喊道："爸爸，不要放走了那狗盗，孩儿来了！"一耸身，已上屋檐，摆动杆棒，便向那盗下部直捣。那盗见叶家父子左右夹攻，下面又有许多壮丁，防备严密，今晚遇到了劲敌，难以取胜，何论盗窃，不如走了吧，免得恋战吃亏。遂将双刀使个解数，向两边一扫，架开叶氏父子的兵刃，望后一跃，跳出丈外，向外逃逸，喝一声："便宜了你们，休得相追！"

叶一德正要追赶，叶飞早从他背上取下弓，抽出两支箭来，搭在弦上，觑个准，嗖嗖的两箭，一前一后向那大盗飞去。那大盗脚步很快，早已走近外墙，觉得背后有物前来，连忙将身子一闪，左手刀向后一掠，扑地打下了一支箭，不防第二支箭已至，正中臀部，喊了一声："啊呀！"连滚带跳地蹿出墙外去了。叶氏父子见盗已中箭，心中大喜，追到外边看时，却不见影踪，料想那盗未伤要害，所以被他逃去了。

叶飞对他父亲说道："那厮虽然侥幸逃去，却中了我一支箭，少说些十来天总不能再出来干这勾当了。"叶一德点点头，两人遂不再前追。壮丁早已开了大门出来接应，于是叶氏父子还身进去，吩咐壮丁们各自安睡，一宵无话。次日这消息传播出去，大家更是佩服叶氏父子的本领，只可惜那大盗没有逮捕，仍不能破案。便在第三日的早上，叶家人开大门时，门上忽然插着一封信，用小刀刺着。下人连忙将信带到里面，奉呈与叶一德看。叶一德拆开看时，乃是一张小小纸条，上面写着道：

　　叶氏父子：我昨夜一时失措，中了你家小狗头的一箭，被你们侥幸得胜，然而你们该知道我是并不好欺的。过了些时，自会有人前来代咱报一箭之仇。你们请防备着吧，话不说不明的。再会！

　　　　　　　　　　　　　　　　　　　　虬白

叶一德刚才看毕，叶飞恰从里面走出来，叫了一声父亲，立在一旁。一德便将这信给他看，并且告诉他如何来的。叶飞看了，说道："当然，他受了一箭，漏网逃去，结下怨仇，岂肯不报？我们只要好好地防备着，盗党若再来时，待孩儿一箭一箭地把他们射死，方快我心。"叶一德却摇摇头说道："飞儿，你休要自恃本领高强，以为天下无人，他以后再来时，必定要请比较他本领高深的人前来复仇。我们父子两人究属力量寡薄，未可轻视。"一德说了这话，叶飞站在一旁，双手叉着腰，口里虽然不响，似乎心里很有些不以为然。

叶一德拈着胡子，沉吟良久，说道："我倒想着有一个人可以请他相助的。"叶飞道："可是崂山上的龙真人吗？"叶一德点点头道："正是。龙真人以前到这里来募捐，我们曾捐给他巨款，并留他在我家居留多日，很优待他的。他见你试射，也很赞美你。谈起武艺，他的本领远出我们之上，且精剑术，是一位有道之士，我很佩服他。他临去时曾对我们说过道，我们如有急难，要他相助时，可以请他到来。现在我们不如差人去请他来济宁盘桓盘桓。倘然盗党重来，有了龙真人在此，可以高枕无忧了。"

叶飞心里很不赞成他父亲的法儿，以为他们父子都有很好的本领，何必远道去请人相助，所以笑了一笑，勉强答道："这样也好。"于是叶一德便恭恭敬敬地修了一封书函，差家人到崂山去见龙真人，请他下山。龙真人看了来信，他觉得程远已具有上乘的武技，派他下山去相助，正好试试他的本领；叶氏父子自己也是有本领的人，得此臂助，可以不妨事了，免得自己下山走一遭。遂先打发了来人还去，附了一封复函，说明自己不能下山，特遣他的高足前来相助，约三五天后可以动身。于是在这三天之内，龙真人又讲解了不少给程远听，然后教他下山到济宁州叶一德家去相助防备，并且说了一番训话，教程远休要生骄心，好杀戮，又须不取非义之财，莫行非礼之事，砥砺品行，休亲女色等等。

程远一一拜受，遂带了百里宝剑，穿了一身朴素的布服，腰边佩上镖囊，辞别龙真人和观中同伴，独自下得崂山，向前进发。身边由龙真人给他的盘缠，省吃俭用，晓行夜宿，这一日早到了济南。济南是山东的省会，有巡抚驻节在那里，市面比较来得繁华，且名胜之处很多，所以程远想在此歇宿一二天再走。好在离济宁的路程也不远了，于是投下了一个客寓。他一人赶路，行李颇简，放在一边，又把百里剑挂在壁上，带上了房门便出来，到大明湖一带去游玩。虽然一人独游，觉得寂寥，然而看了风景，可以宽畅不少胸襟。他在大明湖坐舟游了一番，便回转客寓。走到半途，见那边一个旷场上有几枝绿柳，一湾流水，很有些风景，却围着一大群的人在那里观看。

程远左右无事，也挤进人丛中去看时，只见场中有一个壮男子，穿着奇形怪状的衣服，脸上套着一个小丑的面具，和一个妙龄女子立在圈子中，正在对众说话。那女子穿着一身淡红色的衫裤，头上梳着一个时式的新髻，鬓边插上一枝花，薄薄地敷一些脂粉，底下一双莲瓣，穿着大红绣花的鞋子，瘦窄窄的不盈三寸，样子虽然有些扭扭捏捏，却十分俊俏。身上套着一个花鼓，手里拿着一个绕着红绿布的鼓槌，原来这一对儿是演凤阳花鼓戏的。远远地还立着一个黑面的健儿，又好像卖解者流。程远瞧着这三人，觉得有些奇怪。那戴有面具的壮男子说过了开场白，那女子便咚咚地打起花鼓，两人一面唱，一面跳动着，做出滑稽的形状，以博观众轩渠。那女子唱起一支《盼情郎》曲来道：

描金花鼓两头圆，挣得铜钱也可怜。五间瓦屋三间草，愿与情人守到老。青草枯时郎不归，枯草青时妾心悲。唱花鼓，当哭泣，妾貌不如郎在日。

伊这样地唱着，声音好如黄莺儿一般的清脆。说也奇怪，全场观众，大家都是不声不响，很静很静。程远听着这曲，觉得很有些意思，且唱得非常好听。见那女子在场上回旋了几下，然后再唱着道：

> 凤阳鞋子踏青莎，低首人前唱艳歌。妾唱艳歌郎起舞，百乐哪有相思苦。郎住前溪妾隔河，少不风流老奈何？唱花鼓，走他乡，天涯踏遍访情郎。

这一曲又比前佳妙了，差不多把凤阳女儿的情窦唱了出来，所以那女子唱道"唱花鼓，走他乡，天涯踏遍访情郎"三句时，许多人都拍手起来，甚至有人喊起来道："原来你这小姑娘出来访情郎的吗？那么情郎在此！"众人又哈哈大笑起来。那女子却若无其事，等到观众静了些时，伊又敲着花鼓，和那戴面具的壮男子且舞且唱地唱着第三支和第四支曲调道：

> 白云千里过长江，花鼓三通出凤阳。凤阳出了朱皇帝，山川枯槁无灵气。妾身爱好只自怜，别抱琵琶不值钱。唱花鼓，渡黄河，泪花却比浪花多。阿姑娇小颜如玉，低眉好唱懊侬曲。短衣健儿驻马听，跨下宝刀犹血腥。唱花鼓，听不得，晚来战场一片月，只恐照见妾颜色。

四支曲儿唱罢，这花鼓戏也停止了，四面的观众大声喝起彩来，许多青蚨如雨点股向那女子身上掷去。那女子早抢得一只盘在手里，四面遮拦，钱都落在伊身边的地上，没有一钱掷得中伊，恰巧立在程远身边有一个汉子，取出一个大制钱，趁众人掷钱稍歇，那女子垂下手的当儿，用这制钱瞄准着女子的脸上飞将过去，喝声："着！"那女子果然没有防备，制钱已到了面前，不及遮拦，也不及躲闪，有些人都代伊捏把汗，但伊却不慌不忙张开樱桃小口，将那制钱轻轻咬住，吐在钱堆里。那戴面具的壮男子又当众说道："诸位的眼功手法果然不错，可是我的妹妹自有躲避的本领，请诸位试再掷些，如有伤痛，绝不抱怨的。"说罢这话，众人又纷纷地把钱向那女子面上、身上、足上各部一齐掷去，那女子将手中盘左拦右遮的。一会儿众人囊中的钱都掷空了，只得歇手，都说："这女子果然厉害！怎么这许多钱一文都打不到伊的身上呢？"程远在旁看得技痒难搔，本想也要从身边摸出些钱来试试，却因记着师父的训话，不欲在外多事，所以没有动手。后来见众人都不能命中，而那男子的说话又很有些看不起人，心中未免有些不服气，再也熬不住了。此时那男子已在俯身拾钱，嘴里却又说道："诸位没有钱再掷吗？恐怕诸位的囊中已空空如也了吧！"说着话，哈哈大笑起来。

程远早从身边摸出了两枚制钱，喝一声："莫小觑人，钱来也！"第一个制钱飞向那女子的胸前，那女子一伸手早将钱接在手里。跟着第二枚钱飞向伊的耳边来，其疾无比，女子即偏头让时，伊鬓边插着的一枝红花早被制钱打落在地，众人不由大呼起来。那女子虽没有受伤，却受了一个虚惊，两道秋波已瞧见了程远，而背后立着的黑面汉子也走将过来说话。程远却早已一溜烟地跑还自己的客寓，坐下休息，泡了一壶清茶，很是闲适。那时天色已渐渐黑了，店里都上起灯来。

程远坐了一歇，想到后面去便溺，方才走出房门，只见那三个演唱花鼓戏的男女也走进这店里来借宿。他心里暗想："正巧我上这里，他们也赶上这里来了。"一边暗想，一边走到后面去，解过手后，还身出来，见那三个男女正开了在他对面的一房间里住下。那黑面男子立在房门口闲瞧，一见程远走来，连忙向他抱拳打恭，带着笑说道："先生也住在这里么？"程远只得回礼，又答应一声"是。"那汉子又说道："先生的手法非常神妙，方才把我妹妹的鬓边的花朵打落。据我妹妹说，先生用制钱掷人，好似用惯了暗器一般的，非常准确，非常神速，打落花朵，明明是有意不想伤人而然，

408

否则伊的右眼一定要受伤了！"程远微笑道："令妹言之太甚了。我路过这里，观了一刻，偶尔相戏，使令妹受惊，幸勿芥蒂！"汉子笑道："便是真的打坏了右眼，也只好算命该如此，岂能怪怨人家？"两人说着话，程远一瞥眼，早见那唱花鼓戏的女子的俏面庞在房门口探出来，正向自己偷视着，等到程远看伊时，伊笑了一笑，缩了进去。程远也就没有和大汉多说话，还到自己房中，正想喊店伙进来预备进晚餐，却听门外足声响，那黑面大汉又和着一个黑面健儿走进房来。程远只得起身招呼，请他二人坐下。

那黑面大汉先开口道："我们姓常，弟兄二人，还有一个妹妹，一向在外面走江湖卖艺唱戏的，贱名龙，我的兄弟名虎，妹妹名凤，方才戴面具的就是我弟弟常虎了。我们得和先生萍水相逢，真是巧得很，料想先生一定是武艺精通之人，所以我们弟兄愿意认识一个朋友，特地不揣冒昧到先生这里来请教。"程远说道："我有什么本领？你们不要看错了人。"常龙把手向程远背后壁上一指道："先生，有这个东西，便是一个铁证，何必隐瞒？"程远回头一看，原来就是方才自己挂上的那柄百里剑了，遂微微一笑道："略谙一些罢了。"常虎道："请问先生贵姓？"程远老实说道："姓程名远，本是青州人氏。"常虎点点头道："很好，我们弟兄已吩咐店里预备了几样菜，一瓮酒，请程先生进我们房间里去饮酒闲谈，不要客气。"程远道："我们还是初见，哪里好叨扰。"常龙哈哈笑道："四海之内皆兄弟也，这是难得的，务请先生赏光。因为我们很愿意结识朋友，先生不要以为我们是唱花鼓戏的人而不屑与交啊！"

程远被常龙这么一说，反觉得难以推却，只得跟着他们二人走出来，搭上房门，跨进常家弟兄开的房间。房里灯光明亮，沿窗已摆着一张大方桌，四把交椅，桌上也有几样冷盘。又见那个女子正立在窗边含笑凝睇，向程远瞧着。常龙便代程远介绍道："这就是我的妹妹常凤，你们方才在场上已见面了。"又对他妹妹说道："你过来见见程先生，这位程先生也是一位江湖异人，居然被我请来了！"
常凤遂走过来向程远行了一个礼，轻启樱唇，叫了一声："程先生。"
程远也唤了一声："凤姑娘，方才得罪，幸乞恕宥！"常凤笑道：
"这是程先生的技能高强，幸亏程先生真心不欲伤人，所以我只落了
一朵花，又感谢，又惭愧。"常龙笑道："这也叫作不打不相识。我
们入座吧。"遂推程远上面坐了，自己和常虎左右相陪，只留着一个
空座，恰和程远对面，常龙便叫常凤过来同坐道："今天难得的，妹
妹也过来陪陪程先生。"常凤遂走过来侧身坐下。常家弟兄遂挨次向
程远敬酒，程远谢了。大家吃喝着，讲起话来。程远见常凤虽然低
着头，露出些含羞的样子，然而却时时将秋波来偷窥他。常龙便向
程远问起身世，程远见常氏弟兄很是直爽，也就老实把自己如何先
从大刀王五习艺，其后他父亲受着文字之祸，闹得家破人亡，自己
如何杀死了仇人，如何越狱逃去，又如何在崂山上从龙真人学习剑
术等事，约略相告。常龙听着，时而喜，时而怒，很代程远表同情。
且知龙真人是齐鲁之间的大剑侠，也是有道之士。程远既然是龙真
人的高足，当然有很好的本领了，不胜佩服。常龙便又问程远："此
番下山，将往哪里去？"程远也直说道："我是奉师父之命，到济宁
州去帮助叶家父子防御大盗前来复仇的。师父说叶一德父子本领很
好，叶飞又善射，我若到了那里，盗党不来则罢，盗党若来时，须
叫他们尝尝我的追魂夺命毒药镖。"常龙面上一惊道："原来程先生
不但精剑术，且能飞镖，真是多才多能！你的毒药镖在哪里，可否
赏观一下？"程远一时高兴，从身边镖囊里摸出一支镖来递给常龙
看。常龙执在手里一看，那镖是纯钢炼成的，雪亮耀眼，只有五六
寸长，上面系着一个红缨，连忙赞道："好镖，好镖！"又传给常虎、
常凤等看。程远说道："此镖敷有毒药。这药草是在崂山上采了炼制
的，中在人身，可于二十四小时内断送性命，唯我身边藏有解药，
可以施救。"常凤看罢，仍还给常龙，由常龙交还程远藏了。大家又

410

吃些菜，喝些酒，谈谈江湖上的逸事，不觉已至更深。程远既醉且饱，向常龙等道谢了，独自归房安寝。

次日早上起身时，只见常龙又走过来向程远道："程先生今天上济宁去吗？"程远点点头说声："是的。"常龙道："我们兄妹也有事情要往济宁，我们可否一同走？"程远闻言，顿了一顿，没有回答。常龙又道："从济南到济宁也无大城，我们在济南已演唱了三天，很赚些钱，盘费尽有了，所以沿途也不再卖艺，情愿伴同程先生走，以解途中寂寞，可好吗？"程远勉强答应。大家用罢早餐，付去房饭钱，一齐上道。

赶了一天，前面是一个小镇，名唤清风驿。天色已晚，他们四人就在一个小客寓里歇下。晚上，程远听得他们兄妹三人在屋后低低谈话，不知说些什么，只有一二句话听着。常龙道："怎么你不赞成呢？哦！知道了……我们也明白你的心的……"接着又听常凤说道："我总不愿意照你们这样办法的……"以下又听不清楚。等了一歇，常龙道："这样总好了。"以下便没有声音。三个人走进房内，一同点了菜吃夜饭。因为这店房间甚少，只剩下这一间，程远不得不和他们同居一室。晚餐后，大家又讲些话，便要睡卧。室中只有二榻，常龙让程远独睡一榻，他妹妹常凤独睡一榻，他自己和常虎睡在地上。

程远睡的时候，把宝剑横放在枕边，镖囊也没有解下，因为他方才听了常氏兄妹的说话，心里未免有些疑惑，况且三人的来历也不甚明白，不可不防，遂假寐着，不敢入梦。隔了良久，不见动静，便又觉得有些疲倦，遂也酣然安睡了。不料睡到明天早上醒时，摩挲睡眼，一看常龙、常虎兀自睡在地上，鼻息如雷，似乎熟睡的样子。又看那边榻上，却不见了常凤，心中觉得有些奇怪，暗想："天这样早，大家都没有起身，这小姑娘独自到了哪里去呢？"他遂坐起身来，还头一看，枕边放着那柄百里宝剑早已不翼而飞，再摸腰边的镖囊，内中藏着的三支毒镖也不见了。程远失去这两个宝物，心中大惊，不觉失声而呼。

评：

　　写程远代父复仇，束身待罪，孝义可嘉，勇武如生。狱囚生变，遂得脱身囹圄，复遇龙真人，乃上崂山学剑，方知前文是欲擒故纵之笔。中途听唱花鼓戏，便生出许多枝节，但并非闲笔，看至后文，方悟作者布局之佳。写程远击落常凤鬓边花，有情趣，有分寸。

第十三回

妙计布疑云英雄被绐
孤身陷敌手女侠受惊

在这个时候，常龙、常虎被程远大声呼醒，各从地上爬起，忙问程远何事。程远怒道："你们不要假作态！你们看，常凤到哪里去了？"二人回头一瞧，不见了常凤，便也惊异起来道："咦！我妹妹到哪里去呢？好不奇怪！"程远道："真是奇怪！我的宝剑和毒药镖也都不见了！"常虎道："啊哟！程先生的剑和镖怎样会失去的呢？"程远大怒道："不是你们的妹妹盗去了，还有谁呢？你们快快说出来！伊盗我的东西究竟怀的是什么意思？你们断无不知之理！"常龙、常虎道："我们都睡得很熟，哪里知道呢？"程远道："不要赖！"他一边说时，一边从镖囊里忽又摸索着一样东西，乃是一张小小纸条，上面写着道：

　　程远先生伟鉴：我很佩服你的本领高深，因为你能够
　将我的鬓边花击落，真非容易之事。但我很有好胜之心，
　所以把你的镖和宝剑乘间取去，和你是相戏的，你能取还
　吗？请你不要错怪我的哥哥！

　　　　　　　　　　　　　　　　　　　　　　　　　凤白

413

程远看了这张纸条，见笔迹很弱，又有几个是别字，像是女子写的，当然是常凤和他相戏了。但不知含有什么作用，对于自己弄什么玄虚，深悔自己太欢喜和人家兜搭，以至于此。若不早将东西取还，岂不要耽误我的行程呢？于是他将这纸条掷给常龙、常虎看了。常龙道："程先生，你是明白的人，上面写得很是清楚，我妹妹一时好胜，和你戏要罢了。你若要使物归原主，只是要你自己去找常凤好了。"说毕哈哈大笑。常虎也说："有了这个字条，便可证明非我们弟兄之咎。"程远冷笑一声道："你们休要假撇清，自家兄妹，安得不知？现在我又不知伊藏在哪里，人地生疏的，我往哪里去寻找呢？你们弟兄倒反若无其事。哼！我不问你家妹妹要物，好在有你们二人在此，我只向你们要便了。"常龙道："那么你将怎样办呢？"程远道："要你们二人领我去同找。"常龙、常虎听了，面对面地看了一会儿，常龙遂说道："在这里附近有个明月村，那里记得有一家熟识的人，我妹妹也许走到那边去。我们不如陪伴程先生同去吧。倘然找不到时，我们也无法可想了。"程远冷笑道："既有这个地方，去了再说。"大家穿好了衣服，开了房门，喊打水，彼此洗过脸后，吃毕早饭，三人遂一齐出门。程远不知明月村在哪里，自然跟了常氏兄弟闷走。常龙、常虎走了一段路，前面是一条河，常龙回头对程远说道："到明月村去，走旱路太远，不如走水路较为近些。"程远道："随便你们走旱路，走水路，只要将我领到明月村便了。"于是三人沿着河边走去，只见那边泊着一只小舟，常龙便高声喊道："船上有人吗？"跟着见船上钻出个老汉来，问道："客人们要往哪里去？"常龙道："我们正要坐你的船往明月村去。你年纪老了，待我们自己来摇吧。"老汉道："很好，本来我也摇不动哩。"老汉把小船靠近岸边，自己走上岸来。常氏弟兄便和程远跳到舟中，常龙走到船艄上去摇橹，常虎立在船头将篙点着水，这船便渐渐向前移动，回头对那站在岸上的老汉说道："你放心吧！我们从明月村回来，可以把船交还你的。"

常龙摇动着橹，一声欸乃，小船就摇向前边去。摇了一大段水程，河面渐阔。程远坐着，有些不耐，便向常虎问道："到明月村究竟有多少路？"常虎摇摇头。程远又回转身问常龙道："什么时候可以到达？"常龙答道："这却难以知晓。"程远听听他们弟兄二人的话，忍不住又跳起来道："怎的你们二人既答应伴我前往，怎么又不知晓？"常虎将篙子横在手里答道："我们弟兄本不是摇船的人，也不认得明月村在哪里，只好摇到何处是何处了。"程远大怒道："呸！你们既不认得路，又摇什么船，显见你们三人串通一气，又想把我骗到什么地方去了。'常虎哈哈大笑道："你又不是十六七岁的小姑娘，我们要把你骗到什么地方去呢？这都是你强逼着我们的啊，怪人家作甚？"程远心中大怒，又说道："哼！你们都是坏人，王八羔子的，待我先收拾了你们，再去找寻你家小丫头！"常虎把篙子指向程远说道："你骂人吗？不要欺侮我们弟兄无能。来，来！我们较量一下，狗养的怕你！"程远被他一激，立即跳到船首，说道："很好，待我先来收拾你这小子。"常虎正要将篙子横转来打程远，早被程远抢住在手，右脚一起，已把常虎踢落水中。此时常龙在船艄上瞧得清楚，放下橹，把手指着程远骂道："姓程的，你怎敢害我兄弟！"程远心里正十分恼怒着，遂回身抢到船后来说道："索性也把你收拾了吧！"一手使出那个狸猫捕鹊的解数，扑上前去抓取常龙。

常龙见他来势凶猛，不及躲闪，忙把身躯向后一个翻身，扑通地也到了河里去。只剩程远一人在舟上，他又不会摇船的，又不认识路径，虽然将常氏弟兄打落水里，但自己却怎样办呢？常氏弟兄和他们的妹妹都非好人，我悔不该和他们同行，以致着了他们的道儿，他们说的明月村，又安知不是伪语欺人吗？不如回到寓中去再说。于是他就走到船头上把篙子点着水，正要回船，却见这船滴溜溜地在水中很快地自转着，自己险些站不住，便喊："奇哉，怪也！

莫不是今天我遇着了鬼么！"他正在惊疑之际，又见船艄后水里钻出一个黑脸来，正是常龙。

程远骂道："小鬼，原来你没有死，快快跳上船来，拼个你死我活。"常龙笑道："姓程的，你莫要逞能，请你水里来吧！"说着话，把船艄一扳，程远说声"不好"时，这船早已一个翻身，船底向了天，程远跌入水中，心里明知常氏兄弟乃是精通水性的，不料又着了他们的道儿。刚要挣扎，早被一个人揪住了他的头发，向河底直沉下去。程远一张口，咕嘟嘟地喝了几口水，狠命地伸手要打那人，但是他的手方才伸上时，又被一人紧紧按住，相助着把他压下去。这样在水中厮打了一刻。程远喝的水一多，立即昏迷过去，不省人事。及至他醒转来时，不知怎样的被常氏兄弟把他紧紧缚住，睡在河边，身上却又换了一身干的青布衫裤。看看河中船也没有，人也不见，常氏弟兄又不知到哪里去了。他躺着，觉得有些疲软无力，想想常氏兄妹的行径，不知有何作用？若是他们真心要杀害他，那么早可将他沉死，何以又把自己救起，抛在这里，似乎含着戏弄自己的意思。我吃了这个亏，又将如何报复呢？心中恨恨地咬着牙齿，希望有人前来可以解缚。

一会儿，只见前面有一人很快地走来，像是个女子，及至走近身时，原来正是找伊不到的常凤。他心中又气恼，又惭愧，只苦自己被缚着，不能和伊一拼，所以双目怒视，向常凤表示着愤愤的意思。但常凤却含着笑容对程远说道："程先生，我家哥哥太鲁莽了，尚乞恕宥！待我来解缚吧。"一边说，一边将程远松了束缚。程远立起身来，对常凤说道："姑娘，我倒要谢谢你了！你将我的镖和剑盗去，又有什么意思？我上了你哥哥的当，在你们的面前失败，我亦无颜再见哩。"说毕，他脸上露出一团懊丧之色，不顾常凤答话，掉转身飞也似的走去。他恐怕常凤要追住他说什么，所以施展他的飞行功夫，一会儿已跑了六七里路。前面是一个山坡，山坡下有一座黑松林，他回头不见有人，立定身子仰天叹了一口气，自思："我奉师命下山，自谓艺已大成，不料失败在凤阳花鼓女儿手里，足见我的阅历太浅，易受人给。他们虽无意害我，然而这个玩意儿已闹得我大大丢脸了。我要去找常凤，却等伊来解缚，这不是大笑话么！总而言之，我无面目见人了，不如死吧！"他这样一想，脑中充满了轻生之念，便走进黑松林，解了腰带，打了一个结，向树枝上一套，自己一伸脖子，挂了上去。眼前一黑，心里一阵难过，模模糊糊的什么都不知了。

但是经过了若干时，自己的耳畔听得有很尖脆的声音在唤他，睁开眼来看时，自己并没有死，却软软地睡在常凤怀中。常凤席地盘膝而坐，正用伊的纤手抚摸他的胸脯。更觉羞愧与愤怒交并，跳起身来，对常凤说道："我自己寻死，干你甚事？要你来解救做什么？"常凤见程远责问，伊却一些儿不发怒，带笑说道："你这人太不识好歹了，我紧紧跟着跑来救你，却反给你骂吗？"程远道："我既失败在女子手里，无面见人，所以自尽。你何必来缠绕不清呢？"常凤又道："好好一个男子汉，前途方长，却效女子寻短见，这算什么呢？难道你为了失去东西便要死吗？那么，我也好还你的，请你不必发急。我们兄妹和你并无恶意，聊作游戏，你却就要认真吗？倘然我真的让你这样死了，岂非大大对不起你吗？所以我赶来看你情形，哪知你出此下策！即使你负气，也何至于此！你要找我，我在这里啊。"程远听了常凤的话，也觉得伊说的话很合情理，而又婉转，自己确乎不该如此轻生，就是不服输，也该再和她正式较量较量。又想常凤这小姑娘确乎有些本领的，不然我的飞行术自信是很好的，伊怎能跟得上我呢？他这样想着，所以低倒了头，倒没有答话。

常凤见他这个样子，像是有些悔意，便又说道："程先生，你是聪明人，现在觉悟了吗？料你吃了一些小亏，心里总是气得很，不肯和我们甘休。那么,你我不妨用真实本领决个雌雄。我若输了,情愿把东西还你,并且叫我两个哥哥向你赔罪。你若输了,怎样?"这句话直说到程远心窝里,他本气不过他们用诡计暗算,以致自己失败,且要瞧瞧常凤究竟有多大的本领,敢出此言。顿时提起了他的精神,说道:"这样很好,我若输了,也不再向你们要东西。从此披发入山,一生不再跑到人间。"程远说罢,遂先走出林子去,常凤跟着也走到外面。

两人对立着,各使个旗鼓,交起手来。程远起初因要试看常凤的拳术,所以退让三分,见常凤果然身手敏捷,拳法精妙,一步一步地向自己紧逼过来,倘然自己不使出几个特别的解数,休想取胜,也许要败在伊的手里的,所以他不敢怠慢,遂把王五教授他的几路杀手使出来,果然常凤抵敌不住了,额上香汗向下直淋。然而伊还不肯示弱,依旧左跳右闪,上格下拦地招架着,得个间隙,一拳打向程远的腰里来。程远早料到伊有此一手,等到伊的拳近时,身子一弯,给常凤打个空,而程远早已回手一拳望常凤肩上击去。常凤向左边一闪,但不知程远这一下是虚的,刚才打出去早已收还,趁常凤往左边闪避时,使个银龙探海踏进一步,一伸手搭住常凤的腰肢,轻轻地一把提将过来。还防常凤有什么解救的手法,所以不敢就将伊扶住或是放下。哪知常凤并无抵抗,反把身子倒入他的怀里,说道:"我输了!你的武术真是不错。我既被你擒住,任凭你把我怎样办吧。"程远一听这话,便将伊好好地放在地上,说道:"得罪了!我把你怎样办呢?方才你赶来救了我的性命,难道我此时还要和你过不去吗?你们既然和我玩的,那么请你现在把东西还了我吧。"常凤笑道:"程先生,不用性急,当然要还你的。我们且到旅店中去再说。我哥哥也在那里等候了!"程远踌躇一歇,点点头道:"我就跟姑娘回去也好。"于是程远跟着常凤便走。常凤把脚步一紧,向前飞也似的跑去。程远放出功夫追随后面,相差仅一肩,任常凤跑得怎样快，而程远总是这样地相差着。将近原处里许时，程远便把脚步放快一些，早抢出了常凤。常凤也把脚步加紧追上去，两个人好似比赛一般，这一里走路只一霎眼已走完了。

来到一座小桥之前，方才立停脚步。常凤和程远相差三步路，常凤便带笑对程远说道："你的飞行术十分神速，使我佩服。"程远道："不敢，不敢！姑娘的功夫也已到了上乘了。"常凤把手向桥下一指，便见那里有一只小船摇过来，船上立着一个老汉，撑着篙笑问道："姑娘和先生平安回来吗？我方摇到这里呢。"常凤遂请程远上船，说道："这一遭不敢戏弄你了，归去吧。"二人到得船里坐定，老汉把船摇回去。常凤陪着程远在舱中谈笑，程远问道："你们兄妹虽是唱凤阳花鼓的，却有这种好本领，使我很佩服，大概你们是江湖上的能人吧？我总有些怀疑。"常凤张着小嘴笑道："程先生不用怀疑，我们兄妹是走遍天涯访寻仇人的，所以化装唱那花鼓戏，也知道早晚瞒不过程先生眼的。"程远道："你们的仇人是哪一个，现在哪里？"常凤道："这事稍停，我哥哥自会告诉你的。"程远见伊不肯说，也不便再问，就和伊闲谈起来。常凤口齿伶俐，娇憨动人，足够解去途中寂寞。

午后已回到了清风驿，二人上岸，由常凤付去了舟资，步入旅店。只见常龙、常虎正立在房门口盼望，一见二人回来，便道："好了，好了！你们大概已和解了。"程远心里还有些放不下方才水里吃亏的一回事，只点了一点头，不大理会，大踏步跨入房中，在沿窗椅子上坐下。常龙、常虎却走过来向他作揖道："程先生，我们适才和你相戏，请你不要见怪为幸！"程远只得说道："好！你们弟兄二人的水中功夫果然高强，我中了你们之计，跌翻在二位手里，惭愧得很！"常龙道："这事不要提了。我们自知真实的本领不及程先生，所以聊施小计和程先生游戏三昧，触犯尊怒，千祈勿怪！"常凤又从伊的褥底取出程远的那口百里宝剑和毒药镖，一齐交还程远，且带笑说道:"这两种东西始终没有离开这里,是我故意写了字条,激你出去的啊。"程远接过,也带笑说道:"这都是我的鲁莽,以至于此。幸蒙赐还,感谢之至!"

此时常龙早吩咐店小二摆上酒饭,请程远同用午餐。程远肚里正饿得很,大家入席,狼吞虎咽般将饭吃毕。常龙又拉着程远到窗前,对他说道:"方才的事,我们虽然和你相戏,却也想借此有两个要求,征求你的同意,不知你能不能允诺?"程远问道:"什么要求?凡是我可以允许的,我总可遵命。"常龙道:"程先生尚没有家室,我这妹妹年方十八,虽然不是出身在闺阁之中,而容貌尚称不错。伊的武艺你也见过了,比较我们二人来得高强,一向想找个俊杰之士和伊配偶,现在逢见程先生,是个少年英雄,多艺多能,所以我们冒昧奉询,倘蒙不弃,便叫伊侍奉巾栉可好吗?"程远起初对于常凤本不放在心上,经过一番交手,觉得常凤的本领和自己相去不远,小小女子,有此能耐,倒也难得;并且生得很美,说话又讨人欢喜,所以他的木强之心也有些动了。今常龙先来向他征婚,他略想一下,便答道:"我是个光身的汉子,无才无能,若使凤姑娘下嫁于我,岂非鸦凤非偶吗?"常龙哈哈笑道:"不要客气了!你能够同意,我们已不胜光荣。"

这时程远偷瞧常凤坐在床边低着头,好似静听他们的说话,不免仍有些含羞之态。常虎双手叉着腰,睁大着眼睛,立在桌子边,也在听自己说话。常龙又说道:"侥幸,侥幸!第一个要求你已答应了。我们都是自家人哩!再说第二个要求吧。我们本来居住在浙边的海岛上捕鱼为生,此番出来,从海道到了山东,一路乔装改扮,唱花鼓戏掩人耳目,正要到济宁去找仇人报复。但是我们的仇人也非弱者,倘得你和我们同去相助下手,便可无虞了。好在你也是到济宁去的,当然答应。"程远问道:"你们的仇人是谁?我去那里是奉着师命帮助叶氏父子的。"常龙道:"我们的仇人是那里的恶霸,姓柴名振海，他的武艺很高，羽翼甚多，若得将他除去，也为地方除害，所以我们要请你帮助。"程远听了，便道："这样也好，我就跟你们同去把那恶霸除掉吧。"常龙大喜，便拖着程远走到常凤面前说道："一言为定，你们两口子将来成为夫妇，真叫作'有缘千里来相会'，现在大家握一下手，就算文定了吧。我们江湖上是很爽气的，不用什么繁文。"于是常凤娇躯微抬，和程远握了一下手。常龙、常虎都笑起来了。这一天，大家仍在清风驿过夜。

次日付去旅资，四人一齐向前进发。常虎仍戴着面具，避人耳目。到得济宁，就在城里一个小客寓内住下。到得晚上，常龙、常虎又叫人端整了酒菜，和程远、常凤一同畅饮，又对程远说道："事不宜迟，今夜我们便要到姓柴的那里去下手，早日复仇，以快我心，也好使程兄事毕后再到叶家去。"程远听了点头道："很好，我初到这里是不识途径的，全仗你们引导我。"常龙道："我兄弟都认得。"席散后，四人静坐一回，听听外面已无人声，常龙便道："我们好去下手了。"

于是大家脱下长衣，扎束停当，程远自己挂上镖囊，背插宝剑，瞧常龙手里已拿着一对雪亮的钢叉，常虎也背着一柄朴刀。而常凤右手握一宝剑，左手却握着一个圆如车轮的东西，上面有一排锯齿，又有一排钩子，四面都是钢条，一双手恰巧伸在轮中，有钢条护着，不怕被敌人损伤。程远奇怪地问道："这是什么兵器？我倒没有见过的。"常凤笑嘻嘻地说道："这是我自己发明的，使动这家伙时，轮形便不停滚转着，上面有齿，可以锉伤敌人的兵器，上面有钩，可以钩住敌人的兵器。而且使急了，可使敌人不能进攻，是防卫一己的利器，唤作'老虎轮'，我是练熟的。"程远道："好个老虎轮，这真是可攻可守的家伙，今夜要看看你怎样使用了。"

于是熄了灯火，开了后窗，四人轻轻跳上屋面，离开客寓，由常虎为导，曲曲弯弯地向前紧走。

这夜月亮也没有，夜色昏黑，街道上静悄悄地没有人声。四人一路走着，无人知觉，早来到一个高大门墙的人家前面。常虎又领着他们走到侧面去，有一垛墙比较低一些，四人一齐轻轻跳到上面，鹤伏鹭行地向里面有灯光处走去。但是走到里面，一进房，屋上却都布满着绳网，叫人难以行走。程远便将百里宝剑去剁开那些绳网。常虎有些不耐烦，先跳下庭心去。谁知庭院里有人防守着，一见屋上跳下一人，知道有人来了，连忙跑到里面去报信。

常龙等见仇人已有防范，四个人索性站在庭中等候他们出来厮杀。一会儿，屋里喊声大起，有许多壮士拿着军械照着火把杀将出来，当先一个老者，手横宝剑跳到庭中说道："狗盗！想来复仇吗？老夫等候多时了！"常龙、常虎便使开手中家伙，和老者战在一起。程远见那老者一口剑舞得白光霍霍，料知本领不弱，正想上前相助，却听里面有人大喝一声："狗贼！休要依仗人多，你家小爷来也！"便有一少年跳出，手中张弓拈矢，蓦地里一箭向程远面门射来。程远急忙将头一低，那箭呼地从他头顶上掠过，射去了一小绺头发，头皮上也微觉疼痛，吓了一跳，因他没有防到这么一着，险些送去性命，急挥手中百里剑，正要上前，常虎一见那少年，便丢了老者，抢上前去和少年决斗。那少年放下弓，挺起手中棍棒，接住常虎便战，一边却说道："原来就是你这坏东西来了吗？"将棍棒使开了，只向常虎下三部捣去。几个回合，常虎早被他摔了一个筋斗，爬起来再战。常龙恐防兄弟有失，连忙赶上前相助。

老者哈哈笑道："你们都不要和老年人作战吗？须知我年纪虽老，手中宝剑不老！"他正说时，常凤早跳过来，娇声喝道："你这老头儿，休要口出大言，待我来结果你的性命！"老者一瞧，来的是女子，便说道："呸！女贼来了！"一剑便望常凤胸中刺去，常凤将剑架住，一面使开老虎轮和老者酣战起来。程远在旁看着，觉得常凤的武艺果然了得，剑轮并进，战得二十余个回合，已把老者渐渐

422

逼退。又见当老者的宝剑刺进去时，常凤手中的老虎轮在老者的剑头上绕转了一下，已把老者的剑钩住，老者正想用力夺还，而常凤右手一剑已很快地向老者头上扫去，老者不及闪避，早削去了半个头颅，仰后倒地。这时那少年一根棍棒使急了，如龙飞凤舞，常龙手中一松，也被他摔了一个筋斗。他见他的父亲被常凤杀死，顿时怒气冲天，目眦欲裂，将棍棒就地一扫，常龙、常虎急退时，那少年一个箭步已跳至常凤面前，要代他父亲报仇。

不料程远立在一边，手里早托着一支追魂夺命毒药镖，因为他见那少年的棍棒实在使得厉害，正想乘隙以报一箭之仇。现在见他窜过去时，立刻觑准少年背后发出一镖。那少年的精神全在常凤身上，没有防备，所以这支毒药镖早中他的右腰，大叫一声，跌下地去。常凤跑过去，手起一刀，又把那少年的一只臂膀砍下，骂道："你这个小王八，把我们兄弟大摔筋斗，你现在再能起来使你的断命棍棒吗？"再想加一刀时，程远早拦住说道："他中了我的毒药镖，一定不会活命，你又何必再动手呢？不知屋中可有羽党？"常兄摇头道："没有了。"程远道："那么走吧。"于是四人回身跃上屋顶，跳出围墙，一路回转客寓。

大家坐下，将兵器放好。程远低声说道："凤妹妹的老虎轮果然不错，那老者便吃亏在这个上啊。"常虎道："那小子的棍棒也十分厉害，不知怎样的被他抢急了，碰在他的棒头上，自己就立足不住，马上跌倒了。"程远点头道："这种棍棒使用的大都是能人，其功用专在摔人筋斗，别种兵器很难抵挡，除非护手钩可以破他，或逢到空手入白刃的人，也可抵敌，所以今夜你们弟兄二人吃了一些亏。还有我看他的弓箭也很厉害，因此我发毒药镖伤了他，然而现在我心里却有些可惜他哩。你们不是说他们是恶霸吗？但我看他的情形却并不像啊，这是什么道理？"

程远说罢，常虎耐不住，哧的一声笑将出来。这一笑，却更使程远怀疑，便又追问道："你们究竟和他家有什么怨仇，要把他们杀死，那家是不是姓柴？"常龙答道："那家姓叶，他们父子二人就是我们的仇敌。因我兄弟常虎以前也被那小王八射中一箭，养了一个月的伤，方才好呢。"程远一听这话，止不住跳起来道："呀！我又上了你们的当了！你说姓叶的，莫非就是我要保护的人吗？"常龙道："不敢相瞒，真是这两人。我们以前在途中因为听你说起要到济宁去保护叶家父子，他们已很厉害，怎样可以再加上你呢？所以我们不放你走了，一路嬲至此间，先去动了手再说。我们自知大大对不起你，请程兄看在我妹妹的面上，宽恕则个！"

程远此时恍然大悟，知道明月村的一回事就是他们牢笼自己，我虽知他们有些作用，却不料依旧堕入他们的彀中，不是鬼摸了头吗？他越想越气越懊恼，便指着常龙、常虎说道："你们总不该这样作弄人！大丈夫凡事都要光明磊落，岂可设计陷人？"常龙笑道："请你原谅，我们也是不得已而如此。倘然和你说明了，恐怕要请你袖手旁观不管这事，也是不可能的，怎肯帮着我们去动手呢？"

程远大怒道："你们为自己打算，可以说称心适意了。但是我呢？我此次下山，乃是奉着师父龙真人的嘱咐，特地赶到这里为叶家父子帮忙的，现在反而帮了人家去把他们杀害。一则怎样对得起叶家父子，二则叫我如何可以回崂山去复命。害得我进退狼狈，不如和你们拼了吧！"说着话，跳起身来，一拳就向常龙胸口打去。常龙急忙跳在一边，常虎便提着两个拳头嚷道："你真的要拼命吗？我弟兄也有拳头，此番却不让你了。"程远道："谁叫你让？"跳过去一伸手要抓常虎，常虎一闪身跳至桌上，刚要还手，常凤早奔过来把程远双手拦腰抱住，说道："此事木已成舟，你们在这里闹什么？若给店中人听得了，那么外面正出了血案，于我们大大不便的。闹穿了事，我们怎能出得这济宁城呢？况且你们现在总是自己人了，有话好说，何必动手！"

说到这里，又对程远说道："你宽恕了他们吧。倘然你一定不肯甘休时，请你先把我打死了可好？我总不还手的。"程远被常凤一说，心中的气稍平一些，真的不要闹穿了，大家都不方便的。他立住脚步，一声儿不响。常凤又娇声问道："你听我的说话吗？"程远道："你放了手再说。"常凤道："我先要你允许之后方才放手，否则我宁死不放的。"程远道："有你这样赖皮的吗？我一准不动手便了。"

　　常凤听程远已答应，便放开来，又用手去抚摸程远的胸前道："你不要气了，一切的话，明天再谈。"程远叹了一口气，退到椅子上坐下。常虎也从桌上轻轻跳下，说道："妹子，都亏你解了围。这是我们的不是，我也自知对不起人家的。"常龙道："程兄是明白的人，当然不和我们计较。"程远却不说什么。隔了一歇，大家脱衣安睡，于是这一场黑暗中的纷扰告终。

　　直到天明，程远第一个先起来，因为他昨夜有了心事，未能安睡。常龙、常虎却睡得酣适。常凤恐怕程远要负气私走，所以也不能安心睡着，一见程远起身，伊也跟着起来，带笑对程远说道："今天我们断不能再在此间逗留，须要早早回去了。"程远瞧了伊一眼道："你们回去了，事已了结，当然是很快乐的。但我无家可归，崂山又不能再上，辜负了我师父的意思，无面目再去拜见他。从此天涯海角，一任此身漂泊去了。"常凤道："你休要这般灰心，我既配结了你，将来有福同享，有难同当，我们都要回转丽霞岛，当然也要请你同去的，怎能放你一人独走呢？"

　　遂过去把常龙、常虎唤醒，说道："时候不早，你们忘记昨宵所做的事吗？快快动身离开这里吧。"常龙、常虎被常凤唤醒，连忙披衣，开了房门，大家洗脸漱口。用过早餐，常龙去付了店资，立即动身。又对程远说道："有屈程兄同我们一起走吧。"常凤道："我早和他说明了，自然一同走，便是他要离去时，我也不放他走的。"

说罢，又对程远嫣然一笑。程远一时自己难定主意，就跟他们同行。

出得店门，走在路上，早听有人在那里讲起昨夜叶家的血案。四人匆匆地出得济宁城，幸喜没有露出破绽。此番不走海道了，却取道江南。程远一路跟着他们走，常凤总防他要走开，所以一步不离地监视着他。程远心里虽然为了此事很不高兴，自悔在路上和人家多兜搭了，以至上了常氏兄妹圈套，把这事情弄坏，现在自己回不得崂山，又和常凤订了婚，只得跟他们到海岛上去再说。且看常氏弟兄待得自己很好，而且常凤也如小鸟般依依可爱，有一种魔力如磁石吸铁般把他吸引住，因此也不想走到别处去。

途中无话，到了乍浦，雇得一只海船，还到了丽霞岛。程远见岛上壮丁很多，好像都服从常氏弟兄的，所以他们回来时，大家都出来欢迎。又见常氏兄弟的住宅很是宏大，以为他们在岛上是很有势力的，心里也有些猜疑。常氏兄弟还来后，马上筹备常凤和程远的婚事。吉日也早择定，程远做现成的新郎，大小的事一概不问。

到了吉期，便换了新衣，和常凤成婚。岛上的人见程远风姿豪爽，气宇不凡，都啧啧称赞说："好一位新郎！真配得上这一位美丽的姑娘。"拜过天地后，送入洞房，华烛影里，程远见常凤艳装凝坐，更饶美丽。他就上前走到伊身边，笑了一笑，握着纤手，同人罗帐。这一夜的风流恩爱，当然这一对儿都是甜蜜蜜的，忘记了别的一切。

婚后的第三天，常龙、常虎从岛上带着众健儿坐船出去。程远虽不知他们为了什么事，心里却已瞧科了数分，便向常凤探询。常凤带笑回答道："我们的秘密索性告诉了你吧。你是爱我的，当不至于鄙弃我。我们兄妹三个并不姓常。"程远听了，大奇道："唉！直到如今你们还是弄着假姓名，对我守着秘密吗？"常凤将手一捏程远的肩头，说道："你不要奇怪，这是我们的不是。我和你做了夫妻，自然不该再瞒，并且这里也不得不说明了。我们姓高，我大哥名蟒，

426

二哥名虬，他们都有翻江倒海之能，在这丽霞岛上干的是海盗生涯，一向横行海上，附近官兵都奈何我们不得。今天他出去，也因好多时候没有在海面上做买卖，所以要出去搜拢一些油水了。"程远听了这话，徐徐说道："那么，你也是一个女海盗了，你的名儿可真呢？还有济宁的一回事，我还有些不明白，你们究竟和叶家父子有什么大仇呢？"

常凤道："我的名儿仍是一个'凤'字，不过换了姓罢了。那叶氏父子和我家二哥有仇，只因以前二哥曾独自往山东去做买卖，到了济宁，闻得济宁城内富户很多，所以他施展本领，盗劫了数家，官中捕役捉他不得，未能破案。有一次他到叶家去下手，因为叶家也是富室，不料惊动了叶氏父子，非但不能得利，反被那叶家的小子射中了一箭，险些伤命。回来后把这事告诉了我们，于是我们兄妹三人便去报仇。半途行至济南，恰巧遇见了你，得知你就是去帮助叶氏父子的人。起初我们想暗中把你除掉，后来我大哥见你是一位英雄，不忍杀害，所以想出这条计策把我配与你，骗至济宁，先去叶家动了手，好使你懊悔不得。这也是我们的一种苦心啊，却给你时常怪怨呢。"

程远又点头说道："原来是你们的苦心，但是那时候你作什么主张？"高凤对程远笑道："你想我也舍得把你杀掉吗？倘然我不要你时，恐怕你没有今日了。你虽有本领，尚非惯走江湖之人，怎防得到人家的暗算？"程远笑道："不错，我倒要谢谢你哩。我确乎是个没有经历的人，以致上你们的圈套。"高凤笑道："你还懊悔吗？"程远不响。高凤别转脸去，自言自语道："一个人的心是难买得到的，大概你的心思总……"程远不等伊说完，便过去拉得伊的手，又把伊的脸儿推回来说道："我的心给你了，我没懊悔，你放心吧。但你的心又如何呢？"高凤喜道："我的心吗，早已到了你的肚子里了。"说着话，把伊的螓首钻到程远怀中来，程远便抱住了伊，和伊

427

接了一个吻，这样可见程远早已做了高凤妆台下不叛的男人了。

高蟒、高虬回来后，因为此行很是顺利，大宴部下。高蟒知道自己妹子已把真相告诉了程远，遂对程远说道："你现在不要唤我常龙了，这条龙变了蟒，在海里兴风作浪，要害人的，你赞成不赞成？幸亏有只凤是没有变，请你也入伙吧！做海盗也很逍遥快乐的。"程远听了，只得点点头。高蟒便请他率领一部分的健儿，做了头领。程远虽是如此，他究竟是个好人家的子弟，在崂山上又时常听龙真人的教训，现在陷身不义，心里总有些不愿意，不过被高凤笼络住了，他不得不屈身为盗。可是他在岛上除了饮酒看书以外，时和高凤练习武术，难得出外和高蟒、高虬去行劫的。高蟒也不能十分勉强他。

不多时候，高蟒、高虬又邀了怪头陀法喜和志空和尚两个来入伙。那怪头陀虽然本领高强，可是他名说是出家人，而对于酒色两字却不能守戒，每天非喝三四斤酒不能过瘾，最好每夜有妇女陪他同睡，数日不御女他就打熬不住了，即使高蟒不出去行劫，他也要拖着志空出去采花。这样，他的一生不知糟蹋死了多少良家妇女，积着一生的罪恶，一些儿没有觉悟。因此程远对于这两个贼秃十分鄙视，不和他们亲近的。高氏兄弟虽然粗鲁，而对于女色却不放在心上的，自从怪头陀等入伙以来，行劫时常要带一二妇女回来，专供怪头陀行乐，程远在旁看得十分气闷，只为了高凤，他勉强在岛上留住。

不料事又出人意料之外，高凤和程远婚后，便得了身孕，肚腹渐大，到了临盆时期，遇着难产，岛上又无接生能手，所以高凤痛了两日一夜，小儿还不落地，伊就香消玉殒，长辞人世了。程远和伊爱好的，见伊惨死，抱着尸身放声痛哭，经众人再三劝解方止。高蟒、高虬自然也不胜悲哀，没奈何只得把高凤厚殓了，便葬在岛上，一块黄土长眠芳魂。程远本来无意为盗，屈居于此的，现在他的爱妻又死了，人亡物在，触景伤情，心里郁郁不乐。高蟒见程远如此，只得用好言安慰，且允许程远将来必要代他找到一个好女子，重续鸥弦。程远大有曾经沧海之感，含糊答应着。

后来高蟒虽曾劫得一二面目姣好的女子回来，想要送给他为妻，然而程远哪里看得上眼，一一拒绝，却都给怪头陀奸污。程远便对高蟒说道："令妹死后，我心已灰。请你不必再代我想法。世间美貌女子固然不少，但欲求像令妹精通武艺的人却不可多得啊。何必去劫了来给别人糟蹋，重增我的罪过呢？"高蟒听了这话，知道程远的意思，遂唯唯称是。

这一次高蟒得到手下谍报，到海面上来行劫，因程远好久没有出去，勉强要他出来相助，却不料遇到了琴剑二人，虎斗龙争般在海上剧战了一番，剑秋中了程远的毒药镖，玉琴给高蟒在水里擒住。一行人回转岛上，其中最高兴的要算是怪头陀和志空了。怪头陀便告诉高氏兄弟说，这女子便是在北方著名的荒江女侠方玉琴，还有他的同伴岳剑秋，都有非常好的本领，同属昆仑门下，和峨眉派一心作对，自己曾在杭州逢见过，在旅馆中行刺过，未曾得手。竟不料这一遭，男的中镖，女的被擒，大大地出了一口气，要求高蟒弟兄把玉琴交给他，由他去处置，代峨眉派复仇。谁知高蟒心里别有用意，遂含糊回答说待自己问清了口供，再作道理。他遂将女侠禁闭在铁牢中。这铁牢的墙壁都是铁做的，屋上只开了两个小窗洞，有些亮光透入，可以知道昼夜，但是窗洞上下面都有极粗的铁丝网遮盖着，饶你有本领的人也难以出走。墙上又有一个小洞，有铁板关着，大约是送饭送水用的。

玉琴到了这里面，身上束缚虽解，而手里的真刚宝剑早被高蟒取去，手无寸铁，怎能出得这铜墙铁壁的牢狱呢？伊席地坐着，觉得身上尽湿，很是难受。一会儿墙上的小洞开了铁板，有人抛进一套衣服来，伊连忙取过，觉得很软很滑，都是绸制的，便将身上湿衣脱下，将那套衣服穿在身上，不长不短，恰是正好。伊穿好了衣服，在牢中徘徊地走着，见旁边只有一扇小小铁门紧紧闭着，四面毫无出路，难以逃走，不觉长叹一声。又想起方才在海面上血战的一幕，自己陷身盗窟，凶多吉少；又不知剑秋的下落，心里非常气闷。然而伊的一生，天南地北，受过了多少次数的危险困难，所以心里尚能镇定。他们既不即杀，且待以后见机行事再说吧。

不多时，外面小窗洞上的铁板一开，便有光亮射进来，有一个人把一盘饭和菜从洞里传送进来，说道："姑娘，吃晚饭吧。"玉琴腹中早已饥饿，便走过去接了，且吃饱了肚皮再等机会。伊吃了两碗饭，仍把那盘传出去，那人接过，把铁窗依旧关上走去了。玉琴坐下地来，一会儿天色已黑，牢中又无灯火，更见黑暗。伊没奈何，依着墙壁而睡。听得门外又有足声，好似在那里巡逻一般。伊想起了以前和剑秋在宝林寺坠身狮窟之内，危险万分，然而幸有剑秋同在，大家商量脱险的法儿，到底能够出死入生。还有那大破螺蛳谷时，自己也被风姑娘诱坠地坑中，但有那头忠义的金眼雕救伊出去。此刻剑秋不知何在？金眼雕也早已为主殉身，自己陷落在海外岛上，更有何人能来相救呢？且思剑秋一人独战群盗，不知他究竟如何，能否逃生？倘然他没有被害的话，他或能设法前来救我。即使我死在盗手，他也必要代我复仇的。所可虑者，不要他早已遇害了，那么我们俩死在海上，我师父和云三娘等也不知道这回事啊。

伊想了好多时候，方才有些疲倦。这样睡着了好一刻，睁开眼来，上面小窗里已有一些晓色透入，知道天已亮了，遂立起身来，走了一回，重又坐下。隔了一歇，又有人送早餐前来。

伊吃罢早餐，自思海盗并不杀伊，这样把自己幽禁在此，作何道理，倘然天天如此，自己不要闷死吗，反不如爽爽快快的好。伊心里正在发急，忽见铁门开了，有四个海盗走进来，用一具钢铁手铐把自己的手反铐住了，对伊说道："你快跟我们去见头领！"玉琴闻言，毫不惧怯，跟着他们便走，穿过了几进屋子，来到一座方厅上，见那活擒自己的黑面海盗正和一个美少年坐在那里。海盗把玉琴推至高蟒面前，高蟒便问道："你就是江湖上著名的荒江女侠方玉琴吗？"玉琴毅然答道："正是。你们这些狗盗在海上杀人越货，凑巧被我们碰见，所以追来，要把你们除去，不幸被擒，有死而已。"

高蟒听了，便回头对程远笑道："程兄，你看伊虽是个女子，倒这样十分倔强，不愧是个女侠了。"程远笑了一笑，没有答话，他尽瞧着玉琴。玉琴见程远气宇不像绿林中人，心里也有些生疑。高蟒却并不发怒，又对玉琴说道："我们这里是丽霞岛，我就是头领，姓高名蟒，别号翻江倒海。陆地上由你们逞能，海面上唯我独霸了。你的同伴姓岳的，早已死在海中，你被我们擒至岛上，欲归无路，只要我的命令一下，管教你立即丧生。倘然你能够顺服的，只要听我的说话，将来幸福无量。"玉琴因要听他的下文，所以耐着性子不响，高蟒以为玉琴已有些软化了，便指着程远向玉琴带着很和缓的声音说道："这位就是程远，别号踏雪无痕，精通剑术，本是我的妹夫，这因我妹妹不幸故世，他如今还没有续娶，立志要得一个有本领的女子为妻。现在我瞧你的本领确乎不错，且看你也是个没有嫁过人的姑娘吧。若能情愿做程兄的妻子，我就代你们做媒。"

玉琴听高蟒说出这些话来，两颊通红，心里又气又怒又羞，便大声骂道："呸！你们这些狗强盗，安得生此种妄想！我方玉琴并非贪生怕死之辈，可杀而不可辱，岂肯跟你们这些狗强盗？亏你们落掉了狗牙，说出来的，狗强盗，快快闭口！"高蟒被玉琴狗强盗、狗强盗的痛骂，心中顿时大怒，便指着玉琴说道："小丫头，不识抬举，你要死吗，我把你宰了也好！"

程远忙凑在高蟒的耳边低声说了几句话，高蟒点点头，又对玉琴说道："你休要不识好心，我们有心免你一死，所以如此。现在给你三天期限，让你自己细细思想。过了三天，再不服从时，决不轻恕。"说罢，吩咐部下把女侠软禁在水榭里去，且叫两个女仆陪同一起，待伊自己醒悟。于是那四个健儿奉了高蟒之命，把玉琴推出去，尽向东边而行。不多时，见前面有一个很大很阔的水池，中间有一块陆地，陆地上有两间小屋，屋边有两三株柳树，倒也有些风景，海盗到得池边，无舟是不能过去的。但那边有一只小划子船停着，海盗押着玉琴一齐坐到舟中，两个海盗打着桨把船摇过去。池水很深，水声汩汩，一会儿早到得水榭边。海盗推着玉琴上岸，到得小屋子里，见屋中床帐桌椅俱全，并且窗明几净，比起昨天那个铁牢好得多了。四个海盗把玉琴送到了，两个坐船回去，两个守在屋子外面。玉琴手上的铁铐没有开锁，所以两手仍反铐着，不能活动，且坐在椅子上。

再说隔了一歇，有两个中年的女仆坐船前来陪伴玉琴，所以吃饭时并不开锁，由女仆喂给伊吃的。玉琴虽觉不耐，也无可如何。午后因房门并不关闭，所以走出去散步，见那两个海盗手中各抱着鬼头刀立在屋子前后监视着伊，又见那水榭孤立在水中，无舟不能飞渡，自己断乎难以逃走。伊散步了一歇，回到室中坐着，自思："被他们这样软禁三天，倒也很难受的，我何不如此如此，佯作允许了，到时再想法子，或可比现在自由一些；倘事不成，同是一死，岂不较胜于此呢？明天我准口头允许了，看他们如何。"伊心中定主意，预备挨过这一夜。

天黑时，女仆代伊点上了灯。吃过晚餐，女仆便问玉琴可要睡眠，玉琴摇头道："且再停一会儿。"两个女仆伏在桌上打瞌睡，室中灯光受着风吹，摇转不定，玉琴枯坐着，没精打采，呆呆思想。忽听窗外有人轻轻在那里说话，不多时那掩上的房门蓦地推开了，跳进一个人来。玉琴定睛看时，胖胖的身躯，狠狠的面目，手中握着一支槟铁禅杖，正是那怪头陀法喜。怪头陀见了玉琴，张开嘴笑了一笑。这一笑，笑得玉琴心里也有些惊惶，知道那厮来意不善，连忙立起身来，同时那两个女仆也已惊醒，抬头见了怪头陀，说声："啊哟！"怪头陀将手一挥，说道："去去去！"吓得两人连跌带爬地都出去了。怪头陀回身把房门关上，窗边倚了铁杖。见玉琴立在墙边，面上满露着冰霜，星眸怒视，便走过去说道："女侠，今夜你顺我则生，逆我则死。你是个美丽姑娘，虽是我们的仇人，我却不忍就杀你，待我和你欢乐一番，包管你快活，而且可以使你不死。"玉琴骂道："贼秃！还不与我滚出去！"怪头陀冷笑道："俺既已来了，安肯便去！好姑娘，请你慈悲些吧！"一边说，一边紧紧逼上来。玉琴双手被铐，难以抵挡，忽地将身子向上一跳，想要冲破屋椽，逃出去时，却被怪头陀跟手跃上，将玉琴双足握住，猛力望下一拖，玉琴倒跌下来，恰巧滚在榻上。此时怪头陀双手将玉琴娇躯按住，要去脱伊的下衣，好似一头疯狂的狮子，张牙舞爪地将把玉琴吞入肚中去。

评：

取物留柬，明明是诱程远入彀，写来与年小鸾之盗取花驴，笔法不同。常氏弟兄在河中献技，竟使程远受困，虽有本领，无从施展。且由常凤释缚以窘之，宜其羞惭无地。但常凤数语，婉转动人，又故意显出本人武艺，遂使程远甘拜裙下。曲曲写来，文情诡谲。叶氏父子被杀后，始揭破此一段内幕，程远悔已无及，乃不得不随常氏兄妹同去。至此读者疑窦似可尽去矣。但不知常氏弟兄又即高蟒、高虬之化名，甚妙！一大段文章，回环写来，拍合到女侠身上，方有线索。

第十四回

噩梦初回设谋离虎穴
清游未已冒险入太湖

　　玉琴被怪头陀双手重重将伊的玉腿按住，仰卧在床，自己双手被铐，不能抵御，气得伊脸色尽变，几乎喷出血来。怪头陀力大如虎，腾出一手，正要剥下玉琴的亵衣。在这千钧一发之际，忽听啪的一声，靠外的一扇窗倒将下来，跟着托地跳进一人，手里横着明晃晃的宝剑，指着怪头陀大声喝道："你这贼秃！胆敢瞒着人家到这里来做什么！别人让你逞能，我程远却不肯放你如此猖獗！"怪头陀好容易将玉琴擒在掌握之中，好事垂成，败于一旦，心中异常愤怒，只得放下玉琴，回身对程远骂道："你这小子，和我苦苦作对做什么？你也无非想尝鼎一脔。现在我与你拼个死活存亡，谁胜谁得吧！"一边说，一边跑至窗边，取过那支镔铁禅杖，跳出窗去。程远也跳出去，说道："很好，你这贼秃，本要除掉你，现在我们俩决一雌雄吧。"一剑便望怪头陀头上劈去。怪头陀说声："来得好！"把铁杖望上一迎，当啷一声，早把程远的剑拦开一边，乘势一禅杖向程远头上打来。程远收剑架住禅杖，忽地一跳，已至怪头陀背后，一剑很快地刺向他腰里去。怪头陀不及招架，把身子向前一跳，跃出七八尺外，回转身大吼一声，一禅杖着地扫到程远脚边来。程远向上一跃，躲过这杖，将剑一挥，正要进刺，怪头陀又是一杖，使个乌云盖顶，直打向程远的头上来。这一下十分迅速，难以躲避。玉琴此时早已立在窗边观战，虽然这二人都是自己的敌人，可是伊的芳心不知怎样的却希望怪头陀败北，眼见这一禅杖，势甚凶猛，不觉代程远捏把汗。程远却并不闪避，仗着他身子灵便，将头一低，在禅杖下直钻进来。怪头陀打个空，而程远已至身边，一剑刺向他的胸口。这一下也是出其不意，非常难御的，怪头陀怪叫一声，将铁杖向地下一拄，身子凌空而起，向右边打一个旋转，好容易避开这一剑，但是程远的剑尖已触着他的布衲，左乳下划开了一小条，皮肤也有些微伤。怪头陀吃了这个亏，怒火更炽，抢开禅杖，又对程远杀过来，程远也把百里剑舞开，剑光霍霍，变成一道白光，向怪头陀上下左右进攻。两个人斗在一起，杀得难解难分。玉琴虽作壁上观，而觉技痒难搔，那时候水面上一只划子船摇来，跳上一人，背后又有两个健儿，高举灯笼，正是高蟒来了。他手里也横着两柄钢叉，高声大叫："自家人，休要认真，快快住手！"

原来当怪头陀到水榭里来时，看守的海盗连忙过去通信，恰巧先撞见程远，程远听了这消息，大吃一惊，立刻坐船前来干涉，女侠没有遭着强暴的污辱，也算伊的侥幸了。怪头陀见高蟒也已到来，便吼一声，将手中禅杖扫开程远的剑光，托地跳出圈子。程远也收住剑，退在一边。怪头陀横着禅杖，双目圆睁，兀是怒气未息。高蟒早已得到部下的报告，知道这事，所以立即过来解围。他当着二人之面，不便说什么，又不好派怪头陀的不是，只得说道："在这夜里，你们不去睡眠，却来这水榭上打什么架？快快回去吧！明天我请你们喝酒。"

怪头陀究竟贼人心虚，心里有些惭愧，便答道："很好，有话明天再讲。"他就跑到水边，跳上一只划子船，独自先去了。高蟒便苦笑对程远说道："我倒没有料到怪头陀出此下策的。若不是程兄得信较早，立刻赶来时，恐怕姓方的难保不被他奸污了。"程远道："可不是吗，我来的时候，那贼秃已把女侠按倒榻上，欲行非礼了。其间真不能容发，好不危险！"高蟒道："你如此相救，姓方的总当感激你了。"

玉琴在室中听得他们讲话，却缩到里面去，装作不闻不见。高蟒又吩咐把守的海盗说道："你们奉令在此把守，除了我和程头领外，其余的人，一概不准到此。如有故违，你们拦阻无效，马上就来报告，我当再派四人在那里看守船只，不许有人偷渡，或可无事了。"高蟒又吩咐女仆好好陪伴，和程远在室中看了一回。女侠别转了脸，不去瞅睬，二人就回身出去，也坐着船回去了。室外人声渐静，两女仆回身入房，关了窗和门，说道："好险哪！那个怪头陀怕死人了。"又请玉琴安睡。玉琴点了一点头，两女仆遂服侍玉琴睡了。她们就睡在地上，转瞬间鼾声大作，都已入梦。

玉琴因方才受了一个很大的惊恐，脑中受了刺激，虽然睡在榻上，却是转辗不能成寐，暗想："怪头陀真是可恶，他不要杀我而要奸污我，以致我险些被他玷污了清白之身，幸亏那个程远来解了围。虽然他的目的也是对我有野心，却救了目前的紧急，所以我明天决定答应了，免得这样锁铐着不能动弹。咦！程远这个名字似乎在哪里听过的，并且瞧他模样也不像个江洋大盗啊！"伊想了又想，遂想起龙飞买剑遇见龙真人的一回事来，龙真人不是和自己说过吗，他收了两徒弟，都不归于正，那娄震甚至卖剑欺人；还有一个姓程名远的，下了山，不知去向。龙真人正要找他，却不料他在海岛上入了海盗的伙呢。那么，我何不如此激他一番，包管他入我彀中。玉琴打定主意，心里稍觉安宁，便觉有些疲倦。正在蒙眬之际，耳畔忽闻窗外又有声音，伊心里不由突地一跳，睁开双眸，月光下只见一扇窗轻轻开了，那个怪头陀又跳了进来，自己喊声："啊呀！"正要起身，不知怎样的手足都软得无力，况两手又不能动，无法抵抗，而怪头陀早已跑至床边，伸出巨灵般的手掌，又将伊重重按住，伊虽想用足蹴踢，也是不可能。说时迟，那时快，自己的下衣已被怪头陀褪去。玉琴出世以后，从来没有遭逢着这种奇耻大辱，咬碎银牙，睁圆星眸，大喝一声，要挺起身来做最后之挣扎。这时窗外又有人喝道："贼秃不得无礼！俺踏雪无痕程远来也！"果见程远横剑飞入，怪头陀遂丢下玉琴，回身向程远骂道："你二次破我好事，与你势不两立！有了你，没有我；有了我，便没有了你！"遂抢过铁杖来抵御程远的剑。二人在室中交手，不及数合，怪头陀足下一绊，向前倾跌下去，程远趁势一剑斜飞，怪头陀早已身首两处。玉琴见了，不禁大喜，说一声："死得应该！"又见程远放下了宝剑，笑嘻嘻地走过来，对自己作了一个揖，说道："荒江女侠，我一心爱慕你，可惜你铁一般的心，石一般的肠，不能听了高蟒之言，和我同圆好梦。而那怪头陀却背着我要来奸污你，且喜已被我诛掉了。我两次救了你，为的是什么？想女侠刚强的心，必能转软。现在我要再问你，可能爱我吗？"

玉琴听了这话，换了别的时候，早已恼怒了芳心，但伊决定想用计引诱程远入彀，所以一些儿不作怒色，便答道："你这样热诚相救，我岂有不感谢之理？若你确是爱我的，那么你且把我的手铐松了再说。否则，你们还当我是一个俘虏呢。"程远道："当然要解去。不过我现在还没知道你的心是真是假，万一开了手铐，你不要反抗吗？"玉琴有些焦躁地说道："当然要你放了我的，我一个人在此岛上，会有什么法儿逃去呢？"

程远道："我尚难相信，必要先有一个表示。"玉琴问道："什么表示？"程远笑道："你要情情愿愿地让我在你的樱唇上亲一个吻，然后可以证明你是真心愿意了。"这句话叫玉琴怎能立刻答应呢！不防程远却不等伊的回答，伸手上前将伊拦腰紧紧搂住，抱在他的怀中，玉琴虽要挣扎，而觉丝毫无力，程远早低下头把他的嘴凑到伊樱唇上来，伊忙别过脸去说声："不好！"醒过来时，原来是南柯一梦，桌上的灯火摇摇欲灭，已近五更了，额上微有些香汗，把心神镇定住，自思："大概心里存了警觉之心，所以有这幻梦哩。幸而是梦，倘然是真的，我又将如何呢？"于是伊更不敢睡了。

一会儿，天色已明，伊心中稍安，方才睡着了一炊许。等到伊起来时，洗脸水和早餐都已送来，两女仆遂助着伊洗脸吃粥。玉琴不能自由，难过得很。伊心里气恼坐在椅子上，瞧着屋椽，呆呆无语。在这大海中的岛子上要求救星，一辈子梦想不到的。剑秋又不知死活存亡，非得自想方法不可，那么只有这一条苦肉计了。伊正在思想，忽见女仆对着门外立起来道："程爷来了。"接着便见程远一个人走进房来，对玉琴笑了一笑，又点点头。玉琴瞧他手中没带兵器，面上也露着和颜悦色，知道程远对自己始终没有恶意，暗想机会来了，我倒不可错过。程远早走上前说道："玉琴姑娘，今日已是第二天，你的心里究竟如何？我很可惜你白白死在这里啊。并且，我也知道昆仑门下都是行侠仗义之人，一向很敬爱的。姑娘剑术精通，为隐娘、红线之流，当然是巾帼英雄，羞与我辈为伍。但我程某本来不甘为盗，屈身于此的，倘蒙姑娘垂爱，我们将来别谋良处。"他遂把自己的出身，以及如何从龙真人习艺，如何奉命下山，受骗到岛上等经过事情，约略告诉一遍。玉琴听了，方知道程远果然不是盗跖一流人物，正好利用他，便把头点了一点道："既然这样说法，我就……"

说到这里，假作含羞，低下头去。程远见玉琴已表示允意，心花怒放，便道："姑娘能够允诺，这是我的大幸了。姑娘被絷已久，我就代你先解了缚吧！"遂走到玉琴身边，代玉琴松去了手上铁铐。玉琴想起昨夜的梦境，脸上不由微红。程远以为伊有些娇羞，更觉可爱，把铁铐抛在一边，回头见两女仆正立在门外，带着笑探头张望。程远便叫道："你们走远些，我有话和姑娘讲哩。"吓得两女仆倒退不迭。玉琴两手恢复了自由，舒展数下，方觉得爽快，便对程

438

远说道："我要谢谢你了！昨夜那个怪头陀，我和他曾结下冤仇，所以他前来想要玷污我。其实我是誓死不从的，只因双手被铐，不能抵抗，幸蒙程先生来救了我……"

玉琴没有说完，程远早摇摇手道："何用道谢？这是义不容坐视的。如姑娘这样可敬可爱的女侠，怎可让那贼秃蹂躏？我和那贼秃素来不合意的。他名唤法喜，和他的同伴志空一同到此入伙，专作采花的勾当，不知给他奸污了多少妇女。自从你姑娘被擒来岛后，他就处心积虑地要把你得到他的掌握之中，都给我们反对，他就想出这恶毒的行为了，不料又被我把那厮驱去。他对我非常怀恨，所以今晨忽然失踪了。查问之下，方知怪头陀已独自一人背着我们悄悄地离开了丽霞岛，往他处去了。现在请姑娘放心吧。"玉琴微微一笑。

程远遂请伊在窗边坐下，自己探首窗外，见近处并没有人，遂在玉琴身边坐定。正要说话，玉琴却向他问道："程先生，你是崂山龙真人的高足吗？"程远答道："正是。我师父是剑仙，他已将上乘的剑术教授我，且赐给我一口百里宝剑，削铁如泥，可惜我未能十分精谙，功夫尚浅，已下山了。"玉琴点头道："真是可惜的。你师父正在找寻呢。"程远一闻这话，不由脸上变色，急急问道："姑娘，你怎知道我师父在找我呢？"玉琴笑了一笑，遂将龙飞买剑，遇着娄震，演出卖剑盗剑的一回事来，然后遇见龙真人把娄震带回山上去，且谈及程远他走等事，详细告诉程远。程远便觉得非常惭愧，叹口气说道："我真是一个罪人！都是高氏兄妹害了我也！我始终自觉没有面目再去拜见我的师父了。"

玉琴见程远说到这里，在他的脸上充满着懊丧之色，遂说道："君子之过焉，如日月之蚀，只要你能够改过，将来再可以见你的师父。并且我师一明禅师和龙真人也是朋友，我可恳求他老人家代为缓颊的。倘然尔长此干那盗匪的生涯，不但埋没了你的一生，你又永远休想见你师父之面了。我是真性的人，你听了如何？"程远把双手掩着脸说道："本来在这岛上，非我素愿，一向如芒刺在背，清夜扪心，时觉惭愧；现在给姑娘一说，好似疮疤重发，心里苦痛得很，我非得早日离开这岛不可了。"玉琴见程远已入伊的彀中，暗暗欢喜，便说道："像你这样有根底、有本领、出身书香门第中的人，前途真可有为，你若愿离开这里的话，我心里更快活了，情愿跟你到随便什么地方去的，我总不忘你救助之恩。"程远就把双手放下，说道："有姑娘这样慰藉，我好似黑暗中遇见了明灯，我愿意和姑娘一同想法脱离这岛上。现在我可以去和高蟒说姑娘已答应我了，再要求他不要把你幽禁在这水榭里，由我引导你，便在我前妻高凤房里住下，然后我可预备船只，背地里瞒了高氏弟兄远走高飞，脱离这个魔窟。照这样办法可好吗？"

玉琴道："很好，不过你须要依我两个条件。"程远听了，一怔道："姑娘有什么条件？"玉琴道："我有一口真刚宝剑，是我师父赐我的，数年来常常带在身边，非常心爱，现在你可知此剑落于何人之手？请你要设法代我取回。"程远道："这剑被高蟒取去，确是稀世难得的，无怪姑娘不忍舍弃。我见高蟒已把这剑挂在他的外房壁上，我常到那里去走的，我可以想法盗回。还有第二个条件呢？"玉琴道："我虽然答应了你，可是不情愿草草地在这强盗窝里成婚，须得离开了海岛再定吉期，你赞成不赞成？"程远道："如此也好。我们既然决意要离开这岛，当然到别地方去再行结婚。只要姑娘爱我，不负我便了。"玉琴点了一点头，于是程远快快活活离开这水榭去了。

到了下午，程远又走来对玉琴说道："我已和高蟒说明，现在把你放出去，你千万要跟着我走，免得危险。"玉琴道："自然跟你走啊。"程远遂带着玉琴走出水榭，坐了划子船，还到那岸边上，一路走到内屋里去。到得一间精美的室中，程远请伊在椅子上坐定，说道："这是你的房间，自从高凤死后，我只住了数夜，因为一切景物足以触动我的悲伤，所以一直住在外面客室里的。今夜有屈姑娘在此独宿一宵。"玉琴也不说什么，程远又叫两女仆在此陪伴玉琴，他和玉琴闲谈了一回，便走出去了。这天夜里，玉琴仍戒备着，不敢多睡，自思现在我双手已得自由，即使有人前来，虽无宝剑，也可抵挡一阵，不至于女那夜的任人欺侮了。但是这一夜却平安无事。

次日，程远陪着高蟒、高虬一同前来和伊谈笑，且说大后天要吃喜酒了。玉琴知道程远在他们面前必然说些谎话，所以佯作娇羞，不说什么。高蟒拍着程远的肩胛道："这里独有你享艳福，将来不要忘记了我这个大媒。"高虬也说了几句笑话，然后退出去。黄昏时，玉琴对着灯光坐了等候，因为日间程远曾趁着人少的当儿，走来凑着耳朵告诉伊说："船只早已预备，今夜可以走了。"所以伊打起精神，期待着。然而不见程远到来，两女仆坐在旁边打瞌睡。伊心中正在怙悢，闻得室外轻微的脚步声，程远悄悄地走来，先唤醒两女仆，说道："今夜你们到外边去睡，由我在此陪伴姑娘。"两女仆答应一声，对着玉琴看了一眼，带着笑说道："方姑娘，你早些安睡吧，我们去了。"退到外边，程远就把房门关上。玉琴又听两女仆走在外边说道："我们不要做讨厌虫，今夜他们俩可以欢乐一宵。程爷自从凤姑娘死后，长久守着空房，所以他等不及大后天的佳期了。"带着笑声远远地走去。玉琴听了，虽然难堪，却也只好由伊们说笑了。

程远闻女仆早已去远，便低声对玉琴说道："我已买通一个姓刘的人，偷得一只帆船在海滩边等候了。那姓刘的是去年掳来的人，一向勉强在此地，他因我曾救过他的性命，常称我为恩公，他能驾驶船只，现已升为头目，所以我暗中和他说明了要一同离开这岛，他自然表示同情于我，答应我把他所管的船独自驾着，今夜在海边等候我们出走，这样你好放心了。"玉琴喜道："你办得很好，我的宝剑呢？"程远道："你的真刚剑已被我取得，放在我的房里，只因我此时不便携来，少停我们出去时可以给你。今夜高氏弟兄正在里面畅饮不已，我推托头痛，先退出来，大约他们必要喝醉了。我们出走，决没有人拦阻的。"

于是二人静坐着，等到外面人声已静，将近三更时，开了窗，轻轻跳到屋面上，程远在先，玉琴在后，越过了两重屋脊，程远回头对玉琴说道："下面正是我住的客室，你且在此等一回，我去去就来。"说罢，跳将下去，不多时跃上屋面，手里捧着一柄宝剑，双手递与玉琴道："完璧归赵，请姑娘收了吧！"玉琴接过一看，果然是自己的宝剑，心中大喜，把来挂在腰里。又见程远腰边也悬着他的百里宝剑，背上又驮着一个青布包裹，遂说道："多谢你费神，我们去吧。"伊跟着程远，大家施展出飞行功夫，离了盗窟，跑至海边。玉琴听见波涛声，一颗心顿时又活跃起来，星月光下见那边停着一只很大的帆船。程远击掌二下，便听船上也有人回击了两下，跟着有一个汉子走出来说道："程恩公来了吗？快下船吧！"程远遂和玉琴跳到船上，在舱中坐定。舱里也没有灯火，黑暗中那人问道："就开船，可好？"程远道："只得冒险夜行了。"那人道："恩公，请放心，你不是吩咐把船开到镇海去吗？这条水路我是很熟的，无论日夜，决没有危险的。"程远道："这样好极了。"那人遂挂起一道巨帆，把舟向海中驶去。

这夜，两人在船里当然不便睡眠，对坐着闲谈些岛上的事情。玉琴心里总是放不下剑秋，她前番听了高蟒之言，有些不信，遂又向程远探问道："我们懂武艺的人最爱宝剑，视为第二生命，我多谢你取回了真刚宝剑，心里很是安慰。但是我的同伴岳师兄也有一柄宝剑，不知落于何处，你可瞧见？"程远被伊突然一问，没有防备，无意地答道："这个，我却不知道，因为他……"说到这里，忙又缩住。玉琴连忙问道："难道姓岳的没有死吗？"程远只得说道："他

442

是受了伤，落在海里的，所以我们没有得到他的宝剑。姓岳的不通水性，堕在这大海中，又受了伤，自然必死无疑。"程远说这句话，是因为自己曾用毒药镖把剑秋打伤，恐怕玉琴知道真情，必然要怨恨他，故而含糊回答。但玉琴听了程远和高蟒的话，有些不符合的，暗想剑秋既然受伤堕海，当然也要被他们提去的，岂肯放走？也许剑秋没有死，逃得性命，无论如何他总要想法来救我的。但是此刻我已离开这岛了，将来他不要扑个空吗？然而事实逼得伊如此，也顾不得了，只要大家没死，将来终有一天重逢的吧。

程远见伊不说话，也就不再说下去，大家瞑目养神，听着水声风声，不知行了多少路。玉琴睁开眼来，从船舱里望出去，见天空有些曙色，远远地在东边水平线上映射出五颜六色的光彩来，一会儿紫，一会儿红，一会儿黄，转瞬之间，千变万化。渐渐儿一轮红日探出了它的头来，天空中和海面上更觉光耀，海波腾跃，好似欢迎着太阳。不多时，红日已完全升上，金黄色的阳光照在深蓝的海水上，更觉雄壮美丽兼而有之。见程远正低着头迷迷糊糊地睡着，遂唤醒了他，一同走到船头上来看日出的海景，海风吹动衣袂，很觉精神爽快。看了一回，见海面上远远地已有一点一点的帆船来往，程远走到后艄上向后面望去，幸喜没有追赶的船，离开丽霞岛已有好多路了。姓刘的也说道："今日下午可到镇海，岛上高氏弟兄虽要追赶，恐怕已来不及了。"又对程远说道："程恩公，你们二人可觉饥饿？船舱板底里藏有干粮和清水，你们可以去吃。"程远道："很好，你要不要吃？"姓刘的答道："我在此管舵，不能走开，好在这里我也有些食物可以吃的。"程远道："那么，辛苦你了。"于是程远回到船舱里，取出干粮，请玉琴和他同吃，因此二人得以果腹。下午时，已到镇海，傍了岸，程远便对姓刘的说道："我们要上岸了，你要到哪里去呢？"姓刘的答道："我舍不得抛下这大船，在三都澳那里，我有一家亲戚，是业渔的。所以我想投奔那里去了。"

程远听说他已有去处，遂说道："那么我们后会有期。"便从他包裹里取出二十两银子送给他，但姓刘的一定不肯接受，他说道："以前恩公曾救我性命，自憾无以报答，今番随恩公出来，略效犬马之劳，岂肯受赐？况且我得了这艘帆船，无异一种产业，今后当在海边做个良民了。"程远见他坚决不受，也就收转银子，背上包裹，伴着玉琴走上岸去。姓刘的也驾舟南下去了。

　　程远和玉琴到了镇海，便在城中歇宿一宵，次日便向玉琴说道："我们走向哪里去？"玉琴道："我想回到荒江去，然后和你结婚。"程远虽然有些不赞成，却不敢违拗，只得听伊的说话，所以二人又向会稽方面赶路。这一天，到了会稽城，在一个客寓里住下，晚上二人谈些武艺，很觉有味。更深时，各据一榻而卧。但是等到明天早上，程远醒来时一瞧，对面榻上不见了女侠，吓得他跳起来四面一看，房门依旧关上，唯有东边一扇窗虽然掩着，而没有搭上插销，说声："不好！难道玉琴照抄高凤的老文章么？不，伊决不会如此的。"再一看枕边的镖囊、壁上的宝剑，依旧存在，唯有玉琴的真刚宝剑却已不见，可知玉琴明明是抛弃他而去了。这样看来，我不是上了伊的当吗？遂开了房门，见店中人正在起身，便想玉琴此次私走，我和伊同睡一间房里，尚且不觉，那么去问这些呆鸟作甚呢？

　　店小二见程远起来，以为他要赶路的，所以连忙端整洗脸水来，又问程远要吃什么，喝什么。但不见了玉琴，自然有些疑讶。程远满拟和玉琴缔结良缘，以去鼓盆之戚，所以想了心计和玉琴一同脱离海岛，弃邪归正，迷途早返，谁知刚走到这里，玉琴的心也已转变，背地里一走了事，倒反恢复伊的自由之身，自己白白辛苦，岂非又给人利用了吗？走到玉琴睡的榻边去搜寻，也并未有什么纸条儿，竟无一言半句和他留别，真是狠心极了。他越想越气，要追也追不着，要找也找不到，发怒有什么用呢？颓然倒在椅子上，觉得万念俱灰，世界虽大，自己实无容身之地。自尽吗？这也不必，高凤不是劝我的吗？这样看来，还是死者多情，待自己着实不错呢，可惜高凤早夭了。他心里充满着愤怒怨恨，悲伤失望，忘记了自己在客寓中，竟拍着桌子狂呼起来，将桌子拍得震天价响，惊动了店中人，都来门边窥探，不知怎么一回事。

　　店小二便告诉众人道："这位客人和一年轻貌美的姑娘同来借宿的，但是今天早晨只见这位客人在房里，不见了那位姑娘，大概那姑娘背地里瞒着他跑掉了，所以他十分发急，变得这个样子。不过，小店里是不负责任的，谁知道他们的内幕呢？"一个人便接着叹口气说道："知人知面不知心，一个人本来是难料的。张村上的憨三官，他的小养媳忽然逃走了，害得他哭了一场，好似死了人一般，四处去寻，找到如今还没有找到呢。"程远听着他们的说话，有些不耐，便走到房门边去对众人说道："便是我这里不见了人，干你们甚事？议论纷纷做什么！"众人见他的脸上充满着怒气，估料他不好惹的，也就四散走开。程远心里益发气闷，自己打不定主意走向哪里去。

　　这天天气忽然温度降低，天上布满了云，潇潇地下起雨来，因此程远仍住在客寓中没有动身。见那雨点点滴滴地下个不住，檐流滴个不停，纸窗上风吹雨打，倒好似秋日一般。他闷坐了一天，独自一人尽喝着酒，到晚上已喝得酩酊大醉，倒在榻上，昏然睡去。半夜里觉得非常难过，大呕大吐了一阵，到次日竟卧病起来，头脑昏沉，有了寒热，只得耽搁在客寓里，等到病好了再走。然而玉琴在那天夜半带了真刚宝剑，趁程远熟睡的当儿，便悄地里开了窗，跳上屋顶，离了客寓，丢了程远，独自出走，因为她此时早已脱险，再也用不着程远，况且程远对自己有一种妄想，而自己为了一时权宜之计，勉强允许了他，哄得他十分相信，死心塌地同自己离开丽霞岛。在这时，自己若不和他早日离开时，她倒反难以解脱。这个样子虽然似乎我对于他有些忘恩负义，然而因此他也可以脱离海盗生涯，重入正路，也未始没有益处的，我只好顾不得他了。伊一边想，一边走，正走到一条僻静的街上，要想出城去。

忽见前面有个黑影从墙后溜出来，见了自己，忽又缩去。伊啐了一声道："见鬼吗！"连忙跑过去，却见一个矮小的汉子，背着一大包的东西，躲在墙脚边。遂拔出宝剑对着他面上一晃，喝道："你这厮，鬼鬼祟祟的做什么？"那人见了剑光，吓得跪在地上，低声说道："我是个小偷，正从梁家富户里偷得一些东西逃出来的，请你饶了我吧！"玉琴听说那人是个贼，笑了一笑道："你偷得银子吗？"那人道："偷得一百数十两银子，其余的都是衣服。"玉琴道："那么，你将一百两银子快快献上，方才饶你的性命！"那人便从包裹里取出一包银子，战战兢兢地双手捧上。玉琴拿着便走，自思盘费有了，这种不义之财，落得取它，遂望着城墙处走去，飞身越出了城墙，望大路赶奔。

走了不多路，天色已明，伊心里惦念着剑秋，想自己不如仍回到杭州去，那里地方较大，也许有些消息，于是伊遂渡了江，到得杭州，独住在一个客寓中。想起第一次来时，不但有剑秋相伴，还有曾氏弟兄，窦氏母女游山玩水，非常有兴，却不料现在旧地重来，胜景如昨，湖上的绿柳，依旧在春风中摇曳有情，而自己形单影只，冷清清的一些儿不知有乐趣了，况且剑秋的生死问题尚是不明呢。但闷坐了多时，不得不出外去散步，伊遂走向堤上去，立在湖边，眺望远近风景，却听背后马蹄声。回头看时，堤上尘土大起，有两匹骏马疾驰而来，马上坐着两个衣服华丽的美少年，扬着马鞭，快意驰骋。第一个身穿湖色绉纱长夹袍子的，面貌俊秀，似乎有些相熟。玉琴正在伊脑子里思索，那少年一见玉琴，早已把马勒住，跳下马来，背后的少年跟着也将坐马收住，徐徐下鞍。那在前的少年丢了马鞭，先向玉琴一揖道："原来女侠在这里清游。"玉琴一边回礼，一边仍记不得这是谁，只得问道："先生怎样相识的？"

那少年见玉琴不认得自己，便笑道："姑娘不记得吗？鄙人姓夏，名听鹏，以前在官渡驿曾见过女侠和岳剑秋先生的。"玉琴被他一说，方才想起红叶村神雕引路搭救剑秋的一回事，遂答道："啊！原来是夏先生！想不到在这里重逢。"夏听鹏道："鄙人归后，时常遐思，今日无意再见，非常快慰。"遂代那个同来少年介绍道："你来见见，这位便是名震北方的荒江女侠方玉琴姑娘，也是昆仑门下的剑侠，没有缘分不会相见的。"那少年慌忙也向玉琴深深一揖，说道："久仰英名，何幸得识玉颜。"夏听鹏同时对女侠说道："这是我表弟周杰，和我一样，喜欢武艺的，可惜不能精通而已。"玉琴笑道："不要客气。"夏听鹏又道："自回家乡后，本要预备到关外去做事的，却因自己饮食不慎，生了一场大病，而家母身体也时常有些不适，所以贱恙虽愈，家母不放我远行了，我遂株守家园，无事可为。恰巧我那表弟周杰从白门迁来同居，因此我们两人在一起驰马试剑，研究武艺，以遣光阴。前数天，表弟想游西湖，我遂伴他到此。今天游了韬光、灵隐等回来，却不想会和女侠见面，岂非幸事吗？但不知剑秋先生现在哪里，何以女侠独自在此？"

玉琴闻夏听鹏问起剑秋，不觉眉头一皱，说道："他和我游了普陀归来，在海面上遇着海盗，彼此失散。现在我从海盗的岛上脱险出来，正在找他呢。此事非三言两语所能道尽的。"夏听鹏听了，便道："原来有此一番经过，想岳先生本领高强，必然也能够化险为夷，重逢之期不远了，请女侠不必忧闷。我等现住在清泰旅馆，倘蒙不弃，请移玉趾到那里一谈何如？"玉琴本来一个人感觉得寂寞无聊，苦无同伴，夏听鹏虽然不是十分熟识的，然而也是个倜傥之人，不觉讨厌，所以颔首允诺。夏、周二人大喜，遂拾起鞭子，牵着马，陪了女侠，还到寓中去。

二人便叫后中人预备了上等的酒席款请女侠。于是玉琴又将自己和剑秋分散的事详细讲了一遍。二人听了，都以为剑秋一定没有死的。玉琴闻言，稍觉安慰。夏听鹏又问起云三娘，玉琴回答说：

"自从重下昆仑以后，云三娘便没有同行，因为伊自己也是有要事回到岭南去了。"夏、周二人素来敬慕剑侠，现在见了玉琴，更是快活，就请女侠移到清泰来住，玉琴也答应了，便在二人的间壁开了一个房间住下。二人又伴着玉琴在杭州游玩了数天。

　　二人想要回转苏州，夏听鹏便对玉琴说了，邀请玉琴到苏州去小住。玉琴一想，自己一人耽搁在杭州，也非长久之计，剑秋一时又不能见面，不如跟他们到苏州去游玩一番，剑秋若再不见时，我便回到天津曾家去。剑秋倘然找不到我，也许要往那里探问的，比起滞留在南中好得多。便对夏听鹏说道："上有天堂，下有苏杭。苏州也是很好的地方，既蒙二位盛情相邀，我就到尊处去盘桓数天也好。"夏听鹏和周杰听玉琴答应，都很欢喜。夏听鹏又去买了许多杭州土产，预备带回家去分赠亲友。次日又代玉琴付去了房饭钱，动身返苏。

　　玉琴却在杭州城内外的高墙上，有几处用粉笔写上一行字道："琴去苏，剑见即来。"在南北高峰的石上也有这个题字，以便他日重逢。伊的用心也苦了。那时候交通不便，轮轨未设，所以他们雇着一只大船，从水道回转苏州。夏听鹏是住在胥门外的枣市，也是那里有名的富室，屋宇很大，周杰也住在夏家的宅里。

　　夏听鹏请到了玉琴，便请他老母和妻子等众人出见，又端整上等的酒席代玉琴洗尘，又打扫一间上等的精舍为玉琴下榻，好似到了大宾贵客，招待得非常周到，非常恭敬。过了一天，夏、周二人先陪玉琴到城里玄妙观、沧浪亭各处游玩。玉琴见吴人果然大都是文弱之辈，风气也很奢靡。像夏听鹏、周杰那样好任侠习武艺却是很少的了。吴下山软水温，风景幽静，当此春日，虽不及西子湖边的佳妙，而名胜之处也不少，嬉春士女蜡屐游山的甚多，诸山都在城外各乡。

　　夏、周二人在次日便雇了一艘画舫，陪伴玉琴到天平山去游玩。

夏听鹏的老太太和妻子都一同去的，很尽一日之欢。游罢天平。明天，玉琴慕虎丘胜迹最多，想要往游。虎丘离枣市不远，寻常的女子当然仍要坐舟前去，但是玉琴很想春郊试马，所以愿和夏、周二人乘马前去。好在夏家厩中本养着数匹好马，一匹名唤梨花霜，全身毛色洁白，跑时非常迅速，不过有些野性，难以控御。夏听鹏便叫马夫牵出，请玉琴试坐，自己和周杰也各自跨着一匹好马，三个人催动坐下马，出了枣市，望阊门这边跑来。行至半途，那匹梨花霜发了性子，迎风嘶了一声，放开四蹄飞也似的疾驰而去。好玉琴，绝不慌忙，两腿紧紧夹住，一任这马奔跑，越跑得快，伊心里越快活，累得夏、周二人恐怕赶不上，各在马上连连加鞭，跟着玉琴而驰。玉琴因为不识途径，所以常常跑了一段路，勒住马回头问询。不多时，已到虎丘。三人下马，走到山上去四处游览，剑池、真娘墓等处，玉琴一一都去凭吊过。英雄美人，千百年后留得这一些遗迹，供后人凭吊而已。夕阳衔山时，三人乃纵辔而归。又次日，夏、周二人陪着玉琴往游云岩，因为明朝要到邓尉山去，所以下山后不回苏城，便在木渎镇上旅店里开了两房间住下。

黄昏时，三人吃过晚饭，正坐着闲谈，玉琴因为日间在云岩山上望见了烟波渺茫的太湖，便向夏听鹏问起太湖的情形。夏听鹏正将洞庭东西山的风景古迹讲些给伊听时，忽听店外头有女子哭泣的声音，很是凄惨，跟着便听店中主人的叹气声，又有人骂强盗声。三人忍不住，便一齐走到外边来探问，见一个中年妇人和一个女佣带着一个破散的包裹坐在店堂里哭泣。

夏听鹏先句店主询问，店主答道："这位太太姓姚，是住在苏州的，据伊说以前曾开过米行，现在很有些钱。前天带着伊的儿子和媳妇到香山去扫墓，且乘便向香山一家典当铺提取八百两银子的存款回来，不料船上遇见了盗船，不但把她们的银子抢去，而且又把姚太太媳妇、儿子都抢到太湖里去。姚太太和女仆此时方才赶到这里，身边分文俱无，要借宿在我店中，我们自然只能答应伊。不过伊受到这种恶意的不幸，当然要哭泣不休。太湖里的强盗现在一天猖獗一天，伊的儿子、媳妇，既已被掳，一定凶多吉少，也许强盗早把伊的儿子杀了，把伊的媳妇添作压寨夫人了。"那妇人闻言，哭得更是凄惨。

店主又劝伊道："姚太太，你此时哭也无用，明日还是去报官吧。"旁边一个客人接口道："报官有什么用，苏州的官府听到太湖里强盗行劫的消息，哪一个不头疼？去年太湖厅曾经会同驻防的官兵到太湖里去进剿，但是送了许多官兵的性命，一个强盗也没有捉到。今年太湖厅索性装聋作哑了。听说强盗不久要聚集喽啰到各乡镇来骚扰哩。唉！现在变成强盗世界了，有什么话说呢！"

店主见店堂里的人越聚越多，便引那妇人和女仆到里面一个房间中去打坐，众人方才散开，但是口里却在讲强盗的厉害。玉琴随夏听鹏等回到房中，便问夏听鹏道："你们苏州地方难道没有人吗，怎样让强盗猖狂到如此地步？这些官既然都是脓包，地方上的人士难道也是木偶吗？请你且把详细情形讲给我听听。"

夏听鹏被女侠一问，不觉面上一红，回答道："吴人文弱，自古已然。我也不必讳言，惭愧得很。据闻太湖中的盗匪占据在横山一带，作为他们的巢穴，已有多年。起初时，有盗魁三人，一名混江龙蔡浩，本领最是高强，能得盗人欢心，还有孟氏弟兄，乃是火眼狻猊孟公武和海底金龙孟公雄，两个都擅水底的功夫，孟公武听说在前年死于北方。但是近来又有个羽士名唤雷真人的加入其中，又增加了不少羽翼。也有人说到了白莲教的余孽，图谋不轨，所以湖匪的势力愈大，劫案愈多。而苏州的文武官吏竟如方才那人所说的装聋作哑，置若罔闻，连巡抚大人也畏盗如虎，这又有什么话说呢！"

玉琴听夏听鹏说起雷真人，便对二人说道："原来是白莲教的余党又在此地作祟。据我所知的，白莲教中有四大弟子，两男两女，就是雷真人、云真人、风姑娘、火姑娘这四个人。云真人早已死在我师一明禅师手里，风姑娘在玄女庙中也被我们诛掉，火姑娘在云南被云三娘逐走，只有雷真人一向未闻消息，却不料在这里联络盗匪。你们不要以为小丑跳梁无甚道理，须知蔓草难除，养痈贻患，将来吴人都要受殃的。"

周杰搔着头皮说道："女侠的话，很是不错。然而我们力量有限，没有雄心去冒险。况且地方官吏尚且不肯为力，我们怎可越俎代疱呢?"玉琴听了这话，不由冷笑一声道："那些官吏，自然都是酒囊饭袋，不足与言。如二位，都是俊杰之士，须知诛暴除恶，为地方除害，自是游侠当为之事。记得我在荒江独歼洪氏三雄；入关后，韩家庄、天王寺、螺蛳谷、邓家堡、乌龙山、抱犊崮、玄女庙等处都被我们一一除去，甚为痛快。你们二位倘能助我，何不到太湖中去一探盗匪窟穴?"夏听鹂道："我等极愿意执鞭相随，可是那横山正在西太湖，地势极险，非有舟楫不能飞渡。我们三人前去，也恐孤掌难鸣，于事无济，不比在陆上啊。"玉琴道："这样说来，我们也只有坐视其猖獗了。"夏、周二人默然无话。

隔了一歇，玉琴又问道："从此地到太湖有多少路?"夏听鹂道："不远的。从这里到了香山，便入太湖了。前番官军去了七八百人，大小战船百余艘，结果不免杀败。实在太湖中形势险要，港汊纷歧，外人进去，大是不易的。"玉琴点点头，知道他们虽习武艺，胆子尚小，哪里有剑秋的胆气! 也许他们尚不信任伊的勇武咧，所以也不再说下去。大家又谈了一刻闲话，玉琴方才回到自己房中去安寝，夏、周二人也就脱衣安眠。

到了次日早晨，夏听鹂和周杰起身，天气甚是晴和，预备伴同玉琴去游邓尉，但是女侠室门紧闭，迟迟不见起身。二人有些心疑，又守候了多时，再也忍耐不住，打开房门进去看时，床上空空的，哪里有女侠的影儿，壁上的宝剑也没有了。周杰不觉嚷道："哎哟！方姑娘到哪里去了呢？"夏听鹏呆瞪着双眼说道："莫非伊一人悄悄地背了我们，独自到太湖中去了？但这是很危险的事啊！"周杰一眼瞧见桌上砚底压着一纸条儿，便取过来和听鹏同看，见上面写着道：

我今独游太湖，兼访盗踪去也。君等请在此稍待，或返苏城亦可，二三日后我即当归来，幸乞勿念。亦望勿必冒险寻我，以蹈不测也。

琴白

夏听鹏看了便道："果然不出我之所料，女侠冒险入太湖去了。唉！伊虽然武艺高深，胆气雄大，可是湖中盗匪都非弱者，尽有能人在内，伊一人前去，倘逢盗党，岂肯放过？伊又是外来的人，不明地理，不谙水性，我们代伊想想，真是非常危险的。"周杰道："昨夜伊和我们的谈话，不是很有意思要去走一遭吗，恐伊还要笑我们胆小如鼠呢？此行动机，完全出于昨夜听到那姚姓的妇女被劫而起。伊不是说过，伊的一生时常蹈险如夷的吗？"夏听鹏道："我从来没有见过这种勇敢的女子，无怪伊的大名在北方很响的。我们虽为男子，自愧弗如，真羞煞须眉了。我希望伊能够平安回来，那是最好的事。"周杰道："伊大约从香山方面走去的。你且在这里等候，让我往香山去一行，寻找伊的芳踪，也许可以知道一二的。"

二人商议之下，于是夏听鹏留寓，周杰坐船到香山去。浩淼的太湖，三万六千顷，七十二峰沉浸其间，更兼藏着不少杀人吮血的毒虫长蛇在内，而女侠扁舟一叶，躬身踏险，这一去，又生出许多奇情异节来。著者因一则限于篇幅，二则挥写稍倦，只得暂行结束。所有太湖杀盗，琴剑重逢等事，留得第五集再写，请读者稍待一下吧。正是：

五湖四海，到处为家。红妆季布，杀恶如麻。

评：

　　水榭被逼，已失去抵抗力，真是间不容发，乃有程远突来解围，读者为之稍慰。但二次重来，其境愈险，令人急煞，结果只是一梦，此著者故作惊人之笔也。写玉琴芳心辗转，不得巳而委屈设谋，甚合当时情景。程远终受其绐，足见色之魔力。离岛时描写海景，文气一舒。玉琴既出虎穴，半途遁去，写来易与常凤事相犯，但文笔并不重复。太湖大盗从夏听鹏口中的约略点出，强悍情形已显然可见。

图书在版编目（CIP）数据

荒江女侠·第二部／顾明道著. — 北京：中国文史
出版社，2018.3

（民国武侠小说典藏文库·顾明道卷）

ISBN 978-7-5034-9320-1

Ⅰ. ①荒⋯ Ⅱ. ①顾⋯ Ⅲ. ①侠义小说-中国-现代
Ⅳ. ①I246.5

中国版本图书馆 CIP 数据核字（2018）第 001242 号

点　　校：澎　湃
责任编辑：薛媛媛

出版发行：**中国文史出版社**

网　　址：http://www.chinawenshi.net

社　　址：北京市西城区太平桥大街 23 号　邮编：100811

电　　话：010-65173572　66168268　66192736（发行部）

传　　真：010-66192703

印　　装：廊坊市海涛印刷有限公司

经　　销：全国新华书店

开　　本：720×1020　1/16

印　　张：29　　　　字数：355 千字

版　　次：2018 年 3 月第 1 版

印　　次：2018 年 3 月第 1 次印刷

定　　价：86.00 元